명청
산문
강의

문인의 글과 학자의 글

저자　**천핑위안**(陳平原, Chen Pingyuan)
1954년 광동성 조주시(潮州市)에서 태어났다. 1987년 북경대학교에서 박사학위를 취득했다. 현재 북경대학교 중문과 교수로 재직 중이며, 저서로『中國小說敍事模式的轉變』, 『千古文人俠客夢』,『中國散文小說史』등이 있다.

역자　**김홍매**(金紅梅, Jin Hongmei)
광동외어외무대학 남국상학원 교수. 논문으로「소재 변종운의 화이론과 자국에 대한 인식」,「만청 문인 황작자와 조선 연행사」등이 있다.

　　　이은주(李恩珠, Yi Eunju)
서울대학교 기초교육원 강의교수. 저서로『하루한시』(공저),『18세기 도시』(공저), 역서로『평양을 담다』,『중유일기』가 있다.

명청 산문 강의　문인의 글과 학자의 글

초판인쇄 2018년 8월 31일　**초판발행** 2018년 9월 10일
지은이 천핑위안　**옮긴이** 김홍매 이은주　**펴낸이** 박성모　**펴낸곳** 소명출판　**출판등록** 제13-522호
주소 06643 서울시 서초구 서초중앙로6길 15, 1층
전화 02-585-7840　**팩스** 02-585-7848　**전자우편** somyungbooks@daum.net　**홈페이지** www.somyong.co.kr

값 19,500원　ⓒ 소명출판, 2018
ISBN 979-11-5905-285-9　03820

명청

산문

강의

문인의 글과 학자의 글

천핑위안 지음
김홍매·이은주 옮김

A series of lectures on Ming Qing prose
from literary prose style to academic prose style

소명출판

일러두기

1. 인명과 지명은 편의상 한국한자음을 따랐으나 몰년이 20세기 이후 인물인 경우에는 국립국어
   원의 규정에 따라 발음을 표기하였다.
2. 원문의 저자 주와, 독해에 도움이 되고자 해서 작성한 역자 주가 혼동될 우려가 있어 표기를
   달리했다. 저자 주와 구분하기 위해서 역자 주는 별도로 표시하였다.
3. 원문에는 인물의 호칭을 이름, 호, 자, 관직명 등으로 표기하는 경우가 있다. 번역문에서는 원
   문을 따르되 필요한 경우 처음 나올 때 각주에서 인물의 호칭을 정리하여 제시하였다.
4. 서명은 『 』, 작품명은 「 」로 표기했으며 부득이한 경우를 제외하고는 서명은 원서의 한자음만
   표시하였으나 편명의 경우 내용 이해를 위해 번역하였고 원문은 [ ]로 표기하였다.
5. 필요한 경우 한자를 병기하였다. 대부분 한자에 대한 독음이지만 경우에 따라서는 우리말로
   번역한 단어를 쓰기도 했다.

역자 서문

우리가 번역한 책의 원제는 『從文人之文到學人之文』으로, 북경대학 중문학과의 천핑위안陳平原, 진평원 교수가 2001년에 북경대학 중문학부 대학원생을 대상으로 개설한 '명·청 산문 연구'에서 강의한 내용을 녹음하고 정리하여 출판한 것이다. 이 책은 유명한 대학의 명강의를 정선해서 출판한 삼련서점三聯書店의 '삼련강단三聯講壇' 시리즈 중 하나인데, 출판된 이후 상당한 호평을 받았다. 강의라는 형식을 취하고 있는 만큼 고전에 관심이 있는 입문 수준에서도 쉽게 이해할 수 있도록 친절하게 소개하고 있으며 동시에 내용도 충실하고 깊이 있다는 점이 강점이다. 중국에서는 대학교 강의가 대부분 교수들이 강의하고 학생들이 듣는 방식으로 진행되기 때문에 교수들의 강의를 녹음하고 정리하여 출판한 책들이 적지 않은데 이런 책들은 생생하고 현장감 있는 분위기와 친근하고 설득력 있는 서술로 유용한 학술적 지식을 효과적으로 전달한다는 장점이 있다.

천핑위안이 이 책을 쓰게 된 일차적인 동기는 철저하게 당대의 상황에 바탕을 두고 있다. 저자가 후기에서 밝혔듯이 이 책은 천두슈陳獨秀, 진독수의 '18요마十八妖魔'를 염두에 두고 전근대 문학을 재발견하자는 취지에서 명·청 시대 산문가 18인을 재평가하려는 목표를 분명하게 가지고 있었다. 천평위안이 명·청대 문인들을 분석하는 방법론도 마찬가지로 당대의 현실, 개인이 처해 있는 상황에 단단히 발을 붙이고 있다. 공자에 대한 교조적인 시각이 지배적이던 사회에 반기를 든 이지, 당시 급속도로 발달한 출판 산업에서 문인의 독립적 생계수단을 강구했던 진계유, 명나라의 멸망과 청나라의 건국을 목도한 지식인의 고민이 개인의 인생을 압도해버린 황종희, 고염무, 전조망을 비롯하여 이 책에 나오는 문인들은 당시 현실에서 맞닥뜨린 문제들을 고민하고 나름의 해결책을 모색한다. 각자가 처한 특정한 시기와 특수한 상황에 기반하고 있지만 결국 이 모든 것은 당면한 환경에 각자 어떻게 대응할 것인가로 수렴되는 것이다.

이 책에서는 18인의 작가를 9인의 작가로 축소했지만 그래도 이지, 진계유를 비롯해 9인의 작가들의 삶의 궤적을 따라가면서 당대의 문학 풍조와 사회적 배경을 관련성 있게 서술하고 각 산문의 특징을 유려하고 간결하게 분석하고 있다. 이 책에서는 9인의 산문 작가를 개별적으로 다루고 있으면서도 '문인의 글'과 '학자의 글'이라는 관점에서 이들 산문 작가가 살았던 명·청 시대 산문의 맥락과 연결시켰다. 저자는 문인의 글에 해당하는 만명 소품이 감성과 담백한 분위기를 중시했다면 학자의 글에 해당하는 청대 대부분의 산문은 규범을 중시하고 광대한 스케일을 자랑했다고 설명한다.

이 책의 또 다른 특징은 각 장에서 소개한 작가의 생애나 교유, 사유에서의 독특한 면을 소개하고 이 점을 잘 보여주는 산문을 구체적으로 제시하고 분석한다는 점이다. 각 장의 후반부에서 구체적인 산문 분석이 이루어지는데 저자는 각 작가의 특징이 잘 드러나면서 동시에 문학적 성취를 갖춘 산문을 선별하여 섬세하게 분석한다. 명·청 시대 문학은 거의 알려져 있지 않지만 이 시기 산문은 오늘날의 독자들이 흥미롭게 읽을 수 있을 만큼 감각적이고 독특한 면모를 가지고 있다. 이 책에서 소개하는 산문은 그 자체로도 읽을 만하지만 이 책에서 알려주는 풍성한 전후 맥락을 고려할 때 한층 더 흥미롭게 읽을 수 있을 것이다.

　이 책의 의미는 크게 몇 가지로 정리할 수 있을 것 같다. 하나는 이 책은 천핑위안이 대학원생을 대상으로 한 강의록이기 때문에 명·청 산문 작가의 삶과 산문을 분석할 뿐만 아니라 기본적으로 학생들에게 학문이란 무엇이고 삶을 어떻게 살아야 하는가에 대한 성찰을 저변에 깔고 있다는 점이다. 전근대시기 문인의 삶이 우리가 현재 고민하고 있는 문제와 단절되어 있는 것이 아니며, 어떻게 살 것인가 또는 어떤 방식으로 생활을 영위할 것인가 같은 현실적인 문제들을 이들이 어떻게 풀어내고 있는지를 생각하게 한다. 또 현대소설을 전공하는 입장에서 고전문학을 어렵지 않게 잘 풀어내고 있다는 점, 그러면서도 깊이를 갖추고 있기 때문에 각 장절을 읽다 보면 해당 산문 작가들의 삶뿐만 아니라 당시 중국의 상황과 중요한 사회 문화사적 맥락, 근현대인의 관점에서 명·청 산문 작가들이 어떻게 인식되고 있는지 같은 여러 상황들도 자연스럽게 알게 된다. 그리고 이러한 면들 때문에 이 책은 우리에게 지금 우리가 살고 있는 현대에 전근대 문인들의 삶과 산문이 어떤 의미를 가지고 있으며, 어떻게 전근대와 현대가 이어지는가를 명징하게 보여줄 것이다.

또한 각 장에서 다룬 인물은 명·청 시대 대표적인 산문 작가 9인이지만 관련해서 언급한 인물들은 거의 백여 명에 이르기 때문에 이 시대의 상황을 '종합적'으로 이해하는 데 큰 도움이 된다. 그런 점에서 이 책은 한국과 중국 고전문학을 전공으로 하는 학생들에게도 유용하지만 고전에 흥미를 가지고 있되 배경지식을 갖추지 못한 일반 독자들도 어렵지 않게 읽을 수 있다. 전통시대의 특수한 상황, 고전 작품의 고유한 특색에 대해 친절하게 설명하면서 잘 인도하고 있기 때문이다. 이는 꽤 깊이 있는 내용을 쉽게 설명하는 대목에서 빛을 발한다. 이 책을 읽다 보면 상황에 따라 상당히 전문적인 용어를 구사하거나 깊이 있는 내용들을 다룰 때가 있는데, 고전문학에 익숙하지 않은 현대문학 대학원생을 대상으로 한 강좌인 만큼 그 설명이 쉬우면서도 자세해서 맥락을 쉽게 이해할 수 있다.

마지막으로 최근에 명·청 산문, 작가에 대해 관심이 고조되고 있지만 관련된 괜찮은 입문서가 없는 상황에서 이 책이 그 공백을 채워준다는 점을 특기할 필요가 있을 것 같다. 국내에서 잘 알려진 중국 문인들은 한유, 이백, 두보 같이 주로 당·송대 인물로 국한되는 측면이 있었는데 최근에는 명·청대 인물들에 대한 연구가 쏟아져 나오고 있다. 이러한 추세에 발맞추어 교양서(대중서)에서도 명·청 소품집이나 명·청 문인들의 특이한 일화를 단편적으로 소개하는 책들이 부단히 출간되고 있는 상황이다. 실제로 만명 소품집은 감각적이고 세련되어 현대인들의 취향에 잘 맞고 청대 산문들 역시 현실적이기 때문에 일반 독자들에게도 충분히 흥미롭게 다가갈 수 있을 것이다.

명·청 산문과 작가에 대한 소개가 늘어나는 추세이지만, 이런 물량공세들에 비해 작가들의 구체적인 이미지가 잘 포착되지 않는 아쉬운 점이 있다. 한 작가와 작품에 대한 연구는 진입 장벽이 있는(어렵게 서술된) 전공서가 대부분이고 대중교양서는 감각적인 편집으로 가독성은 있으나 몇몇 작품을 선별하는 것으로 그치거나 간단한 평설만을 붙이고 있기 때문에 어떤 점이 중요한지, 또 어떤 점 때문에 명편으로 인정되었는지 좀 더 구체적으로 알고 싶은 요구에 부응하지 못하기 때문이다. 명·청 문인들의 기이한 취향과 인물의 성격이 단발적이고 특이한 일화로만 소비되고 있는 점도 아쉬운 부분이다. 이들의 독특하고 기이한 모습과 성향은 명과 청의 사회적 맥락이나 삶의 경험에서 형성된 것이다. 그래서 이들의 삶을 이해하게 되면 어느 순간 이 작가들이 현실적인 인물들로 변모해 있고 이들이 어떤 고민을 하고 어떤 형식으로 글에 드러냈는지 그 선택에 대해 이해하게 된다.

　이 책은 각 작가의 생애를 추적하면서 전모를 알려주는 동시에 이 작가가 어떤 점에서 특징과 개성을 가지고 있는지 어떤 산문은 어떻게 새롭게 읽어낼 수 있는지를 공들여 구체화하고 있다. 그런 점에서 이 책은 좀 더 깊이 있는 전문서로 인도하는 최선의 입문서라고 할 수 있다.

　이 책을 번역하는 데에는 두 사람이 힘을 함께 모았다. 우리는 각 장절을 분담해서 책임 번역을 했고(김홍매 짝수 장절, 이은주 홀수 장절), 상당히 여러 차례에 걸쳐 교차 수정을 하면서 단어와 문장이 자연스럽고 문맥이 무난하게 이어질 수 있도록 애썼다.

원문의 번역 이외에 두 역자는 추가적으로 역할을 분담하여 작업했다. 김홍매는 저자 주와 참고문헌을 정리하면서 특히 구어 특유의 뉘앙스를 살릴 수 있도록 노력하였고, 이은주는 번역문이 최대한 자연스럽게 읽히도록 윤문하였다. 오역에 대한 두려움까지 포함해서 번역 작업이라는 것이 성격상 언제나 즐겁고 보람찰 수는 없겠지만, 이 책을 읽고 번역하는 긴 과정에서 두 번역자는 정말 행복했다. 그리고 이제 이 책의 재미와 유익함을 독자들과 함께 나누려 한다.

제목에 대한 설명도 덧붙여야 할 것 같다. 이 책의 원제는 '從文人之文到學人之文'으로, '문인의 글에서 학자의 글로'라는 뜻이다. '明淸散文硏究'라는 부제도 달려 있다. 우리는 몇 가지 이유에서 제목과 부제를 달리했다. 가장 큰 이유는 원제만으로는 책 내용을 직관적으로 이해하기 어려울 수 있어서 제목과 부제의 위치를 바꾸었다. 이 책이 명·청 산문을 다루고 있으므로 이 부분은 살리되 부제의 '연구' 대신 이 책이 강의록이라는 점을 고려해서 제목을 '명·청 산문 강의'로 다듬었다. 원제인 '문인의 글에서 학자의 글로'는 명에서 청에 이르는 산문 스타일의 변화를 보여주고 있으나 우리말로 번역했을 때 다소 부자연스러운 감이 있어서 '문인의 글과 학자의 글'로 간결하게 바꾸었다.

이 책을 출판하는 과정에서 여러 어려움들이 있었기 때문에 특별히 두 선생님께 감사인사를 전하고 싶다. 이 책과의 인연으로 인해 박희병 선생님은 우리가 이 책을 출판하기로 결심한 이후부터 내내 힘이 되어주셨다. 두 번역자의 지도교수인 이종묵 선생님의 따뜻한 격려도 잊지 못할 것이다. 그리고 출판을 허락해주신 소명출판 사장님과 판권 문제로 애쓰신 공홍 선생님, 꼼꼼하게 편집해주신 담당자께 깊이 감사드린다.

2018년 8월

역자 일동

서문

　　중국문학사에서 산문은 가장 흔하게 볼 수 있고 위상도 가장 대단하며 경계도 가장 모호하기 때문에, 범위를 규정하여 서술하기도 가장 어려운 문체입니다. 다채로운 면모를 보였던 고전 산문은 5·4 신문화 운동 이후 급격하게 쇠락하였지만 1930년대와 1990년대 두 차례 흥기하였으므로 우리는 그 생명력이 아직 사그라들지 않았음을 알고 있을 뿐입니다. 시가, 희곡, 소설에 비해 산문을 아직 학계에서 중요하게 여기고 있지 않은 이유는 지금 사람들이 글의 장르에 대해 편견을 가지고 있기 때문이기도 하지만, 동시에 중국과 외국의 문학 이론에 한계가 있어서이기도 합니다. 고전 시가의 이론을 해석하는 작업은 논의가 나날이 진전되고 있는 반면 산문 연구는 현재까지도 이른바 "글 쓰는 일은 영원히 남을 일이며, 그 좋고 나쁨은 마음으로 알 수 있다文章千古事, 得失寸心知" 정도의, 내용을 이해하는 수준에 머물러 있습니다. 이것이 또한 본 전공의 경계를 넘어서도 현대·당대문학을 전공하는 대학원생을 위해 '명·청 산문 연구'라는 강의를 개설한 이유입니다. 나는 그 속에서의 우여곡절과 부침에 대해서는 열심히 탐구할 만한 가치가 있다고 생각합니다.

　　문체를 봤을 때 비교적 명확한 진한秦漢, 육조六朝나 당송唐宋

산문이 아니라 명·청 산문을 선택한 것은 내 개인적인 취미를 반영한 점도 있지만, 불가피하게 5·4 신문화 운동을 주도하던 사람들이 명·청 산문에 부정적인 낙인을 찍었기 때문입니다. 때문에 개성의 해방을 강조하고 성령의 표출을 표방했고, 이학理 學을 비판하고 동성파桐城派의 글을 배척했으며, 팔고문八股文을 혐오하고 소품문小品文을 좋아한 것 등, 이러한 5·4 신문화의 유 산은 오늘날까지도 여전히 영향을 미치고 있습니다. 그러나 1930년대 소품문에 대한 논쟁으로 최소한 우리는 만명晩明 산문 의 복잡한 성격에 대해 어느 정도 정확하게 이해할 수 있게 되었 습니다. 그리고 오늘날 학계는 '산인山人'과 '상인商人'의 관계에 대 한 분석, 특히 기세가 대단한 청대 학자의 산문 독해에서 이미 5·4 신문화인들의 프레임을 넘어섰다고 할 수 있습니다.

이 강좌의 경우 먼저 이론적인 틀을 세운 뒤에 이른바 '거대 한 서사'를 전개하지 않고 구체적인 대상을 설정해서 사실을 서 술하고 그에 대해 논의하는 방식을 취했는데, 오늘날 중국문학 의 교육에 문제점이 있다고 생각하기 때문입니다. 백 년 간 중국 에서는 서구의 학문이 밀려와서 '문학사'는 대학 중문과에서 핵 심 커리큘럼이 되었고 학생들은 거대한 사조의 유파와 작가, 작 품은 잔뜩 기억하고 있지만, 스스로 느끼고 이해하지는 못합니 다. "책을 읽지 않고 깊이 있는 해석만 하려고 드는 것"은 중문과 학생들의 고질병이 될 지경입니다. 특히 "재능이 넘쳐나는" 북 경대학 학생들은 높은 위치에서 평가하는 것만 좋아할 뿐 작품 을 되새기고 음미하면서 구체적인 작품에서 큰 줄기를 보는 것 은 제대로 못하는 것 같습니다. 이런 식으로 자기 이해 없이 이론적 해석만 중시하고 텍스트 분석 없이 문학사적 서술만 중시하게 되면, 문학 교육이라는, 가장 지적이고 통찰력을 갖춘 강의는 점차 엄숙하고 공허하며 또 무미건조해져 버릴까봐 나는 두렵습니다. 이런 생각 때문에 이 강의에서는 방향을 전환하여 책을 읽을 때의 개인적인 느낌과 연구 과정에서의 문제의식, 글쓰기 과정에서의 학술적 문체 같은 문제들을 강조했습니다. 학생들이 명·청 산문에 대해 잘 모른다는 점을 고려하여 해제를 수록하되 주석은 없는 『중국산문선』*을 편집해서 출판했고, 학생들이 강의시간에 맞춰 읽으면서 공부하기를 바랐습니다. 비교적 서툰 이 강의방식은 '체계'와 '안목'을 중시하는 북경대학 강좌에서 '새로운 길을 열었다'고도 할 수 있겠습니다.

陳平原, 『中國散文選』, 天津 : 百花文藝出版社, 2000.

나는 문학사를 연구하든 문화사를 연구하든 아니면 사상사를 논의하든 학술사를 논의하든 귀유광歸有光, 이지李贄, 진계유陳繼儒, 원굉도袁宏道, 왕사임王思任, 서홍조徐弘祖, 유동劉侗, 장대張岱, 부산傅山, 황종희黃宗羲, 이어李漁, 고염무顧炎武, 전조망全祖望, 원매袁枚, 요내姚鼐, 장학성章學誠, 왕중汪中, 공자진龔自珍 등의 사람들은 모두 지나쳐버릴 수 없는 중요한 인물들이라고 생각합니다. 이렇게 생기 넘치는 사람들의 삶과 글을 서술하는 것은 수백 년간의 중국 산문 발전의 맥락을 간략하게 굵은 선으로 스케치한 것보다는 훨씬 더 흥미로울 것입니다. 솔직히 나는 구체적인 대상에서 시작해서 한 걸음 한 걸음 나아가 누에고치에서 명주실을 뽑아내듯이 명·청 산문에 대한 나의 느낌, 이해, 판단을 그 속에 녹여 넣는 것을 더 좋아합니다.

구체적으로 강의하기 전에 나는 먼저 참고문헌 몇 권(여기에서는 생략)을 소개하고 그 뒤에 옛사람과 서구인들의 논의를 얼마간 인용하려고 합니다. 이는 여러분이 이렇게 했으면 좋겠다고 바라는 것이자 동시에 나 자신을 독려하는 것이기도 합니다.

언어로 쓴 글이라는 점을 제외한다면, 운율과 이미지가 있는 시나 인물과 플롯이 있는 소설, 지문과 대사가 있는 희곡, 색채와 영상이 있는 영화와는 달리 '산문'은 형식적인 요소가 전혀 없습니다. 산문은 매우 간단해서, 말을 할 수 있고 손으로 글을 쓸 수만 있다면 자기도 모르는 사이에 산문이라는 이 아주 평범한 세계에 발을 들일 수 있을 것입니다. 18세기 프랑스의 극작가 몰리에르Molière의 *Le Bourgeois Gentilhomme*(貴人迷, 우리나라에서는 '서민귀족', '부르주아 귀족', '평민귀족'으로 번역됨 — 역자)에 "맙소사! 일평생 내가 한 말이 산문인지도 몰랐다니"라는 대사가 있는데 이 말은 농담이지만 동시에 진실을 말한 것이기도 합니다. 산문은 가장 일상적이고 따라 배우기에 가장 좋지만 한편으로는 잘 쓰기가 가장 어렵습니다. 여러분은 평생 산문과 떨어져 살 수도 있겠지만, "문득 고개를 돌려보면 그대 그곳에 있네. 불빛 사그라져 어둑한 곳에" 같은 상황에 놓여있게 될 수도 있습니다. 그러나 반대로 평생 동안 열심히 노력해도 끝내 그 문을 찾지 못하는 경우도 부지기수입니다. "경국의 대업, 불후의 성사經國之大業, 不朽之盛事"를 이루겠다는 환상은 품지 말기를 바랍니다. 그런 것은 존재하지 않으며, 현재의 중국에서는 더욱 그러합니다. 그렇다고 '문

[역자 주] 주인공인 부유한 상인 주르댕의 평생 소원은 신분 상승으로, 그는 교양을 갖추기 위해 과외 선생님을 불러다가 교육을 받는데 처음으로 수사학과 문법을 배운 뒤에 한탄한 대사이다.

[역자 주] "驀然回首, 那人却在, 燈火闌珊處". 신기질(辛棄疾)의 사(詞) 「청옥안(青玉案)」의 마지막 구절이다. 왕궈웨이(王國維)는 『인간사화(人間詞話)』에서 인생의 세 가지 단계를 언급하면서 이 구절을 인용한 바 있다. 이 사는 그중에서 세 번째 단계로 계속 노력하면 어느 순간 목표를 달성할 수 있다는 것이다.

이재도文以載道(글에는 도가 담겨 있어야 한다 — 역자)'를 무조건 비판할 것도 아닙니다. 관건은 여러분이 담은 것이 누구의 '도道'인지, 다른 사람의 것인지 아니면 자신의 것인지에 달려 있습니다. 심지어 '문학'이냐 아니냐를 고려할 필요도 없습니다. 우리는 '문학개론'에 어긋나는 루쉰의 '잡다한 감상'조차도 점차 신성한 문학의 전당으로 들어가는 것을 보고 있지 않습니까? 수필의 잡다한 감상이든 문언이나 백화든 역사나 인생이든 흥미롭고 하고 싶은 생각이 드는 이야기를 펜을 들어 써보도록 하십시오. 그러면 어떻게 될까요? '산문'의 대가가 되지는 못하더라도 여러분이 중국 고대 혹은 현대의 산문을 이해하는 데는 틀림없이 도움이 될 것입니다.

무한대학武漢大學의 일급 교수 류융지劉永濟, 유영제 선생이 젊은 시절에 저술한 『십사조문학요략十四朝文學要略』의 「서론叙論」에서는 옛사람들의 책 읽기를 언급하면서 "찬찬히 보면서 알게 된 것은 내 마음과 어긋남이 없었고, 깊이 파고들었더니 저절로 옛사람들과 뜻이 통하게 되었다"라고 했습니다. "오늘날의 학제는 서구권의 학제를 따라 문학 영역 학과에서도 문학사 전공을 두게 되었다"는 주장에 대해서도 류 선생은 "문학사라는 것은 바로 윤편輪扁이 말한 옛사람의 찌꺼기일 뿐"이라고 하면서 크게 잘못되었다고 생각했습니다. 『장자』의 「천도」를 읽었다면 누구든 "느리지도 빠르지도 않게 손으로 터득하고 마음으로 깨달으면, 말로 표현할 수는 없지만 그 속에 이치가 들어있다는 것"을 파악할 수 있을 것입니다. 이렇게 미묘한 비결이 어찌 말이나 책으로 손쉽게 전달할 수 있는 것이겠습니까. 다행히 문학사 강의는 특출한 천재들을 대상으로 한 강좌가 아니고 지향하는 바도 교육의 보급에 불과한데 이 점에 대해서는 류 선생도 인정한 바 있습니다. 유용하지만, 쓰임새가 그렇게 크지 않다는 것 — 최소한 대가들이 생각하는 것처럼 그렇게 대단하지는 않다는 것 — 이것이 문학사 교육에 대해 내가 이해하고 있는 것입니다. 이렇게 힘 빠지게 하는 이야기를 하는 것은 내가 하는 일에 대해 믿음이 없어서가 아니라 여러분에게 문학을 공부하는 데 있어서 가장 중요한 것은 자기가 읽고 생각하고 이해하는 것이라는 점을 일깨우기 위해서입니다.

청대 사람 위희魏禧는 「일록논문日錄論文」에서 당송팔대가唐宋八大家를 어떻게 모범으로 삼을 것인가를 언급하면서, "그렇지만 모든 사람들 또한 나름의 병폐가 있으므로 옛사람을 배우려는 사람은 옛사람들의 병폐가 어디에 있는지를 알아서 최대한 그 잘못을 씻어버려야 더 나아갈 수 있다. 그렇지 않다면 자신의 병폐에다 옛사람들의 병폐까지 더해져 한 폭의 악귀도 가 되어버릴 것"이라고 했습니다. 유종원柳宗元을 배우다보면 스케일이 작아질 수 있고 구양수歐陽修를 배우면 평범해질 수 있으며 한유韓愈를 배우면 억지로 짜맞추게 될 수 있고 소순蘇洵을 배우면 거칠고 호기롭게 될 수 있습니다. 그렇습니다. 누구를 배우든 모두 잘못된 길로 나아갈 가능성이 있습니다. 관건은 당신이 그 사람의 장단점에 대해 자기 손바닥 보듯이 잘 알고 있는지 여부에 달려 있습니다. 나는 다시 외람되지만, 여기에 "이지를 배우면 광포해질 수 있고 원굉

[역자 주] '군추도(群醜圖)'라고도 하는데 문화대혁명 기간에 흥행했던 만화이다. 작가는 웡루란(翁如蘭, 옹여란)이라고 하는 여대생이었는데 1967년에 당시 신문에서 공개적으로 비판한 바 있는 류사오치(劉少奇, 류소기), 덩샤오핑(鄧小平, 등소평), 타오주(陶鑄, 도주), 펑더화이(彭德懷, 팽덕회) 등 중국공산당 중앙 지도부의 간부들을 주요 대상으로, 39명의 인물들을 희화화하고 조롱하는 내용의 그림을 그렸다. 후에 모방작들이 대거 흥행했으나 마오쩌둥(毛澤東)이 그림을 보고 격노하여 웡루란은 "중앙의 지도자들을 조롱했다"는 이유로 수감되었다가 후에 군부의 농장에 추방

도를 배우면 번드르르하게 될 수 있으며 고염무를 배우면 난삽해질 수 있고 요내를 배우면 판에 박힌 글이 될 수 있다"를 덧붙이려고 합니다. 이전 세대는 늘 "몰입하고 감상하라"는 말로 후배들을 가르쳤습니다. 이른바 '감상'한다는 것은 내가 이해한 바에 따르면 무릎을 꿇고 엎드려 절하라는 뜻이 아니라 그 사람의 장점도 알고 그 사람의 단점도 알라는 뜻입니다. 옛사람의 잘못, 특히 자신이 좋아하는 옛사람과 고문古文의 잘못된 점을 아는 것은 매우 중요합니다.

린위탕林語堂, 임어당은 「사십자서시四十自敍詩」에서 "최근에 원중랑(원큉도)을 알게 되어, 희열이 마음속으로부터 솟구쳐 나와 마구 소리를 질렀네近來識得袁中郎, 喜從中來亂狂呼. (…중략…) 이 경지에서 한층 더 일신하여 지금은 글쓰기가 더 자유로워졌네從此境界又一新, 行文把筆更自如"라고 했는데 어찌 '글쓰기'뿐이겠습니까? '입신출세'도 여기에 포함시켜야 합니다. 유학생이었던 린위탕은 원래 전통 중국에 대해 잘 몰랐지만 저우쭤런의 가르침을 받은 이후에 만명 소품문 작가 원큉도를 알게 되었고, 나중에는 위로는 이지, 소식, 장주莊周, 아래로는 김성탄金聖歎, 이어李漁 등의 사람들을 통해 점차 사적인 취미에서 문학사의 구도까지 구축해 갔습니다. 린위탕의 선택에 대해 좋아할 수도 있고 좋아하지 않을 수도 있겠지만 독서 방법으로서는 매우 영리하고 모범으로 삼을 만합니다. 이 말은 곧 "사람을 알고 세상을 논하는 것"만이 아니라 더 중요하게는 "옛사람과 친구를 맺는다"는 것입니다. 시가, 희곡, 소설과는 달리 '산문'과 '사람'의 관계는 훨씬 더 밀접합니다. 반드시 "글이 그 사람 같다"라고 할 수는 없겠지만 글은 작가의 인격과 취미, 학문적 교양, 삶의 경험 등과 복잡다단한 관계를 맺고 있습니다. 이 점 또한 내가 강의할 때 가끔 '인간성'과 '글쓰기' 사이를 넘나들고 여기에 더하여 여러분이 이 두 가지를 결합시켜 정말로 옛사람들에게 마음을 쏟기를 원했던 이유였습니다.

황종희는 「논문관견論文管見」에서 "옛날부터 최상의 글은 문인이 쓴 것이 아니었다. 구류백가九流百家는 자신이 밝혀낸 바를 억누르지 못하고 수시로 표출했는데 그것이 훌륭한 글이 된 것이다"라고 하였습니다. 이것은 나름의 선택 — 산문이 아닌 것을 산문으로, 시가 아닌 것을 시로 만드는 것이 원래 문학의 혁신적인 전략인 것입니다 — 이었을 것입니다. 그러나 이것 또한 무의식적으로 터득한 것일 수 있어서 — 학문적 수양을 갖추고 있는데 여기에 입이 근질거려서 자연히 한 편 한 편의 '훌륭한 글'을 이루어낸 것입니다. 여기에서 찬술자의 지위와 신분은 그다지 중요하지 않습니다. 중요한 것은 글을 쓸 때의 심리상태입니다. 보통 사람들이 추앙하는 만명 소품이 전형적인 '문인의 글'로 성령性靈만을 표출하여 경쾌하고 아리따운 반면, 그렇게 좋게 평가받지 못하는 청대 산문은 대부분 '학자의 글'에 해당하며 형식을 중시하고 소박하되 스케일이 큽니다. 위희의 말을 빌린다면 전자는 "빨리 떠오르고" 후자는 "천천히 가라앉는데"[*] 각자 나름의 장점을 갖추고 있습니다. 다만 저우쭤런, 린위탕 같은 사람들의 성공적인 논술로 인해 세상 사람들이 명·청 산문에 대해 상상할 때는 전자에 치우치게 되는 것 같습니다. 그러나 나는 청대 사람들이 '글'과 '학문'을 똑같이 중시한 점이 더욱

魏禧, 「張元擇文集序」

더 우리가 자세하게 논의할 가치가 있다고 생각합니다.

어떤 청소년 잡지에서 나는 『파인만의 물리학 강의』[*]의 요약문을 읽은 적이 있었는데 매우 재미있었습니다. 물리학을 이렇게 사람들이 반하도록 강의하는 것은 결코 쉬운 일이 아닙니다. 나를 더 놀라게 한 것은 명성이 자자한 대大물리학자 파인만이 놀랍게도 자진해서 대학 신입생들에게 강의를 한다는 점입니다. 『매혹적인 과학적 재능─파인만 전』[*]에서는 "파인만에게 강의실은 극장이었고 강의는 공연이었으며 그는 스토리와 스타일뿐만 아니라 장면 연출과 감정 표현까지 책임져야 했다. 청중이 어떤 사람이든, 학부생이든 대학원생이든 동료 교수든 일반 대중이든

[역자 주] 『파인만의 물리학 강의(費曼物理學講義)』는 국내에서 번역·출판되어 있다. 서지사항은 다음과 같다. 리처드 파인만, 박병철 역, 『파인만의 물리학 강의』 1, 승산, 2004; 리처드 파인만, 김인보 외역, 『파인만의 물리학 강의』 2, 승산, 2006; 리처드 파인만, 정무광 외역, 『파인만의 물리학 강의』 3, 승산, 2009; 리처드 파인만, 박병철 역, 『파인만의 물리학 길라잡이』(부록), 승산, 2006.

約翰格里賓 等, 江向東譯, 『迷人的科學風采─費恩曼傳』, 上海科技教育出版社, 2000.
[역자 주] 국내에는 『나는 물리학을 가지고 놀았다』는 이름으로 번역·출판되었다. 존 그리빈·메리 그리빈, 김희봉 역, 『나는 물리학을 가지고 놀았다─노벨상 수상자 리처드 파인만의 삶과 과학』, 사이언스북스, 2004.

그는 정말로 자유자재로 강의를 해냈다"라고 했습니다. 물론 이 강의를 위해 파인만은 엄청난 준비 작업을 했을 것이고 최대한의 열정을 담아내었을 것입니다. 이 이야기를 인용한 것은 내 강의가 파인만의 강의처럼 훌륭하다는 것을 암시하려는 것이 아니라 강의가 하나의 예술이라는 점을 설명하고 싶어서입니다.

이어지는 '공연'이 지루하지 않으면서도 여러분에게 최대한 지식을 잘 전수하고 사고를 계발시키기를 바랍니다. 교수자로서 나는 물론 강의할 때 너무 빠르거나 너무 느리거나 너무 널널하거나 너무 빡빡하거나 너무 건조하거나 너무 감정적인 것이 모두 최선이 아니라는 것을 알고 있습니다. 이 부분에 대해서는 여러분의 조언과 협력이 필요합니다. 강의자가 "자유자재로 강의하는

것"만으로는 태부족이며 또한 강의를 듣는 사람의 "마음에 잘 맞아야" 이상적인 강의라고 할 수 있을 것입니다.

　감사합니다.

차례

제1강

남다른 방식과 담대한 마음

이지李贄

호기로운 재주꾼, 재앙이 명성을 따라 일어나다
배울 수 없는 것과 배우기 싫은 것
동심童心과 도학道學
식견識, 재능才, 담대함膽

동심(童心)이란 진실한 마음이다. 만약 동심으로 돌아갈 수 없다면 진실한 마음을 가질 수 없을 것이다. 동심은 거짓 없는 순진함으로, 사람이 태어나서 가장 처음 갖게 되는 본심이다. 동심을 잃게 되면 진심이 없게 되고, 진심이 없어지면 진실한 인간성도 잃게 된다. 진실하지 않으면 최초의 본마음을 다시는 회복할 수 없는 것이다.

내가 엮은 『중국산문선中國散文選』[*]에서 명·청 陳平原, 『中國散文選』, 天津 : 百花文藝出版社, 2000.

시대 부분은 나름의 견해를 많이 반영했기 때문에

비교적 자부심을 가지고 있습니다. 글을 선별할 때 정해둔 기본

원칙은 각 작가의 글이 최대한 6편을 넘지 않도록 한다는 것이

었습니다. 유명한 작가일 경우 이것은 매우 어려운 일입니다.

모두 좋은 문장이었지만 그래도 걸러내야만 했습니다. 「동심설

童心說」을 쓴 이지李贄도 6편이 뽑힌 작가입니다. 이전의 학자들

은 대체로 이지를 사상가나 비평가로 생각했고 산문가로는 크

게 논의하지 않았습니다. 지금 말하고자 하는 사람은 바로 산문

가로서의 이지입니다.

이지(1527~1602)[*]는 16세기 문인입니다. 나는 16 [역자 주] 국내에 이지의 평전이 번역·출판되어 있다. 옌리에산·주지엔구오, 홍승직 역, 『이탁오 평전』, 돌베개, 2005.

세기부터 현재까지를 하나의 큰 역사적 단계로 묶

을 수 있다고 생각합니다. 명말明末 공안파의 삼원

三袁(원중도袁宗道, 원굉도袁宏道, 원중도袁中道)과 5·4 시기의 후스胡適,

호적, 그들은 문학적 상상에 있어서는 여전히 큰 차이를 보이고

있으므로 나는 (명말과 5·4 시기 문학 운동의 근본 방향은 같다는 — 역

자) 저우쭤런周作人, 주작인의 주장을 그닥 신뢰하지는 않습니다.

그렇지만 16세기 이후 강남의 경제적 성장, 사회구조와 생활방

식의 변천, 문인의 독립적인 생존과 독자적인 문인 의식을 표출

하는 발언의 출현, 또 여러 가지 새로운 조류 — 특히 문학사조

의 변동으로 사람들이 새로운 시대로 진입했다고 느끼게 되었

다는 점은 인정합니다. 이 시대가 우리와 매우 가깝다고 느낄 정

도로 만명晚明 문인의 감각과 표현방식은 지금 사람들의 감각과

상통합니다. 거시적으로 본다면 이 오백 년의 중국역사는 모종

의 내재적인 관련성을 가지고 있을 가능성이 있습니다. 오늘은 주로 이지와 그의 글쓰기 및 사람됨에 대해 말할 것이기 때문에 '동심설'이 문학비평사에서 어떤 의의를 가지고 있는지는 잠시 논외로 할 것이고, 공안파 삼원三袁과 5·4 신문화인新文化人*의 관련성에 대해서도 분석하지 않고 넘어가겠습니다.

[역자 주] 신문화운동(新文化運動)은 후스(胡適), 천두슈(陳獨秀), 루쉰(魯迅) 등 일부 지식인들이 전개한 반봉건적인 계몽 운동으로 민주주의와 과학을 표방하는 신문화의 수립과 근대화를 제창하였다.

호기로운 재주꾼, 재앙이 명성을 따라 일어나다

이지의 자字는 굉보宏甫, 호號는 탁오卓吾, 또 다른 호는 온릉거사溫陵居士입니다. 일반인에게 비교적 익숙한 호칭은 이탁오李卓吾 또는 용호거사龍湖居士입니다. 이지와 관련된 모든 자료 중에서는 원중도가 쓴 「이온릉전李溫陵傳」이 가장 주목할 만한 가치가 있습니다. 이 글은 중화서국中華書局 1975년판 『분서焚書·속분서續焚書』*의 앞부분에 실려 있으므로 매우 쉽게 찾을 수 있습니다. 이제 나는 어째서 사망한 지 근 4백 년 후인 1975년에 이지가 최대의 영예를 얻고 그 명성이 정점에 이르렀는가 하는 문제를 제기하려고 합니다. 알다시피 이지는 통주通州에서 체포되었고 이후 옥중에서 자살했습니다. 통주는 명·청 시대에 북경으로 가는 중요한 관문이었습니다. 이 점은 역사를 공부하는 사람이라면 반드시 알아야 합니다. 만약 관심이 있다면 주말에 통주에 가서 서해자공원西海子公園 성터 근처에 있는 '이탁오선생묘李卓吾先生墓'를 찾아가 보는 것도

[역자 주] 우리나라에서도 『분서』, 『속분서』의 완역본이 출간되었다. 이지, 김혜경 역, 『분서』(全2권), 한길사, 2004; 이지, 김혜경 역, 『속분서』, 한길사, 2007.

괜찮을 것입니다. 북경시문물보존지구*가 되어 현재의 묘원墓園은 매우 아름답습니다만 원래의 터는 아니고 이미 두 차례 이전한 것입니다. 문화대혁명 초기에 이 묘가 어떤 운명에 처했을지는 상상할 수 있습니다.* 그러나 1974년에는 문혁이 미처 끝나지 않았는데도 오히려 이지의 묘는 수복되었으니 이유가 무엇이었을까요? 당연히 '사인방四人幇'이 '평법비유'* 운동을 시작한 것과 매우 관련이 있습니다.

다시 돌아와서 이지에 대해 말해보도록 하겠습니다. 그가 체포되고 자살한 과정은 매우 희극적이어서 상세하게 살펴볼 필요가 있습니다. 이지는 1571년에 형부원외랑刑部員外郎이 되어 남경南京에 가서 매우 많은 관원을 알게 되었는데, 그 안에는 후에 그를 위해 묘비문을 써준 친구 초굉焦竑도, 논적이었던 경정향耿定向도 포함되어 있었습니다. 1577년 이지는 운남雲南의 요안지부姚安知府로 발령을 받아 가게 되었고 임기를 마친 뒤 돌아와서 호북湖北 공안公安의 용호사龍湖寺 근처의 절에

[역자 주] 원문은 "북경시문물보호단위(北京市文物保護單位)"이다. 문물보호단위는 중국에서 각급인민정부가 법규에 의해 확정한 구역을 총칭하는 것으로 역사, 예술, 과학적 가치가 있는 터, 무덤, 건축, 절, 석각, 근현대 건축 등 6개 부문으로 나눌 수 있다.

'문화대혁명' 초에 비각(碑閣)은 허물어지고 비석은 넘어져서 길옆에 버려졌다. 1974년에 묘지가 복원되었다. 1983년 10월에 다시 지금의 위치에 이장되었다. 묘지는 북쪽에 위치해 남쪽을 향하고 있으며 남북 30미터, 동서 12미터이다. 푸른 기와로 지붕을 얹었으며 반경이 2.25미터이고 높이는 1.55미터이며 안에는 유골단(遺骨壇)을 넣었다. 지금 묘지의 뒤쪽은 통혜하(通惠河) 옛길에 있는 연못이고 앞은 서해자(西海子)의 고적(古跡)인 어지(魚池)이며, 서쪽의 가산(假山)에는 꽃과 나무가 새로 지은 정자와 어우러져 있고 동쪽에는 요(遼)나라의 능운보탑(凌雲寶塔)이 있다. 이곳을 방문한 사람들은 모두 권력을 두려워하지 않은 지식인에 대해 숙연한 경의를 느끼게 된다. 1984년에 북경시 문물보호단위(文物保護單位)로 지정되었다. 『北京名勝古迹辭典』, 北京 : 燕山出版社, 1989, p.589.

[역자 주] '평법비유(評法批儒)'란 법가의 통치 사상을 재평가하고 유가의 통치사상을 비판한다는 것이다. 마오쩌둥(毛澤東, 모택동)의 부인이었던 장칭(江靑, 강청), 야오원위안(姚文元, 요문원), 왕훙원(王洪文, 왕홍문), 장춘차오(張春橋, 장춘교)로 구성된 '사인방'은 문혁 초기에 임표와 공자를 묶어 보수반동으로 매도하는 '비림비공(批林批孔)' 운동을 주도했고 '비림비공'의 연장선상에서 후기에 오면 '평법비유' 운동을 통해 공자와 유가를 반혁명의 폐기물로 간주하고 법가사상가, 무신론자, 유물론자 등에 대한 칭송을 쏟아내었다.

서 책을 읽고 학문을 강론하고 저술을 했습니다. 이 시기에 공안 삼원이 찾아와 그에게 가르침을 청했습니다. 경정향과 주고받은 수많은 논쟁적인 글과 『분서·속분서』에 수록된 수많은 글

은 모두 이 시기에 쓴 것입니다. 바로 이렇게 자신의 재능을 모두 표출하여 학문을 논하고 정치를 논한 글은 매우 큰 논쟁을 불러 일으켰고 결국에는 자신의 목숨까지 앗아가는 화를 초래했습니다. 1580년 무렵 이지는 공개적으로 학문을 강론하기 시작했고 20년 후 명성이 천하를 가득 뒤덮었기 때문에 수많은 사람들의 시기와 질투를 불러일으킨 것도 당연한 일이었습니다. 만력萬曆 28년은 바로 1600년으로, 이지는 관官에게 쫓기는 신세가 되어* 사방 각지로 떠돌아다닐 수밖에 없었습니다. 마지막에는 퇴직한 어사御史 마응륜馬應倫의 요청으로 북경北京 부근의 통주通州에 가서 살았습니다. 이때는 그가 세상을 뜨기 불과 2년 전이었습니다.

[역자 주] 이지는 반대파로부터 공공연하게 비방을 얻었는데 이지가 74세였던 1600년에 마성(麻城) 용호(龍湖)에 있을 때 풍응경(馮應京)이 안찰사첨사로 부임한 뒤 용호사를 허물며 유랑객은 법으로 다스린다고 공언하면서 이지를 강하게 비판했고 결국 추방하였다. 이때 이지의 상황에 대해서는 유동(劉侗)의 「이탁오묘(李卓吾墓)」, 『제경경물략(帝京景物略)』 권8 참조.

반역자가—설사 정신적인 반역이라고 하더라도—천자의 발 아래에 정착한다는 것은 영리한 행동은 아니었습니다. 오래지 않아 예부급사중禮部給事中 장문달張問達이 이지를 탄핵하는 상소를 올렸는데, 내용은 그가 성현을 비방하며 대중들을 현혹하고 있다는 것이었습니다. 이에 관에서 이지를 체포하였고 그는 옥중에서 자살하기에 이르렀습니다. 이러한 과정이 글재주가 있고 또 특별히 이지를 존경한 공안 삼원에 의해 쓰여지게 되었으니 당연히 예사롭지 않은 문장이 되었습니다. 원중도의 「이온룽전」에 따르면, 이지를 체포하라는 명을 받은 관원이 마 씨馬氏의 집에 이르렀을 때, 이지는 당시 아픈 상황에서도 관의 군졸들이 온다는 소식을 듣고는 벌떡 일어나서 이들은 나 때문에 온 자이니 빨리 나에게 문짝을 떼어 가져다 달라고 했다고 합니다. 걸어서 갈 수 없었으므로 문짝에 들려 가려고 했기 때문입니다. 마 공馬公, 곧 마응륜은 의리를 매우 중시하는 사람이어서 "조정에서 당신을 요사스러운 인물이라고 한다면 나는 요사스러운 인물을 숨겨준 자"라고 말합니다. 죽으려면 같이 죽지 당신 혼자 관아에 가게 할 수는 없다는 것이었습니다. 이지는 당신은 가족이 있으니 나 때문에 연루되어서는 안 되고 연로한 아버지가 계시니 나와 함께 북경으로 갈 수 없다고 하였습니다. 마응륜의 가족과 친구들도 모두 따라가지 말라고 만류하였습니다. 그러나 그는 끝내 이지와 함께 북경으로 들어가서 형부刑部의 심문을 받게 됩니다.

이튿날 정식 심문이 시작되었습니다. 재판관이 그에게 왜 함부로 글을 써서 성현을 모욕했는지를 물었습니다. 예전에 이지는 분명히 『장서藏書』, 『분서焚書』 등의 책을 간행했지만 그는 이것이 그렇게 잘못된 것이 아니라고 생각했기 때문에 이렇게 대답했습니다. "죄인인 저의 저서는 매우 많지만 모두 성인의 가르침에 유익함만 있을 뿐 해를 끼치는 것은 없습니다." 그 의미는 내 책의 주장은 어조가 날카로울 뿐 성인의 가르침에 대해서는 모두 유익하고 해를 끼치는 것은 없으므로 죄를 지은 것이 아니라는 것이었습니다. 재판관은 말로는 당해낼 수 없자 곧바로 그를 감옥에 가두었습니다. 감옥 안에서 이지는 평소처럼 책을 읽고 시를 썼습니다. 하루는 이지가 옥졸에게 머리를 깎고 싶다고 합니다. 옥졸이 면도칼을 가져다주자 이지는 그가 몸을 돌려 밖으로 나가는 틈을 타서 면도칼로 자기 목을 그어 버렸습니다. 목을 긋고서도 곧바로 죽지 못해서 이른바 "이틀 동안 숨이 끊어지지 않았"는데 이는 정말 끔찍한 일이었습니다. 옆에서 돌보던 사람이 그에게 물었습니다. "스님 아프신가요?" 예전에 이지는 관리 생활도 했고 승려 생활도 했었지만 주로 불경을 읽었을 뿐 머리를 깎고 산에 들어갔던 것은 아니었습니다. 그러나 책을 쓸 때 이지는 분명히 자주 자신을 '중和尙'이라고 하였습니다. 이 때 이지는 이미 말을 할 수 없는 상태였기 때문에 손가락으로 그 사람의 손바닥에 "아프지 않다"는 글자를 썼습니다. 그 사람이 다시 물었습니다. "스님께서는 왜 자해를 했나요?" 손가락으로 글자를 써서 말했습니다. "칠십 노인이 뭘 더 바라겠소?"라고 하고는 결국 절명합니다. 이 때 마 공은 마침 자리에 없었는데, 집에 일이 있기도 했고 이지가 안정을 찾은 것 같다고 생각했기 때문에 잠시 집에 돌아갔던 것입니다. 이 사건 후 마응륜은 끊임없이 후회했고 그를 제대로 보호해주지 못했다고 자책했습니다. 상심한 나머지 통주에서 이지를 위해 "무덤을 크게 만들어주고" 또 "절을 세웠습니다".

대부분의 역사서에는 이지가 통주에서 피살되었다고만 서술하지만 정확하게 말한다면 하옥된 후에 스스로 목숨을 끊은 것입니다. 역사서를 쓴다면 이 정도로만 소개를 해도 괜찮습니다. 그런데 원중도가 쓴 전기에는 이 최후의 고비, 곧 관졸이 왔을 때 마 공이 얼마나 강개하게 말했고, 이지가 또 얼마나 차분하게 감옥으로 들어갔으며 나아가 서스펜스 넘치는 돌연한 자결에 이르기까지 이 모든 것이 모두 매우 극적이고 탁월하게 서술되어 있습니다. 진실로 대가의 필치라고 할 수 있으니 대가가 아니라면 이러한 글을 써내지 못했을 겁니다.

이지가 체포될 때 죄명은 '요사스러운 말로 대중을 현혹한다'는 것이었습니다. 장문달이 이지를 탄핵할 때 그 내용은 그가 "이사李斯는 재주가 있고", "진시황은 최고의 황제이며", "탁문군卓文君은 남편을 잘 골랐고", "풍도馮道를 벼슬 속에 몸을 감춘 사람吏隱" 등으로 생각했다는 것이었지만, 핵심은 결국 "공자의 시비是非 판단은 근거로 삼기에 부족하다"고 말했던 것이고 이러한 죄는 너무도 극악하므로 마땅히 죽여야 한다는 것이었습니다. 여러분, 진시황을 추앙하거나 공자의 시비판단이 절대적인 것은 아니라고 하는 이러한 주장은 그 당시에는 세상을 놀라게 하는 충격적인 것이었습니다. 오늘날에 이것이 별 것 아닌 '상식'에 가깝거나 이해할 수 있는 '어떤 사람의 발언'으로 간주될 수 있는 것은 5·4 신문화를 겪으면서 사람들의 생각이 달라졌기 때문입니다.

바로 그런 이유에서 '5·4' 이후 이지에 대한 평가는 천지개벽 수준으로 달라진 것입니다. 한대漢代 왕충王充이 쓴 『논형論衡』 「공자에게 묻다問孔」에서 시작하여 역대의 문인학자 중에서 유가의 학설 또는 공자의 사상에 대해 무엇인가 의문을 제기한 사람은 시대마다 있었습니다. 이지의 경우에도 그저 "모든 사람들이 똑같이 말을 하니 이를 깨뜨릴 수가 없고, 천 년 동안 그대로 견지하면서도 스스로는 알지 못하는 것"[*]에 반감을 가지고 공자의 시비 판단이 반드시 절대적인 것은 아니라고 여겼을 뿐이지, 결코 '성현의 권위

[역자 주] 이지(李贄), 「지불원에서 공자상에 대해 쓰다題孔子像于芝佛院」, 『속분서(續焚書)』.

를 훼손한 것'은 아니었습니다. 만청晚清에 이르면 장타이옌章太炎, 장태염, 우위吳虞, 오우, 이바이사易白沙, 역백사 이 세 사람이 차례로 낙양과 북경에서 공개적으로 나서서 공자의 가르침이 합리적인가에 대해 도전장을 내밀었습니다. 이러한 사유 방식은 나중에 현대 중국에서 '공자 비판'의 전주곡이 되었습니다. 그러나 장타이옌과 우위가 공통적으로 주장했던 것은 '공자'와 '신앙이 된 공자孔敎'를 구분하자는 것이었습니다. 하나는 중화문명을 만들어내는 데 큰 공헌을 한 위인이고, 또 다른 하나는 공자의 기치를 흔들면서 공자를 몽둥이로 삼아 다른 사람을 때리고 죽이는 가짜 도학자이므로 이 둘을 반드시 구분해야 한다는 것이었습니다. 이것이 만청과 '5·4', 이 두 시대를 살던 사람들의 기본적인 사고방식이었습니다.

후스는 예전에 우위를 찬양하면서 "맨주먹으로 공자 가게를 깨부수었다只手打孔家店"라고 했는데, 이것은 우위가 가족 제도를 논한 글과 신앙의 대상이 된 공자에 대해 논한 글을 써서 '5·4' 때 큰 영향을 미쳤기 때문입니다. 그러나 후스가 말한 것은 '공자 가게孔家店'이지 공자가 아니었다는 사실에 유의하기 바랍니다. 공자, 신앙의 대상이 된 공자, 공자 가게, 공 씨네 둘째孔老二, 이 네 단어는 매우 다릅니다. 내 독서경험에서 공구孔丘를 가리키는 '공 씨네 둘째'는 '무산계급 문화대혁명'의 발명품입니다. 예전에는 비록 왕충의 「공자에게 묻다」, 공자의 시비 판단을 그대로 따르지 않겠다고 한 이지의 주장, 신앙의 대상이 된 공자에 대한 우위의 비

"우(吳) 선생과 나의 벗 천두슈(陳獨秀)는 최근 몇 해 신앙의 대상이 된 공자를 가장 유력하게 비판한 두 맹장입니다. 그들 두 사람은 한 사람은 상하이에 있고 한 사람은 성도(成都)에 있으면서 그렇게 먼 거리에 있음에도 불구하고 정신적으로는 매우 많은 공통점을 지니고 있었습니다. (…중략…) 나는 중국의 소년들에게 이 '사천성에서 맨주먹으로 공자 가게를 깨부순' 노(老)영웅─우여우링(吳又陵) 선생을 소개합니다." 「吳虞文錄序」,『胡適全集』제1권, 合肥 : 安徽敎育出版社, 2003, pp.761~763.

판 등이 있었지만 그것은 모두 선긋기를 하려는 노력이었던 것입니다. 곧 역사 인물로서 공자는 위대하지만, 공자에 대한 후대의 해석과 공자의 이름을 빌려 만들어낸 의식형태는 자못 의심할 필요가 있다는 것이었습니다. 오늘 내가 출근하면서 차에서 읽은 루쉰*의 친필 원고 「현대 중국에서의 공부자在現代中國的孔夫子」에서 풍자하고 있는 것도 공자 사후의 모습이지 공자 그 자체가 아닙니다. 진정한 의미에서 공자를 비판과 타도의 대상으로 삼았던 것은 문혁 후기 비림비공운동批林批孔運動이었습니다. 이 대목에서 문혁 때 공자 비판에 가담했던 펑여우란을 량수밍梁漱溟, 양수명이 어째서 끝까지 용서할 수 없었는지* 이해할 수 있습니다. 평생 동안 유가사상에 대한 학설을 연구했는데 어떻게 이런 글을 쓸 수 있었던 것일까요? 신앙의 대상이 된 공자를 비판하는 것은 많은 사람들이 선뜻 할 수 있었지만, 공자를 비판하는 것은 별개의 일이었던 것입니다.

그래서 이지 선생은 비록 자신이 독립적으로 사고해야 하며 반드시 공자의 시비 판단을 그대로 따라야 하는 것은 아니라고 주장했다고 하더라도, 유가의 사상체계나 '유교'에는 해가 없을 뿐더러 유익하다고 당당하게 말할 수 있었던 것입니다. 그러나 사람들은 그 말에 동의하지 않았고, 대부분 '공자'와 '신앙의 대상이 된 공자', '공자'와 '도학'을 같은 것으로 이해했습니다.

사실 이지와 경정향의 논쟁에서 핵심도 여기에 있었습니다.

[역자 주] 魯迅, 노신. 우리나라에서 루쉰의 저작은 선집에 이어 전집의 완역까지 출판작업을 진행하고 있다. 노신, 노신문학회 역, 『노신선집』(全4책), 2004; 루쉰, 루쉰전집번역위원회 역, 『루쉰전집』(11책), 그린비, 2010~2015.

후에 펑여우란(馮友蘭, 풍우란)은 이 일에 대해 사과했다. "만약 자신이 진실한 견해가 없거나 혹은 있어도 그것을 감추고, 잠시 시류에 부응하여 어떤 찬양을 얻으려고 했다면 이것은 허위이다. 이런 것을 대중 영합이라고 한다. 위에서 말한 대로 보자면 당시의 내 생각은 실사구시의 뜻이 전혀 없이 대중에게 영합하겠다는 마음만 있었는데 이것은 진실이 아니라 거짓된 주장을 한 것이다." 馮友蘭, 『三松堂自序』北京: 三聯書店, 1984, p.189.

이지를 체포해야 한다는 명분으로는 "요망한 서적"뿐만 아니라 "마음대로 마구 행동한다"도 있었습니다. 이는 곧 행동에 절제가 없었다는 것입니다. 예컨대 "무뢰배와 함께 절에 다니고", "기녀를 끼고 대낮에 같이 목욕했다"는 것이었습니다. 그러나 이것을 가지고 고발해도 사실 어떤 퇴직관리를 심문할 이유로는 충분하지 못합니다. (학생들 웃음) 설령 이 고발이 모두 받아들여진다고 해도 그저 미풍양속을 해치는 데 불과하지 죽여야 할 대죄는 아니었던 것입니다. 그는 지금의 몇몇 관리들처럼 공금으로 기녀를 사지 않았습니다. 이지가 기녀와 "대낮에 같이 목욕했다"라고 하는 것이 정말로 사실인지 아닌지에 대해 나중에 추가 조사도 없었던 것은 이것이 핵심이 아니었기 때문이었습니다.

정말 따져야 할 것은 그의 주장이었습니다. 그 당시 사람들과 후대 사람들은 모두 이지가 말 때문에 유죄였다는 것을 알고 있었습니다. 이른바 "감히 어지러운 도를 선동하고", "혹세무민했다" 같은 이유를 죄로 적시하고 검거한 것은 매우 성공적이었습니다. 원중도가 말했듯이 이지처럼 이렇게 다른 사람을 비난하는 것을 좋아하고 또 잘하는 사람은 자신을 죽음으로 몰아가는 재앙을 쉽게 초래할 수 있습니다. "공문거孔文擧는 위무魏武를 어린 아이 다루듯이 했고,˚ 혜숙야嵇叔夜는 종회鍾會를 노비처럼 여겼다"˚는 일은 분명히 순간적으로 통쾌함을 느끼게 했지만 조조曹操는 결코 진짜 아무 것도 몰랐던 것이 아니었고 더욱이 마음대로 놀려도 되는 어린 아이도 아니었습

[역자 주] 황제를 옹립하던 공융은 점차 야심을 드러내고 있던 조조와 대립하였고 자주 조조의 정치를 비판하며 망신을 주었다. 공융은 조조의 형주 정벌에 분개하여 조조를 비판했다가 결국 조조의 명령으로 처형당하고 가족은 몰살당했다.

니다. 이른바 "재앙이 명성을 따라 일어난"*
것으로, 예부터 지금까지 재주가 많고 호방
하며 의기충천한 유명한 사람들은 대부분
끝이 좋지 않습니다. 또 명성이 커질수록 그
만큼 빨리, 그리고 참혹하게 죽습니다. 공융
孔融, 혜강嵇康과 이지를 같이 놓고 보면 확실
히 위진의 명사와 만명의 광생狂生 사이에 적
지 않은 공통점이 있다는 것을 발견할 수 있
습니다. 모두 자신의 주장을 말했기 때문에
죽임을 당했고, 그 주장은 공교롭게도 모두
예교禮敎에 반대하는 것이었습니다. 더 주의할 만한 부분은 "탕
무湯武를 비판하고 주공周公을 우습게 여기는" 사람이야말로 예
교의 진정한 신도信徒일 수 있다는 것입니다. 루쉰은 「위진 시대
의 풍도·글과 약·술의 관계魏晉風度及文章與藥及酒之關係」에서 다음
과 같이 탁월한 분석을 한 바 있습니다.

> 예컨대 혜강과 완적阮籍의 죄명은 줄곧 그들이 예교를 훼손했다
> 는 것이었다. 그러나 나는 개인적으로 이러한 비판은 틀렸다고 본
> 다. 위진 시대에 예교를 숭상한 사람들은 보기에는 그럴듯했지만,
> 사실은 예교를 훼손하고 예교를 신봉하지 않는 자들이었다. 표면
> 적으로 예교를 훼손한 사람들이 실제로는 도리어 예교를 인정하고
> 예교를 굳게 믿었던 것이다.

차마 '예교'를 승진의 '수단'으로, 또는 살인의 '명분'으로 삼지

[역자 주] 청담을 논하면서 현실정치에 대해서는 입을 다물고 있던 혜강에게 어느 날 사예교위(司隸校尉)를 맡고 있던 사마 씨(司馬氏)의 심복 종회가 찾아온다. 혜강은 그때 나무 아래에서 쇠를 단련하고 있으면서 찾아 온 종회를 보고도 말 한 마디 건네지 않았다. 종회가 떠나려고 할 때 혜강이 "무엇을 듣고 와서 무엇을 보고 가느냐?"라고 묻자 종회는 "들은 대로 듣고 본 대로 보고 간다"라고 말했다. 혜강은 종회와의 악연으로 결국 모함을 받아 죽임을 당했다.

이 말은 원중도 「이온릉전」에 나온다. 공융과 혜강의 사례를 통해 이지의 "강한 기질로 제멋대로 굴면서 은혜와 원수를 확실하게 갚는 것"과 "속세를 배회하고 있으니 재앙이 명성을 따라 일어났다"라는 것을 설명한 것이다.

못했던 이러한 사람들은 진심으로 예교를 믿었던 '샌님'이었기 때문에 오히려 예교에 대해 말하지 않았으며 심지어 예교를 반대하기까지 했던 것입니다. 이지는 그가 이렇게 세상을 놀라게 하는 주장을 한 것이 "성인의 가르침에 있어서 유익할 뿐 해는 없다"라고 해명했는데, 그로서는 진심이었습니다. 그러나 그는 세상에는 예교를 믿지도 않으면서 예교에 대해서는 반드시 고담준론을 늘어놓아야 한다고 생각하는 사람이 엄청나게 많고, 그들은 그가 이 창호지를 뚫어 그들의 민낯을 까발리는 것을 절대로 허락하지 않으리라는 것을 몰랐던 것입니다.

원중도는 이지가 쓴 글의 가장 큰 특징이 "특출한 필치와 안목別出手眼"이라고 여러 번 언급했습니다. 여기에서 "특출한 필치와 안목"이란 역사서를 즐겨 읽고, 역사에 대해 논하면서 오랫동안 가려져 있던 것을 들춰내거나, 역사를 가져와서 현실에 투사하기를 좋아했다는 뜻입니다. 만약 그냥 서재에서 고증 작업을 하거나 '순정純正'한 학술연구를 했다면 어느 정도 자유분방하더라도 역시 크게 문제되지 않았을 것입니다. 그러나 이렇게 이지처럼 "수천 년이라는 시대를 종횡무진하는 특출한 필치와 안목"이 있다면 틀림없이 세상의 금기에 저촉하게 될 것입니다. 고대에 진정한 군자라고 불렸던 사람에게 이지는 기어이 그 사람의 결점을 공격하려고 했고 과거에 진짜 소인배라고 매도되었던 사람에게 거론할 만한 가치가 없는 사람이 아니라 칭찬할 만한 장점이 있는 사람이라고 하였습니다. 이지는 자신의 평가가 "헛된 문식을 몰아내고 실용적인 것을 숭상한다"는 점에서 세도世道와 인심人心에 유익하다고 생각했지만, 반면에 다른 사람들은 이지가 "나쁜 의도를 가지고 있다"라고 굳게 믿었습니다. 수천 년 역사를 종횡하면서 이지는 기존의 견해를 뒤집는 글을 쓰고 "껍질을 버리고 뼈를 드러내어서", 적지 않게 역사의 안개를 걷어내기도 했지만 다른 한편으로는 최고통치자와 수많은 어용학자들의 얼굴에 먹칠을 하고 심지어 이로 인해 적지 않은 '통치기술'이 터무니없고 날조되었다는 것을 폭로했던 것입니다.

물론 이지의 주장 중 일부는 바로잡으려다가 선을 넘어버린 측면이 있습니다. 세상 사람들을 놀라게 하려고 그는 매우 격렬한 어조와 날카로우면서 동시에 재치 있는 문체를 골라 썼습니다. 이런 이유로 때로는 "너무 지나치게 말할" 때도 있었습니다. 그렇지만 그의 글에 있는 조소와 풍자를 잠시 접어두면 세심한 독자는 의외로 저자의 열정과 따스함을 읽어낼 수 있을 것입니다. 보다 더 중요한 것은 이렇게 핵심을 찌른 논술이야말로 진정한 의미에서 세도와 인심에 도움이 된다는 것입니다. 이 점을 설명하기 위해 원중도는 사마천의 『사기史記』와 반고의 『한서漢書』를 예로 들었습니다. 이 두 걸작의 저자는 둘 다 나름의 독자적인 관점을 가지고 있었고, 그들의 구체적인 서술이 그 당시 주류의 생각과는 그다지 부합하지 않았지만 그래도 그들의 저작이 갖는 가치는 의심할 나위가 없습니다.* 후세의 역사가들이 당시의 금기에 저촉될까봐 최대한 '시건방진 말'을 피하면서 써내려간 역사서는 "하품을 하고 기지개를 펼 정도로 지겨워서 끝까지 읽을 수 없게 될 뿐입니다". 그 이유는 무엇일까

후세에 반고(班固)와 사마천(司馬遷)을 이야기할 때는 비록 비교 기준을 달리 적용했지만 대부분 사마천은 "종횡무진하는 것을 좋아하지만(喜馳騁)" 반고는 "편집하여 다듬는 것을 숭상하였으며(尚剪裁)", 사마천은 "자유자재로 변화시켜(通變化)" "형식이 자유롭고 창조적이었으

나(圓用神)" 반고는 "규칙을 준수하여(守繩墨)" "형식이 정해져 있었고 계획된 것이었다(方用智)"라는 데에 동의한다. 그런데 『사기』와 『한서』가 '정해진 규칙(定法)', '정해진 법식(定例)'에 대해 상이한 태도를 취한 이유는 일차적으로는 나름의 식견에 따른 것이며 그 다음에야 문풍(文風)의 영향에 따른 것이다. 조정과 개인의 이익이 일치한 상황에서는 반고도 역시 강개하고 비장한 좋은 문장을 써낼 수 있었다. 예를 들면 「소무전(蘇武傳)」은 "천년이 지난 이후에도 여전히 생기가 있어서(千載下猶有生機)" 『사기』에 비해도 절대 손색이 없다.

하심은(何心隱, 1517~1579)은 왕양명(王陽明)의 제자 왕간(王艮)의 삼전제자(三傳弟子)로, 태주학파(泰州學派)의 적통제자이다. 본래의 성은 양(梁)이고 이름은 여원(汝元)이며 영풍(永豊, 지금의 강서성(江西省)) 사람이다. 학문에서는 '마음心'을 위주로 하였는데 이는 마음이 만물의 근원이라는 뜻으로 사람의 물질적 욕망을 긍정하고 도학자들이 인간의 욕망을 죄악시하는 관점을 비판한 것이었다. 가는 곳마다 제자들을 모아놓고 강학을 하였는데 영향력이 매우 컸다. 황종희(黃宗羲)의 『명유학안(明儒學案)』「태주학안 서문泰州學案引」에서는 양명학은 "안산농(顔山農), 하심은 일파에게 전해진 이후에는 명교(名敎)로 규제할 수 없게 되었다"라고 했다. 후에 장거정(張居正)을 노엽게 하여 호광순무(湖廣巡撫)에 의해 곤장을 맞아 죽었다. 룽자오쭈(容肇祖)는 하심은에 대해 "그는 욕망은 적을 수는 있지만 없어서는 안 되고 선택할 수는 있으나 없앨 수는 없는 것이라고 생각하였고, 대대적으로

요? 매우 간단합니다. 다른 사람들이 말하는 것을 그대로 쓰게 되면 거기에는 그 어떤 독창적인 견해도 없기 때문입니다. 특출한 기법이라는 것은 세상의 금기에 저촉하기 쉽지만, 독창적인 견해가 없다면 이는 또한 다른 사람들을 지루하게 할 것입니다. 분명히 원중도는 이지의 다소 과격하긴 하지만 역량과 깊이를 갖춘 사유와 표현방식을 인정하고 있는 것입니다.

그러나 오랫동안 공안 삼원처럼 있는 힘을 다해서 이지를 추앙한 독서인이 그렇게 많지는 않았습니다. 황제와 조정의 대신만 좋아하지 않았던 것이 아니라 매우 강직하고 식견이 있는 서생들조차도 하심은, 이지 등에 대해 매섭게 비판하는 태도를 보였습니다. 청대 초기의 왕부지王夫之, 고염무顧炎武 등에 이르면 한층 더 심하게 이지를 비판합니다. 그 이유는 무엇일까요. 고염무와 왕부지 등의 사람들은 한 사회에서 기풍을 만드는 것이 무척 중요하다고 보았기 때문입니다. 이른바 "천 리의 긴 제방도 개미구멍으로 인해 무너지는 법입니다千里之堤, 潰于蟻穴". 아무리 작은 구멍이라고 해도 잘 막지 못한다면 천 리의 긴 제방이라도 무너뜨릴 것입니다. 그리고 한 시대의 문학풍조와 세상의 풍조, 민간의 기풍, 사회 질서는 서로 잡아주기도 하지만 동시에 서로를 뒤흔들 수도 있습니다. 이지처럼 이렇게 거리낌 없이 멋대로 말

하고 세상의 금기를 전혀 돌아보지 않으며 예법을 지키지 않는 문학 풍조는 독서인의 조급하고 경거 망동한 행동을 구체적으로 보여준 것이었습니다. 이것은 일반 백성의 생활방식에 직접적인 영향을 미칠 것이며 더 나아가 예법과 질서에 대해 도전 한 것이었습니다. 사회적인 측면에서 본다면 예교를 표방하는 것이나 반역을 숭상하는 것이나 모두 다 분명한 부작용이 있습 니다. 둘 다 결함이 있어 그 중 가벼운 것을 선택한다면 "도적떼 가 권력을 장악하는 쪽"보다는 "고상한 기풍으로 치장하는 쪽"이 그래도 더 받아들일 만할 것입니다.

강학을 하고 우수한 인재들을 모아 길러 서 천하의 공백을 메우고자 하였다. 그 의 목표는 너무 높았고 사회의 상황은 너무 나빴기 때문에 권세가들의 미움을 받아 도(道)를 위해 목숨을 바치게 되었 다'라고 평가하였다. 容肇祖, 『明代思想 史』, 濟南 : 齊魯書社, 1992, p. 231.

그렇다면 여러분은 어째서 당대와 송대 이후 수많은 독서인, 곧 조정의 관료에서 시골의 문사에 이르기까지 어떤 사유와 표 현방식을 만들어 내는 '문체'에 대해 이렇게 중시했는지를 이제 야 깨달을 수 있을 것입니다. 왜냐하면 대표성을 가진 문장의 풍 격은 사실 한 시대의 독서인이 가진 정신 상태를 구현할 뿐만 아 니라 심지어 (독서인의 정신 상태에 — 역자) 영향을 주기 때문입니 다. 이렇게 말하면 여러분은 조정에서 글의 허황됨과 독서인의 오만불손함을 그 사회가 안정되었는지 또 사직社稷, 강산江山으로 대표되는 나라가 탄탄한지 하는 문제와 관련짓는 것이 당연하 다고 생각할 것입니다. 명대와 청대의 황제들은 끊임없이 '문체 교정釐正文體'을 강조했는데, 여러분은 이것이 상투적인 말이며 그 어떤 실질적인 의미도 없을 것이라고 생각할 것입니다. 그렇 지 않습니다. 왜 동성파桐城派 글이 찬양을 받을까요? 사상과 문 체가 순정純正하기 때문입니다. 조정에서는 왜 팔고문八股文으로 관리를 선발할까요? 핵심은 글이 아니라 사상이고 성정性情입니다. 문장 교정 그 자체가 바로 사상 교육이자 성격 연마입니다. 명대와 청대에 수많은 사람들이 과거시험을 비판했고 팔고문을 비판했지만 그래도 조정에서 이 방식을 폐지하지 않은 이유가 무엇이겠습니까? 조정에서는 팔고문 형식을 잘 연습한다고 해도 이후에 나라를 잘 다스리는 데 있어서 그 어떤 실질적인 의미도 없으리라는 것을 분명히 잘 알고 있었습니다. 다만 이를 통해 지식인의 사고를 훈련시켜 이후에 일을 할 때 정통을 지키고 규범을 어기지 않도록 만들 수 있었습니다. 여기에 핵심이 있는 것입니다. 과거시험을 통해 인재를 선발한 것은 통치자의 입장에서 보자면 그것이 사상통제의 방법이었기 때문입니다. 이것은 여론을 통일시키고 사상을 통일시키며 성격을 통일시킬 수 있는 가장 좋은 방법이었습니다. 물론 이렇게 하는 바람에 원래라면 가장 통일되어서는 안 될 '문장'마저 통일해 버린 것입니다.

이 관점을 적용해 보면 여러분도 과거시험이 폐지된 뒤에 성장한 독서인의 문풍과 정신, 성격 등이 어떤 이유에서 앞 시대의 사람들과 매우 큰 차이를 보이게 되었는지 알 수 있을 것입니다.

[역자 쥐 원문의 "德先生"은 '데모크라시(Democracy)'를 가리킨다.

[역자 쥐 원문의 "賽先生"은 '사이언스(Science)'를 가리킨다.

서구의 '민주주의'●와 '과학'●을 받아들였기 때문만은 아닙니다. 이 문제를 간파한 옌푸嚴復, 엄복는 과거시험의 폐지가 "바로 우리나라 수천 년 역사에서 가장 큰 사건"이라고 하면서 좋은지 나쁜지는 현재로서는 장담할 수 없다고 했습니다. 그 당시 많은 사람들은 과거시험 폐지 이후 중국의 학술문화가 비약적으로 발전하리라는 낙관적인 확신을 가졌고, 서구 문화의 교육을 받은 사람들은 이러한 전망에 대해 더욱 의심치 않았습니다. 옌푸의 경우 "이러한 원인으로 어떤 결과를 맞게 될지는 식견이 얕은 우리가 감히 함부로 말할 수 없다"고 했습니다. 장타이옌도 비슷한 견해를 제시했습니다. 이 문제에 대해 나는 『중국 현대 학술의 건립』에서 본격적으로 논한 바 있습니다.

嚴復, 「論教育與國家之關係」, 『嚴復集』.

陳平原, 『中國現代學術之建立』, 北京大學出版社, 1998.

중국인들은 학문이 정치의 근본이라고 믿습니다. 몇몇 독서인이 학문과 도를 강론하는 것이 별 것 아닌 것처럼 보이지만 실제로는 정치의 운영에 매우 큰 영향을 미칠 수도 있으며 사회 전체의 근본을 뒤흔들어 놓을 수 있다는 점을 간과해서는 안 됩니다. 표면적으로는 공부자孔夫子의 공과功過를 논하고 진시황에 대해 시시비비를 따지고 있으나 실제로 매우 중요한 문제를 다루고 있는 것입니다. 학계의 소소한 논쟁을 곧바로 사회 전체의 안정과 결속의 문제로 확대해석하는 것은 일리가 없지는 않지만 오히려 과도하게 해석하여 없는 죄를 뒤집어씌울 가능성이 높습니다. 20세기의 1990년대까지도 이러한 경향은 여전히 남아있어서 구체적인 학술 문제를 가지고 곧바로 국가흥망이라는 천하대사天下大事로 자주 확대시키곤 했습니다. 때로는 공격할 책략이 되었고 때로는 사유방식이 되기도 했습니다. 예컨대 몇년 전 나는 북경대의 역사를 고증하는 주제로 글을 썼는데 몇몇 사람들로부터 비판을 받았습니다. 그중에서 가장 격렬했던 비판은 나처럼 이렇게 함부로 하다가는 자본주의가 중국에서 부활할 것이라는 내용이었습니다. 내가 북경대의 개교기념일이 어떤

내가 쓴 「「역사를 탐색한」 이후"觸摸歷史"之後」와 「「북경대의 정신과 기타」 후기」(「北大精神及其他」後記)를 참조하기 바란다. 모두 『북경대의 정신과 기타』(『北大精神及其他』, 上海文藝出版社, 2000)에 실려 있다.

이유로 날짜가 바뀌었는가를 고증한 것이 설혹 틀렸다고 해도 이렇게 큰 영향력은 없을 것입니다. (학생들 웃음) 하나의 매우 구체적인 이론명제, 심지어 한 글자의 고증만으로도 곧바로 의식구조의 차원으로 비약시켜 논쟁을 전개하는 이러한 방식은 좋은 습관이 아닙니다. 이러한 사고방식은 중국사회가 점차 개방되고 시장경제가 발달함에 따라 차츰 바뀌게 될 것입니다. 그런데 이러한 변화 또한 인문 학술의 중요성이 저하된다는 것을 의미합니다. 인문학자의 경우 이전에는 지나치게 '중량감'이 있었다면 이후에는 너무나도 '경시'될 가능성이 높습니다.

자, 이번 시간에는 조정에서 필사적으로 이지를 잡아서 죽이려고 했던 이유가 그의 말이 금기를 저촉해서 사회 전체의 안정을 위협할 가능성이 있었기 때문이었다는 내용을 강의했습니다. 처음으로 돌아가서 다시 전傳의 서술자가 보인 태도를 살펴보도록 하겠습니다.

배울 수 없는 것과 배우기 싫은 것

이지를 위해 전을 쓴 원중도가 이지 선생을 표창하면서 썼던 방식은 의문을 제기하는 방법이었습니다. 당신이 이렇게 이지를 표창하는데 이것은 그를 배우려고 하는 것인가? 이어지는 대답은 매우 흥미롭고 찬찬히 완미해 볼 필요가 있습니다. "좋아하기는 해도 배우지는 않을 것이다." 그 이유는 무엇일까요? "배울 수 없는 것이 다섯 가지가 있고 배우기 싫은 것이 세 가지가 있기" 때문입니다.

첫째, "공은 관리가 되었을 때 청렴하고 엄격했습니다". 그러나 나는 보통 사람들처럼 누군가 선물을 준다면 모두 받으니까 절조가 좋은 편도 아니고 당신처럼 그렇게 청렴할 수도 없습니다. 둘째, 당신은 아무 때나 "여자애의 방에 들어가지"도 않았고 어린 남자애와 어떤 관계도 맺지 않았습니다. 그러나 나는 정욕을 끊을 수 없기 때문에 당신의 행동을 배울 수 없습니다. 셋째, 당신은 "지극한 도에 깊이 들어가서 그 핵심을 보는 사람"으로, 예컨대 도를 배우고 선禪을 깨닫는 분야에서 당신은 모두 훌륭한 깨달음과 식견이 있었습니다. 그러나 나는 그저 글만 볼 뿐이라 당연히 "현묘한 뜻을 제대로 이해하지 못했습니다". 그래서 또한 당신에게서 배울 수 없습니다. 넷째, "공은 어렸을 때부터 늙을 때까지 독서만 할 줄 알았습니다". 그러나 나는 속세의 인연을 끊고 온종일 책을 볼 수는 없습니다. 다섯째로 배울 수 없는 것은 "공은 강직한 기질의 소유자로 다른 사람에게 굽히지 않았다"는 점인데 나는 겁이 많고 나약해서 매우 쉽게 "다른 사람들이 하는 대로 따라합니다". 그렇습니다. 이 다섯 가지의 '배울 수 없는 것'은 모두 표창하려는 의도였습니다. 반츤법*을 써서 당신이 이렇게 강직하고 청렴하고 학문을 좋아한다는 내용을 말한 것입니다. 각 구절의 방식이 모두 이렇게 당신은 해냈는데 나는 하지 못해서 정말 죄송하다는 식입니다. (학생들 웃음) 여러분들은 모두 여기에서 "배울 수 없는 것"이

[역자 주] 반츤법(反襯法)은 대상의 어떤 특성을 부각시키기 위해 상반되는 측면을 주로 제시하는 방법이다. 위의 맥락에서 보면 원중도는 이지에게서 "배울 수 없는 점"이 있다고 하면서 청렴함과 정욕의 절제, 득도, 독서, 강직함 같은 미덕을 제시하였는데 이는 "배울 수 없다"는 표현에서 일반적으로 대상인물을 단점을 떠올리기 쉽지만 실제로는 다른 사

람이 쉽게 따라할 수 없는 대단한 경지를 강조하기 위해 활용한 서술기법이라는 뜻이다.

실제로는 교묘한 수사법이라는 것을 알 것입니다.

그러나 뒤에는 또 세 가지의 "배우기 싫은 것"이 있으니까 조급해 할 필요는 없습니다. "당신이 강한 기질로 제멋대로 굴면서 은혜와 원수를 확실하게 갚는 것"이 "배우기 싫은 것 중 하나"입니다. 당신처럼 그렇게 강직하고 은혜와 원수를 확실하게 갚는다고 눈에 거슬리면 즉시 주먹질을 하는 것을 나는 배우기 싫다는 것입니다. 둘째, "기왕에 관직을 떠나 은거한다"면 원래는 깊은 산으로 들어가서 자취를 감추어야 하는데 당신은 여전히 "속세를 배회하고 있으니" "재앙이 명성을 따라 일어나는" 것도 당연합니다. 이십 몇 년 동안 관료로 지내다가 시시해져서 호북 공안의 절로 은거 차 들어가서 글을 쓰고 학문을 강론하다니 이런 당신의 삶은 정말 좋지 않습니까? 그러나 당신은 그 상황에서도 여전히 세상사에 대해 토론을 해서 사람들에게 미움을 삽니다. 이것이 내가 배우기 싫은 두 번째 것입니다. 셋째, 당신은 때때로 "사소한 일들에 신경 쓰지 않고 마음 가는 대로 말을 해서" 다른 사람들에게 빌미를 제공하고 당신을 공격할 명분을 만들어내는데, 이것 또한 내가 배우기 싫은 것입니다.

앞에서 언급한 다섯 가지의 "배울 수 없는 것"은 반츤법을 써서 이지의 인품과 학문을 찬양하였습니다. 뒤에서 이야기한 "배우기 싫은 것"은 그가 무슨 이유 때문에 피살되었는지 또는 어떤 이유로 세상 사람들에게 받아들여지지 못했는지를 설명하고 있습니다. 이러한 서술방식은 진晉나라 사람 혜강이 쓴 「산거원山巨源에게 절교 편지를 보냄與山巨源絶交書」을 차용한 것입니다. 혜강과 마찬가지로 '죽림칠현' 중 하나였던 산도山濤는 아마도 관리생활에 질려서인지 혜강에게 출사하여 자신의 직책을 대신하라고 요청합니다. 혜강은 이에 문학사에서 매우 유명한 '절교 편지'를 쓰는데, 이때는 대략 서기 261년이었습니다. 이 편지를 단순하게 읽으면 당신은 산거원이라는 사람이 이렇게 세속적인데 어떻게 '죽림칠현'에 들어갈까 싶을 것입니다. 이후에 어떤 사람이 고증한 바에 따르면 혜강이 진짜로 산도와 절교했던 것은 아니며, 이 글은 그저 산거원을 조롱하는 방식을 빌려 자신의 이념을 표현하는 '장치'였던 것입니다.

'절교 편지'에서는 "인륜에는 예의가 있고 조정에는 법도가 있다"라고 했는데 만약 '내'가 관리가 된다면 반드시 이러한 예법에 저촉될 것이라고 썼습니다. 곰곰이 생각해보니 내가 만약 관리가 된다면 "분명히 할 수 없는 일이 일곱 가지가 있고 정말 해서는 안 되는 일이 두 가지가 있다"는 것입니다. 첫째, 나는 늦잠 자는 것을 좋아하는데 관리가 되면 업무를 해야 하지만 나로서는 시간에 맞추어 일어날 방도가 없습니다. 둘째, 내가 관리가 되면 출입할 때 수행하는 사람들이 있을 테니 행동하기가 너무 불편합니다. 그때는 규정이 만들어지기 전이었는데 무슨 고위급 관료가 외출할 때 반드시 호위하는 수레가 앞서 길을 인도해야 했겠습니까마는 자기에게는 자유가 전혀 없어서 심지어 음식점에 간식 먹으러 가는 것도 모두 안 된다는 것입니다. (학생들 웃음) 물론 이것은 내가 첨가한 것입니다. 혜강은 나보다는 훨씬 우아하게 "거문고를 들고 다니면서 시를 읊고, 들판에 나가서 사냥하고 낚시하는데" 참을 수 없을 정도로 세속적인 관졸들이 뒤따른다면 정취라고는 하나도 없을 것이라고 하였습니다. 셋째, 관리가 되면 반드시 관청에 단정하게 앉아 있어야 하는데 내 몸에는 이가 많아서 계속해서 긁어야 하기 때문에 단정하게 앉을 수 없습니다. 넷째, 관리가 되면 반드시 언제나 여러 가지 서류를 처리해야 하는데 나는 글쓰기를 좋아하지 않습니다. 다섯째, 관리가 되면 여러 가지 사교 활동이 있어 반드시 여러 세속적인 사람들을 대하거나 물건을 받아들여야 하는데 나는 이 또한 "꾹 참고 세속적으로 할 수" 없습니다. 여섯째, 관리가 되었다면 방문객과 동료들 중에 틀림없이 참을 수 없을 정도로 매우 세속적인 사람들이 있을 것인데 업무상의 필요 때문에 반드시 그들과 함께 일해야 하는 상황을 나는 참을 수 없습니다. 일곱째, 관리가 되면 반드시 각종 일상적인 업무를 처리해야 하느라 너무나 바쁠 것이므로 이런 일도 나는 하지 않겠습니다. 이것이 바로 이른바 "분명히 할 수 없는 일곱 가지"입니다. "정말 해서는 안 되는 두 가지"의 경우, 하나는 나는 "탕왕湯王과 무왕武王를 비판하고 주공과 공자를 우습게 여기기" 때문에 세상의 규범에 용납될 수 없습니다. 두 번째로 나는 "강직한 기질이 있어 악행을 혐오하고 거리낌 없이 직언을 하며 어떤 일을 만나든 곧바로 분출하는데" 그렇다고 완적阮籍 같이 수양修養을 쌓은 것도 아니어서 관리가 되기에는 전혀 적합하지 않습니다. 마지막으로 종합해 보면 나 같은 '옹졸한' 사람에게 관리가 되라고 하는 것은 나를 막다른 길로 모는 격이 아닙니까? 내 마음대로 행동해서 다른 사람들이 눈에 거슬려 한다면 화를 초래할지도 모를 일이며 나를 억누른다면 나는 이 또한 견딜 수 없습니다. 이렇게 안팎으로 곤란한 상황인데 "어떻게 세상에 오래 남아있을 수 있겠습니까?"

이 글에는 세상을 풍자하는 가운데 솔직한 말도 있습니다. 늦잠 자기를 좋아한다든지, 세속적인 아전들을 싫어한다든지, 또 "꾹 참고 세속적으로 할" 수 없다든지 하는 일은 사실 비단 혜강뿐만 아니라 수많은 문인, 나아가 재기才氣가 있는 문인이라면 모두 가지고 있을 법한 기질입니다. 이 때문에 천여 년 전의 글을 여러분이 읽게 되면 의외로 매우 친근하다고 느낄 것입니다. 여러분이 나중에 공무원이 될 수도 있을 텐데 그때 여러분이 다시 "분명히 할 수 없는 일곱 가지"와 "정말 해서는 안 되는 두 가지"를 읽게 되면 감회가 매우 깊을 것입니다. "분명히 할 수 없는 일곱 가지"에 동의하는 사람은 매우 많겠지만 "정말 해서는 안 되는 두 가지"를 고수할 수 있는 사람은 거의 없을 것입니다. 사실 이 두 가지는 같은 차원의 문제가 아닙니다. 나는 늦잠 자는 것을 좋아하고 세속의 사람들과 같이 있고 싶지 않다고 한다면 이것은 대단치도 않고 기본적으로 개인적인 성향의 문제입니다. 그러나 툭하면 성질을 부리고 굽힐 줄 모른 채 직설적으로 말하는 데다가 세상 사람들이 신처럼 받드는 주공과 공자를 비난하고 우습게 여긴다면 이것이야말로 가장 치명적일 것입니다. 이 구절은 표면적으로는 자신을 비판한 것이지만 사실은 자신을 표창한 것이며 ─ 문인이 가진 일종의 오만을 표현한 것입니다.

다시 처음으로 가서 원중도의 「이온릉전」을 다시 읽어보십시오. 이른바 "배울 수 없는" 것이 다섯 가지, "배우기 싫은" 것이 세 가지인데, 이지를 표창한다는 측면에서 깊이 있게 찬찬히 살펴가며 그의 성격을 매우 선명하게 그려내었다고 할 수 있습니다. 그러나 혜강의 '자기 서술'이 친근하고 자연스러운 반면 원중도의 '전傳'은 약간 부자연스러운 측면이 있습니다. 솔직히 말한다면 당신은 어떠하고 나는 어떠하다는 식으로 너무 많은 흑백 대비가 있어서 읽다 보면 "분명히 할 수 없는 일곱 가지"만큼 진정성이 있지 않습니다. 또 마지막에 "배우기 싫은 세 가지"에는 대체로 이지에게 충고하거나 이지를 비판하는 느낌이 있습니다. 혜강은 자신에게 많은 '문제점'이 있어서 관리가 되기에 부적절하다고 했지만 이러한 문제점을 고치겠다고 한 적도 없고 나아가 세상 사람들의 견해와 취미趣味를 인정한다고 답한 적도 없었습니다. 여러분이 「이온릉전」을 읽게 되면 그 글 안에서 어떤 '잡음', 곧 표창하는 가운데에서도 어떤 비판이 스며들어 있다는 것을 느끼게 될 것입니다. 바로 이러한 이유 때문에 원중도는 나는 이지를 좋아하지만 본받지는 않겠다고 한 것입니다. 이는 문학적 수사인 동시에 진심 어린 말이기도 합니다. 그리고 나는 원중도가 취한 입장이 바로 절대 대다수 중국인들의 선택일 것이라고 믿습니다. 이지의 이러한 강직한 기질, 은혜와 원수를 확실하게 구분하는 태도는 정말 존경스럽습니다. 그러나 진정으로 따라하려고 하면서 동시에 어느 정도 비슷하게 따라 할 수 있는 사람은 그다지 많지 않으리라고 믿고 있습니다.

동심童心과 도학道學

죽음을 초래한 『장서』와 『분서』가 간행되었을 때 이지는 서문을 써서 자신이 왜 이렇게 이름을 붙였는지 설명했습니다. 일반인들이 잘 모르는 전후 수천 년의 시시비비를 간파해서 그 내용을 썼지만, 반드시 산에 묻어두고 후세를 기다려야 할 것이라고 생각해서 『장서』라고 이름을 붙인 것입니다. 『분서』의 경우 여러 친구들이 서신에서 한 질문에 근세 학자들이 가진 문제점의 정곡을 찔러 답한 것입니다. 이 또한 "그들이 가진 문제점의 정곡을 찔렀기" 때문에 이 사람들은 반드시 이지를 제거하고 그의 책을 불태울 방법을 생각할 것입니다. 사람들이 책을 불태운다면 그 이유는 충언이 귀에 거슬리기 때문일 것입니다. 책이 불태워질 수 있다는 것을 잘 알고 있으면서도 책을 간행하려고 하는 것은 사람들이 이 글을 특별히 좋아했기 때문입니다. 사람들이 좋아하니 이 책을 세상에 내보인 것입니다. 『분서』는 주로 이지의 편지, 잡저, 역사적 의론, 시 등을 수록했는데 그 가운데에서 적지 않은 것이 논쟁하는 글입니다. 이지는 (『사통史通』, 『문사통의文史通義』 같은) 체계적 저술의 전문가라기보다는 정력이 넘쳐나는 투사에 가까웠습니다. 후스의 기준에 따르면 이것은 '문집'일 뿐 '저작'이 아닙니다. 그 가운데 적지 않은 글이 임기응변이나 현장에서 지도하는 것에 가깝고 전심전력하여 집필했다고 볼 수 없는데, 이 글들이 아마도 학문을 강론했던 삶과 직접적으로 관련이 있어서일 것입니다. 내가 『중국산문선』을 엮으면서 가려 뽑은 이지의 글 6편은 모두 『분서』에 실려 있던 것이었습니다.

이제 우리는 글이라는 측면에서『분서』에 수록된 몇 편의 글을 설명해 보도록 하겠습니다. 사람들은『분서』에 수록된 글 중에서「동심설童心說」을 가장 높게 평가합니다. 「동심설」은 모든 중문과 학생들이 다 읽을 글이고 심지어 열심히 읽어야 할 글이라고 할 수 있습니다. 여러분이 모두 잘 알고 있을 것이기 때문에 '동심'에 대한 전반적인 이야기는 하지 않으려고 합니다. 이지는 동심을 "거짓 없이 순수하고 참되며, 가장 먼저 생겨난 본래의 마음"*이라고 서술하고 세상에 태어난 뒤 독서를 비롯한 여러 행동들은 견문을 넓히기는 하지만 반면에 동심을 감퇴시킨다고 여러 차례 강조했습니다. 그리고 그 중에서 가장 쉽게 동심을 가리는 것이 명리名利와 욕망입니다.

동심이 무엇으로 가려지는가 하는 문제에 대해 이지는 '수식修飾'과 '거짓말'이라는 두 가지 요인이 있다고 강조했습니다. '동심'은 "거짓 없이 순수하고 참된" 것이기 때문에 저절로 '거짓말'이 그 안에 있을 수 없다는 것인데, 이 부분은 쉽게 이해할 수 있습니다. '수식'이 어떤 이유로 '동심'과 대척점에 놓이는지에 대해서는「잡설雜說」을 참조하기를 권합니다. 「잡설」에서는 본격적으로 "천하의 훌륭한 문장天下之至文"을 칭양하고 있습니다. 무엇이 "천하의 훌륭한 문장"일까요? 그것은 마치 바람이 물결 위에 스쳐가는 것처럼 글자 하나 구절 하나를 쓰면서 너무 잘 쓰려고 노력하지도, 마음에 두지도 않는 것입니다. 정말 잘 쓴 글은 애초에 특별한 의도 없이 글을 썼을 가능성이 높습니다. 그저 마음

후스는 이렇게 말했다. "이 50년 동안 책을 저술한 사람들 중에는 그처럼 그렇게 공력을 들인 사람이 없다. 이 50년뿐 아니라 사실 우리는 이 2000년 중에도 매우 공력을 들여 '저작'이라고 부를 수 있는 책은『문심조룡(文心雕龍)』,『사통(史通)』,『문사통의(文史通義)』 등 일고여덟에 불과하고 그 나머지는 다만 모음집(結集)이거나 어록(語錄) 혹은 원고(稿本)에 불과할 뿐 저작이 아니며 장빙린(章炳麟)의『국고논형(國故論衡)』도 이 일고여덟 중의 하나라고 해야 할 것이다."「五十年來中國之文學」,『胡適全集』제2권, 合肥 : 安徽敎育出版社, 2003, p.297.

속에 "형용할 수 없는 이상한 것"이 많이 있었고 목구멍에는 "말하고 싶지만 감히 토해낼 수 없는 말"이 많이 있었으며 입에는 "말하고 싶지만 어떻게 말해야 좋을지 알 수 없는 것"이 많이 있었는데, 이러한 감각이 오랫동안 쌓여 더 이상 참을 수 없는 상황에서 어느 날 경물을 보고 감정이 생겨나게 되면 그동안 쌓였던 것들이 분출하게 되는 것입니다. 그러면 틀림없이 "다른 사람의 술잔을 빼앗아 자신의 응어리에 들이붓고 마음속의 울분을 하소연하거나 천고의 기박한 운명에 대해 한탄하게 되는"[•] 결과를 빚어내게 될 것입니다. 이 순간에는 자구字句나 글의 구성 같은 문제는 아예 고려할 수 없습니다.

[역자 주] 이 구절은 『분서』에 수록된 「잡설(雜說)」에 나온다.

이처럼 이지는 참을 수 없는 표현의 욕구를 중시한 반면, 당시 사람들의 관심사였던 문학 경향 곧 문학적 수사에 치중한 '의고擬古'에 대해서는 불만스럽고 무시하는 태도를 보인 것입니다. 이는 나중에 원굉도가 "형식에 구애받지 않고", "직설적으로 감정을 토로하자"고 주장한 것과 같은 맥락입니다. 그래서 저우쭤런이 공안 삼원과 '5·4' 신문화인의 마음이 상통한다고 했던 것[•] 역시 이 부분에 착안한 것입니다. 말하자면 이 또한 이지로 소급할 수 있는 것입니다.

"천하의 훌륭한 문장"이 동심에서 나온다는 것을 강조했는데, 그렇다면 커서 성인이 된 이후에는 어떻게 동심을 보존하는 것일까요? 글쓰기든 사람됨이든 시시콜콜 따지지 않고 수식을 거의 하지 않으면 됩니다. 이러한 주장은 현실에 대한 강렬한 비판이며, 그 표적은 가짜 도학道學입니다. 육

저우쭤런(周作人)은 『중국 신문학의 원류(中國新文學的源流)』 제4강 「청대문학의 반동淸代文學之反動 (하)」에서 다음과 같이 말했다. "그러므로, 이번의 문학 운동과 명말의 문학운동의 근본 방향은 같다. 차이점은 그 사이에 몇백 년이라는 시간의 간격이 있다는 점인데, 예전에 공안파의 사상은 유가의 사상과 도가의 사상에 밖에서 온 불가의 사상을 추가한 세 요소의 혼합물이었지만 지금의 사상은 이 세 가지 외에 새로 들어온 과학 사상이 추가되었을 뿐이다."

경, 『논어』, 『맹자』 등은 사관들이 높게 평가하고 있지만 이지가 보기에는 과거의 성현들이 "병에 따라 약을 조제하고 상황에 따라 처방한 것"에 불과할 뿐 만고불변의 진리는 결코 아니었습니다. 도학가들은 공자와 맹자의 학설을 옳고 그름을 판단하는 기준으로 삼았는데 이러한 방식이 합리적이고 효과가 있는지에 대해 이지는 의심할 필요가 있다고 생각했습니다. "도학의 명분이자 가짜 도학자들의 보물창고"로 변질된 육경 같은 책들은 곧 "거짓 없이 순수하고 참된" 동심과 선명하게 대조를 이루었던 것입니다.

「동심설」을 보완해 줄 또 한 편의 짧은 글이 바로 『중국산문선』에 함께 수록된 「격률시 독법讀律膚說」입니다. 좋은 글이란 언제나 성정性情에서 나온다는 점을 강조했는데 그렇다면 거꾸로 성정에서 나온 것은 모두 좋은 글일까요? 옛사람들은 여러분에게 반드시 독서를 하고 글 쓰는 연습을 하고 학습을 해야만 그제야 글 쓰는 기법을 잘 알 수 있게 된다고 말합니다. 지금은 그럴 필요가 없이 입에서 나오는 대로 마음속의 감정을 그대로 서술하기만 하면 됩니다. 정말 그렇다면 글을 잘 썼는지 못 썼는지를 가리는 기준은 어디에 있을까요? 이지는 여러분에게 "성격이 솔직한 사람은 어조가 저절로 시원시원해지고, 성격이 느긋한 사람은 음조가 자연스럽게 느긋해진다"라고 하는데 이는 성격이 바로 글이라는 뜻입니다. 성격이 다른 사람들이 주제와 글의 스타일 면에서 확연히 다른 문장을 쓸 수 있다는 점은 쉽게 이해할 수 있을 것입니다. 그런데 자신의 성정을 자연스럽게 드러내기만 하면 좋은 글이라고 할 수 있는가 하는 문제는 단언하기 어렵습니다. 아마도 자신의 주장을 합리화하려는 듯 이지는 이 글 마지막 부분에 "만약 의도적으로 자연스럽게 하려고 한다면 억지로 교정하는 것과 무엇이 다르겠는가"라는 구절을 덧붙였는데, 이 말은 의도적으로 "자연스럽게" 하는 것은 "억지를 부리는 것"과 같아서 여전히 좋은 글이라고 할 수 없다는 뜻입니다. 이렇게 말하는 것을 보면 정말로 "그러므로 자연의 도道는 쉽게 말할 수 없는" 것입니다. 내가 보기에 이지는 '도학'을 비판할 때는 매우 역량이 있지만 반대로 '동심'에 대한 주장을 내세울 때는 역량이 마음을 따라주지 못하는 것 같습니다. 나아가 동심을 기르는 것과 글을 쓰는 것을 어떻게 조화시킬 것인가에 대해서도 이지는 그 방법을 말한 적이 없습니다. 시문을 짓는 일은 본래 학문과는 관련이 없기 때문이 이성理性의 구애를 별로 받지 않는다고 생각한 것일까요? 의도적으로 "형식에 구애받지 않으려고" 하면서 "오직 성령性靈만을 표출해야 한다"라고만 주장하는 것은 경우에 따라서는 또 하나의 제약으로 변할 수도 있는데, 마치 원굉도가 비웃었던 "새로운 속박"*처럼 말입니다.

[역자 주] 원굉도, 「이원선에게 답함答李元善」, 『원중랑집(袁中郎集)』.

　　사실 사상사와 문학사적 의의라는 측면에 볼 때 이지가 가짜 도학에 대해 비판한 부분은 분명히 주목해야 할 핵심 사안입니다. 이와 관련하여 가장 유명한 글이 『분서』 권1에 수록된 「경사구에게 답함答耿司寇」일 것입니다. 이 편지는 8~9천 자에 달하는 매우 긴 글로, 매우 공들여 쓴 글입니다. 이 편지는 일반적으로 사상사 또는 문학비평사에서 모두 거론할 만큼 무척 중요한 글입니다. 내가 주목하는 부분은 이 글에 마치 판결을 내리는 연륜 있는 관리나 가질 법한 매우 날카롭고 식견

있는 역사 인식과 표현방식이 들어있다는 점입니다. 편지는 "아아! 벗의 도가 단절된 지 오래되었다"로 시작하여 예부터 지금까지 (제대로 된 — 역자) 임금과 신하는 있었지만 (진정한 — 역자) 친구는 없었다고 쓰고 있습니다. 그 이유가 무엇일까요? 충신이 죽음을 무릅쓰고 직간하여 황제를 비판할 때는 두 가지 결말로 끝나기 때문입니다. 첫 번째는 죽임을 당하는 것인데 현실적인 이익은 없지만 용감하게 간언함으로써 영원히 이름을 남길 수 있습니다. 두 번째는 황제가 은혜를 내려 그의 간언을 받아들이는 것인데 그러면 그는 관직이 올라가서 부를 얻을 수 있습니다. 격렬한 언사로 조정을 비판해서, 죽게 되면 명성을 얻고 받아들여지면 부를 얻는 것이니 그래서 이렇게 하여 살 길을 찾으려는 사람들이 늘 있었던 것입니다. 그런데 당신이 격렬하게 비판하는 대상이 친구라면 백해무익할 뿐입니다. 왜 그럴까요? 그가 당신의 의견을 받아들인다고 해도 벼슬로 보답할 수 없으니 기껏해야 고맙다는 말 한마디 정도를 듣게 될 것입니다. 속이 좁은 사람이라면 고마워하기는커녕 남몰래 원망을 품을 것입니다. 만약 친구가 그 의견을 받아들이지 않는다면 심하게는 공개적인 복수를 당할 수도 있습니다. 한 가지를 덧붙이자면 황제에게 벌을 받으면 누군가는 그 처벌에 대해 분노하겠지만, 친구에게 원한을 사서 피해를 입는 경우에는 알아주는 사람도 없고 알아준다고 해도 신경을 써주지 않을 것입니다. 그래서 역사적으로 보면 충성스러운 신하도 있고 간언하는 신하도 있지만 친구를 비판하려는 친구는 없는 법입니다. 이러한 역사 인식은 확실히 인정세태를 간파한 것이며, 이지가 이렇게 해학과 풍자의 필체로 세상 사람들이 모두 마음속에 가질 법한 미묘한 감정을 또렷하게 서술해 냈다는 점이 아주 대단한 것입니다.

자, 그러면 다시 다음 단락을 보도록 하겠습니다. 이것은 당대의 저명한 성리학자인 경정향°을 비판한 것으로, 매우 날카롭다고 할 수 있습니다. "공의 행동을 보면 다른 사람과 그다지 다를 것이 없다." 당신도 우리와 마찬가지로 아침부터 밤까지 하루 종일 책을 읽고 밭을 사고 과거에 급제하려고 하고 부귀해지려고 하고 풍수 좋은 곳을 널리 구하

경정향(耿定向, 1524~1596)은 자가 재륜(在倫)이고 호가 초동(楚侗)이며 천대 선생(天臺先生)이라고 하였는데 황안(黃安, 지금의 호북성(湖北省)) 사람이다. 가정(嘉靖) 35년 진사이며 어사(御使), 대리시우승(大理寺右丞), 남경우도어사(南京右都御使) 등 직을 역임하였다. 태주학파(泰州學派)에 속하며 『경자용언(耿子庸言)』, 『경천대문집(耿天臺文集)』 등이 전해진다.

려고 하고 자손에게 복이 깃들도록 하려고 하지 않는가 하는 것입니다. 그런데 왜 강학하려고 입만 열었다 하면 당신은 다른 사람은 자기 자신을 위하지만 당신은 다른 사람들을 위하고, 다른 사람들은 이기적이지만 당신은 이타적이어서, 당신은 온종일 다른 사람들의 빈곤과 추위와 굶주림을 걱정하는데 다른 사람들은 자기 자신밖에 돌아볼 줄 모른다고 이러쿵저러쿵 하느냐는 것입니다. 이지는 당신의 이러한 방식은 시정잡배만도 못하다고 조롱합니다. 시정잡배들은 "몸소 어떤 일을 하면 그 일에 대해서만 이야기해서 장사치는 장사에 대해서만 이야기하고 농사꾼은 농사일에 대해서만 이야기한다. 그리고 그 이야기는 흥미진진하고 정말 진실한 말이어서 아무리 들어도 질리지 않기" 때문입니다. 하루 종일 비현실적인 큰 도리만 말하면서 사람들에게 어떻게 나라와 세상을 다스릴 것인가를 가르치는 당신과는 다릅니다. 게다가 당신은 온종일 수신修身과 양성養性을 강론하지만 실제로는 우리와 마찬가지로 높은 관리가 되고 부자가

되기를 바라고 있다고 말입니다.

당신은 평소 자기 자신이 정통이라고 자부하면서 우리에게 이단이라고 공격하지 않았습니까? 그러나 나는 아무리 생각해 봐도 우리의 삶과 우리의 욕망, 우리가 추구하는 것이 별개로 나뉜다고 생각하지 않습니다. "마찬가지로 관리가 되는 것을 좋아하고 부귀를 좋아하며 처자식도 있고 집도 있고 친구도 있고 빈객들과 만나기도 하면서 공이 어떻게 우리보다 나을 수가 있는가?" 당신과 내가 특별히 다를 것이 없는데 어떤 이유로 당신은 '강학'을 하면서도 자기와 다른 사람들을 받아들이지 못하고 하물며 "인륜을 저버리고 아내를 떠나버렸다"라고 나를 매도하는 것인가요? 나와 당신의 유일한 차이점은 당신은 높은 관리이고 나는 아니라는 점에 있지 않나요? (학생들 웃음) 그러나 "높은 관리라고 학문을 잘 한다는 법이 있습니까?" (학생들 웃음) 벼슬이 높다고 학문 수준도 높아지는 것은 아니지만 벼슬아치 본인들은 분명 그렇다고 (벼슬이 높기 때문에 학문적 수준도 높다고 — 역자) 생각할 것입니다. (학생들 웃음) 일반 사람들은 모두 벼슬이 높아지면 학문의 수준도 저절로 높아진다고 생각하지만 이지는 "학문이 만약 벼슬에 따라 높아진다면, 공자와 맹자는 입도 열지 말아야 한다"는 이유로 승복하지 않았습니다.

이어지는 논의에서 이지는 기세를 몰아 "공이 고치지 못한 잘못된 바를 생각해보면 그 문제점은 욕심이 지나치다는 데에 있다"라고 경 공耿公을 분석합니다. 당신이 말은 번지르르하게 하면서 행동으로 옮기지 못하는 이유는 매우 단순하게도 당신이 마음을 비우고 욕심을 줄일 수 없기 때문입니다. 다른 사람들은 자신의 욕망을 인정하는데 당신도 분명히 욕망이 있지만 오히려 언제나 가리려고 온종일 위엄 있고 엄숙한 거대 담론만 늘어놓는 것입니다. 원굉도가 쓴 시의 "두보가 시명을 얻게 되자, 우군과 애국은 아이들 장난이 되었네自從老杜得詩名, 憂君愛國成兒戱" 두 구절은 매우 흥미롭습니다. 두보는 나라와 백성을 걱정했고 그 덕분에 그의 시가 오랫동안 전해질 수 있었는데 후대의 문인들은 허명虛名을 얻기 위해서 탄식을 흉내 낸다는 것입니다. 평소에는 아무런 감정도 없으면서 시만 지었다 하면 언제나 나라와 백성을 걱정하면서 눈물이 뚝뚝 떨어집니다. (학생들 웃음) 이러한 문학적 전통에서 당초 멀쩡했던 "나라와 백성을 걱정하는 마음"은 결국 일종의 꼬리표로 변질될 수 있습니다. 이지는 경정향에게 당신의 문제는 바로 입으로 말한 것이 당신의 진심이 아니라는 것에 있다고 비웃었습니다. 그런데 이 두 사람은 원래 좋은 친구 사이였는데 나중에는 각자의 길을 달리해서 갔다는 점을 알 필요가 있습니다. 이지는 이십 몇 년간 관리 생활을 한 뒤에는 아무 것도 하지 않고 강학하는 데에 전념했는데, 이때가 되어서야 그는 자신이 성현이 말한 본래 의미를 깨달았고 또 세속적인 욕망을 뛰어넘을 수 있다고 말할 수 있었습니다. 이지는 사구司寇 경정향, 당신은 벼슬도 하고 강학도 하면서 좋은 것만 모두 얻으려고 하는데 무슨 '초탈'을 하겠다는 것이냐고 비웃었습니다.

　　도학자에 대한 이지의 비판은 사상사에서 매우 중요한 부분으로, 단지 문학적 측면에서만 분석한다면 제대로 파악하기 어렵습니다. 우리는 다시 글 자체로 돌아가도록 하겠습니다. 글에 대해 말할 때에는 이지의 '식견識, 재능才, 담대함膽'을 언급하지 않을 수 없습니다.

식견識, 재능才, 담대함膽

　방금 말했던 것처럼 이지는 책을 읽을 때 남다른 안목과 특별한 재주가 있어서 언제나 오랫동안 내려온 고정관념을 뒤집을 수 있었습니다. 역사를 읽을 때도, 어떤 사안을 논할 때도 마찬가지였습니다. 여러분에게 읽어드릴 한 통의 편지는 『분서』 권5에 수록된 「당적비黨籍碑」인데, 그 글에는 이러한 논의가 나옵니다.

　　나 이지가 말한다. 공公은 소인들이 나라를 그르친다는 것만 알고 군자가 더욱 더 나라를 그르친다는 것을 모른다. 소인이 나라를 망칠 때에는 해결할 방법이라도 있지만 군자가 나라를 망칠 때에는 어떻게 할 방법이 없다. 왜 그러한가? 그는 자신이 군자라고 생각하여 진심으로 부끄러움이 없기 때문이다. 그래서 마음은 더욱 당당해지고 뜻은 더욱 더 결단력이 있게 될 것이니 누가 그를 말리랴.

　이는 곧 역사적으로 또는 현실 속에서 소인이 나라를 망치듯이 군자도 나라를 망치는데 그래도 소인이 나라를 망칠 때의 해로움이 군자가 나라를 망칠 때보다는 덜하다는 뜻입니다. 그 이유가 무엇일까요? 군자가 나라를 망칠 때에는 전적으로 공익을 위한다고 자신하기 때문에 세상에 부끄러운 바가 없어서 당당한 마음과 굳건한 뜻으로 매우 집요하게 추구하므로 아무도 그를 말릴 수 없기 때문입니다. 이지가 말한 사람은 왕안석王安石이었습니다. 구체적으로는 왕안석의 변법變法을 지적한 것인데 이것이 군자가 나라를 망치는 경우에 해당하는지의 여부에 대해서는 따지지 않겠습니다. 말하고 싶은 것은 군자가 나라를 망치는 것에 대해 "그래서 나는 매번 부패한 관리의 해로움은 작지만 청렴한 관리의 해로움은 크다고 말해왔다. 부패한 관리의 해로움은 백성들에게만 미치지만 청렴한 관리의 해로움은 후손에게까지 미치기 때문이다. 나는 매번 자세히 살펴봤는데 백 개 중 하나도 틀린 적이 없었다"라고 한 이지의 비판입니다.

문학사를 공부하는 여러분은 틀림없이 만청晩清 소설 『노잔유기老殘游記』를 읽어봤을 텐데 그 소설 제16회에는 류어劉鶚, 유악가 자신의 소설에 대해 평어를 단 대목이 있습니다.

부패한 관리가 괘씸하다는 것은 모두 알고 있다. 청렴한 관리가 더 괘씸하다는 것은 대부분 알지 못한다. 부패한 관리는 자신이 나쁘다는 것을 알고 있어서 거리낌 없이 나쁜 짓을 하지는 못하지만 청렴한 관리는 자신이 돈을 벌려고 하는 것이 아니기 때문에 뭔들 괜찮지 않겠냐고 생각한다. 완고하게 자기 고집만 내세우기 때문에 작게는 다른 사람을 죽이고 크게는 나라를 망치게 된다.

청렴한 관리가 부패한 관리보다 더 끔찍한 것은 청렴한 관리는 돈 때문이 아니라고 말하기 때문입니다. (학생들 웃음) 도덕적 우위에 서 있기 때문에 꺼리는 바가 없어서 나쁜 일을 할 때조차 수단을 가리지 않습니다. 부패한 관리도 나쁜 짓을 하고 사람을 해치지만 마음속에는 속셈이 있기 때문에 꺼리는 바와 절제하는 바가 있게 됩니다. 여기에서의 가설은 부패한 관리들이 이성과 양심을 모조리 잃어버리지는 않는다는 것입니다. 그러나 청렴하다는 관리들은 일단 잘못된 길을 가게 되면 민생에 끼치는 피해가 부패한 관리보다 더 크다는 것인데, 이것은 대단한 탁견입니다. 더욱이 백성들이 일반적으로 청렴한 관리를 숭배했던 고대 중국에서 나왔던 견해입니다. 류어는 이 단락의 묘사에 대해서 매우 자부심이 있었던지 평어에서 스스로에 대해 찬탄을 금치 못했습니다.

역사소설은 모두 부패한 관리의 악행을 폭로하는데 청렴한 관리의 악행을 폭로한 것은 『노잔유기』에서 비롯되었다.

사실 나는, 류어가 독특하게 나타낸 부분이 청나라 초기에 이어李漁가 이미 선편을 잡은 것이라고 『중화문화통지·산문소설지』에서 언급한 바 있습니다. 이어의 『무성희』 제2회에서는 청렴한 관리에게는 아무도 간언하려고 하지 않기 때문에 완고하게 자기 고집을 내세워서 법을 집행할 때 폐단이 더 크다고 강조합니다.[*] 자, 이번에 우리가 다시 이 '발명권'을 가지고 시대를 거슬러 올라가면 만명晩明의 이지에게로 소급됩니다. 나는 그들이 모두 자신들의 관찰과 체험을 토대로 삼은 것이지 누가 누구를 따라한 것은 아니리라고 믿습니다. 더 찾아보면 분명 새로운 사례가 또 나올 것입니다. 왜냐하면 이것이 중국 관료문화가 갖는 기본 특징이기 때문입니다.

이지는 근엄한 가짜 도학자를 비웃고, 돈 때문이 아니라 자신이 옳기 때문이라고 생각하여 고집을 부리는 청렴한 관리에 대해 비아냥거렸는데 이는 현실에 대해 정곡을 찌른 것이지만 이것으로 이지가 소인배를 찬양하고 부패한 관리가 되기를 제창했다는 주장을 도출할 수는 없습니다. 이 짧은 글은 꽤 선명하게 이지의 사상이 가지는 특징을 드러내고 있습니다. 요즘 말로 하자면 '역발상'이며 과거의 개념을 따른다면 "당대의 논의를 전도시켰다"일 것입니다. 보통 사람들은 모두 청렴한 관리가 당연히 부패한 관리보다 낫다고 생각하지만 이지는 반대로 부패한 관리는 당연히 나쁘지만 청렴한 관리가 더 큰 문제를 가지고 있을 수도 있다고 생각했습니다. 일단 역발상을 하게 되면 어떤 발견을 하기가 어렵지 않습니다. 그의 찰기에는 이렇게 기존의 견해를 뒤집는 글이 무척 많아서 사람들을 매우 놀라게 하는데, 그래서 나는 이것이 사유방식의 문제라고 말하는 것입니다.

사유방식이라는 말이 나온 김에 어떤 글에 대해 말하려고 하는데, 이 글은 좋다고 할 수는 없지만 이지를 이해하는 데에는 매우 중요합니다. 이것은 바로 『분서』의 권4에 수록된 「이십분식二十分識」입니다. 글의 주제는 '식견', '재능', '담대함' 이 셋의 관

청렴한 관리한테는 감히 간언을 하는 자가 없으므로 만약 독단적으로 일을 처리한다면 공무를 집행할 때 폐단이 더 크다는 것을 강조한 것이다. '청렴한 관리의 잘못'에 대한 이런 비판은 사실 류어가 '청렴한 관리의 나쁜 점을 폭로한 것'보다 앞선 것이다. 陳平原, 『中華文化通志·散文小說志』, 上海人民出版社, 1998, p.296.

계를 분별하는 것입니다. 예를 들어 여러분에게 50%의 재능과 100%의 담대함이 있다고 할 때 이는 100%의 재능으로 표현될 것입니다. 반면 다른 사람에게 100%의 재능과 50%의 담대함이 있을 때 사람들은 아마도 60~70%의 재능이 있다고 판단할 것입니다. 이지는 담대함과 재능 이외에 식견을 하나 더 덧붙였습니다. 이지의 관점에서 보면 관건은 식견이며, 200%의 식견이 있으면 100%의 재능과 100%의 담대함을 얻을 수 있다고 보았습니다.

곧이어 스스로를 평가하는데 이지는 어떻게 말했을까요? 경세치용 또는 처세에 대해서라면 이지는 자신에 대해 담대함 50%, 재능 30%, 식견 200%라고 하였습니다. 이 세상에 대해 모두 알고 있지만 식견만 있을 뿐 재능도 없고 담대함도 없어서 겨우 화를 면할 수 있는 정도이며 머리가 잘리지 않는 것만으로도 이미 대단하다는 것입니다. 이 말은 그 자체로 자조적인 성격을 띠고 있지만 나중에 또한 경솔한 말이었음이 증명되었습니다. 경세적인 능력이 높지 않았을 뿐 아니라 화를 피할 식견도 부족했다는 것입니다. 그렇다면 참선하고 도를 공부한 것은 어떠했을까요? 여러분이 아시다시피 중년 이후 이지는 불교에 대해 말하기를 좋아했는데 이때 이지는 200%의 담대함에 100%의 재능, 50%의 식견을 보여주었습니다. 나는 이지가 매우 담대했다는 점은 인정합니다. 진시황이 천고千古의 제왕이며 공자의 옳고 그른 기준을 그대로 따르지 않겠다는 그의 발언을 보면 여기에는 재능과 식견이 있지만 더욱 중요한 것이 담대함이었습니다. 다른 사람들도 이런 생각을 할 수는 있었겠지만 이지처럼 이렇게 세상의 금기를 무릅쓰고 거리낌 없이 직언할 수는 없었습니다. 여기에서 말한 것은 사고와 표현에 있어서의 담대함입니다. 이지는 바로 이렇게 자신을 평가했습니다.

"문장을 쓰면 경전이 되어 버릴 것이니 붓을 놓자마자 사람들을 놀라게 할 것이다"에서 말한 것은 글을 쓰는 측면이었는데 이지는 자신을 어떻게 평가했을까요? 200%의 식견, 200%의 재능, 200%의 담대함! (학생들 웃음) 이러한 표현은 매우 탁월하며 내가 이해한 이지와도 매우 가깝다고 생각합니다. 다시 말하면 나는 이지의 글쓰기는 학문을 논한 것보다 뛰어나고 도를 배운 것보다도 뛰어나며 경세에 비해서는 두말할 나위도 없이 훨씬 낫다고 생각합니다. 곧 글에 이지의 재능과 식견, 담대함 이 세 가지가 충분히 표현되어 있는 것입니다.

나는 여러분들이 이러한 학식과 성정의 '계산 방식'을 제대로 이해할 수 있도록 글 한 편을 인용하려고 합니다. 1930년대 린위탕*이 쓴 『생활의 예술』*이라는 책은 원래 미국인을 대상으로 한 것인데 나중에 중국어로 번역되었습니다. 이 책에는 '과학을 본뜬 공식'이라는 장절이 있는데 유머러스한 필치로 인류의 진보와 민족의 특성에 대해 논한 것입니다. 그는 인류의 진보에 대해서 '현실'에서 '몽상'을 빼면 '짐승'이고 '현실'에 '몽상'을 더하면 '슬픔'이며 '몽상'에서 '유머'를 빼면 '광기'이고 '현실'에 '몽상'과 '유머'를 더하면

린위탕(林語堂, 1895~1976)의 본명은 허러(和樂, 화락)인데 후에 위탕(玉堂, 옥당)으로 고쳤다가 또 위탕(語堂, 어당)으로 고쳤다. 복건(福建) 용계(龍溪) 사람이다. 1912년에 상해 성요한대학(聖約翰大學)에 들어갔고 졸업 후에는 청화학당(淸華學堂)에 들어가 교편을 잡았다. 1919년에 미국, 독일에서 유학하였고 1923년에 박사학위를 받은 뒤 귀국하여 북경대학(北京大學) 교수를 지냈다. 1932년에 반월간지 『논어(論語)』의 총편을 맡아 큰 인기를 얻었다. 그 이후 또 『인간세(人間世)』와 『우주풍(宇宙風)』을 창간하여 유머를 제창하고 "자아를 중심으로 하고 한적함을 격조로 삼는" 소품문을 쓸 것을 주장하였다. 1935년 이후에 미국으로 가서 영어로 문화에 대해 쓴 책 『내 나라 내 민족(吾國吾民)』, 『생활의 예술(生活的藝術)』과 단편소설 「경화연운(京華煙雲)』 등을 썼다. 1966년 이후에는 타이완에 정착하였다. 이른 시기의 산문은 주로 『전불집(剪佛集)』, 『대황

집(大荒集)」, 『나의 말我的話』 등 책에 수록되어 있다.

[역자 주] 이 책은 우리나라에서 『생활의 예술』로 번역 · 출판되었다.(林語堂, 尹永春 역, 『生活의 藝術』, 徹文出版社, 1980)

'지혜'가 된다고 표현했습니다. 더욱 재미있는 것은 그가 이러한 단어를 써서 여러 민족들에게 점수를 매기고 있다는 점입니다. 4는 최고점, 1은 최저점을 나타냅니다. 예를 들면 영국인은 현실 3, 몽상 2, 유머 2, 예민함 1. 이 밖에 미국인, 프랑스인, 독일인, 러시아인 등이 있습니다만, 나의 최대 관심사는 중국인입니다. 린위탕의 관점에 따르면 중국인은 현실 4(최고점), 몽상 1(최저점), 그 밖에 유머 3, 예민함 3이라는 두 가지 지표가 있었습니다. 뒤의 두 항목은 나로서는 약간 이상한데 중국인에게 정말 이런 유머와 예민함이 있나요? 린위탕이 중국어로 글을 썼을 때 언제나 중국인에게는 유머 감각이 결핍되어 있다고 비판했던 사실을 기억합니다. 그런데 어떻게 영어로 쓴 책에서는 두 가지 핵심적인 지표가 곧바로 상승되어 심지어 영국인, 프랑스인보다 더 높을 수가 있을까요? 이어 셰익스피어의 현실성은 얼마이고, 앨런 포의 몽상은 얼마이고, 두보의 예민함은 얼마이고 소동파의 유머가 얼마인지를 논하고 있으나 이를 일일이 인용하지는 않겠습니다. 나는 당시 이 부분을 읽었을 때 회심의 미소를 지으며 린위탕의 '과학을 본뜬 공식'이 이지에게서 영감을 받았을 가능성이 높다고 생각했습니다. 1930년대에 린위탕은 열렬하게 원굉도를 배우고 전파시켰는데 그 원굉도가 가장 흠모했던 사람이 바로 이지였습니다. 그래서 나는 이렇게 유머 감각이 있는 공식이 이지의 「이십분식」에서 변형되어 나온 것이 아닐까 짐작하고 있습니다. (학생들 웃음)

자, 다시 처음으로 돌아가 글에 대해 이야기 해보겠습니다.

타고난 성품에 따라 행동하되 천진난만한 것이 분명 이지의 본성입니다. 이러한 의미에서 이지는 확실히 '동심'을 가지고 있었습니다. 그러나 「소수의 수권 말미에 쓰다」*를 읽어본 뒤 나는 다시 약간 주저했습니다. 이 글에서 원중도는 이지를 만나서 그에게 다시는 고기를 먹

[역자 쥐 「書小修手卷後」. 이 글은 『속분서』에 실려 있다. '소수(小修)'는 원중도의 자(字)이다.

지 말라고 권합니다. 이지는 "나는 살생을 금한 것이지 먹는 걸 금한 것이 아니다"라면서 고기를 먹지만 살생을 하지 않으니 무슨 상관이 있겠느냐고 변명합니다. 원중도는 그렇지 않다고 하면서, 당신이 예전에 심산궁곡에 있으면서 세상과 절연했을 때에는 고기를 즐겨 먹든지 먹지 않든지 전혀 상관하지 않았다고 말합니다. 그런데 당신은 지금 이렇게 명성이 커져서 세상 사람들이 모두 당신이 도를 닦고 있다고 알고 있다는 것입니다. 그런데 별안간 당신이 여전히 고기를 먹는다고 하면 좋지 않은 영향을 끼칠 것이고 최소한 "뜻이 있는 사람들은 정말 안타까워 할 것입니다". 지금 도를 배우는 사람들은 그 자체로 많지 않고 사람들의 의지 또한 그다지 견고하지 않은데 당신의 이러한 모습을 보게 된다면 분명히 상심할 것이라고 말입니다. "그래서 나는 선생이 육식을 그만 둬서 이 시대의 총명하고 뜻 있는 사람들을 흥기시키기를 바랍니다. 한 때의 식욕을 참으면 세상 사람들을 구제할 수 있는데 또 선생은 어찌 꺼리는 것입니까?'

나는 처음에는 이지 선생이 자신이 어떤 생활방식을 선택한 것은 자기 자신의 믿음과 취미趣味에 따른 것이지 무슨 모범이 되려고 한 것이 아니라고 말할 줄 알았습니다. 타고난 성품에 따라 행동하는 문인학자가 어떻게 모범이 되겠다고 자신의 생활

습관을 바꾸겠습니까? 그런데 "나는 불현듯 웃으며 말했다. '만약 그들이 진심으로 도를 추구한다면 나는 이 손가락 하나를 걸고 고기를 먹지 않겠다고 맹세하겠네'"로 끝맺을 줄을 미처 생각지 못했습니다. 나는 평소에 고기를 먹는 '중和尙'이 이제 진지해져서 세상 사람들에게 도를 배우라고 권하기 위해서 이렇게 독한 맹세를 하다니 정말 흥미롭다고 생각했습니다. 그러나 그가 이후에 철저하게 고기를 먹지 않았는지를 살펴보지는 못했습니다. (학생들 웃음)

갑자기 '진지해진' 이지의 변화로 오히려 나는 한 가지 문제를 떠올리게 되었습니다. 원중도가 「이온릉전」에서 언급했듯이 이지는 이미 "벼슬을 떠나 은거했는데" 왜 여전히 "세상을 배회하는" 것일까요? 끊임없이 재잘거리며 인간세상의 시비를 논하는 걸 보면 진정으로 초탈했다고 볼 수는 없습니다. 경정향은 이지의 '초탈'을 질책하면서 그의 행동이 무책임하고 말도 자연히 책임지지 않는다고 한 적이 있습니다. 이지는 누가 나를 초탈했다고 하는가, 나는 이십 몇 년 간 관리로 있었는데 그 때 "어떻게 조금이라도 초탈한 적이 있었겠느냐"라고 반박하였습니다. 바로 이런 점이 이지 선생의 매력적인 부분입니다. 그는 관념에 얽매이지 않고 타고난 성품에 따라 행동하며 은혜와 원수를 확실하게 갚았습니다. 그런데 여러분이 그를 어떻다고 규정하려고 하면 반드시 문제가 생길 것입니다. 왜냐하면 그는 그렇기는 하지만 완전히 그렇지는 않기 때문입니다. 한편으로 그는 자신의 행동 준칙에 따라 행동했지만, 다른 한편으로 그도 완전히 '모범의 영향력'을 부정한 것은 아니었습니다. (학생들 웃음) 그는 많은 사람들이 경건하게 불교를 배울 수 있도록 다시는 고기를 먹지 않겠다고 맹세까지 했습니다. 이러한 표현은 평소의 생각과는 잘 부합하지 않습니다. 그러나 이러한 모순, 사소한 허점은 그를 더욱 매력적으로 보이게 합니다. 만약 이지가 인간사에 조금도 상관하지 않고 진정으로 도를 갖춘 고승高僧이었다면 여러분은 정말 섭섭했을 것입니다. 지금 이렇게 약간 '자기모순'이 있어서 정취가 있는 편이 나을 지도 모릅니다.

다시 이지의 자기 평가로 돌아가서, 그가 도를 배우고 참선을 했으며 식견은 재능보다 못했고 재능은 담대함보다 못했다는 점을 보기로 하겠습니다. 도를 배우는 점에서도 그러했지만 글 쓰는 것도 예외가 아니었습니다. 비록 이지는 자신을 두고 200%의 재능, 200%의 식견, 200%의 담대함이라고 했지만 나는 여기서 가장 중요한 것은 역시 200%의 담대함이라고 생각합니다. 이러한 사고의 깊이를 갖춘다는 것은 물론 쉽지 않지만 그러나 깊이 있는 사고가 있어도 이걸 표현하는 것은 더욱 어렵습니다. 그래서 어떤 금기도 없이 용감하게 글을 쓰는 것이야말로 이지의 가장 큰 특징이라고 할 수 있습니다. "담대하게 글을 쓸" 수만 있으면 100%의 재능이든 100%의 식견이든 모두 200%로 표현할 수 있습니다. 세상 사람들은 글을 쓸 때 대부분 사회적 압력이나 자기 검열 같은 여러 금기를 생각하기 때문에 그처럼 이렇게 "담대하게 글을 쓰기"는 어렵습니다. 그래서 이지의 글은 설령 이런저런 문제가 있다고 해도 모두 받아들일 수 있는 것입니다.

몹시 안타깝게도 이러한 광사狂士는 명·청 교체기에 결국 희생양이 되었습니다. 왕부지,* 고염

왕부지(王夫之, 1619~1692)는 자가 이농(而農)이고 호가 강재(薑齋) 혹은 일호

도인(一瓠道人)등이며 형양(衡陽, 지금의 호남(湖南)에 속함) 사람이다. 만년에 형양 석선산(石船山)에 거주하였으므로 학자들은 그를 선산 선생(船山先生)이라고 불렀다. 숭정(崇禎) 15년에 거인(擧人)이 되었으며 명나라가 망한 이후에 항청(抗淸) 투쟁에 참여하였다. 청나라 지배체제가 확립된 이후에는 벼슬을 하지 않고 은거하여 40여 년 동안 저술을 하면서 지냈다. 『황서(黃書)』, 『독통감론(讀通鑑論)』, 『강재시화(薑齋詩話)』, 『선산시문집(船山詩文集)』 등 저서가 있다. 선산 선생은 경사(經史)를 꿰뚫고 방대한 책에 정통하였으며 철학에 깊은 조예가 있고 사변(思辨)에 능하였는데 문학은 그의 소일거리에 지나지 않았다. 그래도 자신의 처지와 학술에 바탕을 둔 몇 편의 문장은 여전히 굳세고 힘찬 필력, 비장하고 강개한 기운으로 독자들에게 깊은 감동을 주고 있다.

무 등은 옛날부터 거리낌 없이 성인을 모욕하던 소인들 중에서 최고는 이지라고 입에 거품을 물고 욕을 했습니다. 이것은 고염무와 왕부지 등이 명나라가 멸망한 책임을 검토하면서 '사대부의 도덕 붕괴'와 '무책임'을 직접적인 원인으로 지목했기 때문입니다. 금기를 타파하고 거리낌 없이 예법을 공격하고 당대 강상윤리를 와해시킨 최초의 사람을 이지라고 생각한 것입니다. 실로 세상은 바뀌기 마련이어서, 청나라 말기~민국 초기에 이르면 청 조정과 그 의식구조에 대한 비판을 바탕으로 장타이옌 등이 다시 사상사에서 반역자였던 이지를 표창하기 시작합니다. 이러한 표창은 20세기 중국에서 주류담론을 이루게 되었습니다.

이지의 책을 읽고 나서 가장 크게 느낀 점은 그가 재기 넘치는 문인이었다는 것입니다. 사람들은 그를 철학가, 사상가라고 하지만 내가 보기엔 철학에 대한 사유는 그의 특기가 아닙니다. 그가 잘하는 부분은 "담대하게 글을 쓴 것"입니다. 이렇게 너무나 통쾌하게 표현하는 방식은 독서인은 물론 백성들조차 모두 잘 알아들을 수 있었으니 자연히 사람들의 주목을 쉽게 끌 수 있었습니다. 처음 이지의 글을 읽으면 스트레스를 해소하고 무료함을 달랠 수 있을 뿐만 아니라 감전된 듯한 짜릿한 느낌을 받게 됩니다. 이러한 느낌에 대해 공안 삼원이 빼어나게 묘사한 바 있습니다.

그러나 이렇게 "당대의 논의를 전도시킨" 작법은 잘못을 고치다가 도를 넘게 되기가 쉽습니다. 「동심설」에서는 이 세상의 훌륭한 글을 이렇게 언급합니다.

> 육조六朝로 내려와서 변한 것이 근체近體가 되었고 또 변하여 전기傳奇가 되었으며 변하여 원본院本이 되었고 잡극雜劇이 되었고 『서상곡西廂曲』이 되었고 『수호전水滸傳』이 되었고 지금의 과문科文이 되었으니 모두 고금의 훌륭한 문장이라 시대의 선후로 논할 수 없다.

육조에 좋은 시문이 있었다는 건 맞는 말입니다. 전기와 원본 중에도 빼어난 작품들이 적지 않다는 점은 나 또한 인정합니다. 『서상곡』, 『수호전』은 더욱 더 쉽게 찾을 수 없는 문학작품입니다. 그러나 "지금의 과문"은 과거시험 때 쓰는 글인데 어떻게 "세상의 훌륭한 글"인 것일까요? 매우 이상한 일입니다. 명·청 두 시대에 중요한 사상가는 무척 많았지만 이렇게 진지하게 '당시 문장時文'을 칭찬하는 사람은 아마 이지밖에 없을 것입니다.

성현을 대신해서 논리를 세우면서 동시에 엄격한 체제도 갖춘 팔고문이 어떻게 '동심'과 결부되는 것일까요? 정말 잘 모르겠습니다. 분명히 이지가 책에서 제시한 주장의 추동력 및 당대의 논의를 전도시키는 사유방식으로 돌아가야 할 것입니다. 당시 문단의 주류는 성현을 모방하고 학력學力을 추구하는 것이었는데 '의고擬古'와 가장 대척점에 있었던 것이 '시문時文'이었습니다. 고아한 진한고문秦漢古文에 반감을 가졌기 때문에 당시 속곡俗曲, 소설, 희곡 심지어 팔고문까지 추켜세운 것입니다. 이렇게 '예스럽고古' '우아한雅' 것에 반대하기 위해서 '지금의今' '속된 것俗'을 추켜세우는 것은 식견이 있기는 하지만 편파적인 것이었습니다.

이것은 오히려 문화대혁명 때 유행했던 구호인 "적이 반대하는 것이라면 우리는 모두 찬성한다"와 가깝습니다. (학생들 웃음) 의고파擬古派는 '시문'이 좋지 않다고 했으니까 나는 기어코 좋다고 하는 것이며, 일반적으로 좋을 뿐만 아니라 "세상의 훌륭한 문장"까지 되는 것입니다.

이러한 역발상을 과장된 어조로 표현하면 충분히 사람들의 주목을 끌 수 있습니다. 다만 제대로 하지 못하면 재능만 믿고 제멋대로 굴다가 별 가치도 없는 일에 집착하게 되고 심지어 어떤 '연출'로 변하게 됩니다. 사상이 규제되던 시대에 공자가 시비를 가리던 기준을 따르지 않겠다고 감히 의문을 품다니 이지는 확실히 대단합니다. 사상사와 문학사에 있어서 이지를 높게 평가하는 데에는 나도 찬성합니다. 다만 한 가지 주의해야 할 점은, 반역자가 소중한 이유는 보통 사람들이 모두 전통을 고수하여 정해진 선에서 한 발자국도 나가려고 하지 않기 때문이라는 것입니다. 일단 '반전통反傳統'이 새로운 '전통'이 되어버리면 이지와 같은 사유와 표현방식의 부정적 가치는 폭로되기 마련입니다. 20세기 중국 전체가 '반전통'을 표창하여 최대의 유행으로 삼으면서 이것은 얼마간의 후유증을 남겼습니다. 예컨대 역사적인 인물을 평가할 때 언제나 '혁신'과 '수구'를 유일한 잣대로 삼아 전통에 대한 반발을 발굴하는 데 필사적이었습니다. 이런 식으로 역사를 이해하고 묘사하고 해석하는 것은 대수롭게 볼 수 없는 문제점을 만들어 낼 것입니다. 내가 젊었을 때 유행한 영국 여성작가 보이니치伏尼契, Voynich의 『등에』*에서 그 이미지를 빌려온다면, 세상은 분명히 '등에'

[역자 주] 아일랜드 여성 소설가 에델 릴리언 보이니치가 집필한 1897년 초간된

를 필요로 하지만 세상 모두가 '등에'라면 물어뜯을 만한 소는 없어질 것입니다.

'문혁' 후기에 중학교에서 교편을 잡은 적이 있었는데 그때의 글쓰기 훈련은 대체로 비판하는 글을 쓰는 것이었습니다. 어느 책에서 배운 것인지는 모르겠지만 나는 학생들에게 문장을 쓸 때는 힘이 있어야 하며 새로워야 하므로 가장 좋은 방법은 '기존의 생각을 뒤집는 글을 쓰는 것'이라고 하였습니다. 이후에야 이것이 "당시의 논의를 전도시키는 것"이라고 부르며 '역발상'이라고도 한다는 것을 알게 되었습니다. 이러한 사고와 표현방식은 쉽게 배울 수 있고 꽤 효과적이지만 또한 매우 큰 함정이기도 합니다.

이탈리아 배경의 역사 소설. 20세기 전 세계에 걸쳐 혁명 소설의 전형으로 여겨져 널리 읽혔다. 하지만 그 낭만주의적 성격 때문에 중국 문화대혁명기에는 금서로 지정되기도 했다.

술은 협객과 같고 차는 은자와 같다. 술의 도는 넓고 차의 덕은 소박
한 것이다.

지난번 강의에서는 이지에 대해서 이야기했는데, 이번 강의에서는 진계유*에 대해 이야기하려고 합니다.

[역자 주] 진계유는 자가 중순(仲醇), 호가 미공(眉公 또는 糜公)이기 때문에 본문에서는 가끔 진계유를 '미공(眉公)'으로 지칭하고 있다.

이지(1527~1602)는 진계유(1558~1639)보다 나이가 30세 정도 많으니 두 사람은 한 세대 차이가 나는 셈인데, 이들은 살아있을 당시에도 죽은 다음에도 명나라 말기 소품小品의 대표적인 작가로 인식되었습니다. 이지와 진계유는 명나라 말기 소품의 양극단을 정확하게 대표하기 때문에 이 두 사람은 같이 두고 이야기하기에 매우 적절합니다.

명나라 말기 소품을 이야기하다 보면 늘 이지와 진계유를 함께 거론하게 됩니다. 만약 꼭 두 사람의 차이를 말하라고 한다면 나는 한 사람은 선정禪定에 들어서 느끼는 기쁨을 이야기하는 투사 ─ 도학을 반대하는 이지의 주장의 배경에는 왕학王學 좌파의 영향도 있고 불학佛學에서 발전하여 나온 표현방식도 있습니다 ─, 다른 한 사람은 고요함과 한적함을 이야기하는 산인山人이라고 말할 것입니다. 두 사람 모두 당시의 범속함에 반기를 들었지만 그들의 생활 양상과 발전 방향은 크게 달랐습니다. 공교롭게도 두 사람은 모두 '평범하지 않은 것異'을 좋아했고 또 '이인異人'에 관한 논의를 펼쳤으므로 이것으로부터 이야기를 시작하기로 합시다.

이단異端과 이인異人

걸으로 보기에 이른바 '이인異人'이라는 것은, 일반 사람과 다르다는 말에 지나지 않습니다. 하지만 이지가 '이인'을 표방한 것은 전통적인 '중도中道'와 대응시켜 말한 것입니다. 다시 말하면 그는 '이인'을 사회의 일상적 규범을 아랑곳하지 않는 영웅, 호걸, 오만한 사람狂者, 요사스러운 사람妖人 등으로 해석했습니다. 그래서 사상사나 문학사를 연구하는 학자들은 일반적으로 '이단'이라는 측면에서 이지를 논합니다. 이지가 봤을 때 가장 최악은 우유부단하거나 위선적인 태도였습니다. 그러므로 그는 매우 극단적인 태도로 사회의 주류에 대항했습니다. 물론, 이는 이지가 책을 읽을 때 독특한 감식안을 가지고 일반 사람들이 추호의 의심도 가지지 않는 곳에서 의문을 제기하는 것과 관련된 문제입니다.

『분서焚書』에는 「독서의 즐거움讀書樂引」이라는 글이 있는데 이 글의 내용은 다행히 남다른 안목을 타고 태어나서 나는 독서할 때 다른 사람이 보지 못하는 것을 볼 수 있다는 것입니다. "예부터 지금까지 세상사를 논하는 책을 읽어보니 어떤 사람은 피부를 보고, 어떤 사람은 살을 보며, 어떤 사람은 혈맥을 보고, 어떤 사람은 근육과 뼈를 본다. 그럼 나는 어떠한가? 오장五臟과 골수까지 깊이 들여다볼 수 있다." 그러므로 그가 볼 수 있는 것들을 보통 사람들은 대개 보지 못합니다. 이런 주장은 또 제1강에서 언급한 『분서』 「잡술雜述」 중에서 '식견'에 대해 논한 글과 맞닿아 있습니다. 그 글에서는 남보다 뛰어난 '담대함'에 대해 여러 차례 언급했는데 실로 자신에 대해 잘 알고 있는 것입니다.[*] 그만큼 안목이 있는 사람이 세상에 한 명밖에 없는 것은 아니지만, 이렇게 깊이 있는 통찰력과 격렬한 어조로 그것을 표현해 낸 것은 실로 이지의 독특한 점입니다. 그러므로 그가 오장육부

원중도(袁中道), 『가설재집(珂雪齋集)』 권10, 「「용호유묵」에 붙인 서문龍虎遺墨小引」, "용호 선생은 오늘날의 소식(蘇軾)이다. 재주와 취미는 소식에 미치지 못하지만 식견과 담대함은 오히려 소식을 넘어섰다[龍虎先生, 今之子瞻也. 才與趣不及子瞻, 而識力膽力, 不啻過之]."

를 꿰뚫어 볼 수 있다고 말하는 것만으로는 부족합니다. 거리낌 없이 통쾌한 어조로 "털끝까지 밝게 볼 수 있는" 안목을 정확하게 표현해 내기 위해 천하 사람들의 미움을 사는 것도 아랑곳하지 않았고 심지어 일부러 천하 사람들의 상식에 도전을 했던 사람이 바로 우리가 찬탄해마지 않는 이지라고 말해야 합니다. 바로 그렇기 때문에 우리는 그가 '이단'이라고 하는 것입니다.

하지만 진계유가 '새로운 것을 표방하는 것'은 또 다른 길입니다. 그 역시 '다름異'을 말하기는 하였지만 그가 말한 '다름'은 그저 일반 사람과 다르다는 뜻입니다. 그의 가장 유명한 소품집 『암서유사巖栖幽事』에는 자기 자신에 대해 서술한 단락이 있는데, 그는 이 글에서 자신이 이서異書를 읽기 좋아하고 특이한 향을 피우기 좋아하며 평생 포의로 지냈으며 그래서 빈객들이 "이 사람은 정말 천지간의 이인이다"라고 말했다고 썼습니다. 사실 명나라 말의 문인들이 이서를 읽고 특이한 향을 태우는 것은 일반적인 일이지 그리 대단한 것이 못됩니다. "천지간의 이인"이라고 감히 부를 수 있는 것은 평생 포의로 지내면서 높은 벼슬아치들을 오만하게 내려다보았기 때문입니다. 바꾸어 말한다면 명나라 말기에 진계유가 보여준 최대의 특이점은 포의의 신분으로 천하의 큰 명성을 얻은 점입니다.

그 역시 과거시험을 본 적이 없었던 것은 아니었지만, 두 차례 낙방한 이후 바로 단념하고 과감하게 물러나 은거 생활을 하기 시작하였습니다. 사실 두 차례 낙방한 사람은 수도 없이 많기 때문에 그렇게 부끄러워할 일이 아니었고 실패하면 얼마든지 다시 도전할 수 있었습니다. 명나라 사회에서 글 읽는 사람의 정도正道는 당연히 과거시험을 보는 것이었습니다. 두 번이나 세 번 낙방해도 죽을 때까지 다시 볼 수 있었습니다. 앞에서 다룬 귀유광이* 비록 과거시험은 순탄하지 못했지만 그래도 결국 59세가 되던 해 진사에 합격했고 어쨌든 현령을 지냈던 것처럼 말입니다. 이지는 비록 당대 사회에 맞섰지만 젊었을 때는 과거에 합격하여 여러 해 동안 중앙 관리를 지낸 적이 있었고 운남 요안의 지부를 역임하기도 했습니다. 진계유처럼 대단히 총명하고 독서를 통해 학식을 얻었으면서도 벼슬을 구하려고 하지 않은 사람은 실로 거의 없습니다.

[역자 쥐이 구절로 볼 때 이전에 강의에서 귀유광에 대해 언급한 것 같으나 그 논의는 이 책에는 들어 있지 않다.

29세가 되던 해 과거시험 제도의 폐단을 꿰뚫어 본 진계유는 과거공부를 포기하고 곤산昆山의 남쪽에 은거하였습니다. 이 이야기는 나중에 끊임없이 전해졌기 때문에 널리 알려졌습니다. 내가 따져보고자 하는 것은 곤산에 은거한 진계유가 그 후의 50년 동안 무엇을 해서 생계를 꾸렸을까 하는 것입니다. 더 중요한 것은 공명功名이 있었던 적이 없는 은군자隱君子가 어떻게 해서 천하의 큰 명성을 얻을 수 있었는가 하는 점입니다. 진계유가 왜 은거 생활을 택했는지에 대해서는 후세에 여러 해석이 있습니다. 대만 청화대학淸華大學의 천완이陳萬益, 진만익 교수는 『만청 소품과 명말 문인의 생활晚淸小品與明季文人生活』이라는 책에서 진계유가 죽음을 앞두고 남긴 유언을 인용했는데 주목할 필요가 있습니다.

啓予足 啓予手	(이불을 젖혀) 내 발과 내 손을 살펴다오.	
八十年履薄臨深	80년 동안 조심하고 두려워했네.*	
不怨天 不尤人	하늘도, 사람도 탓하지 않고*	
百千秋鳶飛魚躍	천지만물의 이치에 따라 자연스럽게 살았다.	

일반적인 인식은 진계유가 고위 관료들과도 부지런히 교제했고 또 하층 백성의 존경을 받았으며 돈도 있고 여유도 있지만 벼슬도 없고 직업도 없었으니 그는 정말 윤택하게 잘 산 '산인山人'이었다는 것입니다. 죽기 전에 "살얼음을 밟는 듯이, 깊은 연못 가까이에 있는 듯이 조심하고 두려워했다"라고 할 줄을 생각지도 못했습니다. 그래서 천완이 선생은 한 걸음 더 나아가, 미공眉公은 난세에는 세상사에 개입하지 않는 자세로 목숨을 부지했을 뿐이라고 분석하였습니다.*

이 주장의 근거로 두 사례를 들 수 있습니다. 진계유는 동림당東林黨의 고헌성顧憲成

과는 절친한 벗이었지만, 고헌성이 동림강사東林講社를 만들었을 때 자신은 능력이 부족하다는 이유로 사양했습니다. 그 외에도 위충현魏忠賢의 당파들이 남경南京에서 위충현을 위해 생사당生祠堂을 세우고 유명한 문인들에게 글을 써달라고 했을 때에도 그는 거절하고 참여하지 않았습니다. 여러분은 시시비비를 일으킬 가능성이 있는 큰일에 대해 그가 언제나 뒤로 물러서서 흙탕물이 튀는 것을 피했다는 사실을 알 수 있을 것입니다. 그러므로 결국 생각해보면 그는 공도 없지만 잘못도 없는 것입니다. 이렇게 "살얼음을 밟는 듯이, 깊은 연못 가까이에 있는 듯이" 매우 조심하면서 중요한 이슈에 대해 발언하지 않고 생활의 안정과 마음의 평온을 유지한 점은 진계유를 현실에 불만을 품은 '은자隱士'가 아니라 오히려 평화롭고 고요한 '일민逸民'처럼 보이게 합니다. 바로 이런 평화롭고 조용한 생활 방식에 대한 추구 때문에 그는 여러 번 불러도 벼슬길에 나아가지 않았습니다. 이 점은 우리가 익히 잘 알고 있는 당나라 사람들이 은거를 통해 이름을 얻으면서 결국 종남첩경終南捷徑●으로 변질시킨 방법과는 전혀 다릅니다.

진계유의 특징에 대해 세 문장으로 요약하고자 합니다. 첫째, 은거하고 세상에 나아가지 않았습니다. 다시 말하면 그는 진정으로 은거한 것이지 '은거'를 공명을 얻기 위한 방법으로 사용하지 않았습니다. 둘째, 지역사회에 관심을 보였습니다. 이는 많은 전기傳記들에서 언급된 바로, 주목할 필요가 있습니다. 진계유는 조정의 큰일에 대해서는 흥미를 가지

[역자 주] 중국 당나라 때 노장용(盧藏用)이 진사시에 합격한 후 종남산(終南山)에 은거하면서 조정에서 부르기를 기다렸는데 후에 고사(高士)로 부름을 받아 벼슬을 하였다. 사마승정(司馬承禎)이 부름을 받고 천태산(天台山)에 은거하려고 하자 노장용이 종남산을 가리키면서 "이 속에 매우 좋은 곳이 있습니다"라고 하였다. 사마승정은 "제가 보기에는 벼슬을 하는 지름길일 뿐입니다"라고 하였다. 당(唐) 유숙(劉肅)이 쓴 『대당신어(大唐新語)』「은일(隱逸)」에 이 이야기가 수록되어 있다. 후세에는 '종남첩경(終南捷徑)'이라는 말이 벼슬이나 명리(名利)를 구하는 지름길을 가리키는 말로 쓰이게 되었다.

지 않았지만 지역사회의 삶에 대해서는 매우 관심을 가졌습니다. 셋째, 기술 하나로 자수성가했습니다. 자신의 기술을 통해 밥을 먹고 산다는 것은, 예컨대 서화를 감정하고 시문을 저술하며 베스트셀러를 편찬하는 것을 말합니다. (학생들 웃음) 이것은 사실이며 이제부터 나는 그가 어떤 방법으로 생계를 유지했으며 나아가 매우 윤택하게 잘 살았고 가난한 수재秀才들을 구제할 수 있었는지에 대해서 이야기할 것입니다. 예를 들면, 그는 동기창*과 친한 벗이었는데 그들은 서로 존경하였고 문인화의 전통을 형성하는 데 일정한 기여를 했습니다. 문인으로서의 진계유가 가진 나름의 특장特長은 "글과 무예라는 기술을 배운" 뒤에 더 이상 "제왕가帝王家에 팔지" 않고, 구매할 의사와 능력을 가진 평민 백성과 진신縉紳과 부호들 그리고 지방관들에게 팔았다는 점입니다. 이렇게 하면서 자신을 "세상에 나아가지 않으면 백성은 어떻게 하는가"라는 위대한 생각을 하는 전통적인 중국의 독서인이 아니라 일개 '수공업자'로 낮추게 되었습니다.

동기창(董其昌, 1555~1636), 자는 현재(玄宰)이고 호는 사백(思白) 혹은 향광거사(香光居士)이며 화정(華亭, 지금의 상해(上海) 송강(松江)) 사람이다. 벼슬은 남경 예부상서에 이르렀고 서화예술에 업적을 남겼다. 필묵을 중시하였으며 사실적인 기법을 무시하고 선비의 기풍士氣을 내세우며 남종화(南宗畵)를 추숭하는 태도 등은 명말 청초의 문단과 화단에 매우 큰 영향을 미쳤다. 시와 그림에 대해 논하고 유람과 일에 대해 기록한 『화선실수필(畫禪室隨筆)』은 그의 예술적 관념을 온전하게 드러냈을 뿐아니라 문장도 참신하고 담백하며 심원하여 매우 재미가 있다.

위의 세 가지는 진계유가 견지한 삶의 태도였습니다. 하지만 이것이 "난세에 목숨을 부지한 것"이라는 견해에는 별로 동의하지 않습니다. 왜냐하면 가정嘉靖에서 만력萬曆까지의 기간(1522~1619)을 진정한 의미에서의 '난세'라고 보기는 어렵기 때문입니다. 문학사를 공부하는 사람들은 모두 위진魏晉 연간에 목숨을 부지한 명사名士들이 거의 없었기 때문에 혜강, 완적이 했던 것 같은 표현방식이 생겨났다는 것을 알고 있습니다. 진계유의 친구들 중에서 심한 정치적 박해를 당한 동림당 사람같이 위충현에게 반기를 든 사람들을 제외한 대부분은 그래도 상당히 편하게 살아간 편입니다. 그러므로 미공이 "살얼음을 밟는 듯이" 조심스러웠던 것은 정치적 박해를 두려워해서라기보다는 인간관계를 중시하고 운신의 폭을 넓혀서 현재의 그리고 잠재적인 '고객'을 화나게 하는 것을 피한 것이라고 봐야 할 것입니다. 이 점은 아래에서 더 이야기할 예정입니다.

「첨폭우담檐曝偶談」에서 진계유가 한 말은 우리가 이 만명의 저명한 산인을 이해하는 데 도움을 줍니다. "한가한 사람이 아니면 한가함을 누릴 수 없는데, 한가로운 사람은 평범한 사람이 아니다." 이 말을 어떻게 해석해야 할까요? 『중국산문선』에 실린 「『화사』발문花史跋」을 예로 들어 보겠습니다.

먼저 시작 부분을 보겠습니다. "전원의 정취를 가지고 있으면서도 그 즐거움을 모르는 사람이 나무꾼과 목동이다. 과일이 썩어도 먹지 못하는 사람이 채소를 가꾸는 일꾼과 장사꾼이다. 꽃과 나무가 있어도 즐길 줄 모르는 사람이 돈이 많고 신분이 높은 사람이다." 이 세 부류의 사람들은 전원의 정취와 꽃과 과일, 풀과 나무를 향유할 수 없습니다. 왜일까요? 목동과 나무꾼은 하루 종일 산에 있지만 전원의 정취를 누릴 수 없는데 그것은 삶에 치여 여유가 없기 때문입니다. 그들이 온종일 생각하는 것은 어떻게 돈을 벌어서 먹고 사는가 하는 문제로, 문인들이 감상하는 전원의 정취 같은 것을 결코 고려할 수 없습니다. 여러분이 나무꾼에게 이곳의 산수가 매우 아름답다거나, 목동에게 당신은 매우 행복하고 유유자적하겠다고 말한다면 그것은 모두 헛

소리입니다. 20여 년 전에 나는 조경肇慶에 있는 칠성암七星巖에
간 적이 있는데 그곳의 산수는 정말 아름다웠습니다. 그때 조경
사범전문대의 친구들이 나를 맞아주어서 매우 기뻐하면서 그들
에게 "너희들은 여기에 살아서 정말 좋겠다"라고 했다가 그들로
부터 한바탕 비웃음을 당했습니다. 그들은 나에게 이곳이 '가난
하고 척박한 산골'이라고 생각하지 않느냐고 했습니다. 타지 사
람들은 그저 자연이 아름다운 것만 알 뿐 이곳의 물산이 어떠한
지를 묻지 않습니다. 만약 물산이 풍부하지 않다면 이곳의 사람
들은 무엇으로 살아가겠습니까?*

나중에 관광산업 덕분에 '가난하고 척박한 산골窮山惡水'의 몸값이 빠른 속도로 올랐는데, 이는 전혀 예상하지 못했다.

그 외에 과일을 판매하거나 운송하는 사람들은
설령 과일이 상하는 한이 있더라도 감히 먹지 못
합니다. 그들은 왜 신선한 과일을 먹지 않을까요? 생계 때문일
것입니다. 만약 과일을 자기가 다 먹어버린다면 어떻게 돈을 벌
겠습니까? 그래서 진계유는 이런 운송상과 판매자들은 과일의
맛을 잘 알 수가 없다고 말한 것입니다.

세 번째 종류의 사람들, "꽃과 나무가 있어도 누릴 수 없는 사
람들"은 "돈이 많고 신분이 높은 사람"입니다. 정원에 유명하고
진귀한 꽃과 나무를 많이 심었지만 감상할 수 없습니다. 돈이 없
어서가 아니라 그럴 마음의 여유가 없기 때문입니다. 높은 사람
들이 하루 종일 생각하는 것은 벼슬이나 돈입니다. 하지만 화초
와 나무를 감상하려면 한가한 마음이 있어야 합니다.

진계유가 여기서 말하려고 한 것은 두 부류의 사람들은 한가
할 수 없다는 것입니다. 한 부류는 생활고에 시달리느라 한가하
게 지낼 수가 없습니다. 다른 한 부류는 돈과 공명, 관리의 녹봉

등에 흘려서 마찬가지로 한가하게 지낼 수 없습니다. 가끔 한 번 쳐다볼 때 즐거울 수는 있겠지만 진정으로 꽃과 나무의 세계로 들어갈 수 없으며 진정으로 전원의 정취를 이해하거나 대자연의 운치를 느낄 수 없습니다.

『화사花史』는 진계유의 친구 왕중준王仲遵이 쓴 책인데, 총 24권으로, 고금에 걸쳐 꽃과 나무를 재배하는 운치 있는 일에 대해 본격적으로 다루었습니다. 진계유는 「화사제사花史題詞」에서 이 책은 농서農書로 읽어도 되고 원예서로 읽어도 되며, 이 책을 읽는 사람은 세상에서 장수할 수도 있고 세상을 경영할 수도 있으며 세상을 피할 수도 있고 세상을 희롱할 수도 있다고 하였습니다. 만약 육식을 하는 사람이라면 이 책을 제대로 음미할 수 없을 것입니다. 이어서 그는 만약 당신의 성정性情이 그와 비슷해서 온종일 숲 속에 누워서 꽃이 피고 지는 것을 관찰하고 그것을 천만년의 흥망성쇠와 같다고 생각한다면 이십일사二十一史와 당신 눈앞에 있는 『화사』는 같은 것이라고 말합니다. 여기에서 보여주는 것은 정치를 멸시하고 전원의 정취를 추구하는 만명 산인의 삶의 이상입니다. 그러므로 그는 생활고에 시달리거나 부귀에 미혹된 두 부류의 사람들은 전원의 정취를 진정으로 알 수 없다는 점을 특별히 강조하였던 것입니다.

이런 사유방식은 후세의 많은 사람들에게 받아들여졌습니다. 청나라 초기 장조張潮●는 이런 명언을 남긴 바 있습니다. "세상 사람들이 바쁘게 추구하는 것을 한가롭게 대할 수 있는 사람이어야 세상 사람들이 한가하게 대하는 것을 바쁘게 대할 수 있다." 20세

장조(張潮, 1650~?), 자는 산래(山來)이고 호는 심재(心齋)이며 안휘(安徽) 흡현(歙縣) 사람이다. 천성이 기이한 것을 좋아하고 박학하고 우아한 것을 좋아하였으며 여러 가지 잡학(雜學)을 모아서 『소대총서(昭代叢書)』, 『단기총서(檀幾叢

기, 1930년대에 린위탕은 『내 나라 내 민족』, 『생활
의 예술』이 두 책에서 '여유悠閑'의 이론을 극치로
발전시킨 바 있습니다. 또한 린위탕은 이것으로
書)』로 집대성하였다. 그 외에『우초신지(虞初新志)』를 편찬하였고 『유몽영(幽夢影)』 등을 저술하였다.
바쁜 미국인들을 치료하려고 했습니다. 이 두 책은 영어로 쓴 것
인데 미국에서 출판된 이후 베스트셀러가 되었습니다. 결국 말
하려는 주제는 도가 철학과 명·청 문인의 생활 취미를 통해 일
상생활에 대해 감상할 줄 모르는 미국인 혹은 서구 세계를 비판
한 것입니다. 물론 구체적인 서술을 보면 중국인을 이상화한 점
도 없지 않습니다. 예컨대 그중 한 절의 제목은 "위대한 한량—
중국인"입니다. (학생들 웃음) 여러분이 모두 알고 있듯이 현대의
중국인은 그렇게 한가하지 않습니다. 그러나 중국문화 자체를
놓고 본다면, 특히 명·청 시대 강남 문인들의 생활은 확실히 매
우 정치精致한 것이었습니다. 후에 여러 가지 조건의 변화, 이를
테면 전란이라든가 왕조의 교체, 사회 변화 등으로 인해 문인들
의 생활이 점점 빈곤해졌고 일상생활을 영위하기 위해 분주히
뛰어다니는 지경에 이르게 되자 자연히 한가로울 수가 없게 되
었습니다. 그 이후 이러한 이른바 '정치한 생활', '위대한 한가로
움'은 거의 사라졌습니다. 최근 10년에 이르러 의식주 문제가 해
결되자 상황이 바뀌게 되어 퇴근하고 나서 바삐 춤추러 가거나
혹은 휴일에 촉박하게 여행을 떠나기도 합니다. 이른바 '한가한'
행위가 삶에서 불가결한 장식품이 된 것입니다. 하지만 대체적
으로 볼 때 '한가한' 행위는 있을지 몰라도 '한가한' 마음은 여전
히 결여되어 있습니다.
　한편, 린위탕은 진계유와 장조의 사유방식을 계승하여 '한가

함'과 '은일'은 상당히 다르다고 여러 번 이야기했습니다. 은사隱
士는 주로 심리상태이고 절개 있는 기풍이며 영합하지 않는 태
도를 가리키기 때문에 문화 수준의 깊이 여부는 별로 중요하지
않습니다. 하지만 진정한 의미에서의 '한가한 사람'은 심리상태
心態뿐 아니라 심경心境, 재력, 교양이 있어야 합니다. 그러므로
이른바 '한가하다'는 것은 문화가 있는 한가함이며 교양이 있는
한가함입니다. 이쯤 되면 여러분은 '한가함'이라는 것이 결코 간
단한 문제가 아니라는 것을 깨닫게 될 것입니다.

이지와 진계유를 대비시켜 볼 때 여러분은 두 사람의 '다름'
이 모두 당시 세상과 맞지 않았고 세속과 보조를 맞추지 않았던
것이라는 점을 알게 될 것입니다. 문제는 진계유는 다른 사람들
과는 달리 큰 명성을 누렸고 세상 사람들의 사랑을 받았다는 점
인데 이는 실로 쉬운 일이 아니었습니다. 진계유가 '다르다'고
한다면 주로 이 측면에서 '다른' 것입니다. 어떤 의미에서 말하
자면 이 '다름'은 실제로는 '같음'이며, 곧 이것은 "규범은 벗어나
지만 상식을 어기지는 않는" 것에 대한 일반인들의 욕구를 만족
시키는 것이었습니다. 겉으로 볼 때는 세상 사람들과 떨어져서
"인간 세상의 음식을 먹지 않는" 느낌이 있지만 그래도 이러한
태도는 "큰 원칙을 해치지는 않으며", 주류 사회의 윤리도덕과
가치관에 도전하는 것은 아니었습니다. 위로는 조정의 관리, 아
래로는 일반 백성에 이르기까지 모두 받아들일 수 있었고 모두
좋아했습니다. 이는 사람들이 투사적인 모습의 이지를 받아들
이지 못했던 것과 선명하게 대비됩니다.

일반 사람들은 진계유가 곤산에 은거한 것을 두고 세상을 벗

어난 것이라고 생각합니다. 하지만 내가 보기에 그는 오히려 세상 안으로 상당히 들어와 있었습니다. 왜냐하면 그는 세태와 인정을 꿰뚫어 보았기 때문에 탈속적인 태도로 일반 대중들에게 어필했고 이를 통해 생계를 유지할 수 있었기 때문입니다. 다시 이지를 본다면, 그는 늘 다른 사람의 흠집을 들추기 좋아하고 가짜 도학을 비판하였으며 그토록 집요하게 자신의 이념을 견지하였는데 이것이야말로 세상 물정을 몰랐던 것입니다. 이지는 죽을 때까지도 자신이 "성인의 가르침에 도움이 된다"라고 굳게 믿었으며 체포되어 판결을 받은 뒤에도 상대방과 논쟁을 이어 나갔습니다. 이는 루쉰이 「위진 풍도·글과 약·술의 관계」라는 유명한 강연록에서 혜강과 완적을 언급하면서 그들은 예교를 신봉하지 않은 것이 아니라 너무 신봉한 것이라고 한 말을 떠올리게 합니다.[*] 다시 이지를 본다면, 매우 세속적인 이지는 사실 오히려 속세에서 멀리 떨어져 있는 사람입니다.

이상의 내용은 이지와 진계유의 '다름'이 같은 선상에서 논의될 수 없는 것임을 간략하게 말한 것입니다.

루쉰(魯迅), 「위진 풍도·글과 약·술의 관계(魏晉風度及文章與藥及酒之關係)」, 『이이집(而已集)』. "위진 시대는 겉으로 보기에는 예교를 매우 숭상하는 것처럼 보였지만 실제로는 예교를 파괴하였고 신봉하지 않았다. 표면적으로 예교를 파괴하는 것처럼 보이는 자들은 실제로는 오히려 예교를 인정하고 크게 신봉하는 자들이었다. 위진 시대에 이른바 예교를 신봉한다는 것은 그것을 빌미로 자신의 이익을 취하기 위한 것이었으며 예교에 대한 그들의 신봉은 우연한 것에 지나지 않았다. 예를 들면 조조가 공융을 살해하고 사마의가 혜강을 죽인 것은 모두 그들이 불효와 관련이 있었기 때문이었다. 하지만 조조나 사마의가 언제 유명한 효자였던 적이 있는가? 그들은 다만 그 명분을 빌어 자신을 반대하는 사람들에게 죄를 씌운 것에 불과하다. 그래서 성실한 사람들은 이렇게 예교를 이용하는 것은 예교를 모욕하는 것이라고 여겨 불평을 품은 나머지 어떻게 할 방법이 없게 되자 격분하여 예교를 이야기하거나 신봉하지 않고 심지어는 예교를 반대하게 되었던 것이다."

저술과 생계

장사전(蔣士銓, 1725~1785), 자는 심여(心餘) 또는 청용(淸容), 초생(苕生)이고 호는 장원(藏園)이며 연산(鉛山, 지금의 중국 강서(江西)에 있다) 사람이다. 건륭 22년(1757년) 진사(進士)로, 한림원편수(翰林院編修)를 맡은 바 있다. 시로 원목(袁枚, 1716-1797), 조익(趙翼, 1727~1814)과 더불어 '강우3대가(江右三大家)'로 불렸으나 주로 잡극과 전기(傳奇)로 유명하며 「임천몽(臨川夢)」 등의 여러 작품을 수록한 『장원구종곡(藏園九種曲)』은 중국 희곡사에서 일정한 지위를 점하고 있다. 주요 희곡과 시문은 모두 『충아당전집(忠雅堂全集)』에 수록되어 있다.

청나라 사람 장사전*은 「임천몽」이라는 전기傳奇를 지었는데 제2편에 나오는 '은간隱奸'에서 진계유가 등장할 때의 시는 이렇습니다.

[역자 주] '수달의 제사(獺祭)'라는 것은 수달이 물고기를 잡아 강가에 늘여놓는 것이 마치 제사 음식을 진열하는 것 같다고 하여 부르는 말이다. 수달은 물고기를 먹을 때 한두 입을 먹고는 버리곤 하는데 물고기를 잘 잡기 때문에 늘 먹다 남은 물고기를 버려서 쌓이게 한다. 후에 이야기를 많이 늘어놓는 것을 '수달의 제사'라고 부르기도 하였다.

[역자 주] 운간(雲間)은 위의 시에서는 '구름 속'이라는 뜻이지만, 진계유가 상해 송강(松江) 사람이고, 송강의 옛 이름이 '운간(雲間)'이었기 때문에 이 시가 진계유를 풍자한 것이라는 설이 생겼다.

妝點山林大架子	산림을 장식하는 귀하신 몸
附庸風雅小名家	풍아를 내세우는 작은 명인.
終南捷徑無心走	종남산 첩경을 걸을 마음 없어
處士虛聲盡力誇	처사의 헛된 명성을 힘껏 자랑하네.
獺祭詩書充著作	시, 서를 베껴 늘여놓는 것을* 저술로 삼고
蠅營鍾鼎潤煙霞	부귀와 영화를 좇아서 산림에서 부유하게 사네.
翩然一只雲間鶴	구름 속* 학 한 마리 훨훨 날아
飛去飛來宰相衙	재상의 관아에 들락날락 하누나.

「임천몽」에는 등장할 때 나온 이 시 말고도 진계유가 스스로에 대해 "높은 벼슬을 하찮게 여기고 어부나 나무꾼을 대단하게 생각하는 것이 아니라" "어부와 나무꾼이라는 이름을 빌어 높은

벼슬아치들을 속였다"라고 한 말이 나옵니다. 그 아래 또 이러
한 내용이 나옵니다.

약간의 돈과 음식을 내어 강소성江蘇省과 절강성浙江省의 가난하고
나이든 명사名士들을 대거 집에 모셔놓고 문장과 구절을 따다가 분
류하게 하여 여러 종의 새 서적을 만들어 간행하였다. 과문科文이나
쓰는 안목 없는 친구들이 넙죽 절을 하고 알지도 못하면서 마구 칭
찬을 해댄 덕택에 나의 명성은 사방에 널리 알려졌다. 그러는 가운
데 황금과 돈은 구하지 않아도 스스로 들어왔다. 네가 말해봐라. 이
런 고인高人과 은사隱士는 할 만하겠느냐 할 만하지 않겠느냐?

진계유에 대해 장사전이 조롱하는 포인트는 "산림을 장식한
다"는 점 외에도 "시, 서를 베껴 늘여놓았다"는 점입니다. 이는
곧 강소성과 절강성 지방의 가난하고 늙은 명사들을 집으로 모
셔와 책을 베끼고 발췌하며 이를 편집하고 간행하여 독자를 속
이면서 돈을 번다는 것인데, 이런 식으로 은사隱士 노릇을 한다
면 물론 매우 편할 것입니다.

이런 지적, 특히 앞에서 말한 "산림을 장식한다"와 "구름 속
학 한 마리 훨훨 날아, 재상의 관아에 들락날락 하누나"는 진계
유에 대한 거의 모든 논저에서 인용되었는데 다만 그 해석이 다
를 뿐입니다. 두 가지 사례를 들어본다면, 하나는 우청쉐吳承學, 오
승학의『만명소품연구』로, 우청쉐는 이 몇 구절에서 제기한 폭로
는 정말 예리하다고 하였습니다.* 또 다른 하나는
궈위형郭豫衡, 곽예형의 『중국산문사中國散文史』인데,

吳承學,『晚明小品硏究』, 南京 : 江蘇古籍
出版社, 1998, pp.92~107; 郭豫衡,『中國

散文史』하권, 上海古籍出版社, 1999, pp.231~236 참조.

이 책에서는 진계유도 적극적으로 세상에 쓰이려고 한 측면이 있기 때문에 이렇게 풍자한 것이 꼭 사실에 부합된다고 할 수는 없다고 하였습니다. 진계유에 대해 논한 장절에서 궈 선생은 본격적으로 진계유가 세상에 대한 책무의식을 보였던 글들을 가져와서 그가 얼마나 민간의 질고에 관심을 두었는지를 증명하였습니다. 하지만 명말에서 지금까지 일반 독자들의 인식 속에서 진계유는 현실정치에 적극적으로 참여했던 인물형은 결코 아니었습니다.

중국 문인들은 일반적으로 매우 다양한 면모를 가지고 있어서 그들의 문집을 읽을 때에는 반드시 핵심을 파악해야 오해를 하지 않을 수 있습니다. 우리 북경대학의 연로한 선생 한 분은 이런 말씀을 하신 적이 있습니다. "책을 읽을 때에는 그 '대의★意'를 보아야 한다. 그렇게 하지 않으면 중국의 문학과 역사 자료가 이렇게 풍부한데 찾을 수 없는 내용이 존재하겠는가? 설령 인공위성이라고 하더라도 나는 찾아낼 수 있다." (학생들 웃음) 자료는 풍부하고 또 시에는 확정적인 해석이 없기 때문에● 반드시 내용을 잘 파악하여 지나친 해석을 하지 않도록 경계해야 합니다. 궈 선생의『중국 산문사』는 내용이 가장 방대하고 자료도 가장 풍부해서 현재까지도 가장 참고할 가치가 있는 산문 연구서입니다. 하지만 그의 기본 사유는 중국 문인의 우국우민의 전통을 발굴하는 것이었습니다. 그러므로 그는 모든 산문가를 전적으로 이러한 관점에서 읽어내려고 애썼습니다. 내 생각에는 우국우민의 측면에서 진계유를 읽어낸다는 것은 설령 깊이가 있다고 하더라도 분명

[역자 주] 원문은 "詩無達詁"이다. 동중서(董仲舒)의『춘추번로(春秋繁露)』에 나오는 말로, 시에는 확정적인 해석이나 고증이 있을 수 없다는 의미이다.

히 문제가 있을 것이라고 봅니다. 하지만 우청쒜처럼 장사전의 풍자에 완전히 동의하는 것에 대해서도 회의적입니다.

진계유를 "산림을 장식하고 풍아를 내세운다"라고 조롱하는 것에 대해 청나라 초기의 전겸익°이 앞서 언급한 적이 있습니다. 그러므로 우리는 먼저 전겸익에 대해 이야기해 보기로 하겠습니다. 전겸익의『열조시집소전列朝詩集小傳』정집丁集 하(下)에는「진정사계유전陳征士繼儒傳」이라는 글이 있는데 다음과 같이 간략하게 소개하고자 합니다.

진계유가 "유자의 의관을 태워 버렸다", "소곤산小昆山에 은거했다"라고 서술할 때에는 "노자老子 음부학陰符學의 묘리妙理를 얻었다"는 구절을 덧붙여야 합니다. 여기서 주의해야 할 부분이 있는데, 첫 번째는 전겸익이 노자의 처세철학에 대해 진계유가 이해하고 있다고 특기한 부분입니다. 두 번째는 진미공이 동기창董其昌과 관계가 있다고 이야기한 점입니다. 동기창은 명나라 말기의 유명한 서화가로, 중국의 서법과 문인화의 전통에 결정적인 기여를 하였습니다. 진계유와 동기창은 둘 다 유명한 서화가였을 뿐 아니라 서로 높이 평가하였습니다. 이 글에서는 진계유의 서화가 "천하에 절묘하여" 도시에서 시골에 이르기까지 도처에 진계유의 작품이 즐비하였으며 술집과 찻집에는 그의 초상화까지 걸려있다고 말합니다. 세 번째는 그의 "명성이 북경에까지 알려졌으므로" 수많은 고위 관료들이 그를 숭

전겸익(錢謙益, 1582~1664)은 자가 수지(受之), 호가 목재(牧齋), 만년의 호가 몽수(蒙叟)이며 상숙(常熟, 지금의 강소성에 속해있음) 사람이다. 경서와 사서에 해박했고 시문을 잘 지어서 당대에 명성이 대단했으며 엄연한 문단의 영수였다. 저작으로는 『초학집(初學集)』, 『유학집(有學集)』, 『투필집(投筆集)』 등이 있다. 또 『열조시집(列朝詩集)』을 편찬했는데 여기에는 명대의 문헌이 보존되어 있고 더하여 통찰력 있는 견해가 포함된 각 문인들의 소전(小傳)이 있다. 전겸익의 재주와 학문은 세상에 유명했으나 청나라 군대가 남쪽으로 내려왔을 때 먼저 나서 항복하여 맞이했기 때문에 이후 절조에 오점을 남긴 불충한 신하로 여겨졌다. 최근에 천인췌(陳寅恪)가 시와 역사를 대조하여 분석하는 방법으로 전겸익이 만년 저서에서 고국의 군주를 잊지 않았다는 은미한 뜻을 드러냈음을 부각시키고 그가 청나라를 전복시키고 명나라를 회복하려는 지향성을 보였다는 점을 표창하였고 나아가 세상 사람들이 "그가 이전에 절개를 잃어버린 허물을 용서하고 그가 나중에 속죄하려고 한 뜻을 가상하게 여겨야 비로소 평정심을 가지고 그를 논할 수 있을 것이다"(『유여시별전(柳如是別傳)』, 上海古籍出版社, 1980, p.985)라고 주장하였다.

배해서 황제 앞에서 끊임없이 언급했기 때문에 황제는 여러 차례 그를 불러들였으나 그는 몸이 안 좋다는 이유로 사양했다는 점입니다. 결국 팔십 몇 살까지 살았는데 말입니다. (학생들 웃음) 네 번째는 "단장短章과 소사小詞에 모두 멋風致이 있어서" "산림을 장식하고 풍아를 내세우기"에 특히 적합했다는 것입니다. 그의 단편들은 매우 멋이 있었고 정취가 있었습니다. 전겸익이 진계유의 저작을 두고 "산림을 장식하고 풍아를 내세웠다"라고 했을 때에는 전적으로 풍자만 했던 것이 아니라 그의 작품의 위상을 정립했던 것이기도 했습니다. 진계유를 두고 너무나 대단하다고 하는 사람이 있다면 그것도 말이 안 되지만 반면 그에게는 어떤 장점도 없다고 한다면 그 역시 잘 아는 사람의 논평은 아닐 것입니다. 그의 작품은 나름대로 가치가 있습니다. 다섯 번째는 그가 동시대의 문인과 달리 "높은 명성과 유유자적한 삶을 누렸다"는 점입니다. 마지막은 그가 우리가 방금 전에 언급한 것처럼 가난하고 늙은 명사들을 대거 모아 책을 편찬한 일입니다. "오월吳越 지방에서 굶주리고 추위에 떠는 가난하고 늙은 유자들을 불러 글의 구절을 발췌하고 분류하게 한 뒤 자질구레하고 잘 알려지지 않은 일들을 모아서 책을 만들어 널리 퍼지게 하였던" 것입니다. 다시 말하자면 그는 수준이 있으나 '출세하지 못한' 독서인들을 자신의 집으로 모셔다가 그들에게 일을 나누어 주고 책을 편찬하게 하였습니다. 구체적으로 말하자면 여러 책에 있는 '청언淸言'을 모은 뒤 분류하여 책으로 만드는 작업이었습니다. 이 책들은 출판된 이후 매우 환영을 받아서 많은 사람들이 "다투어 구매하여 보물로 삼았기" 때문에 진계유의 명성이 천하에 진동하였습니다. 여기에서 반드시 해명해야 하는 것은, 이러한 책을 편찬했기 때문에 진미공이 명성을 얻은 것이 아니라 반대로 그의 명성이 커서 책 파는 상인들이 그의 명성을 빌어 책을 팔려고 했기 때문에 그가 가난하고 늙은 서생들을 대거 모시고 작업을 할 수 있었다는 것입니다.

이 이야기는 장사전의 「임천몽」에서는 웃음거리로 활용되었습니다만 「남오구화록南吳舊話錄」에서는 달리 해석하였습니다. 곧 진계유가 높은 명성을 얻고 나서 옛 친구들이 출세하지 못한 것을 보고 그들을 집으로 부른 다음에 여러 곳에서 글을 지어 달라고 청탁받은 것을 꺼내어 미안하지만 자기가 너무 바쁘니 나를 대신해서 "글 빚을 갚아 달라"라고 부탁했다는 것입니다. 이렇게 하여 원고료를 친구들에게 나눠주자 그들은 당연히 매우 기뻐하였습니다. 아들이 왜 이들에게 돈을 그냥 준다는 사실을 밝히지 않느냐고 묻자 진계유는 "나의 문장은 특색이 있어서 다른 사람들은 모방할 수 없다. 내가 이렇게 하는 것은 그들이 돈을 받을 명분을 만들어서 자존심을 상하지 않게 하려고 해서란다"라고 하였습니다. 자, 이쪽에서는 그가 얼마나 의리가 있는지를 말하고 저쪽에서는 그가 염치가 없어서 다른 사람의 지적 재산권을 빼앗는다고 합니다. (학생들 웃음) 사실 진계유의 이런 행동을 너무 비열하다고 할 필요도, 너무 고상하다고 할 필요도 없습니다. 내가 보기에 이것은 "주유周瑜가 황개黃蓋를 때리는데, 한 사람은 때리기를 원하고 한 사람은 맞기를 원하는"* 격입니다. 이것은 서로에 이익이 되는 것으로, 지금 유행하는 말로 한다면 '원윈 전략'이라고

[역자 주] 『삼국지』에 나오는 일화로 위(魏)나라의 조조(曹操)가 오(吳)나라를 공격하기 위해 수십 만 대군을 배치하자 오나라의 주유는 수하의 노장 황개와 함

하자고 건의하는 황개에게 곤장을 쳐서
살갖이 터지고 유혈이 낭자하게 체형을
가했고 황개는 부하를 시켜 거짓 항복
편지를 조조에게 전하게 하는데 이 작전
으로 조조를 속이게 되어서 오나라와 촉
나라는 적벽에서 조조에게 대승을 거두
었다.

할 수도 있을 것입니다. (학생들 웃음)

왜 이렇게 말했을까요? 진계유의 경우 반드시 상업적 요소를 고려해야 합니다. 왜냐하면 그는 전통적인 의미에서 말하는 고상한 문인이나 황제에게서 봉록을 타는 관리가 아니라, 한 가지 기술을 가지고 자기 힘으로 먹고 살면서 시장을 기반으로 생계를 영위하는 산인山人이었기 때문입니다. 그가 돈을 벌려고 하는 것은 너무나 자연스러운 일이었고 상인의 기질이 약간 있다고 해도 이해할 수 없는 것은 아닙니다. 상해가 개항한 역사는 100여 년 정도밖에 되지 않지만 강남 일대 사람들은 역대로 다른 곳에 비해 상업 경영을 잘 했습니다. 진계유는 자신이 무엇을 하고 있는지 매우 잘 알고 있었습니다. 명성도 얻어야 했고 재물도 얻어야 했으며 명성과 재물 사이에는 반드시 선순환이 이루어져야 했습니다. 「남오구화록」에서는 진계유가 자신의 특기를 살려 돈을 벌고 명성을 얻은 다음 친구들도 도와주었다고 하는데 (학생들 웃음) 나는 이 말을 별로 믿지 않습니다. 그의 이런 방법은 그다지 고상하다고 말할 수는 없지만 그렇다고 누구를 착취하였다고 할 수도 없고 그저 시장경제의 규칙으로 그가 이러한 삶의 방식을 선택하게 되었다고 할 수 있을 것입니다. 물론 무엇을 편찬하고 어떤 기준으로 선택했는가 하는 점에서 여전히 진계유의 안목을 볼 수 있습니다. 현재 진계유의 이름을 내건 저작은 매우 많지만 그 중 상당수는 진계유 본인이 직접 쓴 것이 아닙니다. 그러나 우리는 이런 책들의 풍격이 그래도 일관적이라는 점을 인정하지 않을 수 없습니다.

자, 이제 다시 처음으로 돌아가서 보게 되면 이것은 매우 단순한 것입니다. 곧 신성한 문학을 생존을 도모하는 수단으로 강등시킨 것입니다. 중국인의 유구한 '경국의 대업, 불후의 성사'를 생계를 유지하는 하나의 노동으로 변화시킨 것입니다. 이렇게 되면 우리는 그의 득과 실에 대해 비교적 정확히 꿰뚫어 볼 수 있습니다. 이것은 제가 의도적으로 그를 비웃으려고 하는 말이 아닙니다. 『암서유사』에 나오는 어떤 이야기인데 그 주제는 고대의 은자들이 대부분 손수 경작을 했던 반면 나는 몸도 안 좋은 데에다 근골이 약하고, 고대의 은자들이 직접 낚시와 사냥을 하러 갔던 반면 나는 살생을 하고 싶지 않으며, 고대의 은자들이 좋고 넓은 논밭을 가진 반면 나는 빈한한 가문에서 태어났고, 고대의 은자들이 자신을 절제하고 최대한 절약을 한 반면 나는 굶주림과 추위를 견딜 수 없다는 것입니다. (학생들 웃음) 이 네 가지를 할 수 없으면 어떻게 해야 할까요? 유일한 방법은 책을 써서 생계를 도모하는 것입니다.

여러분은 이 말을 듣고도 별로 새롭지 않다고 생각할 수 있는데, 왜냐하면 여러분은 공자진이 "책을 저술하는 것은 모두 양식을 구하기 위한 방책이다著書都爲稻粱謀"라고 한 말을 기억하고 있기 때문입니다. 그러나 진계유가 "양식을 구하기 위해 책을 저술한 것"은 사실이지만 공자진처럼 그렇게 비분강개한 뜻을 투영하지도 않았고 "문자옥文字獄에 연루될까봐 자리를 피한 것"도 아니었습니다. 뿐만 아니라 내

공자진(龔自珍, 1792~1841)은 자가 슬인(瑟人)이고 호가 정암(定庵)이며, 절강성(浙江省) 인화(仁和, 지금의 항주) 사람이다. 젊어서 여러 번 과거에 응시하였으나 합격하지 못하다가 38세에 처음으로 진사에 합격했다. 만년에 벼슬을 그만두고 강학(講學)을 하여 한 시대의 새로운 문풍을 창시하였다. 가경(嘉慶), 도광(道光) 연간에 "경서에 통하여 실제에 응용하는 것"을 제창한 금문(今文) 학자의 대표 인물이다. 또한 그의 문장은 고

풍스럽고[古] 깊고[奧] 기이하고[奇] 우뚝하였고[峭] 시는 아름답고[瑰麗] 웅장하여[雄闊] 청나라 말기 사상문화계에 큰 영향을 미쳤다. 문집으로 현대 사람이 작품을 모아 엮은 『공자진전집(龔自珍全集)』이 있다.

가 보기에 진계유는 이런 방식을 편하게 여겼으며 이런 생활방식을 매우 잘 영위했습니다.

나는 『중국산문선』의 서문에서 『사고전서총목四庫全書總目』과 청대 문인들이 여러 차례 진계유에 대해 "그 모습이 상인 같았다"라고 비웃었지만 이것이 사실 그다지 정확한 설명이 아니라는 점을 언급한 바 있습니다. 전통적인 중국 사회에서는 신분을 사, 농, 공, 상으로 구분하는데 상은 제일 뒤에 있습니다. 그러나 여러분이 주의해야 할 점은 명나라 중엽 이후에 상인 계층이 빠른 속도로 흥기했다는 것입니다. 위잉스余英時, 여영

余英時, 「中國近世宗敎倫理與商人精神」, 『士與中國文化』, 上海人民出版社, 1987, p.577. "상인들은 자신을 상층문화와 통속문화의 접경지에 두기 때문에 그들의 언행에서 우리는 비교적 쉽게 유불도 삼교가 결국 어떤 방식으로 영향을 주는지, 그 영향의 결과는 어떠한지를 분명하게 알 수 있다. 현재 일반적으로 중국 사상사를 연구하는 사람들은 양극단의 경향을 보이는데 '순수한 철학'의 영역에 편향되어 있거나 '반종교'에 편향되어 있다. 이는 의식적이거나 무의식적으로 서구의 틀을 가지고 중국사의 구조에 기계적으로 적용한 것이다. 이 양극단의 사이에는 또 다시 크고 중요한 중간지대, 바로 사학 연구의 공백이 있다. 상인의 의식 형태는 이 중간 지대에서 중추적인 위상을 가지고 있다." [역자 주] 우리나라에서 번역된 책의 서지사항은 다음과 같다. 여영시, 정인재 역, 『中國近世宗敎倫理와 商人精神』, 대한교과서주식회사, 1993.

시 선생은 「중국 근세 종교윤리와 상인정신」이라는 글에서 본격적으로 명·청 시대 상인들의 사회적 지위 상승과 전통적인 종교 윤리와의 관계에 대해 논했는데, 기본적인 논리는 웨이보韋伯, 위백의 『새로운 종교윤리와 자본주의정신新敎倫理與資本主義精神』에서 가져왔지만 새로운 견해도 많기 때문에 읽어볼 만합니다. 진계유 같은 사람은 정치가도 아니고 관료도 아니며 심지어 전통적인 의미에서의 예비 관료도 아닌데, 그렇다면 그는 무엇으로 생계를 유지했을까요? 농사도 짓지 않고 벼슬도 하지 않았던 진계유는 어떻게 자력으로 먹고 살 수 있었을까요? 다시 말하면 이른바 "모습이 상인 같았다"는 것은 사실 산인山人이 전통적인 의식구조를 벗어날 수 있었던 기본 동력이었던 것입니다.

농사도, 벼슬도 하지 않고 심지어 직접적으로 상업에 종사하

지도 않은 진계유가 도대체 어떻게 생계를 유지했을까 하는 문제를 이야기하기 위해서는 첫 번째로 반드시 만명 강남의 경제생활이 상당히 활성화되어 있었다는 점을 고려해야 합니다. 두번째는 만명 강남에서 "풍아를 내세우는" 풍조는 진계유가 만든 문화상품의 잠재적인 소비자군을 만들어냈다는 것입니다. 세번째로 만명 출판업의 발달로 생산과 소비 과정에서 아무런 장애 없이 책이 유통될 수 있었습니다. 우리는 진계유의 주된 생계 유지 수단이 책을 만드는 것이었음을 알고 있는데, 이렇게 구절을 발췌하는 작업은 판매 경로를 잘 찾기만 하면 투자에 비해서 엄청난 수익을 거둘 수 있었습니다. 여기에서는 시장이 가장 중요하고 개인의 재능은 오히려 부차적인 것이었습니다. 이렇게 비유할 수 있습니다. 오늘날 우리가 볼 수 있는 것처럼 문과 대학생들이 남는 시간에 아르바이트를 하게 될 경우 주로 하는 일이 책을 만드는 것인데 듣자하니 가위 하나만 있으면 전국을 다닐 수 있다고 합니다. (학생들 웃음) 신문에서는 모 대학의 학생이 이런 방법으로 백만장자가 되었다고 하지만 저는 좀 믿기지 않습니다. 하지만 적지 않은 대학생들이 "먹고 살기 위해" 책을 편찬한다는 사실은 의심할 나위가 없는 것입니다. 만약 그렇다면 이전에 나왔던 부분으로 돌아가서 우리는 진계유가 한 무리의 가난하고 나이든 서생을 데리고 진행한 '작업'에 대해 쉽게 이해할 수 있습니다. 다만 그때는 가위가 아니라 붓을 썼으며 구절을 발췌하여 베긴 다음 출판상에게 넘겼을 뿐입니다.

어떠한 자료를 선택하고 어떻게 편찬하는 것이 더 잘 팔리는가 하는 문제는 당연히 개인의 안목에 달린 것인데 그래도 가장 중요한 것은 시장에 대해 파악하는 것입니다. 이 점을 고려해야만 여러분은 요즘 매우 유행하는 표현인 '만명 문인의 독립적인 인격'이 딱 들어맞는 표현이 아니라는 것을 알 수 있습니다. 산인山人의 독립적인 인격은 상당 부분 출판업에 의존합니다. 물론 조정에 속해 있지 않기 때문에 벼슬을 유일한 출구로 삼을 필요가 없었습니다. 그렇지만 혹자가 말하는 것처럼 "글이나 무예라는 기술을 배운 뒤"에 "제왕가에 팔기 위해" 갖은 수단을 강구하지 않아도 된다는 측면에서라면 이렇게 말할 수도 있을 것입니다. 요컨대 이런 문인들의 '빛나는 형상'을 애써 치켜 올리는 것보다는 이것이 만명 강남 출판업의 홍기로 인해 만들어진 새로운 생활방식의 하나라는 점을 인정하는 것이 낫다고 봅니다.

뜨거운 위장과 그윽한 운치

먼저 「『다동茶董』에 붙인 서문茶董小序」으로 시작하겠습니다. 『다동』은 진계유의 친구 하수방夏樹芳, 바로 이 글에서 '무경茂卿'이라고 언급된 사람이 쓴 책입니다. '동董'은 동호董狐를 가리키는데 그는 춘추 시기 진나라 사관이자 '훌륭한 역사가'를 대표하는 인물입니다. 『다동』은 물론 차의 역사를 서술한다는 뜻입니다. 먼저 진계유가 『다동』에 붙인 서문을 읽어보고 나서 순차적으로 음미해 보도록 하겠습니다.

"스스로 말하기를, 홀로 마시면 차의 정신을 얻고, 두세 사람이 마시면 차의 정취를 얻으나 일고여덟 명이 함께 마시면 차를 보시하는 것일 따름이다"라고 한 이 구절에 유의할 필요가 있는데, 이 말은 혼자서 차를 마실 때는 차의 운치를 얻을 수 있고, 두세 명이 마실 때는 차의 정취를 얻을 수 있으나 일고여덟 명이 함께 마시면 마치 차를 우려낸 탕湯을 나눠먹는 것과 같아서 아무런 의미도 없다는 뜻입니다. (학생들 웃음) "스스로 말하기를"이라고 했으니 아마도 본인이 직접 깨달았다는 것이겠죠? 하지만 이 말은 이미 옛사람들이 했던 것입니다. 송나라의 황정견黃庭堅은 "차를 음미할 때 혼자라면 그 정신을 얻고, 둘이라면 그 정취를 얻으며, 셋이라면 그 맛을 얻지만 일고여덟 명이 되면 차를 보시한다고 말한다"라고 했는데 그렇다면 진계유의 "스스로 말하기를"이 가지는 가치는 급감할 것입니다. 사실 그의 책을 읽다 보면 이런 경우가 매우 흔하다는 것을 알 수 있습니다.*

육정찬(陸廷燦)의 『속다경(續茶經)』 권 하2 「차를 마신다는 것[茶之飲]」을 참조.

진계유의 우아한 수많은 글귀 속에서 여러분들은 옛사람들의 그림자를 어렵지 않게 발견할 수 있을 것입니다. 그의 특징은 다른 사람의 것을 잘 변용시키고 이를 매우 적절하게 사용함으로써 어떤 것이 남의 것을 가져 온 것인지를 알 수 없게 한다는 점입니다. 마치 오늘 '명언록'을 잘 이용하는 문인들처럼 일반 대중의 호평을 받을 가능성이 매우 큽니다. 책을 많이 읽은 사람, 예를 들면 전겸익 같은 사람이라면 문장을 따올 줄밖에 모른다고 진계유를 비웃었을 지도 모릅니다. 우리처럼 읽은 책이 많지 않은 사람들이 보게 되면 "와, 너무 대단한데!"라고 찬탄을 하겠죠. (학생들 웃음) "홀로 마시면 차의 정신을 얻고, 두세 사람이 마시면 차의 정취를 얻으나 일고여덟 명이 함께 마시면 차를 보시하는 것일 따름이다." 참으로 맞는 말입니다. 이치에도 맞고 매우 참신합니다. 하지만 사실 이는 그가 평생토록 책을 편집했다는 사실과 매우 큰 관련이 있습니다. 진계유가 읽은 책이 많고 깨달은 바도 있었다는 것을 인정하기는 하지만 오랜 기간 동안 책을 편찬했기 때문에 그가 쓴 글에는 매우 큰 문제점이 생겼습니다. 글이 마치 '격언집'처럼 되어버린 것입니다.

이어 "새로 길어온 샘물과 잘 타는 불, 늙은 파공坡公은 이 가운데에서 삼매三昧를 보았다"라고 하였습니다. '늙은 파공'은 소동파蘇東坡를 뜻하는데, 여기에서는 소동파가 쓴 「과거시험장에서 차를 달이다試院煎茶」의 "그대는 보지 못했는가? 예전에 이생*이 손님 맞아 손수 차를 달이면서, 잘 타는 불과 새로 길어온 샘물을 매우 중시한 것을君不見, 昔日李生好客手自煎, 貴從活火發新泉"을 말하는 것으로, 차를 달일 때는 활활 타는 불에 새로 길어온 샘물을 사용하는 것이 가장 좋다는 뜻입니다. 아래의 "가루를 떡처럼 동그랗게 빚는다"라는 말은 차의 역사적인 문제와 직결되므로 이 두 구절에 대해 조금 해석을 하려고 합니다. 일반적으로 진秦나라가 전국을 통일하기 이전에 파촉巴蜀(지금의 중국 사천성) 지방을 중심으로 이미 차를 마시는 전통이 있었다고 이야기합니다. 진한秦漢 이래 이 풍속은 사방으로 확산되기 시작하였습니다. 위진魏晉으로부터 당송唐宋에 이르기까지 주된 제작방법은 차를 갈아 가루로 만든 뒤 여러 가지 조미료를 섞어서 떡처럼 만드는 것이었습니다. 이 방식으로 하면 시간과 정력이 많이 들 뿐 아니라 물에 불리고 불로 끓

[역자 쥐 이생(李生)은 "차는 반드시 약한 불에 말리고 센 불로 달인다茶須緩火炙活火煎"라고 했던 당나라 시인 이약(李約)을 가리킨다.

이는 과정을 거치기 때문에 차의 풍미가 줄어드는 단점이 있었습니다. 명나라 때에 이르러 찻잎의 풍미를 보존하고 시간을 절약하기 위하여, 그리고 명태조明太祖 주원장朱元璋이 더 이상 덩이차團茶를 공물로 바치지 말라고 명을 내렸기 때문에 전국적으로 잎차散茶를 사용하게 되었습니다. 그러므로 명나라 이전과 명나라 이후 차를 마시는 방식은 많이 다른데 이전에 덩이차를 주로 마셨다면 그 이후에는 지금과 마찬가지로 대부분 잎차를 마셨습니다.

그 다음에 또 다시 "황정견은 천궁 대신 소금을, 귤껍질 대신 생강을 썼으나 차를 달이는 방법에 대해서는 전혀 논하지 않았다"라고 하였습니다. 황정견은 소동파와 마찬가지로 아취를 추구하고 시문과 서법에 능하였던 대문호입니다. 그는 차를 달일 때 소금으로 천궁을 대신하고 생강으로 귤껍질을 대신하였습니다. 당송 시대의 사람들이 차를 달이는 방법은 우리가 지금 하는 것과는 매우 달랐습니다. 명나라 이전 사람들이 차를 마실 때는 조미료를 넣었기 때문입니다. 소동파는 시에서 차를 달일 때는 생강을 사용하는 것이 좋고, 소금은 사용하지 말라고 한 적이 있습니다. 그러나 당나라 사람 육우陸羽는 차를 달일 때 소금을 조금 넣는 것이 가장 좋다고 했습니다.● 생강을 넣든 소금을 넣든, 당시의 풍습은 차를 달일 때 생강이나 소금, 귤껍질 같은 조미료를 넣는 것이었습니다.

● 육우의 『다경(茶經)』의 「차를 달이는 방법[茶之煮]」과 예형(藝衡)의 『자천소품(煮泉小品)』「차와 어울리는 것[宜茶]」을 참조.

다. 명나라 이후에야 이런 잡다한 것들을 넣지 말고 "천연의 품격을 표방하며 색깔과 향이 서로 어우러지는 것標格天然, 色香映發"을 추구했습니다. 이렇게 하면 찻잎의 천연적인 풍미를 보존할 수 있습니다. 아쉽게도 육우, 소동파, 황정견 등은 이렇게 차를 마시는 방법을 접할 기회가 없었는데 그렇지 않았더라면 어떤 시문을 남겼을지 모르겠습니다.

그 다음 내용은 강음江陰(지금의 중국 강소성 남부 — 역자)의 하무경夏茂卿이 술에 대해서 이야기하는 것을 좋아해서 진계유는 그에게 술을 많이 마시면 사고가 날 수 있으니 차라리 "사모紗帽에 푹신한 방석을 가지고 숲속 개울가로 가서 한가로이 머물면서 이슬 맞은 새싹을 따서 차를 달여 백 년 동안 속세의 먼지가 쌓인 위장을 씻어내는 것"이 더 낫겠다고 권유했다는 것입니다. 앞에서 산인은 산림에 대해서 이야기하기 좋아할 뿐 아니라 새롭고 독특한 표현을 만들어 낸다고 했는데 "백 년 동안 속세의 먼지가 쌓인 위장을 씻어낸다"는 구절은 확실히 사람들의 눈과 귀를 새롭게 합니다. 이후에 우리가 원굉도袁宏道 같은 사람들의 문장을 읽을 때도 이렇게 독특한 경구를 많이 접하게 될 것입니다. 이것은 만명 문인들의 공통된 특징입니다.

이 글에서는 이어, 역대 금주령은 느슨할 때도 있고 엄할 때도 있었지만 그 어떤 왕조도 차를 금한 적은 없다고 하였습니다. 뿐만 아니라 우리 대명大明 왕조는 오히려 통관 검사를 엄격하게 하여 차가 중국 밖으로 유출되는 것을 금지했다고 서술합니다. 이렇게 좋은 물건을 오랑캐들이 배워간다면 너무 아깝겠지요. 그래서 "차는 굴욕을 허락하지 않는 절개가 있는" 것입니다. 이렇게 차를 높게 평가하는 것을 그렇게 절묘하다고 볼 수는 없습니다. 오히려 마지막 몇 구절이 음미할 만한 가치가 있습니다.

위장을 끓일 듯이 데우는 데에는 차보다 술이 낫지만 구름처럼 그윽한 운치를 만들어내는 데에는 술보다 차가 낫다. 술은 협객과 같고 차는 은자와 같다. 술의 도는 넓고 차의 덕은 소박한 것이다.

'뜨거운 위장과 그윽한 운치' 또는 '협객과 은자'라는 주제로 이야기를 좀 더 해보려고 합니다.

지난 학기였는지 지지난 학기였는지 기억이 잘 나지 않지만 언젠가 기회가 되면 '차와 술'로 중국문화와 중국문학을 논할 수 있기를 바란다는 호언장담을 한 적이 있습니다. 이것은 매우 흥미로운 주제라고 생각하는데 차와 술은 중국 문인의 성격을 형성한 요인과 큰 관계가 있기 때문입니다. 심지어 나는 눈을 감고도 누가 차를 좋아하고 누가 술을 좋아하는지 알아맞힐 수 있습니다. (학생들 웃음) 이 문제는 매우 흥미롭습니다. 예를 들면 이백에 대해 여러분은 "이백이 술 한 말을 마시고 시 백 편을 지었다李白斗酒詩百篇"라는 말을 기억하고 있을 텐데, 그렇다면 이백이 술을 좋아했다는 점은 틀림없을 것입니다. 그런데 소동파는 어떨까요? 나는 그가 술을 좋아했는지 아니면 차를 좋아했는지 정말 모르겠습니다. 그가 쓴 「도연명의 음주시에 화운한 시 20수의 서문和陶飮酒二十首引」을 읽은 적이 있는데, 이 글에서 그는 "나는 주량이 매우 적지만 늘 술 마시는 것을 즐거움으로 삼았다"라고 했습니다. 이 글을 읽고 매우 기뻤는데 왜냐하면 내가 술을 잘 마시지 못하기 때문입니다. (학생들 웃음) 박사 과정에 있을 때 지도교수인 왕야오王瑤, 왕요 선생께서는 문학을 공부하면서 술을 잘 마시지 못한다는 것은 대단히 안타까운 일이라고 하신 적이 있습니다. 그래서 나는 하마터면 전공을 바꿀 뻔 했습니다. (학생들 크게 웃음) 소동파는 시에서 언제나 술에 취해 있었고 또 술을 마신 뒤에 붓을 휘두르는 것이 얼마나 절묘한지에 대해 말했습니다. 깨어있을 때는 초서를 쓸 수 없지만 술을 마시면 쓸 수 있었을 뿐 아니라 매우 잘 썼습니다. 술에서 깨어난 뒤에 보고는 "아아, 내가 어떻게 이렇게 훌륭한 초서를 쓸 수 있었지?"라고 한 것이지요. (학생들 웃음) 이렇게 보면 동파 거사는 술 마시는 것을 좋아한 것이겠지요? 그런데 저는 그 이후에 「동고자의 전 뒤에 쓰다書東皋子傳後」를 읽었는데 그 글에서 소동파는 천하에 나처럼 이렇게 술을 못 마시는 사람은 아마 거의 없겠지만 나는 "다른 사람이 술을 마시는 것을 보는 것은 좋아한다"라고 하였습니다. 벗이 놀러오면 언제나 술을 마시도록 권하고 그가 술에 취해 비틀거리는 모습을 보면서 무척 즐거워했던 것입니다. (학생들 웃음)

　이것은 또한 나의 '고민'이어서 술을 못 마시거나 잘 마시지 못하는 중국 문인을 찾아내어 내가 문학을 연구할 자격이 있다는 것을 증명할 수 있었으면 정말 좋겠습니다. 이 두 자료를 찾고 나서 약간 자신감이 생겼습니다. 우연한 기회에 저는 『당시보唐詩補』를 쓴 복단대학의 천상쥔陳尙君, 진상군 교수에게 소동파의 주량이 얼마나 되었는지 물어본 적이 있습니다. 아마 천상쥔 선생은 술이 별로 세지 않았던 모양인지 매우 기뻐하면서 자신이 통계를 내 본 적 있는데 소동파는 분명히 술을 잘 마시지 못했으며 주량은 엄청나게 약했다고 했습니다. (학생들 크게 웃음) 그러나 그가 차를 마셨다는 점은 수많은 시문으로 증명할 수 있습니다.

　이렇게 한가한 이야기들을 늘어놓는 것은, 술과 차는 성격이 다른 음료수인 정도가 아니라 사람의 신체와 기질, 감정 및 상상력을 펼치는 데 모두 영향이 있다고 생각하기 때문입니다. 문인의 '뜨거운 위장' 또는 '그윽한 운치'는 술과 차의 특성과 관련되었을 가능성이 매우 큽니다. 나는 이지는 술을 마셨을 것이고 진계유는 차를 마셨을 것이라고 상상합니다. 만약 그렇다면 우리는 중국문학사에 거론되는 수많은 문인들의 생활 습관에 대해 새롭게 알 수 있을 것입니다. 그러나 이것을 일괄적으로 적용할 수는 없습니다. 예를 들어 루쉰은 술을 마셨고 저우쭤런은 차를 마셨습니다. (학생들 웃음) 저우쭤런이 차를 즐겨 마신 것은 분명합니다. 다만 그가 『고차수필苦茶隨筆』을 출판하고 나서 수많은 사람들에게서 쓴 맛이 나는 차를 받았습니다. 그는 내용을 수정한 글을 쓸 수밖에 없었습니다. (학생들 웃음) 하지만 '쓴 차'의 그런 맛은 그의 사람됨과 글쓰기와는 그래도 상당히 어울립니다. 어떤 의미에서 술과 차는 일종의 이미지, 일종의 전통 혹은 일종의 문화 상징이라고 할 수 있을 것입니다.

만약 술과 차가 두 가지 서로 다른 문화라면 서로 다른 시대에서는 술과 차가 서로 다른 상상력을 만들어냈을 것이라는 문제를 고려하지 않으면 안 됩니다. 예를 들면 만명 문인들이 차를 좋아하게 되자 그것이 하나의 유행이 되어버린 것입니다. 하수방이 『다동』을 썼고 동기창과 진계유가 그를 위해 서문과 제사題詞를 썼으며 그밖에 전예형●이 『자천소품』을, 육수성陸樹聲이 『다료기茶寮記』를, 서위徐渭가 『전다칠류煎茶七類』를, 도융屠隆이 『고반여사考槃餘事』●에서 「차茶」를, 진계유가 『다화茶話』, 『다동보茶董補』를

전예형(田藝衡)은 자가 자예(子藝)이고 전당(錢塘, 지금의 절강성 항주) 사람이며 명말의 유명한 학자 전여성(田汝成)의 아들로 생몰년은 미상이다. 저서로 『전자예집(田子藝集)』, 『자천소품(煮泉

小品)』과 『유청일찰(留靑日札)』 등이 있다. 후대 사람들에게는 『유청일찰』이 가장 높은 평가를 받았는데 그 글의 내용이 삼라만상(천문지리, 전장제도, 사회풍속, 예술계의 일화 등)을 담고 있으며 문체가 간결하기 때문이다.

[역자 주] '다료(茶寮)'라는 것은 원래 절에서 차를 마시는 작은 방을 가리키는 말이다.

[역자 주] '고반(考槃)'은 『시경(詩經)』「위풍(衛風)」에 나오는 시 제목으로, 세상을 피해 은거한다는 뜻이다.

썼습니다. 전예형과 육수성, 서위, 도융, 진계유 등은 모두 만명의 유명한 소품문小品文 작가입니다. 방금 전에 당송 시대 사람들이 차를 마시는 방법을 이야기할 때 육우는 소금을 넣어야 한다고 했고 소동파는 생강을 넣어야 한다고 말했는데, 전예형은 오히려 『자천소품』에서 소금을 넣든 생강을 넣든 모두 재앙이라고 여러 차례 말했습니다. 이런 것들을 집어넣으면 차 본연의 맛이 나지 않습니다. 당시 사람들이 "매화, 국화, 말리꽃 등을 차에 넣는" 것에 대해 전예형은 이런 방법으로 운치를 감상할 수는 있겠지만 반면에 차의 진짜 맛을 손상시키게 된다고 생각했습니다. 만명 문인들의 입장에서는 어떻게 차의 본연의 맛을 살릴 것인가 하는 것은 차를 마시는 습관의 문제일 뿐만 아니라 심미적 취미와 삶의 수준을 보여주는 문제였던 것입니다.

다른 사람들이 차의 좋은 점에 대해 어떻게 말하든 모두 이해할 수 있습니다. 유일하게 내 예상을 벗어난 것은 서위조차도 차를 마시는 절묘함에 대해 이야기했다는 점입니다. 서위와 같이 광적이고 자유분방하다고 알려진 문인이라면 술을 좋아하는 것이 더 적절한 텐데 말입니다. 기질로 본다면 서위는 이지에 더 가까운데, 예술사와 문학사를 공부한 사람이라면 모두 이런 인상을 가지고 있으리라 생각합니다. 하지만 서위도 차에 관해서 『전다칠류』와 『비집치품秘集致品』 같이 매우 정묘한 글을 쓴 적이 있습니다. 『비집치품』에서 그는 이렇게 말합니다.

차는 서재와 어울리고 은자의 집과 어울리며 도자기병과 어울리고 대나무 부뚜막과 어울리며 그윽하고 아취 있는 사람과 어울리고 승려와 신선 같은 벗들과 어울리며 긴 대낮에 나누는 고상한 이야기와 어울리고 추운 밤 혼자 우두커니 앉아 있는 것과 어울리며 소나무를 비추는 달빛과 어울리고 꽃과 새와 어울리며 맑은 시내와 흰 돌과 어울리고 푸른 이끼와 어울리며 섬섬옥수로 물을 긷는 것과 어울리고 예쁘게 단장하고 눈을 쓰는 것과 어울리며 뱃머리에서 불을 지피는 것과 어울리고 대나무 숲에서 연기가 흩날리는 것과 어울린다.

이렇게 많은 '어울리다'라는 글자를 빌려옴으로써 그는 맑고 그윽한 경지와 문인의 아취를 차가 대표한다고 말하고 싶었던 것 같습니다. 달빛 나리는 소나무 아래, 맑은 샘물가, 우아하고 아취가 있는 사람 뒤에 나는 외람되지만 "차는 산인山人과 어울리고 청언淸言과 어울리며 소품小品과 어울린다"는 구절을 감히 덧붙이고 싶습니다.

청언淸言과 문장

마지막으로 진계유에 대해 간단하게 마무리를 지으려고 합니다.

사실 진계유는 철학적으로는 이지보다 못하고 문학적으로는 원굉도보다 못하며, 재기로는 서위보다 못하고 그림으로는 동기창보다 못합니다. (학생들 웃음) 그는 이런 분야에서는 베스트 플레이어가 아니므로 만약 무슨 '드림팀'을 뽑는다면 아마 기회를 얻지 못할 것입니다. 하지만 그는 만명 문인의 여러 가지 특징을 응축시켜 만명 문인을 정치한 삶을 추구했던 인격으로 대응시켰고, 그래서 만명 산인의 최상의 모델이 되었습니다. 여러분은 만명 산인 또는 만명의 강남 문인이라고 하면 누가 대표적인 인물로 가장 적합하다고 생각합니까? 아마 진계유라고 할 것입니다. 이는 그의 글이 특별히 훌륭하거나 그의 그림이 특별히 대단해서가 아니라 그의 태도가 만명 문인들이 생각하는 가장 이상적인 삶을 대표하기 때문입니다.

진계유는 매우 많은 책을 썼고 명성도 대단했습니다. 하지만 내가 보기에는 엄청나게 좋은 글은 없습니다. 왜 이렇게 말하는 것일까요? (중국의 문학이 — 역자) 위진 시대의 청언에서 당송의 문장으로 발전한 것은 매우 자연스러운 과정이었습니다. 명말에 문장을 청언으로 분산시킨 것은 문인들의 한담閑談에는 의미가 있겠지만 문학적인 측면에서는 좋은 일이 아니었습니다. 위진 문인들의 청담은 직접적으로는 사상에 활기를 띠게 했고 글의 기풍을 활달하게 했으며 표현을 정교하게 했고 변화무쌍한 경지를 추구하도록 촉발시켰습니다. 하지만 진계유의 글은 대부분 몇몇 좋은 구절들을 모아서 만든 것입니다. 『중국산문선』에 실린 세 편의 글은 내가 골라낸 비교적 완정한 '글'입니다. 「『화사』 발문」 같은 것들은 한 사람의 생활 취미를 보여주기 때문에 글로 볼 수는 있지만 그다지 정치하지는 못합니다. 나는 진계유의 많은 책에는 '청언'은 있지만 '글'은 없다고 생각합니다.

경구나 아름다운 말雋語은 있지만 공을 들여 쓴 좋은 글은 없다고도 말할 수 있습니다. 그를 "작은 지혜를 과시하기 좋아한다"라고 했던 청나라 사람들의 평가는 일리가 있습니다. 재능이 있고 이해력도 높았지만 자신의 총명함을 과대평가했고 또 그것을 과시하는 데에 급급했습니다. 이는 만명 소품가들의 보편적인 현상이었습니다만 이러한 면모가 가장 두드러졌던 사람이 진계유였습니다. 여러분은 진계유의 책에서 어떤 구절을 발췌하려고 할 때 수많은 정치한 구절을 가져올 수 있다는 사실을 알게 될 것입니다. 하지만 만약 한 편의 완결되고 아름다운 글을 찾으려고 한다면 매우 심사숙고해야 할 것입니다. 글이라는 측면에서 본다면 진계유는 전형적으로 "뛰어난 구절은 있지만 훌륭한 글은 없는" 사람입니다.

그 외에 또 한 가지를 언급하자면 이렇게 "작은 지혜를 과시하기 좋아하는" 사람의 글은 처음에 읽기 시작할 때는 매우 참신하지만 많이 읽게 되면 질린다는 점입니다. 어째서 적당히 그만두지 않고 다른 사람이 읽다가 질릴 만큼 쓰는 것일까요? 이는 앞에서 언급했듯이 새로 흥기한 문화 산업과 관련이 있습니다. 생활 태도로서의 '한가함'이 표방해야 할 목적이 되고 해야 할 일이 된다면 그것은 쉽게 변질되어 생계를 유지하는 수단이 되어 버립니다. 청풍명월淸風明月과 청풍명월에 대한 감상은 본인이 느끼면 그만이지 도처에서 누군가에게 말해 줄 필요가 없습니다. 만약 온종일 다른 사람들한테 나는 청풍명월 속에 살아서 너무나 즐겁고 너무나 한가하다고 말한다면 그 '한가함' 자체를 의심해 볼 필요가 있습니다. 다시 말하면 나는 그가 한가함을 표현하는 것에 지나치게 집착하는 것도, 나아가 그가 자신의 한가함을 상품처럼 팔려고 하는 듯한 의혹이 있는 점도 싫습니다.

진계유는 성격이 좋고 다른 사람들에게 따뜻하게 대했기 때문에 사람들은 늘 그의 별장으로 가서 구경하고 그와 한담을 나누었는데 그는 언제나 친절하게 맞아주었습니다. 생각해 보면 이것은 거의 관광 산업 수준입니다. (학생들 크게 웃음) 나는 늘 이런 한가함의 뒤에는 무엇인가 부자연스러운 것이 숨어 있다고 생각합니다. 예컨대 한가한 태도에 대한 탐구나 자신의 고결한 형상을 유지하려고 애쓰는 것은 마찬가지 의미에서 자연스럽지 못합니다. 진계유는 유자의 본분에서 벗어날 수 있었고 벼슬을 구하지 않아도 되었으며 경국대업을 내려놓을 수는 있었지만 '한가한' 모습만은 내려놓을 수 없었습니다. 가끔 나는 진계유가 애써 한가한 산인의 형상을 만들어 냈을 때 진정한 자유를 잃어버린 것은 아닌가 하는 생각을 해보곤 합니다.

세 번째는 명말에 유행한 문화를 만들어낸 사람이라는 측면에서 진계유의 생활 태도와 작품집은 서로 영향 관계에 있다는 것입니다. 진계유의 책이 잘 팔린 것은 진계유의 일화가 세상에 널리 퍼진 것과 직접적인 관련이 있습니다. 그러므로 그의 생활 또한 하나의 작품이었던 셈입니다. 바로 그렇기 때문에 앞에서 언급했던 것처럼 『암서유사』 같은 '베스트셀러'는 유행하는 것과 동시에 그 참신함이라는 본래의 의의는 사라지고 말았습니다. 한 편의 글에 한두 개의 경구가 있다면 특별히 집중하게 되지만 글 전체가 모두 경구로 이루어져 있다면 이런 글은 분명히 좋을 수가 없습니다. 진계유의 글이 가진 문제는 바로 이 점으로, 다양한 상황, 다양한 시간과 장소에서 요구되는 좋은 구절을 한데 쌓아놓은 결과 오히려 원래의 참신한 맛을 희석시키고 말았습니다. 진계유의 책을 처음 읽게 되면 여러분은 마치 린위탕이 원중랑의 글을 읽을 때 "희열이 마음속으로부터 솟구쳐 나와 마구 소리를 질렀다"라고 느꼈던 것처럼* 몹시 흥분할 것입니다. 하지만 많이 읽게 될수록 여러분은 그 '참신한 프레임'이 때로는 사람들을 너무나 질리게 한다는 것을 깨닫게 될 것입니다.

마지막으로 하려는 말은 진계유의 사람됨과 글쓰기가 전통적인 중국 문인의 가면을 벗기는 데 도움이 되었다는 사실을 반드시 인정해야 한다는 점입니다. 다시 말하면 천여 년 동안 추구해 온 "경국의 대업, 불후의 성사"가 여기에 이르러 기본적으로 생계를 영위하는 하나의 수단으로 변하게 되었다는 것입니다. 이 과정의 형성과 단절은 매우 주목할 필요가 있습니다. 청초의 사상가 고염무顧炎武, 왕부지王夫之 등은 명나라의 멸망에 대해 원통해 하면서 강남 문인들을 혹독하게 비판했습니다. 게다가 청나라 조정에서 "작은 지혜를 과시하기 좋아하는" 산인과 그들의 소품을 금지했기 때문에 이백여 년의 공백기가 생겼습니다. 청말 이후에야 이곳에 사는 일군의 문인들이 먼저 움직이기 시작했습니다. 내가 말한 '일군'이라는 것은 특정한 유형의 문인들을 가리키는 것으로, 이들은 상해와 강소성, 절강성 등의 지역에서 다시 흥기하기 시작했습니다. 다시 말하면 만명 강남 문화에는 '정통을 무너뜨리는' 그런 능력이 있었는데 그것이 청말에 또 다시 나타났다는 것입니다.*

린위탕의 「사십자서시(四十自敍詩)」에는 "최근에 원중랑을 알게 되어, 희열이 마음속으로부터 솟구쳐 나와 마구 소리를 질렀네. (…중략…) 이 경지에서 한층 더 일신하여 지금은 글쓰기가 더 자유로워졌네.(近來識得袁中郎, 喜從中來亂狂呼. (…中略…) 從此境界又一新, 行文把筆更自如」 라는 구절이 있다.

陳平原·王德威·商偉 편, 『晚明與晚清: 歷史傳承與文化創新』, 武漢: 湖北敎育出版社, 2002 참조.

나는 공적을 세우는 것과 벼슬아치가 되는 것에 마음을 두지 않는 점이 만명 문인들의 삶의 형태에서 가장 주목할 만한 가치가 있는 것이라고 생각합니다. 정통을 무너뜨리는 동시에 무엇을 새롭게 세울 수 있는가 하는 것은 별도로 논해야 할 것입니다. 그러므로 이 두 사람(한 사람은 자신의 정확한 이념으로 주류의 의식 형태에 저항했다고 여겨진, 곧 정면으로 항거한 이지이고, 다른 한 명은 뒤로 물러서서 자신만의 작은 세계를 만들어낸 진계유)으로 명말에 있었던 두 가지 타입의 문인을 말하고자 합니다.

내가 진계유에 대해 말할 때에는 비록 살아있던 한 개인에 대해 말하고는 있지만 은연중에 만명 강남문화 특히 강남 문인들의 심리에 대해 내가 이해한 바가 녹아 있습니다. 대략 십 년 전에 나는 어떤 글에서 중국문화의 '남북' 문제에 대해 약간 언급한 적이 있습니다. 한번은 위잉스 선생과 담소를 나누다가 화제가 이른바 '경파와 해파 논쟁'●에 이르렀는데 그 시점을 명대로 소급해야 한다고 했었습니다. 물론 여기서 말하는 '해海'는 상해가 아니라 강남입니다. 우리가 말한 남북의 학술과 문화는 육조 시대로부터 이야기할 수 있습니다. 하지만 진정으로 오늘날 남북의 대치 국면을 형성한 것과 정치, 경제, 문화, 학술, 민풍 등의 차이는 아마도 명나라 중기부터 이미 부각되었을 것입니다. 그렇다면 진계유와 이지에 대한 논의는 또 다른 시야를 확보하는 길이 될 수도 있습니다. 이지와 진계유, 이 두 사람의

[역자 주] 京海之爭. '경파(京派)'는 북경 중심의 작가군을, '해파(海派)'는 상해 중심의 작가군을 가리킨다. 1933년 선충원(沈從文)이 『문예부간(文藝副刊)』에 발표한 「문학자의 태도[文學者的態度]」가 발단이 되어 1933년에서 1934년까지 경파(京派)와 해파(海派)에 대한 논쟁이 일어났다. 선충원은 이 글에서 성실함과 진지함이 결여된 상해 문인들을 강하게 비판했다. 이후 상해 문인들의 반박이 이어지고 점차 경파와 해파의 특징적인 면들이 뚜렷해졌는데, 대체로 '경파'는 성실하고 진지하며 문학의 순수성을 지키려는 북경 문인들을, '해파'는 유행에 민감하고 상업적이면서 세련된 감각을 추구하는 상해 문인들을 의미한다고 정리할 수 있다.

사상과 문화적 입장은 매우 다르지만 마찬가지로 주의해야 할 또 하나의 차이점이 있습니다. 이지는 천주泉州 사람으로 진사에 급제한 후 운남에 가서 벼슬을 한 적이 있었고 나중에 호북의 황안黃安에서 강학을 하다가 만년에 북경 교외에 있는 통주에 우거하였으므로 평생 동안 다녔던 곳은 강남이 아니었습니다. 하지만 진계유는 평생 양자강揚子江과 전당강錢塘江 사이를 벗어난 적이 없습니다. 우리가 말하는 강남은 주로 이 일대를 가리키며 광동성과 복건성은 포함되지 않습니다. 오늘날의 '해파문화海派文化'와 연원이 매우 깊은 '강남문화'는 명말에 이미 상당히 성숙되어 있었고 이로 인해 만들어진 사회 분위기와 심미적 취미가 주목할 만한 것입니다. 만약 여러분이 관심이 있다면 한번 연구해봐도 좋겠습니다.

오늘 강의는 여기까지이고 다음에는 원굉도에 대해 이야기하겠습니다. 수업을 마칩니다.

제3강

/

운치와 성색聲色

/

원굉도 袁宏道

/

관료 생활과 세상 도피
운치幽韻과 성색聲色
취미와 글

일신이 곤궁해져서 아침에 저녁거리를 마련할 방도도 없어 기방에 가서 구걸하며 외로운 노인들의 그릇에 있는 음식을 나누어먹고 마을을 오가면서 아무렇지도 않게 여기는 것이 다섯 번째 인생의 즐거움이다.

만명晩明의 공안公安 삼원三袁, 특히 '둘째' 원굉도는 여러분에게 비교적 익숙한 사람인데, 거의 모든 중국문학사에서 모두 그가 말한 "오직 성령性靈을 표출하고 격식에 구애받지 않았다獨抒性靈, 不拘格套"를 언급하기 때문입니다. 내가 간행한 『중국산문선』의 「머리말」과 「소전小傳」에서는 원굉도(1568~1610)와 관련하여 주로 다음의 네 가지 문제를 다루었습니다.

[역자 주] 국내에서 원굉도의 문집은 『袁宏道集箋校』를 대본으로 해서 완역 출판되었다. 원굉도, 심경호 외역, 『원중랑집』(全10책), 소명출판, 2004.

　　첫째, 원굉도는 시대 변화가 문학에 미치는 영향을 강조하면서 의고擬古에 반대하고 창신創新을 주장했는데, 이 점은 주로 이지에게서 영향을 받은 것입니다. 공안 삼원은 새로움과 변화를 추구하면서 "오직 성령을 표출하는" 것을 강조했는데 여기에는 '동심설童心說'의 그림자가 드리워져 있습니다.

　　둘째, 공안 삼원은 큰 의미의 문학에서는 일치된 주장을 했지만 구체적으로 볼 때 사람됨이나 글쓰기에서 작지 않은 차이가 있습니다. 형 원종도,* 동생 원중도*에 비해서 원굉도는 훨씬 더 '운치韻'과 '취미趣'를 중시했습니다.

　　셋째, 전겸익錢謙益은 『열조시집소전列朝詩集小傳』에서 원굉도를 "옛것을 모의하는 경향을 씻어낸" 공이 있다고 높이 평가했지만 동시에 "재주가 곁가지에서 나오고 잘못에 대한 교정이 너무 과도했다"라고 그를 비판하고 이러한 행동은 엄청난 폐단을 초래해서 해서 만명 문장을 더욱더 미쳐 날뛰게 했다고 했습니다. 이러한 주장에 나타난 사고방식이 이후에 미친 영향은 매우 큽니다.

원종도(袁宗道, 1550~1600)는 자가 백수(伯修)이고 공안(公安, 지금의 호북성(湖北省)에 있음) 사람으로, 동생인 원굉도, 원중도와 함께 '공안삼원(公安三袁)'으로 병칭되며 문집으로 『백소재집(白蘇齋集)』이 있다. "글은 반드시 진한, 시는 반드시 성당을 배워야 한다文必秦漢, 詩必盛唐"는 복고주의 주장에 불만을 느끼고 참신하고 유창한 풍격을 지닌 백거이(白居易)와 소식(蘇軾)을 숭상하였으며 자신의 서재에 '백소(白蘇)'라고 이름을 붙여 당시의 유행과 구분하려 하였다. 전겸익(錢謙益)은 일찍이 "그의 재능은 두 동생보다 못했을 수도 있으나 공안파는 사실 백수가 일으킨 것이다其才或不逮二仲, 而公安一派, 實自伯修發之]"(『열조시집소전(列朝詩集小傳)』)

원중도(袁中道, 1570~1623)는 자가 소수(小修)이고 문집으로 『가설재집(珂雪齋集)』이 있다. 황종회(黃宗羲)는 원중도의 문장에 대해 매우 절묘한 평가를 한 적 있는데 공안파의 글이 "자신의 마음속에서 나온 것이 아니면 붓을 대려고 하지 않았다"라는 성격을 이해하는 데 도움이 된다. "'가설(珂雪)'의 글은 아무 곳에서나 흘러나오는데 뜻이 이르는 곳에는 글이 미치지 못함이 없다. 풍구구(馮具區)는 '글은 반드시 가족에게 편지를 쓰는 것과 같아야 한다'라고 했는데 이 말은 맞는 것 같지만 그렇지 않다. 학식이 풍부하여 붓 가는 대로 써도 매우 충실한 글이 되는 것은 창작방법 중의 하나인 것이다. 만약 방종하고 구애를 받지 않는(空疎) 사람이라면 또 하나의 글 쓰는 방법이 있을 것이니 어찌 비교하여 하나로 만들 수 있겠는가? 가설의 재주는 그 학식으로 인해 더 나아졌다고 해야 정확한 평가라고 할 수 있을 것이다[珂雪之才更進之以學力, 始可言耳]." 『明文授讀』권27.

[역자 주] 원굉도, 「장유우에게 보냄[與張幼于]」, 『원중랑집(袁中郎集)』.

넷째, 이른바 "잘못에 대한 교정이 너무 과도했다"는 것은 사실 원굉도가 의도적으로 선택했던 논술 전략이었습니다. 세상을 놀라게 하는 것에 전력해서, 일반 사람들이 모두 당시가 대단하다고 한다면 나는 당신에게 "당대唐代에는 시가 없다"라고 할 것이고, 일반 사람들이 모두 진한秦漢 문장이 탁월하다고 한다면 나는 "진한 시대에는 문장이 없다"라고 할 것*이라는 것입니다. 이 발언 태도로 인해 그는 젊은 시절에 높은 명성을 얻게 되었으나 한편으로는 나중에 비판을 받게 되었습니다. 중국인들은 일반적으로 "글을 쓸 때는 진정성을 보여야 한다[修辭立其誠]"는 점을 중요하게 생각합니다. 그러니 당신이 제멋대로 말한다는 생각이 든다면 어떻게 당신을 믿을 수 있겠습니까? 이렇게 말하는 태도를 중시하고 대중의 취미에 맞추려는 경향에 대해 나는 이것이 명말明末 출판업의 발달과 관련이 있지 않을까 하는 의문을 갖고 있습니다. 잠시 여러분에게 힌트를 드리겠습니다. 1990년대 문학과 문화비평이 1980년대와 어떻게 다를까요? 가장 큰 차이점은 말할 때 철저하게 '진정성'을 보이는 데 주력할 것인가 아니면 '효과'에 치중할 것인가에 달려있을 것입니다. 만약에 후자의 경우라면 "지나칠 정도로 잘못을 교정하"는 것은 분명히 최선의 방법일 것입니다.

내가 처음으로 진지하게 원굉도를 대면한 것은 16년 전이었습니다. 그때는 북경대학 박사 과정에 막 들어왔을 때라 나이도

젊고 오만해서 말과 글에 모두 경솔했습니다. 당시에는 동양과 서양의 문화 충돌에 관심이 있어서 린위탕林語堂을 연구주제로 택했습니다. 1930년대 린위탕이 쓴 「사십자서시四十自叙詩」에는 "최근에 원중랑을 알게 되어서, 희열이 마음속으로부터 솟구쳐 나와 마구 소리를 질렀다近來識得袁中郎, 喜從中來亂狂呼"는 두 구절이 있습니다. 그때 린위탕은 『논어』, 『인간세人間世』를 써서 '한적閑適'과 '유머幽默'를 제창했는데 문단에 끼친 영향이 대단히 컸습니다. 나중에 그가 영어로 쓴 『내 나라 내 민족吾國吾民』, 『생활의 예술生活的藝術』 등은 미국에서 베스트셀러가 되었습니다. 그러나 매우 오랫동안 현대문학사 강의에서는 린위탕을 아예 언급하지 않거나 그에 대해 비판적인 태도를 취했습니다. 나는 만명이라는 시기에 관심이 있어서 린위탕의 입장을 비교적 쉽게 이해할 수 있었기 때문에 몇 편의 글을 썼는데, 결국 그에 대한 오해를 약간이나마 교정하는 작업을 한 셈이었습니다.

陳平原, 『陳平原小説史論集』 상권, 石家莊 : 河北人民出版社, 1997, p.8.

그런데 채 10년도 되기 전에 뜻밖에 또 '린위탕 열풍'이 일어나게 될 줄 정말 생각지도 못했습니다. 몇년 전에 예전에 썼던 글을 다시 간행하면서 나는 부연설명을 덧붙였는데 대략적인 내용은 이렇습니다. 이 글을 발표할 당시에는 매우 호평을 받았는데, 갓 미국에서 돌아온 동창에게서 이 글이 마음에 들지 않는다는 말을 들었습니다. 그 이유는 린위탕을 잘난 체한다고 비판하는 너의 글도 잘난 체하기는 마찬가지이기 때문이라는 것이었습니다. (학생들 웃음) 이 일이 나에게 준 충격은 매우 컸습니다. 린위탕의 글은 때로는 가볍게 보입니다. 나는 그와 마찬가지로 가벼운 어조로 그를 비판했는데, 표면적으로는 통쾌하기 그지없었지만 실제로는 역사적 인물에 대해 온정과 사려가 결여되어 있었고 지나치게 냉정했습니다.

현대문학을 연구하는 학생들이라면 모두 알겠지만 1930년대에 소품문小品文과 한적閑適에 대해 한바탕 논쟁이 있었습니다. 루쉰이 쓴 『자선집自選集』「자서自序」의 주장에 따르면 신문화운동이 승리를 거둔 후에 '신청년新靑年' 단체는 와해되어 어떤 사람은 출세했고 어떤 사람은 은퇴했으며 어떤 사람은 그대로 쭉 밀고 나갔습니다. 연구자들은 대체로 쭉 밀고 나간 사람을 대표하는 인물이 루쉰이며, 은퇴한 사람에는 저우쭤런, 린위탕, 류반눙劉半農, 유반농과 첸쉬안퉁錢玄同, 전현동 등이 포함된다고 생각합니다. 1927년 국민당과 공산당이 분열된 후 정치상황이 갑자기 경색되어 아무 말이나 할 수 없게 되었고 이러한 이유로 문인들의 태도는 '반역'적인 것에서 '한적'에 대한 추구로 변해 갔습니다. 문인들의 태도 변화를 이렇게 해석하는 논리에 따르면 이른바 '한적'은 책임을 방기하고 현실을 도피한 채 자신의 작은 집에 피신해 있는 것으로 이것은 물론 해서는 안 되는 행동이었습니다. 당초에 내가 린위탕에 대해 말한 것은 대체로 이러한 논조였습니다.

사실 "마음의 반은 부처 반은 신선이고, 이름의 반은 숨어있고 반은 드러났네"*라는 것은 세상을 벗어나느냐 세상에 들어가느냐의 사이에서 배회하는 것이며, 이러한 심리상태는 전통적인 중국 문인에게는 매우 보편적인 것입니다. 이른바 "출가 전의 시는 중이 지은 것 같고, 출가 후의 시는 수재가 지은 것 같은"* 것입니다. 이러한 현상은 매우 보편적이어서 청대淸代의 어떤 시 쓰는 중에게만

李密庵, 「半半歌」, "心情半佛半仙, 姓字半藏半顯".

徐珂, 『淸稗類鈔』 제8책, "出家前做, 似和尙詩. 出家後做, 似秀才詩", 北京 : 中華書

국한되는 것은 아니었습니다. (학생들 웃음) 양만리楊萬里의 시구를 빌리자면 이것은 "일 많은 게 싫어서 승복을 입었는데, 승복을 입고 나니 일이 더 많아졌네袈裟未着嫌多事, 着了袈裟事更多"인 셈입니다. 현대 작가 위핑보°가 쓴 『고괴몽우古槐夢遇』에는 "중이 될 생각이 없어도 안 되지만 그래도 진짜 중이 되려 가서도 안 된다不可不有要做和尙的念頭, 但不可以眞要去做和尙"는 절묘한 구절이 나옵니다. (학생들 큰 웃음) 그리고 홍일법사弘一法師(이숙동李叔同)가 특별히 사람들에게 존경을 받게 된 이유는 "세상을 벗어나려는 마음으로 세상에 들어와 일을 하기" 때문이었습니다. 그러나 더 큰 이유는 그가 매우 엄격하게 규범을 지켜서 정말로 『고괴몽우』의 또 다른 구절인 "만약 정말로 중이 되고 싶다면, 중보다도 더 중다운 중이 되어야 한다"에 맞게 행동했기 때문입니다.

　중이 되고 싶었지만 정말로 중이 된 사람은 거의 없는 중국 문인에 대한 나의 이론적 틀은 루쉰에게서 가져 왔습니다. 린위탕에 대한 글에서 나는 도연명은 결코 온종일 탈속적일 수는 없을 것이고 원굉도도 나름의 고민이 있을 것이라고 서술했습니다. 이른바 '한적閑適'의 배후에는 초조와 굴욕 및 저항이 숨어 있을 것입니다. 후대 사람들은 원굉도나 만명 소품을 논하면서, 예컨대 궈위헝郭預衡, 곽예형의 『중국산문사』 하책,° 우청쉐吳承學, 오승학의 『만명소품연구』° 등에서도 대부분 이러한 사유를 잇고 있지만 재료가 더욱 풍부해지고 논

局, 1984, p.3946.

위핑보(兪平伯(유평백), 1900~1990)는 본명이 위밍형(兪銘衡)이고 자가 핑보(平伯)이다. 본적은 절강(浙江) 덕청(德淸)이고 소주(蘇州)에서 태어났는데 증조부는 청대의 유명한 학자 유월(兪樾)이다. 1915년에 북경대학에 입학하였고 1918년에는 신조사(新潮社)에 참여하였으며 후스(胡適), 구제강(顧頡剛)과 더불어 『홍루몽(紅樓夢)』에 대해 토론하기 시작하였다. 1923년부터 연경대학(燕京大學), 북경대학 등 여러 곳에서 교편을 잡았으며 1956년에는 중국사회과학연구소 연구원이 되었다. 1954년에 『홍루몽』 연구로 인해 억울하게 비판을 받았다가 30년 뒤에야 정식으로 누명을 벗었다. 학자로서의 위핑보는 『홍루몽변(紅樓夢辨)』, 『논시사곡잡저(論詩詞曲雜著)』 등의 저서를 남겼으며 문인으로서 위핑보의 주요 성과는 산문 분야에 있는데 『잡반아(雜拌兒)』, 『연지초(燕知草)』, 『고괴몽우(古槐夢遇)』, 『연교집(燕郊集)』 등이 있다.

郭預衡, 『中國散文史』, 上海古籍出版社, 1999.

吳承學, 『晚明小品硏究』, 南京 : 江蘇古籍出版社, 1998.

리가 더욱 정치해진 것에 불과합니다.

자, 그러면 우리는 세상을 벗어나는 것과 세상으로 들어오는 것, 이 두 측면을 중심으로 원굉도에 대한 이야기를 시작하도록 하겠습니다.

관료 생활과 세상 도피

구체적으로 논의하기 전에 간단하게 원굉도의 생애를 소개할 필요가 있을 것 같습니다. 원굉도는 자가 중랑中郞, 호가 석공石公, 호북湖北 공안公安 사람이고 원종도의 동생이자 원중도의 형입니다. 과거공부를 해서 향시에 급제한 뒤 잘 나가다가 한동안 진사시험에 합격하지 못하게 되자 이지를 따라다니게 됩니다. 원중도가 그를 위해 쓴 「행장」에는 이 시기의 행적에 대해 "선생은 이지를 보자 그제야 지금껏 진부한 말들을 모으고 세속적인 견해를 고수하면서 옛사람들의 글 밑에서 죽어갔을 뿐 진정한 광채를 드러내지 못했다는 것을 깨닫게 되었다. 그래서 드넓은 기상이 마치 기러기 털이 순풍을 만나고 거대한 물고기가 큰 골짜기에 뛰어든 것 같은 경지에 이르렀다"라고 탁월하게 묘사하고 있습니다. 만력萬曆 20년은 바로 1592년으로, 원굉도는 마침내 진사 시험에 합격했지만 곧바로 관료로 진출하지 않고 집에 돌아와서 계속해서 독서를 했습니다. 1595년에 이르러서야 오吳현 현령으로 부임했지만 그것도 오래지 않아 사퇴하고 오월 지방으로 가서 서호西湖를 유람하고 천목산天目山에 올라가서 꽤 오랫동안 실컷 돌아다녔습니다. 1598년 원굉도는 북경에 들어가서 순천부順天府 교수에 임명되었습니다. 이 때 삼형제가 모두 북경에서 함께 모여 강학했고 이지의 사상이 "온당하지 못한 점이 있었다"라고 반성하면서 사고의 방향을 조정하기 시작했습니다. 1600년에 휴가를 청해 고향으로 돌아가서 다시는 관료가 되지 않을 생각으로 이름난 승려들과 함께 향리를 떠돌아다녔습니다. 6년 후, 곧 1606년 가족의 성화에 견디지 못하고 다시 관료가 되었지만 이미 의욕은 사그라들었습니다. 1610년 강릉江陵의 사시沙市에 거처를 정했고 그 해 9월에 세상을 뜹니다.

일반적으로 정통문인들이 '격물치지格物致知', '수신제가치국평천하修身齊家治國平天下'를 추구하는 것과 많이 다르게 원굉도는 시종일관 관료가 되는 것에 그다지 관심이 없었던 것 같습니다. 쫓겨난 것도 아니고 불우했던 것도 아닌데 진사 시험에 합격한 뒤 줄곧 벼슬을 할 건지 말 건지를 망설였습니다. 2년간 관료로 있을 때는 지루해하면서 집으로 돌아갔고, 집에 있는 것도 질리면 견디지 못하고 또 다시 나와서 벼슬을 했습니다. 이렇게 나가고 들어오기를 여러 차례 거듭하였습니다. 마치 「갑진초도甲辰初度」 시에서 "관료가 되라고 해도 마땅치 않고, 세상을 떠나라 해도 따르기 어렵다勸我爲官知未穩, 便令遺世也難從"라고 말한 것처럼 세상을 벗어나는 것도 마땅치 않고, 세상에 들어와 사는 것도 마땅치 않으니 매우 모순적이었던 것입니다.

중국문학을 공부하다보면 관료생활을 우습게 알고 은일하는 것을 대단하게 보는 것이 우리 중국의 큰 전통이라는 것을 쉽게 알게 될 것입니다. 이것과 관련된 것이 바로 돈을 멸시한다는 것입니다. 여러분이 만약 시문을 쓸 때 허세를 부리면서 얼마나 돈이 많은지를 자랑한다면 대단하게 보는 사람은 아무도 없을 것입니다. 반대로 가난하다고 우는 소리를 한다면 감히 비웃을 사람이 없을 것입니다. "군자는 곤궁해도 이를 편안하게 여기면서 도를 고수하는 법君子固窮"이고 "시는 곤궁한 뒤에야 공교로워지는 것詩窮而後工"이기 때문입니다. 정말 이러한지 어떤지는 별개의 일입니다. 이러한 면을 여러분은 다른 나라의 문학작품에서는 이만큼 강렬하게 느끼지 못할 것입니다. 어쨌든 돈과 권력을 우습게 여기는 것, 이것이 중국 문인의 큰 특색입니다.

왜 줄곧 벼슬을 하다 말다 하면서 행동을 분명하게 하지 않을

錢伯誠, 『袁宏道集箋校』, 上海古籍出版社, 1981.

까요? 첸보청錢伯誠, 전백성의 『원굉도집전교袁宏道集箋校』 권21에 「난택, 운택 두 숙부께蘭澤雲澤兩叔」라는 글이 수록되어 있습니다. 이 편지에서는 장안의 먼지 속에서는 하루라도 산속의 교송喬松과 고목古木을 떠올리지 않은 적이 없고, 예전에 산에서 은거했을 때는 또 북경을 한 번 다녀오면 좋겠다고 생각했다는 내용을 쓰고 있습니다. 내가 보기에는 매우 많은 사람들이 이와 유사한 감정을 가지고 있는 것 같은데, 번화한 도시와 소박한 시골은 떠나고 보면 모두 미련이 남습니다. 편지에서는 또 이렇게 말합니다.

적막한 순간에는 왁자지껄했으면 하고, 시끄러운 곳에서는 또한 조용하기를 바랍니다. 사람의 마음이란 모두 이런 것이겠지요. 마치 원숭이가 나무 아래에 있으면 나뭇가지에 열린 열매를 따고 싶

어 하고, 나무 위에 있으면 나무 아래에 있는 양식을 먹고 싶어 하는 것처럼 말입니다. 잠시도 쉬지 않고 왔다 갔다 하는 것도 정말 괴롭습니다.

이것은 첸중수錢鍾書, 전종서의 소설을 통해서 널리 알려진 '포위된 성*'이라는 비유보다도 더 구체적이고 더 탁월합니다. 성 밖의 사람들은 들어오려고 하고 성 안의 사람들은 나가려고 한다는 말은, 각자가 처해 있는 자리라는 것이 그와는 다른 삶을 지향하도록 규정한다는 것입니다. 과거와는 달리 지금은 나무 위든 나무 아래든 여러분이 마음대로 고를 수 있지만 여러분은 어떤 자리에 있어도 결코 만족하지 못할 것입니다. 여기에서 이야기한 것은 인간의 숙명으로, 예컨대 생선과 곰발바닥을 둘 다 먹을 수는 없는 법이라* 높은 재주와 풍부한 감수성을 가지고 있는 사람이라면 대부분 이런 곤혹스러운 감정을 느끼게 될 것이고 옛날이든 지금이든 중국에 있든 외국에 있든 예외가 없을 것입니다. 그러나 이것은 어느 정도는 정치 제도와 문화 관념에 바탕을 두고 있습니다. 예컨대 어떻게 관료사회를 대할 것이냐, 그리고 어떻게 '적막'과 '왁자지껄'한 것 사이의 모순을 해결할 것인가 하는 것처럼 말입니다.

오현의 현령으로 재임하면서 원굉도는 친구에게 수많은 편지를 보냈는데 관료생활이 정말 재미가 없다고 투덜거리는 내용이

[역자 주] 소설 『포위된 성[圍城]』에서 작중인물 쑤원완(蘇文紈)의 대사에 나오는 단어이다. "결혼은 마치 포위된 성과도 같아. 성 밖의 사람들은 안으로 들어가고자 하고, 성 안의 사람들은 밖으로 나가려고 하지." 우리나라에서는 오윤숙이 번역하여 2책의 『포위된 성』(실록출판사, 1994)으로 출판하였다.

[역자 주] 『맹자』의 「고자장구(告子章句)」에 "나는 생선도 먹고 싶고 곰발바닥도 먹고 싶지만, 둘 다 먹을 수 없다면 생선을 포기하고 곰발바닥을 택할 것이다(魚我所欲也, 熊掌亦我所欲也, 二者不可得兼, 舍魚而取熊掌者也)"라는 구절이 나온다. 『맹자』에서 이 구절은 삶과 의로움 모두 중요하지만 하나를 골라야 한다면 삶 대신 의로움을 택한다는 의미로 나왔다. 여기에서는 두 가지를 모두 가질 수 없는 상황이라는 뜻으로 썼다.

었습니다. 처음 맡은 관직은 실무직이었는데 상식적으로는 분명히 좋았다고 느껴야 했습니다. 여러분들은 똑같이 벼슬을 한다고 해도 실무직과 명예직, 지방관원과 중앙관원이 전혀 다르다는 것을 알아야 합니다. 예컨대 그는 나중에 북경에 와서 순천부학順天府學의 교수가 되었고 또다시 국자감國子監의 조교가 되었는데 이러한 관직은 명예롭기는 하지만 실권이 없고 생기는 돈이 많지 않아서 지금 정협政協(중국인민정치협상회의中國人民政治協商會議의 준말 — 역자)에서 간부를 맡는 것과 마찬가지입니다. 이것은 강남의 부유한 지역인 오현에서 현령이 되는 것과는 전혀 다른 일입니다. 일반인들은 이렇게 부수입이 짭짤한 보직을 맡으면 기뻐서 어쩔 줄을 모르겠지만 원굉도는 오히려 푸념을 늘어놓았습니다. 몇 통의 편지들을 읽어보면 여러분들은 '문인'이란 무엇인가를 알게 될 것입니다.

우선 『원굉도집전교』 권5에 실려 있는 심광승沈廣乘에게 보내는 편지를 보도록 하겠습니다. 그는 "인생에서 관리 노릇 하는 것은 너무나 고달픈데 현령이 되는 것은 더욱 고달픕니다. 만약 오령吳令이 된다면 그 고달픔은 만만 배나 되기 때문에 소나 말과 다를 바 없습니다"라고 썼는데 극빈층 농민들의 삶이 "소나 말보다 못하다"는 것만 들었지 현縣의 최고 우두머리가 되었는데도 이렇게 불평을 할 줄은 생각지도 못했습니다. (학생들 웃음) 왜 그럴까요? "상관은 구름과 같고, 방문객은 비와 같으며, 서류는 산과 같고, 돈과 곡식은 바다와 같아서 아침부터 저녁까지 점검하는 것도 오히려 다 못할 지경"이니, 어찌 힘들지 않겠습니까? 상급관리들이 내려오면 검사를 받아야 하며 지나가는 관리들도 반드시 마중이나 배웅을 해야 하고 게다가 아직도 처리해야 할 수많은 서류들이 있는 상황이니 유유자적하는 데 익숙한 문인들로서는 실제로 그 고달픔을 견디지 못하겠다고 느꼈을 것입니다. 그 핵심은 일이 고단하다는 데에 있는 것이 아니라 보기 싫은 꼴을 보는 데에 있었습니다. 서류를 처리하는 데에는 '강한 정신력'이 필요하고 돈과 곡식을 볼 때에는 '승냥이처럼 독한 마음'이 있어야 하는데, 그런 건 놔두고라도 가장 어려운 부분이 또한 역시 관료생활의 시시비비였을 것입니다. 상관을 만나면 '비굴한 성격'이 필요하고, 방문객을 만날 때는 '웃는 얼굴'이 필요합니다. 이렇게 관료가 된다는 건 정말 재미가 없는 일입니다. 마찬가지로 권5에 수록된 구장유丘長孺에게 보내는 편지에서 원굉도가 하는 말은 더 못 들어줄 정도입니다.

제가 현령이 되어 하는 일들은 말로 표현 못할 만큼 추한 작태로, 대략 상관을 만나면 노비가 되고 손님들을 대접할 땐 기녀가 되며 돈과 곡식을 처리할 때는 곳간지기가 되고 백성들을 깨우칠 때에는 중매쟁이가 됩니다. 하루 동안 따뜻했다 추웠다 하고 어두워졌다 밝았다 하기를 반복하니 세상의 쓴 맛을 이 한 몸으로 모두 맛보게 됩니다. 괴롭고도 혹독합니다.

이른바 '방문객'이라고 하는 것은 당연히 일반적인 여행객이 아니고 직속상관이 아니면 동급 관료이거나 그것도 아니면 특수한 관계에 있는 사람이거나 그것도 아니라면 저명한 인사들입니다. 오현의 현령은 급이 특별히 높지는 않지만 지역은 너무나 중요한 곳이라서 사람들이 모두 와서 여행하며 둘러보니까 그 괴로움을 말로 다할 수 없다는 것이 이해가 됩니다. 오가는 관료들을 보면 언제 자기에게 도움이 될지도 몰라서 감히 미움을 살 수는 없으므로 기녀처럼 구는 겁니다. (학생들 웃음) 이러한 서술은 다소간 과장이 있지만 그렇다고 말이 안 되는 것은 아닙니다. 관청의 창고를 지키는 하급관료처럼 하루 종일 계산을 하고, 중매쟁이 곧 중매서는 아줌마처럼 항상 수다를 떱니다. 그러나 그런 건 관리라면 당연히 해야 하는 일이지 누가 원굉도에게 억지로 "군주의 봉록을 먹게" 했단 말입니까? (학생들 웃음) 원굉도는 관료가 된다는 건 이렇게 피곤하고 아무런 재미도 없고 세상의 쓴 맛을 혼자 모두 맛본다고 했습니다. 그러면 내가 그에게 이렇게 물어보겠어요. 어떤 식으로 관료 생활을 해야 억울하다고 생각하지 않겠습니까? 도대체 관료생활의 규율이 나쁘다는 것인가요, 아니면 당신 자신의 마음이 문제인 것인가요?

'관료사회의 규율'로 말한다면 완전히 명말의 문제만은 아닙니다. 여러분들은 아직 진정한 의미에서 사회에 진출하지 않았기 때문에 이른바 관료생활이라는 것을 그렇게 잘 이해하지는 못했을 것입니다. 예부터 지금까지 끊임없이 비난을 받아온 일부 '관료사회의 규율'은 반석처럼 견고해서 우리가 저주를 퍼붓는다 하더라도 끄떡도 하지 않을 것입니다. 예를 들어 상하관계를 봅시다. 만약 여러분이 상관을 대할 때 '노비' 신분처럼 굴지 않고 '주인'의 어투를 쓰면서 모두 이백李白처럼 "왕과 제후를 오만하게 본다면" 분명히 문제가 생길 것입니다. 그저 "재주가 없어 현명한 군주에게 버림받고, 병이 많아 벗들과도 소원해졌네"라고 불평만 하면서 당신이 상관을 심부름꾼으로 여기는 것을 반성하지 않는다면 그건 안 될 일입니다. 관료사회와 문단은 어쨌든 다릅니다. 문단에서는 재주가 대단한 사람이 세상을 거만하게 내려다 볼 수 있지만 관료사회에서는 직급이 한 등급만 높아도 다른 사람을 깔아뭉갤 수 있습니다. (학생들 웃음) 어떤 왕조를 막론하고 모두 이러했습니다. 이렇게 재주를 따지지 않고 관계官界의 규율만 따지는 것은 자신을 고아하다고 자부하는 문인들에게는 매우 큰 타격입니다. 그래서 문인들 중 기가 매우 세고 청고淸高한 사람은 일반적으로 벼슬생활을 잘 하기 어렵습니다. 여러분들이 상상하듯이 "오직 성령을 표출하고 격식에 구애받지 않기"를 원했던 원袁현령이 이러한 관료사회의 규율에 직면했을 때 어떻게 연일 괴로움을 토로하지 않을 수 있었겠어요?

그러나 이것도 문제가 있는 것이, 도대체 중국 문인은 관료가 되고 싶기는 했던 것일까요? 한번은 해외에서 강연을 할 때 중국 문학을 연구하는 어떤 박사 한 분이 이렇게 나에게 물었습니다. 왜냐하면 중국 고대시문을 읽으면 확실히 매우 모순적인 것이, 재주가 있는데 불우하다고 하면서 동시에 "오두미 때문에 허리를 굽히지는 않겠다不爲五斗米折腰"고 하기 때문입니다. 진짜 관료가 되고 진짜 은거하는 것, 이것은 모두 말이 됩니다. 문제는 거의 대부분의 중국 문인들은 모두 한편으로는 관직을 맡으면서 다른

맹호연(孟浩然)의 시「고향으로 돌아가서 지음歸故園作」은 다음과 같다. "대궐에 글 올리는 일 그만두고, 남산의 허름한 집으로 돌아가네. 재주가 없어 현명한 군주에게 버림받고, 병이 많아 벗들과도 소원해졌네. 백발은 늙음을 재촉하고 봄날이 가까우니 한 해가 지나는구나. 수심에 잠겨 잠 못 이루는데, 소나무 걸린 달빛 빈 창문에 비치네[北闕休上書, 南山歸弊廬, 不才明主棄, 多病故人疏, 白髮催年老, 靑陽逼歲除, 永懷愁不寐, 松月夜窗虛]." 원이둬(聞一多)는『당시잡론(唐詩雜論)』「맹호연(孟浩然)」에서 맹호연의 다음 시를 인용하였다. "건너려 해도 배가 없으니, 한가롭게 사는 게 임금님께 부끄럽네. 그저 낚시꾼을 바라보며, 헛되이 물고기만 부러워하네[欲濟無舟楫, 端居恥聖明, 坐觀垂釣者, 徒有羨魚情]." 곧바로 한층 더 나아가 이렇게 해석하였다. "그러나 '물고기를 부러워하는 것'은 결국 인정상 피하기 어려운 것이다. 계속 '물가로 가서 물고기를 부러워하기만' 하고 '물러나서 그물을 엮지 않는 것'은 실로 보기 드문 일관성인 것이다."『文一多全集』제3권, 北京 : 三聯書店, 1982, p.34.

한편으로는 투덜거리면서 나는 은거하겠다, 관리가 되는 건 정말 재미가 없다고 떠들어댄다는 것입니다. (학생들 웃음) 사람들은 이러한 관원이 관리로서 합격이냐고 묻지 않을 수 없습니다. 하루 종일 "동쪽 울타리 아래에서 국화를 따고采菊東籬下" 싶다는 마음을 품은 채로 잡다한 일상 업무를 처리해야 하는 상황에 놓인다면 마음을 다하고 책임을 다할 수 있습니까? 다른 사람의 목숨을 가볍게 여기지 않을 수 있을까요? 관료라면 백성을 중요하게 여겨야지 항상 "평소에는 심성을 논하며 한가롭게 있다가, 위기에 임해 이 한 목숨으로 임금께 보답平日袖手談心性, 臨危一命報君王"해서는 안 됩니다. 중국 고대시문을 읽다 보면 구체적인 정치방식에 대해 언급한 것은 극소수이고 대부분은 그저 "요순보다 훌륭한 임금으로 만들고, 나아가 풍속을 순박하게 만든다致君堯舜上, 再使風俗淳"는 위대한 사상을 드러내면서 관료생활에 대한 수많은 불만들을 늘어놓을 뿐입니다. 그러면 사람들은 이렇게 물을 겁니다. 이렇게 관료생활을 하찮게 보는 마음으로 정치를 하는데 어떻게 충성을 다해 직무를 보고 그 지역을 잘 다스릴 수 있겠냐고 말입니다. 문학을 전공하는 사람들은 대부분 관료사회에 대해 불평하는 사람들을 좋아합니다. 이들이 심하게 비난할수록 더욱 더 양심이 있고 더욱 더 칭찬할 만한 사람이라고 생각하는 것 같습니다. 그리고 이렇게 고아한 문인들은 관료사회에 섞여 들어간 뒤에도 마음을 산림에 두고 있을 뿐, 자신이 국가를 통치하고 안정시키는 데 일조할 수 있는지에 대해서는 거의 생각하고 있지 않습니다. 만약 여러분이 시문에서 정책을 계획하고 구체적인 정치적 업적을 언급한다면 사람들은 당신이 법가法家여서 그저 법률과 화폐와 곡식을 알 뿐 도덕과 배려가 결여되어 있다고 할 것입니다. 여러분에게 이러한 글쓰기의 틀이 전통문인의 편견을 답습한 것일지도 모른다는 사실을 알려드리고 싶습니다. 내가 보기에는 나라와 백성을 걱정하는 마음을 드러낼 뿐 구체적인 실행방책을 생각하지 않는 이러한 "치국평천하"의 효과는 매우 의심스럽습니다.

자, 우리는 다시 처음으로 돌아가서 원굉도에 대해 살펴보도록 하겠습니다. 당초에 린위탕은 도학가의 케케묵은 기풍을 비판하기 위해 애써 원굉도의 여유를 부각시켰습니다. 바꿔 말하면 루쉰은 논쟁할 필요가 있었기 때문에 원굉도에게도 분노와 불만이 있었다고 강조했던 것입니다.* 이러한 것들은 모두 사실이며 모두 근거자료가 충분히 있습니다. 문제는 어떤 자료가 더 중요하고 더 우리가 주목할 만한 가치가 있냐는 점에 있습니다. 루쉰의 영향을 받아 오늘날의 학자들은 대부분 원중랑의 사회적 책임감을 발굴해내기를 좋아합니다. 예컨대 궈위헝은 『중국산문사』에서 수많은 이런 종류의 자료를 찾아냈습니다. 그중에서 가장 유명한 것은 일설에 따르면 원중랑이 오현령을 사직할 때 어떤 재상이 그 사실을 알고 개탄하면서 "이백 년 동안 이러한 현령은 없었다"라고 했다는 것입니다. 또 하나는 오현의 사람이 "이런 현령은 근래에는 없었던 사람으로 그는 오땅에서 한 모금의 물만을 먹었을 뿐이다"라고 했다는 것입니다.* 이렇게 청렴하고 바른 사람이 오땅에서 한 모

『차개정잡문이집(且介亭雜文二集)』「초첩즉차(招帖即扯)」에서 루쉰은 원굉도에 대해 이렇게 평가하였다. "중랑에게 더 중요한 면이 있었는가? 있었다. 만력 37년에 고헌성(顧憲成)이 벼슬을 그만둘 때 중랑은 섬서(陝西)의 향시를 주관하였는데 그가 시제로 낸 책(策)에 '과열소유(過劣巢由)'라는 구절이 들어 있었다. 감수하는 관리가 '무슨 뜻입니까?'라고 묻자 원굉도는 '지금 오중의 대현인도 세상에 나오지 않으니 앞으로 세도(世道)가 어디에 귀의할까요, 그래서 이렇게 쓴 것입니다'라고 대답하였다.'(『고단문공연보(顧端文公年譜)』(下)) 중랑은 바로 세도(世道)에 관심을 두었고 '도학가의 풍모(方巾气)'가 있는 사람을 흠모했으니, 『금병매(金甁梅)』를 찬양하고 소품문을 쓴 것이 그의 전부는 결코 아니다."

귀위헝(郭豫衡) 선생이 인용한 것은 원종도의 「셋째 동생에게 보내는 편지(寄三弟)」와 원중도의 「이부험봉사낭중중랑선생행장(吏部驗封司郎中中郎先生行狀)」이다. 『중국산문사』下, 上海古籍出版社, 1999, pp. 248~249.

금의 물만 먹었다는 것에서 그가 오현의 현령으로서 선정을 베풀었다는 점을 알 수 있습니다. 어떤 사람은 심지어 원굉도의 식견이 왕문성王文成, 곧 왕양명王陽明 같다고 했고, 배짱은 장강릉張江陵, 곧 장거정張居正 같아서 "좀 더 살았더라면 세상사에 결국 큰 힘이 되었을 텐데"라고 말합니다. 우리가 모두 알고 있듯이 명대 정치사에서 왕수인王守仁과 장거정은 모두 매우 중요한 역할을 했던 사람들로 그 공적이 탁월하며 또한 매우 논쟁적인 인물이기도 합니다. 원굉도를 이 두 사람과 함께 논하면서 세상일을 그에게 맡길 수 있다고 말하는 것을 보면 높은 평가를 받았다는 것을 알 수 있습니다. 그러나 자세히 살펴보면 알겠지만, 이 두 단락의 '예찬하는 글'은 하나는 원종도에게서, 하나는 원중도에게서 나왔습니다. 그러니까 좋게 말한 사람은 그의 형이 아니면 그의 동생이라는 것입니다. (학생들 웃음) 이러한 서술이 근거자료가 되고 있으므로 가감해서 볼 필요가 있습니다. 명대 문인들은 결사結社를 조직하는 것을 좋아했는데 공안 삼원도 그랬다는 의혹이 있습니다. 세 형제는 독서로 학식을 쌓았고 서로를 지지했으며 우애도 좋았습니다. 그렇다고 그들이 서로 칭찬하면서 말한 내용이 그대로 사실이 되는 것은 아닙니다. 원중랑이 "소나 말보다 못하다"는 식으로 불평한 것과 그 형제들이 원중랑이 얼마나 충성을 다해 봉직했는지를 칭찬한 것, 이 두 가지를 대조해 보면 정말 "이백 년 동안 이러한 현령은 없었다"라는 것이 사실인지 아닌지 쉽게 알 수 있을 것입니다.

원굉도가 매우 강한 문인의 기질을 가지고 있었다고 했는데,

산림으로 은거하는 데에 관심이 많았지만 그도 정치적 포부—비록 실제적이지는 않았지만—가 있었다는 것, 또 그도 불평불만이 있었으며 온종일 여유로웠던 것은 아니라는 점을 부인하지는 않겠습니다. 원굉도가 친구에게 보낸 몇 통의 편지에서는 자신의 취미에 대해 매우 잘 설명을 하고 있어서 늘 연구자들에게 인용되었습니다. 여러분이 알고 있듯이 중국 고대 문인들은 편지로 자신의 이상과 포부를 드러내기를 좋아했습니다. 이러한 편지는 일상적인 업무에 대해서는 거의 언급하지 않고 실제로는 일종의 글짓기를 한 것이었습니다. 표면적으로는 어떤 특정한 독자에게 쓴 것이지만 실제로는 이후 문집에 들어갈 것을 대비해 심혈을 기울여 작성한 것입니다. 여러분은 고대 문인의 관념과 정감, 학식을 아는 데에 서문과 발문, 편지 같은 글이 심지어 진지한 '책策', '논論'보다도 더 유용하다는 것을 알아차리게 될 것입니다.

여기에서 소개하고자 하는 세 통의 편지는 좋은 글일 뿐만 아니라 사고방식도 매우 독특해서 한 통 한 통 자세하게 볼 필요가 있습니다. 첫 번째 편지는 서한명徐漢明에게 보낸 것인데, 편지에서 "저는 세상의 도학자에는 네 종류의 사람이 있다고 생각합니다. 세상을 하찮게 보는 사람玩世, 세상을 초탈한 사람出世, 세상과 더불어 사는 사람諧世, 세상에 적응한 사람適世입니다"라고 하였습니다. 세상을 하찮게 보는 사람은 장주莊周, 열어구列禦寇, 완적阮籍 같은 사람들로 전후 몇천 년 동안 이러한 몇 명밖에 없었습니다. 진정으로 세상을 초탈한 사람은 달마達摩, 마조馬祖, 임제臨濟 이런 큰 덕을 지닌 고승들로, 세상에 거의 드뭅니다. 세상과 더불어 사는 사람들의 경우에는 인의도덕을 주장하고 학문 역시 사람들의 감정에 다가가기 때문에 세상에 쓰이고도 남음이 있으나 초탈한 사람이 되기에는 부족합니다. 남은 하나가 바로 '세상에 적응한 사람'입니다.

그런 사람은 매우 대단하지만 또한 매우 얄밉기도 합니다. 선禪을 행하지만 계율에 따라 행동한다고 볼 수 없고 유자儒者라고는 하지만 요堯, 순舜, 주공周公, 공자孔子의 학문에 대해 말하지도 않고 의롭거나 예의에 맞는 일도 행하지 않습니다. 대단한 재능 하나를 갖추지도 못했고 세상에서는 일 하나 제대로 하지 못하니 세상에서 가장 필요로 하지 않는 사람인 것입니다.

이러한 사람은 세상에 크게 이롭지도 않지만 크게 해롭지도 않아서 현인군자들은 피하느라 여념이 없지만 나는 오히려 "이러한 종류의 사람을 가장 좋아합니다". 왜냐하면 그들은 중처럼 고행할 필요도 없고 유학자처럼 인

[역자 주]『원중랑집』 권5에 수록된 척독 중 「서한명徐漢明」에 나온 구절이다.

의를 주장할 필요도 없이 마음 가는 대로 하면서 순리를 따라도 되기 때문입니다.

이 편지를 읽어보면 여러분은 원중랑이 매우 자유롭게 살았다고 생각할 것입니다. 그런데 황평천黃平倩에게 보낸 이 편지를 한번 보시기 바랍니다. "매일 저보邸報를 볼 때면 언제나 너무나 화가 나서 노려보지 않을 수 없는데, 시사時事가 이러하니 장차 어찌되겠습니까?" 이것도 원굉도의 또 다른 일면이며 그 또한 화가 머리끝까지 치밀어 오르면 책상을 치고 일어날 줄 압니다.

이것은 내가 예전에 루쉰에게서 배운 것으로, 루쉰은 "한 부분을 가지고 전체라고 생각했다"면서 린위탕을 비판했던 적이 있습니다.

세 번째 편지는 소잠부蘇潛夫에게 보낸 것으로 우리가 예전에 인용한 적이 있습니다. "제가 어찌 조용하게 물러나는 것을 고아한 것으로 여기겠습니까? 정자나 연못의 쾌적함을 따지는 일은 제가 잘하는 일이 아닙니다. 만약 제가 이런 것을 고아하게 여긴다고 한다면 제 눈은 검은 콩 두 알에 불과할 것입니다."

자, 우리가 이러한 자료를 대략 모으면, 이 만명 문인이 여유를 이야기하지만 그 또한 고민이 있고 이 둘은 모두 진실이라는 점을 매우 쉽게 알게 될 것입니다. 더욱이 이 세 번째 편지는 다른 학자들은 활용하지 않는 것 같은데 오히려 나는 매우 중요하게 생각합니다. 하루 종일 한가하게 이야기하는 이 문인은 결코 "조용하게 물러나는 것을 고아한 것으로 여기지" 않습니다. 바꿔 말하면 여러분도 원굉도가 하루 종일 "임금을 걱정하고 나라를 사랑한다"라고 생각해서는 안 됩니다. 그의 시 「현령궁에 여러 사람들을 모아 놓고 '성시산림'을 운자로 삼아 짓다顯靈宮集諸公, 以城市山林爲韻」를 보면 이 시에는 이러한 8구가 있습니다.

邸報束作一筐灰	묶어놓은 저보邸報에는 먼지만 가득
朝衣典與裁花市	조복은 꽃시장에 저당 잡힌다.
新詩日日千餘言	날마다 새로운 시 지어 천여 언이 되건만
詩中無一憂民字	시에는 백성을 걱정하는 한 글자도 없네.
旁人道我眞瞶瞶	사람들이 나를 진짜 바보라고 하여도

口不能答指山翠	대꾸도 못하고 푸른 산만 가리키네.
自從老杜得詩名	두보가 시명을 얻은 이후로
憂君愛國成兒戲	'우군애국'은 아이들 장난이 되었구나.

중국문학을 읽을 때에는 반드시 문인들이 입에 달고 다니는 "산림으로 돌아가 은거한다歸隱山林"거나 "임금을 요순의 반열에 올려놓겠다致君堯舜"는 말을 과도하게 해석하는 것을 경계해야 합니다. 문인들의 탈속과 세속을 논할 때에는 시국뿐만 아니라 그들의 성향과 취미를 고려하여야 하며 일률적이거나 교조적으로 판단해서는 안 됩니다.

문인의 입신출세, 즉 이른바 항쟁과 소극적인 태도, 진취와 퇴폐, 청고淸高와 세속 사이에는 그밖에도 실제적인 상황을 고려한 것이 매우 많습니다. 예컨대 문인이 은거할 것인가를 결정할 때 간과할 수 없는 요소가 하나 있는데 그것은 바로 경제조건입니다. (학생들 웃음) 왜 원굉도는 늘 '관료생활爲官'과 '세상 도피遺世' 사이에서 배회하면서 한동안 은거했다가도 계속 은거하지 않고 다시 세상으로 나와 관료가 되는 것일까요? 지난번 진계유에 대해 강의했을 때 그에게 은자로서 생계를 꾸리는 방법이 있다고 말했습니다. 이른바 "대은은 조정과 저자거리에 숨는다大隱隱朝市"라고 할 때에는 관념의 문제만이 아니라 반드시 엄청난 경제력이 뒷받침이 되어야 합니다. 그래서 중국 문인의 출사出仕와 은거隱居는 정치적 입장, 도덕적 경지, 심미적 취미 등의 문제뿐만 아니라 그와 마찬가지로 매우 중요한 경제력을 반드시 고려해야 합니다.

전통적인 중국문학에서 우리는 언제나 세 가지 종류의 인간형을 볼 수 있는데, 하나가 시인, 다른 하나가 관료, 또 다른 하나가 상인입니다. 일반적으로 말하면 시인은 정신을 강조하고 관료는 권력을 중시하며 상인은 재력을 뽐냅니다. 이 세 가지 중에서 중국문학 전공자들은 대체로 상인을 가장 무시하고 시인을 가장 존경합니다. 그런데 실제로 명대 중엽 이후에 상인의 지위가 빠르게 상승해서 여러 상황에서 상인의 재력이 사회적 분위기, 나아가서는 미적 취향을 결정하게 되었습니다. 여러분들이 주의해야 할 것은 만명의 은사들은 결코 정치적으로 황제에 대해 반대하는 세력이었던 것도, 견고한 정치적 신념을 가진 것도 아니었고 고생을 견뎌낼 수도 없었습니다. 그들이 애써 추구한 "아취 있는 삶"으로 인해 결과적으로 그들은 알게 모르게 재력 또는 상인의 취향에 예속당하는 처지가 되었습니다. 진계유가 그랬고 원굉도도 마찬가지였는데, 이는 상고上古 또는 중고中古 시대의 은사, 걸익桀溺*이나 도연명 같은 사람들과는 전혀 달랐습니다.

> 공자가 자로(子路)를 시켜 길을 묻게 하자 걸익(桀溺)은 밭 갈기를 멈추지 않고 다음과 같이 대답하였다. "도도히 흐르는 강물처럼 천하가 모두 그렇게 휩쓸려 가는데, 이것을 누가 바꾼단 말이요. 또 그대는 사람을 피하는 선비를 따르기 보다는 세상을 피하는 선비를 따르는 것이 낫지 않겠소?"『논어』「미자(微子)」.

운치幽韻와 성색聲色

일반적으로 만명 문인의 생활방식에 대해 말할 때는 반드시 '탈속과 세속出入', '출사와 은거仕隱'를 언급하게 됩니다. 그런데 또 하나 유의해야 할 문제는 이것이 '운치幽韻'와 '성색聲色'의 분변과 관련되어 있다는 것입니다. 먼저『병사瓶史』의 이 구절, "운치가 있는 사람은 성색을 멀리하니, 그의 취향은 늘 산수와 꽃과 대나무에 맞춰져 있다"를 보도록 합시다. 이 말은 '운치'와 '성색', 이 두 가지가 서로 모순되는 삶의 취향이라는 뜻입니다. 일반적으로 볼때 관료와 상인은 상대적으로 저속한 '성색'에 재주가 있습니다. 반면 섬세한 '운치'는 감상할 수 있는 경지에 이르려면 반드시 내면이 필요하고 교양이 필요하기 때문에 문인에게 더 적합합니다. 그러나 내가 말하고자 하는 것은 바로 만명 문인들이 '운치'를 강조하는 동시에 저속하다고 피하지 않고 '성색'을 마음껏 즐겼다는 것입니다.

관료와 상인이 '성색'에 재주가 있고 문인이 '운치'를 좋아한다는 것이 일반 사람들의 견해인데, 원중랑의 편지를 읽어보면 여러분은 이 사람이 이러한 제약 없이 생선과 곰발바닥을 둘 다먹으면서 즐겼다는 사실을 발견할 수 있습니다. 이것은 매우 유명한 「공유장 선생께龔惟長先生」(『원굉도집전교』 권5)에 나와 있는데, 여기에서 원중랑은 인생의 5대 즐거움을 자랑하고 있습니다. 이른바 "세 번째 인생의 즐거움"은 바로 문인 본연의 모습입니다.

상자 속에 보관한 만권의 책은 모두 진귀한 것들입니다. 저택 옆에 건물 한 채를 지어두고 그곳에서 마음이 맞는 진정한 친구 열 명남짓과 만나는데 그들 중에서 식견이 대단히 뛰어난 사람들, 예컨대 사마천司馬遷, 나관중羅貫中, 관한경關漢卿 같은 사람들을 한 사람씩 뽑아 책임자를 맡게 해서 무리를 나누고 안배한 뒤 각각 하나씩 책을 만들게 하여, 멀리는 당唐·송宋 유학자의 고루한 병폐를 문채가 나도록 고치고 가까이는 한 시대의 미완의 작업을 완성하는 것입니다.

이렇게 고아하고 맑은 '서생의 의기'가 드러난 부분을, 성색을 마음껏 즐기는 "네 번째 인생의 즐거움"과 대비시키게 되면, 여러분은 다소 당혹스러울 수도 있을 것입니다.

천금으로 배 한 척을 사서 배에는 악공들을 데려다 놓고 기녀 몇 명, 한가로운 사람 몇 명과 물 위를 떠다니는 집에서 자기도 모르는 사이에 늙어가는 것입니다.

기녀를 데리고 배를 타는 것은 고대 중국 문인들에게는 일반적이어서 그렇게 놀라운 일은 아닙니다. 문제는 다른 문인들도 모두 이런 일은 하지만 그래도 원굉도처럼 이렇게 담대하게 이 두 가지의 전혀 다른 취향을 함께 언급하고 심지어 후자를 전자의 위에 두지는 않았다는 점입니다. 퇴폐적인 생활을 하는 사람들이 "교양 있는 척 하는 행동"을 하는 것과는 달리, 교양 있는 선비인 원굉도는 거꾸로 자기가 "기녀를 데리고 배를 탄다"는 것을 애써 강조합니다. 이것은 당연히 가짜 도학을 비꼬는 것이며 자신이 세속적인 부류와 다르다는 것을 표방한 것입니다. 이것은 그가 마음에 따라 자연스럽게 행동한다는 것을 강조하고, 글쓰기와 사람됨이 모두 "격식에 구애받지 않았다"는 것, 민간의 평범한 사람들이 부르는 노래를 찬양한 것과 같은 맥락입니다.

"식욕과 성욕은 본성"이므로 문인과 관료, 상인이 같은 취향을 갖고 있다는 점은 오늘날의 관점에서 보면 매우 정상적인 것입니다. 그러나 이전에는 그렇게 보지 않고 '산중의 운치山中幽韻'와 '도시의 성색都市聲色' 이 두 가지가 철저하게 대립하여 하나는 우아하고 하나는 저속하니 완전히 다른 차원의 것이라고 생각했습니다. 원중랑은 문인의 '청고淸高'한 베일을 벗겨내어 문인들이 붓 아래에 욕망을 숨겨두고 있었다는 사실을 사람들이 알 수 있도록 했습니다. 현재 학계에서 만명의 사조를 이야기할 때 양명심학陽明心學의 직접적인 영향에 대해 많이 주목하는데, 이는 곧 어떻게 양지良知를 다함으로써 성정性情을 중요시하고 성령性靈을 높일 수 있는가 하는 문제이지만, 그 안에서 즐거움을 구하고 자적하는 삶과 미친 척하며 세상을 우습게 여기는 삶의 태도 역시 간과해서는 안 됩니다. 후자와 만명 문인이 성색을 마음껏 즐기는 것은 어느 정도 관계가 있습니다. 우리는 오늘날 사람들이 흥미진진하게 말하는 진회秦淮의 유명한 기녀들을 비롯하여 만명 시대의 강남에는 재주 있는 여성들이 많았을 뿐만 아니라 이들이 기방妓房에 모여 있었다는 사실을 알고 있습니다. 강남의 경제가 발달하고 문화가 번영하였으며 기녀들의 문화와 교양이 매우 높아지면서 만명 문인이 기방을 출입하는 것은 매우 일반적인 현상이었습니다. 내가 말하고자 하는 것은 만명 시대라면 만약 여러분들이 반듯하게 살면서 평생토록 경서 공부에 열중한다고 해도 사람들의 찬양을 받지 못할 것이라는 것입니다. 그러나 만약 여러분이 화려한 재주를 마음대로 뽐내고 하루 종일 한가롭게 술집이나 돌아다니면서 한껏 인생을 누린다

면 사람들은 여러분을 매우 존경하고 찬양할 것입니다. 이것이
바로 사회 분위기이며 이 또한 만명 문학을 만들어 낸 바탕이기
도 한 것입니다.

1930년대에 정전둬*가 쓴 매우 유명한 글의 제
목은 「「금병매사화」를 말하다談「金甁梅詞話」」로, 중
국문학사상 최고의 '음서淫書'인『금병매』가 도대
체 어떻게 만들어지고 전파되었는가를 논의한 것
입니다. 그 중에서 이 한 단락은 정말 음미할 가치
가 있습니다.

정전둬(鄭振鐸(정진탁), 1898～1958)의
필명은 시디(西諦), 귀위안신(郭原新) 등
이며 본적은 복건(福建) 장락(長樂)이고,
출생지는 절강(浙江) 온주(溫州)이다.
1917년에 북경철로관리학교(北京鐵路
管理學校)에 입학하였는데 5·4운동이
일어났을 때 학생대표로 적극 참여하였
다. 1921년에 '문학운동회'를 만들고 활
동을 하였으며 1923년에는 마오둔(茅
盾)을 이어『소설월보(小說月報)』의 편
집장을 맡았고 1931년부터 연경대학(燕
京大學), 청화대학(淸華大學) 등에서 교
편을 잡았다. 1949년 이후에는 문물국
(文物局) 국장(局長), 문화부 부부장 등을
맡았다. 1958년에 방문차 출국할 때 비
행기 사고로 사망하였다. 저서로『가정
이야기(家庭的故事』등 소설집과『산중
잡기(山中雜記』등 산문집이 있으나 주
요 성과는 학술 연구에 있으며『문학대
강(文學大綱)』,『삽도본중국문학사(揷
圖本中國文學史)』,『중국속문학사(中國
俗文學史)』,『중국문학논집(中國文學論
集)』,『중국고대목각화사략(中國古代木
刻畵史略)』등의 책을 펴냈다.

『금병매』의 작자는 끊임없이『금주량황음金主亮荒
淫』,『여의군전如意君傳』,『수탑야사綉榻野史』등의 '지
저분한 책穢書'이 만들어졌던 시대에 살았다.『수호
전水滸傳』조차도 일부 지저분한 묘사로 인해 오염된
바가 있다. 희곡戲曲조차도 때때로 더러운 대화(육채
陸采의 『남서상기南西廂記』, 도융屠隆의 『수문기修文
記』, 심경沈璟의『박소기博笑記』, 서위徐渭의『사성원四
聲猿』등에서는 지저분한 묘사와 대사가 항상 발견된다)로 가득 찼
다. 소화집笑話集류는 '성性'에 대한 농담이 주조를 이룬다(만력판萬曆
板『학랑謔浪』과『제서법해諸書法海』,『수곡춘용綉谷春容』등 여러 책
안에 부록으로 실린 수많은 소화집이 모두 이러하다). 춘화의 유행
은 공전의 히트를 쳤다. 만력판『풍류절창도風流絶暢圖』와『소아편素
娥篇』은 판각이 매우 정밀하고 아름답다(『풍류절창도』는 컬러 인쇄
로, 현재 알려져 있는 세계 최고最古의 컬러 출판물이다). 이 때 판각

되어 전파된 춘화집은 시장에서 공개적으로 유통된 것만 적어도 20
여 종이 있었다고 한다.

여기에서의 기본 가설은 물론 문학이 시대 분위기를 반영한
다는 현실주의에 입각한 것인데, "이렇게 음탕한 '세기말'의 사회
에서 『금병매』의 작가가 어떻게 여기에서 헤어날 수 있었겠습니
까?" 이후 학자들은 이러한 측면에서 매우 깊이 있고 섬세하게
탐구했지만, 연구의 착안점은 정전둬에게서 영감을 받은 것입니
다. 예컨대 네덜란드 학자 반 구릭R. H. Van Gulik°의
탁월한 두 권의 책은 이 점에 대해 더 정채롭고 세
밀한 논의를 하고 있습니다. 『중국고대방내고中國
古代房內考』의 제10장에서는 집중적으로 명대의 방
중서房中書, 색정소설色情小說, 춘궁화春宮畵 사이의 관
계에 대해 논의하였고, 『비희도고秘戲圖考』° 중편中
篇의 '춘궁화간사春宮畵簡史'에서는 오늘날 보기 어려
운 컬러 춘화책인 『풍류절창風流絶暢』, 『화영금진花
營錦陣』류의 책에 대해 전문적으로 소개하고 있습니다. 이렇게 다
년간 여러 나라 학자들이 함께 노력하면서, 또 사회가 점점 개방
되면서 이러한 색정서적과 화집을 열람하는 것이 이미 그렇게
어렵지 않게 되었습니다. 그렇지만 애당초 정전둬가 이 문제를
논의했던 것은 그의 남다른 소장품 덕분이었습니다. 여러분들이
모두 알고 있는 것처럼 정 선생은 유명한 장서가였고 특히 소설,
희곡 등의 '속문학俗文學'에 관심을 가지고 있었습니다. 1920년대
에 그는 「책의 행운書之幸運」이라는 단편소설 한 편을 썼는데 내용

네덜란드의 저명한 한학가인 반 구릭
(高羅佩, 1910~1967)의 저서 중 학계에
유명한 것으로는 위에서 서술한 『비희
도고(秘戲圖考)』, 『중국고대방내고(中
國古代房內考)』 등 책 외에 서양에서 "중
국의 셜록 홈스(Sherlock Holmes)"라고
불리는 『적공안(狄公案)』이 있다.

高羅佩, 李靈 外譯, 『中國古代房內考』, 上
海人民出版社, 1990.

高羅佩, 楊權 譯, 『秘戲圖考』, 廣州 : 廣東人
民出版社, 1992.

은 바로 춘화와 색정소설 수집의 어려움에 관한 것이었습니다.

만명 문인의 방탕하고 유유자적한 생활태도로 인해 이들은 진계유 같이 산중의 운치를 가지는 동시에 『금병매』처럼 색정적인 글을 쓸 수 있었습니다. 이 두 가지를 고려해서 융통성 있게 처리한 사람이 바로 우리가 지금 말하는 원굉도인 것입니다. 『금병매』에 대해 최초로 본격적으로 평가하고 매우 큰 관심을 표명한 저명한 문인이 바로 풍류가 있고 호방한 원굉도입니다. 『금병매』를 예찬한 현전하는 최초의 글은 원굉도가 유명한 화가 동사백董思白, 바로 동기창董其昌에게 써 보낸 편지입니다. 여러분들이 읽은 각종의 『금병매』 연구 자료집, 예컨대 허우중이

侯忠義, 후충의 등이 편한 『금병매자료회편』(1985),* 황린黃霖, 황림이 편한 『금병매자료회편』(1987)* 에서는 『금병매』가 명대 사회에 유포된 상황을 서술할

侯忠義 外編, 『金甁梅資料匯編』, 北京大學出版社, 1985.

黃霖 編, 『金甁梅資料匯編』, 北京：中華書局, 1987.

때, 모두 원굉도가 쓴 두 통의 편지로 시작합니다. 그중에서 「동사백에게與董思白」에 다음과 같은 단락이 있습니다.

　　『금병매』를 어디에서 구했습니까? 베개에 기대어 대충 봤는데 책에 가득한 구름과 놀을 보니* 매생枚生의 「칠발七發」보다 훨씬 나은 것 같습니다. 후반부는 어디에서 베껴야 하며, 어디에서 다른 책과 바꿔야 할까요? 알려주시면 감사하겠습니다.

[역자 주] 글의 문체나 분위기가 미려하다는 의미이다. 전한(前漢) 시대 문인이었던 매승(枚乘)은 미문(美文)으로 유명했고 산문과 운문의 중간형식인 『칠발(七發)』의 화려한 수식은 후대의 사부문학(辭賦文學)에 상당한 영향을 끼쳤다.

이 편지는 만력 24년, 곧 서기 1596년에 썼는데 감상의 포인트가 "구름과 놀이 책에 가득하다雲霞滿紙"는 것이어서 (이 책이 — 역

자) '음란함을 비판하는 것'인지 아니면 '음란함을 경계하기 위해서 음란한 표현을 사용'하는 것인지를 분별하려고 한 청나라 사람들의 사유방식과는 많이 다릅니다. 10년 후 원굉도는 또 사재항謝在杭, 곧 사조제謝肇淛*에게 편지를 보내면서 『금병매』를 이미 외우고도 남았을 텐데 어째서 이렇게 오랫동안 돌려주지 않는 것입니까?"라고 독촉하고 있습니다. 당신이 나한테서 이 훌륭한 책을 빌린 지가 이미 상당히 오래되어 충분히 읽고 모두 외울 정도가 되었을 텐데 왜 돌려주지 않나요?(학생들 웃음) 그가 베낀 『금병매』는 대략 책 전체의 10분의 3~4일뿐이지만 그래도 그는 『금병매』에 대해 최초로 매우 높게 평가하고 도처에 선전을 하면서 친구들에게 추천을 하고 그들에게 보라고 빌려주었는데, 이 일화를 통해 그의 '운치'를 볼 수 있습니다.(학생들 웃음)

원굉도는 이지에게서 학문을 배우기는 했지만 이지처럼 그렇게 단호한 성격은 아니었습니다. 특히 그가 북경으로 들어간 뒤에는 읽은 책이 많아질수록 시야도 넓어졌고 사상과 성정이 모두 변화를 겪게 되어 더 이상 사회 전체에 대해 반항하는 태도를 갖지 않게 되었고 출사와 은거 사이에서 배회했습니다. 이는 그의 문학과 문화적 취향에 영향을 미쳤습니다. 만약 이지였다면 '운치'든 '성색'이든 그것으로 최고의 경지에 도달했을 것이지만 원굉도는 둘 다 괜찮은 길인 것 같아서 어느 한쪽도 버리지 않고 자유롭게 그 사이를 오갔습니다. 원중랑이 보기에는 두 가지 모두 '운韻'에 속해 있고 '취趣'에 속해 있어서 굳이 우열을 나눌 필요가 없었기 때문입니다. 삶의 취향을 중시했다는 점에서

사조제(謝肇淛)는 생몰년은 미상이고 자는 재항(在杭)이며 복건(福建) 장락(長樂) 사람이다. 만력(萬曆) 진사(進士)이고 벼슬은 광서우포정사(廣西右布政使)에 이르렀다. 시와 글을 짓는 데 능하였고 특히 필기 『오잡조(五雜組)』로 유명하다.

원중랑 역시 경험적으로 체득한 바가 있었던 것입니다.

중국문학사를 연구하는 사람들은 루쉰이 비웃던 "애국심에서 나온 자부심",※ 곧 중국문학, 중국문화에 대해 너무나 좋게 이야기하는 병폐를 가지게 되기 쉽습니다. 다른 것은 감히 말할 수 없지만, 일상생활의 예술화라는 측면에서는 고대 중국인이 확실히 세계 최고라고 감히 말할 수 있습니다. (학생들 웃음) 의복, 식사, 주거, 생활은 모두 중국문화의 정수를 나타내고 있는데 이러한 것들은 모두 살아있는 것이며, 일거수일투족이 바로 '문화'를 보여주는 것이므로 그 중요성은 경사자집經史子集에 비해 전혀 뒤떨어지지 않습니다. 내가 보기에 이렇게 문화적 관념과 일상생활을 융합시킨 것이 바로 고대 중국의 큰 특색입니다.

"중국인은 예로부터 자부심[自衿]이 강했다. 아쉬운 것은 '개인의 자부심'이 없고 '집단에 동조하는, 애국심에서 나온 자부심'만 있었다는 것이다. 이것이 바로 문화의 경쟁에서 실패한 뒤 더 이상 분발하고 개선할 수 없었던 원인이다. (…중략…) '집단에 동조하는 자부심'과 '애국심에서 나온 자부심'은 모두 같은 것과 합심하여 자신과 다른 자를 적으로 돌리는 것으로, 소수의 천재에 대한 전쟁을 선포하는 것이다. 다른 나라의 문명에 대해 전쟁을 선포하는 것은 오히려 그 다음이다. 그들 본인은 다른 사람에게 자랑할 수 있는 특별한 재능이라곤 조금도 없으므로 이 나라를 가져다 자신의 모습으로 삼는다. 그들은 자기 나라의 관습과 제도를 매우 높이 추어올리고 찬미한다. 그들의 국수(國粹)가 영예로운 만큼 그들도 자연히 영예롭게 되는 것이다." 루쉰, 『열풍(熱風)』「수감록(隨感錄) 38」.

그러므로 우리는 린위탕이 그때 미국에서 영어로 쓴 『내 나라 내 민족』, 『생활의 예술』 등이 미국인들에게 왜 '여유'를 누려야 하는지를 제시했고 또 어떤 이유에서 박수갈채를 얻게 되었는지를 어렵지 않게 이해할 수 있습니다. 연예계 뉴스에 관심이 있는 학생이라면 모두 리안李安의 〈와호장룡〉이 오스카시상식에서 외국어영화상을 탈 확률이 높다는 것에 주목하고 있을 것입니다.※ 이 영화는 무협이야기인데 이전에 그가 제작한 〈추수推手〉, 〈희연喜宴〉※ 작품들도 모두 중국인의 우아한 일상생활, 그리고 관습과 행동거지 속에 잠재된 은은한 정감을 미국인

리안(李安)이 감독한 〈와호장룡(臥虎藏龍)〉은 나중에 결국 오스카 외국어영화상을 받았다.

[역자 주] 우리나라에서는 〈쿵후선생〉, 〈결혼피로연〉이라는 제목으로 번역되었다.

이 읽어낼 수 있는 영화 언어로 이야기해낸 것입니다. 중국인의 '삶의 취향'이라는 측면을 린위탕은 문학으로, 리안은 영화로 서로 호응하듯이 근사하게 표현해 낸 것입니다.

내가 굳건히 믿고 있는 것은 중국인의 삶의 취향이 중국인의 글과 마찬가지로 주목할 가치가 있다는 것입니다. 내가 여기에서 말한 것은 주로 고대 중국의 문인입니다. 만청 이후에는 나라의 정세가 쇠약해지고 민생이 어려워져서 여유로울 수도 없었고 우아하게 지낼 수도 없었습니다. 그리고 또 하나 알아야 할 것은 설령 만명이라고 하더라도, 그리고 설령 경제적으로 윤택한 강남이라고 하더라도 '풍아風雅'조차 돈 있고 여유로운 사람들의 전유물이었다는 것입니다. 민주民主를 중요시하는 현대 사회에서는 정치적 권리든 문화적 취향이든 전반적인 추세는 평준화일 것입니다. 그래도 예전 중국 문인들의 이렇게 완벽하게 정치精致한 삶이 이렇게 사라져서는 안 됩니다. 예전이라고 모든 사람들이 모두 우아했던 것은 아니지만, 오늘날의 문제점은 대부분의 사람들이 거의 모두 매우 저속하다는 것입니다. (학생들 웃음) 1924년에 저우쭤런은 「북경의 다과北京的茶食」라는 한 편의 글을 쓴 적이 있었는데 그 글에서는 유구한 역사를 가진 북경에서 예상외로 "역사적인 정련 또는 퇴폐를 담고 있는 디저트"를 먹을 수 없다는 것을 매우 한탄합니다. 여러분은 마시는 것조차 배부르게 먹지 못하는 판에 무슨 좋은 디저트를 따지느냐며 민생의 어려움을 도외시한다고 그를 비난할 수 있겠습니다만, 저우쭤런의 해명도 매우 일리가 있습니다.

우리는 일상에 필요한 물건 외에도 아무 소용없는 유희와 향락이 있어야만 삶이 그제야 재미가 있다고 생각한다. 우리가 석양을 바라보고 가을 물을 바라보고 꽃을 바라보고 빗소리를 듣고 향기를 맡고 갈증 해소가 목적이 아닌 술을 마시고 배부름이 목적이 아닌 디저트를 먹는 것은 모두 삶에서 필요하며 — 비록 쓸모없는 겉치레라고 하더라도 정련될수록 좋은 것이다.

이러한 주장은 사실 만명 문인의 신운神韻을 터득한 것입니다. 나는 십여 년 전 막 북경에 도착했을 때 조악한 북경 다과를 보고 매우 놀란 적이 있었습니다. 어째서 월병이 사람을 때려죽일 수 있을 정도로 딱딱했던 것이었을까요?

개혁개방 덕분에 최근 20년간 중국의 사회 분위기는 매우 큰 변화를 겪었는데, 그중의 하나가 바로 더 이상 저속함을 미덕으로 여기지 않게 된 것입니다. 최근 100년 동안 혁명을 강조했는데, 혁명가들도 나름 추구하는 바가 있기는 해서 조잡하고 거칠고 비속한 것을 미덕으로 여기면서 문화적으로 우아하고 여유로운 것에 대해 비하하는 태도를 견지했습니다. 행동거지가 우아한 풍류재자로 만명의 당백호唐伯虎 같은 사람은 대혁명이라는 폭풍우 속에서는 그저 조롱의 대상으로 전락해버릴 수밖에 없었습니다. (학생들 웃음) 1990년대에 이르러서야 '한가閑暇'에 대해 긍정적으로 이해하고 서술하는 작업이 있게 되었습니다. 이에 따라 대량의 레저 관련 서적들이 출판되어서, 출판업에 종사하는 어떤 친구는 심지어 나에게 올해는 '레저의 해休閑年'라고 알려줄 정도였습니다. 자세히 살펴보면 여러분은 이러한 '레저 철

학', '레저 문화'를 논하는 책이 모두 외국에서 들어왔으며 반면
에 중국 본연의 매우 유구한 '레저' 전통은 도리어 거의 잊혔다
는 사실을 알게 될 것입니다. 유럽 또는 일본을 여행한 사람이라
면 오늘날 그들의 생활이 중국인에 비해 확실히 더 세련되었다
는 점을 인정하지 않을 수 없습니다. 그러나 이것은 경제력과 관
련이 있는 것이라 어쨌든 언젠간 중국인들도 생활의 '여유'와 '아
취'를 추구하려고 노력하게 될 것입니다. 상해고적출판사에서
1993년에 편집해서 출판한 『생활과 박물 총서生活與博物叢書』를 읽
어보도록 하세요. 이 책에 수집된 역대의 화훼과목花卉果木, 금어
충수禽魚蟲獸, 기물진완器物珍玩, 음식기거飮食起居 관련 저술 140종
을 훑어보면 여러분은 중국인의 일상생활에서의 정취를 알게
될 것입니다.

이것을 출발점으로 다시 처음으로 돌아가서 만명 문인의 글
을 읽어보면 또 다른 깨달음을 얻게 될 것입니다. 이것은 바로 시
가와 산문, 일상생활을 막론하고 중국인들은 '물아합일物我合一'
을 추구했다는 뜻입니다. 꽃을 감상하고 산을 유람하고 차를 맛
보고 학을 기르는 것 이 모두가 하나의 예술이 되었습니다. 여기
에서 원굉도의 「병사甁史」를 예로 들어 만명 문인의 취미를 말하
고 싶습니다. 이 「병사」는 일상지식 뿐만 아니라 심미적 취향이
기도 합니다. 글이라는 측면에서 읽어도 매우 정취가 있어서 그
때문에 나는 이 글을 뽑아서 『중국산문선』에 넣었습니다.

이 문장에서 말하는 것은 일상생활을 장식하는 '꽃꽂이揷花'인
데 서술이 매우 흥미진진하며 실용적 지식을 심미적 감상 및 문
인 취향과 결합시키고 있습니다. 세 번째 항목에서 다룬 것은 '기

구器具'입니다. "꽃을 재배하는 병도 매우 좋아야 한다. 비유하자면 양옥환楊玉環(양귀비)과 조비연趙飛燕을 허름한 초가집에 둘 수는 없다. 또 혜강, 완적, 하지장, 이백을 술집으로 부를 수는 없다." 이는 흥미를 유발하는 부분으로, 작가가 기교를 부린 것일 뿐 소개하려고 하는 구체적인 지식과 무관합니다. 꽃을 꽂을 때 특별히 주의해야 할 것은 꽃병의 재질과 형상인데 이 점은 일반인들도 모두 잘 알고 있을 것입니다. 그러나 아래 이 한 단락에서는 보통 사람들이 말하기 어려운 지식을 보여주고 있습니다.

예전에 오래된 청동기를 땅속에 묻고 오래 지나 땅의 기운을 듬뿍 받은 뒤에 꽃을 재배하는 용도로 쓰게 되면, 꽃 색깔이 나뭇가지에 핀 것처럼 선명하고, 빨리 피고 늦게 지며 꽃병에 담아 두어도 열매를 맺는다고 들은 적이 있다. 도자기도 마찬가지이다. 그러므로 오래된 꽃병이 진귀한 것은 감상용으로 좋기 때문만은 아니라는 것을 알 수 있다.

이 부분에 대해 약간 회의적입니다. 중국인들은 고기나 생선을 먹을 때 일정한 부위를 먹으면 먹은 사람의 해당 부위가 건강해진다고 믿지만 어째서 꽃병도 그렇단 말입니까? (학생들 웃음) 그러나 원굉도가 "예전에 들은 적이 있다嘗聞"는 두 글자를 쓴 것으로 볼 때 아마 그도 시도해 본 적이 없어서 정확하게는 잘 모르는 것일 수 있습니다. 아래 단락은 다른 책에서도 유사한 내용이 있으므로 더 신빙성이 있을 듯합니다.

겨울 꽃은 주석으로 만든 관錫管을 써야하니 북쪽지방은 날씨가 추워서 얼면 도자기뿐만 아니라 청동도 깨질 수 있기 때문이다. 물에 약간의 유황을 넣어도 된다.

오늘날 집안에는 난방장치가 있어서 "북쪽지방은 날씨가 춥다北地天寒" 네 글자가 그렇게 크게 체감되는 것은 아닙니다만, 400년 전에는 실제로 극복할 방법이 없는 장애물이었을 것입니다. 『병사』 12 항목에는 '품제品第', '택수擇水', '세목洗沐', '청상淸賞' 등이 포함되어 있는데 예를 들어 옛 청동기에 꽃을 꽂는다거나 유황을 넣어 어는 것을 방지한다는 식의 실용적인 지식도 있고, 이와 함께 꽃병은 어떠해야 꽂는 꽃과 어울리나 같은 심미적인 부분도 있습니다. 이러한 서술은 성령과 취미가 스며들어 있어 한편의 글로도 손색이 없습니다.

취미와 글

이렇게 지식과 문장을 겸비한 '심심풀이 책閑書'은 만명 시대에 사실 그렇게 적지 않습니다. 왕세무王世懋의 『학포잡소學圃雜疏』, 도융屠隆의 『고반여사考槃餘事』, 전예형田藝衡의 『자천소품煮泉小品』, 육수성陸樹聲의 『다료기茶寮記』, 문진형文震亨의 『장물지長物志』 그리고 고렴°이 집대성한 『준생팔전遵生八箋』 등이 그 예입니다. 이러한 종류의 저술을 읽을 때

고렴(高濂)은 자가 심보(深甫)이고 별호는 단남도인(端南道人)이며 전당(錢塘,

가장 직접적인 수확은 만명 문인의 생활 취향에 대해 파악할 수 있다는 점입니다. 일본 학자 아라이 켄荒井健이 쓴 『중화문인생활中華文人生活』*에 수록된 여러 글은 비록 '선구자'로 백거이와 이후주李後主를 언급하고 루쉰의 '문인의 기질文人性'로 끝맺고 있기는 하지만, 중간의 주요 부분은 양생, 음식, 정색情色, 원림園林, 서화書畫, 출판, 문방취미文房趣味 등에 대한 만명 문인의 생각과 실천에 대해 서술하고 있습니다.

지난 강의에서 취미의 문제, 곧 중국 문인과 차, 술의 관계를 제기했었습니다. 강렬한 술과 은은한 차 모두 중국 문인의 삶과 글에 큰 영향을 끼쳤다고 말입니다. 직관적으로 볼 때 나는 원굉도가 좋아한 것은 차였을 것이라고 추측합니다. 아니나 다를까 「혜산후기惠山後記」라는 글에 이러한 구절이 있습니다. "나는 어려서부터 차를 너무나 좋아했고, 기질적으로 술을 좋아하지 않아서 오로지 차만 좋아했다." 이 "어려서부터 차를 너무나 좋아한" 원굉도는 서위徐渭와 이지 같은 사람들이 강개한 마음으로 격분하는 것을 이해는 할 수 있었지만 이 두 사람처럼 그렇게 '무모'하고 '극단'적일 수는 없었습니다. 문인의 아취를 더 가지고 있었던 반면 심각한 비애와 광란에 가까운 집착은 별로 없었던 것입니다.* 이지의 글을 읽거나 서위의 글을 읽을 때 여러분은 그들의 정신상태가 이미 광인狂人에 근접한 것을 알 수 있는데, 미친 척 하는 것이 아니라 사실 약간 미쳐버린 것입니다. 더욱이 서

지금의 절강(浙江) 항주(杭州)) 사람으로, 생몰년은 미상이다. 저서로 남곡(南曲) 『옥잠기(玉簪記)』, 『절효기(節孝記)』가 있고 시문집 『아상재시초(雅尚齋詩草)』와 수명을 늘리고 병을 치료하는 방법을 여덟 가지로 분류하여 소개한 『준생팔전(遵生八箋)』이 있다. 후자에서는 만명 문인들의 생활 모습과 정신세계를 볼 수 있으므로 이 글의 문장력이 좋으나 나쁘냐는 오히려 부차적인 문제라고 볼 수 있다.

荒井健, 『中華文人生活』, 東京: 平凡社, 1994.

『중화문인생활(中華文人生活)』의 마지막 장에서 루쉰의 '문인의 기질[文人性]'을 논한 것과 『중국소설사략(中國小說史略)』의 번역후기에서 그것을 '슬프고 처량한 책[悲凉之書]'라고 한 것은 모두 일본의 저명한 중국학 연구자 나카지마

위는 반 고흐 같은 천재와 비슷했습니다. 그들에 비해 상대적으로 원중랑의 심리상태는 양호한 편이며 매우 정상이었습니다. 바로 이런 점 때문에 그는 슬픔이 절망에 이른 마음상태를 그다지 깊이 이해할 수 없었습니다.

나는 원굉도의「서문장전徐文長傳」에 대해 말하려고 하는데, 이것은 매우 특색이 있는 명문으로 장점과 단점이 모두 나타나 있습니다. 이 글에서 우리들의 관심을 끌 만한 세 가지 측면 중 첫 번째가 바로 희극적으로 제시된 서두입니다.

나는 어느 날 저녁 도태사陶太史의 집에 앉아 마음 가는 대로 서가에서 책을 꺼내보다가『궐편闕編』시 한 권을 보게 되었는데 조잡한 닥나무종이로 만들었고 표지도 붙어있지 않은 책이었으며, 매연으로 그을음이 있어서 종이 형태만 간신히 남아 있는 상태였다. 등불 근처로 가서 읽다보니 몇 수 채 읽기도 전에 나도 모르게 깜짝 놀라 주망周望을 급히 불러 "『궐편』을 누가 쓴 것인가, 지금 사람인가, 옛날 사람인가?"라고 물었다. 주망이 "이건 내 고향 사람인 서문장 선생이 쓴 것이다"라고 하였다. 두 사람이 뛸 듯이 일어나 등불 밑에서 읽다가 소리 지르고 소리 지르다가 다시 읽으니 자고 있던 하인들이 모두 놀라 일어났다.

이렇게 기묘한 시문을 도대체 누가 쓴 것일까요? 나 원굉도가 30년을 사는 동안 도대체 어떻게 하늘 아래 이러한 기인奇人이 있는 줄을 몰랐던 것일까. 물어보니 서문장이라는 사람이었습니다. 그래서 "두 사람이 뛸 듯이 일어나 등불 밑에서 읽다가 소리 지르고 소리 지르다가 다시 읽었습니다". 이렇게 과장된 어조로 불세출의 재주를 지닌 서위*를 묘사했는데, 대단히 압도적인 기세라고 볼 수 있습니다. 이는 다른 사람을 입전하는 글이므로 매우 진지하게 쓰는 것이 상식이지만, 놀랍게도 이러한 소설적 기법을 써서 역사가의 저술과 다른, 문인이 쓴 글의 특색을 확실하게 보여주었습니다.

서위 같은 불세출의 기재奇才에게는 어떤 세속적인 공명도 모두 무의미했기 때문에 과거성적이나 관직경력을 파고들 필요가 없었습니다. 그래서 원굉도는 곧바로 서위의 시문 풍격에 대해 언급했는데 이 단락의 묘사는 너무나 탁월합니다.

> 그 사람의 마음에는 또 억누를 수 없을 정도로 세찬 기운과, 길을 잃어 발 하나 의탁할 곳이 없는 영웅의 비애가 있었다. 그래서 그가 쓴 시는 화내는 것 같기도 하고 웃는 것 같기도 하고 물소리가 산골짜기에 울리는 것 같기도 하고 씨앗이 땅 위로 돋아난 것 같기도 하고 과부가 밤에 우는 것 같기도 하고 나그네가 추위로 잠에서 깨는 것 같기도 하다. 비록 그 시의 격조가 때때로 낮은 것도 있지만 그래도 독특한 구상에서 나온 것이라 왕자王者의 기운이 있으니 여자처럼 머리 장식을 하고 남을 섬기는 사람들이 감히 바랄 수 있는 경지가 아니다.

여기까지 읽다 보면 탁자를 치면서 훌륭하다고 찬탄하지 않

서위(徐渭, 1521~1593)는 원래 자가 문청(文淸)이었는데 문장(文長)으로 고쳤고 호는 천지산인(天池山人), 청등도사(靑藤道士)이며 산음(山陰, 지금의 절강(浙江)) 소흥(紹興)) 사람이다. 시문, 잡극, 서화 등 여러 방면에서 다재다능했으며 저서로는 『서문장전집(徐文長全集)』, 『서문장일고(徐文長逸稿)』, 『남사서록(南詞敍錄)』, 『사성원(四聲猿)』 등이 있다. 천재적인 재능에 성격은 초탈하고 방일(放逸)하였으며 거리낌 없이 행동하였는데 그의 사의화(寫意畵)는 굳센 필치로 거침없이 그렸고 먹물이 흥건하였다. 이로 보아 그가 소품문을 쓸 때도 자연히 정해진 틀에 구애되지 않았으리라는 것을 짐작할 수 있다. 전후칠자가 복고를 주장한 것에 대해 서문장은 크게 반대하는 입장이었다. "그 가슴 속에는 또 억누를 수 없는 세찬 기운과 길을 잃어 발 하나 의탁할 곳이 없는 영웅의 비애가 있었"기 때문에 시문을 지을 때 노래 부르면서 통곡하였는데 화를 내는 것 같기도 했고 웃는 것 같기도 했다. "근대의 고루한 병폐를 모두 쓸어버려서" 공안파의 출현을 이끌어낸 공로가 있다. 원굉도의 「서문장전(徐文長傳)」을 참조.

을 수 없습니다. 다른 사람의 시문이 얼마나 새로운지를 말하려고 "씨앗이 땅 위로 돋아나다"라는 묘사를 떠올려 낸 것인데 정말 기발한 표현이라고 할 수 있습니다. 원굉도의 글 중에는 사람이나 글에 대해 묘사한 글이 매우 많은데 이런 글에서 모두 비유를 써서 매우 생동감 넘치고 독특한 느낌을 자아내고 있으므로 원굉도는 정말 글을 잘 쓰는 사람이라고 할 수 있습니다. 또 한 가지 언급할 만한 것은 그가 기존의 어휘들을 거의 쓰지 않고 마음대로 단어를 조합해서 마음속의 구상을 색다르게 만들어낸다는 것입니다. 문장을 잘 쓸 줄 아는 사람들이라면 모두 알겠지만 성어成語, 특히 사자성어를 되도록 쓰지 않는 것, 이것이 문장의 새로움을 보증하는 비결인 것입니다. 성어란 무엇이냐? 그것은 바로 우리 모두가 익숙한 것, 여러분과 내가 모두 잘 알고 있는 것, 누구라도 입에서 바로 나오는 표현방식으로, 이러한 것들을 많이 쓸수록 글은 틀림없이 진부하게 보일 것입니다. "화내는 것 같기도 하고 웃는 것 같기도 하다"는 것은 특별하지 않고 매우 일반적이지만 "물소리가 산골짜기에 울리는 것 같다"는 좀 묘미가 있습니다. "씨앗이 땅 위로 돋아난다"에 이르면 기이한 봉우리가 갑자기 솟아오르는 것처럼 매우 기묘합니다. 서위의 시문은 마치 씨앗이 돌연히 땅 아래에서 돋아난 것 같이 무척 새롭고, "과부가 밤에 우는 것 같다"는 표현은 형언하기 어려운 원한을 정말 잘 표현했다고 하였습니다. (학생들 웃음) 여러분이 알 수 있듯이 원굉도의 이런 정묘한 감각과 표현은 시에 가까운 것이지 통상적으로 이성에 호소하는 문학평론은 아닙니다. 물론 아래에서 서위를 "왕자王者의 기운이 있으니 여자처럼 머리장식을 하고 남을 섬기는 사람들이 감히 바랄 수 있는 경지가 아니다'라고 한 것은 오늘날 여성 독자들의 입장에서는 그 속에서 남녀차별을 쉽게 느낄 수 있겠지만 이것은 시대가 그렇게 만든 것이니 그렇게 가혹하게 보지는 마십시오. 요컨대 원굉도의 교묘한 구상과 비유, 표현의 새로움과 단어조합의 독특함은 만명 문단에서 일세를 풍미했습니다.

서위가 주목을 받은 것은 시문과 서화뿐만 아니라 독특한 성격 때문이기도 했습니다. 더욱이 그가 만년에 보인 울분과 발광은 더욱 더 입전자가 반드시 정면으로 다루어야 하는 것이었습니다. 원굉도는 어떻게 썼을까요?

> 만년에 울분이 더욱 깊어져 미친 척하는 것이 더욱 심해졌다. 현달한 사람이 방문하면 거절하면서 집으로 들이지 않는 경우도 있었다. 때로는 돈을 들고 술집에 가서 하인을 불러 같이 마셨다. 어떨 때는 도끼를 들고 자기 머리를 쳐서 얼굴에 선혈이 낭자하고 두개골도 모두 깨져 만지면 소리가 났다. 날카로운 송곳으로 자신의 두 귀를 뚫어 1촌ᵗ 넘게 깊이 들어갔는데도 끝내 죽지 못했다.

두개골을 자기가 도끼로 쳐서 깬 뒤에 손으로 달깍달깍 하다니! (학생들 웃음) 이렇게 매우 특별하게 세부묘사를 함으로써 사람들에게 선명한 느낌을 갖게 한다는 점에서 원굉도는 확실히 글쓰기에 재능이 있습니다. 그러나 여러분이 알고 있듯이 서위는 "미친 척"한 것이 아니라 진짜로 미쳤습니다. 미친 척 했다면 이렇게 심하게 머리를 쳤을 리가 없습니다. 시대와 국가를 막론하고 큰 재주를 가졌지만 정통사상이나 규범에 크게 반항하고 세속을 너무 싫어하는 그런 사람들의 정신 상태는 대부분 거의 미쳤다고 볼 수 있습니다. 미쳤는지 미치지 않았는지는 자신이 어떻게 중심을 잡는가에 달렸습니다. 중심을 잡지 못하게 되면 그 사람은 진짜로 미치게 됩니다. 매우 진지한 '농담'을 하자면, 정신이 매우 정상적인 사람이 문학예술을 하게 되면 큰 성취를 얻기는 어렵습니다. 정신적으로 정상이냐 비정상이냐를 때때로 확연하게 구분하기는 매우 어렵지만 그래도 자신의 재능과 감정을 극치로 발현할 수 있으면서도 미치는 지경까지 가지 않는다면 이것이 물론 가장 이상적인 상태일 것입니다. 그러나 이렇게 하기는 몹시 어려운 법이라 중국과 외국의 문학사, 예술사를 읽다 보면 여러분은 큰 재능을 가진 사람 중에 자살하는 사람이 매우 많다는 것을 발견하게 될 것입니다.

이렇게 극에 이른 슬픔으로 결국 정신이 나가서 도끼로 자신의 두개골을 내리찍는 사람을 "미친 척 한다"고 말한다면 지나치게 경솔한 것일 것입니다. 왜 이렇게 썼는지에 대해서는 두 가지 가능성을 생각할 수 있습니다. 하나는 원굉도가 '미친 것瘋'을 나쁘다고 생각했기 때문에 연장자를 위해 피휘避諱하여 일부러 기존에 있던 가장 우아한 표현인 '미친 척하다佯狂'라는 말을 썼다는 것인데 이것은 서위가 명사名士 신분이었다는 점과 부합합니다. 또 다른 가능성은 글쓰기의 문제로 이렇게 써야 질탕跌宕하고 기복起伏이 있으며 신비하고 기이해 보일 것이라는 점입니다. 오늘날의 말로 하면 이렇게 하면 '가독성'이 매우 강해집니다. 만명 문인은 기이한 것을 좋아했기 때문에 글을 쓸 때 가끔

씩 일부러 파문을 일으킵니다. 제대로 잘 하지 못하면 구성과 글자의 '교묘함'에 치중한 결과 원래 가지고 있었던 정신과 '진중한' 풍격을 잃어버리고 맙니다.

원굉도가 젊은 시절에 갑자기 큰 명성을 얻었던 이유는 생각이 기묘하고 글이 참신했기 때문이었지 심각한 사상이 담겨 있었기 때문이 아니었습니다. 그는 이지와는 달랐습니다. 사람들은 이지에게는 매우 심각한 사상이 있다고 생각했지만 일반적으로 원굉도를 사상가라고 생각하지는 않았습니다. 남경대학출판사의 '중국사상가총서' 안에 원굉도의 책이 포함되었는데도* 불구하고 말입니다. 나는 대체로 그를 감각적이고 취미를 중시하는 문인으로 간주하고 비평했습니다. 이러한 측면에서 원중랑의 글을 읽고 감상했기 때문에 나는 「만정유기滿井游記」를 골랐습니다. 그 책에서 이 한 편의 글을 뽑은 또 다른 이유는 내가 북경의 역사와 문화에 대해 흥미를 갖고 있었기 때문입니다.

周群, 『袁宏道評傳』, 南京大學出版社, 1999.

여러분들은 대부분 북경에서 몇 년간 생활해 왔습니다. 북경에서 오래 있다 보면 여러분은 이곳에 정이 들 것입니다. 저우줘런은 내 고향은 하나의 장소가 아니라 살았던 모든 곳이 고향인데, 지금은 북경에 살고 있으니까 북경도 내 고향이라고 말한 적이 있습니다(「고향의 채소故鄉的野菜」). 여러분과 나는 모두 북경에 살고 있으니까 북경의 풍토와 인정에 대해 관심을 갖게 되는 것은 매우 자연스러운 일입니다. 마찬가지로 여러분은 4백 년 전 공안 삼원이 북경에서 모여 자주 명승지를 유람하면서 적지 않은 여행 시문을 썼던 것에 대해 잘 이해할 수 있을 텐데, 그 여행

시문에 오늘 말하려고 하는 글 「만정유기滿井游記」가 들어 있습니다. 이 글은 만력萬曆 27년, 곧 서기 1599년에 쓴 것으로 여행을 떠난 시기는 음력 2월 22일, 양력이라면 3월 중순일 것입니다. 오늘은 3월 23일이니까 그러면 대략 400년 전 이맘때에 원굉도는 북경 교외에 있는 만정滿井으로 여행을 떠났습니다.

유동(劉侗, 대략 1594~1637)은 자가 동인(同人)이고 호가 격암(格菴)이며 마성(麻城, 지금의 호북(湖北)) 사람으로, 경릉파(竟陵派)의 수령인 담원춘(譚元春)을 사숙(私淑)하여 글짓기를 배웠다. 우혁정(于奕正)과 함께 『제경경물략(帝京景物略)』을 써서 북경의 풍물을 상세하게 기록하였는데 사료적 가치가 있을 뿐 아니라 한 편의 문학작품으로도 감상할 만하다. 이 책은 비록 유동과 우혁정이 함께 찬술한 것이기는 하나 문장만 본다면 주로 유동의 풍격을 보여주고 있다. 기윤(紀昀)은 이 책에 대해 매우 합당한 평가를 내린 바 있다. "그 기본 체제는 『세설신어(世說新語)』와 『수경주(水經注)』를 바탕으로 했고, 기술 방법은 경릉파와 공안파에서 가져왔다. 그 서문은 깊은 내용을 담고 있어서 가끔 괜찮은 부분도 있다. 경릉파와 공안파의 글은 옛 작가들에게는 적합하지 않았지만 소품문을 작성하는 데에는 적합하므로 그 장점을 무시할 수는 없다."

만정은 어디에 있었을까요? 『제경경물략帝京景物略』 권1에 '만정滿井' 항목이 있는데 "안정문安定門 밖으로 나와 옛 해자를 돌아 동쪽으로 5리"라고 쓰여져 있습니다. 이것은 아마도 지금 이환로二環路와 삼환로三環路, 동직문東直門과 안정문安定門 사이일 것입니다. 청대 이후의 각종 지방지와 지도를 찾아봤는데 이러한 지명을 전혀 찾을 수 없었습니다. 여러분이 혹시 보게 되면 나에게 알려주기를 바랍니다. '만정'이 지금 어느 길 안에 숨어있는지 모르겠지만 대체적인 위치는 그래도 명확한 편입니다.

만정이 왜 유명한 걸까요? 『제경경물략』의 서술에 따르면 "우물이 땅보다 높고, 샘물이 우물보다 높아서 사시사철 마르지 않으므로 온 밭이 모두 윤택하기" 때문입니다. 초봄 때 이곳은 봄놀이하러 가기에 좋은 곳입니다. "초봄 버들개지가 노랗게 물들 때"의 감각이라는 것은 남방과 북방이 크게 다릅니다. 여러분들 중에는 나처럼 사계절이 모두 푸르른 남방에서 온 사람이 적지 않을 것인데 그러면 봄날의 미묘함을 그다지 깨닫지 못했을 것입니다. 나도 북경에 오고 나서 옛

사람들이 왜 이렇게 봄놀이를 중시했는지를 진정으로 이해하게 되었습니다. 내가 처음 북경에 왔을 때는 3월 말이었는데 아무 것도 없는 가운데에 무엇인가가 생겨나서 날마다 새로워지고 밤마다 달라지는 버들개지의 노란빛이 정말로 나를 계속 흥분시켰던 것입니다. 『제경경물략』에는 이것 말고도 원굉도의 시 2수, 「만정을 유람하다遊滿井」와 「다시 만정을 유람하다再游滿井」가 실려 있습니다. 이렇게 산문도 짓고 시도 지었다는 점에서 원굉도가 만정에 엄청난 관심을 가졌다는 사실을 알 수 있습니다.

원굉도의 이 여행기로 돌아가서 보면 우리는 그가 자연풍경을 정밀하게 묘사했다는 사실을 어렵지 않게 발견합니다. 내 생각에는 글에 관심이 있는 사람이라면 모두 아래에 제시한 이 구절이 가진 매력을 이해할 수 있을 것 같습니다. "높은 버드나무는 둑 양쪽에 늘어서 있고, 비옥한 땅에 살짝 윤기가 돈다. 넓은 하늘을 한번 바라보니 마치 새장을 벗어난 고니 같다." 이때 북경의 겨울은 분명히 지금보다 추웠을 것이고 양력 3월이 되어서야 얼음이 녹기 시작했을 것입니다. 옛 우물과 가까운 곳에서는 얼음물이 땅으로 스며들어 그래서 "비옥한 땅에 살짝 윤기가 도는 것입니다". 길 양옆에 있는 높은 버드나무는 막 동면상태에서 회복되어 "버들가지가 움트려 하면서도 아직 움트지 않았는데, 부드러운 나뭇가지는 바람에 나부끼고 보리싹은 말갈기처럼 손가락 한 마디 정도 돋아있다". '말갈기鬛'는 말 목덜미의 긴 털입니다. 보리싹이 마치 말의 갈기처럼 바람이 한번 불면 위아래로 누웠다 일어납니다. 이러한 감정과 이러한 경치로 겨울 내내 숨죽이고 있던 여행객들은 마치 새장을 벗어나 날아가는 고니 같은 마음이 됩니다. 땅, 얼음 녹은 물, 나뭇가지, 보리싹을 묘사한 다음에 동물로 옮겨갑니다. "햇볕 쬐는 모래가의 새, 수면 위에서 노니는 물고기가 유유자적하니 새와 물고기 사이에 모두 기쁜 기색이 있다." 중국인은 객관적 묘사보다는 물아합일을 추구합니다. 기쁜 기색이 있는 것은 새이기도 하고 사람이기도 합니다. 이는 마치 두보의 시구 "시절에 감회가 있어 꽃이 눈물을 흘뿌리고, 이별을 한탄하여 새가 놀라네感時花濺淚, 恨別鳥驚心" 같습니다. 대지의 만물이 막 소생하고 모든 것에 생기가 충만하여 버드나무와 꽃과 새는 물론이고 여행객들도 모두 "기쁜 기색"이 넘쳐흐릅니다. 이것이 바로 초봄의 북경인 것입니다. 비옥한 땅에 살짝 윤기가 돌고 언 나무껍질이 녹기 시작하고 버드나무 가지가 늘어지고 보리밭이 일렁이며 날아가는 새와 헤엄치는 물고기가 유유자적하는 — 이 모든 것이 막 겨울에서 걸어 나온 여행객을 기쁨에 넘치도록 하는 것입니다. 이 글은 마지막에 주제를 드러냅니다. "이제야 알겠다. 교외 밖에는 봄 아닌 곳이 없다는 것을. 그러나 성 안에 있는 사람들은 아직 이 사실을 알지 못한다."

이 「만정유기」는 문장이 매우 아름답고 감각도 매우 섬세합니다. 그러나 나는 이 묘사 단락 한 군데만은 별로 좋아하지 않습니다. 어떤 단락이냐 하면, 바로 다음의 두 구절입니다. "산은 흰 눈으로 씻겨 마치 닦은 것처럼 아리땁고, 선연하고 맑은 모습이 마치 젊은 여자가 세수하고 갓 쪽진 머리를 매만지는 것 같다." 왜 좋아하지 않을까요? 산수의 정취가 명사의 풍류와 불가분의 관계이고 만명 시대의 글에서 확실히 '산수'가 '정인情人'으로 전환되는 경우가 많이 있다는 것을 인정합니다. 원굉도의 시문에서는 언제나 산수를 미인美人에 비유해서 미인의 신체였다가 미인의 자태였다가 미인의 행동거지였다가 하기 때문에 처음에는 신선하지만 많으면 너무 따분해집니다. 린수林紓, 임서는 이것을 "향렴체香奩體를 고문古文으로 삼았다"(「春覺齋論文」)고 했는데 도덕적으로 질책하는 의미가 담겨 있습니다. 나는 좀 다른 관점에서 생각해 보았는데 그것은 한 편의 글에서 '운치'와 '성색'이 함께 어우러질 수 있을까 하는 것이었습니다.

만명 문인은 방탕해서 여인의 몸에 대해 이야기하기를 좋아했는데 이에 대해 나는 불만이 없습니다. 그러나 산수를 묘사하여 운치를 드러내는 글에서 갑자기 에로틱한 문장이 뒤섞이면 그다지 편한 느낌이 아닙니다. 운치는 운치의 좋은 부분이 있고, 성색도 성색의 절묘함이 있어서 원굉도처럼 이렇게 두 가지를 함께 얻으려고 하는 것이 말이 되지 않는 것은 아닙니다. 그러나 글을 쓸 때는 그래도 여전히 『금병매』와 진계유의 산중청언山中淸言을 구분하는 편이 좋습니다. 소품문에서 '본색本色'을 강조하는 것은 마치 술은 '강렬한 것'이 가장 좋고 차는 '은은해야' 한다는 것과 마찬가지라서 여러분이 강렬하면서도 은은한 '다주茶酒'를 만들어낸다면 그 맛이 결코 좋지 않을 것입니다. (학생들 웃음) 그밖에 미인을 산수에 비유하는 것은 중국 문인들의 전통이지 원중랑의 독창적인 부분이 아닙니다. 늘 이렇게 쓴다면 도리어 상투적인 표현으로 추락해 버립니다.

마지막으로 매우 유명한 「공유장龔惟長」으로 돌아가려고 합니다. 이 편지에서 원중랑은 인생의 "다섯 가지 즐거움"으로 가정의 즐거움, 저술의 즐거움, 가무 · 여색, 개·사육 · 승마의 즐거움을 제시했는데, 마지막 즐거움은 특히 더 주목할 만합니다.

그런데 인생에서 이런 것을 누리게 되면 십년도 되지 않아 가산과 전답을 탕진할 것입니다. 그 뒤에는 일신이 곤궁해져서 아침에 저녁거리를 마련할 방도도 없어 기방에 가서 구걸하며 외로운 노인들의 그릇에 있는 음식을 나누어먹고 마을을 오가면서 아무렇지도 않게 여기는 것이 다섯 번째 인생의 즐거움입니다.

앞의 네 가지 즐거움은 여러분들 모두 생각해낼 수 있겠지만 이 "다섯 번째 인생의 즐거움"만은 원중랑이 독창적으로 만들어낸 것입니다. 돈을 탕진하고도 부끄러움을 느끼지 않고 "기방에 가서 구걸하고 외로운 노인들의 그릇에 있는 음식을 나누어먹는다", 이러한 경지에 도달하기란 정말 어려운 일이에요! (학생들 웃음) 그러나 이것이 진짜냐, 아니면 그냥 말해보는 것인가? 내가 보기엔 이것이야말로 "젊은이는 걱정의 맛을 알지 못하고 새로운 시를 짓기 위해 억지로 수심을 말하네少年不識愁滋味, 爲賦新詞强說愁"의 전형적인 표현입니다. 여러분이 만약 장대張岱의 문장을 읽어본다면 상전벽해桑田碧海를 겪고 화려한 삶에서 멀어진 뒤 "부처 앞에서 참회한다"라는 것이 어떤 것인지 알게 될 것입니다. 부침하는 세상사를 겪고 국가의 흥망을 본 다음에 이러한 마음의 경지를 말한다면 묵직한 중량감이 있을 것입니다. 그렇지 않다면 그저 우스갯소리라 너무 경박하다는 인상을 피할 수 없습니다.

이것이 바로 내가 원중랑에 대해 불만스럽게 생각하는 부분입니다. "오직 성령性靈을 표출한다"라고 하지만 은연중에 지나치게 독자의 박수갈채를 기대한 나머지 이렇게 말하면 효과가 좋을 테니 이렇게 해야겠다고 계획한 원굉도의 의도를 느끼게 됩니다. 이것은 글의 표현과 주제에서 참신한 느낌을 자아내지만 또한 글을 쓸 때 어떤 감정을 작위적으로 만들어 내는 결과를 초래했습니다. 이른바 "글을 쓸 때는 진정성을 보여야 한다修辭立其誠"는 말을, 지나치게 경직되게 이해하지만 않는다면, 최소한 '글'에 있어서는 여전히 일리가 있다고 생각합니다.

이러한 측면에 대해서는 다음 주에 장대를 이야기하면서 좀 더 설명하게 될 것입니다.

제4강

기이하고 당당한 도시 시인

장대張岱

자서自敍와 자조自嘲
진정성과 참회록
민속民俗과 기탁寄託
기추奇醜와 불평의 기운
현란絢爛과 평담平淡

벽(癖)이 없는 사람과는 사귀어서는 안 된다. 그에게는 깊은 감정이
없기 때문이다. 흠이 없는 사람과는 사귀어서는 안 된다. 그에게는 진실
함이 없기 때문이다.

왕계중*과 유동인劉同人(유동劉同) 또는 서하객徐霞客(서홍조徐弘祖)과 비교한다면 장종자張宗子 장대(1597~1680?)*는 좀 더 논의하기 까다로운 인물입니다. 왜냐하면 여러분은 이미 민노자閔老子의 차를 마셨거나 또는 홀로 호심정湖心亭에 가서 눈을 본 적이 있기 때문입니다. 장대가 말한 "십 리의 연꽃 속에서 단잠을 잤는데 향기가 풍겨 왔고 맑은 꿈은 무척 달콤했다"라는 것이 무엇인지 여러분도 아마 느꼈던 적이 있을 것입니다. 적어도 글에서는 말이지요. 이런 까닭에 여러분의 마음속에는 벌써 여러 가지 모습의 장대가 존재하고 있어서 다른 사람이 뭐라고 하는 것을 받아들이기 어려울 것입니다. 몇 년 전에 명·청 산문에 대한 강의를 한 적이 있는데 자유토론 시간에 학생들이 앞 다투어 이야기한 것이 대부분 장대에 관한 내용이었습니다. 오늘도 마찬가지이겠지만, 명·청의 산문가 중에서 여러분이 가장 잘 알고 또 가장 많은 작품을 읽었으며 가장 좋아하는 사람은 아마도 장대일 것입니다. 이러한 상황은 참 난처한데, 하나는 여러분이 이 수업에 대해 기대가 너무 커서 자신의 어떤 느낌을 인정받을 수 있기를 바라기 때문이고, 또 다른 하나는 여러분이 각자 나름의 견해가 있기 때문에 이와 다른 의견을 받아들이기 어려울 것이기 때문입니다.

다행히 나의 견해는 소박하기 때문에 아마 여러분의 느낌과 근본적으로 충돌하는 지점은 없을 것이라고 생각합니다. 나는

왕사임(王思任, 1574~1646)은 자가 계중(季重)이고 호가 수동(遂東) 혹은 학암(謔庵)이며 산음(山陰, 지금의 절강성 소흥) 사람으로 저서로는 『문반소품(文飯小品)』, 『왕계중십종(王季重十種)』 등이 있다. 원굉도는 처음으로 소화(笑話)를 전기(傳記)에 끌어들였으며 저속하고 직설적이거나 유희적인 성격을 띤 작품을 적지 않게 썼다. 그러나 웃고 울고 화내고 욕하는 것을 모두 글로 만들어낸 점에서는 왕사임이 훨씬 더 낫다. 왕사임은 호가 '학암(謔庵)'인데 "대단한 총명함과 재치 있는 언어로 마음대로 이야기를 하였으며 조금도 거리끼는 바가 없었다."(장대, 「왕학암 선생전(王謔庵先生傳)」) 마사영(馬士英)이 절강(浙江)으로 들어가는 것을 반대하기 위해 소품문의 필치로 상소문을 올렸는데 한 동안 사람들의 입에 오르내린 "우리 월(越) 지방은 복수하여 원수를 갚는 곳이지 더럽고 추잡한 것을 받아들이는 장소가 아니다"라는 명구를 남겼다.(『명계남략(明季南略)』 권5 참조) 해학적인 필치로 호연하고 정직한 기운을 표현하는 것 역시 만명 문학의 뛰어난 점이다.

[역자 주] 국내에서 번역된 장대의 저서는 발견하지 못했다. 장대와 관련하여 참고할 만한 책으로는 조너선 스펜스의 『룽산으로의 귀환―장다이가 들려주는 명말청초 이야기』(이준갑 역, 이산, 2010)가 있다.

명나라 문장가들 중 최고는 단연 장대라고 생각합니다. 뿐만 아니라 만약 중국산문사에서 '베스트 10'을 뽑는다면 그도 여기에 들어갈 것이라고 생각합니다. (학생들 웃음) 특히『도암몽억陶庵夢憶』의 경우 모든 글이 다 좋은 글이라 아무렇게나 한 페이지를 넘겨도 모두 권점과 비점을 찍을 만합니다. 내가 중국 산문에 대해 강의하는 것은 이번이 세 번째인데, 매번『도암몽억』을 다시 읽을 때마다 언제나 "얻는 바가 있는" 정도가 아니라 "무궁한 즐거움"이 있었습니다. 이 얇은 책은 정말 읽을 만한 가치가 있습니다. 여러분이 만약 여행을 떠난다면 이 책은 휴대하기에 아주 적합한, 몇 안 되는 좋은 책일 것입니다.

장대의 생애와 창작에 대해 나는『중화문화통지·산문소설지』의 제5장 및『중국산문선』의「들어가는 말導言」과 소전小傳 부분에서 소개한 바가 있습니다. 오늘은 '문학사에서의 장대'에 대해 약간 언급한 뒤 곧장 구체적인 작품 분석으로 들어가도록 하겠습니다.

장대의 글의 연원에 관한 가장 권위 있는 논의로는 명대의 기치가가 쓴「『서호몽심』서西湖夢尋序」를 꼽아야 합니다. 이른바 "붓에 조화의 공교함이 있다筆具化工"라는 말은 명확하지 않아서 파악하기가 쉽지 않습니다. 하지만 장종자와 역도원酈道元, 유동인, 원중랑, 왕계중과의 연관성과 차이점을 서술한 부분을 읽어보면 마음속으로 깨닫는 바가 있게 됩니다. 산수 묘사에 대해 평가할 때는 일반적으로『수경주水經注』로 거슬러 올라가게 마련인데 이는 송, 원

기치가(祁彪佳)는 자가 지상(止祥)이고 호가 설표(雪瓢)이며 만명 희곡가 기표가(祁彪佳, 1602~1645)의 종제(從弟)로, 산음(山陰, 지금의 절강성 소흥) 사람이다. 시와 글을 잘 썼고 경물 묘사에 능하였는데 천계(天啓, 1621~1627) 연간의 거인(擧人)으로, 벼슬은 이부사무(吏部司務)에 이르렀고 명나라가 망한 이후에는 더 이상 벼슬을 하지 않고 그림을 팔아 생계를 유지하였다. 장대는『도암몽억』권4「기지상벽(祁止祥癖)」에서 이렇게 말하였다. "벽(癖)이 없는 사람과 사귀어서는 안 된다. 그에게는 깊은 감

이후 시문 평가의 일반적인 관습입니다. 하지만 역도원 외에 세 명의 당대 문인을 더한다면 양상이 달라집니다. 유동인의 낯설고 신랄함, 원중랑의 미려함, 왕사임의 유머러스함 같은 것은 비교적 쉽게 이해할 수 있지만 어려운 부분은 그 다음 구절인 "활달하고 영롱한 기운이 있는데 붓을 댄 흔적을 찾으려고 하면 또 전혀 찾을 수가 없다"입니다. 기교적인 부분과는 달리 이른바 '활달하고 영롱한 기운'을 처리하기가 쉽지 않은 것은, 느낄 수는 있지만 이를 묘사하기가 어려워서입니다. 정확하게 파악하기가 어렵다면 이러한 '신묘함'은 어떻게 비평해야 할까요? 사실 이 점은 우리가 경험

정이 없기 때문이다. 흠이 없는 사람과 사귀어서는 안 된다. 그에게는 진실함이 없기 때문이다. 나의 벗 기지상은 서화(書畫)와 축국(蹴鞠), 고발(鼓鈸), 귀신놀이[鬼戲], 이원(梨園)에 빠져 있다." 이 밖에 장대는 『낭환문집(瑯嬛文集)』 권5에 있는 「기지상의 그림에 붙이는 서문[跋祁止祥畵]」에서 다음과 같이 말하였다. "사인(士人)들이 그림을 그릴 때는 초서나 예서 같이 기이한 글자의 서법을 사용해야 한다. 나무는 구부려 놓은 쇠와 같고 산은 사막을 그린 것 같아야 하며 예쁘게 꾸며서 세속의 취미에 영합하는 길을 완전히 버려야만 사인의 기운[士氣]이 있다고 할 수 있다. 지상은 중가(仲佳)의 그림을 모방하여 점을 찍고 선을 긋는 가운데 모두 행서와 초서의 기운이 있었는데 중가의 수법을 취하면서도 그에 얽매이지 않았다. 정말로 그물을 벗어난 황금빛 물고기[透網金鱗]와 같으니 어떻게 잡을 수 있겠는가?"

하는 일들입니다. 한눈에 보이는 좋은 점은 대체로 가장 평가하기 어려운 법입니다. 소동파나 장대의 문장은 높은 학문적 수준이 없어도 직관적으로 알 수 있기 때문에 일반 사람들도 모두 좋아할 수 있습니다. 하지만 쉽게 좋아할 수 있기 때문에 오히려 대상을 분명하게 말하기는 더 어렵습니다. 오늘 강의는 본문을 충실하게 따라가면서 중국 산문의 대가인 장대에 대해 논의하려고 합니다. 주로 다음의 세 가지 문제, 첫째는 자서自敍와 자조自嘲, 둘째는 민속과 기탁寄託, 셋째는 현란絢爛과 평담에 집중하게 될 것입니다.

자서自敍와 자조自嘲

『중국산문선』을 훑어보게 보면 내가 '자서自敍'라는 이 문체에 각별한 관심을 가지고 있다는 것을 알아챌 것입니다. 도연명의 「오류 선생전五柳先生傳」으로부터 시작해서 왕적王績의 「자작묘지문自作墓志文」, 유지기劉知幾의 「자서自敍」, 장대의 「자위묘지명自爲墓誌銘」 그리고 청대 왕중汪中의 「자서自序」, 량치차오梁啓超, 양계초의 「삼십자술三十自述」 등 수많은 자서自敍, 자서自序, 자위묘지명, 오늘날의 개념으로 본다면 모두 '자전自傳', 'Autobiography'로 통칭할 수 있는 작품들을 선별한 데에는 분명히 어떤 특별한 감정이 있었던 것입니다. 여기에서 잠시 이런 문체가 고대 중국과 문학사에 어떤 역할을 했는지에 대해 왜 각별하게 주목하는지를 언급한 다음에 그 맥락 위에서 오늘의 주제인 장대로 다시 돌아가려고 합니다.

'자서'라는 측면에서 내가 선택한 것은 장대의 「자위묘지명」입니다. 유년 시절에 부잣집 자제였던 장대가 만년에 「자위묘지명」을 쓰면서 자신의 인생사를 돌아봤을 때 그는 만족했을까요, 실망했을까요? 자랑스러웠을까요, 후회했을까요? 이는 매우 흥미로운 주제입니다. "촉蜀 지방 출신인 장대, 도암陶庵은 그의 호이다. 어려서는 화려한 것을 매우 좋아한 부잣집 자제였다 (…중략…)" 이런 서두를 보게 되면 매우 의아한데, 저자는 왜 자신의 가문에 대해 전혀 이야기하지 않는 것일까요? 왜냐하면 이른바 '부잣집 자제'라면 보나마나 가세가 대단했을 것이고, 그렇지

1931년에 상무인서관(商務印書館)에서 출판한 궈덩펑(郭登峰, 곽등봉)의 『역대자서전문초(歷代自敍傳文鈔)』와 1977년에 대북예문인서관(臺北藝文印書館)에서 출판한 두롄저(杜聯喆, 두연철)의 『명인자전문초(明人自傳文鈔)』는 많은 유용한 자료들을 제공하고 있다.

않았다면 돈을 낭비하고 게으름을 부리며 나돌아 다닐 밑천이 없었을 것이기 때문입니다. 우리는 장대의 선조 중에 분명히 공명功名이 있는 사람이 있었다는 사실을 알고 있습니다. 고조부는 진사에 합격하여 이부주사吏部主事를 역임했고 증조부는 과거에서 장원을 하여 한림원편수翰林院編修를 맡았으며 조부 장여림張汝霖도 어쨌든 진사였습니다. 다만 부친의 대에 와서는 공명을 구하지 않고 악기 연주鼓吹를 좋아하게 되었습니다.* 다시 말하면 음악과 희곡에 대한 관심이 과거공부를 해서 벼슬하는 것보다 우위에 있었다는 것입니

[역자 주] 원문의 '고취(鼓吹)'는 북, 징, 피리, 호가(胡笳) 등 악기로 합주하는 것을 가리킨다.

다. 일반적인 '묘지명'이라면 '가문을 소개'할 때 '조상을 빠뜨려서는' 안 됩니다. 그러나 여기에서 일부러 조상에 대한 내용을 누락시킨 것은 을 욕되게 할까봐 두려웠기 때문일 것입니다. '이룬 것이 하나도 없어서' 조상의 이름을 언급하기가 부끄러웠을 것입니다. 하지만 "부잣집 자제紈袴子弟"라는 네 글자만 보아도 결코 평범한 집안이 아니라는 것을 알 수 있습니다.

어째서 자신을 "어려서는 부잣집 자제"라고 썼는지에 대해서는 저자가 자술한 대목을 들어보도록 하겠습니다. "화려한 것을 매우 좋아하였고 정사精舍, 예쁜 여종, 미소년, 좋은 옷, 맛있는 음식, 준마, 화려한 등불, 불꽃놀이, 이원梨園, 악기 연주, 골동품, 꽃과 새를 좋아하였으며 여기에 더하여 차와 장기에 빠져들었고 책 읽고 시 짓는 데에 미쳐서 반평생을 바쁘게 보냈는데 모두 한바탕 꿈이 되고 말았다. 나이 오십이 되어 나라가 망하고 집은 몰락하여 자취를 감추고 산에 들어가서 살았다." 이 단락의 서술은 "나이가 오십이 되어 나라가 망하고 집은 몰락하였으나"

몸을 팔아 새 왕조에 의탁하고 싶지 않아서 머리를 풀어헤치고 산으로 들어갔다고 거꾸로 읽어야 합니다. 이런 변고를 겪은 뒤에 옛일을 돌이켜 보니 격세지감을 느꼈던 것입니다. 하나는 젊었을 적의 번화함이고 다른 하나는 늙어서의 적막함인데 '과거에 대한 회상'을 통해 호응과 대비를 만들어 내었습니다. 장대가 도대체 몇 살까지 살았는지에 대해 학계에서는 아직 명확한 결론을 내리지 못했지만 83세, 84세이든 아니면 88세, 92세이든 어쨌든 장수한 것만은 틀림이 없습니다. 그런데 사람들이 흔히 하는 말로 "장수하면 욕을 많이 봅니다". 나라가 망하고 가문이 몰락하는 일을 겪고 나서 만년에 평생을 돌이켜 봤을 때 젊었을 때의 자취와 자신이 좋아했던 도시의 번화함을 추억하게 되면 어찌 감개무량하지 않을 수가 있겠습니까? 이런 깊은 미련과 이 미련으로 인해 생기는 무한한 감개가 바로 『도암몽억』에서 끝없는 여운을 남기는 회고의 글을 만들어낸 것입니다.

「자위묘지명」이라면 어쨌든 자신이 했던 일에 대한 평가가 있어야 합니다. "스스로를 평가해보자면 이해할 수 없는 일곱 가지가 있다." 아래에 이어지는 "이해할 수 없는 일곱 가지"에 대한 서술, 예를 들면 "귀천이 어지럽고貴賤紊", "빈부가 잘못되고貧富舛", "문무가 뒤바뀌고文武錯", "존비가 흐려지고尊卑溷", "너그럽고 엄한 것이 서로 위배되고寬猛背", "느리고 급한 것이 그릇되고緩急謬", "슬기로움과 어리석음이 뒤섞이는智愚雜" 것 등인데 사실상 개인이 아니라 사회와 시대에 대해 평가한 것입니다. 「자위묘지명」의 체제로 볼 때 원래라면 서술의 핵심이 자기 자신이 되어야 하지만, 여기에서는 귀천의 문란, 빈부의 도치, 문무의 전도 등 사실상 격동하던 당시 시대로 향하고 있습니다. 명·청 교체기에는 여러 가지 가치관이 모두 흔들리고 심지어 전복되는 일까지 있었는데 그 때 지식인들은 대단히 강렬한 느낌을 받았습니다. 이런 것을 이야기한 것은 사실상 아직 총론에 해당하는 것으로 자신의 삶과 매우 밀착된 내용은 아닙니다. 드디어 화제를 바꾸어 주인공이 등장합니다. 아래의 단락이야말로 진정한 자아에 대한 평설입니다.

이러한 이해할 수 없는 일곱 가지는 자신도 이해할 수 없는데 어찌 다른 사람이 이해해 주기를 바라겠는가? 그러므로 부귀한 사람이라고 해도 될 것이고 빈천한 사람이라고 해도 될 것이며 지혜로운 사람이라고 해도 될 것이고 어리석은 사람이라고 해도 될 것이다.

이러한 자기변호는 여전히 주제와는 무관합니다. 가장 중요하고도 가장 침통한 것은 아래 두 단락입니다.

서법을 배웠으나 이루지 못하였고, 검을 배웠으나 이루지 못하였으며, 절개와 의리를 배웠으나 이루지 못하였고, 글을 배웠으나 이루지 못하였으며, 신선을 배우고 부처를 배우고, 농사와 원예를 배웠으나 모두 이루지 못하였다. 세상 사람들이 파락호破落戶라고 부르든 쓸모없는 인간이라고 부르든 완고하고 어리석은 백성이라고 부르든 우둔한 수재라고 부르든 잠꾸러기라고 부르든 빌어먹을 영감탱이라고 부르든 상관하지 않았다.

하늘이 무너지고 땅이 꺼지던 때에 아무 것도 할 수 없었던 지식인의 마음은 분명 매우 고통스러웠을 것입니다. 그러나 이 문장은 일부러 아무렇지도 않은 듯이 써서 자신을 조롱하기까지 합니다. 이렇게 보면 그는 "신선을 배우고 부처를 배우고, 농사와 원예를 배웠으나 모두 이루지 못하였고" 또 글과 절의를 배웠으나 모두 이루지 못했던, 진정으로 "아무짝에도 쓸 데가 없는" 사람인 것입니다.

똑같은 '자조'라고 하더라도 사람에 따라서 경쾌하기도 하고 침통하기도 한데, 이 둘은 천지차이입니다. 린위탕은 『팔십자서八十自敍』*의 제1장 「모순덩어리—捆矛盾」에서 자조 섞인 말을 한 적이 있는데 예를 들면 "그는 모든

林語堂, 『八十自敍』, 北京 : 寶文堂書店, 1990.

책을 다 보지만" "좋아할 수가 없기 때문에 칸트 철학을 읽은 적이 없고 또 경제학도 싫어한다"라는 식입니다. 또 "그는 만화 캐릭터 '미키마우스'와", "톱스타 캐서린 헵번Katharine Hepburn의 충실한 관중"이면서 또한 "남자들과 '음담패설'을 즐겨 합니다". 하지만 눈치 빠른 사람들이라면 모두 알고 있듯이 이런 '우스갯소리'에는 자책의 의미가 전혀 없고 오히려 자신의 취향이 "저속하지 않다"는 것을 나타냅니다. 이와 반대로 장대가 "서법을 배웠으나 이루지 못하였고 검을 배웠으나 이루지 못하였다"라고 말했을 때 나는 그가 득의양양한 것이 아니라 눈물을 줄줄 흘렸을 것이라고 믿습니다.

예전에 묘지명의 형식을 언급했을 때 나는 한유韓愈와 구양수歐陽脩가 직면했던 난제에 대해 특별히 다루었는데, 그 문제는 글의 완성도를 어떻게 당사자의 소망과 부합시킬 것인가라는 부

분이었습니다.陳平原, 『中華文化通志·散文小說志』, 上海人民出版社, 1998, pp.119~126 참조. 효자와 현손이 조상의 공업을 표창하려는 소망은 얼마든지 이해할 수 있습니다. 거짓으로 꾸며내지 않는 것만으로도 충분히 훌륭하다고 봐야하며 지나치게 꾸미고 수식을 하는 일도 너무나 자연스러운 것입니다. 그래서 매우 난감한 상황이 벌어지게 되는데, 가족들은 관직과 직함 모두를 다 쓰라고 요구하는 것은 물론이요 그것도 최대한 높이 치켜세우지 못해 안달하지만 한유나 구양수 같은 문장가의 입장에서는 그들의 요구에 따른다면 좋은 글을 쓰기 어려우며 그렇게 된다면 틀림없이 "후세에 전해지지 못할" 것임을 매우 잘 알고 있었습니다. 이것이 바로 구양수가 묘지명 쓰는 것이 매우 어렵다고 특기한 이유이기도 합니다. 과거에는 문인들이 일부 내용을 고치거나 줄이는 것이 허용되어 묘지명 중에는 좋은 문장이 적지 않게 나오기도 했습니다. 그러나 '기관 등 집단의 개인 평가組織鑑定'를 중시하는 상황이 되자 평가의 높고 낮음만 따질 뿐 글이 좋은지 별로인지는 고려할 여유가 없게 되었습니다.

선인들의 공업을 표창하고 선양하는 '묘지명'과 전혀 다른 방향을 추구한 것이 바로 이른바 '자위묘지명'입니다. 도연명의 「오류 선생전」을 필두로 자전, 자서, 자위묘지명을 쓰는 중국인들은 대부분 자조적인 어조를 취했습니다.도연명의 「오류 선생전(五柳先生傳)」과 「자엄 등에게 쓴 글(與子儼等疏)」은 모두 자신의 독서에 대해 이야기하고 있지만 어조가 많이 다르다. 생애를 서술하는 경우에도 마찬가지로 농담 반 진담 반이었고 실제 행적에 허구적인 요소를 첨가하였으며 대체로 풍자적이었지 찬양하는 경우는 드물었습니다. 도연명, 왕적, 서위에서부터 장대에 이르기까지 기본적으로는 모두 이런 전략을 써서 글에 장난기를 띠게 하거나 침통한 내용을 유머러스하게 표현했습니다. 그러므로 장대의 「자위묘지명」이 공업을 표창하는 것이 주가 되는 묘지명의 형식을 따르면서도 주제를 변화시켜 자조적인 방향으로 간 것은 이상할 바 없는 일이었습니다.

일반적으로 말하는 '자조'란 쉽게 알아볼 수 있는 자기비판 외에 또 다른 두 가지 의도가 숨어 있습니다. 하나는 세상을 풍자하는 것이고 다른 하나는 자신의 생각을 서술하는 것입니다. 세상을 풍자하는 것은 예컨대 온 세상의 도리가 전도되어서 자신이 얼마나 이 사회에 맞지 않은지를 "이해할 수 없는 일곱 가지"로 표현한 것처럼 쉽게 이해할 수 있는 내용입니다. 그렇다면 자신의 생각을 서술한 것은 어떤 것일까요? 그가 "서법을 배웠으나 이루지 못하였고 신선과 부처를 배우고 농사와 원예를 배웠으나 모두 이루지 못했다"라고 한 것을 보면 자신을 매우 낮게 평가한 것처럼 보일 수도 있겠지만 실제로는 자신이 재주가 있는데도 불우한 상황을 한탄한 것입니다. 「자위묘지명」의 전문은 표면적으로는 자신을 비판하면서 이것도 못하고 저것도 안 된다고 자신을 조롱하는 것 같습니다. 하지만 이 '조롱' 속에는 장대가 생각하는 자아의 모습이 감춰져 있습니다. 다른 사람들에게 이토록 많은 탄식이 없었던 이유는 그들이 성공한 사람들이어서가 아니라 그들이 젊었을 때 이것도 배우고 저것도 배우려고 하는 원대한 포부가 없었기 때문이었을 것입니다.

여러분은 아직 젊기 때문에 이 점을 느끼기가 쉽지 않을 것입니다. 나중에 어느 날 여러분은 불현듯 하고 싶었던 수많은 일들을 실제로 해낼 수 없으리라는 사실을 깨닫게 될 것입니다. 그때는 가지고 있던 포부가 크면 클수록 좌절감은 더욱 더 커질 것입니다. 이런 느낌은 때로는 개인이 이룬 성취의 높낮이와 전혀 관계가 없습니다. 우리가 봤을 때 자신의 일을 매우 잘 해서 충분히 성공했다고 할 수 있는 수많은 사람들은 어째서 여전히 너무나 우울한 것일까요? 이러한 우울은 대부분 자신에 대한 기대가 너무 지나치기 때문에 생긴 것입니다. 나의 지도교수인 왕야오 선생께서 세상을 떠났을 때 많은 선배들이 글을 썼고 저도 글을 썼습니다. 다만 달랐던 점은 다른 사람들이 모두 선생의 공적을 표창할 때 나는 오히려 선생의 마음 깊은 곳에 있던 쓸쓸함에 대해 썼다는 것입니다.[*] 사람은 재주가 높을수록 뜻이 높고 오만하며 만년의 쓸쓸함은 더욱 더 깊어 갑니다. 이는 어쩔 수 없는 일입니다. 예로부터 지금까지 자신이 젊었을 때 꿈꿨던 것을 제대로 실현할 수 있는 사람은 얼마 되지 않으니까요.

『루쉰연구[魯迅研究]』 1990년 1기에 실린 왕야오 선생의 여러 글과 『왕야오 선생기념집[王瑤先生紀念集]』(天津人民出版社, 1990), 『왕야오와 그의 세계[王瑤和他的世界]』(石家莊 : 河北人民出版社, 2000) 참조.

그러므로 장대의 「자위묘지명」은 모두가 반어이거나 풍자인 것은 아니며, 자조하는 가운데에서도 진심어린 부분이 포함되어 있습니다. 그것이 바로 '생각을 서술한' 부분입니다. 자신이 이룬 것도 없고 무능력하다는 것을 서술하는데 그 순간 예전의 삶의 이상과 계획이 부각되는 것입니다. 왕중을 위시한 여러 사람들의 묘지명에도 이러한 경향이 있습니다. 우리는 '재주를 가지고도 불우한 것'은 지금까지 수많은 중국 문인들에게 만연했던 '문제점'이라는 것을 알고 있습니다. '불우함'은 진짜지만 정말 '재주'를 '가지고' 있었는지는 확언하기 어렵습니다. 그들이 하급 관료로 몰락한 것은 때로는 사회제도의 문제이거나 때로는 기회나 인사의 문제였지만 또한 외부 환경을 탓할 만한 것이 아니라 자신의 재능이 부족했을 수도 있습니다. 더구나 모든 '불만'이 언제나 『이소離騷』 같은 작품을 빚어낼 수 있는 것도 아닙니다. 장대의 「자위묘지명」이 읽을 만한 가치가 있다면 그 지점은 그가 자조적인 어조로 자신의 삶을 정리하면서 처량한 마음을 가졌다는 데에 있습니다. 장대가 「도암몽억자서陶庵夢憶自序」에서 "지극히 화려한 것들도 금세 허망해지는 법, 오십 년 인생이 모두 한바탕 꿈이 되어 버렸다"라고 했던 것처럼 말입니다. 이런 '처량함'이 기저에 있기 때문에 장대의 자조가 진실되게 보이는 것이며 또 그래서 멋져 보이는 것입니다.

"서법을 배웠으나 이루지 못하였고, 검을 배웠으나 이루지 못하였으며, 절개와 의리를 배웠으나 이루지 못하였고, 글을 배웠으나 이루지 못하였다"라고 자조적으로 쓰기는 하였지만 장대는 실제로는 매우 많은 저서를 남겼습니다. 그렇지 않고 그가 다만 화려함만을 너무나 좋아하는 부잣집 자제였다면 우리가 시간을 들여 논의할 필요도 없었을 것입니다. "처음에 자를 '종자宗子'라고 하였는데 사람들이 '석공石公'이라고 불러서 자를 '석공'으로 고쳤다. 책 쓰기를 좋아하였는데 그가 쓴 책은 다음과 같다"라고 한 뒤에 이어 『석궤서石匱書』 등의 저서 목록이 이어집니다. 앞에서 자신이 어떤 일도 이룬 것이 없다고 했지만 돌연 어조를 바꾸어 자신이 쓴 15종의 저서를 열거하고 있는데 득의에 찬 기색이 없지는 않아 보입니다. 여러분은 이 글의 전개가 갑자기 달라져서 전후 내용이 모순되는 상황까지 왔다고 생각할지도 모릅니다. 그러나 사실 이것이 바로 「자위묘지명」의 문체적 특징입니다. 자조이지 자기비판이 아니기 때문에 저자가 정말 아무 쓸모 없는 사람이라고 생각해서는 안 됩니다. 어떤 의미에서 보면 자기 조소라는 외피를 둘렀지만 자기 칭찬이 내심으로 말하려는 것입니다. 지금 유행하는 말을 빌리자면 신종 자기 자랑인 것입니다. 저서의 목록을 열거하는 것은 당연히 자신의 업적이 대단하다고 평가하는 것입니다. 이렇게 일생을 회고하는 것이 자기 찬양이 아니고 무엇이겠습니까? 공부하는 사람에게 저술이 후세에 전해지는 것보다 더 관심을 기울일 만하고 또 세상 사람들에게 일일이 알릴 만한 가치가 있는 일이 또 무엇이 있겠습니까?

자, 그러면 우리는 장대의 생각을 존중하여 오늘날 매우 흔히 볼 수 있는 그의 몇몇 저서를 논평해 보도록 하겠습니다. 이런 책들은 대체적으로 이렇게 분류할 수 있습니다. 하나는 전통적인 지식인들이 특별히 중시하는 경학저술로, 여기에 해당하는 책이 바로 『사서우四書遇』입니다. 다른 하나는 경세에 대한 저자의 열정을 보여주는 역사서로, 『석궤서』가 여기에 해당합니다. 또 다른 하나는 소백과전서의 성격을 띠고 있는 잡저『야항선夜航船』, 그리고 매우 탁월한 3종의 산문 소품집『도암몽억』,『서호몽심西湖夢尋』,『낭환문집』입니다.

장대의『사서우』는 몇 해 전에 절강고적출판사浙江古籍出版社에서 정리하여 다시 출판하였으므로 매우 쉽게 찾을 수 있습니다. 만약 읽을 시간이 없다면 최소한 서문은 읽어보기 바랍니다. 「사서우서四書遇序」는 『낭환문집』에도 수록되어 있는데 이 글은 어떤 대학의 도서관에서든 모두 찾을 수 있습니다. 이 서문의 주요 내용은 자신의 독서법이 일반적인 경학자와 어떻게 다른지에 대한 것으로, 본문만 읽을 뿐 훈고訓詁에 대해 따지지 않는다는 것입니다. 본문을 수십 번 완전히 읽고 나서 어느 순간 깨닫는 바가 생기면 적어 두는데, 이것이 바로 자신의 '경전 해석'이라는 것입니다. 저자는 전란으로 2년간 동분서주하다가 다른 것은 다 잃어버리고 이 책 한 권만 줄곧 곁에 간직하고 있었다고 말합니다. 저자가 『사서우』를 매우 중시했음을 알 수 있는 대목입니다. 그러나 저자가 '중시했다'고 해서 이 책의 가치를 보증할 수 있는 것은 아닙니다. 경학을 중시하는 것은 전통적인 중국 지식인들의 공통된 경향입니다. 나는 『사서우』가 그렇게 대단한 책은 아니라고 생각합니다. 저자가 확실히 이해력이 높았고 열심히 경서를 읽었다는 것을 증명하는 것 이외에 다른 부분은 높이 평가하기 어렵습니다. 이것은 장대만의 독서법과 큰 관련이 있는데, 훈고에 신경 쓰지 않고 직접 본문과 대화를 한다면, 지나치게 훈고와 규범 같은 것을 신경 쓴 나머지 논의가 세세하고 자질구레해진 이전 지식인들의 병폐는 극복할 수 있지만 경전 해독의 깊이와 폭에서는 한계가 있을 수밖에 없습니다. 달리 말하자면 이렇게 "본문만 읽는" 경전 읽기 방식은 분명 "문인에 가깝고 학자와는 멉니다".

장대가 『석궤서』를 쓸 때 기탁하는 바가 있었음은 의심할 나위가 없습니다. 이 점은 「석궤서자서石匱書自序」에서 매우 분명하게 언급되었습니다. 역사를 쓸 수 있는 사람이 있고 역사를 쓸 수 없는 사람이 있으며 역사를 쓸 수 없어도 쓸 수밖에 없는 사람이 있는데 그 사람이 바로 자신이라는 것입니다. 그 이유는 무엇일까요? 바로 "명대에는 국사國史는 기만적이고 가사家史는 과장되었으며 야사野史는 억측만 난무하여" 완전히 "거짓된 세계"가 된 것을 눈으로 보았기 때문입니다. 명나라가 망했으니 명나라의 유민으로서 진짜 역사서를 써서 명대의 시비와 득실을 결산할 필요가 있다고 생각했던 것입니다. 숭정崇禎 무진戊辰(1628)년부터 10여 년간을 쓰다가 정변을 당하게 되자 그 부본副本을 가지고 깊은 산으로 들어가서 연구와 집필을 계속했습니다. 저자는 이 책이 "반드시 진짜 사실을 쓰려고 했고 정확한 어휘로 서술하려고 했다"라고 했습니다. 하지만 이것은 사학가들의 공통된 슬로건이기 때문에, 나에게는 '할 수 없다는 것을 알면서도 한다'는 그 자체가 더 중요하게 느껴집니다. 다시 말하면 앞에서 언급한 "나는 역사를 쓸 수 없지만 어쩔 수 없이 할 수 없는 것을 하게 되었다"라고 한 말입니다. 이것은 일종의 강한 사명감입니다. 바꾸어 말한다면, 나는 장대가 걸출한 역사가라고 생각하지는 않습니다. 학자라는 측면에서 장대는 경학이나 사학 쪽의 재능이 그렇게 뛰어난 편은 아닙니다. 연구자들은 좋은 의도에서 한사코 그의 학술성과를 높이 추켜세우려고 하지만 사실 그럴 필요가 없습니다. 나는 깨달음, 책임감, 절개 같은 측면에서 장대에게 주목하는 것이지 학술사적인 측면에서 그의 경학이나 사학의 저작들을 해석하지는 않을 것입니다.

이와 함께 '소백과사전'의 성격을 띤 『야항선』이 있습니다. 이 책은 독서일기와 흡사한데 책을 종류별로 발췌하면서 동시에 종합하고 정리한 것입니다. 그는 지식인에게 필요한 일상 지식을 천문, 지리, 인물, 고고考古, 문학, 예악 등 20개의 대분류와

130개의 세목으로 나누었고 각각의 세목은 몇 개 항목으로 나누어 해설을 붙였습니다. 예를 들면 권8 「문학부」는 경사, 서적, 박식博洽, 근학勤學, 저작, 시사詩詞, 가부歌賦, 서간, 자학字學, 서화, 불학不學, 문구 등 16개의 항목이 있습니다. 그 중의 '시사' 항목에는 '악부', '시체', '괴롭게 읊조리는 것苦吟', '퇴고推敲', '점철성금點鐵成金',* '좋아한 나머지 시인을 죽이다愛殺詩人'* 등에 관한 해석이 있습니다. 책을 읽으면서 베꼈기 때문에 분류해서 정리하느라 고생했지만, 확인하고 바로잡은 공로는 없습니다. 송대, 원대 이래 공부하는 사람들의 필기 중에서 어떤 것은 '저술'로 간주되었지만 어떤 것은 그저 '초록'일 뿐입니다. 그 차이를 결정짓는 것은 필기의 체제를 따르느냐의 여부가 아니라 자신이 발견한 것이 있는가의 여부입니다. 이 기준으로 본다면 『야항선』은 고증이 거의 없고, 자료를 수집하고 분류하여 색인을 붙이는 정도에 해당하므로 '일가一家를 이룬 글'이라고 말할 수는 없습니다. 『야항선』은 전문적인 저술로서의 의미는 크지 않지만, 이 편찬 과정에서 문장가로서의 장대에게 학문의 기초를 마련해주었다는 점에서 매우 중요합니다.

첸중수錢鍾書의 풍자소설 『포위된 성圍城』을 읽은 사람들은 아마 모두 리메이팅李梅亭의 '휴대용 보물', '학문을 가득 담은' 카드 상자*를 기억하고 있을 것입니다. '두보'에 대해 알고 싶은가요? 좋습니다. 손 가는 대로 뒤지면 바로 관련 자료를 찾을 수 있습니다. 박학한 첸 선생은

[역자 주] 원문의 '점철성금'은 다른 사람의 글을 조금 손질하여 좋은 글이 되게 한다는 뜻이다. 그런데 장대의 『야항선』에 수록된 것은 '좋은 글귀를 가져와 잘못 다듬어 질을 떨어뜨리는 것'을 가리키는 '점금성철(點金成鐵)'이다.

[역자 주] 장대의 『야항선』에는 이 '愛殺詩人' 항목에 당(唐)의 시인인 송지문(宋之問)이 유희이(劉希夷)의 시구 "꽃은 해마다 비슷하지만 사람은 해마다 다르네[年年歲歲花相似, 歲歲年年人不同]"를 좋아해서 달라고 했으나 주지 않자 분노하여 흙을 담은 부대로 눌러 죽였다는 일을 기록하고 있다.

[역자 주] 리메이팅은 첸중수의 소설 『포위된 성』에 나오는 인물이다. 국립대인 삼려대학(三閭大學) 중국어문학과 학과장인데 그가 갖고 있는 철제상자에는 저

이 행동에 대해 확실히 풍자적 어조로 서술하고 있습니다. 카드 상자가 학문과 등치될 수 없다는 비판은 전혀 문제될 것이 없습니다만 공부하는 사람이 자료나 자신의 사유를 정리하기 위해 분류해서 카드를 만드는 것은 사실 전혀 웃을 일이 못 됩니다. 황종희黃宗羲의 『사구록思舊錄』에서는 전겸익이 어떻게 당송팔대가의 문장을 공부했는지를 언급하고 있는데 그 모습도 우아함과는 매우 거리가 멉니다.

> 그가 책시렁에 팔가八家의 문장을 직접적 서술直敍, 의론議論, 단서일사單序一事, 제강提綱 등 작법에 따라 분류하여 놓은 것을 보았는데 분류 항목이 십여 개가 넘었다.

여러분은 알고 있듯이 전겸익은 청나라 초기의 몇 안 되는 대시인이자 대학자로 안목이 매우 높은 사람인데 그조차도 이렇게 책을 읽었던 것입니다. 관건은 수단을 목적으로 삼지 말고 카드 상자를 학문의 원천으로 삼지 말자는 것입니다. 윗세대의 학자들 중에는 책을 베끼거나 카드 만드는 것을 중시하는 분들이 매우 많은데, 분류하여 초록하는 과정 자체가 바로 매우 좋은 학술 훈련 과정이기 때문입니다. 기억뿐 아니라 선택과 사고까지 망라하니까요. 오늘날에는 컴퓨터로 검색하게 되면서 겉으로 보기에는 검색의 범위가 넓어진 것처럼 보이지만 자료의 출처에 개성이 사라지게 되어서 다른 사람이 아는 것은 나도 알지만 내가 모르는 것은 다른 사람 역시 알지 못하게 되었습니다. 인문

자명과 제목으로 나누어 두보 등 유명한 문인들의 작품을 베낀 카드와 비상시에 사용할 수 있는 여러 가지 양약들이 들어 있었다.

陳平原,「數碼時代的人文研究」,『茶蕪集』, 沈陽 : 春風文藝出版社, 2001, pp. 187~203 참조.

학술이라는 측면에서 이것은 좋은 일이 아닙니다.[*] 한 가지 기억해야 할 것이 있다면 공력功力이 학문은 아니지만 학문에는 반드시 공력이 바탕을 이루어야 한다는 것입니다.

장대의 『야항선』으로 다시 돌아가 보면 이른바 "눈앞의 매우 사소한 일들"을 기록하여 박식과 취미를 길러 내었다는 것인데 문인들에게 이것은 있어도 되고 없어도 되는 선택사항이 아닙니다. 이 학문적 기초는 장대가 문장가로서 진정한 성취를 이룰 수 있게 했고, 이와 함께 다음 단락에서 중점적으로 논의하게 될 『도암몽억』, 『서호몽심』, 『낭환문집』 이 세 권의 책을 창작하는 데에 크게 기여하였습니다. 나는 순수한 문인은 '너무 가볍고' 전문적인 학자는 '너무 무겁다'고 생각하는데, 장대의 글이 '무거운 것을 가벼운 것처럼 들어 올린 것'은 그의 학문이 크지도 작지도 않은 것과 관련이 있습니다.

저작 목록을 열거했으니 이제 그가 득의했던 일에 대해 이야기하고자 합니다. 여러분은 그가 무엇을 이야기했을 것 같습니까? 장대는 6세 때 조부 장여림張汝霖을 따라 서호 주변을 유람하다가 사슴을 타고 전당錢塘을 유람하던 미공 진계유를 만나게 되었습니다. 진계유는 장대의 조부에게 당신의 손자가 대구對句를 매우 잘 짓는다고 들었는데 한번 시험해 볼 수 있냐고 물었습니다. 그러고는 '이백기경도李白騎鯨圖'가 그려진 족자를 가리키면서 "이백이 고래를 타고 채석강 옆에서 달을 건지고李白騎鯨, 采石江邊撈夜月"라는 상련上聯을 제시하자 여섯 살 아이는 말이 떨어지기 바쁘게 "미공이 사슴을 타고 전당현에서 이익을 챙기네眉公跨鹿, 錢塘

江里打秋風"라고 대답했습니다. 대구가 공교로울 뿐
아니라 약간의 장난기까지 섞여 있으니 정말 순발
력 있는 재능이라고 할 수 있습니다. 미공은 크게
웃으면서 "어떻게 이렇게 영리할 수 있을까? 정말 나의 작은 벗
이로다"라고 말합니다. 평생 그렇게 많은 일을 겪었는데 어째서
어렸을 때의 일화 하나를 골랐던 것일까요? 아마도 마지막의 그
탄식 때문이었을 것입니다. "내가 아무 것도 이루지 못하게 될
줄을 어찌 알았을까?" 어릴 때 "이렇게 영리했기" 때문에 늙어서
"아무 것도 이루지 못했구나"라고 한탄했던 것입니다. 정말로
아무 것도 이룬 것이 없었다는 것이 아니지만 어렸을 때의 영리
함과 기민함을 생각하니 좌절감을 느끼지 않을 수 없었겠지요.

여러분은 『세설신어世說新語』「언어편言語篇」의 "어렸을 때 대
단하다고 해서 커서 반드시 뛰어나게 되는 것은 아니다"라는 이
야기를 기억하고 있을 것입니다. 소년 공융孔融이 이 말을 맞받아
친 것은* 실제로는 논리적이지 않는데, 커서도 대
단하지 않은 사람이 '어렸을 때' 모두 '대단했을' 리
없습니다.* 하지만 어렸을 때의 총명함은 어쨌든
사람들에게 기쁨과 위안을 줍니다. 저는 장대가
여기까지 썼을 때 매우 득의양양했을 것이라고 믿
습니다. 이는 자조인 동시에 자랑이기도 합니다.
조롱하는 어투로 억누를 수 없는 득의양양한 기색
을 가리고 있는 것입니다. 그러므로 장대의 「자위
묘지명」은 반성문이 아니며 참회록도 아닙니다.

[역자 주] 원문의 '打秋風'은 권문세가에
빌붙어 이익을 본다는 뜻이다. 당시 진
계유가 글재주로 돈을 버는 것을 풍자한
것이다.

[역자 주] "어렸을 때 대단하다고 해서 커
서 반드시 뛰어나게 되는 것은 아니다"
는 『세설신어』 「언어편」에서 사람들이
공융을 영특하게 여기는 것을 보고 태중
대부(太中大夫) 진위(陳韙)가 비꼬면서
한 말이다. 그러자 공융은 "당신 말대로
라면 당신은 어릴 때 틀림없이 아주 똑
똑하였겠군요[想君小時, 必當了了]"라고
맞받아쳤고 이 말을 듣고 진위는 당황해
서 어쩔 줄을 몰라 하였다고 한다.

공융의 반박에 대해 『세설신어』에서는
"진위(陳韙)가 어쩔 줄을 몰라 하였다"라
고 하였으나 「공융별전(孔融別傳)」에서
는 "이응(李膺)이 크게 웃으면서 공융을
보고 '자라면 꼭 큰 그릇이 될 것이다'라
고 하였다"라고 한다. 나는 뒤의 기록을
더 좋아하는 편이다.

진정성과 참회록

이어서 "생각해 보면 옛날 사람들은" "모두 자신의 묘지명을 지었다"는 예로 열거한 왕무공王無功 곧 왕적, 도정절陶靖節 곧 도연명, 서문장徐文長 곧 서위徐渭는 모두 자서自敍나 자위묘지명을 세상에 남겼습니다. 장대는 자신이 그들을 따라하고 싶었지만 붓을 대자마자 자신의 "사람됨과 글이 모두 좋지 못하다"라고 생각하게 되었다고 하였습니다. 여러 차례 망설이던 끝에 결국 "내가 집착癖하는 것들에 대해 쓰면 전해질 만하겠지"라는 결론을 내리게 됩니다. 평생 동안 이룬 것은 하나도 없으나 생각해 보니 유일하게 전할 수 있는 것은 본인의 개성, 성격과 벽癖이었습니다. 여기에서 유의해야 할 점은 문인들이 자신에 대해 쓸 때 푸념하고 불평하거나 자조하는 부분이 있을 수는 있지만 그 정도가 지나쳐서는 안 된다는 점입니다. 만약 사람들에게 "쓸 만한 것이 하나도 없다"라는 인상을 남기게 된다면 큰일입니다. 자신을 비웃는 동시에 독자들에게 일말의 희망을 주어야 하는데 장대의 경우 바로 "내가 집착하는 것들"이 세상에 전해질 만하다는 것이었습니다.

여러분은 아마 곧바로 장대가 특별히 좋아한 벽癖을 떠올릴 것입니다. 이것이 바로 글 전체의 핵심 부분입니다. 앞에서 원중랑에 대해 이야기할 때 이 문제를 거론했는데, 『도암몽억』과 『낭환문집』에서 이 문제가 다시 부각됩니다. 『도암몽억』 권4 「기지상벽祁止祥癖」에는 이런 유명한 말이 있습니다.

벽癖이 없는 사람과 사귀어서는 안 된다. 그에게는 깊은 감정이 없기 때문이다. 흠이 없는 사람과 사귀어서는 안 된다. 그에게는 진실함이 없기 때문이다.

이 부분에 대해 장대는 스스로 매우 만족했던 것 같습니다. 그래서 나중에 다시 이 대목을 『낭환문집』 권4 「오이인전五異人傳」에 인용하였습니다.

나는 예전에 이렇게 말한 적이 있다. "벽이 없는 사람과 사귀어서는 안 된다. 그에게는 깊은 감정이 없기 때문이다. 흠이 없는 사람과는 사귀어서는 안 된다. 그에게는 진실함이 없기 때문이다." 우리 집안의 서양瑞陽은 돈에 집착하고 염장髯張은 항상 술에 취해 있으며 자연紫淵은 늘 분노에 차 있고 연객燕客은 정원 조경에 빠져있으며 백응伯凝은 책과 역사에 탐닉했다. 하나에 깊이 빠지면 작게는 흠疵이 되고 크게는 벽이 된다. 다섯 사람은 모두 세상에 알려지는 데 관심이 없지만 그들의 벽이 이런 정도이니 그들을 위해 전傳을 쓰지 않을 수 없다.•

[역자 주] 「오이인전」에 수록된 이 다섯 인물은 장대의 방계 친척이다. 서양(瑞陽)은 종조부인 장여방(張汝方), 염장(髯張)은 '털보 장'이라는 뜻으로 종조부 장여삼(張汝森), 자연(紫淵)은 숙부 장욱방(張煜芳), 연객(燕客)은 사촌 장악(張萼, 연객은 자, 첫째 숙부의 아들), 백응(伯凝)은 육촌 장배(張培)를 가리킨다.

이 다섯 사람은 대단한 성취는 없지만 모두 특별한 취미를 갖고 있는데 바로 이런 '흠'과 '벽'이 바로 그 '진실함'과 '깊은 감정'을 드러내므로 전해질 수 있다는 것입니다.

그렇다면 '나'는 어떠한가요? 장대 역시 흠과 벽이 있는 사람입니다. 예를 들면 악기 연주를 좋아하고 준마를 좋아하며 골동품을 좋아하고 화려한 등불을 좋아하고 불꽃놀이 같은 것들을 좋아합니다. 이렇게 벽에 해당하는 취미는 일반 사람들의 눈에는 모두 건실한 일을 하지 않는 것처럼 비칠 것입니다. 하지만 장대는 그렇게 생각하지 않았습니다. 그가 보기에 이런 것이야말로 자신에게 깊은 감정과 진실함이 있다는 증거였던 것입니다. 나에게는 결함이 있지만 그러나 나에게는 진실한 성격이 있기 때문에 전해질 만하다는 것입니다. 이렇게 자조하는 가운데에서도 사실 장대가 견지하는 바가 있습니다. 그가 '견지'하는 것은 바로 자신이 벽에 가까운 취미를 갖고 있기 때문에 하나에 깊이 몰두하는 개성이 있으며 특별한 이해와 체험, 그리고 해석이 있다는 것입니다.

이 점에 대해서 좀 바로잡아야 할 것이 있습니다. 장대를 매우 존경한 현대의 산문가 황상黃裳은 장대를 진정으로 이해하였고 또 그에 대해 탁월한 논의를 한 바 있습니다. 하지만 그는 「최고의 산문가絶代的散文家－장종자張宗子」에서 「자위묘지명」에 대해 "한 지주계급 도련님의 '참회록'"이라고 하였는데 여기에 대해 나는 동의할 수 없습니다. 그의 글에 특정한 시대의 의식형태가 반영되어 있다는 점은 넘어갈 수 있지만 문제는 '참회록'이라는 세 글자가 너무 생뚱맞게 느껴진다는 점입니다. 「장종자에 대해서關于張宗子」에서 황상은 더 나아가 "우리나라 문인 중에서 프랑스의 루소처럼 이런 『참회록』을 쓴 사람은 장대 말고는 없다"라고 말합니다.* 여기서 말한 것은 당연히 「자위묘지명」입니다. 하지만 나는 장대가 "화려함을 매우 좋아했으며" "서법을 배웠으나 이

황상의 「최고의 산문가絶代的散文家－장종자(張宗子)」와 「장종자에 대해서[關于張宗子]」두 글은 모두 그의 수필집 『은어집(銀魚集)』(北京 : 三聯書店, 1985)에 실려 있다.

루지 못하였고 검을 배웠으나 이루지 못하였다" 같이 말한 것이 진정한 의미에서의 '참회'라고 말하기는 어려우며 루소의 『참회록』과는 더욱 더 다른 것이라고 생각합니다. 장대의 「자위묘지명」은 자조적이지만 자조하는 가운데에서도 견지하는 것이 있습니다. 이 점은 반드시 만명 문인들의 심리와 문화 취미를 고려해야만 정확하게 이해할 수 있습니다. 가령 여러분이 만명 문인들이 '성정性情'을 '공적'보다 더 중요하게 여겼다는 것을 안다면 장대의 '자조'가 사실은 '자랑'을 내포하고 있다는 것을 알게 될 것입니다. 「자위묘지명」을 「기지상벽」 및 「오이인전」과 함께 읽는다면 이 점을 어렵지 않게 알 수 있습니다.

「도암몽억자서」에서는 "먼 옛 일을 돌이키며 생각나는 대로 쓴 뒤 부처 앞으로 가지고 가서 하나하나 참회하였다"라고 하였습니다. 확실히 '참회'라는 두 글자가 있긴 하지만 한번 자세히 읽어 보십시오. 그가 무엇을 참회했나요? 예쁜 옷을 좋아하고 좋은 음식을 좋아한 것이었나요? 아닙니다. "서법을 배웠으나 이루지 못하였고 검을 배웠으나 이루지 못한 것"을 참회했나요? 그런 것 같지도 않습니다. 「도암몽억」이든 아니면 「서호몽심」이든 모두가 "꿈을 찾는 것"이고 이미 잃어버린 '과거의 좋은 시절'을 찾는 것입니다. 나라가 망하고 가문이 몰락한지 20년 뒤에 화려했던 옛날을 추억한 것인데 이 번화함은 나라, 도시와 개인의 생활을 포함하고 있으며 탄식하고 안타까워 할 뿐이지 뼈에 사무치는 자책이나 반성은 보이지 않습니다. 그러므로 '참회'라고 하는 것은 과장된 것이라고 나는 생각합니다. 우리는 "꿈을 찾는 것"과 '참회'가 다르다는 것을 알고 있습니다. 옛일을 추억하는 것에 대해 당사자는 흥미진진하게 이야기하고 후세 사람들은 마음속으로 동경하는데 이것이야말로 바로 장대의 글이 지닌 매력입니다.

미국의 학자 오웬Stephen Owen이 쓴『추억 – 중국고전문학에 나타난 과거 재현』*의 마지막 장 「추억되기 위하여爲了被回憶」에서도『도암몽억』에 대해 언급한 바 있습니다. 오웬의 견해는 다음과 같습니다.

歐文, 『追憶 – 中國古典文學中的往事再現』, 上海古籍出版社, 1990.
[역자 주] 원서명은 *Remembrances : The Experience of Past in Classical Chinese Literature*이다.

> 자서自敍에서건 아니면 회고록의 본문에서건 우리가 발견한 것은 갈망과 미련, 욕망일 뿐이며 회한이나 참회는 조금도 찾아볼 수 없다.

이것은 나의 견해와 매우 비슷합니다. 다만 나의 견해는 더욱 극단적입니다. 장대는 참회할 뜻이 전혀 없었을 뿐 아니라 오히려 자랑하려는 생각이 있었던 것입니다. 무엇을 자랑하려는 것일까요? 자신의 '진정성'을 자랑하려고 한 것입니다.

사실 루소의『참회록』을 중국의 문화적 맥락 속으로 가져와 고대 중국 문인들에게 억지로 갖다 붙인 사람으로 첸중수 선생도 있었습니다. 첸 선생이『관추편管錐篇』* 358쪽에서『한서』의 「사마상여열전司馬相如列傳」을 언급한 대목에서도 비슷한 견해가 나옵니다.

錢鍾書,『管錐篇』, 北京 : 中華書局, 1979.

> 그렇긴 하지만 사마상여는 자신이 "부인을 훔친" 일에 대해 자세하게 묘사하지는 않았다고 해도 스스로 그 일에 대해 말하였고 감

추지도 부끄러워하지도 않았으므로 자전自傳의 선례를 개척했을 뿐만 아니라 세계 최초의 '참회록'으로 삼기에도 충분하다.

이 세상에서 최초의 '참회록'을 중국으로 끌어오면서 동시에 그 시기를 2천여 년 전의 한나라로 잡았습니다. 이 고증은 실로 흥분시키는 점이 있지만 어딘가 적절하지 않은 듯도 합니다. 왜냐하면 전통적인 중국인에게는 사실 '참회'한다는 의식이 결여되어 있기 때문입니다. 불교에는 확실히 '참회'라는 율법이 있습니다만 그러나 그것은 계율을 지켜야 할 필요성과 '살생' 같은 불교의 계율에 대응하여 나온 것이었습니다. 남조 시대 심약沈約의 「참회문懺悔文」을 읽어보면 여름철 모기한테 물렸을 때 "화난 마음에 손으로 죽이지" 말았어야 했다고 반성하는 내용입니다. 진정으로 사회와 인생이라는 측면에서 하는 '참회'와 '영혼 깊은 곳에서 터져 나온 혁명'이라는 것은 바로 중국인에게는 결여된 점입니다.

내가 보기에 첸 선생의 견강부회에서 가장 큰 문제는 '시대의 도착倒錯'입니다. 반고班固가 쓴 『한서』 「사마상여열전」의 기본적인 체제는 사마상여의 「자서自敍」를 따랐습니다. 사마상여의 「자서」는 거문고로 탁문군卓文君을 유혹한 것에 대해 확실히 감추지도 부끄러워하지도 않았습니다. 그래서 당나라의 유지기는 『사통』을 편찬할 때 사마상여를 비웃으면서 다른 사람들의 자서自敍, 자전自傳은 모두 조상의 공덕과 자신의 업적을 표창하는데 당신은 거문고로 탁문군을 유혹한 이렇게 부도덕한 일까지 다 썼으니 실로 그러지 말았어야 했다고 하였습니다.• 첸중수는 유지기(劉知幾)의 『사통(史通)』에 수록된 「서전(序傳)」에서의 서술은 다음과 같다. "자서(自敍)의 의의라는 것은 자신의 잘못은 숨기고 자신의 장점은 자랑하되 그 말에 거짓이 없게 할 수 있다면 바로 실록이 된다는 점이다. 그러나 사마상여의 「자서(自敍)」는 그가 임공(臨邛)에 가서 있을 때 탁 씨(卓氏)를 훔쳐 아내로 삼은 것을 기록하였는데 『춘추(春秋)』의 금기를 가지고 미담(美談)으로 삼은 것이다. 비록 그 일이 거짓이 아니지만 도리로 봤을 때 취할 것이 없으니 전(傳)에 싣는 것이 부끄럽지 아니한가!"

이와는 반대의 논리로 그는 자신의 이런 부도덕한 일까지 다 썼으니 '참회록'이 아니고 무엇이냐고 하였습니다. 사실 "거문고로 탁문군을 유혹"한 동일한 일에 대하여 당나라의 유지기는 그것을 풍속과 교화를 해치는 부도덕한 행위라고 생각하였고 한나라의 사마상여는 이것이 풍류스럽고 아취 있는 일이라고 생각하여 감추지 않았을 뿐 아니라 자랑할 만하다고 여겼습니다. 그러므로 '참회록'에 속하는지 아닌지는 서술할 때의 마음을 보아야 합니다. 세상을 우습게 여기고 예법에 구애받지 않았던 사마상여는 자신의 특이한 행적에 대해 매우 득의양양해 하였고 자전自傳에서 자신이 예전에 어떻게 "거문고로 탁문군을 유혹"하였는지에 대해 이야기할 때 전혀 참회 혹은 반성하려는 의도가 없었습니다. 다만 세월이 흘러 당대에 도덕 기준이 바뀌게 되자 유지기는 이 행동이 세상을 놀라게 할 만하다고 느꼈던 것입니다. 또 천 년이 지난 뒤 첸중수가 당대 사람들의 기준으로 한대 사람의 마음을 읽게 되면서 '과도한 해석'이 나타나게 되었습니다.

이와 비슷한 것으로 송대 사람 홍매洪邁의 『용재수필容齋隨筆』을 들 수 있습니다. 홍매는 「비파행琵琶行」을 논할 때 백거이가 밤에 어떤 여자의 배로 건너가서 함께 술을 마시고 악기를 연주하면서 즐긴 뒤에 "한밤중이 되어서야 떠나가는" 행동은 하지 말았어야 했다고 비웃었습니다. 이어지는 질책은 매우 매섭습니다. "어째서 상인이 그의 뒷담화를 할 것이라고 걱정하지 않는가?" 상인이 훗날 도처에서 당신을 헐뜯을까봐 두렵지 않단 말입니까? 이 묘한 말에 대해서 천인췌陳寅恪, 진인각는 『원백시전증고』에서 백거이는 그 여자에게 오라고 해서 술을 마신 것이지 상대방의 배 위로 뛰어올라간 것이 아

陳寅恪, 『元白詩箋證稿』, 上海古籍出版社, 1982.

니라고 분석을 한 바 있습니다. 혼자 사는 다상茶商의 부인이라면 어찌 빈 배에서 이렇게 성대한 술상을 차릴 수 있었겠습니까? 뿐만 아니라 시에서는 언제 연회를 마쳤는지에 대해 이야기하지 않았는데 당신은 어떻게 한밤중이 되어서야 떠났다는 상상을 할 수 있단 말입니까? 이렇게 시를 읽는 것은 "놀랍고도 우습습니다". 더 중요한 것은 천 선생은 이는 고금의 서로 다른 사회 풍속과 관련된 문제이므로 분별하지 않을 수 없다고 하였습니다. 당·송 두 시대는 남녀간 예법의 차이가 매우 컸습니다. "당대唐代 고종과 무측천 이후 문사文詞로 과거에 급제한 신흥 계급들은 대부분 방탕하고 예법에 구애를 받지 않아서 산동山東의 옛 사족士族들과 많이 달랐습니다."(52쪽) 원진元稹은 『앵앵전鶯鶯傳』을 써서 자신이 앵앵과 자유분방하게 놀다가 나중에 버린 것을 매우 자랑하였고 벗들도 그것을 당연하게 여긴 이유가 여기에 있습니다. 후자에 대해 천인췌는 「독『앵앵전』」에서 본격적으로 논의하였는데 참고하기 바랍니다.

나는 물론 루소의 '참회'라고 해서 감춘 것이 전혀 없는 것도 아니며 매우 심각한 것도 아니라는 사실을 알고 있습니다. 연구자들은 우리에게 루소가 『참회록』에서 드러낸 것은 대부분 '별로 중요하지 않은' 결점이라는 점을 일깨워 줍니다. 이런 의미에서 이른바 인정사정 없는 자기분석, 또는

천인췌(陳寅恪), 「독『앵앵전』」(讀鶯鶯傳)」. "당대(唐代) 사회는 남북조(南北朝)의 옛 관습이 남아 있어서 보통 두 가지 기준으로 인품을 평가했다. 두 가지 기준 중 하나는 혼인이고 하나는 벼슬이었다. 혼인에 있어서는 명문가의 딸에게 장가가지 않고, 벼슬에 있어서는 청요직(淸望官)으로 가지 않는 것, 이 둘은 사회에서 쳐주지 않았다. 이러한 예는 매우 많은데 역사를 공부하는 사람들은 일반적으로 아는 내용이므로 여기에서

는 구체적으로 논의하지 않는다. 다만 여기에서 밝히고자 하는 것은 원진이 『앵앵전』을 지어서 처음에는 같이 놀다가 나중에 버린 일을 서술하면서 부끄러워하거나 숨기려고 하지 않은 것은 이 때문이었다는 것이다." 陳寅恪, 『元白詩箋證稿』, 上海古籍出版社, 1982, pp. 112~113.

문화대혁명 때의 말로 한다면 "영혼의 깊은 곳까지 건드리는 것"(학생들 웃음)이 절대 없지는 않겠지만 확실히 그렇게까지 하기는 어렵습니다. 다만 기독교 문화와 유교 문화를 비교해 볼 때 전자에 더욱 '참회'의 관습과 전통이 있을 뿐입니다.

자전自傳에 대해서 여기에서는 몇 마디만 덧붙이려고 합니다. 이 특별한 장르를 통해 중국 문인의 마음을 이해하고 중국문학의 발전을 이해하는 사유방식에 대해 나는 매우 흥미를 갖고 있습니다. 몇 권의 외국 서적을 나와 같은 흥미를 갖고 있는 벗들을 위해 제시하고자 합니다.* 이는 본 수업의 '주제에서 필수적인 내용'이 아니므로 흥미를 느끼지 않는 학생들은 잠깐 눈을 감고 휴식을 취해도 됩니다.

Edited by James Olney, *Autobiography : Essays Theoretical and critical*, Princeton University Press, 1980; Philippe Lejeune, *On Autobiography*, University of Minnesota Press, 1989; Martin W. Huang, *Literati and Self Re/Presentation : Autobiographical Sensibility in the Eighteenth-Century Chinese Novel*, Stanford University Press, 1995; Wendy Larson, *Authority and the Modern Chinese Writer : Ambivalence and the Autobiography*, Duke University Press, 1992. 그 외에 일본학자 가와이 고죠(川合康三)가 1996년에 創文社에서 출판한 『중국의 자전문학中國的自傳文學』이 있는데 이미 중국어 번역본(北京 : 中央編譯出版社, 1999)이 있으니 참고하여 읽을 수 있다.
[역자 주] 가와이 고죠의 저서는 우리나라에서 『중국의 자전문학』(심경호 역, 소명출판, 2002)으로 번역·출판되었다.

민속民俗과 기탁寄託

『도암몽억』, 『낭환문집』, 『서호몽심』 이 세 책은 한 가지 공통점이 있는데 그것은 바로 "과거에 대한 추억"입니다. '과거'와 '추억'은 둘 다 지금 여기의 삶과 대응되는 것입니다. 우리는 '거리'가 미감을 만들어낸다는 것을 알고 있습니다. 아득히 먼 과거의 일을 이야기할 때는 온정적인 태도로 이야기하는 경우가 많은데 이러한 온정은 사물 자체의 결함을 어느 정도 덮어버리고 "시적인 느낌이 풍부한" 부분만 보여줄 뿐입니다.

몇 년 전에 문화대혁명과 지식청년, 그리고 다 찬롄*에 대해 한 차례 논쟁을 한 적 있습니다. 언젠가 대학원생들과 문화대혁명 때 겪었던 일에 대해 이야기하다가 그때 어떻게 인파를 뚫고 기차에 비집고 올라탔는지 이야기하면서 사람들이 기차에 가득 차서 문을 열 수 없었기에 창문으로 기어 올라가고 내려가는 수밖에 없었다고 말했던 적이 있습니다. 학생들은 이 말을 듣고 공포심을 느끼기는커녕 오히려 정말 재미있었겠다고 하면서 앞으로 이런 기회가 있다면 우리도 꼭 따라가겠다고 했습니다.(학생들 웃음) 지식청년들이 농촌으로 내려

[역자 주] 다찬롄(大串聯) : 중국 문화대혁명 기간에 지방의 대학생들이 북경으로, 북경의 대학생들이 지방으로 가서 혁명의 경험을 교류한 일을 말한다. 1966년에 중앙문화대혁명위원회에서 전국의 학생들이 각지로 가 경험을 교류하는 것을 지지한다는 견해를 보인 뒤 1966년 9월 5일에 공고가 발표되었고 전국적인 다찬롄이 신속하게 전개되었다. 대략 6, 7월에 중국에는 이미 찬롄을 하는 교사와 학생들이 출현하기 시작했는데 지방에서 북경으로 온 사람들은 대부분 문화대혁명의 경험을 배우고 마오쩌둥 주석을 만나려는 교사와 학생들이었고 북경에서 지방으로 간 사람들은 '네 가지 낡은 것'을 파괴하는 것을 부추기려는 교사와 학생들이었다. 학생은 대학생과 중학생이 대부분이었고, 오빠나 언니, 형과 누나를 따라간 초등학생들도 있었다.

간 일에 대해 그들이 보이는 태도 역시 마찬가지입니다. 한편으로는 시간과 공간이 단절되어 여러분이 당시의 괴로움과 어려움, 그리고 피비린내에 대해 느끼기 어렵기 때문이고, 다른 한편으로는 도시로 다시 돌아간 지식청년들이 과거를 추억할 때 저도 모르게 "광활한 천지"*에서의 일상생활에 시적인 의미를 부여하였기 때문입니다. 그래서 "청춘은 후회가 없다"와 같이 다소 억지스러운 구호가 생겨나게 된 것입니다. 지식청년이 농촌으로 내려간 일에 대해서 나는 냉정한 태도를 유지하고 지나치게 개인적인 감정에 좌우되지 말아야 한다고 주장합니다. 먼 옛일을 추억해 보면 확실히 온정적으로 되기 마련

[역자 주] 1955년에 마오쩌둥이 "시골에 가서 일할 수 있는 모든 지식인은 즐거이 그곳으로 가야 한다. 시골은 광활한 천지라서 그곳에서 큰일을 해 볼 수 있다"(「「어떤 시골에서 합작화 계획을 실천한 경험」에 대한 고찰(「在一個鄉裏進行合作化規劃的經驗」一文按語)」)라고 하였는데 이 말은 후에 지식청년을 시골로 내려보내기 위한 슬로건이 되었다.

이지만 그것은 생각대로 되지 않았던 일에 대한 기억을 덮어버리거나 심지어는 흉터를 아름답게 꾸미고 진상을 왜곡하기도 하므로 경계가 필요합니다. 바꾸어 말한다면 모든 '과거에 대한 추억'은 무의식중에 '산문'을 '시'로 쓰게 합니다. 현재의 세계가 협소할수록 옛일에 대해 미화하는 경향은 더 뚜렷합니다. 명·청이 교체되고 하늘이 무너지고 땅이 갈라지는 격변 속에서 장대가 '과거를 추억'할 때는 훨씬 더 많은 온정과 상상이 투영되었을 것입니다.

하지만 내가 가장 관심을 두는 문제는 이것이 아닙니다. 내가 묻고 싶은 것은 장대가 '과거를 추억'할 때 어떤 것을 선택하고 어떤 것을 버렸는가 하는 것입니다. 이 문제는 사실 작가의 역사의식과 문화적 취미를 반영한다는 점에서 매우 중요합니다. 명·청이 교체될 때 많은 사람들은 지난 왕조의 이야기를 썼고 그것도 매우 감동적으로 썼는데 그 속에 고국에 대한 그리움을 기탁했기 때문입니다. 장대는 좀 더 독특했는데, 그가 추억한 것은 문인들의 아취가 있는 이야기나 군국지대업軍國之大業이 아니라 도시에서의 일상생활이었습니다. 원래 가지고 있었던 결함, 예를 들면 "화려한 등불을 좋아하였고 불꽃놀이를 좋아하였으며 이원梨園을 좋아하였고 악기 연주를 좋아하였으며 골동품을 좋아하였고 꽃과 새를 좋아하였다" 같은 일들은 이제는 반대로 멋진 일이 되어버렸고 최소한 그의 기억에서는 평범한 일이 아니라 오색찬연하고 동시에 진실하고 생생한 일이 되어버렸습니다. 예전에 장대가 일반적인 지식인들처럼 "건실한 직업에 종사"하였더라면 그가 나중에 이렇게 찬란하게 빛나는 좋은 글을 쓸 수 없었으리라고 생각합니다.

어떻게 말할까요? 만약 원래부터 공명이나 세상사에 관심을 둔 지식인이었다면 그는 화려한 등불이나 불꽃, 이원의 연주에 대해 쓰고 싶어도 이러한 감각이 없어서 잘 쓸 수 없었을 것입니다. "어려서는 부잣집 자제"였던 장대는 유흥에 탐닉한 반면 공명에는 관심이 없었는데 예전의 평가 기준으로 본다면 "발전이 없다"거나 혹은 "제대로 된 직업에 종사하지 않는 것"이었습니다. 하지만 상황이 바뀌어 경국지대업은 추진할 방법이 없게 되었고 일상생활의 의미가 부각되게 됩니다. 일상생활에 대해 이야기하는 것, 특히 시골의 풍속과 저잣거리의 와자지껄한 소리, 인정세태, 민속과 명절, 이야기꾼과 놀이꾼들의 공연 등에 대해 견문이 넓은 장대는 일반 독서인들보다 훨씬 전문가였습니다. 그래서 예전의 "화려함을 매우 좋아했던 것"이 사실은 장대가 산문의 대가가 되도록 만들어 주었다고 한 것입니다. 이 점은 명나라가 멸망한 뒤 많은 유민들의 글과 비교해 보면 바로 알 수 있습니다.

명·청의 필기筆記들이 모두가 군사나 정치에 관련된 큰일을 기록한 것은 아니라서 사회생활, 문화 풍속 등과 관련된 것도 있지만 이렇게 자세하고 생동감 있게 쓴 사람은 장대가 거의 유일무이하다고 말할 수 있습니다. 예를 하나 들어보자면 도시에 대해 썼다는 공통점이 있지만 유동劉侗 등 여러 사람이 쓴 「제경경물략帝京景物略」은 지나치게 "겉모양만 번지르르한데", 궁전, 절, 명승, 문인의 아취를 표현하는 데 치중하여 장대가 일상생활을 주목하고 사회 세태를 묘사한 것과 매우 다릅니다. 그래서 저는 저우쭤런이 "장종자는 도시 시인이다. 그가 주목한 것은 인간의 일이었지 자연이 아니었다. 산수는 그가 쓴 생활의 배경이었을 뿐이다"라고 한 말이 매우 훌륭하다고 생각합니다. 이 말은 『택사집澤寫集』의 「도암몽억서」에서 나왔는데 그것은 그가 위핑보兪平伯, 유평백가 중간重刊한 『도암몽억』에 쓴 서문입니다. •

위핑보는 1924년에 청대 사람 심복沈復의 소설 『부생육기浮生六記』 표점본을 간행했고 1927년에는 또 장대의 소품집 『도암몽억』 표점본을 간행했습니다. 이 기간 사이에는 또한 마찬가지로 북경박사北京朴社에서 간행한 자찬시집 『억憶』이 있습니다. 1925년에 간행한 이 구체舊體 시집은 내용과 형식에서 모두 회고懷古에 적합합니다. 선장본線裝本으로 필사본을 영인한 것이며, 18폭의 펑쯔카이豐子愷, 풍자개의 삽화가 들어 있는데 매우 정교합니다. 이 때 위핑보는 26세밖에 안 되었으므로 그가 추억한 것은 동심, 희미한 형상, 찰나의 감정이었습니다. 이른바 "작은 제비는 사실 특별하게 무엇인가를 사랑했던 것이 아니라 다만 몽롱하고 가벼운 여름밤의 꿈에 빠졌을 뿐이었던" 것입니다. 이런 기분은 장대의 『도암몽억』과 매우 어울립니다. 물론 이는 위핑보가 명문가 출신이어서 — 그는 유월兪樾의 증손입니다 — 전통적인 문인의 생활과 취미에 대해 특수한 감각을 갖고 있었던 것과 관련이 큽니다.

지난 학기에 나는 산수 의식의 흥기가 중국 문인들의 심미적 취미에 깊은 영향을 미쳤다는 점을 이야기한 바 있습니다. 중바 이화宗白華, 종백화는 「『세설신어』와 진대晉代 사람들의 아름다움을

"장종자의 글은 매우 재미가 있는데 이것은 내가 『도암몽억』을 좋아하는 이유 중 하나이다. 나는 늘 이런 생각을 한다. 현대 산문은 신문학 중에서 외국의 영향을 가장 적게 받았으므로 이것은 문학혁명보다는 문예부흥의 산물이라고 보는 것이 맞다. 비록 문학 발달의 수준에서 부흥과 혁명은 같은 성과를 거두었지만 말이다. (…중략…) 우리는 명·청의 일부 명사파(名士派)의 글을 읽을 때 그것이 현대 글쓰기의 정감과 거의 일치하다고 느끼는데 비록 사상적인 측면에서 일정한 거리가 없을 수는 없겠지만, 명대 사람들이 드러낸 예법에 대한 반동 같은 경우도 매우 현대적인 느낌이 있다." 周作人, 「陶庵夢憶序」, 『澤寫集』.

논함論『世說新語』和晉人之美」에서 "진나라 사람들은 밖으로는 자연을 발견하였고 안으로는 자신의 깊은 감정을 발견하였다"라는 매우 뛰어난 분석을 한 적이 있습니다.[*] 위진 이래 산수 정신과 자아의식은 짝을 이루어 발전하였는데 정말 "서로 마주 보아도 싫증이 나지 않았"습니다. 이 점은 지금까지 학계에서 주목한 바입니다. 도시 서민의 일상생활에 대해서는 비록 송・원・명・청의 많은 필기와 "삼언이박三言二拍"[*] 등의 백화소설에서 매우 잘 표현되었지만 문학가와 역사가들이 중시하지는 않았습니다. 우리는 굴원, 두보 같은 우국우민의 경향이나 도잠, 왕유 같이 소탈하고 담박한 풍격을 좋아하지만 문명의 상징인 도시생활과 이를 문학적으로 표현하는 것에 대해서는 오히려 만족할 만큼 관심을 가지거나 감상하지 못했습니다. 프랑스 학자 자크 제르네Jacques Gernet의 저작『원나라 침공 전야의 중국인의 일상생활蒙元入侵前夜的中國日常生活』[*]은『몽량록夢粱錄』,『무림구사武林舊事』,『도성기승都城紀勝』등 필기를 주요 소재로 하여 남송의 서울인 항주의 일상생활을 그려냈습니다. 사실 우리는 장대의 문장, 예를 들면『도암몽억』,『낭환문집』,『서호몽심』등을 활용하고 동시대 사람들의 관련 저술을 참조하여 명대 말기 강남의 일상생활을 복원할 수 있습니다. 솔직하게 말해서 민속 공예, 민간문화와 도시 풍정 등에 대한 이해와 파악이라는 측면에서 장대의 문장은 수많은 역사서와 지방지보다 훨씬

중바이화는 이렇게 말하였다. "진대(晉代) 사람들의 예술적 경지가 높은 것은 그들의 뜻과 취미가 매우 높아서 현묘한 경지에 이르렀고 개성을 중시하였으며 생기가 발랄해서인 것도 있겠지만 더 중요한 것은 그들이 '자신의 감정을 통째로 쏟아 부었기' 때문이다! 자연에 대해서든 아니면 철학적 이치에 대한 탐구에 있어서든, 우정에 대해서든 모두 이야기할 만한 것들이 있다. (…중략…) 진대 사람들은 밖으로는 자연을 발견하였고 안으로는 자신의 깊은 정감을 발견하였다. 산수는 참신하고 발랄해졌을 뿐 아니라 또한 정감어린 것으로 변했다."
「論『世說新語』和晉人之美」,『藝境』, 北京大學出版社, 1987, pp.130〜131.

[역자 주] 명나라 때 창작된 다섯 종의 화본(話本)과 의화본(擬話本) 작품집을 합칭해 부르는 말. 풍몽룡(馮夢龍, 1574〜1646)이 편찬한 『유세명언(喩世明言)』과『경세통언(警世通言)』,『성세항언(醒世恒言)』(3언)과 능몽초(凌濛初, 1580〜1644)가 지은『초각박안경기(初刻拍案驚奇)』와 『이각박안경기(二刻拍案驚奇)』(2박)이다.

謝和耐, 劉東 譯,『蒙元入侵前夜的中國日常生活』, 南京：江蘇人民出版社, 1995.

낫습니다.

도시 생활에 대해서 한 가지 반드시 짚고 넘어가야 할 점은 귀족의 취미와 민간 취미가 융합되었다는 점입니다. 계급투쟁의 학설에 근거하여 예전에 우리는 차이가 뚜렷한 경수涇水와 위수渭水처럼 귀족 취미와 민간 취미의 대립을 더 강조했습니다. 하지만 자세히 관찰해 보면 도시의 일상생활에서 이 두 가지는 완전히 구분할 수 없으며 심지어는 합류되는 경향까지 보입니다. 가장 선명한 두 가지 예를 들자면 하나는 서호에 대한 감상이고 하나는 경극에 대한 사랑입니다. 수많은 사람들이 서호를 좋아했는데 그 중에는 높은 벼슬아치나 귀인貴人도 있었고 평민들도 있었습니다. 이런 동일한 심미 경향은 '이원취미梨園趣味'에서 더욱 두드러지게 나타납니다. 휘극徽劇 공연단이 북경으로 들어가면서 위로는 왕족과 귀족, 아래로는 북경의 평민에 이르기까지 모든 사람들이 좋아하였습니다. 이러한 문화, 오락 활동은 귀족들도 보며 즐겼고 평민들도 보며 즐겼습니다. 표면적으로 볼 때는 우아한 것雅과 속된 것俗에 대한 취미가 나뉘어 있는 것 같지만 실제로는 매우 쉽게 '교차 감염'을 일으켰습니다. "이원을 좋아하고 악기 연주를 좋아한 것"은 어느 특정한 계급에게만 국한된 이야기가 아닙니다. 바로 '도시'라는 이 생활공간에서 우리가 예전에는 뚜렷하게 구분된다고 생각했던 귀족예술과 민간예술의 경계가 어느 정도 흐려지고 초월되었습니다.

『도암몽억』에서 가장 많이 이야기한 것은 희곡과 명절 축제였으며, 자연풍경은 오히려 부차적이었습니다. 더 이상 해와 달, 산과 강물은 독립적으로 존재하지 않았고 풍경은 그저 인물이

활동하는 배경이 되어버렸습니다. 이것은 원중랑 같은 사람들의 산수유기와 대조해 보면 더 잘 알 수 있을 것입니다. 물론 이는 서호의 특징과 관련이 있는데, 이것은 도시 속의 산과 강이며 인공의 자연이지 진정한 산수가 아닙니다. 역도원酈道元은 천하의 유명한 강을 모두 다 썼고, 서하객徐霞客*이 동남쪽에서 서남쪽으로 가면서 본 것 역시 진짜 산과 물이었지만 장대는 오직 항주만 고집했습니다. 『도암몽억』 등 세 권의 책은 시야가 거의 서호를 벗어난 적이 없고 묘사한 것도 바로 번화한 도시 항주뿐이었습니다. 그를 '도시 시인'이라고 부르는 것에 대해 매우 정확하다고 생각합니다.

서호는 크지 않지만 '도시 시인'의 눈에는 여전히 별천지였습니다. 이 문제를 설명하기 위해 여러분에게 「서호칠월반西湖七月半」을 보기를 권합니다. "서호의 7월 보름엔 볼 것이 하나도 없고 그저 7월 보름의 사람들이 볼 만하다." 서호를 쓴 것도, 달빛을 쓴 것도 아니고 서호 옆에서 달을 보는 사람에 대해 쓴 것입니다. 어떤 사람이었을까요? 장대는 다섯 종류의 사람을 열거했습니다. 첫 번째 종류는 누각과 배의 피리와 북소리 속에서 등불과 배우들만 감상하는 사람들인데 "달을 본다고 하지만 실제로는 달을 보지 못하는 자들"입니다. 두 번째 종류는 "배나 누각에서 명문가의 규수들과 함께 예쁜 남자아이들을 데리고 웃음꽃을 피우며 마루에 둘러 앉아 좌우를 두리번거리면서 몸은 달 아래

서홍조(徐弘祖, 1586~1641)는 자가 진지(振之), 호가 하객(霞客)이고 강음(江陰, 지금의 강소성) 사람이다. 유람을 좋아하고 벼슬에 나아가지 않았는데 그가 쓴 『서하객유기(徐霞客游記)』는 과학사와 문학사에서 모두 기서(奇書)로 꼽힌다. 서하객이 지리학 분야에 남긴 공헌과 한 시대의 새로운 학풍의 개척자와 실천자로서의 의의는 현대학자 딩원장(丁文江, 정문강)의 발견에 의한 것이다. 하지만 서하객의 유기(游記)의 문학적 가치에 대해서는 그의 벗인 전겸익이 이미 말한 바 있다. "하객 선생의 유기는 이 세상의 진짜 글자나 위대한 글이며 기이한 글이니 사라져서 후세에 전해지지 못하게 내버려 두면 안 된다. (…중략…) 그 글은 질박하고 솔직하며 꾸미는데 힘쓰지 않았고 또 자질구레한 일을 많이 기록했는데 예를 들면 갑을장부(甲乙賬簿) 같은 것이다. 이런 것들은 모두 세상의 진짜 글이기 때문에 절대 고치거나 바꾸어서 원래의 모습을 잃어버리게 해서는 안 된다."(「서중소(徐仲昭)에게 유기를 간행할 것을 당부하는 글囑徐仲昭刻游記書」) "영웅을 알아보는 혜안이 있었던" 전겸익은 "꾸미는데 힘쓰지 않은" "세상의 진짜 글"을 매우 높게 평가했는데, 여기서 만명 문학사조의 은은한 잔향을 느낄 수 있다.

에 있으나 실제로는 달을 보지 않는 자들"입니다. "좌우를 두리
번거리면서"라는 말이 매우 생동감이 넘친다는 점에 유의하기
바랍니다. 세 번째 종류는 한술 더 떠서 명기名妓와 한가한 승려
들이 술을 살짝 따르고 가볍게 노래를 부르면서 "달 아래에 있으
면서 달을 보기도 하지만 사실 자신이 달을 본다는 것을 남이 봐
주기를 바라는 자들"입니다. 그들이 달을 보지 않는다고 할 수
는 없습니다. 보기는 하지만 연극적인 요소가 있어서 자신이 달
을 본다는 것에 다른 사람들이 주목해 주기를 바랍니다. (학생들
웃음) 네 번째 종류는 배도 타지 않고 수레를 타지 않고 윗도리도
입지 않고 두건도 쓰지 않고 술에 취한 채 밥을 배부르게 먹고는
곡조에 맞지 않는 노래를 부르면서 무엇이나 다 보지만 또한 아
무 것도 보지 않는 사람들입니다. 다섯 번째 종류는 가장 높은
수준이므로 진지하게 음미할 가치가 있습니다. "작은 배에 얇은
휘장, 깨끗한 탁자에 따뜻한 난로, 솥의 물이 끓자 흰 도자기 찻
잔을 건네고 친한 친구와 미인들과 어울려 함께 앉아 달맞이를
하는데 나무 그림자 아래에 몸을 숨기거나 시끄러운 것을 피해

[역자 주] 서호(西湖)는 외호(外湖), 내호
(內湖), 이호(裏湖), 악호(岳湖) 넷으로 나
누어져 있다.

이호裏湖*로 가서 달을 구경한다. 다른 사람들은 그
들이 달을 구경하는 모습을 보지 못하고 그들 또
한 특별히 달을 보려고 하는 것은 아니었지만 그

래도 보고 있다." 이렇듯 담백하고 우아한 인사들은 이호로 숨
어서 다른 사람들의 주의를 끌지 않으려고 했지만 여전히 저자
의 시선을 피하지는 못했습니다. 서술하는 이 '나'는 이 다섯 종
류의 달을 구경하는 사람들 속에 있지 않고 그저 관찰자로 있을
뿐입니다. 달은 하나도 볼 것이 없고 서호도 특별히 대단하다고

할 것이 없지만 달을 구경하는 사람의 자태와 심리상태는 잘 음미해 볼 가치가 있습니다. 고귀한 사람들의 겉치레에서부터 나름 명사名士들의 작태, 그리고 고상한 사람들의 우아함까지 모두가 시야에 들어옵니다.

서호에 오는 항주 사람들은 보통 일찍 나왔다가 늦게 들어갑니다. 서호의 7월 보름이 너무 유명하여 보지 않으면 안 되기 때문에 누구나 다 몰려가는 것입니다. 이 말에는 약간의 풍자의 의미가 가미되어 있습니다. 드디어 달을 구경하는 '의례'를 마치고 여러 사람은 각자 집으로 돌아갑니다. 언덕 위의 사람이나 호수 안에 있던 사람들이 차츰 흩어져 갑니다. 이 때 우리가 그제야 등장합니다. 앞의 단락에서 '나'는 어디에 있었을까요? 나는 호수 가운데서 각양각색의 달을 구경하는 사람들을 보았습니다. 비록 무대에 등장하지는 않았지만 그래도 매우 중요한 배역입니다. 작은 배를 언덕에 대니 밤이 이미 깊어졌고 단교斷橋의 돌계단도 서늘해졌습니다. "그 위에 자리를 잡고 손님을 불러 마음껏 마시는데 이때 달은 마치 거울을 새로 닦은 듯하고 산은 화장을 고친 듯, 호수는 다시 세수를 한 듯하다頮面." '회면頮面'은 세수를 한다는 뜻입니다. 유람을 나왔던 사람들이 모두 흩어지자 호수와 산은 그제야 깨끗하고 맑은 본래의 모습을 드러냈습니다. 이때 앞에서 말한 그 다섯 번째 사람들, 즉 "나무 그림자 아래에 몸을 숨기거나 시끄러운 것을 피해 호수 가운데로 갔"던 우아한 인사들도 모두 나와서 우리와 말을 주고받습니다. 이제 "운치 있는 벗이 오고 명기가 와서" 노래를 부르거나 거문고를 탑니다.

여러분들이 모두 알고 있듯이 만명 시대 명기의 문화 수준은 매우 높았고 문인들도 그녀들과 교유하기를 좋아했습니다. 강남의 번화한 지역이라는 점은 같지만 항주 서호의 '아름다운 이름'은 남경의 진회하秦淮河에 미치지는 못하는데 이것은 도시의 경제력이나 여성들의 미모 탓으로 돌릴 수는 없을 것 같습니다.

여회가 「판교잡기」에서 한 말을 빌린다면 "금릉金陵은 제왕이 수도로 정했던 곳"이어서 종실의 왕손이 많이 있고 '귀족의 자제烏衣子弟'들이 많이 있었습니다. 게다가 남경의 과거시험장은 진회하秦淮河의 술집과 이웃하고 있었기에 향시鄕試를 보는 해가 되면 과거 응시생들이 음악과 미색에 미혹되어 마음껏 술을 마시고 시를 썼기 때문에 아름다운 풍경을 이루었습니다. 하지만 더 주목해야 할 점은 진회의 명기들과 당시 재자才子들의 친밀한 교제, 예를 들면 이향군李香君과 후방역侯方域, 유여시柳如是와 전겸익錢謙益, 동소완董小宛과 모양冒襄, 고미顧媚와 공정자龔鼎孶는 심지어 혼담을 나누는 상황에까지 이르렀으니 그들은 서로 사랑하고 존경하고 흠모하여 국난이 닥쳤을 때도 서로 이해하고 도와주었는데 여성을 경시하는 경향이 보편적이었던 중국에서 '천고의 아름다운 이야기'를 이루어냈던 것입니다. 이는 진회 명기들의 명성을 크게 높여 주었습니다. 오랜 세월이 흐른 뒤 우리는 늘 명·청 문인의 시집과 필기 또는 전기傳奇에서 이런 '진회 명기'들의 그림자를 보게 되지만 그녀들과 마찬가지로 뛰어났을 '서호 명기'들은 좋은 글로 기록되지 못했기 때문에 후세의 문인이나 학자들에게 추억되지 못했습니다.

명청 산문 강의

글의 마지막 두 구절은 진지하게 감상하고 품평할 가치가 있습니다. 드디어 달빛이 차가워지고 동쪽 하늘이 밝아지려 하여 운치 있는 벗들과 명기들도 모두 돌아갔습니다. 서호는 이때에 이르러야 비로소 '나'의 것이 됩니다. "우리는 배를 물결에 맡겨두고 십 리의 연꽃 속에서 깊은 잠에 빠졌는데 향기가 풍겨 오고 맑은 꿈은 무척 달콤했다." 이런 아취가 진미공이나 원중랑의 붓으로 그려졌다면 아마 크게 비중을 할애하여 묘사하였을 것이지만 장대는 가볍게 스치듯 그려내고 지나갑니다. 십 리의 연꽃 속에서 작은 배가 흔들리고 향기가 풍겨오는 이런 느낌과 풍경은 의심할 바 없이 매우 아름답습니다. 하지만 만약 너무 많이 이야기하게 되면 자랑을 한다거나 아니면 억지로 꾸며내는 듯해서 사랑스럽지 않습니다. 세상의 고초를 많이 겪은 장대는 다만 가볍게 한 번 웃고 자신이 그것을 느꼈다는 것으로 만족할 따름입니다. 이렇게 절묘한 경지는 마음으로 느끼는 것이며 장황하게 표현할수록 오히려 속되게 느껴집니다.

중국 문인, 특히 명·청 두 왕조의 재자들 중 품위가 있고 아취가 있는 사람들은 자기 감상에 빠지는 경우가 많았으나 장대는 그런 병폐가 없었습니다. 그의 문장을 읽으면서 여러분은 서위나 이지 같은 사람이 가졌던 세상에 대한 분노나 속세에 대한 미움을 느낄 수 없을 것입니다. 그러한 감정을 알지 못했던 것이 아니라 이미 본질을 들여 보았기 때문이며 모든 것을 다 겪어 보았고 다 알기 때문에 사람이나 사건을 볼 때 비교적 사리에 밝았고 소탈했습니다. 그 뚜렷한 증거로, 그가 그다지 분노하거나 오만하지 않았다는 점을 들 수 있습니다. 예를 들면 서호에서 달을 구경하는 다섯 종류의 사람들, 특히 앞의 네 종류의 사람들은 장대와 취미가 전혀 다르다는 것이 매우 분명하지만 작가는 글을 쓸 때 적절한 수위를 유지했고 다소간의 풍자적인 어조를 띠고 있다고 해도 상당히 부드러운 태도를 보였습니다. 특히 마지막 부분에서 심미적 이상을 대표하는 '나'가 등장한 뒤에도 "조금씩 술을 따르면서 낮게 노래를 부르는 자들"과 서로 말을 주고받습니다. 이것은 '내'가 특별히 외로운 존재가 전혀 아니며 서호에 나처럼 우아한 사람들이 적지 않다는 것을 뜻합니다. 고아한 인물이면서 '평정심'까지 지니고 있다는 것, 이 점은 매우 보기 드문 것입니다.

함께 비교해서 볼 수 있는 것이 「호심정에서 눈을 보다湖心亭看雪」입니다. "큰 눈이 삼일 내내 내려 호수 가운데는 사람과 새 소리가 모두 끊겼는데" 나는 홀로 호심정에 가서 눈을 구경합니다. 하늘과 땅 사이는 이토록 넓어서 "긴 둑은 하나의 흔적이고 호심정은 하나의 점인데 나의 배 한 척이 있고 배 속에는 두세 개의 낟알이 있을 뿐"입니다. 하지만 호심정에 가서야 이렇게 천지간에 눈이 날리는 저녁에 호수에 와서 술을 마시고 있는 나처럼 고아한 사람이 있다는 사실을 발견하게 됩니다. 각자 "호수 가운데서 어떻게 다시 이러한 사람을 만나겠는가!"라고 놀라 감탄하고 함께 술을 마시게 됩니다. 돌아오는 도중에 뱃사공이 낮은 소리로 중얼거립니다. "나리를 바보라고 하지 말아야 하겠어요. 나리와 똑같은 바보가 또 있으니까요." "여러 사람들이 다 취해 있으나 나만 홀로 깨어있는 것"이 아니라 "나리를 바보라고 하지 말아야 하겠어요. 나리와 똑같은 바보가 또 있으니까요"라는 점을 주의하기 바랍니다. 바로 앞에서 언급했듯이 여기서 말하는 '바보'는 '정이 매우 깊음'을 뜻합니다. 나는 참된 마음을 가지고 있지만 다른 사람도 그러한 마음이 있습니다. 이렇게 세계를 바라본다면 과도한 아집과 오만에 빠지지 않게 될 것입니다.

기추奇醜와 불평의 기운

도시생활의 다양한 측면들은 장대의 글에서 매우 잘 드러나 있습니다. 여기에서는 두 편의 글에 대해서 말하려고 합니다. 한 편은 「유경정 설서柳敬亭說書」이고 한 편은 「팽천석 관희彭天錫串戲」입니다.

"남경의 곰보 유柳 씨는 검은 색 피부에 얼굴 전체가 흉터와 부스럼으로 가득했으며 게으르고 용모를 꾸미지 않았다. 책 구연을 잘 했다." 유경정의 전기를 쓴 사람으로는 오위업吳偉業, 황종희 등이 있지만 장대의 글에는 세 가지 독특한 점이 있었습니다. 첫째, 유경정이 책을 구연하는 것을 서술하는 대목에서 그는 "묘사하고 형상화하는 데 있어서 털끝까지 세밀하게 파고들어가지만 또 깔끔하게 끝맺기 때문에 결코 수다스럽지 않았다"라고 칭찬한 다음 곧바로 화제를 바꾸어 무송武松이 술집에 들어가서 크게 호통을 치는 대목에서 "술집의 빈 항아리와 벽돌이 웅웅 하는 소리를 냈다"라고 하였습니다. 책을 구연하는 곳에는 원래 항아리가 없었으나 그가 이렇게 말하자 마치 정말 "웅웅 소리를 내는 것" 같았습니다. 이런 식으로 유 씨가 책을 구연하는 기교와 청중이 몰입하는 모습을 묘사하는 것은 장대가 쓴 글의 구절에 따르면 "한가한 가운데 색깔이 있는 것閑中着色"이라고 합니다. 둘째, 이야기꾼의 자존감입니다. "주인이 반드시 숨을 죽이고 조용히 앉아서 귀를 기울여 들어야 그는 입을 열었다." 여러분들이 모두 알고 있듯이 옛날에는 책을 구연하는 예인藝人의 지위가 매우 낮아서 온갖 수단을 다해 청중에게 잘 보여야 했는데 어찌 감히 이것저것 따질 수 있단 말입니까? 무대 아래의 청중들은 아마도 해바라기 씨를 까고 차를 마시면서, 어쩌면 잡담까지도 하면서 극이나 이야기를 감상하다 말았다 했을 것입니다. 유경정은 다른 예인들과 달리 누가 귓속말을 하거나 하품을 하면 그는 "그럴 때마다 입을 닫았습니다". 우리가 지금 강의를 할 때도 감히 이렇게까지 하지는 못합니다. (학생들 웃음) 예인의 지위는 높지 않았지만 유경정은 스스로를 높였으며 다른 사람에게도 이렇게 자신을 대할 것을 요구했습니다. 이 '오기'는 분명히 장대의 마음에 들었을 것입니다. 셋째, 유경정이 책을 구연하는 기교, 예를 들면 "속도와 강약, 내용과 억양이 모두 인정과 이치에 부합하고 심금을 울렸다"라고 하면서도 더욱 더 유경정의 외모가 매우 볼품없었다는 점을 강조하였습니다. 천루헝은 『설서사화』* 제6장

천루헝(陳汝衡, 진여형)은 『說書史話』(北京: 人民文學出版社, 1987) 제6장 「청대설서(淸代說書)」의 제3절 '구연의 대가 유경정'에서 오위업(吳偉業), 황종희(黃宗羲)가 쓴 두 종의 「유경정전(柳敬亭傳)」에 대해 여러 가지로 분석을 하였는데 참고할 만하다.

「청대설서」에서 "구연의 대가 유경정"이라는 장절을 따로 만들었고 또 청대 사람이 그린 유경정의 초상화를 첨부하였습니다. 이 초상화는 인쇄 질이 별로 좋지 않아서 선명하게 보이지 않기 때문에 유경정이 정말 매우 못생겼는지 여부는 알 수 없습니다. 예인에게

얼굴이 잘생겼는지 못생겼는지는 매우 중요한 부분이지만 장대는 일부러 "유 씨 곰보는 얼굴이 매우 못생겼지만 말솜씨가 좋고 눈썰미가 있었다"는 점을 상기시킵니다. 이렇게 "내용을 취사선택하고 억양법을 구사한 것"에는 매우 큰 의미가 있습니다.

다른 사람을 위하여 전을 쓰려면 원래는 "장점을 부각시키고 단점을 피해야" 할 것인데 어째서 의도적으로 그가 "매우 못생겼다는 점"을 부각시켰을까요? 이것이 바로 만명 문인의 특징입니다. 벽癖이 있고 바보스러움痴이 있어서 깊은 감정을 쏟아 붓는 사람은 교유할 가치도 있고 감상할 만한 의미가 있습니다. 만약 여러분이 정말 그의 구연 기예를 인정한다면 외모 같은 것을 따지지 않을 것입니다. 더구나 만명 문인들의 눈에 결함이 있는 것은 더 사랑스럽게 보였습니다. (학생들 웃음) 왜냐하면 이것이야말로 진실한 인생이기 때문입니다. 만명 문인들의 글을 보면 자신이나 친구의 결점을 자랑하기 좋아합니다. 어떤 사람은 말을 더듬고 어떤 사람은 곰보이며 어떤 사람은 재물을 탐내고 어떤 사람은 여색을 좋아하는데 깊은 감정을 쏟아 붓기만 하면 모두 인정할 가치가 있습니다. (학생들 웃음)

이렇게 열중하거나 깊은 감정을 쏟아 붓는 반면 외모를 도외시하는 것을 장자로부터 시작해서 이야기하면 너무 고리타분하므로 일상 생활의 표현을 보기로 합시다. 이어의 『한정우기』권 3 「성용부聲容部」에는 '태도態度'편이 있는데 주로 '자색'과 '교태'를 분별하였습니다. 전자는 이목구비의 배치를 중시하고 후자는 움직이는 표정을 중요하게 봅니다. 이어의 견해는 매우 명확합니다. "여자에게 일단 교태가 있다면 30~40%의 자색으로 60

~70%의 자색에 견줄 수 있다." 다시 말하면 여자의 아름다움은 '교태態'에 있지 '형상勢'에 있지 않다는 것입니다. 나중에 심삼백沈三白(심복)이 쓴 「부생육기」와 린위탕이 이 소설에 대해 쓴 설명에서는 둘 다 '운芸(『부생육기』의 여주인공 — 역자)'은 예쁘게 생기지는 않았지만 '교태'가 있어서 사랑스러웠다는 점을 특별히 지적했습니다.

이러한 심미관은 훗날 무협소설에서 더욱 더 발전되었습니다. 이목구비가 단정한 백면서생 중에는 좋은 사람이 많지 않을 뿐더러 무예가 출중한 사람은 더욱 더 드뭅니다. 결함이 있는 인물들, 예를 들면 팔이 부러졌거나 다리가 없는 사람, 혹은 한쪽 눈만 있는 사람들은 강호를 누빌 수만 있다면 반드시 몸에 절묘한 기예를 지니고 있습니다. 이러한 인물들은 비록 용모는 볼품없지만 한번 싸웠다 하면 진정한 고수가 바로 여기에 있다는 것을 알게 됩니다. 진용金庸, 김용의 소설에서처럼 말입니다. 그는 일부러 영웅 인물들에게 심리적 결함, 신체적 결함, 지적 결함 같은 약점을 부여합니다. 이렇게 하는 의도는 이들의 성품을 부각시키기 위해서입니다. 독자로 하여금 외면적인 것에 치중하지 말고 마음 깊은 곳으로 들어가 감정을 살피라는 것입니다. 이것이 바로 "고수는 진면목을 드러내지 않는다"라는 민간의 지혜이며 또한 "무인武人을 연기할 때도 그 섬세한 감정을 표현하는 데 주의하는" 것이 필요한 이유입니다. 물론 여자 협객은 이와는 별개로 여전히 꽃다운 얼굴과 달같이 아름다운 자태를 가져야 하며 그렇지 않으면 독자들이 좋아하지 않습니다. 이렇게 보면 남성 독자가 책을 고르는 기준이 여전히 주도적인 지위를 점하고 있는 것 같습니다.

장대는 '희곡을 구연하는 것'을 좋아했고 특히 무대 공연을 중시했습니다. 『도암몽억』에는 바로 이러한 형태의 글들이 매우 많습니다. 우리는 장대의 집안이 조상 때부터 집에서 극단을 길러냈다는 것을 알고 있습니다. 어려서부터 보고 들었으니 장대가 희곡에 특별한 감식안이 있는 것은 이상하지 않습니다. 이 「팽천석 관희彭天錫串戱」는 시작하자마자 "팽천석의 공연은 절묘하기가 이를 데 없었다"라고 하였습니다. 그러나 글에는 구체적인 묘사가 별로 없으며 가장 핵심 부분은 "천석의 뱃속에는 경서와 사서, 산천, 기계機械, 좌절하고 불평하는 기운이 가득 차 있었는데 쏟아낼 곳이 없어서 오직 이것으로 풀어낼 뿐이었다"는 이 단락입니다. 팽천석의 공연이 어떤 이유에서 환영을 받았을까요? 배우의 외모나 기교 때문이 아니라 뱃속 가득한 경서와 사서, 산수, 불평의 기운 때문이었습니다. 우리는 송대 이후 설창說唱 예인들의 문화 수준에 대해서 문인과 학자들이 줄곧 주목해 왔다는 것을 알고 있습니다. 나엽羅燁은 『취옹담록醉翁談錄』「설경서인舌耕敍引」에서 책을 구연하는 사람들이 어떻게 "만 권의 곡曲과 시를 구연했는지"를 말하면서 "그 재주를 말할라치면 사詞로는 구양수, 소식, 황정견, 진사도의 좋은 구절을 읊을 수 있었고 고시古詩로는 이백, 두보, 한유, 유종원의 시구를 말할 수 있었다"는 다소 과장된 표현을 한 적이 있습니다. 하지만 독서와 경력, 기예 위에 장대는 그 '불평의 기운'을 더욱 강조하였습니다.

이런 견해는 큰 인물과 관련이 있습니다.

송대의 필기 『양계만지梁溪漫志』에는 이런 이야기가 실려 있습니다. 어느 날 다사다난했던 소동파는 밥을 먹고 나서 배를 어루만지면서 천천히 걸어가다가 옆에 있던 하인에게 물었습니다. "말해 보아라. 내 이 뱃속에 무엇이 들어 있는지." 한 하녀가 얼른 말했습니다. "모두 문장입니다." (학생들 웃음) 소동파는 아니라고 하였습니다. 또 다른 한 명이 "뱃속 가득 든 것이 모두 기계입니다"라고 하였습니다. 여기서 말하는 기계는 기교를 가리킵니다. 소동파는 여전히 고개를 저었습니다. 그의 시첩侍妾인 조운朝雲이 입을 열었습니다. "학사님의 뱃속 가득 든 것은 모두 세상과 어울리지 않는 것입니다." 소동파는 그제야 "배를 잡고 크게 웃었"습니다. 여러분이 송·원 이후의 글을 읽는다면 수많은 사람들이 이 전고를 즐겨 사용했다는 사실을 깨닫게 될 것입니다. 예를 들면 김성탄*은 「『제오재자서』 독법讀『第五才子書』法」에서 『사기』는 "태사공이 뱃속 가득한 원망을 쏟아낸 것"이라고 하였고 용여당본容與堂本 『이탁오선생비평충의수호전李卓吾先生批評忠義水滸傳』의 권두에 실린 사미승沙彌僧 회림懷林의 '술어述語'에서는 이지가 『수호전』을 평가를 하고 비점을 찍는 데 열중했던 이유가 "스님(이지 — 역자)의 뱃속에는 세상과 맞지 않는 것이 가득 차 있었는데 오직 『수호전』만이 그 분노를 표출하기에 충분했기 때문에 그것을 유독 자세하게 평한 것이다"라고 말하고 있습니다.

"뱃속에 세상에 맞지 않는 것이 가득 차 있다"와 "뱃속에 울

김성탄(金聖嘆, 1608~1661)은 이름이 채(采), 자가 약채(若采)인데 명나라가 망한 뒤 이름을 인서(人瑞), 호를 성탄(聖嘆)이라고 고쳤으며 장주(長洲, 지금의 강소성) 사람이다. 순치(順治) 18년에 청세조(淸世祖)가 죽자 김성탄은 곡묘(哭廟)하는 기회를 틈타 같은 군(郡)의 여러 유생들과 함께 종을 울리고 북을 치면서 탐관들의 식량 징수에 항거하다가 그해 7월에 처형되었다. 성격이 해학적이고 시문에 능하였으며 『침음루시선(沈吟樓詩選)』과 잡저(雜著) 여러 종이 전한다. 김성탄은 재주가 넘쳤고 생각이 특출났으며 해학적인 표현을 썼는데, 그가 쓴 서문과 발문 및 '독법(讀法)'은 뛰어난 논술일 뿐만 아니라 그 자체로도 좋은 문장이다.

울한 불평의 기운이 가득 차 있다"는 모두 같은 뜻입니다. 모두 "불평을 느끼면 소리를 내게 된다", "분노가 시인을 낳는다"라는 말입니다. 뱃속 가득한 분노와 불평이 있어야 (학생들 웃음) 글을 쓸 때 기탁하는 바가 있어서 경서와 사서, 산천, 기교 등에 압도되지 않을 수 있습니다. 책을 읽지 않는 사람은 텅 비기 마련이고 지식이 있는 사람은 또 두 발 달린 책장으로 변해 버리기 쉽습니다. 그러므로 예인이든 문인이든 뛰어난 사람이 되려면 학식, 경력, 기교도 중요하지만 감정이 더 중요하다는 것을 알 수 있습니다. 기탁하는 바가 있고 탐닉하는 바가 있고 초월하는 바가 있어야 "뭇사람보다 뛰어나다"라고 할 수 있습니다. 여기서 말하는 것은 "팽천석의 공연"이지만 그것을 "공자가 자신에 대해 이야기한 것"*이라고 이해해도 무방합니다. 장대가 글을 잘 썼던 것도 마찬가지로 그의 뱃속에는 경서와 사서, 산수, 기교, 불평의 기운이 가득차 있었기 때문입니다. (학생들 웃음) '불평의 기운'만 있다고 좋은 작가가 되지는 않는다는 것을 여러분도 잘 알 것입니다. 장대의 대단한 점은 그가 '뱃속 가득한 불평의 기운'과 경서, 사서, 산수, 기교 등을 하나로 융합시킨 것이며 이렇게 함으로써 비로소 우리가 오늘날 찬탄해 마지않는 『도암몽억』 등의 문집이 있게 된 것입니다.

[역자 주] "공자가 자신에 대해 이야기한 것[夫子自道]"은 『논어』 「헌문(憲問)」 편에 나오는 구절이다. 공자가 군자의 도는 세 가지가 있는데, 어진 사람은 근심하지 않고, 지혜로운 사람은 미혹되지 않고 용기 있는 사람은 두려워하지 않는다고 하자, 제자인 자공이 공자가 말한 이 세 가지가 스스로에 대해 겸손하게 말한 것이라는 의미에서 "선생님께서 자신에 대해 말씀하셨다[夫子自道也]"라고 하였다.

현란絢爛과 평담平淡

　　장대의 글은 "재주가 곁가지에서 나온" 공안파公安派와는 달랐기 때문에 사람들에게 "새싹이 돋아 온 세상을 화사하게 하는" 느낌을 주지는 않았습니다. 처음 읽기 시작할 때는 그렇게 상큼하다고 생각하지 않을 수도 있습니다. 공들여서 만든 '화사함'이 없을 뿐만 아니라 심지어 약간 평담해 보일지도 모릅니다. 첫 번째 인상은 광활한 푸른 하늘처럼 '깔끔'하다는 것입니다. 글이 깔끔하다는 것은 '어휘가 없다'는 것이 아니라 생각이 민첩하고 표현이 정확하다는 것입니다. 하지만 이런 글의 스타일은 젊은 이들의 흥미를 끌지 못합니다. 게다가 깔끔한 글은 반드시 현란함을 바탕으로 해야 읽을 만하고 무미건조한 데로 빠지지 않게 됩니다. 『도암몽억』에서 연극, 등롱 띄워 보내기, 성묘, 배 경주, 책 구연, 차 품평 등에 대해 쓴 내용은 아름다운 글인 동시에 훌륭한 사회 문화 사료이기도 합니다. 글에서 서술한 여러 일들은 송대 주밀周密의 『무림구사武林舊事』, 오자목吳自牧의 『몽량록夢梁錄』 등과 매우 비슷하지만, 글이라는 측면에서 본다면 상당한 차이가 있습니다. 이러한 글쓰기 취향과 소탈한 심경은 주밀이나 오자목의 글에서는 발견할 수 없습니다. 어쨌든 공안파의 성령性靈, 경릉파竟陵派의 유심幽深의 영향을 받은 것입니다. 표면적으로는 "생각이 나면 쓴 것"이라 글을 쓰려는 의도가 없었다고 하지만 실제로는 매우 신경을 쓴 것입니다.

　　신경을 썼다는 점에 대해서도 두 가지 예를 들어보려고 합니다. 하나는 「민노자차閔老子茶」라는 글로, 이 글은 잘 읽히기 때문에 많은 사람들이 좋아할 것이라고 생각합니다. 다만 내가 여러분에게 말하고자 하는 바는 이 글이 전혀 별개의 글인 「차사서茶史序」의 일부라는 점입니다. 「차사서」에는 앞뒤에 각각 한 단락의 글이 있는데 앞 단락은 "주우신周又新 선생은 매번 차를 마실 때마다 백문白門 민문수閔文水 이야기를 하곤 하였다. 일찍이 말하기를 '그를 종자宗子에게 보여주지 못해서 안타깝다'고 하셨다"입니다. 주우신은 바로 「민노자차」의 서두에서 언급한 주묵농周墨農입니다. 민문수는 더 말할 것도 없이 바로 이 글의 주인공인 '민노자'입니다. 그 다음에 이어지는 글의 내용도 대체적으로 비슷하지만 그래도 서문을 쓴 것이기 때문에 마지막 부분에서는 다시 서문의 대상인 '차사茶史'로 돌아가야 합니다. 장대와 민문수 두 사람은 영웅이 서로를 아끼듯이 곧 교유를 맺는데 그러고 난 뒤에는 "차를 마시지 않는 날이 없었"습니다. 차를 마시지 않을 때는 『차사茶史』를 꺼내 자세하게 논평하여 세상에 간행하였으니 이는 호사가들에게 대략적이나마 차 마시는 정묘한 방법에 대해 알리고자 하기 위해서였습니다. 시정의 기인奇人을 흥미롭게 바라보는 이러한 부분은 오경재吳敬梓의 『유림외사儒林外史』의 결말 부분이나 혹은 아청阿城, 아성의 『기왕棋王』을 떠올리게 합니다.

문인의 삶의 이상이 기탁된 이런 '기인', '기이한 일'에서 핵심은 '한 가지 재주'에 있는 것이 아니라 "깊은 감정을 쏟는 것"에 있습니다. "벽癖이 없는 사람과 사귀어서는 안 된다. 그에게는 깊은 감정이 없기 때문이다"와 유사한 표현은 원굉도가 이미 『병사瓶史』에서 선편을 잡은 바 있는데, 예를 들면 '좋아하는 일好事' 항목에 "세상에서 이야기 나누는 것도 지루하고 만나기도 싫은 사람들을 보면 모두 벽癖이 없는 사람들이다" 구절이 있습니다. 그리고 장대는 이러한 생각을 계승하되 더욱 더 확대시켜 「기지상벽」, 「오이인전」 등의 글에서 그 오묘한 부분을 극대화하였습니다. 이 점을 대략적으로만 논의했던 원중랑과는 달리 장대는 수많은 예를 들어 '벽癖이 있다는 것'이 어떻게 '사랑스러운지' 설명하였습니다. 뿐만 아니라 그 관점을 거의 모든 글에서 구체화하였습니다. 바로 이 「민노자차」에서 말하려는 것도 '나'와 주우신, 민문수 이 세 사람이 크게 보면 같은 취미와 같은 벽을 가지고 있다는 것입니다.

장대는 사람을 묘사하는 데 재능이 있었는데 구체적인 표현에 중점을 두었습니다. 몇 마디로 이루어진 짧은 글이지만 오랫동안 전해지기에 충분합니다. 이러한 필치의 가장 직접적인 연원은 분명히 『세설신어』일 것입니다. 장대 자신을 포함하여 『도암몽억』에 실린 많은 사람들에게는 모두 진대晉代 사람들의 분위기가 있습니다. 나는 장대의 글이 이러한 풍격을 갖추게 된 것이 장대가 책 구연과 이원梨園을 좋아했다는 사실과 관련이 있지 않나 의심하고 있습니다. 그가 쓴 사람들은 대부분 기인이고 선별한 내용 역시 모두 전기성傳奇性을 띤 구체적인 사건인데 간단명료하고 핵심을 찌르는 서술에 독자들은 "탁자를 치며 놀라워" 합니다. 이미 여러 차례 여러분에게 중국문학사에 특별한 기여를 한 '필기'에 주목해야 한다고 강조했는데 '산문'과 '소설'을 아우르는 이런 서술 방식은 문체의 변화와 혁신에 있어서 매우 큰 영향을 미쳤습니다.*

"어려서 부잣집 자제"였기 때문에 장대는 본 것

"필기(筆記)'는 방대하고 잡다하여 다루지 않는 것이 거의 없을 정도이다. 만약

명청 산문 강의

도, 아는 것도 많아서 풍파를 만나도 놀라지 않았습니다. "홀로 호심정에 가서 눈을 보"거나 "십 리 연꽃 속에서 잠에 빠져드는 것"과 같은 아취 있는 일을 진미공이나 원중랑이 썼더라면 엄청 자랑을 했을 가능성이 있습니다. 나 같은 사람이 썼더라도 마찬가지일 것입니다. (학생들 웃음) 오직 장대만이 가볍게 웃으면서 적당히 쓰고 넘어갈 수 있었

독립적인 장르로 보아 연구한다면 이것은 매우 치명적인 결함이다. 하지만 어떠한 장르에도 모두 자유롭게 출입할 수 있는 이 개방적인 공간은 문학 유형의 잡교(雜交)와 변이(變異)를 촉발시켰다. 산문과 소설을 놓고 본다면 필기를 빌어 대화를 진행하는 것은 더할 나위 없이 적합한 방법이다. — 이것은 쌍방이 모두 개입할 수 있고 모두가 깊은 연원을 갖고 있는 '중간지대'이다."『중화문화통지 · 산문소설지(中華文化通志 · 散文小說志)』, 上海人民出版社, 1998, p.15.

습니다. 번화하고 화려한 것들은 순식간에 모두 헛된 것이 되었고, 지나고 보니 그렇게 신기한 일도 아니었기 때문입니다. 그러므로 장대의 '평담'한 인생 후반기는 번화하고 화려한 인생 전반기를 전제로 하는데 이것이 첫 번째 요인입니다. 두 번째는 결국 나라가 망하고 가문이 몰락하여 머리를 풀고 산으로 들어간 상태이기 때문에 이때 "글을 잘 썼다"라고 해도 태평성대의 옛 곡조를 다시 연주할 수는 없습니다. 왕조 교체기에 지식인들은 마치 천고의 세월이 흐르는 것 같이 느꼈고 이렇게 해서 그들의 글은 지나치게 '맑고 깨끗할' 수 없게 되었습니다. 설령 '평담'한 어조로 쓴다고 하더라도 아주 평담하지는 않은 느낌을 주었습니다. 세 번째, 장대는 본 것도 많고 아는 것도 많았을 뿐만 아니라 독서량도 많았습니다. 나는『사서우』,『야항선』같은 책들은 대단한 저작은 아니지만 장대가 분명히 수많은 책을 읽었다는 사실을 증명한다는 점에서 유용하다고 말한 적이 있습니다. 이러한 '현란'함이 바탕이 되었기 때문에 장대의 '평담'함이 결코 평범하지 않게 된 것입니다.

또 다른 예로 「『야항선』 서문夜航船序」을 들 수 있습니다. "야

항선에서 하는 학문 이야기가 세상에서 가장 어렵다." 이 점을 설명하기 위해 장대는 일화 하나를 제시합니다. 어떤 중이 서생과 함께 밤배를 탔는데 가는 동안 서생이 고담준론을 펼치자 중은 주눅이 들어 자신에게는 학식이 없다고 생각하고는 배 한쪽 구석에 웅크리고 있었습니다. 그런데 이야기를 들을수록 무언가 이상하여 중은 결국 질문을 하게 됩니다. "상공相公에게 묻겠습니다. 담태멸명澹台滅明(공자 제자 중 한 명의 이름)은 한 사람인가요, 두 사람인가요?" 서생은 "당연히 두 사람이지요"라고 대답합니다. 중이 또 "그럼 요순堯舜은 어떻습니까?"라고 묻습니다. 서생은 더욱 의기양양해져서 당연히 한 사람이라고 합니다. 중은 웃으면서 "이렇게 말씀하시니 소승은 발을 좀 뻗겠습니다"라고 말합니다. (학생들 웃음) 장대가 말했던 것처럼 이러한 '눈앞의 작고 사소한 일'에 대해 우리는 반드시 기억해야 합니다. 어떤 중들이건 걸핏하면 다리를 뻗을 수 없도록 말입니다. (학생들 웃음)

여기까지 이야기하고 나니 또 하나 재미있는 일이 생각나는데 같은 맥락에서 이야기할 만합니다. 「『일권빙설문』후서一卷氷雪文後序」에서 장대는 이런 이야기를 합니다. 예전에 장봉익張鳳翼이 『문선찬주文選纂注』를 간행하는데 세상 물정에 어두운 어떤 서생이 "문선文選인데 왜 시가 들어 있는 것입니까?"라고 물었습니다. 장봉익은 이 제목은 소명태자昭明太子가 붙인 것이라 나하고는 상관이 없다고 대답하였습니다. 그 서생은 끝까지 귀찮게 굴며 "소명태자는 지금 어디 있습니까?"라고 물었습니다. (학생들 웃음) 장봉익은 그에게 "이미 죽었습니다"라고 알려 주었습니다. 서생은 "죽었다면 더 이상 따지지 않겠습니다"라고 하였습니다.

(학생들 웃음) 장봉익은 "죽지 않았다고 해도 당신은 따질 수 없을 겁니다"라고 대답했습니다. (학생들 웃음) "왜요?" "그는 책을 많이 읽었으니까요." 장대는 자신은 이 이야기의 묘처妙處를 잘 알고 있기 때문에 이번에는 자신이 『일권빙설문一卷氷雪文』을 쓰고 거기다가 시를 붙인다고 하였습니다. 독서와 학문에는 입문하는 경로와 반드시 지켜야 할 규칙이 분명히 있다는 이러한 생각에 동의합니다. 그러나 만약 "많이 읽어서" 어떤 경지에 이르게 되면 분명히 모든 금기가 사라져서 여러 규칙의 구속을 받지 않게 됩니다.

다시 말하면 똑같은 일이라고 하더라도 어떤 사람은 할 수 있지만 어떤 사람은 할 수 없습니다. (학생들 웃음) 처음 들어보면 매우 불공평한 것 같지만 찬찬히 생각해 보면 일리가 있습니다. 예를 들어 어떤 말은 산전수전을 다 겪은 사람이 말하면 괜찮은 말이지만 젊은 사람이 무턱대고 따라하면 어색해져 버립니다. 몇년 전에 내가 중산대학中山大學에 돌아갔을 때 선배의 아이를 만나게 되었는데 대여섯 살밖에 되지 않았는데도 수많은 당시와 송사宋詞를 외우고 있었습니다. 그날 그 아이는 문에 기대어 있었는데 아버지가 "뭐하니?"라고 묻자 깊이 사색하는 표정을 지으면서 대답하였습니다. "애달픈 사람이 하늘 끝에 있네斷腸人 在天涯." (학생들 웃음, 박수)

제5강

/

스케일에 감정을 더한 역사가

/

황종희黃宗羲

/

문인이 되려고 하지 않을 때 좋은 글이 나온다
당인黨人·유협遊俠·유림儒林
광범위한 독서와 유연한 사상
깊이 있는 정감과 세련된 수사

천하에 큰 해가 되는 것은 군주뿐이다

오늘 이야기할 황종희(1610~1695)[*]는 내가 가장 흠모하는 학자 중 한 사람입니다. 가장 좋아하기 때문에 강의하려고 하니 약간 전전긍긍하게 됩니다. 사실 청대 인물의 글, 그것도 내가 관심을 두고 있는 학자의 글을 말한다면 황종희가 부산傅山, 고염무顧炎武보다 훨씬 더 훌륭합니다. 솔직히 고백하자면 내가 청 산문에 대해 관심을 가지고 나아가 청대 학자의 글을 부각시키려고 노력하게 된 것은 처음에 황종희에게서 영감을 얻은 것에서 비롯되었습니다.

청대의 지식인은 학문을 연구하든 글을 짓든 간에 모두 종합을 중시합니다. 이것은 학술사, 문화사, 문학사를 연구하는 학자들이 일반적으로 모두 인정하고 있는 바입니다. 가장 통용되는 학설은 의리義理, 고거考據, 사장辭章이 상보적인 관계라는 것입니다. 비록 이 학설은 분명히 요내姚鼐가 강조해서 널리 알려진 것이지만 이와 유사한 학설을 이전부터 수많은 사람들이 언급해 왔습니다. 청대 후기에 오면 증국번曾國藩이 '의리, 고거, 사장' 외에 '경제'를 추가합니다. 여기에서의 '경제'는 물론 이코노미 economy가 아니라 경세치용經世致用, 치국안방治國安邦입니다. 그런데 '경제'까지 말하지 않는다고 해도 '의리, 고거, 사장' 세 가지만을 합쳐 지식인이 자기 인생의 목표로 삼는 것 또한 너무나 실현하기 어려운 목표라고 할 수 있습니다. 그래서 장학성章學誠은 「심풍지가 학문을 논한 것에 답하다答沈楓墀論學」에서 이 세 가지를 간단하게 '문학文'과 '학문學'이라고 하였습니다. 원매의 「친구 아무개가 문학을 논한 것에 답하는 서신答友人某論文書」에서도 제

[역자 주] 황종희(黃宗羲)의 저작 중에서 우리나라에서 번역·출판된 책은 『명이대방록』과 『맹자사설』이다. 『황종희평전』도 나와 있다(쉬딩바오, 양휘웅 역, 『황종희평전』, 돌베개, 2009).

자들에게 어떤 삶을 살며 어떻게 독서를 하고 뜻을 세울지에 대해 알려줍니다.[*] 그 내용은 매우 실제적이고도 실용적입니다. 곧 우선적으로 생각해보아야 할 점은 자신이 입전될 곳이 「문원전文苑傳」인지 「유림전儒林傳」인지를 확실하게 하는 것입니다. 이 둘의 목표는 다른데, 자신에 대한 기대, 지식의 배경에서 발전의 방향에 이르기까지 모두 다릅니다. 오늘날 우리가 하는 말로 하자면 작가가 되고 싶은지 아니면 학자가 되고 싶은지 일찍부터 입장을 정하는 것이 최선이라는 것입니다. 재능 있는 수많은 젊은이들 중에서 둘 사이를 배회하면서 늙을 때까지 하나도 제대로 이루지 못하는 사람들을 보면, 학자에 비해서는 문예적이고 문인에 비하면 학자에 가깝습니다. 이래서는 안 되며 분명히 제대로 하지도 못할 것입니다. 원매는 젊은이들에게 「문원전」이나 「유림전」을 목표로 삼고 독서를 하라고 했습니다. 그러나 그는 그 밖에 또 다른 가능성이 있다고는 생각지 못했는데, 그것은 바로 어떤 전傳에도 못 들어가는 것입니다. (학생들 웃음) 어쨌든 장학성과 원매는 모두 '문학'과 '학문' 사이에 간극이 있다는 점을 인식했습니다. 이러한 사고방식은 내가 청나라 사람은 종합을 중시한다고 말했던 것과 별로 모순되지 않습니다. 청나라 사람의 입장에서 보자면 여러분은 상인이나 철학자 또는 정치가가 아니라면 책 읽고 학문을 하는 사람이었을 테니 '문학'과 '학문'이 가장 주된

원매(袁枚, 1716~1798)는 자가 자재(子才), 호가 간재(簡齋) 혹은 수원노인(隨園老人)으로, 전당(錢塘, 지금의 절강성 항주) 사람이다. 『소창산방집(小倉山房集)』, 『수원시화(隨園詩話)』, 『자불어(子不語)』 등의 저서가 있다. 건륭(乾隆)·가경(嘉慶) 연간의 학술 부흥기에 절대 다수의 학자들은 고거(考據)에 심취하고 사장(辭章)에 관심을 두지 않았다. 문인으로 자부하던 원매는 남송(南宋)의 성리학(性理學), 명대(明代)의 시문(時文)과 청대(淸代)의 고거(考據)를 함께 고문(古文)의 세 가지 폐단으로 지목하였다. 뿐만 아니라 그 중에서 특히 고거의 폐단이 가장 크다고 주장하였다고 한다.(「정즙원에게 보내는 편지[與程蕺園書]」) 원매는 자료의 취사와 안배[剪裁]에 능하여 "박학한 거유[博雅大儒]"들에게 인정을 받았고 또 홀수구와 짝수구를 결합시키는 수법을 사용하여 동성파(桐城派)의 '의법(義法)'을 우습게 보았다. 그의 글은 육조(六朝)의 변려문(騈儷文)을 아울러 취하고 홀수구와 짝수구를 번갈아 썼으며 당시 사람들이 당송 팔대가의 글을 배울 때 평이한 구양수와 증공의 글에서 시작하고 웅건하고 속되지 않은[奇峭] 한유와 유종원의 글은 배우지 않는 것을 부정적으로 바라보았다. 이 모든 것은 다 동성파의 말류(末流)의 속되고 나약하여 떨치지 못하는 병폐를 제대로 꼬집은 것이다.

두 갈림길이었을 것입니다.

다시 돌아가서 말하자면 중국인은 옛날부터 "글은 학문 없이는 성립할 수 없고 학문은 글 없이 행해질 수 없다"는 식으로 생각했습니다. '글'과 '학문', 이 두 가지는 딱 잘라서 나눌 수 없습니다. 이러한 측면에서 보면 청대의 문인과 학자는 모두 나름의 장점과 편견이 있다는 점을 알 수 있습니다. 예컨대 동성파는 한학가漢學家들에 대해 "글을 잘 못쓴다不文"라고 비웃었을 것이고 반대로 대진戴震 같이 건륭·가경 시대를 대표하는 인물들도 요내 등의 동성파를 "학식이 없다不學"라고 비웃었을 것입니다. 학자는 학식이 없다고 문인을 비웃고 문인은 글을 잘 쓰지 못한다고 학자를 비웃었으니, 이런 기싸움은 여러 시대에 모두 있었지만 청대에 와서 무척 선명하게 드러났던 것입니다. '글'과 '학문'이 분기되어 발전하는 추세와 '전업화專業化'하는 추세를 의식한 뒤 다시 이를 종합하려고 힘써 노력하게 된 것입니다. 물론 모두가 다 그것을 실현할 수 있었던 것은 아닙니다. 하지만 만약 실현했다면 비범한 솜씨를 보였을 것이고 볼 만한 결과를 만들어 냈을 것입니다. 오늘 말하려고 하는 것은 바로 이 문제입니다.

문인이 되려고 하지 않을 때 좋은 글이 나온다

꼭 문인이 되겠다고 마음을 먹어야 비로소 최고의 글을 쓸 수 있는 것은 아니라는 것이 황종희의 일관된 생각이었습니다. 이러한 생각은 청나라 사람들이 골치 아파했던 문제, 바로 글과 학문을 어떻게 겸비할 것인가의 문제와 직접적으로 대응됩니다. 사실 이 문제는 지금도 해결되지 않고 여전히 우리, 특히 중문과의 재능 있는 학생들을 곤혹스럽게 합니다. 여러분이 북경대학 중문과에 진학할 때 분명히 이런 이야기를 들은 적이 있을 것입니다. "북경대학 중문과에서는 작가를 양성하지 않는다"는 중문과 주임 양후이楊晦, 양회 선생의 명언 말입니다. 이른바 '작가를 양성하지 않는다'는 말은 문학창작을 경시하는 것이 아니라, 중문과는 교육과 연구 기관이고 다양한 업무를 수행하고 있기 때문에 유명한 작가를 배출하는 것을 주된 목표로 삼고 있지 않다는

陳平原, 「"文學"如何"教育"?」, 『文匯報』, 2002.2.23.

뜻입니다. 그리고 문학창작이란 학술연구와는 다르게 대체로 개인의 천부적인 자질과 삶의 경험이 결정적인 역할을 하지 독서를 얼마나 했는가와 절대적인 상관관계를 맺는 것은 아닙니다. 양 선생의 이러한 주장은 찬성하는 사람도 있고 반대하는 사람도 있을 만큼 지금도 여전히 흥미로운 화제입니다. 이것은 물론 대학의 중문과가 가지고 있는 성격과 관련되어 있습니다만, 또 다른 측면으로는 우리도 점차 의식하고 있듯이 '글'과 '학문' 사이의 간극과 소통은 쉽게 해결할 수 없는 큰 문제라는 것입니다.

당연한 말이겠지만 전통적인 중국 지식인은 대부분 문인이자 학자였습니다. 이러한 전통은 만청晚淸의 장타이옌章太炎, 량치차오梁啓超 세대로 쭉 이어졌습니다. 심지어 중화민국中華民國 시대의 루쉰 같은 사람들도 여전히 이러한 전통을 답습하고 있었습니다. 그러나 1950년대 이후의 대학생은 이른바 작가와 학

자로 거의 분명하게 나뉩니다. 여러분은 당대當代 중국의 수많은 유명 작가들이 실제로 거의 학문을 하지 않았다는 것을 알 수 있을 것입니다. 이 또한 많은 사람들이 공격하기 좋아하는 부분으로, 예컨 대 류신우劉心武, 유심무가 어떤 책을 잘못 인용했고 위츄위余秋雨, 여추우가 어떤 잘못된 이야기를 했다고 조롱합니다. 그러나 다른 한편으로 학자들이 쓸 수 없는 좋은 글은 공격의 대상이 결코 아니었습니다. 학자들도 물론 학식이 없다고 문인을 조롱할 수는 있지만 반대로 작가들이 글을 못 쓴다고 학자를 비웃는 것도 받아들여야 할 것입니다. 사실 나도 자칭 '이단'이라는 일군의 지식인들이 북경대학의 이러한 '정통파'에 대해 마땅치 않게 생각하고 있다는 사실을 알고 있습니다. 그 중의 하나가 바로 저명하고 영향력 있는 많은 학자들을 글을 못 쓴다고 비판하는 것입니다. "글을 못 쓴다"는 것은 고대 문자를 고증하거나 경제사를 쓰는 다른 전공의 연구자에게는 크게 상관이 없을지 몰라도 만약 문학을 연구하는 경우라면 분명히 문제가 됩니다. 표현을 잘 한다는 것은 화려한 문체를 구사하는 것도 아니고 나아가 형용사를 남발하거나 재주를 과시한다는 뜻이 아닙니다. 소동파의 말을 빌리자면 그것은 마음속으로만 분명한 것이 아니라 입으로 한 말과 손으로 쓴 글에서도 분명하다는 뜻입니다.* 이것은 분명히 어려운 일입니다.

절강고적출판사에서 출판한 『황종희전집黃宗羲全集』 제2책에는 황종희의 명저 『금석요례金石要例』가 실려 있는데 뒷부분에 「논문관견論文管見」이

[역자 주] 중국문학의 시대 구분에서 '당대(當代)'와 '현대(現代)'가 가리키는 시기는 다르다. 현대는 1917(1919)~1949년을, 당대는 중화인민공화국이 성립된 1949년부터 현재까지를 가리킨다.

"공자께서 말씀하시기를 '글은 꾸미지 않으면 널리 전해지지 못한다言之不文, 行而不遠'라고 하셨고 또 '글은 전달만 하면 된다辭達而已矣'라고 하셨다. 말은 뜻을 전하면 된다는 것을 꾸미지 않는다고 이해한다면 이는 크게 잘못된 것이다. 사물의 오묘함을 구하는 것은

첨부되어 있습니다. 글은 매우 짧아서 불과 1천여 자 정도지만 매우 탁월합니다. 황종희는 문예를 논한 글이 매우 많았기 때문에 몇 가지 원칙을 가지고 자세하게 논해보고자 합니다. 황종희의 관점에서 보면 학자란 본래 글을 쓴다는 생각을 가지고 있지 않지만 일단 쓰게 되면 당송팔대가唐宋八大家를 넘어설 수도 있습니다. 마치 「이고당문초 서문李杲堂文鈔序」에서 이런 종류의 글은 "격식에서 탈피"해서 구양수와 증공曾鞏, 『사기』, 『한서』를 모방하려고 하지 않아도 오히려 자신의 개성이 있는데 이것이 바로 학자의 글이 가진 장점이라고 한 것처럼 말입니다. 이 이야기는 매우 일리가 있습니다. 만약 믿지 못하겠다면 귀유광歸有光을 위시한 동성파의 문인들의 글과 중화민국 시기 주쯔칭朱自淸, 주자청 같은 유명한 산문가들의 글을 읽어 보기를 바랍니다. 글은 매우 좋지만 희미하게 어떤 수식이 있다는 점을 분명히 느끼게 될 것입니다. 다시 말하면 신경써서 만들고 오랫동안 생각하게 되면 일종의 투식에 빠지기 쉽습니다. 이러한 글은 규범을 따지고 수식을 중시하여 그 이후의 창작에서 여러 번 복제되면서 쉽게 패턴화 되어 처음의 예리한 분위기와 신선한 아이디어를 잃어버리게 됩니다. 딱 봐도 좋은 글이지만 그것은 열심히 생각해서 만들어낸 것입니다. 아무리 좋은 글이라도 여러 시대에 걸쳐 모방하게 되면 진부해집니다. 그러나 학자들은 이와는 달리 굳이 「문원전」에 비집고 들어갈 생각이 없으므로 글을 쓸 때 마음이 편해져서 자연스럽게 자신의 학식과 정감을 꺼내서 오히려 당대의 작품 틀이나 유행을 뛰어넘을 수도 있습니다. 좋은 글을 쓰겠다는 의도가 있는 사람은 평생 고심하는데, 많은 사람들이 그렇게 하다보면 비슷한 문장이 나오기가 쉽습니다. 반대로 이러한 방식에 신경 쓰지 않는 학자라면 남다른 솜씨를 발휘하여 좋은 글을 쓸 수도 있을 것입니다. 오늘 주로 이 문제에 대해 이야기하려고 합니다.

이 문제를 논할 때 먼저 이른바 '당송팔대가'에 주목해주시기 바랍니다. 명·청 이후 귀유광과 동성파가 집대성하고 제창한 덕분에 당송팔대가는 '문장전범文章典範'이라는 주장이 이미 사람들의 마음속에 파고들었습니다. 그래서 오늘날 굳이 중문과 학생이 아니라고 해도 모두들 당송팔대가를 알고 있을 뿐만 아니라 한유韓愈와 유종원柳宗元에서 시작해서 순서대로 이름을 외울 수 있습니다. 이렇게 유행한 당송팔대가를 오직 저우쭤런만 호되게 비판했을 뿐입니다. 그는 이후에 모방한 사람들이 나쁘다고 하지 않고 시조始祖인 한유로부터 시작해서 하나하나 모두 비판합니다. 어째서일까요? 저우쭤런은 한유가 대단한 척 하면서 "성현을 대신하여 말을 하는데" 이것이 쉽게 자기 본연의 개성을 잃어버리게 하는, 좋지 않은 기풍을 만들어냈다고 생각하기 때문입니다. 그런데 이 점은 황종희가 글을 쓸 때 "격식에서 탈피해야 한다"라고 주장했던 것과 흡사합니다. 그러나 황종희는 당송팔대가의 글을 부정했던 것은 결코 아니었고 오히려 『논문관견論文管見』에서 "글을 배우는 사람은 삼사三史와 팔가八家를 숙독해야 한다"라고 했을 뿐만 아니라 때때로 한유, 유종원이 경험했던 바를 사례로 들고 있습니다.

"한유의 글이 8대의 쇠락한 문풍을 흥기시켰다고 하는데 사실 그의 문장은 허황되고 잘난체하는 거친 것으로, 질박하고 우아한 것의 대척점에 있다."(『풍우담(風雨談)』「가훈에 대하여[關於家訓]」; "(한유의 글에서) 나는 다만 그가 잘난체하고 모양새를 취하려고 하는 것만 보았을 뿐인데 이것이 바로 책사(策士)의 글이었다."(『고차수필(苦茶隨筆)』「창전지이(廠甸之二)」) "한퇴지는 특히 가식적인데, 머리를 흔들고 발을 구르는 그 모양새란(…중략…) 이는 완전히 낡

아빠진 팔고문(八股文)의 곡조로, 읽으
면 구역질이 나는데 8대의 변려문에 언
제 이런 진흙탕이 있었단 말인가?(「문
학사의 교훈[文學史的敎訓]」, 『입춘이전
(立春以前)』)

[역자 주] '삼사(三史)'는 보통 『사기』,
『한서』, 『동관한기(東觀漢記)』를 가리
킨다. 『후한서』가 나온 후에는 『후한
서』가 『동관한기』를 대신하여 '삼사'에
포함되었다.

황종희가 당송팔대가를 어떻게 보고 있었는지
를 잘 설명해주는 또 다른 예가 있습니다. 황종희
는 만년에 쓴 『사구록』의 항목 중 「전겸익錢謙益」에
서 "이때 공은 한유, 구양수를 글에서의 '육경'이라
고 하였다"라고 언급합니다. 한유, 구양수의 글을
지식인들이 반드시 각고의 노력을 기울어야 할
'육경'에 비견하고 있는데 이 말은 이것이 모든 학
문 또는 모든 글의 근본이라는 뜻입니다. 전겸익의 이러한 평가
는 예사롭지 않습니다. 다음의 이 구절은 더 흥미로운데 내용은
전겸익이 어떻게 팔가문八家文을 공부했는가 하는 것입니다. "책
시렁에 팔가의 문장을 직접적 서술直敍, 의론議論, 단서일사單序一
事, 제강提綱 등 작법에 따라 분류하여 놓은 것을 보았는데 종목
이 십여 가지가 넘었다." 당송팔대가의 글을 작법으로 분류하여
여기에 대해 열심히 생각해서 본보기로 삼았다는 사실에서 그
가 얼마나 깊게 마음을 쓰고 있었는지 알 수 있습니다. 여러분들
이 모두 알고 있듯이 전겸익은 청초의 몇 안 되는 대시인이자 대
학자이며 높은 안목을 가진 사람이어서 이렇게 한유와 유종원
등의 고문가古文家를 흠모하는 일은 극히 드문 경우였습니다. 황
종희가 이 구절을 말할 때는 그저 존경의 뜻 외에 어떤 조롱의
의도도 가지고 있지 않았습니다. 물론 황종희가 글에 대해 말할
때는 팔대가八大家를 따라해야 한다고만 한 것은 아닙니다. 「논
문관견」에는 몇 가지 측면에서 주목할 대목이 있습니다.

먼저 "글을 배우는 사람은 삼사와 팔가를 숙독해야 하며 평소
가지고 있던 재산을 다 쓰는 한이 있더라도 새 책을 모아야 한다"

라고 했는데 이 점은 전통을 계승해야 한다고 강조하는 모든 사람들이 모두 이렇게 말할 것이기 때문에 매우 잘 이해할 수 있습니다. 주목할 부분은 다음의 경계입니다. 글을 잘 쓰려면 깊은 학식 말고도 '자질구레한 일'과 '일상적인 이야기'를 첨가해야 한다는 것입니다. 이 말은 여러 종류의 다양하고도 고상하지만은 않은 지식들을 가져와서 글을 쓰게 되면 더욱 더 훌륭하게 된다는 것입니다. 경사經史는 물론 여러 크고 작은 글과 일반 서민들의 일상적 경험에 대해서도 모두 분명하게 알고 글에 녹여서 자유자재로 사용할 수 있어야 합니다. 이것은 동성파가 중시했던 '고결雅潔'과는 전혀 다릅니다. 청나라 사람들이 동성파를 비판했던 주된 이유는 그들의 독서범위가 매우 좁았다는 것이었습니다. 독서의 범위가 좁으면 학식이 깊지 못할 뿐 아니라 더 치명적으로는 사상이 편협해집니다. 평생 동안 몇 종의 책만 읽은 뒤에 글을 쓰게 되면 깔끔하기는 하겠지만 생기도 없고 정감도 없습니다. 역사가는 이와는 달리 많이 듣고 널리 아는 것이 매우 중요해서 '삼사三史와 팔가八家'는 물론이고 '자질구레한 일'과 '일상적인 이야기'도 도외시할 수 없습니다. 여러분은 '역사'에서 출발한 문인일수록 일반적으로 관심사가 광범위하고 사상도 비교적 유연하여 쓴 글을 보면 대범한 경우가 많다는 것을 알게 될 것입니다. 이것이 내가 말하고자 하는 첫 번째 부분입니다.

보통 황종희의 문학관에 대해 말할 때 모두 그가 근본은 '육경'에 바탕에 두고 시는 성정性情을 중시해야 한다고 얼마나 주장했는지 이야기할 것입니다. 나는 이러한 이야기보다는 황종희가 문예와 학문 사이에 놓인 영원한 모순을 어떻게 대면했고 어떻게 이 둘 사이의 간극을 초월했는지를 집중적으로 말하고자 합니다. 첫 번째는 방금 말했듯이 여러 가지 지식을 새롭게 축적하고자 노력하는 것입니다. 두 번째는 글을 쓸 때 모방을 중시하지는 않되 "옛 문체의 형식이 마음속에 구비되지 않은 바가 없도록" 해야 합니다. 글을 쓸 때 모방을 중요하게 생각하지 않고 자신의 마음속의 생각을 펼치려고 하는 것, 이것은 만명 문인들이 즐겨하던 말이었는데, 예컨대 원중랑 같은 사람들은 모두 단호하고도 빼어난 표현력이 있었습니다. 황종희의 특징은 모방을 하지 않으면서도 문체의 법식을 중시한다는 점에 있습니다. 왜 그런 것일까요? 큰 주제에 압도당하지 않기 위해서였습니다. 고금의 문체와 법식을 마음속에 모두 갖추고 모든 문체를 잘 구사하게 된 이후에 다시 독창성을 논해야 한다는 것인데 이것은 부산이 말한 "정도가 있어야 기이함이 있게 된다. 정도가 극치로 가면 기이함이 되며, 기이함이 있게 되면 변화가 생긴다有正才有

奇, 正之極爲奇, 有奇才有變"는 사고와 부합하는 것입니다.* 이것은 모두 지나치게 개인의 재능과 감정에 치중했던 만명 문인에 대한 반발입니다. 마음속 감정을 그대로 표현하는 것도 좋지만 만약 고금의 문체와 법식을 잘 알지 못한다면 그 글은 큰 편향성을 드러내게 될 것입니다. 참신하지만 깊이가 얕고 또 특정 주제에 국한될 것입니다. 만명 문인들에게는 분명히 단편은 잘 쓰는데 방대한 주제는 감당하지 못하는 그런 문제점이 있었습니다. 역사가의 취미는 이와 달라서 단편적인 글도 좋아하지만 묵직한 주제를 더 중시합니다. 큰 주

부산(傅山)은 『상홍감문집(霜紅龕文集)』「자훈(字訓)」에서 이렇게 말했다. "글씨를 쓰는 묘법 역시 바른 데 있다. 그러나 바른 것은 딱딱한 것이 아니고 죽은 것이 아니며 다만 옛 법을 따르는 것일 뿐이다", "글씨를 쓰는 데는 기이하고 정교함이 없으며 다만 바르고 서투른 것이 있을 따름이다. 바른 것이 극치에 달하면 기이함이 생겨나 큰 정교함이 마치 서투른 것처럼 보이는 경지에 이르게 된다."

제를 장악하지 못하고 감당할 수 없는 사람을 진정한 호걸지사라고 할 수는 없습니다. 원중랑과 귀유광, 방포方苞, 요내 같은 사람들의 글을 읽다 보면 이런 순수 문인들은 분명히 스케일이 큰 주제를 감당할 수는 없을 것이라는 점을 깨닫게 될 것입니다. 귀유광이 초나라와 한나라의 싸움을 보고 사마천처럼 천지를 놀라게 하고 귀신도 울게 할 방대한 스케일의 글을 쓸 수 있을 것이라고는 상상조차 안 됩니다. 이것은 편폭이나 기세의 문제만이 아니라 글 쓰는 사람의 경험과 마음 상태, 그리고 기량과 큰 관련을 가지고 있습니다. 큰 주제에 압도당하지 않고 자유자재로 여러 형식의 글을 쓸 수 있어야 높은 경지라고 할 수 있을 것입니다.

세 번째는 "서사에는 반드시 운치가 있어야 하며 상투적이어서는 안 됩"니다. 보통 사람들이 이 두 구절을 읽게 되면 이것은 소설가의 잔꾀가 아닐까라고 쉽게 말하겠지만 황종희는 『진서晉書』와 『남북사南北史』에 실린 열전을 읽는다면 이것도 역사가의 특기라는 것을 알 수 있으리라고 생각했던 것입니다. 이른바 "한두 가지 상관없는 사건에 대해 쓸 때마다 그 사람의 정신이 더 생동감 있게 드난다"는 것인데 우리가 황종희의 「손녀 아영의 묘전女孫阿迎墓磚」, 『사구록』 같은 글을 읽게 되면 이것도 황종희의 글이 갖는 특색이라는 점을 알게 될 것입니다. 물론 이 "상관없는 한두 가지 사건"은 아무렇게나 고른 것은 아닙니다. 인물의 정신과 성격을 부각시켜야 하므로, 인생의 중대사와 관련된 자질구레한 사건들입니다. 앞에서 구양수에 대해 언급할 때 이 점을 이야기했고 『사기』는 더욱 더 이렇다고 말했는데 이것은 분명히 사람을 묘사하는 비결입니다. "서사에는 반드시 운치가 있어야 한다"는 것에 반대할 사람은 없을 것입니다만 여기에서 분별해야 할 것은 이른바 "소설가의 잔꾀" 부분입니다. 사실 황종희가 말했던 것처럼 이러한 종류의 묘사 기법은 소설가가 독점하는 것이 아닙니다. 방포 같은 동성파 문인들은 구더기 무서워 장 못 담그는 식으로 소설 기법을 최대한 피하다보니 글이 깔끔해지기는 했지만, 대신 살아있는 듯한 생동감은 확연히 부족합니다.

네 번째는 어떻게 경전을 활용할 것인가 하는 문제입니다. "경전의 말을 많이 인용"해야 하는 것인지 아니면 "성인의 뜻을 담아 표현해야" 하는 것인지는 문장가의 입장에서도 난처한 문제였습니다. 최근에 북경대학에서 '다양한 아름다움多元之美'이라는 이름으로 비교문학 국제회의가 열렸을 때 내가 제출했던 논문은 「현대 중국의 학술 문체-'경전 인용'을 중심으로」였는데 그 내용이 바로 이러한 어려움에 대한 것이었습니다.[*] 글이 반드시 '육경'에 바탕을 두어야 하는 이유는 사상과 학문의 기초를 정립하기 위해서지만, 이와 함께 글 자체를 고려한 측면도 있습니다. 황종희는 글에 직접적으로 경전을 인용하기를 좋아하는 유향劉向과 증공 같은 사람들에 대해 마땅치 않게 생각했습니다. 이렇게 하면 사상이 정확해지고 학문 또한 구체적으로 드러나는 측면이 있겠지만 글의 정취는 완전히 사라지게 될 수도 있습니다. 한유와 구양수처럼 성인의 뜻을 완전히 깨달은 뒤에 다시 자신의 언어로 이를 표현해야만 문장이 살아 숨쉴 수 있습니다. 이 점에 대해서는 사실 옛사람들이

陳平原, 「現代中國的述學文體-以"引經據典"爲中心」, 『文學評論』, 2001년 제4기.

이미 결론을 본 바가 있는데, 예컨대 송대 인물인 진량陳亮은 「논작문법論作文法」이라는 글에서 "경전의 구절은 두 개 이상 통째로 가져오지 않고 사서史書의 구절은 세 개 이상 그대로 인용하지 않는다. 옛사람의 구절을 쓰지 말고 옛사람의 생각을 써야 한다. 옛사람의 뜻을 표현하되 옛사람의 구절을 쓰지 않아야 옛사람이 도달하지 못한 곳으로 나아갈 수 있다"라는 절묘한 표현을 했습니다. 이것은 경험담으로, 그래서 명대 고기高琦의 「문장일관文章一貫」과 청말 민국초 淸末民初의 린수林紓, 임서의 「춘각재논문春覺齋論文」에서도 이 말을 그대로 가져다 쓴 것입니다. 인용문을 대량으로 사용하게 되면 한 편의 글이 갖는 통일감을 저해하고 글의 맥락을 끊지만 인용문이 없으면 학술적인 느낌을 주지 않기 때문에, "『주역』에서 『시경』의 내용을 한두 마디 가져다 수식하는 것 또한 고문古文에서는 일상적인 일"인 것입니다.

> "經句不全兩, 史擧不全三, 不用古人句, 只用古人意, 但用古人語, 不用古人句, 能造古人所不到處".

> 林紓, 『춘각재논문(春覺齋論文)』, 「글 쓸 때 금기 16가지[論文十六忌]」.

다섯 번째로는 논리를 위주로 글을 쓰는 것은 학자의 글이 가진 특징이라는 것입니다. 글을 쓸 때는 서사적으로 쓸 수도 있고 서정적으로 쓸 수도 있으며 논증적으로 쓸 수도 있습니다. 서정성을 부각시키는 글을 쓰는 것은 시인이나 사인 詞人이 자신의 본업이므로 당연히 더 잘 할 것이고 서사에 치중하는 글이라면 역사가가 더 잘 할 것입니다. 그러니 문장가들이 '의론'을 가장 중시하는 것은 당연한 일입니다. 황종희는 이치를 따지는 것을 중심으로 하는 '의론'이라고 할지라도 반드시 메마르거나 얄팍해 보이지 않도록 감정이 녹아들어야 한다고 주장했습니다. 그래서 그는 구양수가 "친구에 대해 쓰면서 울먹이지 않은 적이 없었고志交友, 無不鳴咽” 유종원이 “신세타령을 할 때 처량하기 짝이 없었다言身世, 莫不凄愴”라고 특히 강조했습니다. 고민이 있고 눈물이 있고 진실한 정감이 그 이면에 있어야 논리적으로 말할 때에도 감동시킬 수 있습니다. 황종희의 글을 읽어보면 「천일각장서기天一閣藏書記」처럼 학술에 근간을 두는 글조차도 시시콜콜하게 자신의 경험과 느낌 등이 모두 들어가 있습니다. 논리적인 글은 그렇게 해야만 틀에 박힌 느낌을 주지 않을 수 있습니다.

마지막으로는 내가 처음에 말했던 것인데 바로 황종희가 “예부터 지금까지 문인이어야만 훌륭한 글을 쓰는 것은 아니다”라고 주장했다는 것입니다. 어떤 이유에서 이렇게 말했을까요? 옛날부터 최상의 글은 꼭 문인이 쓴 것만은 아니었습니다. 구류백가*는 그저 자신의 깨달음과 아이디어를 억누를 수 없는 감각으로 자연스럽게 표현했던 것이고 이렇게 해서 훌륭한 글이 되었던 것입니다. 이 주장은 문인만이 훌륭한 글을 쓸 수 있다는 가설에 반

[역자 주] 구류백가(九流百家)는 제자백가의 아홉 가지 유파를 가리킨다. 전국시대의 사상가들은 유가, 묵가, 도가, 음양가, 명가, 종횡가, 법가, 잡가(雜家), 농가(農家)의 9개 유파로 나뉘었다.

론을 제기한 것입니다. 이러한 반론은 황종희 자신의 글에서 이미 충분히 증명이 되었습니다. 이것은 사실 그의 전 생애에 걸친 경험과 관련이 있습니다. 전조망全祖望은 「이주 선생 신도비문梨洲先生神道碑文」에서 황종희는 왕조 교체기에 살면서 비분강개하며 정의를 향해 나아가는 열혈남아에 대한 글을 많이 썼고 특히 청에 대항하다가 죽은 ‘순국 열사들’에 대해 각별하게 칭양했기 때문에 그의 비문碑文은 읽을 만했고 전할 만하였다고 썼습니다. 역사가는 본디 서사에 능한데 게다가 황종희는 문장력을 중시하

였고 이와 함께 표창 대상이 불멸의 충혼들이었기 때문에 황종희의 글이 스케일이 커지고 생기가 있게 된 것도 당연한 일입니다. 방금 전에 말했던 것처럼 '큰 주제'란 쓰고 싶다고 해서 쓸 수 있는 것이 아니라, 우리가 맞닥뜨리는 삶, 우리가 처해있는 시대, 우리 개인의 기질과 모두 관련을 맺고 있습니다. 이렇게 기세등등한 시대와 이렇게 기운찬 수많은 사람들이 필력과 잘 만날 수만 있다면 매우 쉽게 훌륭한 문장이 될 수 있을 것입니다.

예컨대 1980년대 후반에 장중싱張中行, 장중행이 간행한 『부훤쇄화負暄瑣話』와 『부훤속화負暄續話』를 많은 사람들이 모두 좋아했던 기억이 납니다. 반 정도는 장 선생의 아름다운 필치 덕분이고 또 다른 반 정도는 생동감 넘치는 북경대학 사람들의 기질 덕분이었을 것입니다. 우리가 잘 아는 대로 20~30년대 '북경대학 고참'을 형상화하기는 쉬운 반면 50~60년대 '북경대학 신참'들을 형상화하기는 어려운데, 서술 자체가 어려운 것이 아니라 잘 쓰기가 어렵기 때문입니다. 작자 자신의 능력도 문제가 되겠지만 사실 표현 대상과 더 긴밀한 관계가 있었던 것입니다. 마치 만청시대 또는 '5·4', 두 시대 사람들의 경우 마음을 먹고 쓰기만 하면 자연스럽게 잘 쓸 수 있게 되는 것처럼 말입니다. 반대로 만약 대상 자체가 훌륭하지 않다면 우리가 아무리 심혈을 기울인다고 해도 별 볼 일 없을 것입니다. (학생들 웃음) 이것은 어쩔 수 없습니다. 때문에 만약 귀유광에게 큰 주제를 감당하지 못한다고 한다면 그것은 약간 불공평하다고 때때로 생각하는데 이것은 개인의 경험 및 안목과 깊은 관련이 있기 때문입니다. 원매도 마찬가지입니다. 이러한 의미에서 이른바 큰 주제, 스케일이 큰 글은 가끔 우연히 쓸 수는 있겠지만 노력한다고 쓸 수 있는 것은 아닙니다.

물론 시대상황뿐만 아니라 황종희의 기질 및 재능과도 관련이 있습니다. 그가 펴낸 산문선인 『명문안明文案』의 서문에서 황종희는 "감정이 지극한 경우에는 글도 모두 훌륭했다凡情之至者,其文未有不至者也"라고 했습니다. 깊은 감정을 쏟아 낸 열혈남아로 우리 같은 독서인이 쉽게 찬탄하고 인정할 만한 청초 학자를 꼽는다면 단연 황종희일 것입니다. 나는 왕부지王夫之의 사변이 황종희에 비해 더 정밀하고 고염무의 학식이 황종희보다 더 넓다는 것을 인정합니다. 그러나 또 청초의 학자 중에서 생명력과 심성과 학문이 혼연일체를 이루면서 그 위에 훌륭한 문장력으로 이를 표현할 줄 알았던 사람으로는 황종희가 최고였다고 굳게 믿습니다.

여기에서는 황종희의 너무나 자유분방했던 일생을 그냥 넘어갈 수는 없을 것입니다.

당인黨人 · 유협遊俠 · 유림儒林

전기傳奇적인 색채로 충만했던 황종희의 일생 또한 내가 그에게 흥미를 갖는 이유입니다. 관심이 있다면 그의 「자제自題」에 있는 다음의 구절을 읽어보는 것이 좋겠습니다.

처음에는 당인黨人으로 몰렸고 그 다음에는 유협으로 지목되었으며 마지막에는 유림으로 분류되었다. 그 사람됨에 대한 평가는 지금까지 여러 차례 바뀌어 왔다. 아마도 시대가 그렇게 만든 것일까, 아니면 그에게 복합적인 내면이 있어서일까?

동림당東林黨의 후예로 젊은 시절 황종희는 위충현魏忠賢 잔당을 청산하는 작업에 참여하였고 명이 멸망한 뒤에는 반청운동에 가담하여 여러 차례 체포되었습니다. 상황을 되돌릴 힘이 없다는 것을 깨달은 뒤에는 서재로 물러나서 결국 한 시대의 대유학자가 되었던 것입니다. 이렇게 '당인'에서 '유협', '유림'이 되는 과정은 내가 말한 전기적 색채로 충만한 일생을 만들어줍니다. 나는『천고문인협객몽』*에서, 중국 문인의 마음속에서 가장 이상적인 삶이 "젊어서는 돌아다니는 협객이었다가 중장년에는 타향살이하는 관료였다가 노년에는 노니는 신선이 되는 것"이라고 한 적이 있습니다.* (학생들 웃음) 그런데 이러한 경지는 한대의 유명한 재상 장량張良이 완벽하게 실현했을 뿐 그 밖의 사람들은 그저 어느 정도 나아간 것에 불과합니다. 완전하게 그렇게 할 수 있었던 사람은 극소수입니다. 그러나 그 경지에 도달하지 못했다고 해도 마음속으로는 지향했습니다. 황종희가 후대 사람들에게 추모되는 이유도 마찬가지일 것입니다.

황종희의 부친 황존소黃尊素는 명대 천계天啓 연간의 어사御史이자 유명한 동림당인이었는데 위충

陳平原,『千古文人俠客夢』, 北京 : 人民文學出版社, 1992.

"중국 문인의 이상적인 인생의 경지는 아래의 공식으로 표시할 수 있다. 젊어서는 돌아다니는 협객遊俠이었다가 중장년에는 타향살이하는 관료遊宦였다가 노년에는 노니는 신선遊仙이 되는 것이다. 이런 인생의 경지를 가장 잘 대표할 수 있는 사람은 한(漢)나라의 유후(留侯) 장량張良이다. (…중략…) 중국 역사에서 장량처럼 이 세 가지를 원만하게 실현한 사람은 아마 많지 않겠지만 이런 인생의 이상은 천백 년 동안 중국 문인이 꿈꾸어왔던 것이었다. 이 세 단계는 서로 관련이 있지만 모두 각자의 독립적인 가치를 가지고 있으며, 전자는 절대 후자를 위해 조건을 마련하기 위한 것이 아니었다."『千古文人俠客夢』, 北京 : 人民文學出版社, 1992, pp.202~203.

현의 모함을 받아 옥사했습니다. 1628년 황종희는 북경으로 가서 아버지를 대신해서 억울하다고 소송을 걸었는데 그 때 숭정황제崇禎皇帝는 이미 동림당인을 복권하였고 위충현은 죽고 난 뒤였습니다. 위충현 잔당들을 신문할 때 황종희는 재판정에 나아가서 반대 증언을 했는데 재판정에서 그는 숨기고 있던 날카로운 송곳으로 허현순許顯純을 마구 찔렀고 나중에는 황종희의 부친을 감금했던 옥졸을 때려죽였습니다. 이 일은 그 당시에 널리 전해졌습니다. 이렇게 혈기 넘치는 동림당의 후예라면 청나라 군대가 남하한 뒤에 분명히 세상을 놀라게 할 행동을 할 것입니다.

절강고적판 『황종희전집』 제11책에는 「괴설怪說」이라는 항목이 있는데 사는 동안 만났던 재난에 대해 서술하고 있습니다. 다음 대목은 옮길 만할 가치가 있습니다. 청나라 군대가 남하한 이후에 "나에게 현상금을 건 것이 둘"이었는데 이는 곧 관청에서 황종희의 목에 현상금을 걸었던 것이 두 차례였다는 뜻입니다. 또 "성을 지키다가 적병에게 포위된 적이 한 차례, 반란죄로 고발당한 것이 두세 차례"라는 것은 청나라 군대가 남하한 뒤에 군사와 백성들을 이끌어 성을 시켰지만 나중에는 모반한다고 고발해 어쩔 수 없이 가는 곳마다 몸을 숨기게 되었다는 뜻입니다. 이 외에도 수많은 곤경을 겪어 "열 번은 죽을 고비를 넘겼다고 할 수" 있었습니다. 이렇게 언제나 칼끝을 피해 도망 다니면서 생사의 기로에 처해 있었기 때문에 목숨을 건 그의 경험은 순수한 서생과는 달랐던 것입니다.

기세등등했던 젊은 시절의 정치적 삶과 서재에서 저술에 몰두했던 만년의 삶은 사실 크게 관련이 있습니다. 이 또한 우리가 흥미진진해 하는 부분입니다. 일개 서생이었다면 삶이 지나치게 평범해서 그다지 극적인 부분이 없었을 것입니다. 그리고 "책을 남기지 않은 협객"이었다면 그의 행동은 널리 전파되었을지 몰라도 그의 학설이나 사상은 시간이 지나면 세상 사람들에게 잊힐 것입니다. 황종희 같은 사람은 이 세 가지를 하나로 결합시켰는데 이것은 쉽지 않은 일입니다. 후세에 유전된 것은 주로 그의 저작이었지만 만약 그가 동림당인이라고 지목되지 않고 또 유협이라는 경력이 없는 상태에서 그저 서재에 처박혀 있었더라면 그의 깨달음과 사상은 분명히 달라졌을 것입니다. 황종희의 파란만장한 글은 서재에 틀어 박혔던 건륭·가경 연간의 여러 노학자들로서는 상상할 수 없는 경지였습니다.

내가 말하고자 하는 핵심은 동림당의 후예로서 황종희가 어떻게 떨쳐 일어나 엄당閹黨의 잔당과 항쟁했는가도 아니고, 또 어떻게 청나라 군대와 맞붙었는가도 아닙니다. 역사서에서는 "그가 죽지 않았던 것은 모두 천행天幸이었다"라고 하는데 확실히 그렇습니다. 만약 하늘이 도와주지 않았다면 우리는 그저 역사서에 황종희라는 열사가 있었다는 사실만을 알 수 있을 것이고 (학생들 웃음) 그 밖의 다른 부분은 제대로 말할 수 없을 것입니다.

학자로서 황종희의 저작이 매우 많다는 것은 모두들 잘 알고 있을텐데 예컨대 『명이대방록明夷待訪錄』, 『명유학안明儒學案』, 『남뢰문정南雷文定』 등이 있습니다. 현재 절강고적출판사의 12권본 『황종희전집』이 있어 연구하기에 매우 편리합니다. 만약에 그의 '글'과 '학문'을 포함한 저술에 대해 비평하라고 한다면 나는

량치차오(梁啓超, 양계초, 1873~1929)
는 자가 탁여(卓如), 호가 임공(任公)이며
별호는 음빙실주인(飮氷室主人)으로 신
회(新會, 지금의 광동성) 사람이다. 『시
무보(時務報)』, 『청의보(淸議報)』, 『신민
총보(新民叢報)』, 『신소설(新小說)』 등의
편집장을 맡았으며 서양의 학설을 소개
하고 변법과 유신을 고취하고 '시단의 혁
명'과 '소설계의 혁명'을 주장하여 당시
에 높은 명성을 얻었을 뿐 아니라 매우 깊
은 영향을 미쳤다. 량치차오는 사유가 민
첩하고 저술이 매우 풍부하였는데 그것
을 『음빙실합집(飮氷室合集)』으로 엮었
다. 량치차오는 '변화의 시대(過渡時代)'
를 살았고 독서의 범위가 매우 광범위한
데다가 신문사의 편집 업무를 책임졌기
때문에 그의 글의 가장 큰 특징은 정해진
규범에 구애되지 않고 고유의 문체의 한
계를 깨뜨린 것이었다. 량치차오의 글에
는 고문과 시문(時文), 사전(史傳)과 어록,
사부(辭賦)와 불전, 심지어 일본어의 문
법과 서양의 어휘까지도 적지 않게 사용
된다. 예전 사람들은 문장을 논할 때 체제
와 방식을 강조하였기 때문에 여러 학파
들은 그 규율이 다르긴 했지만 모두 이른
바 '안 되는 것(不可)'이 있었으나 량치차
오는 전혀 구애되는 것이 없었다. '비속
한 언어(俚語)'와 '음률에 맞는 어휘(韻語)'
가 왜 서로 뒤섞일 수 있고, '정감(情感)'과
'조리(條理)'가 어떻게 조화를 이루는가
하는 것을 토론한 것은 모두 문제의 핵심
이 아니다. 량치차오의 글의 의미는 "글
을 마음대로 써서 검속하지 않는 것"이 가
져온 문체의 '해방'에 있다. 량치차오의
글은 거침이 없고 설득력이 강하며 스케
일이 크고 호탕한데 이는 물론 그의 '흘러
넘치는' '재기'와도 관련이 있지만 '신문
사의 글'의 자유분방함과 선동성의 영향
이 더 크다.

량치차오*의 『청대학술개론淸代學術槪論』의 구절을
인용할 것입니다. 이 대목은 원래는 청초 학술 전
반을 비평한 것입니다.

어지럽고 거친 와중에도 절로 원기元氣가 가득 찬
모습이 있었다.

정치항쟁을 했던 젊은 시절과 두문불출하며 저
술했던 만년이 확연히 대립되는 것은 아닙니다.
황종희는 반평생을 청조淸朝에서 보냈는데 1644년
에서 1695년까지 50년간, 끝까지 새로운 왕조에
협력하지 않았고 심지어 순치제順治帝가 조서를 내
려 박학홍사博學鴻詞로 불렀을 때도 응하지 않았는
데, 이러한 행동에는 매우 강한 의지와 신념이 필
요했다는 사실을 기억해 주시기 바랍니다. 청조에
들어선 뒤 황종희는 유민遺民의 입장을 견지하면
서 저술했고 이렇게 견고한 정치적 입장은 젊은
시절의 '의기'를 유지한 것으로, 자신의 의지든 강
요당했든 간에 자신의 입장을 바꾼 여러 시대의
수많은 독서인에 비할 때 황종희의 절조는 탄복할
정도입니다.

왕궈웨이가 청대 학술을 논할 때 매우 통속적
으로 형상화하여 "건국 초기의 학문은 규모가 컸고 건륭·가경
연간의 학문은 정밀했으며 도광道光·함풍咸豐 연간의 학문은 참

신했다"고 주장한 것을 기억할 것입니다. 이 말은 대체로 300년간의 학문의 변천을 파악했다고 할 수 있습니다. 글에 대해서 이야기한다면 이렇게 총괄해서 말할 수는 없을 것입니다. 그러나 나는 이 말을 빌려서 황종희의 글을 이야기하고 싶습니다. 량치차오가 말했던 "원기가 가득 찼다"와 왕궈웨이가 묘파했던 "기상이 웅대했다"는 말로 황종희의 사람됨과 글쓰기를 표창한다면 나도 대체적으로는 타당하다고 생각합니다.

만약 황종희의 글이 "기상이 웅대했다"는 것에 대해 동의한다면 그 다음으로 묻고 싶은 것은 도대체 어떤 요인으로 인해 황종희의 이러한 학자적인 글이 만들어졌을까 하는 것입니다.

광범위한 독서와 유연한 사상

모든 학자들의 글이 이렇게 '웅대'한 기상을 갖고 있는 것은 아닙니다. 황종희 글의 그 '스케일이 클' 수 있었던 원인은 매우 많겠지만 중요한 몇 가지를 말하고자 합니다. 여기에서는 여러분이 본문과 대조해서 읽기에 편하도록 주로 내가 엮은 『중국산문선』에 수록된 황종희의 글을 중심으로 논의하려고 합니다.

우선 학자인 이상 틀림없이 학식이 풍부할 것입니다. 전통시

왕궈웨이(王國維, 왕국유)는 「심을암선생칠십수서(沈乙庵先生七十壽序)」에서 이렇게 말했다. "우리 왕조의 300여 년 동안에 학술은 세 번 변했다. 국초(國初)에 한 번 변했으며 도광(道光)·함풍(咸豊) 연간에 한 번 변했다. 순치(順治)·강희(康熙) 연간에는 초창기여서 학자들은 대부분 명나라 유민이었다. 전란이 끝난 뒤에 경세에 뜻이 있어서 대부분 경세의 학문에 종사하였고 경사(經史)에서 그 근원을 찾아 명대의 구차하고 자질구레한 풍습을 쓸어버렸기 때문에 실학(實學)이 흥기하였다. 옹정(擁正)·건륭(乾隆) 이후에 기강이 펼쳐지고 천하가 크게 안정되자 고증학에 빠져들어 더 이상 그것을 경세의 도구로 생각하지 않게 되었고 경사소학(經史小學)을 전문으로 하는 학문이 흥하게 되었다. 도광·함풍 이후에 방향이 좀 바뀌어 경서를 이야기하는 자들은 금문(今文)까지 아우르게 되었고 역사를 고증하는 자들은 요(遼), 금(金), 원(元) 등 범위까지 망라하게 되었으며 지리를 연구하는 자들은 사방의 변방 지역까지 미쳐서 앞사람들이 하지 않은 것을 하려고 하였기 때문에 비록 건륭·가경 연간의 한 분야만 전념하는 학문을 계승하기는 하였지만 세상의 변화를 예견하였고 국초(國初)의 학자들의 경세의 뜻이 있었다. 그러므로 건국 초기의 학문은 규모가 컸고 건륭·가경 연간의 학문은 정밀했으며 도광·함풍 연간의 학문은 참신했다.

대 중국에서 서적을 출판하고 유통하며 소장하는 일은 매우 어려웠습니다. 지식인의 입장에서 본다면 대량의 장서에 접근할 수 있는가의 여부가 시야의 범위와 직접적으로 관련을 맺고 있었습니다. 그래서 나는 특별히 「천일각장서기」를 선택했는데 그 이유는 황종희가 가진 서생으로서의 측면과 독서의 범위를 부각시키기 위해서였습니다. 이른바 "독서도 어렵지만 장서는 더욱 어렵고 장서를 오랜 시간 동안 흩어지지 않게 하는 것은 더더욱 어렵다"는 것은 옛사람들이 늘 가지고 있었던 한탄이었는데 이는 독서할 시간이 없는 오늘날 사람들과 반비례 관계에 있는 듯합니다. 오늘 학교 오는 길에 친구는 나에게 『사고전서』 CD를 살 수 있는데 필요한지를 물었습니다. 과거에는 아주 많은 책을 소장하고 있다고 말하면 상당히 우아하게 느껴졌고 학문을 하는 듯했습니다. 지금은 그저 약간의 자료 CD만 있어도 매우 편리하게 쓸 수 있습니다. 이전에 『이십오사二十五史』, 『십삼경十三經』, 『전당시全唐詩』 같은 CD를 소장하게 되었을 때 처음에는 너무나 가슴이 떨렸지만 점차 약간 당혹스러워졌습니다. 나는 여전히 책을 읽어야 하나요? 나는 나중에 여러분도 이러한 문제에 직면할 것이라고 확신합니다. 책을 입수하는 것은 무척 쉽지만 여러분의 컴퓨터나 책장에 쑤셔 넣는 것은 여러분의 머릿속에 집어넣는 것과는 다릅니다. 이 점은 옛날 사람이 우리와 다른 지점인데, 예컨대 명·청 문인들의 최대의 어려움은 바로 어떻게 책을 입수하고 보관할 것인가 하는 것이었습니다. 독서의 욕망은 매우 강렬하지만 보관할 수 있는 책은 너무나 적고 이것은 너무나 괴로운 일이라 여러 곳으로 찾아가서 책을 읽어야 했습니다. 그래서 책을 소장한다는 것은 그저 문헌을 보관하는 것이 아니라 지식을 전파하고 인재를 육성하는 중요한 과정이 었던 것입니다.

황종희의 「천일각장서기」는 사실 '논論'으로 '기記'를 삼은 것입니다. 첫 단락의 감개는 "독서의 어려움"이고 두 번째 단락에서는 "장서의 어려움"을 토로했으며 세 번째 단락에서는 "오랫동안 책을 소장하면서도 흩어지지 않게 하는 것이 어려움 중의 어려움"이라는 내용으로 접어듭니다. 이러한 논의를 거친 뒤에 "천일각의 책은 범사마范司馬가 소장한 것"이라는 본격적인 주제로 접어듭니다. 그러나 범 씨의 장서 이야기로 넘어갔지만 천일각 장서루에 대해서는 간단하게 언급만 하고 넘어가고 실제 주제는 내가 그 때 어떻게 이 장서루에 올라가 책을 읽었고, 목록을 썼으며 이 목록이 또 어떻게 광범위하게 퍼져나갔는가에 대한 것입니다. 마지막으로는 강남의 장서가 범 씨의 자손들이 "자신의 눈을 소중히 여기듯이" 이 장서루를 보존하여, 구름과 연기처럼 부질없이 사라지게 하지 않았으면 좋겠다는 희망을 피력합니다.

이것은 학문적인 서적 애호가가 쓴 천일각으로 우리가 오늘날 서사적으로 또는 서정적으로 그려낸 천일각의 모습과는 사뭇 다릅니다.* 여기에서 강조하고 싶은 몇 가지 문제 중 한 가지는 문헌을 보존하고 전통을 유지하며 지식 공동체를 구축하는 존재로서 명·청 시대 강남 장서가의 의의에 대한 것입니다. 여러분이 알다시피 청나라 조정이 사고관四庫館을 만들면서 민간의

위츄위(余秋雨, 여추우)의 명문 「풍우천일각(風雨天一閣)」이 바로 매우 좋은 예인데, 그 글에서는 황종희가 누각에 올라간 일을 이렇게 묘사하였다. "의외로 범 씨 가족들은 모두 황종희 선생이 누각에 올라가는 것에 동의하였을 뿐더러 그가 누각에 있는 모든 장서를 자세히

읽어보는 것을 허락하였다. 이 일에 대해서 나는 줄곧 범 씨 가족의 문화 품격을 보여주는 하나의 증거라고 생각해 왔다. 그들은 장서가였고 본인들은 또 사상학계와 사회정치영역에서 별로 높은 지위를 갖고 있지 않았지만 여러 사람이 아닌, 한 사람을 위하여 그들이 깊숙이 간직하고 굳게 지키고 있었던 모든 곳의 열쇠를 내어주었다. 여기에는 선택이 있고 결단이 있었으며, 한 방대한 장서세가(藏書世家)의 인격이 빛나고 있었다. 황종희 선생은 소복을 입고 형겊신발을 신고서 조용히 누각에 올라갔다. 구리로 만들어진 자물쇠는 하나하나씩 열리고 있었으며 1673년은 천일각(天一閣)의 역사에서 특별히 빛나는 한 해가 되었다." 『秋雨散文』, 杭州 : 浙江文藝出版社, 1994, p.111.

"장서가의 존재는 학술 연구를 위한 중요한 조건 중의 하나이다. 그들은 역사자료를 소장하고 출판하며 그 자료들과 연관이 있는 학술의 연구를 위하여 필요한 참고문헌을 제공한다. 17, 18세기에 흥기했던 도서소장열풍에서 장서가와 실증연구와의 관계는 매우 밀접하다. 이런 장서가 없었더라면 문헌고증학자는 연구에 필요한 자료들을 얻을 수 없었을 것이다. 강남도서루(江南圖書樓)가 큰 발전을 이루고 출판 및 선본(善本) 출판업이 크게 진보한 것은 학술교류를 더욱 편리하게 하였을 뿐 아니라 새로운 자료를 제공해 주었다." 艾兒曼, 趙剛 譯, 『從理學到樸學-中華帝國晚期思想與社會變化面面觀』, 南京 : 江蘇人民出版社, 1995, p.101.
[역자 주] 원서명은 Intellectual and social aspects of change in late imperial china이다. 이 책은 국내에서는 『성리학에서 고증학으로』(양휘웅 역, 예문서원, 2004)라는 제목으로 번역·출판되었다.

장서를 징발할 때 강남 장서가들의 공헌이 가장 컸습니다. 그 전에는 서적의 수집과 유포가 특정 시기, 특정 지역의 면학 분위기를 형성하는 데에 직접적인 영향을 미쳤습니다. 공공도서관이 없었던 예전에 장서루는 지방의 문화 환경을 형성하고 지식 공동체를 배양하는 데에 결정적인 의의를 가지고 있습니다. 여러분이 관심이 있다면 미국 학자 엘먼Benjamin A. Elman의 『이학理學에서 박학樸學으로-중화제국 후기사상과 사회변화의 제고찰』 중 제4장에서 이 문제를 다루고 있으니 한번 읽어보기 바랍니다.

그 다음으로 말하고 싶은 것은 소장 위주 또는 상업 위주의 장서가와는 다른 황종희의 취미입니다. 여러분이 알다시피 이 둘은 장서라는 측면은 같지만 목적은 다릅니다. 학문을 하기 위해 책을 소장하는 사람도 있고 부를 축적하기 위해 책을 소장하는 사람도 있고 취미삼아 책을 소장하는 사람도 있는데 이 세 가지 유형은 동일하지 않습니다. 상업 위주의 장서가와 감상 위주의 장서가는 기본적으로는 판본을 중시하지 책의 내용을 중시하지 않습니다. 황종희와 전겸익은 모두 학문 위주의 장서가였고 이들이 책을 소장했던 이유는 주로 자기가 사용하기 위해서, 또 책을 좋아했기 때문입니다. 전조망의 「이로각장서기二老閣藏書記」 중에는 "태충 선생太沖先

生(황종희)의 장서는 박물 취미를 과시하고 책을 많이 소장하고 있다는 것을 보여주기 위한 것이 아니다. (…중략…) 선생의 장서에는 선생의 학술이 깃들어 있다"는 흥미로운 단락이 있습니다. 진정한 독서인으로 말한다면 장서는 학문의 근간이며 동시에 학술이 깃들여 있는 것입니다. 어떤 책을 소장하고 소장하지 않는가는 이 책이 유일본인지, 앞으로 가격이 오를 것인지와는 아무런 관련이 없습니다.

이로각은 황종희의 제자 정양(鄭梁)의 유지를 받들어 아들 정성(鄭性)이 세운 장서루이다. 정양은 죽기 전에 아들에게 스승인 황종희와 선조인 정진(鄭溱), 이 두 사람을 기념하는 장서루를 세워달라는 유언을 남겼고 그래서 이 장서각의 이름이 '이로각'이 되었다.

일정 정도로 책을 읽게 되면 일반적으로 내 곁에 늘 있는 물질 형태인 '서적'에 대해 어떤 감정이 생겨납니다. 그런 때에는 서적의 판본에 대해 관심이 싹트게 되는데, 그래도 전문적으로 판본을 연구하거나 전문적으로 책을 수집하는 것과는 다릅니다. "좋은 글은 함께 감상하며 의문점은 서로 분석한다"라는 옛말이* 있습니다. 사실 책을 좋아하는 것도 같은 취미를 가진 사람과 "함께 감상"해야 재미있습니다. 다음의 한 단락을 보도록 하겠습니다.

[역자 주] "奇文共欣賞, 疑義相與析". 도연명의 시 「옮겨가서 살다 2수移居二首」에 나오는 구절이다.

경인년(1650) 3월 나는 전목재錢牧齋(전겸익)를 방문하여 강운루絳雲樓에 머물렀기 때문에 그의 책들을 뒤적여 볼 기회를 얻었는데 내가 보고 싶은 책들이 모두 다 있었다. 목재가 나한테 독서 친구가 되어 3년간 두문불출하자고 제안해서 나는 너무나 기뻤다.

안타깝게도 강운루는 화재로 전소되어 전겸익과 황종희가 두문불출하면서 독서하기로 한 약속은 무위로 끝났습니다. 이 일은 매우 감동적이었기 때문에 『사구록』에서도 이 일을 언급하고 있습니다. 강운루도 청대 초기의 매우 중요한 장서루였는데 거기에 전겸익의 안목도 매우 높았으니 이 장서루는 쉽게 오를 수 있는 곳이 아니었던 것입니다. 여러분이 알아야 할 것은 예전에는 책을 소장하는 일이 결코 쉽지 않았고 일반적으로 자신이 소장하고 있는 책을 공개하려 들지 않았기 때문에 친한 친구가 되어야만 그곳에 들어가서 소장된 책을 볼 수 있었다는 것입니다. 장서루에 올라가 책을 읽게 하고 매우 소중한 책들을 모두 꺼내서 보고 싶은 책들을 다 보게 한다면 이것은 신뢰가 매우 두텁다는 뜻이자 매우 큰 아량을 베푼 것입니다. 우리를 더욱 감탄하게 하는 것은 이미 만년에 접어들었던 전목재가 자신보다 28세나 어린 황종희에게 함께 문을 닫아걸고 3년간 독서하자고 약속했다는 것입니다. 지식에 대한 이러한 갈망 또한 우리를 무척 감동시킵니다. 이 글을 통해 우리는 황종희가 장서에 대해 또는 지식 축적에 대해 엄청난 열정을 가지고 있었다는 사실을 알 수 있습니다. 이러한 열정이 있어야 독서와 작문, 학문 탐구 등에 있어서 기반을 다질 수 있습니다.

그 외에도 나는 역사가 황종희가 청초 학술이 재건되는 측면에서의 공헌을 부각시키고 싶기 때문에 「명유학안범례明儒學案凡例」를 선택했습니다.

만약 여러분이 명나라 사람들이 심성에 대해 공리공론을 하고 책을 가지고 있으면서도 보지 않는 분위기를 대략 알고 있다면 청초 학자들이 왜 만명의 학풍에 대해 이렇게 큰 반감을 가졌는지, 또 황종희가 학술 전통을 재건했을 때 왜 독서와 장서, "학술을 변론하고 원류를 고찰辨章學術, 考鏡源流"하는 것을 특히 강조했는지를 이해할 수 있을 것입니다. 『명유학안』은 한 시대의 명저로, 중문과에 있는 나로서는 감히 뭐라고 말할 수 없지만 역사과의 학생들이라면 분명히 읽었을 것입니다. 당연히 중문과에서 고전문헌을 연구하는 경우라면 마찬가지로 분명히 읽었을 것이라고 생각합니다. 선생님이 읽으라고 하지 않더라도 이 책의 목차를 훑어보고 다시 한 두 장절을 골라서 읽어보게 되면 매우 유익한 바가 있습니다. 내가 「범례凡例」를 고른 것은 두 가지 측면을 강조하기 위해서였는데, 하나는 "학문하는 방법은 각자에게 유용한 것을 추구해야 한다"는 것입니다. 황종희는 이 때문에 특정 학파를 추종하고 모방하는 것에 불만과 멸시의 감정을 드러냈는데, 이는 여기에 기반한 것이었습니다. 학문이 다르다는 것을 인정하되 마찬가지로 나름의 가치가 있으므로 여러 학자들의 학설을 모두 『명유학안』에 수록했고 한 학자나 하나의 학파, 하나의 집단만을 높이지 않았습니다. 이것은 역사가의 사상이 유연한 점을 보여줍니다. 다른 하나는 옛날의 학자들은 독서에 있어서 스스로 터득하는 것을 중요하게 여겼다는 것입니다. 하나의 예를 들어보자면 호계수胡季隨는 주희朱熹의 문하에서 학문을 배웠습니다. 주희는 여러 차례 호계수에게 무엇을 터득했냐고 물었는데 호계수가 대답하지 못해도 말해주지 않고 스스로 깨닫게 했습니다. 아무리 생각해도 깨닫지 못하면 그때 말해주겠다는 것입니다. 옛날의 학자는 독서의 경험과 마음으로 터득한 바를 쉽게 전수해주지 않았습니다. 그 이유는 무엇일까요? 아까워서가 아니라 "자신이 터득하기를 바랐기" 때문입니다.

몇년 전 나는 글을 통해 이 문제를 논의한 적이 있습니다. 과거에는 책이 적어서 정밀하게 읽는 것이 어렵지 않았고 또 스스로 연마하고 노력해서 깨달을 수 있었습니다. 지금은 책이 많아졌고 더욱이 학교의 강의실에서 가르치는 것이 일반적입니다. 그래서 선생님은 고금이나 국내외를 막론하고 무수히 많은 현인들의 쉽게 얻을 수 없는 지식, 경험, 독서 노하우에 이르기까지, 만약 있다면 모두를 머릿속에서 끄집어내어 하루아침에 여러분에게 가르쳐주지 못하는 것을 한탄할 것입니다. 그러다 보니 기억해야 할 것은 너무나 많고 "아무리 생각해도 알 수 없는 것"은 또 너무나 적습니다. 이것은 곧 스스로 노력하고 깨달아야 하는 것이 너무나 적다는 뜻입니다. 나는 독서란 자기가 알아서 할 일이지 다른 사람이 참견할 일도, 다른 사람이 도와줄 수 있는 것도 아니라는 주희의 말을 믿습니다. 아무리 잘 가르치는 학교라고 하더라도 만약 여러분이 스스로 '열심히 생각하려고' 하지 않는다면 선생님도 여러분을 도와줄 수 없습니다. 내가 이 글을 선택한 이유는 여러분에게 다음의 사실을 일깨워주고 싶어서입니다. 하나는 학문의 목적이 같지 않아도 병행할 수 있다는 것입니다. 서로 다른 학문을 병행함으로써 여러분은 한 시대의 학술을 이해할 수 있게 될 것이고 비교적 스케일이 큰 안목과 포부를 만들어나갈 수 있을 것입니다. 다른 하나는 책을 읽을 때에는 스스로 터득해야 하며 선생님이 쉽게 여러분에게 정답을 알려주리라고 기대해서는 안 된다는 것인데, 이것은 나태함이지 좋은 태도가 아니기 때문입니다. 바로 이 두 가지입니다.

황종희가 한 시대를 대표하는 사학자로서 공헌을 했다는 것은 문학과 역사를 공부하는 사람이라면 대부분 알고 있을 것이므로 그 부분에 대해서는 이야기하지 않으려고 합니다. 내가 말하고자 하는 것은 사람들이 일반적으로 주목하지 않는 부분으로, 『중국 산문선』에 수록된 「광려유록匡廬遊錄」입니다. 사실 「사명산지四明山志」든 「금수경今水經」이든 「광려유록」이든 일반적으로는 모두 지리서로 분류됩니다. 이것은 물론 맞는 말이지만, 그래도 나는 여전히 황종희의 지리 관련 저작을 산문으로 읽고 감상하고 싶습니다. 「광려유록」을 읽기 전에 맨 처음에 있는 '제사題辭'에 주목해 봅시다. 여기에서는 여산廬山이 정말 산수가 아름다울 뿐만 아니라 도연명 같은 시인, 구양수 같은 산문가, 백거이 같은 풍류 인물, 주희와 같은 도학자, 혜원 같은 승려 등 뛰어난 인물들의 자취가 이 속에 뒤섞여 있어서 다 보느라고 정신이 없는데 이것이야말로 여산이 가진 진정한 매력이라는 것입니다. 여산에 올라가면 산수 자연을 감상할 뿐만 아니라 한 편의 중국문화사를 둘러보는 것 같습니다. 그래서 황종희는 자기가 여산을 올라갔을 때 당唐으로 송宋을 증명하고 송으로 원元을 증명하고 원으로 지금을 증명해내었는데 "지팡이와 신발이 닿는 곳마다 한두 가지 얻을 거리가 있었으니 정말로 적지 않았다"라고 했습니다. 이 말은 가는 곳마다 고증을 했다는 뜻입니다. 이렇게 학자의 입장으로 산을 유람하는 태도는 유기游記의 성격을 결정했고 매우 짙은 학문적 색채를 띠게 하였습니다. 산을 오르기 전에 황종희는 열심히 공부를 했고 관련되는 많은 시문과 각종 지방지와 산지山志 등의 자료를 읽었습니다. 이렇게 해서 유기는 쓸수록 길어졌고 결국에는 산을 유람하는 것을 동선으로 삼는 고증적인 글로 변했던 것입니다.

글이라는 관점에서 부생송復生松을 서술하는 이 단락에 주목해 봅시다. 여기에서 황종희는 고증에 치중하는 학자적인 면모에서 벗어나 어떤 이야기로 시작합니다. 죽었다가 다시 살아난 소나무 한 그루를 묘사할 뿐만 아니라 당시에 친구들이 어떻게 글을 써서 이 나무 아래서 태워 죽은 친구의 제사를 지냈는지에 대해서도 서술합니다. 그리고 이제 제문을 썼던 육문호陸文虎도 죽은 지 20년이 지났습니다. 저자가 이 나무를 보면서 "감개를 느낀 것"도 당연합니다. 이 단락에서는 엄숙한 고증에서 벗어나 있는데 "나무도 이러한데 사람이 어찌 감당할 수 있으랴木猶如此人何以堪"라고 했던 진晉나라 사람의 정조가 있어서 자못 정취가 있습니다.

흥미로운 점은 마지막 단락이 우군右軍(왕희지王羲之)의 묵지墨池에 대한 고증을 다루고 있다는 점입니다. 절 안에 왕희지의 묵지가 있다는 내용을 서술하고 있는데 소동파가 「괴석怪石」에서 "묵지의 물을 돌에 부어서 (부처에 대한) 공양 의식을 진행하였다灌以墨池水"라고 한 '묵지'가 이곳입니다. 하지만 어떤 사람이 이 사실은 신뢰할 만한 것이 못 된다고 고증을 한 적도 있습니다. 그렇다면 황종희는 어떻게 말했을까요? "그러나 전해 내려온 지가 오래되어 믿을 만하지 못한 물건이라고 하더라도 그 또한 고적古迹이 되었다." 이러한 태도는 매우 유연하고 일반적인 역사가들과 사뭇 다른 점입니다. 역사적인 지역을 고증할 때 학자들은 일반적으로 진위 여부에 치중하고 이를 통해 가치판단을 하게 됩니다. 그러나 황종희는 여전히 문인의 취미가 있어서 '위작'에 대해 평

"환공(桓公)이 북쪽으로 연(燕)나라를 정벌하러 갈 때 금성(金城)을 지나게 되었는데 전에 자신이 낭야내사(琅邪內史)로 있을 때 심은 버드나무들이 모두 굵기가 열 아름이나 되는 큰 나무로 자란 것을 보고 탄식하며 말하였다. '나무도 이러한데 사람이 어찌 감당할 수 있으랴!' 유의경(劉義慶), 『세설신어(世說新語)』「언어(言語)」.

가할 때 이것은 가짜일 수도 있겠지만 가짜라고 해도 오래되었으므로 고적이 되었다고 했습니다. 이것은 산수를 유람하고 완상하는 사람들이라면 모두들 지녀야 할 마음가짐이며, 그게 아니라면 우리가 눈으로 보는 것들이 모두 '가짜'가 될 것입니다. 그러면 산을 유람하고 돌아올 때 가슴 가득히 분노가 치밀 것입니다. 내가 보기에 산수의 승경은 자연이 만든 것일 뿐만 아니라 세상 물태와 인정을 체현한 것이며 대대로 사람들의 인정과 상상력이 축적된 것이므로 훌륭한 것이라고 할 수 있습니다. 너무 진지하게 대하면 안 됩니다. 그렇게 되면 문을 나설 때마다 스트레스를 받게 될 것입니다. (학생들 웃음) 여러분이 요순堯舜의 족적이나 오리지널의 당대 절을 진짜로 보고 있다고 생각한다면 그것은 말도 안 되는 소리입니다. 고고학적으로 발굴한 경우를 제외하고 지상에 남아있는 고적은 절대 그럴 리 없습니다. 우리가 도처에서 보는 명승고적의 십중팔구는 가짜인데 어떤 것은 당나라 시대에 만든 가짜이고 어떤 것은 송나라 사람들이 만든 가짜이며 어떤 것은 최근 몇 년 사이에 만든 것입니다. 가짜의 시간에도 길고 짧음이 있어서 가짜의 시간이 길다면 그 역시 진짜 풍경이 되는 것입니다. 이런 신빙성이 별로 없는 이야기들을 굳이 분명하게 고증할 필요가 있을까요? 예를 들어 오늘날 여러분이 여산에 올라가면 여행 가이드가 여러분에게 전설이나 고사를 알려줄 것인데 만약 송대에 이미 기록으로 남아있다면 가짜라고 하더라도 또한 소중할 것입니다. 물론 만약 이것이 최근에 만든 것이라면 그다지 재미는 없을 것입니다. (학생들 웃음) 이 마지막 구절은 '전해 내려온 지가 오래되었으니 믿을 만하지 못하더라도 이 또한 고적'이라는 뜻인데 이러한 태도를 나는 매우 좋아합니다. 이것은 순전히 사학자의 시각만이 아니라 문인의 취미가 덧붙여진 것인데 이 점이 황종희가 훌륭한 지점이자 내가 「광려유록」을 글이라는 측면에서 읽고 감상하는 이유입니다.

물론 장서루에 대해 이야기하고 유기를 쓰는 것 정도는 수많은 문인들이 모두 할 수 있는 일입니다. 황종희가 명성을 날리게 된 이유는 학식이 넓고 수많은 책을 읽었고 경험이 다채롭고 글을 잘 쓸 수 있다는 점 이외에도 그의 사상에 깊이가 있었기 때문입니다. 이 부분에 대해서는 그의 『명이대방록』에 대해 말하지 않을 수 없습니다.

『명이대방록』은 1663년에 완성되었는데* 지금으로부터 이미 340년 전의 일인데도 오늘날 읽어보면 이 책에는 여전히 새로운 바가 많습니다. 글이라는 측면뿐만 아니라 그의 정치 관념 역시 그렇기 때문에 매우 보기 드문 책입니다. 우리들이 알고 있듯이 선진先秦 시대 여러 사상가들 중에는 『여씨춘추呂氏春秋』에서 "공정함을 중요하게 여기다貴公", "사사로움을 없애다去私", 나아가서는 우리에게 익숙한 "대도가 행해지면 천하가 공평무사해진다大道之行, 天下爲公"를 포함하여 이미 군주제에 대해 다소간 비판한 사람들이 있었고, 위진魏晉 시대로 접어들면 더욱 많아지는데 예를 들어 완적阮籍의 "군주를 세우면 학정이 일어난다君立而虐興", 포경언鮑敬言의 '무군론無君論' 같은 것이 그렇습니다. 이렇게 사상사나 문학사를 읽어보면 일반적으로 모두 이 점을 언급하고 있습니다. 그러나 송, 원 이후로 정주程朱 성리학이 몇백 년을 통치하면서 황종희의 시대가 되면 왕권은 신성불가침의 관념이 됩니다. 그래서 황종희는 「원군原君」을 『명이대방록』의 서두로 삼았던 것입니다. 사실 명·청 시대 뿐만 아니라 오늘날에 와서도 여전히 사람들의 머릿속에서 왕권 사상이 완전히 뿌리 뽑힌 것은 아닙니다. 텔레비전을 켜면 전부 청조 황제 일색인데, 순치제, 강희제에서 건륭제에 이르기까지 심지어 옹정제조차도 위풍당당하게 나오며 함풍제, 광서제는 상대적으로 적게 나올 뿐만 아니라 나온다 해도 자기 뜻을 제대로 펼치지 못한 황제로 그려지는데, 사실 그들이 그렇게 된 것은 시대 상황 때문이었습니다. 세상 사람들이 (현대 시청자를 가리킴 — 역자) 이렇게 황제를 좋아하고 중시하는데 중국인이 이미 철저하게 왕권사상을 제거해 버렸다고 말할 수 있겠습니까? 청나라 황실의 잡극을 보면서 현재 중국의 상황을 억지로 갖다 붙이는 것은 더 터무니없는 일입니다. 그래서 300여 년 전의 황종희의 「원군」에서 지금 읽어도 여전히 새로운 지점은 바로 여기에 있다고 하는 것입니다.

눈여겨 볼 만한 것은 황종희가 암군暗君을 비판하는 데 그치지 않고 군신의 의리를 사수했던 유자들을 비웃었다는 것입니다. 본래는 천하 사람들의 사랑을 받아야 할 '군주'가 지금은 폭군이 되어 세상 사람들이 "원수 보듯"하고 있는데 이러한 변화로 인해 군신의 의리를 목숨을 걸고 지키는 사람들은 어찌할 바를 모르게 된 것입니다. 여기에 활용된 것이 백이, 숙제의 고사였습니다. 주왕과 걸왕이 모두 암군이었기 때문에 탕왕과 무왕이 이들을 주벌誅罰한 것은 너무나 합리적인 행동이었습니다. 그러나 어떤 사람들은 그렇게 생각하지 않고 어떠한 경우든 군주를 시해해서는 안 된다고 생각했습니다. 『사기』의 「백이열전伯夷列傳」에서는 무왕이 주왕을 토벌할 때 백이, 숙제 두 사람이 말 고삐를 붙잡고 간언을 하였으며 결국 주나라의 곡식을 먹지 않고 수양산首陽山에서 굶어 죽었다는 내용을 싣고 있습니다. "근거도 없는 백이와 숙제의 일이 함부로 전한다"라고 한 것은 이 일이 한대 이전의 책에는 기록되어 있지 않았기 때문인데 그래서 황종희는 이 일이 한대의 유자가 만들어 낸 것이라고 확신했습니다. 무왕이 주왕을 토벌한 이 일은 높이 평가할 만한 일이라고 맹자조차도 말할 정도였으며 "맹자의 말씀은 성인의 말씀孟子之言, 聖人之言也"인 것입니다. 여기에서 말한 "성인의 말씀"이 지칭하는 것은 물론 『맹자』 「양혜왕 하」에 나오는 구절일 것입니다. 양혜왕梁惠王은 맹자에게 주나라 무왕이 주왕을 토벌한 일에 대해 어떻게 생각하는지, 이와 같이 신하가 군주를 시해해도 되는 것인지를 묻습니다. 맹자는 "한 사내로서의 주紂를 주벌했다고 들었지 군주를 주벌했다고 듣지는 못했습니다"라고 말하는데, 이 말은 가령 암군이 백성들에게 위해를 끼치는 경우 신하에게는 그를 거꾸러뜨릴 권력이 있다는 뜻입니다. 이것은 맹자의 기본적인 생각으로, 이른바 '백성은 귀하고 군주는 가벼운 존재이다民貴君輕'입니다. 전통시대 중국의 지식인은 바로 이러한 민본적 관념을 통해 군주제에 도전하였습니다. 후대의 암군은 다른 사람들이 왕위를 엿보도록 허락하지 않아서 "맹자를 폐하고 세우지 않"았습니다. 원래 명대의 공자 사당에는 제향되는 주인공인 공자 이외에 네 명을 배향했는데 그들이 바로 맹자, 안자顏子, 자사子思, 증자曾子였습니다. 주원장朱元璋이 황제로 즉위한 뒤에 『맹자』에 "백성은 귀하고 군주는 가볍다"는 주장이 있다는 이야기를 듣고 대로하여 맹자의 위패를 철거하라는 명령을 내렸습니다.

맹자의 민본사상은 전통시대 중국에서 왕권에 저항하는 사상의 원천이 되었다는 점에서 의의가 있지만 과도하게 평가해서는 안 됩니다. '5·4' 신문화운동은 유가를 전제 제도의 근원으로 생각해서 비판했지만 잘못을 바로잡는 부분에서 약간 과한 감이 있었습니다. 그러나 나중에 50~60년대에 해외의 신유가들이 유가사상 안에서 새로운 민주정치를 발전시키려고 한 것 또한 어려운 일이었습니다. 전통시대 중국의 "백성은 귀하고 군주는 가볍다"는 관념과 현대 민주정치 사이에는 여전히 매우 큰 간극이 있습니다. 우리가 오늘 논의하고 있는 「원군」에서 표출한 왕권독존에 대한 저항의식은 현대 민주제도와 같지 않습니다. 황종희는 군주의 직책에 대해 반복적으로 논쟁했는데 이것은 그가 여전히 훌륭한 군주와 지혜로운 재상에게 희망을 기탁하였기 때문입니다.

사실 이 수업은 사상사 강의가 아니고 내가 주목하는 부분도 역시 황종희 글 자체가 가진 매력입니다. 그가 어떻게 확실하게 문제제기를 하고 차근차근하게 논의를 전개하고 있는지를 보도록 합시다. 주제를 설정할 때 고금을 넘나들며 논의하는 것은 본래 중국문학의 특징입니다. 만청 시기에 외국 선교사 또는 학자들이 중국인이 쓴 문장에 대해 언급하면서 도저히 이해할 수 없다고 생각한 부분이, 분명히 현재의 일인데 무엇 때문에 반드시 요순으로부터 이야기를 시작하느냐는 것이었습니다. 학당學堂의 창설에 대해 논의할 때는 삼대三代의 학문에서 이야기를 시작하고 치수에 대해 언급할 때에는 또 대우大禹로 소급해 가는 식이었던 것입니다. (학생들 웃음) 이것은 중국인이 쓴 글의 특징으로 사안이 크든 작든 모두 '맨 처음으로 올라가 시작'하는데 매우 학술적인 느낌을 줍니다. 그 밖에 중국은 역사가 유구할 뿐만 아니라 지역이 광활하고 그렇기 때문에 글이 남쪽 끝에서 북쪽 끝까지 종횡하지 않는 경우가 없습니다. 한편으로는 옛날부터 지금까지, 다른 한편으로는 남쪽에서 북쪽까지 종횡하고 교차하면서 논의의 좌표를 마련합니다. '문혁' 때 각 성省에서 구성한 혁위회革委會에서는 모두 사론社論 한 편씩을 발표했는데 매우 기백이 넘쳤으며 서두는 반드시 무엇"에서" 무엇"까지"였고 이러한 형식이 매우 유행했습니다. 예컨대 "천산天山 기슭에서 동해東海 바닷가까지, 북쪽 지방의 풍광에서 남쪽 해안지방의 야자수까지" 식입니다. (학생들 웃음) 지리적으로는 동서남북, 시간상으로는 옛날부터 지금까지 종횡하는 기치를 걸었지만 논의했던 바는 그냥 일상의 사소한 일이었을 것입니다. 이것은 중국인이 쓰는 문장의 투식인데 매우 효과적이지만 (학생들 웃음) 너무나 속물적입니다. 그래도 만약 진짜 학문적 기반이 있는 경사가經史家의 손에 의해 쓰여진다면 그것은 또 별개의 일일 것입니다.

내가 말하고 싶은 것은, 반드시 새롭고 독창적인 아이디어를 가진 뒤에 차근차근 신중하고 짜임새 있게 논의를 전개해야만 이렇게 경전과 역사를 인용하고 근거로 삼는 것이 의미를 가진다는 것입니다. 정치를 논하는 글 중에서 요순을 주제로 삼는 경우는 실로 너무나 많습니다. 황종희는 요순의 주변에 또 다른 두 사람, 허유許由와 무광務光을 세워 놓습니다. 전설에 따르면 요임금은 자신의 황제 자리를 허유에게 양위하려고 했으나 허유는 재빨리 도망쳐 버렸고 탕임금은 천자의 자리를 무광에게 넘기려고 했으나 무광은 돌을 등에 지고 물에 빠져 죽습니다. 이 둘은 고대 중국의 유명한 두 은자인데 모두 천자가 되는 것을 거부합니다. 이 글은 주로 사람에 대해서가 아니라 제도에 대해서 말하고 있습니다. 이 때문에 논의의 초점은 "군주의 직분을 밝히는" 데에 놓여져 있는데 곧 어떻게 군왕의 직책과 권한을 확립할 것인가 하는 것이었습니다. 표면적으로는 "늙은 서생들이 늘 이야기하는(전혀 새로울 것이 없는 — 역자)" "삼대의 다스림"을 토론하는 것 같지만 실제로는 제도적 결함과 어떻게 합리적인 사회 제도를 건설할 것인가를 논의하고 있습니다. 물론 저자의 생각은 오늘날 우리처럼 그렇게 명확하지는 않습니다.

그런데 황종희는 추상적인 서술이 아니라 일상생활의 경험에 바탕을 두고 조곤조곤하게 이야기하는데, 무척 지혜롭습니다. 여러분은 어떤 이유에서 황제가 되고 싶습니까? 그 이유는 바로 황제가 되면 얻을 수 있는 이익이 막대하기 때문일 것입니다. 여러분은 관리가 되기 위해 공부하는 사람들을 비판하지만 실제로 그 비판은 별로 효력이 없습니다. 그런데, 만약 어느 날 관리가 되었는데 아무런 좋은 점도 없다면 그 자리는 비판할 필요도 없을 것입니다. 이익이 있는 곳은 당연히 사람들이 오리처럼 떼 지어 쫓아갑니다. 문제는 개인에게 도덕을 준수하게 하는 것이 아니라 제도를 만드는 것에 있습니다. 왜 세상 사람들의 피와 살로써 자신이 올라갈 성전聖殿의 계단을 만들고, 황제가 된 뒤에도 그 자리를 사수하려는 사람들이 있는 것일까요? 왜냐하면 황제가 되면 좋은 점이 너무나 많기 때문입니다. 만약 그렇다면 "천하의 큰 해악은 군주일 따름"일 것입니다. 개인적 수양의 측면이 아니라 제도의 구비라는 측면에서 군주가 가진 문제점을 논의한 점이 황종희가 탁월한 부분입니다.

우리가 주목해야 할 점은 역사가로서 황종희가 사상을 표현한 방법입니다. 다각도로 널리, 그러면서도 사안에 적실한 자료를 찾는 것은 사실 쉽지 않습니다. 여러분은 그가 공들여 몇 개의 고사를 골랐는데 이들 고사는 그의 관점을 지지할 뿐만 아니라 취미도 풍부하게 녹아 있다는 것을 알 수 있을 것입니다. 예컨대 "한漢 고조高祖가 말한 '나의 재산을 둘째 형과 비교하면 누가 더 많습니까?'라고 한 것은 이익을 좇는 마음이 자기도 모르게 말에 드러난 것"입니다. 한 고조 유방劉邦의 아버지는 유방이 둘째 형보다 돈 버는 능력이 못하다고 생각하여 그와 이야기할 때 조롱의 어조가 있었습니다. 나중에 유방이 황제가 되었을 때 그는 자신의 부친에게 형이 버는 돈이 많은지, 아니면 내가 버는 돈이 많은지 보라고 말했습니다. (학생들 웃음) 이렇게 말하고 보면 어떻게 황제가 되는 것이 돈 벌기 위해서가 아니겠습니까? 이러한 '이익 추구'의 관념은 중국 사회의 각계각층에 보편적으로 존재하고 있었습니다. 이른바 "천하를 차지하는 것"과 "천하를 다스리는 것"은 사실 이러한 생각의 소산입니다. 만약 이렇게 생각하면 천하를 다스리기 위해서 "세상 사람의 간과 뇌수를 도륙하고 세상 사람들의 자식들을 뿔뿔이 흩어지게 함으로써

나 자신의 사업을 확장하는 일"은 너무나 자연스러운 일인 것입니다. 이것이 첫 번째 고사입니다.

두 번째 고사는 백이와 숙제에 대한 것으로, 이 이야기에는 출처를 달지 않았습니다. 이 고사를 너무 일상적으로 볼 수 있기 때문에 주석을 달 필요가 없었던 것입니다. 옛날 사람들이 글을 쓰면서 옛 일을 가져올 때 어떤 경우에는 명확하게 출처를 주석으로 달지만 어떤 경우에는 주석을 달지 않는데 그 여부는 당시 사람들이 이 역사적 문헌에 대해 얼마나 익숙한지에 달려 있다는 점을 유의하기 바랍니다.

세 번째 예는 더욱 흥미롭습니다. "옛날 사람들은 대대로 제왕의 가문에서 태어나지 않기를 바랐는데 의종毅宗이 공주에게 한 말도 또한 '어찌해서 우리 집에 태어났느냐?'라는 것이었다니 안타깝도다, 이 말은." 이 구절은 두 가지 고사를 담고 있습니다. 첫 번째 고사는 남조南朝 송宋 순제順帝 유준劉準이 강제로 퇴위되어 궁궐을 나올 때 하늘을 보며 "다음 생에는 제왕의 가문에 절대로 다시 태어나지 않겠다"라고 맹세한 것인데 전하는 말에 따르면 그때 "궁중 사람들이 모두 울었다"라고 합니다. 두 번째 고사는 숭정황제 주유검朱由檢이 목 매달아 죽은 곳이 경산景山이었다는 것입니다. 이자성李自成 군대가 북경으로 진군할 때 장평공주長平公主가 숭정황제를 붙잡고 울자 숭정황제는 검을 휘둘러 그녀의 왼팔을 베면서 누가 너를 우리 집에 태어나라고 했느냐고 말했습니다. 이 두 가지 고사는 어떤 문제를 말하고 있는 것인가요? 황제도 그렇게 좋은 자리가 아니며 죽을 운명은 어쩔 수가 없다는 것이 아닐까요? 그러나 옛날부터 지금까지 황제가 된 것을 후회한 사람은 여전히 매우 드뭅니다. 황종희가 제시한 두 가지 예는 모두 국난이 닥치니까 그제야 제왕의 가문에 태어나지 않았어야 했다고 한탄한 것입니다. 앞에서는 군신의 의리를 이야기하다가 돌연 화제를 전환하여 황제도 황제 나름의 어려운 점이 있다는 이야기를 하고 있는데 이 화제 전환 자체는 이론으로서의 큰 의의는 없습니다. 그러나 글이라는 측면에서 보면 생기가 넘치는 듯합니다. 이 글에서 사상가와 역사가가 주목하는 부분은 분명히 전반부이겠지만, 나는 곁가지가 생겨나는 마지막 단락이 흥미롭습니다. 한 길로 끝까지 가는 것이 아니라 약간의 억양돈좌抑揚頓挫하는 변화, 심지어 생각을 뒤집는 부분까지 있는 이러한 표현방식은 글을 파란만장하게 하고 깊은 곡절이 있는 것처럼 느끼게 합니다. 주장을 위주로 한 글이면서 또한 이렇게 다채롭고 정취 있게 쓰기란 쉽지 않습니다.

깊이 있는 정감과 세련된 수사

황종희의 글은 모양새도 있고 풍취도 있는데 이러한 경지와 기상은 꽤 크게 학식과 감정에 기반하고 있습니다. 왕조 교체기의 생활 경험과 역사가로서의 풍부한 학식에 깊이 있는 감정까지 더해지자, 그의 글은 앞에서 언급했던 귀유광, 원굉도 같은 사람들과 차원이 다를 정도로 스케일이 커졌습니다. 그러나 사랑과 국가의 흥망 사이에 아무런 관련이 없는 것은 결코 아닙니다. 나는 의도적으로 사랑을 다룬 글을 뽑았는데 그 목적은 황종희의 또 다른 일면을 제시해보려는 것입니다. 「손녀 아영의 묘전」이라는 글은 쉽게 읽히고 장점도 뚜렷합니다. 그 장점이란, 하나는 감정에 깊이가 있다는 것이고 다른 하나는 디테일을 중시했다는 것입니다. 첫 번째 단락을 보면 손녀가 과일을 먹지 않을지언정 할아버지가 외출하는 것을 막을 정도로 대단히 할아버지를 좋아했다는 것을 말하고 있습니다. 이러한 디테일을 통해서 귀여운 손녀의 모습을 그려냅니다. 황종희가 귀유광의 글을 언급했을 때 "나는 진천震川이 딸과 부인을 위해 쓴 글을 읽었는데 감정에 깊이가 있어서 한 두 개의 구체적인 일화를 볼 때마다 눈물이 흐를 것 같았다"라고 했던 말을 기억할 텐데, '진천'이 바로 귀유광* 입니다. 귀유광 글의 장점은 황종희의 관점에 따르면 특별히 사랑을 잘 표현해냈다는 점에 있습니다. 아내와 자식을 서술할 때에 특히 자신의 감정을 투영시켰는데, "감정을 깊이 있게 서술"하면서 가끔씩 한 두 개의 구체적인 사건을 가져와서 표현합니다. 「손녀 아영의 묘전」의 서술은 확실히 귀유광의 글을 모범으로 한 것입니다.

내가 더욱 좋아하는 것은 사실 그의 또 다른 책인 『사구록』입니다. 일반적으로는 『사구록』을 역사서로 읽고 있지만 나는 이 작품을 글이라는 측면에서 감상하는 편입니다. 이것이 바로 "구류백가가 자신이 밝혀낸 바를 억누르지 않고 수시로 표출했고 그것이 훌륭한 글이 된 것이다"라는 『논

귀유광(歸有光, 1507~1571)은 자가 희보(熙甫), 호가 진천(震川)이며 곤산(昆山, 지금의 강소성) 사람이다. 비록 팔고문에 능하였지만 과거시험은 별로 순조롭지 않아서 사망하기 6년 전에야 겨우 진사에 급제하였다. 평생 동안 주로 강학을 하고 제자들을 가르쳤으며 『진천선생집(震川先生集)』이 전한다. 귀유광의 글은 서사에 능하나 의론에 약하며 부드럽고 정감이 있는 필법에 능하나 군세고 기이한 기운은 적다. 「항척헌지(項脊軒志)」, 「선비사략(先妣事略)」, 「한화장기(寒花葬記)」, 「균계옹전(筠溪翁傳)」 등은 가정이나 친구 사이의 사소한 일들을 기술하였는데 장면이 생동감 넘치고 매우 운치가 있다. 네다섯 가지의 일화를 통해 한 인물을 생동감 있게 묘사하고 평범한 일을 통해 진실한 감정을 표현하는 것을 추구하였다. 겉으로 보기에는 자구를 따지지 않고 붓 가는 대로 써서 특별히 다듬지 않은 것 같지만 실제로는 감정을 축적하고 분위기를 만들어내는데 공을 들였으며 현재 이야기를

함으로써 옛일을 추억하는 부분이 특히 감동적이다. 황종희는 "나는 진천이 딸과 부인을 위해 쓴 글을 읽었는데 감정에 깊이가 있어서 한 두 개의 구체적인 일화를 볼 때마다 눈물이 흐를 것 같았다"라고 하였는데(「장절모섭유인묘지명(張節母葉孺人墓誌銘)」) 이는 실로 귀유광 글의 장점을 잘 이야기한 것이다. 이렇게 사소한 일화를 통해 운치를 드러내고 진솔한 감정을 표현하는 수법은 위로는 사마천과 구양수를 본받은 것 외에 소설의 수법을 고문에 끌어들이는 방법을 꽤 많이 사용한 것이다.

문관견』의 주장을 구현한 것이었습니다. 이 책은 황종희의 만년 작품으로, 대략 83세경에 쓴 것입니다. 책 마지막 부분에 이 단락이 있는데 내용은 다음과 같습니다.

나는 젊을 때 고난을 만나 집을 나와서 매우 일찍 사람들과 사귀었는데 그 때의 잊을 수 없는 우정을 추억하여 기록한다.

박해를 당했던 동림당인의 아들로서 어린 시절에 강호를 떠돌아다니면서 경험을 쌓는 동안 어려움을 같이 한 친구가 많았고 이후에 장강의 남쪽과 북쪽 지방을 다니면서 수많은 사람들을 거쳤습니다. 추억하는 글이고 내용은 우정이었기 때문에 그 사람이 어떤 벼슬을 하고 있는지는 전혀 상관하지 않았습니다. 이야기는 잘 나가다가 이어지는 부분에서 약간의 정치적 의미를 담고 있습니다. "그러나 모두 상전벽해 이전의 사람들이고 이후에도 또한 고마운 지기들이 있는 경우에는 따로 기록하였다"라고 했지만 사실 "따로 기록한 것"은 없으며 "옛날을 기록할 思舊" 때에는 청나라 이전에 알았던 친구만을 썼는데, 이러한 체제는 우리에게 여러 생각을 하게 합니다. 다음으로는 선별한 몇 개의 단문을 대략 소개해 보겠습니다.

첫 번째는 「장황언張煌言」입니다. 글은 매우 짧지만 청에 항거한 이름난 장수가 "죽음이 닥쳐도 태연자약하고 문산文山(문천상文天祥의 호)의 기상이 있었다"라고 서술하면서 군대가 패해서 포로가 되기 전에 먼저 병사들을 도망하게 한 뒤 두려워하지 않고 태연하게 죽는 모습을 그려내고 있습니다. 유민遺民의 마음을 잘 드러낸 이러한 필치는 『사구록』에서 적지 않습니다. 그것은 첫 번째로는 황종희의 견문이 매우 넓고 명·청 교체기의 역사적 사실을 많이 알고 있어서 정사正史의 공백을 메울 수 있었기 때문이고, 두 번째는 그 자신도 청에 항거하는 투쟁에 참여했으므로 이를 빌어 자신의 마음을 기탁했기 때문이었습니다.

두 번째로 「진계유」를 소개하고 싶습니다. 그 이유는 은사에 대한 묘사가 절묘해서입니다. 앞에서 말했던 대로 명성이 높았던 은사 진계유는 만명 시기에 큰 환영을 받아서 "위로는 진신대부縉紳大夫로부터 아래로는 장인과 상인, 배우에 이르기까지" 모든 사람들이 그의 글을 좋아했습니다. 그해 황종희는 "북경에 가서 억울함을 호소할" 때 서호 주변에서 진계유를 만납니다. 당시 황종희는 겨우 19세였고 어떤 명성도 없는 일개 동림당인의 후예에 불과했습니다. 진계유는 뜻밖에도 황종희가 잠시 머물던 태평리太平里 작은 마을로 찾아갑니다. 다음의 이 두 단락은 매우 중요하고 동시에 멋진 대목입니다. 진계유는 "작은 교자를 탔고 문생들은 걸어서 그의 뒤를 따랐는데 추운 날씨에 콧물이 흐르자 남전숙藍田叔(이름은 영瑛)이 곧바로 소매로 닦아주었습니다". 대략 계산을 해보면 그해 진계유는 아마도 70세였던 것으로 추정됩니다. 어쨌든 연로한데다 날씨도 추워서 진계유는 끊임없이 콧물을 흘렸고 학생들은 소매로 그의 얼굴을 닦아주었다는 이 세부 묘사는 무척 생동감이 넘칩니다. 이어 "내가 억울함을 호소하는 글을 꺼내자 선생께서는 그 자리에서 붓 가는 대로 고쳐주셨다"라고 했습니다. 일반 사람들의 마음속에 있는 진계유는 틀림없이 세속적이지 않고 인간사의 시비를 피하려고 노력하는 사람일 것입니다. 그러나 여러분이 보는 대로 그는 황종희가 쓴 탄원서를 고쳐줍니다. 그리고 그에게 "마음속 뜨거운 피는 결국 사라지지 않았고, 칠 척의 시신은 아무도 감히 거두어들이지 못했네一腔熱血終難化, 七尺殘骸莫敢收"라는 구절을 부채에 써서 줍니다. 가장 흥미로운 부분은 진계유가 황종희의 아버지를 위해 전傳을 지어달라는 요청에 승낙을 하는데, 전을 다 쓴 뒤에 황종희에게 보내는 것이 아니라 송宋 씨에게 보낸 것입니다. 이 전은 나중에 『송자건집宋子建集』에 수록되었습니다. 황종희는 너무나 이상하다고 생각해서 "왜 그렇게 했는지"를 물어보지만 대답을 얻지 못했는데 그 다음은 나의 추측입니다. 진계유는 시비를 가리는 마음은 있었지만 시비 문제를 일으킬까봐 매우 걱정했습니다. 위험한 순간에 그는 황종희에게 도움을 주었지만 그래도 글로 명문화하는 것은 다른 사람에게 떠넘기는 것이 최선이었습니다. 전을 지어 주기는 했지만 서명을 하지 않고 차라리 다른 사람의 문집에 수록하여 간행하는 편을 택했던 것입니다. 나는 이 대목이 너무나 절묘하다고 생각했습니다. 이렇게 대단한 명사는 일거수일투족이 모두 다른 사람의 주목을 끌기 마련이어서, 자신의 입장을 표명해야 하고 충렬지사에 대한 흠모를 표현해야 하지만 그러나 동시에 처신을 잘 해야 했기 때문에 꼬투리를 잡힐 수는 없었습니다. (학생들 웃음) 이렇게 애매모호한 심리상태가 이 짧은 200자 안에 멋지게 쓰여 있는 것입니다.

나는 『중국산문선』을 엮으면서 황종희의 글 두 편을 수록하였는데 하나는 「장부」,* 다른 하나는 「전겸익」입니다. 장부는 여러분들이 모두 알고 있다시피 「오인묘비기五人墓碑記」를 썼고 『한위육조백삼명가집』도 엮었습니다. 인민문학출판사人民文學出版社에서 간행한 『한위육조백삼명가집제사주漢魏六朝百三名家集題辭注』는 한위漢魏 시문을 연구하는 데 있어 꽤 중요한 참고서입니다. 『사구록』에서는 장부를 이렇게 소개합니다. "천여天如(장부)는 독서를 좋아했고 자질이 명민하였다. 아무개의 집에 장서가 있다는 소식을 듣고 밤에 나와 등불을 들고 가서 보았다." 이렇게 총명하고 학문을 좋아했으니 "그가 한림원翰林院에 있을 때 명성이 날로 높아져서 그를 자유子游와 자하子夏처럼 받들었"던 것입니다. 이는 당시 사람들이 그를 공자의 제자 자유와 자하에 비견했다는 뜻입니다. 안타깝게도 이렇게 총명한 사람의 주위에 두뇌가 명석하고 현명한 친구가 없어서 그는 자신의 재주만 믿고 경솔하게 붓을 휘두르면서 글과 책을 쓰는 일을 너무나 쉽게 여겼습니다. 이렇게 자기의 재능만 믿으면 대성하기는 어렵습니다. 그는 "부채에 금박을 입히고 붓 가는 대로 글을 쓴 적이 있었는데" 이러한 구체적인 묘사로 장부가 재능이 넘치고 풍류가 대단했다는 사실을 잘 보여줄 수 있었습니다. 이런 식으로 크게 심혈을 기울이지 않았으니 그가 학문을 크게 이룰 수 없었던 것도 당연합니다. 이 구체적인 일화는 긴 일생을 서술하는 방법에 비하면 훨씬 생생하고 훨씬 멋집니다.

다음으로 「전겸익」을 보도록 하겠습니다. 전겸익은 황종희

장부(張溥, 1602~1641)는 자가 천여(天如), 호가 서명(西銘)이며 태창(太倉, 지금의 강소성) 사람이다. 숭정(崇禎) 4년에 진사가 되었는데, 후에 휴가를 내고 고향으로 돌아가 다시는 벼슬길에 나오지 않았다. '복사(復社)'를 설립하고 '고학(古學)'을 부흥시켜 쓸모가 있는 일을 할 것'을 주장했는데 고상한 기풍(風雅)을 일으키는 동시에 조정을 공격하여 영향이 매우 컸다. 학식과 재능을 겸비한 장부는 『칠록재집(七錄齋集)』을 저술한 외에 『한위육조백삼명가집(漢魏六朝百三名家集)』을 편찬하였는데 매 문집마다 모두 제사(題詞)가 있고 평가가 매우 적절할뿐더러 글도 매우 화려하고 아름답다.

보다 28살이 많은데 황종희에게 강운루에 가서 책을 읽자고 약속한 적이 있었습니다. 여기에는 작은 일화가 있는데 흥미롭게 읽을 만합니다. 경제적으로 어려움을 겪고 있는 황종희를 걱정했기 때문에 "어느 날 밤 내가 잠들려고 하고 있는데 공이 등불을 들고 평상 앞으로 와서 소매 속에 넣어 온 7금金을 나에게 주면서 '이건 내 처의 마음이네'"라고 합니다. 황종희를 도와주고 싶었지만 그의 자존심을 상하게 할까봐 티를 내지 않았던 것입니다. 물론 나중에 강운루가 타버렸고 책을 읽자는 약속도 실현되지 못했습니다. 그러나 함께 가서 책을 읽자고 약속한 것, 또 상대방이 찾아오지 않을까봐 한밤중에 가서 돈을 주는 이러한 세부 묘사는 인물의 성격을 잘 보여줍니다. 또 전겸익의 병이 위중해졌을 때 어떤 사람이 글을 써달라고 하면서 사례금을 많이 주었는데 — 이 사건은 천인췌陳寅恪, 진인각의 『유여시 별전柳如是別傳』에서 길게 고증을 해서 참고할 만합니다.[*] — 그 사람이 내건 조건은 다른 사람의 대필은 절대 안 된다는 것이었습니다. 그러나 전겸익은 황종희가 오자 바로 그에게 쓰라고 하면서 방에 가두어 놓고 글을 다 쓰기 전까지는 나오지 못하게 합니다. 다음의 묘사 단락은 매우 절묘한데, 글이 완성된 다음 "공은 사람을 시켜 내가 쓴 것을 큰 글씨로 베끼게 한 뒤 침상에서 이것을 보고는 고개를 끄덕이며 고맙다고 하였다"라고 했습니다. 이 때 이미 병세가 심해져서 똑똑히 볼 수 없었기 때문에 다른 사람에게 큰 글씨로 베껴 달라고 해서 침상에 누워서 본 다음에 고개를 끄덕이며 칭찬했다는 것입니다. 이 글의 맨 마지막에서는 전겸익이 원래 황종희가 대신

陳寅恪, 『柳如是別傳』(下冊, 上海古籍出版社, 1980, pp.1197~1224)의 제5장 '復明運動'의 부록 「錢氏家難」참조.

유고를 정리해줄 것을 바랐지만 나중에 전겸익의 자손들이 다른 사람에게 부탁했다는 내용을 언급합니다. 황종희에게 부탁하지 않았기를 망정이지 만약 그에게 부탁했더라면 황종희의 안목으로 어떻게 포폄을 했을지는 알 수가 없습니다.

이 「전겸익」에서는 황종희 글의 특색을 구체적으로 보여주었는데 그 특색은 대상의 전체 모습을 보면서도 세부 묘사에도 능했고 감정에 깊이가 있었으며 이치에도 밝았다는 것입니다. 여러분이 알고 있듯이 전겸익은 청에 굴복한 적이 있었기 때문에 절개에도 손상을 입었습니다. 그러나 황종희는 한 시대의 대유大儒이면서 동시에 유명한 유민遺民이었으므로 여러분은 어쩌면 그가 전겸익과 분명하게 선을 긋고 서로 왕래하지 않았을 것이라고 생각했을지도 모릅니다. 그러나 실제로는 그렇지 않아서 명이 멸망한 후에도 전겸익과 황종희의 왕래는 매우 많았으며 관계도 상당히 좋았습니다. 그러나 이것은 황종희가 나이든 선배이자 오래된 친구에 대해 엄격한 평가를 내리는 데에 어떤 지장도 주지 않았습니다. 전겸익의 글을 높이 평가하면서 "당당한 진용, 장엄한 깃발이라고 할 수 있다"라고 했지만 그와 동시에 전겸익의 글에는 다섯 가지 병폐가 있다고 지적했습니다. 그중에서 가장 핵심이 되는 것은 "대체로 조정의 안위 및 명사名士들의 생사와 자신의 출처를 별개의 사안으로 인식하는 것, 이것이 다섯 번째 병폐이다"라는 것입니다. 조정의 시비, 국가의 흥망에 그다지 적극적인 태도를 보이지 않고 그저 자신의 개인사에만 관심을 두었다는 이 질책은 매우 심각합니다. 이러한 문제는 가볍지 않은데 마지막에 가서야 지적을 했습니다. 나는 황종희의 글이 글의 주제를 잘 드러낸다고 했는데 이는 그가 어디에 문제점이 있는지 알고 있으며 그것을 담대하게 말했다는 점을 지적한 것입니다. 그러나 그는 또한 충성과 의리라는 측면에서 전겸익에 대해서 도덕적인 비난만 일삼는 일반 사람들과는 전혀 달랐습니다. 전겸익에 대해 황종희는 전부를 부정하려고 하지 않았습니다. 그의 학문과 글을 긍정했을 뿐만 아니라 그가 청에 굴복한 사실을 그의 정신적 기질과 결부시켜 종합적으로 고찰했는데 이러한 행동이 훨씬 더 심도가 있습니다. 유민의 입장에서 청에 굴복한 전겸익을 비판하는 것은 수많은 사람들이 모두 할 수 있습니다. 마치 오늘날 어떤 지식인이라도 모두 저우쭤런의 타락을 비판할 수 있고 담대하게 비판하는 것처럼 말입니다. 왜냐하면 시비가 분명하기 때문에 어떤 논쟁도 필요하지 않기 때문입니다. 본인이 투항한 적이 없다면 "정의롭고 매서운 말"을 할 수 있다는 것입니다. (학생들 웃음) 도리道理에 비추어 볼 때 황종희는 분명히 유민의 입장에 서서 조롱하고 비웃으며 전겸익에게 청에게 항복했다고 공격할 명분이 있었지만 그는 그렇게 하지 않고 또 다른 입장에서 논의를 합니다.

황종희가 전겸익의 문제점을 종합하면서 그 두 번째 문제로 "'육경'의 구절을 썼지만 열심히 공부하지 않았다"라고 했다는 점에 주목하기 바랍니다. 이 점은 사실 문인들이 경전을 공부할 때의 노하우이기도 한데, 경전 내용을 가져오면 쉽게 글을 쓸 수 있고 다른 사람에게 자기의 학문이 해박하다는 환상을 쉽게 심어줄 수 있습니다. 또 어떤 문제를 회피하거나 게으름을 피우기에도 편합니다. 실제로 청초의 학자들 중에서 전겸익의 학문의 범위는 상당히 넓은 편이었습니다. 『초학집初學集』, 『유학집有學集』을 보면 이 점을 느낄 수 있습니다. 그러나 황종희는 전겸익이 경학 공부를 큰 공력을 들여서 하지 않았기 때문에 사상이 체계를 이루지 못했다고 생각했습니다. 이 대목은 오히려 우리에게 루쉰과 저우쭤런을 떠올리게 합니다.

저우수런周樹人(루쉰의 본명), 저우쭤런 형제는 젊은 시절에 학문과 글 솜씨를 겸비했고 나중에야 다른 방향으로 나아갔습니다. 젊은 시절의 저우쭤런은 학술 연구에 종사하기도 했는데 예컨대 아동문학을 논의하고 유럽문학사를 쓴 것은 둘 다 꽤 괜찮았습니다. 나중에 저우쭤런은 문학을 파는 상점 문을 닫겠다고 선언하고 글에 학문을 녹여 넣기 시작했습니다. 글에 학문을 녹여 넣는 것의 좋은 점은 교묘하게 빠져나가기가 쉽다는 것입니다. 예를 들면 독서의 유익함에 대해 글을 쓸 때는 '유익함'만 말하고 다른 부분은 건드리지 않는 것입니다. 글을 쓸 때는 이렇게 하는 것이 허용되고 또 이렇게 할 수 밖에 없습니다. 그러나 학문은 이와 달라서 반드시 난제에 직면해야 하며 속임수로 현혹시킬 수 없습니다. 루쉰의 『중국소설사략』과 저우쭤런의 『중국 신문학의 원류中國新文學의 源流』는 모두 좋은 책이지만 글을 쓰는 방식은 전혀 다릅니다. 후자는 선명하게 자신의 장점을 발휘하여 원래라면 관심을 기울여야 하는 수많은 문제들을 회피하는, 자못 "빨간불을 보면 피해 가는" 느낌이 있습니다. 전자는 이와는 다릅니다. 『중국소설사략』은 반드시 『고소설구침古小說鉤沉』, 『당송전기집

루쉰(魯迅, 노신, 1881~1936)은 본명은 저우장서우(周樟壽, 주장수)이며 자는 위산(豫山, 예산)이었으나 후에 이름은 저우수런(周樹人, 주수인)으로, 자는 위차이(豫才)로 고쳤다. 절강성 소흥(紹興) 사람이다. 1902년에 일본으로 유학을 갔으며 1909년에 귀국하여 소흥에서 교편을 잡았다. 1912년에 차이위안페이(蔡元培, 채원배)의 초빙을 받고 교육부에서 근무하였고 1920년부터 북경대학 등의 학교에서 겸직으로 강의를 하였다. 후에 하문(廈門), 광주(廣州) 등을 전전하다가 1927년 10월에 상해에 갔는데 이때부터 글쓰기에 전념하였다. 1906년

에 의학 공부를 단념하고 글쓰기를 시작하여 문예를 통해 국민의 정신을 개조할 것을 희망하였으나 1936년 과로로 병이 들어 상해에서 병사하였다. 30년간 루쉰은 천만 자에 달하는 저술과 번역을 하였으며 20세기 중국의 사상문화의 발전에 깊은 영향을 미쳤다. 『외침(吶喊)』, 『방황(彷徨)』, 『고사신편(故事新編)』 등 소설과 『야초(野草)』, 『아침 꽃 저녁에 줍대(朝花夕拾)』 등 산문, 그리고 『중국소설사략(中國小說史略)』, 『한문학사강요(漢文學史綱要)』 등 저서 외에 루쉰은 또 대량의 잡문을 썼다. 1925년에 『열풍(熱風)』이 출판된 후에 루쉰은 거의 해마다 잡문집을 내놓았다. 사실, 루쉰의 정신적 역량과 넓고 깊은 지식 그리고 문학적 재능이 있었기에 그의 '잡문'은 중국 현대문학사에서 간과할 수 없는 중요한 문학 장르가 될 수 있었던 것이다.

唐宋傳奇集』, 『소설구문초小說舊聞鈔』와 같이 읽어야 루쉰이 공부를 얼마나 했는지를 알 수 있습니다. 이렇게 가는 곳마다 진을 치고 적의 군영을 공격하여 격전을 치르는 것, 이것이 학문을 하는 길인 것입니다. 학문을 글 속에 숨겨두는 것은 좋은 점도 있고 나쁜 점도 있습니다. 저우쭤런의 수필집을 읽다 보면 여러분은 '이렇게 많은 것을 알고 있고 사상도 이렇게 깊이 있다니, 이 사람 끝내준다'고 느낄 수도 있습니다. 그러나 만약 여러분이 학문을 하면서 동시에 수필을 쓰게 된다면 그때에 비로소 저우쭤런의 글에는 속임수를 쓴 곳이 있다는 점을 알게 될 것입니다. 이른바 독서에서 '잔재주'라는 것에는 황종희가 "'육경'의 구절을 썼지만 열심히 공부하지 않았다"라고 조롱했던 부분이 포함됩니다. '경전'에 대한 정의와 이해는 사람마다 시대마다 다릅니다만 독서방법이라는 측면에서 볼 때 황종희의 깨우침은 일리가 있습니다.

그 밖에 황종희는 전겸익의 글을 "스케일은 진천(귀유광)보다 크지만 감정이 들어가지 않았다"라고 비판했습니다. 전겸익은 대체로 시를 더 잘 썼고 산문을 잘 쓰지는 못했던 것 같습니다. 그의 글을 읽다 보면 확실히 황종희가 말했던 문제들, 곧 투구나 갑옷 같이 딱딱한 껍질이 있어서 유창하지도 않고 진지하지도 않다는 것을 느낄 수 있습니다. 황종희의 글은 이와는 반대로 「손녀 아영의 묘전」이나 『사구록』처럼 불시에 아이 같은 모습이 튀어나와서 푸근함을 느끼게 합니다. 내가 보기에 황종희는 시종일관 아이 같은 마음을 간직하고 있어서 글이 전겸익에 비해 훨씬 낫습니다. 전겸익의 문제는 스스로도 어떤 것이 좋은 글인지는 알고 있지만 글을 쓸 때 너무 조심스럽다는 점에 있습니다. 책을 많이 읽고 안목이 높은 사람에게는 가끔 이런 문제가 있습니다. 여러분들이 『열조시집소전列朝詩集小傳』을 읽다 보면 전겸익의 안목이 대단히 높다는 사실을 깨닫게 될 것입니다. 그러나 역사적 지식이 있고 판단이 있으며 너무나 신중하기 때문에 글을 쓸 때 투구와 갑옷을 입어서 "감정이 들어가지 못합니다". 뒤집어 말하면 그것이 바로 황종희의 글이 갖는 좋은 점인데, 한 구절로 이렇게 요약할 수 있을 것입니다. 큰 틀을 파악했고 정도를 지켰으며 경전을 끝까지 파고들었고 감정을 잘 담아내었다고.*

[역자 주] 마지막에 제시한 구절의 원문은 "識大體, 守正道, 敢窮經, 能入情"이다. 천펑위안이 요약한 이 구절은 황종희가 썼던 구절들을 재구성한 것이다. 황종희는 『사구록』에서 전겸익의 문제점을 논하면서 "감정을 담아내지 못했다[不能入情]", "경전을 끝까지 파고들지 못했다[不能窮經]", "귀신이나 신선처럼 사실이 아닌 것에 대해 말하기를 좋아했다[喜談鬼神方外而非事實]" 같은 표현들을 썼는데, 천펑위안은 이 표현들을 뒤집어서 황종희 글의 특징으로 정리하였다.

글은 잘 쓰지만 문인은 아니다

고염무顧炎武

여행으로 은거하다
글은 반드시 세상에 유익해야 한다
소박하고 진중한 학술문장

옛사람들은 산에게 구리를 캐었으나 지금 사람들은 옛날 동전을 사
서 고철이라고 하고 그것을 돈을 주조할 뿐이다.

이번 강의에서는 청대 초기의 대학자 고염무(1613~1682)*에 대해서 강의하려고 합니다. 산문사를 이야기할 때 일반적으로 고염무에 대해 집중적으로 다루지는 않지만 나는 산문사에서 그가 갖는 위상을 매우 중시합니다. 그래서 우선 시간을 좀 들여서, 왜 학술사가 아니라 산문사에서 이 한 시대의 뛰어난 인재에 대해 이야기하려고 하는지 논의하려고 합니다.

[역자 주] 고염무(顧炎武)의 저서 중에서 현재 우리나라에서 번역 출간된 책은 『일지록』 정도이다. 고염무, 윤대식 역, 『일지록』, 지만지, 2009.

고염무의 본명은 강絳인데 명나라가 망한 뒤 이름을 염무, 호를 정림亭林이라고 고쳤습니다. 어떤 이유에서 이 부분을 특기하는 것일까요? 만청晩淸에 또 한 명의 뛰어난 인재가 고염무를 너무나 존경한 나머지 그를 따라서 이름을 바꾸었기 때문입니다. 그 사람이 바로 여러분이 아마도 매우 익숙하게 알고 있을 장빙린章炳麟, 장병린입니다. 장빙린은 자가 메이수枚叔, 매숙인데 이름을 강絳이라고 고쳤습니다. 「문학논략文學論略」을 포함하여 그가 초기에 쓴 매우 많은 글들에는 모두 '장강章絳'이라고 서명을 했습니다. 그의 호는 타이옌太炎, 태염인데 이러한 것들은 그가 고염무를 매우 추숭했다는 것을 보여줍니다. 사람됨과 학문, 정치라는 측면에서 고염무를 매우 추숭한 장타이옌은 다음과 같은 명언을 남겼습니다. "광복을 제창하면서도 학업을 포기한 적은 없었다提獎光復, 未嘗廢學."* 이는 고염무가 청나라 조정을 무너뜨리는 투쟁을 전개하면서도 동시에 스스로 일가를 이루는 학술적 사고를 중단하지 않았다는 말입니다. 이 점이 바로 후대 사람들이 흥미를 느끼는 고염무, 장타이옌 두 사람의 입신立身과 처세

『태염선생자정연보(太炎先生自定年譜)』'선통(宣統) 2년(1910)'조에는 이렇게 기록되어 있다. "나의 학문은 비록 스승과 벗의 가르침을 받았지만 그러나 우환에서 얻은 것이 많다. 39세부터 일본에 망명하여 광복을 제창하면서도 학문을 포기한 적은 없었다. (…중략…) 『소학

답문(小學答問)』, 『신방언(新方言)』, 『문시(文始)』 세 책을 썼고 또 『국고논형(國故論衡)』, 『제물논석(齊物論釋)』, 『구서(訄書)』 등도 썼는데 정치에 관련된 내용이 많다."

處世입니다. 정치를 하는 사람도 있고 학문을 논하는 사람도 있지만 장타이옌처럼 그렇게 두 가지를 겸비하면서 두 가지 분야에서 모두 공적을 세운 사람은 거의 없습니다. 장타이옌의 이러한 사유방식은 사실 고염무한테서 배운 것입니다. 그래서 오늘은 이러한 측면에서 고염무를 이해해 보도록 하겠습니다.

자리에 있는 여러분 중에서 1994년에 창평원昌平園 캠퍼스에서 공부를 했던 사람이 있는지 모르겠습니다. 그해 가을과 겨울에 북경대학에서는 창평원 캠퍼스를 정식으로 운영하기 시작했습니다. 나는 그해 신입생들의 강의를 맡았기 때문에 이 캠퍼스가 매우 인상적이었습니다. 아침 다섯 시 반에 일어나서 학교로 가는 셔틀버스를 타고 날이 채 밝기도 전에 시내를 출발해서 만리장성 옆에 있는 창평원 캠퍼스에 가서 강의를 하는 것은 매우 힘들었지만 운치가 있는 일이기도 했습니다. 나는 종강하고 나서 쓴 「쓸쓸한 창평로蕭瑟昌平路」라는 글에서 고염무의 산문 「헌릉사향태감관종에게 드림贈獻陵司香貫太監宗」을 인용했는데, 이 글에는 내가 가장 좋아하는 시구 "맑은 서리가 전각의 기와를 뒤덮네淸霜封殿瓦", "빈 집에서 옛일을 논한다空堂論往事"가 들어있습니다. 십삼릉十三陵 옆에서 중국현대문학을 강의하거나 만리장성에 기대어 『야초野草』를 읽는 것은 남다른 묘미가 있었습니다. 물론 고염무는 청나라가 건국된 후에 여섯 번이나 명나라의 십삼릉을 참배했을 뿐 아니라 십삼릉 내 규모가 가장 작은 사릉思陵, 즉 숭정崇禎 황제의 능묘를 참배하는 것을 특히 좋아했는데 당연히 특별한 감회가 있어서 그랬을 것입니다. 청대 초기에 북경 시내에서 십삼릉까지 가려면 길이 매우 멀어서 상당한 시간과 힘을 허비해야 했습니다. 이참에 고염무는 능묘를 참배하면서 『창평산수기昌平山水記』나 『경동고고록京東考古錄』같이 관련된 저술을 많이 남겼습니다. 이 책들을 읽으면서 내가 가장 크게 느낀 점은 이 사람은 매우 특이한 학자라는 것입니다. 그는 정치적 포부를 가졌을 뿐 아니라 이곳저곳 다녔는데, 돌아다닐 때에는 학문적인 사고를 하고 책을 쓸 때에는 자신의 감회를 담아내었습니다.

명나라가 망한 이후 명나라의 유민들 중에는 심신 수양에 몰두한 사람도 있고 저술을 남긴 사람도 있으며 먼 곳까지 달려가 청나라를 전복하고 명나라를 회복하는 일에 힘을 바친 사람도 있었습니다. 하지만 고염무처럼 정치며 학술이며 개인의 감정 등을 모두 뒤섞은 다음 여정을 통해 이것들을 한데 엮어낸 것은 정말 특이한 경우라고 볼 수 있습니다. 고염무의 벗인 왕홍찬*은 이에 대해 "여행으로 은거하다以遊爲隱"라고 정리하였는데 우리는 오늘 이 부분에 대해 먼저 이야기하기로 합시다.

왕홍찬(王弘撰, 1622~1702)은 자가 문수(文修)·무이(無異), 호가 태화산사(太華山史)이고 섬서(陝西) 화음(華陰) 사람이다. 명말 제생(諸生)으로, 청대 이후에는 고향에 은거하여 '독서를 하였으나' '문을 닫지 않고' 고염무 등 명나라를 회복하려는 지사(志士)들과 깊은 친분을 쌓았다. 『화산지(華山志)』 등 20여 종의 저술이 있다.

여행으로 은거하다

여러분이 모두 알다시피 고염무는 청대의 학술에 결정적인 영향을 미쳤습니다. 그러나 고염무가 한편으로 매우 전기적 색채가 있는 인물임을 유의하기 바랍니다. 지금까지 우리는 매우 많은 문제에 대해 정확히 밝혀내지 못하고 있는데 그중의 어떤 내용은 마치 문인이 편찬한 무협소설과도 같습니다. 예를 들면 명나라가 망한 이후에 고염무는 사방으로 유랑하였는데 왜 그랬을까요? 자오리성趙儷生, 조려생 선생 — 자오리성은 『고정림신전顧亭林新傳』을 쓴 적이 있는데 편폭은 길지 않지만 매우 중량감이 있습니다 — 은 고염무가 예전에 복사復社에서 활동할 때의 연락책과 접선방식을 활용하여 사방으로 여행했다고 생각했습니다. 다른 사람이라면 기왕에 은거를 했다면 다시 나와 강호를 떠돌지 않고 한 곳에 은거해 있겠지만, 고염무는 은자의 신분을 유지한 채 세상을 유랑했습니다. 그래서 자오리성 선생이 보기에 고염무가 "여행으로 은거한 것"은 비밀리에 활동을 전개하기 위해서였습니다. (학생들 웃음) 자오리성 선생은 심지어 이런 매우 신기한 말도 했습니다. "그는 극비 업무를 수행하는 사람이었습니다." (학생들 웃음) 장타이옌이 「도한아언찰기菿漢雅言札記」에서 주장한 견해는 더 재미있습니다. 그는 자신의 고증에 따르면 고염무는 중년이 된 이후에 북방의 산동山東이며 산서山西, 섬서陝西 등의 여러 곳에 가서 돌아다니다가 후에 이자성李自成이 감추어둔 재물을 발견하였고 또 금융기관까지 설립하였다고 합니다.* 이는 마치 홍화회*와 비슷한 이야기로 들립니다. (학생들 웃음) 하지만 이 '보물을 발굴한 전기적인 이야기'는 지금까지 그 가설을 지지할 만한 자료를 찾지 못했습니다. 나는 이것이 장타이옌 선생이 갑자기 생각해 낸 『협객행』*은 아닌지 좀 의심이 됩니다. (학생들 웃음)

章太炎, 『菿漢三言』, 瀋陽 : 遼寧敎育出版社, 2000, p.140; 趙儷生, 『顧亭林與王山史』, 濟南 : 齊魯書社, 1986, p.14.

[역자 주] 홍화회(紅花會)는 진융(金庸, 김용)의 소설 『서검은구록(書劍恩仇錄)』과 『비호외전(飛狐外傳)』에 나오는 반청단체로, 수령은 총타주(總舵主) 진가락(陳家洛)이다. 진가락은 건륭황제의 친동생으로, 건륭황제와 손잡고 청

그러나 왜 다른 명나라 유민들은 이러한 이야기가 없는데 오직 고염무만 있을까요? 이는 그의 사상과 기질, 명나라가 망한 이후 그의 삶의 역정과 크게 관련이 있습니다. 그래서 이 점으로부터 시작해서 이 정치적 포부가 있었던 대학자, 혹은 학문이 있는 혁명가에 대해 논하려고 합니다.

17세가 되던 해에 고염무는 고향 친구인 귀장°과 함께 복사에 참여하였는데 그가 이후에 사방으로 분주하게 돌아다닌 것은 이것과 관련이 있다고 합니다. 복사는 만명 시기 정치와 문장을 논했던 중요한 단체였습니다. 청말 민국초에 활약했고 남사는 '복사와 기사幾社의 풍류'를 추종하였는데, 이 단체가 중시한 것이 바로 문인이 단체를 결성한다는 방식의 새로움이었습니다. 27세가 되던 해 고염무는 과거시험에 낙방한 뒤 다시는 이 길을 걷고 싶지 않아 물러나 열심히 책을 읽고 연구에 종사하였으며 글을 쓰겠다는 마음이 싹텄습니다. 이후의 많은 저작들, 예를 들면 『천하군국이병서天下軍國利病書』, 『조역지肇域志』, 『일지록日知錄』 등은 모두 이때부터 자료를 축적하기 시작했던 것입니다. 그러므로 27세부터, 다시 말하면 1639년부터 명나라가 멸망할 때까지의 6년은 고염무가 온 마음으로 독서하고 학문의 기반을 닦은 시기입니다. 그 이후에는 "혁명을 위하여 분주하게 뛰어다니는" 동시에 원고를 몸에 지니고

나라를 무너뜨리고 명나라를 회복하려 하였지만 건륭황제의 배신으로 실패하고 만다. 진융은 홍화회는 자신이 허구적으로 만들어 낸 것으로, 실제로 존재한 것은 아니라고 말한 바 있다.

[역자 주]『俠客行』. 진융(金庸, 김용)의 무협소설. 석파천(石破天)이라는 소년이 우연한 기회에 현철령(玄鐵令)을 얻어 무술을 배웠다가 얼떨결에 장락방(長樂幫)의 방주(幫主)가 되고 또 얼떨결에 협객도(俠客島)로 가게 되는 내용이다.

귀장(歸莊, 1613~1673)은 자가 이례(爾禮), 현공(玄恭)이고 호가 항헌(恒軒)이며 귀유광(歸有光)의 증손으로, 곤산(昆山, 지금의 강소성) 사람이다. 후세에 편찬된 『귀현공유저(歸玄恭遺著)』, 『귀현공문속초(歸玄恭文續抄)』가 있다. 명나라가 망한 후 강호를 유랑하였고 직접 반청 활동에 가담하기도 하였으며 만년에 "시인[騷翁], 술꾼[酒人], 도사[道流], 명승[名僧]"들과 함께 산을 유람하고 일세에 전송(傳誦)되었던 「심화일기(尋花日記)」를 썼다. 이런 "난세를 당하였기에 산속에서 한가함을 누릴 수 있었던[惟當亂世, 故得偸閑山中]" 무기력한 느낌은 진계유와 같은 부류들이 달을 기다려 빗소리를 듣는데 침잠한 아취와 크게 다르다. 이와 같이 소탈함 속에 비통함과 괴로움을 감추고 있는 유기에 대해서 당시 사람들은 귀장의 「동행심목단주중작(東行尋牡丹舟中作)」의 시구 "전란이 일어났을 때 번화했던 일을 추억하고, 가난하고 비천한 사람이 되어 부귀의 꽃을 본다[亂離時逐繁華事, 貧賤人看富貴花]"를 통해 해석할 수 있다고 생각했다. 전겸익(錢謙益), 『유학집(有學集)』 권49 「귀현공간화이기(歸玄恭看花二記)」 참조.

다니면서 부단히 고증하고 수정하였습니다. 그러므로 이 몇 년은 그가 이후에 학술의 길로 나아가는 데 매우 중요한 시기였습니다.

1645년에 청나라 군대가 남하하였을 때 그들은 강남 일대에서 완강한 저항에 부딪혔는데 그중에는 소주蘇州도 포함되어 있었습니다. 고염무와 귀장 등 강남 문인들은 모두 소주성을 사수하는 전투에 참여하여 청나라 군대와 혈전을 벌였습니다. 소주가 함락되자 이어 또 곤산昆山에서 봉기가 일어났고 이 봉기군은 20여 일을 버텼으나 결국 또 실패하고 말았습니다. 고염무가 곤산의 봉기에 참여했는지 여부에 대해 학계에서는 논쟁을 벌였습니다. 이 논쟁이 왜 일어나게 된 것일까요? 고염무는 「상숙 진군 묘지명常熟陳君墓誌銘」이라는 글을 썼는데 이 글에서는 그때 그가 모친을 모시고 곤산에서 40리나 떨어져 있는 수향水鄉에 거주하고 있었다고 했습니다. 자오리성은 고염무에 대해 애정을 가지고 고염무와 귀장 등 네 명의 친한 벗들이 소주성을 지키다가 실패하고 물러났다며, 다른 세 사람이 모두 곤산 봉기에 가담했는데 고염무 혼자만 빠졌을 리는 없다고 강조했습니다. 이것이 첫 번째 이유입니다. 두 번째 이유는 고염무가 모친을 모시고 곤산과 40리 떨어진 수향에 거주하고 있었다고 해도 배를 타면 하루 만에 왕복할 수 있다는 것입니다. 그러므로 이 거리는 그가 저녁에 수향에 가서 있다가 낮에 나와 활동하면서 성을 지키는 데에 전혀 문제가 되지 않았다는 것입니다.[*] 이러한 논증 방법은 그를 변호하기 위해서 다소 왜곡했다는 의심이 듭니다.

趙儷生, 「顧亭林與王山史」, 濟南 : 齊魯書社, 1986, p. 28 참조.

그러나 일본학자 이노우에 스스무井上進가 자료 하나를 찾아낸 덕분에 이 문제는 기본적으로는 해결이 되었습니다. 이 핵심적인 자료는 황종희가 『명문수독明文授讀』 권52에 수록한 고염무의 「오동초행장吳同初行狀」입니다. 현전하는 『정림문집亭林文集』은 모두 그의 문하의 제자들이 간행한 것입니다. 『정림문집』에 있는 「오동초행장」에는 "북쪽의 군대가 장강을 넘자 나는 소주에서 종군하였고 돌아간 뒤에 곤산에서 의병이 일어나자 귀장은 그들과 함께 하였다"는 구절이 있습니다. 귀장은 곤산 봉기에 참여하였지만 고염무 본인이 참여하였는지 여부에 대해서는 말하지 않았습니다. 하지만 『명문수독』에 있는 다른 글에는 "나는 소주에서 종군하였고 실패하자 곤산으로 가서 그곳을 지켰으며 귀장이 함께 하였다"는 식으로 쓰여 있습니다. 여러분이 알다시피 고염무의 제자가 그를 위해 책을 간행할 때 청조의 통치는 이미 매우 공고해졌습니다. 그러므로 책을 간행할 때 고염무의 매우 격렬했던 반청反淸 언사들을 의도적으로 모호하게 만들지 않을 수 없었습니다. 그러므로 『정림문집』에서는 그가 곤산성을 지키는 일에 참여하였다고 하지 않았지만 황종희가 이른 시기에 엮은 『명문수독』에서 고염무는 매우 확실하게 자신이 "곤산에 가서 지켰다"고 서술했습니다. 고염무가 곤산을 지켰는지 안 지켰는지에 대한 논쟁은 이 자료 덕분에 기본적으로 일단락을 지을 수 있었습니다. 요컨대 고염무는 청나라 군대가 남하하였을 때 소주와 곤산에서 혈전을 벌였고, 대세가 이미 정해져서 할 수 있는 것이 없다고 느낀 이후에야 천하를 유랑한 대장부였던 것입니다.

井上進, 「續張氏顧亭林先生年譜補正」, 『飆風』 제28호, 1993년 7월.

이 전란의 와중에 고염무의 생모는 오른팔이 잘렸고 양어머니* 왕 씨王氏는 단식하다가 죽었으며 두 남동생도 청나라 군사들에게 피살되었습니다. 청나라 군대가 남하한 이후 양어머니 왕 씨는 단식한 지 15일 만에 죽었는데 죽기 전에 "나는 비록 여자지만 명나라의 은혜를 입었으므로 나라와 운명을 같이 하는 것은 의리이다. 너는 절대 남의 나라의 신하가 되어 대대로 받은 국은國恩을 저버리고 선조의 유훈을 잊는 일은 하지마라. 그래야 내가 지하에서 눈을 감을 것이다"라고 재삼 당부하였다고 합니다.* 이 말은 고염무가 이후에 출처를 결정하는 데에 지대한 영향을 미쳤습니다. 이것은 그 자신이 여러 차례 언급한 것입니다.

여러분이 반드시 알아야 할 점은 순치順治 원년(1644), 즉 청나라 군대가 중원에 들어간 그해 고염무는 32세밖에 되지 않았다는 것입니다. 청에 저항하는 운동이 실패한 후에도 걸어야 할 아주 먼 길이 남아있었습니다. 고염무는 70세까지 살았는데 이 기나긴 세월 동안 체르니셰프스키Chernyshevsky, Nikolay Gavrilovich(1828~1889)가 쓴 책 이름을 빌린다면 "무엇을 할 것인가?"*를 결정해야 했습니다. 34세부터 44세까지 이 기간에 전란은 평정되지 않았고 뜻 있는 사람들은 아직 무엇인가 도모해 볼 수 있었지만 경거망동할 수는 없었습니다. 그래서 고염무는 주로 남경을 중심으로 장강 남북 지역에서 활동했습니다. 그 이후에 어떤 사건이 발생하면서 타향으로 멀리 떠날 수밖에 없게 되었습니다.

[역자 주] 원문은 '계사모(繼嗣母) 왕 씨'이다. 고염무는 사망한 사촌 백부 고동길(顧同吉)의 집으로 출계하였는데 고동길의 부인 왕 씨가 홀로 그를 키웠다. 왕 씨는 낮에는 길쌈을 하고 밤에는 이경(二更) 무렵까지 책을 읽었으며 고염무에게 악비(岳飛), 문천상(文天祥), 방효유(方孝孺) 등의 충절을 본받아야 한다고 가르쳤다고 한다.

顧炎武, 「先妣王碩人行狀」 참조.

[역자 주] 『무엇을 할 것인가(Chto dela t'?)』는 러시아의 1860년대를 대표하는 작가인 체르니셰프스키가 투옥 중인 1863년에 쓴 유명한 소설이다. 우리나라에서는 서정록의 번역으로 출간되었다. 니콜라이 체르니셰프스키, 서정록 역, 『무엇을 할 것인가』(全2책), 열린책들, 2009.

고 씨 집안에서는 일찍 800무畝의 전답을 이웃인 섭방항葉方恒에게 저당 잡혔습니다. 섭방항은 그곳의 유지로, 고 씨 집안의 재산을 가로채기 위해서 고 씨 집안의 하인인 육은陸恩을 꼬드겨 고염무와 명나라 왕조 사이에 모종의 관련이 있다고 고발하게 했습니다. 이것은 잘못하다가는 사형을 당할 수 있었기 때문에 가볍게 넘길 사안이 아니었습니다. 그래서 고염무는 직접 고향으로 돌아가 야밤에 육은을 죽이고 그의 시체를 연못에 던졌습니다. 물론 섭방항은 순순히 그만둘 리 없었습니다. 그는 고염무를 잡아들여 구금한 뒤 그를 압박하여 자살하는 것으로 죄를 갚게 하려고 했습니다. 귀장, 전겸익 등의 사람들이 모두 출두하여 고염무를 위해 탄원을 하였습니다. 결국 이 사건은 관아로 넘겨졌습니다. 이렇게 되면 벗들은 비교적 쉽게 손을 쓸 수 있게 됩니다. 관아에서는 처음에 그에게 "죄가 없는 노복을 죽였다"라는 판결을 내렸지만 후에 벗들의 노력으로 "죄가 있는 노복을 죽였다"로 바꾸었습니다. (학생들 웃음) 이 사건은 이렇게 대충 넘어갔지만 고염무는 더 이상 그곳에 머물러 있기가 어렵게 되었습니다. 그래서 45세가 되던 그해, 즉 1657년에 고염무는 의연히 북쪽으로 향했습니다.

그가 북쪽으로 간 명분은 책을 읽고 벗을 찾기 위한 것이었기 때문에 귀장 등의 사람들은 그에게 「천하의 책을 구하러 가는 고영인*을 위해 쓴 계문爲顧寧人征天下書籍啓」를 써 주어 [역자 주] '영인(寧人)'은 고염무의 자이다. 사마천이 천하를 주유한 이후에야 『사기』를 쓴 것을 예로 들면서 고염무가 명산대천과 기이한 책과 사건들을 다 찾아보고 나중에 대학자가 되기를 기대했습니다. 원수를 피하기 위해, 그리고 독서하기 위해 이후의 25년 동안 고염무는 만 리 길을 걸으면서 북방을 주유하고 천하의 명사를 사귀고 대업을 도모하였습니다. 동시에 이렇게 광범위한 교유를 통해 그는 대학자로서의 명성을 얻을 수 있었습니다. 나중에 귀장이 쓴「고영인에게 주는 편지與顧寧人書」에는 이런 말이 있는데, 이 말은 어느 정도 맞는 말입니다.

만약 공이 송사에 휘말리지 않고, 원수를 피하지 않고, 집이 망하지 않았더라면 문장깨나 한다는 강남의 부자 한 명에 불과했을 것이다. 어찌 만 리 길을 편력하면서 이름을 천하에 떨칠 수 있었겠는가?

이 20여 년간 고염무는 문자옥文字獄에 연루되어 제남濟南에서 7개월의 옥살이를 했습니다. 다행히 몇 명의 생질 ─ 그에게는 세 명의 생질이 있었는데 모두 청 조정의 고관이었습니다. 그 중 한 명이 바로 여러분이 잘 알고 있는 서건학˙입니다 ─ 이 도와줘서 겨우 나올 수 있었습니다. 옥에서 나온 뒤에 고염무는 북경으로 가서 그 전에는 "가는 길이 달라서 함께 일을 도모하지 않았던" 생질들과 왕래를 하면서 그들의 관저에 머물렀습니다. 하지만 시종일관 그들과는 사상의 경계선을 분명하게 그었다고 합니다. (학생들 웃음) 그런데 확실한 사실 하나는 조정에서 '박학홍사博學鴻詞'로 초빙하려고 하자 그는 거절하였을 뿐 아니라 목숨을 걸고 항거하

서건학(徐乾學, 1631~1694)은 자가 원일(原一)이고 호가 건암(健庵)이며 곤산(崑山, 지금의 강소성) 사람이다. 강희(康熙) 연간의 진사로 편수(編修) 직을 맡았다. 강희 21년(1682)에 『명사(明史)』의 총재관(總裁官)을 맡았고 후에 남서방(南書房)에 입직하여 『대청회전(大淸會典)』과 『일통지(一統志)』의 부총재(副總裁)를 맡았다. 만년에는 오현(吳縣)의 동정(洞庭) 동쪽 산에 살았다. 동생 병의(秉義)와 원문(元文)도 모두 크게 현달하였으며 함께 '곤산삼서(崑山三徐)'로 불렸다.

였는데 만약 기어이 벼슬하라고 협박한다면 자살하겠다고 하였다는 것입니다. 부산傅山과 마찬가지로 고염무는 시종일관 전 왕조 유민으로 고상한 절개를 지켰습니다.

고염무는 마지막에는 섬서陝西의 화음華陰에 가서 그곳에서 정착해 살려고 준비하였습니다. 그러나 안타깝게도 죽기 얼마 전에 또 위협을 받아 하는 수 없이 또 떠나야만 했습니다. 그가 화음에 머무른 데에는 매우 깊은 뜻이 있었다고 합니다. 그곳은 천하의 요충지여서 문밖을 나서지 않고서도 세상 사람들을 만날수 있고 세상일을 들을 수 있었습니다. 상황이 안 좋아지면 산으로 들어가 험준한 지형에 의지해서 버틸 수 있고 상황이 좋아지면 유리한 지대를 차지하고 일사천리로 일을 진행할 수 있습니다. 만년에 이르러서도 고염무는 여전히 이렇게 원대한 뜻을 지니고 있었습니다.

정치적인 대업 외에 생애 후반의 25년 동안 고염무는 당나귀를 타고 천하를 돌아다녔는데 저는 이 점이 매우 흥미롭습니다. 겉으로 보기에는 사방으로 옛 비석을 찾아다니면서 시를 읊고 글을 썼으니 매우 유유자적하게 보입니다. 사정을 모르는 사람들은 오늘날의 '여행에세이'와 같은 것으로 오해할 지도 모릅니다. (학생들 웃음) 오늘날의 여행은, 광복의 대업을 위해 사방으로 돌아다녔던 그의 행동과는 당연히 매우 다릅니다. 고염무는 한편으로는 부득이한 상황에서 생계를 위해 멀리 타향을 돌아다녔고, 다른 한편으로는 자신의 학문을 검증하기 위해 부단히 명나라의 유신遺臣들을 방문하고 옛 비석들을 찾아다녔습니다. 동시에 어떤 정치적 목적이 내재해 있었을 수도 있습니다. 하지만 원래 비밀활동이었던 데다가 또 어떠한 읽을 수 있는 자료도 남겨놓지 않았던 실패자였으므로 후대 사람들은 일부 단서에 근거해서 추측할 수밖에 없습니다. 이런 추측은 역사가들에게 남겨두기로 하고 나는 "당나귀를 타고 천하를 돌아다니는" 이런 행동방식이 그의 학문과 글쓰기에 어떤 영향을 미쳤는가 하는 점을 주목합니다.

고염무 자신의 말에 따르면 처음에는 혼자 다녔고 하인이 없었지만 몇 년 뒤에는 누군가 그에게 하인 세 명과 말과 노새 네 마리를 주어서 비로소 좀 편하게 다닐 수 있었다고 합니다. 하지만 1년 동안에 여전히 "반은 객점에서 묵었다"고 합니다. 다시 말하면 생활이 매우 불안정해서 고생스러웠던 것입니다. 이 점에 대해서는 여러분이 「금석문자기서金石文字記序」를 보시기 바랍니다. 이 글에서는 그가 매번 "명산이나 주요 군사 거점, 사당, 절 등의 흔적이 있을 때마다 찾아보지 않는 경우가 없었고, 높은 봉우리에 오르고 깊은 골짜기를 찾아보고 떨어진 돌을 어루만지고 어지럽게 자란 초목들을 밟고 무너진 담벼락을 치우고 썩은 흙을 삼태기로 긁어모으면서 읽을 수 있는 것은 반드시 손수 베꼈고 앞사람들이 발견하지 못했던 글 하나를 얻으면 기뻐서 잠을 이루지 못하였다"라고 하였습니다. 선배 학자들이 본 적이 없는 부서진 비석 하나를 발견하면 위를 덮고 있는 잡동사니들을 걷어내고 한 글자 한 글자씩 판독하여 베끼는 작업을 합니다. 이 과정에는 고적을 탐방하는 어려움도 있었지만 탐색하는 즐거움도 있었습니다. 고염무는 자신이 "때를 잘못 만나서" 그가 탐방하러 왔을 때 "명문가의 옛 집들이 대부분 퇴락한 것"을 한탄하였고 또 자신이 "비천한 포의布衣 신세라 하인과 말도 갖추지 못한 채 늘 품에 붓과 먹을 품고 산림과 원숭이, 새 사이에서 배회하였다"라고 하였습니다. 책을 찾고 고적을 탐방하는 어려움에 대해 고염무는 자술自述하는 글들을 많이 썼는데 이런 글들은 자신이 25년이라는 세월 중 대부분을 '길에서' 보낸 그런 생존 상황에 대해 묘사한 것입니다.

전면적으로 금석문자를 고증하는 작업은 사실 송대 사람들이 시작했는데 그 안에는 이 글에서 언급한 구양수歐陽修와 조명성趙明誠도 포함됩니다. 고염무의 특이한 점은 어디에 있을까요? 그가 야외에서 고적을 탐방하는 방식을 들여왔다는 데 있습니다. 앞 시대의 학자들은 그저 서재에서 비석의 탑본을 고증하였지만 고염무는 직접 거친 산과 벌판으로 가서 새로운 자료를 찾고 자신의 결론을 증명하거나 수정하였으며 역사를 새롭게 이해하고 해석하였습니다.

일반적으로 청대 고증학의 비조로 고염무를 꼽습니다. 그러나 후세 사람들은 고염무처럼 생기발랄한 기상은 다시는 갖추기 어렵게 되었습니다. 그 원인으로는 두 가지가 있는데, 하나는 후대의 사람들은 대부분 바깥에서 풍찬노숙風餐露宿하면서 고찰해 본 경험 없이 그저 서재에서만 연구했다는 것이며, 다른 하나는 후대 사람들은 대체로 고염무같이 강렬한 욕망을 갖지도 않았고 고통을 겪지도 않았다는 것입니다. 예를 들면 건륭·가경 연간의 학자들이 했던 정밀하고 전문적인 연구는 확실히 고염무의 길을 따라 간 것이긴 하지만 종이 이면을 누르는 무언가가 결여되어 있습니다. 종이 이면을 누르는 욕망과 고통이 있었기 때문에 고염무의 저술은 후세의 사람들 것과 비교할 때 비록 거칠기는 하지만 기세가 있게 되었던 것입니다. 이것은 난세와, 하늘이 무너지고 땅이 갈라지는 때에만 형성될 수 있는 감정과 학문입니다. 그러므로 이렇게 재주가 있고 절개가 있고 담대하고 생각이 깊은 고염무 같은 학자를 모방하기가 너무나 어려운 것은 당연합니다.

「대운야에게 보내는 편지與戴耘野書」에서 고염무는 자신이 "구주九州 중 일곱 곳을 다녔고 오악五岳 중에서 넷은 올랐다", "백가百家의 설說에 대해서는 어느 정도 고인古人의 뜻을 엿보았고 한 권의 글은 후세에 도움이 될 것을 기대한다"라고 하였습니다. 이 편지는 매우 재미가 있으니 시간 날 때 한 번 읽어보는 것도 괜찮을 것입니다. 또 여러분에게 그의 「어떤 사람에게 보내는 편지 1與人書一」도 읽어보라고 권하고 싶습니다. "독학하면서 벗도 없으면 고루孤陋하여 성취하기 어렵고 한 곳에 오래 있으면 습속에 물들어 스스로 깨닫지 못한다." 글 읽는 사람이 만약 문밖을 나서지 않고 홀로 깊이 생각하는 것에만 의지한다면 큰 학문이나 큰 업적을 이루기 어렵습니다. 그러므로 고염무는 책을 읽을 때는 반드시 사방을 돌아다니면서 좋은 벗을 많이 사귀어야 학문이 "결국은 세상에 무익하지" 않을 수 있다고 여러 차례 강조하였습니다.

옛사람이 추구했던 "만 권의 책을 읽고 만 리 길을 걷는다"라는 것은 고염무에게는 일종의 생활 방식으로 실천되었으며 또한 일종의 수준 높은 삶으로 구현되었습니다. 학문, 인생과 정치적 포부를 하나로 묶은 다음 일련의 '여행'을 통해 전개하는 것, 이렇게 '여행으로 은거하는 것'은 일반적인 의미에서의 "책을 읽고 길을 걷는 것"*을 훨씬 초월하는 일입니다.

글은 반드시 세상에 유익해야 한다

방금 전에 간략하게 소개를 한 목적은 고염무가 어떤 사람인지 대략이나마 알도록 하기 위한 것이었습니다. 그는 경세치용을 중시했던 거유巨儒이자 전란이 일어나고 사회가 격변하는 시대를 살았던 사람입니다. 이전 강의에서 '망국亡國'과 '망천하亡天下'를 고염무는 다르게 인식했다고 말했었는데 명나라가 망한다는 것은 하늘이 무너지고 땅이 갈라지는, 곧 '망천하'였던 것입니다. 이러한 시대에 살게 되면 문인의 상상력과 심미적 취미도 자연히 태평시대의 "마른 등나무"와 "고목", "작은 다리"와 "흐르는 물"*과는 다르기 마련입니다. 그러므로 그가 후대의 순수 문인들과 다르다는 점을 어렵지 않게 이해할 수 있습니다. 그것은 바로 문장의 사회적 기능을 굳게 믿고 있다는 것입니다. 『일지록』에는 "글은 반드시 세상에 유익해야 한다"는 제목의 글이 있습니다.*

「어떤 사람에게 보내는 편지 3」에서 그는 "육경의 가르침 및 당대의 정치와 관련이 없는 글은 전혀 쓰지 않았다"라고 했습니다. 여기서 말하는

[역자 주] "讀萬卷書, 行萬里路"의 준말이다. 명나라의 동기창이 쓴 「화지(畵旨)」에 나오는 구절이다. "화가의 여섯 가지 준칙 중에 하나가 '기운생동'인데 '기운'이라는 것은 배워서 습득하는 것이 아니라 태생적으로 아는 것이고 천부적인 자질이다. 그러나 배워서 알게 되는 점도 있으니 만 권의 책을 읽고 만 리 길을 가게 되면 마음속에 더러운 것들이 사라져서 자연스럽게 산과 골짜기가 생겨나고 성곽이 생겨나서 손 가는 대로 그려도 모두 마음이 깃든 산수를 완성할 수 있다."

[역자 주] 원대 산곡가 마치원(馬致遠)의 「천정사(天淨沙)・추사(秋思)」에 나오는 "마른 등나무 감긴 고목에는 까마귀가 깃들어 있고, 작은 다리 놓인 물가에는 마을이 있네. 서풍 부는 옛 길에 여윈 말 타고 가노라니, 저녁 해 서산에 지는데, 그리운 임 저 하늘가에 있네枯藤老樹昏鴉, 小橋流水人家, 古道西風瘦馬, 夕陽西下, 斷腸人在天涯." 구절을 가리킨다.

『일지록(日知錄)』 권19의 '글은 반드시 세상에 유익해야 한다文須有益於天下'에는 다음과 같은 내용이 있다. "글이 천지간에서 사라져서는 안 되는 것은 도

는 것이 아니라 모든 저술을 가리킵니다. 고염무는 백거이를 매우 좋아했고 "문장은 시대에 맞게 쓰고 시나 노래는 상황에 맞게 쓴다"는 그의 태도를 특히 좋아했습니다. 이것은 내가 대학 시절에 매우 잘 외웠던 비평 용어로, 유궈언游國恩, 유국은 등이 편찬한 당시 상용교재였던 『중국문학사中國文學史』에서는 이 구절을 매우 높게 평가했습니다. 이런 문학 관념은 1980년대 이후에 큰 도전에 직면하였고 1990년대의 고전문학계의 전문가들도 시가詩歌의 역할에 대한 백거이의 이해가 편협하다고 이의를 제기하였습니다. 그러나 이러한 문학관은 20세기 중국에서 오히려 주류를 차지하고 있었습니다. 청대 초기의 고염무가 왜 이런 주장을 펼쳤는지, 그리고 이 주장에서 파생된 몇 개의 이론적인 문제에 대해 여기서 간략하게 소개를 하려고 합니다.

인인仁人과 지사志士로서 고염무는 명나라를 회복하려는 뜻을 품고 있었기 때문에 그의 가장 큰 소원 또는 주된 활동은 명나라가 왜 멸망했는지에 대해 반성하는 것이었습니다. 이렇게 잔혹한 현실을 마주하면 생각하지 않을 수 없고 또 가장 먼저 생각하게 되는 문제란 틀림없이 '명나라는 어째서 이러한 공격을 감당하지 못하고, 문명 수준이 훨씬 더 떨어지는 이민족에게 패배했는가' 하는 것일 것입니다. 고염무뿐만 아니라 청대 초기의 많은 사상가들은 모두 여기에서부터 출발하여 중국의 역사와 전통, 문화와 제도에 대해 사고하였습니다. 고염무의 문학 관념은 반

道를 밝히고 정사政事를 바로잡고 백성의 어려움을 살피고 사람들의 선한 것을 즐겁게 알릴 수 있기 때문이다. 이러한 것들은 세상에 유익하고 미래에 유익하므로 한 편이라도 많아지면 그만큼 유익함이 많아지게 된다. 괴력난신怪力亂神에 관한 내용이나 근거 없는 이야기, 표절한 견해, 아부하는 글 등은 자신에게 손해가 될 뿐 아니라 다른 사람들에게도 유익함이 없으므로 한 편이라도 많아지면 그만큼 손해가 커지게 된다."

드시 이 점을 출발점으로 두어야 비교적 쉽게 이해할 수 있습니다. 전통적인 중국학자들은 모든 문제를 최종적으로 문화와 학술로 귀결시키는 것을 좋아하는데 이른바 "학문은 정치의 근본이다"라는 것입니다. 이렇게 되면 정치 제도의 확립은 학자들이 반드시 스스로 짊어져야 할 책임이 됩니다. 이런 사유로부터 출발하여 고염무는 실학을 강조하고 현상玄想(세속을 벗어난 사상 — 역자)에 반감을 가졌기 때문에 만명 문인들이 "심성에 대해 공리공론을 하는" 것에 상당히 가혹한 평가를 내렸고 철학사, 문학사에 대한 그들의 공헌을 인정하지 않았습니다. 물론 이것은 고염무가 사변적인 철학에 능하지 않았기 때문이기도 합니다.

내가 보기에 고염무의 철학 분야에서의 수양은 황종희나 왕부지보다 못합니다. 그가 탁월한 부분은 사학史學과 성운학聲韻學, 지리학에 있습니다. 그런데 바로 이 점이 청대 학술의 발전에 지대한 영향을 미쳤습니다. 고염무는 근거 없는 청담淸談을 일삼았던 만명 문인들에게 특히 반감을 가졌으며 적지 않게 질책을 하였습니다. 다른 한편으로 이지와 같이 거리낌 없이 전통을 비판하는 것에 대해서도 특히 분노하였으며 '미친 무리狂徒', '소인小人' 등의 적지 않은 조소와 욕설을 퍼부었습니다.* 이것은 모두 명나라가 왜 멸망했는지를 반성한 결과 지식인들이 당대 정치에 무관심하여 공리공론만 일삼거나 금기에 저촉되는 행동으로 전통의 기반을 흔들었기 때문이라고 생각했기 때문입니다. 그렇게 행동했는데 국가가 망하지 않으면 더 이상한 일이라는 것입니다.

고염무는 『일지록』 권18의 '이지(李贄)'에서 다음과 같이 가혹한 비판을 하고 있다. "자고로 감히 거리낌 없이 성인을 비판한 소인으로는 이지보다 더한 자가 없었다. 그런데 (금서로 명한) 엄한 교지가 내렸음에도 불구하고 이 책은 여전히 세상에 돌아다니고 있다."

두 번째로 고염무는 "벌레나 물고기에 주를 달고 풀이나 나무에 이름을 붙이는注蟲魚, 命草木" 것만 아는 경학자들과 "시문詩文만 지을 줄 아는, 이른바 '문학적 수식에만 치중하는雕蟲篆刻' 문인"들을 비웃었습니다. 이러한 경학자들과 문인들은 국가와 민족에 아무런 '쓸모'도 없다고 결론을 내렸던 것입니다. 그래서 「어떤 사람에게 보내는 편지 25」에서 "군자가 학문을 하는 것은 도道를 밝게 하고 세상을 구하기 위해서이다"라고 하였습니다. 만약 학문을 하고 글을 쓰는데 도를 밝게 하지도 세상을 구하지 못한다면 손을 털고 하지 않아도 되는 것입니다. 태평성세의 한가한 문인들과 "학문을 재미삼아 하는" 사람들은 이런 마음을 이해하기 매우 어려울 것이며 그가 너무 지나치다고 생각할 것입니다.

셋째로 고염무의 기본적인 사유 방식은 "사인士人은 도량과 식견을 우선해야 한다"라는 것이었으며 이른바 '순수 문인'을 멸시하였습니다. 「어떤 사람에게 보내는 편지 18」에서는 유지劉摯가 했던 "사인士人은 도량과 식견을 우선해야 하며, 일단 문인文人으로 불리게 되면 더 이상 볼 만한 것이 없게 된다"는 『송사宋史』의 구절을 인용했는데, 여러분은 대체로 모두 이 구절을 알고 있겠지만 중문과 학생들이 듣게 되면 간담이 서늘해지지 않을 수가 없습니다. (학생들 웃음) 고염무는 유지의 이 글을 읽고 나서 스스로 절대 "문인의 수준으로 떨어지지 않겠다"라고 다짐했습니다. 또한 이후에 "경학이나 정치 같은 큰 문제와 무관한" 글은 일체 쓰지 않겠다고 하였습니다. 심지어 한유韓愈가 비록 "팔대의 쇠약해진 문장을 일으킨" 공적이 있고 「원도原道」, 「원훼原毀」와 같은 훌륭한 문장을 쓰긴 했지만

[역자 주]'팔대(八代)'는 진한(秦漢) 이후의 삼국(三國), 서진(西晉), 동진(東晉),

문집에는 한 눈에 봐도 다른 사람이 요청해서 쓴 것임을 알 수 있는 묘지명이 적지 않기 때문에 여전히 문제가 있다고 하였습니다. 말 한 마디를 하거나 글 한 편을 지어도 모두 세상에 보탬이 있기를 바란다고 하는 것은 담론의 사회적 역할을 중시했다기보다는 문인의 도덕 수양을 강조한 것입니다. 왜 문인의 담론을 이렇게 중시한 것일까요? 그것은 고염무가 지식인들이 자기 방종으로 인해 "만세萬世의 태평을 열어가는" 책임을 짊어지지 못했기 때문에 오늘날의 수습할 수 없는 국면을 초래했다고 굳게 믿었기 때문입니다.

십육국(十六國), 남조(南朝), 북조(北朝), 수(隋), 당(唐)을 가리킨다. 한유가 "팔대의 쇠약해진 문장을 일으켜" 선진(先秦)과 양한(兩漢)의 고문전통을 회복시켰다는 것이다.

이러한 입장으로부터 출발하여 고염무는 "정사를 기록하고紀政事", "백성의 고통을 살피는察民隱" 좋은 글을 쓸 것을 강조하였고 이런 문장은 한 편이라도 많을수록 그만큼 유익하다고 하였습니다. 만약 쓴 것이 "괴력난신"과 "황당무계"한 내용을 쓴 글이거나 아부하는 내용의 글이라면 한 편이라도 많으면 그만큼 손해입니다. 이런 글을 쓰는 것이 유익하지 않을 뿐 아니라 오히려 손해가 있다고 한 것은 글재주를 부리는 사람들에 대한 엄중한 경고였던 것입니다.

[역자 쥐『논어』의 "공자께서는 괴력난신(怪力亂神)에 대해서는 말씀하지 않았다.[子不語怪力亂神]"를 가리킨다.

이렇게 이야기하다 보면 고염무가 시적 감성도 없고 문예 취미도 모르는 사람이라고 오해하기 쉽습니다. 사실은 결코 그렇지 않습니다. 고염무는 수사修辭를 중시하지 않은 것이 아니라 문장의 사회적 역할을 강조한 것입니다. 『일지록』의 「수사」편에서 고염무는 당시의 강학講學 선생들이 어록語錄으로 공부를 시작해서 글을 제대로 짓지 못하는 것에 대해 부정적인 태도를 보였습니다. 그가 바랐던 것은 무엇이었을까요? 「어떤 사람에게 보내는 편지 23」에서 말한 "글을 잘 쓰되 문인이 되지 않고, 강의를 잘 하되 강사講師가 되는 않는 것"이 그의 가장 큰 소원이었습니다. 훌륭한 글을 쓸 수 없었던 것이 아니라, 글로 자신이 한정되는 것을 바라지 않았던 것입니다.

그밖에 『일지록』에는 또 「염치廉恥」 편이 있습니다. "예禮, 의義, 염廉, 치恥는 나라를 다스리는 데 필요한 네 개의 원칙이다"라고 하면서 고염무는 이 네 개의 원칙 중에서 "치恥가 핵심이다"라고 하였습니다. 이 글에서 그는 『안 씨 가훈顏氏家訓』 「교자敎子」에서 제齊나라의 어떤 선비가 안지추顏之推에게 나중에 귀족들을 더 잘 모시게 되면 더 많은 보수를 얻을 수 있도록 자신은 아들에게 비파 연주와 선비족鮮卑族의 언어를 가르친다고 하자 안지추가 이러한 행동을 매우 멸시했다는 구절을 인용하였습니다. 고염무는 "보라. 안지추는 그렇게 열악한 환경 속에서도 이렇게 기개가 있었으니 우리는 지금 더욱 그러해야 한다"라고 말합니다. 바다 물결이 험하고 비바람에 천지가 흐려질 때는 깨끗하고 청렴하고 강직한 선비가 나타나기 어렵습니다. 그래서 고염무는 두 번, 세 번 거듭하여 "치恥가 가장 중요하다"라고 강조하였던 것입니다. 사대부에게 이것은 매우 핵심적인 사안이었습니다. 사대부는 포부도 있고 지혜도 있으며 어떻게 해야 자신을 잘 표현할 수 있을지도 알고 있어서 더 나은 생존 조건을 얻을 수 있는 방법을 가져오기 때문입니다.

[역자 주] 진(晉)의 원굉(袁宏)이 쓴 「삼국명신서찬(三國名臣序贊)」에 "바다물결 거세어 옥과 돌이 함께 부서진대滄海橫流, 玉石同碎" 구절이 있다. 궈모뤄(郭沫若, 곽말약)는 「만강홍(滿江紅)」 사(詞)에서 "바다물결이 거세야 비로소 영웅의 본색이 드러난대滄海橫流, 方顯出英雄本色"라고 하였다.

[역자 주] 『시경』 「풍우(風雨)」에 "비바람에 어두워서 닭 울음소리 그치지 않네[風雨如晦, 鷄鳴不已]" 구절이 있다.

뿐만 아니라 사대부는 좋지 않은 것을 좋게 말하는 능력이 있어서 (학생들 웃음) 원래는 치욕적인 일을 영예로운 일로 꾸며서 말하기도 합니다. 문인에 대한 고염무의 관점은 매우 비관적이었는데 "문인은 품행이 좋지 못하다文人無行", "문인들은 도량과 식견을 중시하지 않는다文人不講器識", "문인들은 말은 잘하지만 수치심이 결여되어 있다文人能言善辯, 缺少恥辱感" 등의 여러 표현이 있습니다. 그런데 왕조 교체기에 가장 필요한 것은 지혜가 아니라 절개입니다. 이 때문에 중국인이 가장 취약한 부분은 청렴함과 수치심의 결여인 것입니다. 그래서 고염무는 명말 청초에 복잡하게 뒤얽힌 여러 문제의 원인을 궁극적으로 사대부의 "수치심 결여"로 귀결하고 세상 사람들이 "수치를 아는" 마지노선을 지켜내기를 바랐습니다.

고염무의 "글은 반드시 세상에 유익해야 한다"라는 말을 여러분이 어떻게 생각할지 모르겠지만, 너무 진부하다고 생각하지 않습니까? 모든 문장이 다 "유용해야 한다"는 문학적 관점은 오늘날 고수高手들의 마음에 들기에는 사실 너무나 진부합니다. 그래도 그가 생각한 것은 대부분 '문학'이 아니었다는 점을 여러분이 유념하기를 바랍니다. 이른바 "글은 반드시 세상에 유익해야 한다"에서 '글'은 모든 저술을 두루 가리키는 것입니다. 또 하나는 이러한 주장은 그가 처했던 시대가 특정한 심리를 필요로 했다는 점과 관련이 있습니다. 마지막으로 그의 주장에서 초점은 당시 문인들이 절개를 중시하지 않는다는 점이었습니다.

문학에 대한 고염무의 다른 견해 역시 주목할 만한 가치가 있습니다. 만청 이후 후스胡適, 호적 등 여러 사람들은 문학이 진화한다는 관점을 가져와서 성공적으로 중국문학사를 다시 써냈습니다. 여러분은 곧바로 왕궈웨이王國維, 왕국유의 "한 시대에는 그 시대의 글이 있다一代有一代之文"라는 말을 떠올릴 것 같은데 이는 곧 당시唐詩와 송사宋詞, 원곡元曲, 명·청 소설에는 나름의 장점이 있었다는 것입니다. 오늘날의 학생들은 중문과를 다니지 않아도 모든 왕조에 나름의 특징적인 문학 양식이 있다는 사실을 알고 있습니다. 당시를 기준으로 송사를 평가해서는 안 되며 원곡이 찬란하다고 명·청 소설을 폄하해도 안 됩니다. 나중에 우리는 청대의 초순焦循이 벌써 이 이야기를 했다는 것을 알게 되었습니다.

"무릇 한 시대에는 그 시대에 맞는 문학이 있다. 초(楚)의 『이소(離騷)』, 한(漢)의 부(賦), 육조의 변려문, 당(唐)의 시, 송(宋)의 사(詞), 원(元)의 곡(曲)은 모두 이른바 한 시대의 (대표적인) 문학으로, 후세에는 그것을 이을 수 있는 것이 없었다." 왕궈웨이(王國維), 『송원희곡고(宋元戲曲考)』.

나는 여기에서 시대를 더욱 앞당기려고 하는데, 『일지록』 권21의 「시체대강詩體代降」 편에서 말한 내용도 대체적으로 "한 시대의 문학 양식은 반드시 그 시대의 글의 특징을 반영해야 비로소 합격이라고 할 수 있다用一代之體, 則必似一代之文, 而後爲合格"입니다. 이 말의 뜻은 모든 시대에는 모두 그

"매 시대에는 모두 그 시대의 뛰어난 문학이 있다. 만약 『초사(楚辭)』 이후의 문학 작품을 모아 한 책으로 묶는다면 한(漢)에서는 부(賦)만을 취하고 위진(魏晉) 육조(六朝)로부터 수(隋)에 이르기까지는 오언시만 취하며 당(唐)에서는 율시만을 취하고 송(宋)에서는 사(詞)만을 취하며 원(元)에서는 곡(曲)만을 취해야 한다." 초순(焦循), 『역여약록(易餘籥錄)』 권15.

시대만의 특징적인 문체와 형식이 있으며 고금을 막론하고 어디에나 다 적용되는 문학 양식은 존재하지 않는다는 것입니다.

나는 장타이옌의 「문학논략」에 있는 한 구절은 고염무에게서 배운 것이라고 의심하고 있습니다. 장타이옌의 문장은 매우 예스럽고 심오하여 일반적으로 사람들은 그가 분명 진한秦漢의 글은 우아하고 당송唐宋의 글은 통속적이며 명·청 이후의 글은 본받을 것이 하나도 없다고 단정했으리라 여길 것입니다. 하지만 실제로는 그렇지 않습니다. 장타이옌은 모든 문학 양식은 모

두 나름의 독특한 기준이 있으며 이런 기준에 부합하면 '우아한 것雅'이라고 강조했습니다. 어떤 문학 양식은 태생적으로 우아하고 어떤 문학 양식은 반드시 통속적이라고 할 수는 없습니다. 예를 들면 소설이 하나의 문학 양식을 이루었다면 그에 따르는 특수한 기준이 있기 마련인데 이런 기준에 부합되기만 한다면 그것은 우아하다고 할 수 있습니다. 그러므로 장타이옌은 『수호전』, 『유림외사儒林外史』 등을 "모두 우아함을 저해하지 않는 것"이라고 하였고 적극적으로 장회소설章回小說 『홍수전연의洪秀全演義』의 서문을 쓰기도 하였습니다. 고대 문인들은 일반적으로 소설은 "고상한 자리에 올라가지 못한다不登大雅之堂"라고 여겼으나 장타이옌은 오히려 그렇지 않다고 하면서 "소설에는 나름의 우아함과 통속성이 있다. 통속적이기만 하고 우아함이 없는 것은 아니다小說自有雅俗, 非有俗無雅也"라고 하였습니다.

소박하고 진중한 학술문장

고염무는 일차적으로 대학자이고, 시인과 문장가는 부차적입니다. 그의 시에 대해서는 자세하게 다루지 않을 것이고 여기에서는 그의 산문에 대해서만 언급하도록 하겠습니다. 전형적인 '학자의 글'이라는 측면에서 고염무의 글은 나름의 독특한 매력이 있는데, 서사와 서정이 아니라 의론에서 탁월합니다. 황종희와 비교해 보면 공통적으로 '학자의 글'이지만 고염무의 글이 더욱 소박하고 진중하며, 타고난 재능의 느낌은 다소 적지만 문학적 수식을 추구하지 않되 글을 통해 배움을 넓히고 화려함 대신 실질적인 부분을 추구했다는 점을 알 수 있습니다.

명·청 교체기에 강개한 마음으로 의리를 추구했던 수많은 인인仁人과 지사志士가 출현했고 그들을 위해 쓴 묘지墓志, 행장行狀은 마음을 격동시키는 '위대한 글'을 쉽게 이룰 수 있었습니다. 예를 들면 부산의 「분이자전汾二子傳」, 황종희의 『사구록』 그리고 전조망全祖望이 쓴 많은 신도비神道碑 등은 모두 이런 종류의 글입니다. 원래 위대한 인격이 그곳에 있으므로 그것을 구체화시켜 잘 묘사만 해도 어렵지 않게 좋은 글을 써낼 수 있습니다. 고염무도 「오동초행장」 같이 이런 종류의 글을 썼지만 그의 재능이 가장 잘 발휘된 글이 아니었는데 이는 그가 학문을 하는 데에 있어서 '실사구시實事求是'를 추구한 것과 관련이 있습니다. 그가 연구했던 분야는 사변적인 철학이 아닌 실증적인 역사학이었으며, 특히 법과 제도, 천문의 형상, 치수와 조운, 농업과 군사 등에 뛰어났습니다. 그래서 그의 글의 풍격은 함축적이었고 과시하는 경향이 드물었으며 열정이 과도하지도 않았으므로 아무리 감동적인 일이라고 해도 그가 붓을 잡게 되면 모두 일정한 선을 넘지 않았습니다. 만약 고염무의 글에 표점부호를 단다면 쉼표와 마침표를 사용하는 것만으로 충분하지 느낌표를 남용할 필요는 없다고 생각합니다. 황종희의 글은 이와는 달리 느낌표를 많이 사용해도 괜찮은데, 격정 넘치는 그와 사려 깊은 고염무는 전혀 다르기 때문입니다. 만약 한 마디로 고염무의 글의 풍격을 표현하라고 한다면 "깔끔 명료干淨利落"라고 하고 싶습니다. 소박한 풍격이 있지만 경박한 결점은 없어서 전형적인 중년의 글이라고 할 수 있습니다. 황종희가 늙은 뒤에도 붓끝에서는 여전히 청춘과 격정이 넘쳤던 반면, 고염무는 글을 쓸 때 시종일관 냉정했던 것으로 보입니다.

청말 민국초淸末民初에 고염무를 가장 존경했던 장타이옌*이 했던 이 말은 고염무 글의 특색을 더 깊이 이해하는 데 도움을 줍니다. 그는 "주장을 펼 때는 명가名家에 바탕을 두려고 했고 종횡가縱橫家에 바탕을 두려고 하지 않았다"라고 했습니다.* 그 이유는 무엇일까요? 명가는 논리를 중시하여 신중하게 주장을 전개하며 허황한 수식이 없지만 반면 종횡가는 재기가 넘쳐 중간 과정에서 원래라면 직접적으로 돌파해야 할 수많은 난관들을 속임수로 넘어가는 경우가 많았습니다. 이는 글을 쓰는 좋은 방법이라고 할 수 없습니다. 장타이옌은 심지어 "주석에 주석을 다는疏證 방법은 모든 구절에 다 적용할 수 있다"*고 했는데, 주석을 달아 고증하는 이런 방식으로 모든 글을 써야만 글자 하나도 대충 쓰지 않는다는 것입니다. 이 말은 좀 지나친 감이 있지만 그래도 정곡을 찌르는 부분이 있습니다. 문인들은 재주를 과시하기를 좋아하여 의도적으로 현란하게 글을 쓰는데 장타이옌은 이렇게 다소 인위적으로 꾸민 듯한 부분이 없기를 바랐습니

다. 새로움이 있되 화려한 수식이 없고 장황하지
않아야 이상적인 글이 될 수 있다는 것입니다.

알다시피 사학자와 문인이 글을 쓰는 방식은 다릅니다. 고증
적인 사학자의 글은 만약 새로운 역사 자료나 견해가 없고 다른
사람이 이미 쓴 것이라면 다시 쓰지 말아야 합니다. 하지만 문인
(문학비평가를 포함)은 다릅니다. 동일한 사안, 동일한 견해라고
하더라도 관점이나 표현방식을 바꾼다면 또 다시 써도 상관없
습니다. 그러므로 여러분은 문인의 글(문장가와 비평가의 글)은 '물
기' 곧 "윤기가 돌" 뿐 아니라 "촉촉하다"라고 느낄 것입니다. 예
를 들면 오경재吳敬梓가 쓴 『유림외사儒林外史』 또는 루쉰이 쓴 『아
큐정전阿Q正傳』에 대한 비평문의 경우 어찌 사람마다 각각 다른
정도에 그치겠습니까?(한 사람에게서도 여러 비평문이 나올 수 있다는
뜻이다 — 역자) 하지만 고증하는 글은 이와는 달리 어떤 사람의
고증이 옳다면 다시 헛되이 정력을 허비할 필요가 없습니다. 방
금 말한 것처럼 일본학자가 이미 성공적으로 고염무가 확실히
곤산성을 지키는 전투에 참여했다는 것을 밝혀낸 이상 다시 이
부분을 논변할 필요가 없는 것입니다. 정말 다른 사람의 주장을
뒤집을 만한 새 자료를 발견하지 못했다면 말입니다. 그러므로
고증하는 글은 새로운 주장인지, "주장 하나를 세울 때마다 태
산처럼 견고해서 움직일 수 없게" 할 수 있는지가 관건입니다.
비평문은 이와 다르게 자신의 입장이 있고 자신의 이야기를 할
수만 있다면 충분합니다. 알다시피 글을 쓸 때 "새로운 내용이
있는 것"과 "자신의 견해가 있는 것"은 별개의 일입니다. 그래서
장타이옌은 주석을 다는 방법으로 글을 쓴다면 자신의 '새로운

생각'이 "우레 소리에도 흔들리지 않을" 수 있는지 신경을 쓰게 될 것이며 단순하게 재주나 정감을 토로하는 것에만 치중하지 않을 것이라고 생각했습니다.

둘째로 "화려한 수사를 걷어낸다"는 것은 화려한 외피를 모두 버린다는 뜻입니다. 장화와 모자를 벗고 화려한 권법과 발동작을 제거한 다음에 대체 무엇을 더 이야기하였는지를 보아야 합니다. 글을 쓸 때는 자기가 표현하려고 하는 뜻을 정확하게 드러내면 되는 것입니다. 이렇게 "글은 전달만 되면 된다辭達而已"라는 말에 부합되는 글도 미감美感을 느끼게 할 수 있습니다. 고문헌이나 언어학을 전공하는 학생들은 문학 전공자의 논문에 대해 별로 높게 평가하지 않는데, 그 이유에 대해 문학 전공자의 글이 지나치게 미문美文이며 의도적으로 현란하게 쓴다고 말할 것입니다.

셋째로 "장황하지 않다"는 것은 최대한 가장 간단한 방법으로 문제를 해결하는 것인데, 이는 가장 간단한 해법이 최고인 수학문제 풀기와 같은 것입니다. 문학 전공자들은 이와 다르게 간단한 문제를 매우 복잡하게 이야기하는 경향이 있습니다. 이런 말이 있습니다. "매우 복잡한 문제를 아주 간단하게 이야기하는 것도 재주이지만 간단한 문제를 매우 복잡하게 이야기하는 것도 재주이다."● (학생들 웃음) 반면 고증적인 글은 가장 간단하고 빠른 방법으로 목적지를 찾아야 하며 빙빙 돌아서는 안 됩니다. 만약 이 말이 맞다고 생각한다면 장타이옌의 글을 읽을 때 그가 왜 이렇게 쓰는지를 알 수 있을 것입니다. 마찬가지로 고

● "그(진웨린(金岳林, 김악림) : 중국의 철학자이자 논리학자 ─ 역자)는 우리 두 사람은 모두 장단점이 있다고 말한 적이 있다. 그의 장점은 간단한 것을 복잡하게 말할 수 있는 것이고 나의 장점은 복잡한 일을 간단하게 말할 수 있는 것이다." 평유란(馮友蘭, 풍우란), 「삼송당자

서(三松堂自序)」, 北京 : 三聯書店, 1984, p.252.

염무의 글을 읽을 때도 글의 좋은 점이 무엇인지를 알 수 있을 것입니다. 물론 고염무와 장타이옌의 좋은 글은 대부분 학술적인 글입니다. 즉 학문을 논하는 것이지 서사적이거나 서정적인 글이 아니라는 것입니다. 서사적인 글을 잘 쓰는 비결은 불필요한 말을 덧붙이되 지겹지 않도록 서술하는 것인데, 그래야만 글이 생동감이 넘치고 윤기가 흐르게 됩니다. 만약 그냥 한두 마디로 건조하게 곧장 주제로 들어간다면 서사적인 글이나 서정적인 글에서는 좋다고 볼 수 없습니다. 우리가 고염무의 글이 좋다고 할 때 그것은 주로 그의 '학술적인 글'을 말하는 것인데 이런 글은 나름의 수준이 있고 독특한 매력도 있습니다.

학술적인 글이 가지는 아름다움은 고염무의 『일지록』 외에 편지와 서발문序跋文에서도 발견할 수 있습니다. 알다시피 옛사람들의 편지는 서로 감정을 교류하는 수단이기도 했지만 자신의 견해를 발표하는 매우 좋은 방법이기도 했습니다. 나중에 문집에 수록할 때에는 「어떤 사람에게 보내는 편지 1」, 「어떤 사람에게 보내는 편지 20」 식으로 바꾸면서 수신자의 이름뿐만 아니라 그 편지에서 일상적인 일을 언급한 부분도 모두 지워버렸고 저자가 스스로 깨달음을 얻었다고 생각하는 부분만 남겨 두었습니다. 고염무의 학술적인 편지에서 훌륭한 점은 소박하여 수식이 없고 정확하고 명료해서 현학적이거나 장황한 폐단이 없다는 것입니다.

'우아함'이 아니라 '정확함'을 추구하고 '현학'이 아니라 '견실함'을 추구하는 것은 학술적인 글이 갖는 주된 특징입니다. 이

점을 알고 고염무의 글을 읽는다면 새롭게 깨닫는 바가 있을 것입니다. 10년 전에 나는 고염무가 쓴 짧은 구절에 감동을 받고 좀 더 상세하게 분석한 글을 썼습니다. 『일지록』 권19에는 '저술의 어려움著述之難' 편이 있는데 글을 쓸 때 "반드시 옛사람들이 도달하지 못한 바와 후대에 없어서는 안 되는 것이어야 쓴다"라고 하였습니다. 반드시 옛사람들이 미처 하지 못했고 또 후세에 매우 부족한 것이어야만 쓸 만하고 그런 글이라야 전해질 수 있다는 것입니다. 1980년대에 저명한 어떤 학자는 학자가 저서를 쓸 때는 5년을 앞지르는 것이 가장 좋다고 말한 바 있습니다. 왜 5년일까요? 10년을 앞지른다면 그것을 알아볼 사람이 없기 때문에 잘 팔릴 수가 없을 뿐 아니라 심지어 주목을 받지 못할 수도 있습니다. 다른 사람들과 같은 속도를 유지해도 안 됩니다. 그렇게 되면 남보다 앞선 것이 없어서 묻혀버릴 것입니다. 이것은 물론 그의 경험담이지만 너무 이해타산적이어서 나는 별로 좋아하지는 않습니다. 고염무가 "옛사람들이 도달하지 못했고 또 후대에 없어서는 안 되는 것"을 강조한 것은 자신의 책이 잘 팔릴지 여부에 대한 것이 아니라 지식인들이 어떻게 "오랫동안 태평성대를 열어갈 것인지"에 대한 고민이었는데, 이것이야말로 원대한 포부라고 할 수 있습니다. 이 자리의 많은 사람들이 나와 마찬가지로 독서와 저술로 생계를 유지할 것이니까 고염무의 이 구절을 기억해두기 바랍니다. 물론 너무 단정적으로 얘기할 수 없는 것이 여러분도 앞으로 승진을 해야 하고 (학생들 웃음) 또 일부 세속적인 부분을 고려해야 할 것이니까요. 다만 여러분이 생계 문제를 해결한 뒤에 이 두 구절을 기억하기를 바랄 뿐입니다.

여기에 대응되는 것이, '옛날의 저술'과 '지금의 저술'의 의미가 다르다고 한 「어떤 사람에게 보내는 편지 10」입니다. 똑같이 돈을 주조하는 일일지라도 "옛사람들은 산에서 구리를 캐었으나 지금 사람들은 옛날 동전을 사서 고철이라고 하고 그것으로 돈을 주조할 뿐이다"라는 것입니다. (학생들 웃음) 다시 주조한 새 동전은 원래 조악한데 하물며 그것이 옛사람들이 대대로 물려주던 보물을 부숴서 만든 것이라고 한다면 그야말로 이중으로 손실을 보는 것이 아니고 무엇입니까? 이어서 또 말하기를 "당신이 나에게 요즘 『일지록』을 몇 권이나 썼냐고 물었는데 나는 '고철'을 재활용하듯이 그렇게 글을 쓰고 싶지 않다"고 합니다. "저는 지난번에 헤어지고 나서 일 년 동안 아침저녁으로 외워서 읽고 반복해서 탐구하여 겨우 10여 항목을 얻었을 뿐입니다." 이는 고염무가 "산에서 구리를 캐는 것"을 자신의 책무라고 정했기 때문입니다. 여러분은 여러 해 동안 공부를 했으니 현재 학계의 동향에 대해 대략 알고 있을 것입니다. 우리는 지금 석사논문과 박사논문을 양산하고 있는데 대부분은 '고철'로 '새 동전'을 만드는 정도이며 "산에서 구리를 캐는" 노력을 하는 경우는 매우 드뭅니다. 고염무가 말한 경지까지는 이르지 못하더라도 최소한 어떤 것이 진정한 학문이고 어떤 것이 그저 생계 수단인지에 대해서는 알고 있어야 하며, 그런 뒤에야 "비록 다다를 수는 없지만 마음속으로 열망하게" 될 것입니다.

"아침저녁으로 외워서 읽고 반복해서 탐구하여" 얻은 10여 편의 찰기札記(독서노트 — 역자)는 학문이기도 하고 문장이기도 합니다. 일반적으로『일지록』을 전문적인 저작으로 보는데 이는 물론 틀리지 않습니다. 하지만 이것은 한 편 한 편의 필기를 모아서 만든 저서이며 모든 찰기 그 자체는 모두 권점圈點과 비점批點을 찍을 만큼 훌륭한 문장일 수도 있습니다. 일반 사람들이 고증적인 글을 쓸 때는 매우 무미건조해서 읽기 어렵습니다. 이와 달리『일지록』은 모두 글 자체로도 읽을 수 있습니다. 여러분이 만약 믿지 못하겠다면 침대 맡에 이 책을 두고 아무 때나 펼쳐보십시오. 손가는 대로 펼쳐서 읽어본다면 학문적인 깨달음이 있을 뿐 아니라 자신의 문학적 소양을 높이는 데도 도움이 될 것입니다.

선배 사학자들은 학문하는 방법을 가르칠 때 모두『일지록』을 읽는 것으로 시작해야한다고 주장했습니다. 젊은 사학자들은 학문을 할 때 판원란范文瀾, 범문란의『중국통사中國通史』로부터 이야기를 시작합니다. 물론 전공이 다르기 때문에 비슷한 경우를 들자면 펑유란馬友蘭, 풍우란의『중국철학사中國哲學史』나 유궈언 등이 쓴『중국문학사』일 수도 있습니다. 나는 여러 장소에서 이런 이야기를 했는데, 학문을 할 때 통사로부터 시작하는 것은 폐해가 너무 큽니다. 통사를 읽고 교재를 쓰고 공리공론을 펼치는 것은 1950년대 이래 중국학자가 학문을 하는 잘못된 방식이었습니다. 좀 심하게 이야기한다면 지나치게 일찍 '교재 편집'에 참여하면 사람의 학술적 감각이 전부 파괴됩니다. 학부나 혹은 석박사 과정에서 만약 아직 포부가 남아 있다면 절대 이렇게 조급한 성공에 연연해하지 마십시오.

교재는 발행부수가 많고 널리 유포되기 때문에 많은 사람들이 오리 떼처럼 쫓아갑니다. 상용교재인『중국문학사』나『중국통사』를 써내는 것은 많은 학자들이 늘 꿈꾸는 일입니다. 하지만 내가 보기에 이것은 큰 문제가 있습니다. 몇 년 전에『진인각, 최후의 20년』*이 크게 유행하였는데 그 책에 있는 어떤 관점에 대해 나는 동의할 수 없습니다. 저자는 천인췌가 이렇게 위대한데 중국통사 한 권 써내지 못했으니 정말 아쉽다고 한탄하였습니다. 지금도 이러한 사고방식이 여전히 유행하고 있어서 북경대학에서는 우리 연구 분야에서 "큰 배를 만들어야 한다"라고 하면서 전문가 집단을 만들어『중화문명통사中華文明通史』,『세계문명통사世界文明通史』를 저술하게 하였습니다. (학생들 웃음) 나는 물론 북경대학에서 "획기적인 연구 성과"를 낼 수 있기를 희망하지만 나의 좁은 소견으로는 '통사', 특히 교재의 성격을 띤 '통사'를 저술하는 것은 일반적으로 일류의 학자가 노력해야 할 방향은 아닌 것입니다.

또한 학계에 들어가자마자 교재를 편찬하면 '편찬'을 '저술'로 여기기 쉽습니다. 이 점에서 1950년대의 작법은 우리에게 매우 깊은 교훈을 남겨 주었습니다.* 대학생들에게 단체로 교재를 편찬하게 하였는데 어떻게 편찬하였을까요? 당연히 '옛날 동전'을 사다가 깨부순 다음 다시 주조하는 방식이었을 것입니다. 물론 젊은 사람들의 신선한 견해, 예를 들면 마르크스주의에 대한 비판적인 안목 같은 것이 없다고 할 수는 없습니다. 문제는 이런 옛날 동전을 수집하여 새 동전을 주조하는 작업방식은 나중에 피해가 막심하다는 것입

[역자 주] 원서의 서지사항은 다음과 같다. 陸鍵東,『陳寅恪的最後二十年』, 北京 : 三聯書店, 1995. 이 책에서는 몰년이 20세기 이후인 인물의 인명을 표기할 때 외래어 규정에 따라 중국음을 표기하고 있으나 번역본이 있는 경우에는 과도한 의역이 아니라면 인명도 번역본의 서명을 따랐다. 번역본의 서지사항은 다음과 같다. 박한제 · 김형종 역,『진인각, 최후의 20년』, 사계절, 2008.

洪子誠,『問題與方法 : 中國當代文學史研究講稿』, 北京 : 三聯書店, 2002, pp.250~252.

니다. 그 일을 담당했던 많은 사람들은 평생 동안 이런 독서 방식을 고치지 못했습니다. 나는 우쭈샹吳組緗, 오조상 선생과 지전화이 李鎮淮, 계진회 선생에게 북경대학 중문과 55학번 학생들이 교재를 편찬하던 상황에 대해 물어본 적 있습니다. 그들의 말에 따르면 학생들은 매우 노력했고 열정도 매우 높았으나 어쨌든 대학교 학부 2, 3학년의 학생들이어서 읽은 책이 많지 않았기에 많은 중요한 문제들은 대부분 교수들에게 의지해 해결할 수밖에 없었다고 합니다. 학생들의 우월한 점은 어디에 있었을까요? 정치적 입장과 마르크스주의의 이론 수준에 있었습니다. 이 두 가지가 결합되어 문학사 책 한 권이 나왔습니다. (학생들 웃음) 이것은 물론 당시 분위기가 문제였던 것이지 개인의 잘못은 아닙니다. 하지만 읽은 문학사를 바탕으로 문학사를 저술하고, 읽은 연구저서를 바탕으로 연구저서를 저술하는 풍조는 지금에 이르러서도 완전히 사라지지 않았습니다. 그러므로 나는 농담으로, 최초로 문학사를 쓴 사람에게는 쉬운 일이 아니었지만 열 번째, 백 번째로 문학사를 쓰는 사람에게 문학사 저술은 사실 별로 어려운 일이 아니라고 한 적이 있습니다. 학문이 일정한 수준에 도달해서 이론이 정립된 이후에 자신의 견해를 보급시키기 위해서 교재를 편찬하여 학생들이 받아들일 수 있도록 하는 것은 좋은 일입니다. 하지만 처음부터 교재를 편찬하는 것으로 시작한다면 영원히 옛날 동전을 녹이는 사고방식에서 벗어나지 못한 채 평생 괜찮은 논문이나 저술을 펴내지 못할 수도 있습니다.

선배 학자들은 독서는 찰기를 쓰는 것으로부터 시작해야 한다고 늘 이야기합니다. 그 이유는 기록하면서 독서를 하는 방식은 얻는 바가 있기만 하다면 하나든 둘이든 시간이 지나면 어느 정도 성과가 있기 때문입니다. 나는 예전에 학문은 — 나중에 누군가는 나에게 이런 노하우는 누설하지 말아야 한다고 했지만 — 사실 일류급의 인재가 아니라도 할 수 있다고 말했던 적이 있습니다. 대단한 인재라고 해서 꼭 잘한다는 보장은 없습니다. 그렇다고 해서 당연히 엄청난 바보조차 가능하다는 뜻은 아닙니다. (학생들 웃음) 이류급의 인물 또는 중간 정도의 재능을 가진 사람이라고 하더라도 방법이 적절하다면 시간이 흐르는 동안 자연히 학문에서 이루는 바가 있을 뿐 아니라 비교적 큰 성과를 거두게 될 것입니다.* 대단한 인재들은 이렇게 한 걸음 한걸음 나아가는 것을 하찮게 여기고 너무 힘들다고 생각해서 늘 지름길이나 아주아주 좋은 방법을 찾으려고 생각하며 또 "많고, 빠르고, 좋고, 고효율의" 성과를 내려고 합니다. (학생들 웃음) 이렇게 되면 잘못된 길에 들어서기 쉬운데, 잘못된 길로 갔다가 다시 돌아온 뒤에는 자신이 남들보다 뒤떨어졌음을 발견하고 더욱 조급해져서 더 지름길을 찾으려고 합니다. 평생을 이렇게 왔다 갔다 하다가 결국은 다 허비하고 마는 것입니다. 시인은 학자와 달라서 재기才氣가 없으면 좋은 시를 쓸 수 없지만 재기가 없다고 해서 학문을 할 수 없는 것은 아닙니다. 물론, 학문이 어느 경지에 이르게 되면 재기 혹은 상상력이 없이는 더 높은 단계로 올라갈 수 없지만 이것은 별개의 문제입니다. 다시 말하면 학문을 하는 것은 방법, 마음가짐, 축적 등 요구되는 것이 비교적 많습니다. 이 점을 알게 된다면 여

전언에 따르면 탕용퉁(湯用彤, 탕용동, 1893~1964) 선생은 자신이 사변적인 철학이 아닌 사학연구를 선택한 이유에 대해 이렇게 말했던 적이 있다고 한다. "이류의 자질로 이류의 일(어떤 유파 등의 간판을 내걸지 않고 역사자료의 고증 등 작업을 하는 것)을 성실하게 한다면 일류의 성과를 낼 수도 있다. 만약 이류의 자질로 일류의 일(체제體制를 세우는 것)을 한다면 삼류의 성과도 내지 못할 가능성이 크다." 런지유(任繼愈, 임계유), 「탕용퉁 선생의 학문 태도와 방법[湯用彤先生治學的態度和方法]」, 『연원논학집』, 北京大學出版社, 1984, pp.45~46.

러분도 왜 선배 학자들이 찰기를 쓰는 것으로부터 시작할 것을 주장하는지 이해하게 될 것입니다. 책을 읽고 학문을 연구하는 것은 조금씩 '파서 들어가야' 합니다. 쓴 찰기가 많아지면 논문을 쓸 수 있고 논문이 많아지면 전문 저서를 낼 수 있습니다. 하지만 지금의 유행은 학부 단계에서 인류의 모든 지식을 망라하는 틀이나 체계를 구축하기 시작하여(학생들 웃음) 그 다음에 위로부터 아래로 연구를 시작합니다. 다른 전공에 대해서는 감히 말할 수 없지만 함양涵養과 체득體味을 중시하는 문학과 사학 분야의 학자들에게 있어서 이것은 절대 좋은 길이 아닙니다.

　방금 말했던 것은 고염무 등 청대 유학자들이 학문을 하는 방법에 비교적 가깝습니다. 청대의 학자들은 여러분에게 항상 노트를 가지고 다니면서 깨달은 것이 있을 때는 바로 기록하여 최대한 고증하고 일 년에 몇 개 정도의 만족스러운 고증을 할 수 있으면 매우 훌륭하다고 할 것입니다. '통사'가 유행하기 시작한 이후 재주가 뛰어난 사람들은 모두 '작은 문제'에 근거하여 '작은 글'을 쓰는 것을 하찮게 여기게 되었으니 "아무 것도 아닌" '찰기'야 더 말할 것도 없을 것입니다. 최근까지도 학술회의에서 이런 논의를 많이 듣습니다. 한학자들, 특히 일본 학자들은 작은 문장밖에 쓸 줄 모르고 우리처럼 전체적인 국면을 잘 보지 못한다는 이야기 말입니다. 사실 '통사'의 저술을 중심으로 하는 오늘날 우리의 논술은 만청 이후 교재를 편찬하면서 생겨난 폐단으로, 청대 유학자들의 학문 전통에 위배될 뿐만 아니라 현재 서구 학계의 저술방식과도 거리가 멉니다.

　고염무의 이 짧은 구절이 나에게 큰 감동을 주었던 요인으로는 문장의 풍격도 있지만 더 중요한 것은 학문하는 방법과 학술 수준이었습니다. 「금석문자기서」와 「학문에 대해 친구에게 보낸 편지與友人論學書」는 학술적인 글의 풍격과 취미를 더욱 잘 드러내는 것 같습니다. 「금석문자기서」의 앞부분에서는 주로 '기쁨'에 대해 썼는데, 곧 20년 동안 천하를 두루 돌아다니면서 여러 가지 자료를 보게 될 때 "기뻐서 잠을 이루지 못했다"는 것입니다. 후반부에서는 '어려움'을 부각시켰는데 포의의 신분으로 천하를 돌아다니면서 "원숭이와 새가 사는 깊은 숲 속에서 머뭇거렸다"는 것입니다. 금석문을 찾아다니는 옛사람의 '기쁨'과 '어려움'을 분명하게 이야기한 다음 다시 구양수의 『집고록集古錄』과 조명성의 『금석록金石錄』을 끌어들여 자기 학술의 전승傳乘과 발전 방향을 설명했는데 그 사유가 매우 명확합니다. 저술 과정과 학술의 연원을 소개하면서 동시에 저자로서의 심경과 취미를 드러낸 것입니다.

　「학문에 대해 친구에게 보낸 편지」에서는 심성心性에 대해 공리공론을 일삼을 뿐 세상에 보탬이 되지 않았던 명대 학자들을 겨냥하면서 고염무는 예전의 유학자들은 신비롭고 현묘한 것에 대해 그렇게 많이 논하지 않았으므로 그들의 학문은 늘 평이했고 사람들이 쉽게 접근할 수 있었다고 하였습니다. 이른바 성性이니 명命이니 천天이니 하는 것은 모두 공자와 맹자가 말하지 않았던 것입니다. 공자와 맹자는 무엇을 이야기했습니까? "출사할 것인가, 은거할 것인가, 관직을 받을 것인가, 사양할 것인가에 대한 논의"를 벗어나지 않았습니다. 이것은 일상생활의 문제이기도 하지만 삶의 태도이기도 합니다. 이렇게 현실에서의 삶을 중시하고 사변과 현학을 폄하하는 태도는 고염무가 명·청 교체기에 문인의 입장에 대해 깊은 반성을 했다는 점과 밀접하게 관련되어 있습니다. 그의 말을 빌린다면, "내가 말하는 성인의 도란 무엇인가? 이른바 '글을 통해 배움을 넓히고', '행동에 부끄러워함이 있다'는 것이다. 자기 한 몸에서 천하, 국가에 이르기까지 모두 학문의 영역이다. 부모를 모시고 임금을 섬기고 형제와 우애 있게 지내고 벗을 사귀는 것에서 출사와 은거, 관직을 받을 것인가의 여부에 이르기까지 모두 부끄러워함이 있는 영역"이라는 것입니다. 천하의 일은 사대부가 입신立身을 하는 근본이므로 수치심을 부각시키는 것이 가장 중요한 것이었습니다. 글의 끝부분에서는 "아아, 선비이면서 부끄러움을 우선적으로 이야기하지 않는다면 근본이 없는 사람이고, 옛것을 좋아하지도 많이 배우지 않는다면 공허한 학문이다"라고 하였습니다. 글 전체가 기본적으로 『논어』와 『맹자』의 사상을 따랐고 이를 통해 심성에 대해 공리공론을 좋아하는 명대 유학자와 대조하면서 도道는 사람에게서 멀리 있지 않으며 성인의 학문은 평이하고도 실천 가능한 것이라는 결론을 이끌어 냅니다. 명·청 교체기에 적용한다면 현학적인 것에 대해 아무리 말해봐야 소용없고 어떻게 자신을 다잡아서 자신의 믿음과 입장을 지킬 수 있는가가 가장 중요하다는 것입니다. 이렇게 "행동에 부끄러워함이 있는 것"과 "견문을 통해 배움을 넓히는 것" 이 두 가지를 결합시켜서 '인격을 완성하고' 또 '학문도 완성'한다는 것입니다. 고염무에게 이것은 또한 그가 '글을 완성하는 데'에 필수적인 방법이었다는 점을 덧붙이고 싶습니다.

제7강

'강남의 글'을 넘어서

전조망全祖望

경經·사史·문文 합일
충의忠義와 기절氣節의 표창
큰 스케일과 잡박함

글이라는 것은 산천의 도움뿐만 아니라 한 시대의 인물을 통하여 정
련되어 만들어지는 것이다.

원굉도, 장대 또는 고염무와 비교할 때 중문과 학생 중에서 전조망(1705~1755)을 아는 사람은 훨씬 적을 것입니다. 그 이유는 일반적인 문학사, 심지어 산문사에서도 그를 그다지 중시하지 않기 때문입니다. 가장 확연한 예로, 재작년에 출판된 궈위형의 『중국산문사』* 하권에서 청대 산문명가 44인을 소개할 때에도 전조망은 없었습니다. 이 점에

郭預衡, 『中國散文史』下卷, 上海古籍出版社, 1999.

대해 나는 상당히 의아하게 생각합니다. 현대의 학자 중에서 전조망의 글에 대해 진심으로 관심을 쏟고 힘써 추숭한 사람은 오히려 역사학자 황윈메이黃雲眉, 황운미였습니다. 오늘날 전조망의 저서에 대해 연구하려는 사람들은 황윈메이의 『길기정문집선주』*로 시작하는 것이 좋겠습니다. 이 책은 상당히 훌륭한 책입니다. 전조망에 대해 중문과 교수

黃雲眉, 『鮚埼亭文集選注』, 濟南 : 齊魯書社, 1982.

들은 홀대하는 반면 역사과 선생들이 오히려 "혜안으로 영웅을 알아보는" 것은 전조망의 저서가 일반적인 의미에서의 '미문美文'이 아니라는 사실과 관련이 있습니다.

학계에서는 보통 전조망을 역사학자들의 연구대상으로 인식하기 때문에 그가 쓴 산문의 성취에 대해 그다지 관심을 갖지 않습니다. 그렇지만 나는 『중국산문선』을 엮을 때 '최고 대우'를 해서(작품을 가장 많이 뽑았다는 뜻 — 역자) 그의 산문 6편을 골랐습니다. 말할 것도 없이 나는 전조망의 글을 특히 좋아합니다. 그 이유는 무엇일까요? 이제 구체적으로 그 이야기를 해보겠습니다.

전조망은 자가 소의紹衣, 호가 사산謝山, 은현鄞縣(지금의 영파寧波)사람입니다. 사학자들에 따르면 용상甬上 전 씨는 남송때부터 청초에 이르기까지 시서詩書의 은택이 끊이지 않았던, 곧 문학전

통이 풍부한 명문가였습니다. 증조부, 조부, 부친은 모두 유민의
절개를 견지했고 청 왕조가 들어선 이후에도 관직을 하지 않았
는데 이 점은 전사산이 이후에 사회생활을 하고 문학 취미를 갖
는 데에 매우 큰 영향을 미칩니다. 왕융젠王永健, 왕영건의 『전조망

王永健, 『全祖望評傳』, 南京大學出版社, 1996.

평전全祖望評傳』은 전조망의 생애를 태어나면서부
터 25세까지 용상에서 독서하며 큰 뜻을 갖던 시
기, 26세부터 33세까지 "박봉으로 도성에서 관리로 있으면서" 인
생의 괴로움을 맛보던 시기, 34세부터 44세까지 10년간 집에서
있으면서 저술에 몰두하던 시기, 45세부터 51세까지 생계를 위
해 분주하게 다니면서 두 차례 서원에서 강학을 하던 시기인 네
시기로 나눴습니다. 이러한 서술은 간단명료하고 대부분 믿을
만합니다. 북경에 올라가서 과거를 봤을 때 전조망은 내각학사
이불*의 집에 있었는데 이 집은 선무문宣武門 남쪽

이불(李紱, 1673~1750)은 자가 거래(巨
來)이고 호가 목당(穆堂)이며 강서(江
西) 임천(臨川) 사람이다. 강희 연간의
진사로, 벼슬은 내각학사(內閣學士), 병
부우시랑(兵部右侍郎), 광서순무(廣西
巡撫), 직예총독(直隸總督) 등을 지냈다.
저서로 『목당초고(穆堂初稿)』, 『목당별
집(穆堂別集)』, 『팔기지서(八旗志書)』
등이 있다.

에 있는 옛 재상의 주거지 안에 있었습니다. 북경
에 있는 동안 전조망은 이불과 함께 『영락대전永樂
大全』을 빌려 읽고 경經, 사史, 지승志乘, 씨족氏族, 예
문藝文 다섯 가지로 분류하여 쉽게 볼 수 없는 책들
을 베껴 썼는데 매일 20권씩 이런 식으로 읽어나갔
습니다. 량치차오梁啓超, 첸무錢穆가 각자 쓴 『중국 근 삼백 년 학
술사中國近三百年學術史』는 모두 『영락대전』에 수록된 일서佚書들을
모아 책을 엮는 것이 건륭황제가 사고관四庫館을 만든 최초의 동
기였음을 언급하고 있습니다.* 북경에서의 독서는

"일서(佚書)들을 『영락대전(永樂大
典)』에서 찾아 정리하는 것은 건륭황제
가 사고관(四庫館)을 개설한 최초의 동
기인데 주사하(朱筍河)가 사고관을 열

매우 유쾌했지만 관료 생활은 이와는 달리 그다지
순탄하지 않았습니다. 나중에 집에 있으면서 저술

활동을 했던 것은 사실 어쩔 수 없어서 그랬던 것입니다. 당시에는 관료가 되지 못하면 집안이 빈곤할 수밖에 없었습니다. 그가 죽자 가족들은 그가 소장하고 있던 장서를 모두 팔아 200금金을 얻었는데 그러고 나서야 그를 안장할 수 있었습니다.

관료생활에서 자신의 포부를 실현할 수 없었던 이 독서인은 대략 30종의 저술을 남겼는데『길기정문집鮚埼亭文集』, 『길기정시집鮚埼亭詩集』 말고도 『경사문답經史問答』, 『교수경주校水經注』, 『속송원학안續宋元學案』 등이 있습니다.『송원학안』은 황종희 부자가 시작했지만 나중에는 전조망이 이를 계승하여 완성한 것으로 일반적으로는 사산의 업적이 70~80% 정도 된다고 보고 있습니다. 전조망의 저술을 전면적으로 소개하는 것은 내 임무가 아니며 지금부터는 세 가지 문제를 집중적으로 논의해 보려고 합니다.

것을 청하는 상소문을 보면 알 수 있다. 그러나 이 작업은 사실 사산(謝山)과 이목당(李穆堂)이 가장 먼저 시작한 것으로, 본집 권17의 「『영락대전』을 베낀 일에 대한 기문抄永樂大典記」에서 그 전말을 자세히 서술하였다." 梁啓超,『中國近三百年學術史』・『梁啓超論淸學史二種』, 上海 : 復旦大學出版社, 1985, p.200; "(전조망과 이불) 두 사람은 함께『영락대전』을 베끼기로 약속하였는데 이는 또 이후에 청 조정에서『사고전서』를 편찬하게 된 원류가 되었다. 사고관을 설립할 것에 대한 논의는 주균(朱筠)이 일서(佚書)들을 찾자고 주장한 데서 시작되었고『영락대전』을 읽고 교정할 것을 주장한 것은 주균의 상소문 중의 요점이지만 사실 목당과 사산은 이 길을 개척한 자들이다." 錢穆,『中國近三百年學術史』, 北京 : 中華書局, 1986, p.30.

경經 · 사史 · 문文 합일

쟝톈수蔣天樞, 장천추의『전사산선생연보全謝山先生年譜』의 부록에는 엄가균嚴可均(1762~1843)의 「전소의전全紹衣傳」이 있는데 그 글에는 이러한 구절이 있습니다.

蔣天樞,『全謝山先生年譜』, 上海 : 商務印書館, 1932.

고금의 대학자들을 보면, 문장가라고 해서 반드시 경술에 근본을 둔 것은 아니었고 경술에 통달했다고 해서 반드시 역사에 해박한 것은 아니었으니 복건服虔과 정현鄭玄 같은 경학자나 사마천과 반고 같은 역사가들은 각자의 영역에서 특기 하나를 밀고 나간 결과 후대에 전하는 사람이 되었던 것이다. 전조망은 이 두 가지를 겸비해서 쉽게 얻을 수 없는 성취를 이루어냈다.

완원(阮元, 1764~1849)은 자가 백원(伯元)이고 호가 운대(芸臺)이며 강소성 의정(儀征, 지금의 양주(揚州)) 사람이다. 건륭 54년(1789)에 진사가 되었고 호북성, 호남성, 광동성, 광서성, 운남성, 귀주성의 총독과 체인각대학사(體仁閣大學士) 등을 역임하였다. 박학(樸學)을 제창하였고 고경정사(詁經精舍)(杭州)와 학해당(學海堂)(廣州)을 설립하였으며 『경적찬고(經籍纂詁)』를 책임 편찬하고 『십삼경주소(十三經注疏)』를 교정, 간행하였으며 『황청경해(皇淸經解)』를 간행하는 등 청대 학술에 매우 큰 영향을 미쳤다. 저서로 『연경실집(揅經室集)』이 있다. 그는 공자의 『문언(文言)』을 "문장의 영원한 원류"라고 하고 "무릇 문(文)이라는 것은 소리에서는 궁상(宮商)에 해당하고, 표현에 있어서는 문채[翰藻]에 해당되는 것이다"를 강조하면서 동성파 고문 등의 산문 작품을 반대하였는데, 이는 나중에 류스페이(劉師培, 유사배)에 의해 계승되었다.

유사한 내용은 동시대의 완원●도 말한 적이 있습니다. 『경사문답』에 서문을 써주었을 때 완원은 자신이 전조망의 학문을 매우 좋아했다고 했습니다. 성리학자의 학문은 바다의 신령스러운 산과 같아서 수준이 높고 오묘하지만 순식간에 만들어지고 — 물론 순식간에 사라지는 반면, 전조망의 학문은 "실제 땅 위에 쌓아올린 백 척의 누대와 같아서, 그 업적은 긴 시간 동안의 노력이 아니라면 얻을 수 없는" 것이었습니다. 두 학문의 방법이 다르고 식견이나 학력에서 차이를 보이는 것은 마치 불교에서 돈오頓悟와 점오漸悟의 구분이 있는 것과 같습니다. 한학자였던 완원은 전조망이 땅에 쌓아올린 학문방법을 "긴 시간 동안의 노력"이라고 강조했는데 그 나름의 일리가 있습니다. 하지만 이는 다른 방식의 연구방법, 즉 "바다의 신령스러운 산"처럼 "순식간에 만들어진" 것이 아무런 가치가 없다는 것을 의미하지는 않습니다. 이 서문에서 내가 더욱 주목하는 부분은 다음의 이 구절입니다.

경학經學·사재史才·사과詞科 이 세 가지는 하나만 잘해도 전할 만한데 은현의 전사산 선생은 이를 두루 겸비하고 있다.

누군가에게 써주는 서문은 대개 한 가지 결점이 있는 법인데 그것은 바로 좋은 말만 하면서 또 과대포장한다는 것입니다. 이 서문에서 『경사문답』을 고염무의 『일지록』에 비길 수 있다고 한 것은 분명히 지나치게 높이 평가한 것입니다. 그러나 전조망이 경학, 사재, 사과 이 세 가지를 합일시킨 것을 표창한 것은 그래도 핵심을 찔렀습니다. 이것은 전조망의 장점이지만 그 혼자만의 장점인 것은 아닙니다. 예컨대 내가 보기에 이 서술은 전조망이 매우 숭배했던 황종희를 평가하는 데 사용해도 전혀 문제가 없습니다. 다시 말한다면 이것은 황종희와 전조망이 속해있던 절동학파浙東學派의 특징일 지도 모릅니다.

'절동학파'를 논의할 때에는 장학성章學誠을 언급하지 않을 수 없습니다. 장학성의 『문사통의文史通義』에는 「절동학술浙東學術」편이 있는데, 보통 사람들은 고정림顧亭林(고염무)이 청대 학술의 비조鼻祖라고 생각합니다만 사실 고염무의 학문은 절서浙西의 학문이고, 절서의 학문과 같은 시기에 공존하면서 멀리서 서로 호응했던 또 하나의 절동 학문이 있었는데 대표적인 인물이 황종희라고 했습니다. 지금까지 학계에서는 일반적으로 고염무 학맥에 주목했지만 황종희가 절동의 학술을 대표하고 있다는 점도 마찬가지로 중시될 가치가 있습니다.

여러분은 아마도 곧바로 고염무는 분명히 곤산昆山 사람이고 현재 제도에서 곤산은 강소성 소주에 해당하는데 어떻게 절서

학파가 될 수 있느냐고 의문을 제기할 수도 있을 것입니다. 여러분이 학술사와 문학사에서 '절동', '절서'("절동학파", "절서사파浙西詞派" 등처럼)는 오늘날의 행정구역과는 다르다는 점을 이해해야 합니다. 왜냐하면 당대唐代에는 절서, 절동 두 개의 도道를 두었고 송대가 되면 이를 절서로浙西路, 절동로浙東路라고 불렀기 때문입니다. 청대 사람들이 말하는 절동은 현재의 영파寧波, 소흥紹興, 태주台州, 금화金華, 온주溫州 이 일대이며 절서는 항주杭州, 가주嘉州, 호주湖州와 함께 옛 소주, 송주松州, 태주泰州를 포함하는데 이는 오늘날의 소주, 무석無錫, 상숙常熟 일대입니다. 절동과 절서의 학문과 글쓰기는 각기 특색이 있습니다. "학자라면 따라야 할 모범이 없을 수는 없겠지만 문파門派를 두어서는 안 된다. 그러므로 절동과 절서의 학문 방법이 동시에 실행된다고 해서 상충되는 것은 아니다. 절동은 전문가를 중시하고 절서는 박학자를 숭상하니 각자 나름의 방식에 따라 연구하는 것이다." 이 말은 매우 타당하지만 정작 구체적인 논의를 보면 장학성은 명백하게 절동의 학술을 선호하면서 절동학파는 그 연원이 깊고, 남송의 영가학파永嘉學派와 금화학파金華學派, 곧 섭적과● 진량●으로부터 시작하여 줄곧 이어왔다는 것을 강조합니다.

섭적(葉適, 1150~1223)의 자는 정칙(正則)이고 온주(溫州) 영가(永嘉, 지금의 절강성 온주) 사람으로, 학자들은 그를 수심 선생(水心先生)이라고 불렀는데 남송(南宋)의 철학자이며 영가학파(永嘉學派)의 대표적인 인물이다. 당시 성리학자들이 성리(性理)에 대한 공담만 일삼는 것을 반대하고 "사공지학(事功之學)"을 주장하였으며 저서로『습학기언(習學記言)』,『수심 선생 문집(水心先生文集)』 등이 있다.

강소성과 절강성 일대는 송대부터 시작해서 경제와 문화가 큰 발전을 이루었습니다. 남쪽으로 천도한 이후 다시 비약적으로 전국적인 정치 문화의 중심이 되었습니다. 절동학파와 영가학파가 진짜 관련이 있는지에 대해서 학계에서는 의견이 분분합니다만 그래도 절동의 인문人文이 번성한 것은 논란의 여지 없는 사실입니다. 이러한 유풍은 심지어 20세기까지 이어졌습니다. 이 점에 대해서는 현대문학사를 공부했다면 대부분 인상에 깊이 남았을 것입니다.

절동학술과 관련하여 장학성은 주로 다음의 세 가지 측면을 강조하였습니다. 첫 번째는 문헌이고 두 번째는 사학이며 세 번째는 경세經世입니다. 절동과 절서를 막론하고 줄곧 장서가 풍부해서 건륭 연간에 사고四庫를 만드는 과정에서 책을 징발할 때 절강에서 얻은 책이 가장 많았습니다. 물론 금지되고 소각된 책도 절강이 가장 많았습니다. 출판업이 발달하지 못하고 도서 자료가 부족한 시대에 '풍부한 장서'는 이 지방의 인문환경이 좋았다는 것을 의미합니다. 이밖에도 이곳 학자들은 책을 읽을 때 언제나 사학을 중시했습니다. 여러분도 모두 알다시피 사학은 현학적인 사유와는 달리 문헌자료에 매우 크게 의존합니다. 장서의 풍부함과 사학의 발전, 이 두 가지는 비록 직접적으로 동일시할 수는 없지만 어쨌든 매우 긴밀하게 연관되어 있습니다. 세 번째, 이 지방의 학자들은 대부분 경세치용에 대한 포부를 갖고 있었고 공리공론에 대한 저술을 반대하며 당시의 인간사에 합치되기를 희망했습니다. 실제 연구성과를 보면 그 특징이 바로 장학성이 말한 "절동은 전문가를 중시한다"는 것입니다. 이른바 "전문가를 중시한다"는 것은 성명性命에 대해 공리공론을 하는 것에 반대하고 "백 척 누대는 실제로 땅 위로 쌓아올린 것"임을 주장하는데 이렇게 진중하고 견실한 사학적 스타일은 절동학파의 기본적인 특징입니다.

진량(陳亮, 1143~1194)은 자가 동보(同甫)이고 용천선생(龍川先生)이라고 불렸으며 무주(婺州) 영강(永康, 지금의 절강성) 사람이다. 남송의 철학가이며 영강학파(永康學派)의 대표적 인물이다. 나라와 민생에 보탬이 있는 "사공지학(事功之學)"을 주장하였으며 주희와 여러 번 '왕도와 패도의 의리에 대한 논쟁[王覇義利之辯]'을 벌였고 저서로『용천문집(龍川文集)』,『용천사(龍川詞)』등이 있다.

'절동학파'의 원류에 해당하는 사람을 논할 때 늘 위로는 남송의 섭적, 진량으로 소급해 올라가고 아래로는 청대의 황식삼, 황이주 부자를 들게 됩니다. 학통을 확대하려는 최초의 시도는 장타이옌의『검론檢論』「청유淸儒」에서 볼 수 있습니다. 그리고 오늘날 장순후이張舜徽, 장순휘의『청유학기淸儒學記』[*]에서 더 확고하게 학통을 다졌습니다. 이 책의 제6장「절동학기浙東學記」에서는 청초 황종희를 시작으로 바짝 뒤따르던 사람으로 만사대,[*] 만사동萬斯同, 뒤이어 나온 사람으로 소정채邵廷采, 전조망, 다시 이를 이은 사람으로 장학성章學誠, 소진함邵晉涵, 마지막으로 황식삼, 황이주를 꼽습니다. 황이주(1828~1899)가 살았던 시대는 이미 만청이었습니다. 그 말은 곧 이것은 청대의 시작과 끝을 함께 했던 학파라는 뜻입니다. 그런데 1930년부터 여기에 이의를 제기하면서 절동학파를 두 개의 학통으로 나누어 황종희, 만사동, 전조망이 확실하게 하나의 맥을 이었고 장학성, 소진함은 "새로운 세력이 갑자기 흥기하여 나름대로 정통한 수준에 이르렀다"라고 주장하는 사람들이 생겨납니다. 이 점에 대해 관심이 있는 학생들은 허빙쑹何炳松, 하병송의『절동학파연원浙東學派淵源』[*]과 진위푸金毓黻, 김육보의『중국사학사中國史學史』[*]를 참고하기 바랍니다. 논란이 있기는 해도 청대학술사에서 '절동학파'가 모양을 갖춘 것은 이른 시기이고 또 발전의 맥락이 선명하다는 점에서 주목할 만합니다.

張舜徽,『淸儒學記』, 濟南 : 齊魯書社, 1991.

만사대(萬斯大, 1633~1683)는 자가 충종(充宗)이고 만년에 호를 파옹(跛翁)이라 하였으며 절강(浙江) 은현(鄞縣, 지금의 영파) 사람이다. 만사동(萬斯同, 1638~1702)은 자가 계야(季野)이고 호가 석원(石園)이며 만사대의 동생이다. 소정채(邵廷采, 1648~1711)는 자가 윤사(允斯), 염로(念魯)이며 절강(浙江) 여요(餘姚) 사람이다. 황식삼(黃式三, 1789~1862)은 자가 미향(薇香)이고 호가 경거(儆居)이며 절강(浙江) 정해(定海) 사람이다. 황이주(黃以周, 1828~1899)는 자가 원동(元同)이고 호가 경계(儆季)로, 황식삼의 셋째 아들이다. 위의 여러 사람들의 학술 전승 관계와 공헌에 대해서는 장순후이(張舜徽)의『청유학안(淸儒學案)』(濟南 : 齊魯書社, 1991, pp.200~287) 참조.

何炳松,『浙東學派淵源』, 上海 : 商務印書館, 1932.

金毓黻,『中國史學史』, 商務印書館, 1941.

심지어 나는 만청의 장타이옌과 중화민국 이후의 저우周 씨 형제가 학술사상을 형성하는 과정에 있어서 절동학파와 모종의 관련이 있지 않을까 약간의 의문을 품고 있습니다. 장타이옌은 결코 황이주의 제자 반열에 낄 수 없고 그나마 '사숙한 제자'로 볼 수 있을 뿐입니다. 그러나 대체로 같은 문화적 토양과 학술적 분위기, 더하여 스승과의 빈번한 교류는 장타이옌에게 많은 영향을 미쳤습니다. 그러나 서학西學이 점차 전해져 옴에 따라 지식의 계통과 교육 체제는 모두 매우 큰 변화를 겪게 되었고, 젊은 계승자들은 사방 각지로 유학을 가거나 심지어 외국에서 공부하면서 향토 문헌과 지방학풍에 대한 의존성은 점차 적어졌습니다. 이 때문에 절동학파를 청대 학술사에 국한시키는 것이 맞다고 생각합니다. 나중에 나오는 황이주 등의 사람들은 문장가로 알려지지 않았지만 내가 좋아하는 세 사람의 "글을 잘 쓰는" "학문가", 곧 황종희, 전조망, 장학성은 모두 큰 의미의 '절동학파'에 속해 있습니다. 그러므로 경經, 사史, 문文을 합일한 것은 절동학파의 중요한 특징이며 이러한 내 생각은 크게 사실과 동떨어져 있지 않을 것입니다.

학자로서의 전조망은 황종희를 사숙했는데 이 점은 전조망 본인은 물론 후대의 연구자들도 이견이 없습니다. 「이주 선생 신도비문梨洲先生神道碑文」에서 전조망은 황종희가 명대 사람들의 강학을 비판하면서 "찌꺼기인 어록語錄을 답습하고 육경을 근본으로 삼지 않으며 책을 내팽개쳐 둔 채 공리공담에 전념한다"라고 했던 말을 언급합니다. 성리학을 연구한다면 반드시 육경에서 시작해야 하며 그렇게 하지 않는다면 학문의 방법이 바르지 못해서 쉽게 잘못된 사도邪道로 빠져들게 된다는 것이 고대 중국에서 학문을 가르치던 상용구였습니다. 그런데 황종희가 '경전 공부'를 가르쳤을 때 목적은 '경세'를 위한 것이었고 그래서 반드시 "역사 공부를 함께 하고" "여러 학문을 섭렵하되 잘 절충하여" "세상사에 어두운 유자의 학문이 되지 않도록" 하였습니다. 황종희의 관점에서 볼 때 모든 사람들의 재주와 취미는 다르므로 공부할 때도 학문의 경로가 다를 수 있지만 그래도 '역사 공부'는 학자의 필수 과목이었던 것입니다. 세상 사람들은 모두 "육경을 근본으로 삼아야 한다"라고 했지만 황종희는 명대 사람들이 책은 읽지 않고 성명性命에 대한 공리공담만을 일삼는 것에 반감을 가졌기 때문에 구체적으로 논의할 때 자신도 모르게 "사학을 근본으로 삼아야 한다"라고 명제를 바꾸어 버렸던 것입니다. 이 비문에도 나오지만 전조망은 황종희가 자기 자신에 대해 평가하면서 어려서 공부할 때 과거 공부하는 분위기에 휩쓸려 깨닫는 바가 깊지 않아 얻은 바가 적었는데 다만 "험난한 상황을 만나 비로소 깊게 깨닫게 된 바가 많아져서 가슴 속에 답답하게 막혔던 것이 완전히 사라졌다"라고 한 말을 인용하고 있습니다. 이 말은

[역자 주] 갑신국변(甲申國變)은 명 숭정(崇禎) 갑신년인 1644년에 이자성(李自成)이 군대를 이끌고 북경을 공격하자 숭정제가 자살한 사건을 가리킨다.

갑신년(1644) 국변* 이후 여러 고초를 겪으면서 역사와 삶에 대해 진심으로 깊게 이해하게 되었으며 그 전에는 미처 이해하지 못했던 것을 한 순간에 확연하게 깨닫고 완전히 알게 되었다는 뜻입니다. 그 밖에도 전조망은 "선생의 수많은 비문은 국난에 처한 여러 사람들에 대한 것으로 이들을 표창하는데 더욱 힘쓰셨다"라고 했습니다. 전조망이 서술한 황종희는 첫째, 공부에서 사학을 중시하였고, 둘째,

명·청 교체기의 '험난한 상황'이 자신의 학문에 끼친 영향을 강조하였으며 셋째, 대량의 비문과 전기를 찬술하여 왕조 교체기의 충신과 열사를 표창하였습니다. 이 세 가지 측면은 이후에 전조망이 전반적으로 계승하게 됩니다.

물론 전조망은 재능이 뛰어나고 호방한 기질을 가지고 있었기 때문에 자신이 숭배했던 황종희에 대해서도 비판합니다. 「『남뢰전집』 판각을 논하는 문제로 구사 선생께 드리는 편지奉九沙先生論刻南雷全集書」에서 전조망은 황종희가 만년에 쓴 글이 "옥석이 모두 나와서 진짜와 가짜가 섞여 있는" 상태라고 언급했는데, 하나는 나이가 많아짐에 따라 정력이 감퇴되어 중년에 쓴 탁월한 글과 같지 않다는 것이었고, 또 다른 하나는 만년에 명성이 날로 커져 "친구들과 친척들의 요청에 부응하느라 입에 발린 묘지명을 써서 본연의 모습을 가렸다"는 것입니다. 황종희가 적지 않게 "입에 발린 묘지문"을 썼다고 했는데 이것은 예사로운 지적이 아닙니다. 앞에서 이야기했듯이 전겸익의 병이 위독했을 때 황종희는 그를 도와 사람들이 "미리 구매한" 묘지명을 완성하도록 도와준 적이 있었는데 이 "의롭지 않은 돈"은 늙고 병든 전겸익에게 정말 큰 도움을 주었습니다. 사실 고정된 고료稿料 제도가 확립되기 전에 '윤필潤筆'은 문인이 생계를 유지하는 주된 수단이었으며 묘지명은 그 중에서 수요도 가장 많고 가장 "생계에 도움이 되는" 문체였습니다. 그래서 명성이 높은 문인일수록 '입에 발린 묘지문을 쓸' 가능성이 더 큽니다. 명성을 널리 떨친 대문인大文人의 경우에도 마찬가지입니다.

왜 어떤 사람의 문집은 매우 정밀해서 거의 모든 글이 전할 만한 가치가 있는 반면 어떤 사람의 것은 매우 조잡하고 난삽하며 입에 발린 말을 한 묘지문이 많이 섞여 있는 것일까요? 전조망의 관점에서 핵심은 "뛰어난 수제자가 교정을 하느냐"의 여부였습니다. 대부분의 사람들은 모두 적지 않게 누군가의 요구에 맞추어 글을 쓰지만 문집에 수록되느냐 세상에 전해지느냐는 제자의 담력과 식견, 안목에 따라 결정되는 것입니다. 지나치게 고지식한 제자라면 맹목적으로 스승의 글을 지켜내느라 도리어 스승님의 모습을 망치게 될 것입니다. 이러한 측면에서 황종희에 대한 전조망의 논의에는 존경도 있지만 반드시 비판하고 바로잡으려는 부분도 있으리라는 점을 이해할 수 있습니다.

스승이나 선현을 위해 문집을 편집하는 일의 난제는 그다지 괜찮지 않은, 아니 정말 별로인 작품을 어떻게 처리할 것인가 하는 것입니다. 작품을 모두 수록할 것인가, 잘된 작품만 수록할 것인가는 진퇴양난의 문제입니다. 전조망이 정확하게 말했듯이 당대 문인, 송대 문인의 문집이 대단하게 보이는 것은 대량의 작품이 도태된 결과인데, 이것은 당사자가 제외했거나 제자가 교정했거나 아니면 당대 사람과 후대 사람들이 자연적으로 선택한 것입니다. 또 당시에는 판각하는 데 드는 비용이 높아서 문집을 편찬할 때에는 취사선택을 할 수 밖에 없었습니다. 지금은 이와 달리 책을 출판하기가 너무나 쉽고 그래서 전집이 도처에서 만들어집니다. 이미 세상을 뜬 저명한 작가와 학자들을 위해 전집을 내는 것도 좋은데 이것이 적어도 문화의 축적이라는 면에서 의미가 있기 때문입니다. 그러나 전집을 편찬할 때는 하나의 기본 원칙이 있어야 하는데 그 작품이 세상에 전해지기를 바라는 것인지, 아니면 작자의 전체 인격을 드러내고자 하는 것인지를 분명히 할 필요가 있다는 것입니다. 이 두 가지 사이에는 사실 매우 큰 간극이 있습니다. 찾을 수 있는 대로 최대한 그 안에 채워 넣을 것인가요, 아니면 작가 / 학자의 이미지를 위해 선택을 할 것인가요?

만약 여러분이 어떤 것이 독자에게 책임을 지는 것이냐고 묻는다면, 그것은 전문가의 입장에 서 있는가 아니면 일반 독자의 입장에서 말하는가에 따라 좌우됩니다. 연구자라면 당연히 문집에 작품 전체를 수록하기를 바랄 것입니다. 그러면 마음껏 보고 연구 작업을 할 수 있으니까요. 일반 독자라면 이렇게 "옥석이 같이 나와서 진짜와 가짜가 뒤섞여 있는 것"은 종이 낭비라며 원망할 것입니다. 사실 고금을 막론하고 '전집'을 내고도 평가에 손색이 없을 수 있는 사람은 그다지 많지 않습니다. 매우 진지하게 저자를 위해 편집하고 정리하면서 한두 마디의 짧은 글도 지나치지 않고 수록하여 어렵사리 전집을 출간한다면 이는 저자에게 점수를 더하지 못했을 뿐 아니라 오히려 점수를 깎아먹는 일입니다. 전집을 출간한다는 것은 모든 문인 학자들에게 결코 유리하지 않은데, 만약 당사자가 그렇게 '완전히 아름답지' 않다면 전집으로 나오는 순간 그 빛나는 형상은 도리어 크게 훼손될 것이기 때문입니다. (학생들 웃음) 이는 후대 사람들이 문집 / 전집을 편찬할 때 저자 본인의 의사를 존중할 필요가 있는지 하는 문제를 논외로 한 것입니다.

10년 전 우리가 『왕야오전집』*을 편집했을 때 한 가지 문제에 부딪혔습니다. 1950년대 이후 몇

『왕야오전집(王瑤全集)』(石家莊 : 河北教育出版社, 2000) 제7권에 수록된 친필

영인본 「사상개조 운동 중에서의 자기 검토在思想改造運動中的自我檢討」와 「'문화대혁명' 때의 검사在文化大革命中的檢査」참조.

차례의 정치 운동에서 노교수들은 대체로 타격을 받았고 무수한 반성문을 써야 했습니다. 왕야오王瑤 선생도 예외가 아니었습니다. 이러한 것들을 전집에 수록할 것인가에 대해 나는 첸리쥔錢理群, 전리군 교수와 논쟁을 벌였습니다. 첸 선생의 의견은 역사에 책임지는 입장에서 반드시 이 반성문을 남겨두어야 한다고 했는데 한 시대의 면모를 드러내는 것이므로 후대 사람들이 그 시대 학자들이 어떻게 살았는지를 알게 해야 한다는 것입니다. 나는 물론 이것이 매우 중요하며 사료적 가치가 있다고 인정하지만 이것이 문집에 수록되어야 한다고 주장하지 않았고 연구자들이 찾아서 볼 수 있도록 중국현대문학관에 제출하여 보존하자고 제의했습니다. 나중에 첸 선생의 의견이 기선을 잡게 되었고 책이 출판된 이후 이 조치는 적지 않은 호평을 받았습니다. 그러나 나는 여전히 나와 첸 선생의 의견은 각기 일리가 있다고 생각합니다. 나는 '문집'이 연구자를 위해 발굴하는 '사료'라고 생각하지 않으며 일반 독자를 대상으로 책임을 다해야 한다고 강조했고 그것이 저자의 의도를 존중하는 것이라고 생각합니다. 우리는 만약 왕 선생이 이 작업을 했다면 반드시 이러한 굴욕적인 기억을 자신의 문집에 수록하지는 않았으리라고 쉽게 짐작할 수 있습니다.

분명히 만약 어떤 문인 학자의 형상을 완정된 형태로 드러내고 싶다면 긍정과 부정 두 측면의 자료를 모두 남겨두어야 할 것입니다. 그러나 연구를 위해 남겨두는 것과 문집을 제작해서 공개적으로 출판하는 것은 별개의 일입니다. 현대사와 관련이 큰 몇몇의 위인, 예컨대 캉유웨이, 량치차오, 장타이옌, 왕궈웨이,

명청 산문 강의

루쉰, 후스 같은 사람들의 전집이 출판되었을 때 나는 샅샅이 조사해서 최대한 어떤 글도 빼놓지 않으려고 했습니다. 연구자의 입장에서 보면 이것은 공정하고 타당한 요구입니다. 그러나 우리가 미처 생각하지 못했던 것은 저자 본인은 그것을 결코 감사하게 생각하지 않을지도 모른다는 점입니다. 몇십 년 동안 쓴 모든 글이 다 읽을 만하고 모든 일기가 다 부끄러움이 없는 그런 사람은 너무나 드물 것입니다. 다시 말하자면 절대 다수의 사람은 이러한 검증을 견뎌내지 못합니다. (학생들 웃음) 첸종수錢鍾書, 전종서는 생전에 자신의 책을 교감하는 것을 반대하고 어떤 예전 작품을 다시 출판하지 못하도록 소송을 걸었는데 이것은 모두 자신의 명예를 중시하는 중국 문인의 전통에 기반한 것이었습니다. 이른바 "젊었을 때 쓴 작품에 대해 후회한다"는 것은, 인정하지 않는다는 것도 아니고 최대한 감추겠다는 것도 아니며, 그다지 잘 쓰지 못한 '젊었을 때 쓴 작품'이 만약 다시 출판된다면 자신이 고치겠다는 의미입니다. 자존감이 있는 학자의 경우라면 이렇게 '개정한 원고'야말로 후대에 전해지기를 바랄 것입니다. 옛사람들이 문집을 간행하는 시점은 늘 사망한 이후였는데 그랬기 때문에 생전에 최대한 수정을 해서 거의 여한을 남겨두지 않았습니다. 지금 사람들은 이와는 달리 쓰는 대로 간행하는데, 만년에 정리해보면 무척 후회막급일 것입니다. 그래서 특히 자신의 명예를 소중하게 여기는 문인 학자의 입장에서 보면, 후대 사람들이 치열하게 편집하면서 그/그녀가 제외시켰거나 감출 생각이었던 것을 쏟아내어 어둠 속에 있던 것을 세상에 내놓는 것은 그/그녀를 괴롭히는 것이 될 것입니다.

명예를 중시하는 입장에서 전조망은 황종희의 문집 전반부를 좋다고 생각했는데 이것은 황종희 자신이 편집한 것이었습니다. 문집 뒷부분은 별로였는데 생전에 교정할 겨를이 없었고 제자도 감히 없애거나 고치려고 하지 않아서 옥석이 뒤섞일 수밖에 없었던 상황이라 아쉬울 뿐입니다. 여기에서는 전조망이 글을 대하는 태도에 대해서 언급하려고 합니다. 「문설文說」에서 전조망은 진秦나라를 비판하고 신新나라를 찬미한[*] 양웅揚雄은 천고의 웃음거리가 되었고, 한유韓愈, 육유陸游, 섭적葉適같이 훌륭한 명성을 가진 문인들도 남들의 요청에 부응하느라 쓰지도 남겨두지도 말았어야 할 작품을 썼다고 언급합니다. 특히 주목해야 할 부분은 다음의 이 구절입니다.

[역자 주] 원문의 '극진미신(劇秦美新)'은 왕망(王莽)이 한(漢)의 제위를 뺏아 신(新)이라는 나라를 세웠을 때 한나라의 신하 양웅이 올린 글을 가리킨다. 진나라의 과실을 논하고 신나라의 덕을 찬양하는 내용이다.

나는 그래서 "유학자는 글을 쓸 때 갓난아이를 기르는 것처럼, 처녀가 정절을 지키는 것처럼 해야 한다"라고 말한 것이다.

문인학자라면 지켜야 할 것, 견지해야 할 것이 있어서 함부로 논의하지 말아야 하고 인위적으로 감정을 자아내어 글을 쓰려고 하지 말아야 하며 돈을 찍어내는 공장이 되려고 하지 말아야 합니다. 예전에 매우 빠른 속도로 글을 쓰는 린수[*]를 보고 천옌이 "돈을 찍어내는 기계"라고 비웃었습니다. (학생들 웃음) 이렇게 "자신의 명예를 소중히 여기라"는 주장은 매우 많지만 전조망이 말한 것처럼 경각심을 주지는 않습니다. 물론 목표가

린수(林紓, 임서, 1852~1924)는 자가 친난(琴南, 금남)이고 호가 웨이루(畏廬, 외로) 혹은 렁훙성(冷紅生, 냉홍생)인데 만년에는 젠줘웡(踐卓翁, 천탁옹)이라고 칭하였으며 복건(福建) 민현(閩縣, 지금의 복주) 사람이다. 광서(光緒) 연간의 거인(擧人)으로 일찍 경사대학당(京

너무 높아서 그것을 할 수 있느냐의 여부는 별개의 일일 것입니다.

역사가는 철학자와는 달리 고증이 치밀하고 논의가 탁월한 것 말고도 특징이 하나 더 있는데 그것이 바로 '다독'입니다. 장서와 문헌에 대한 중시는 절동학파의 큰 특징입니다. 전조망은 「이로각장서기」에서 황종희에 대해 서술하는 동시에 자신의 심경을 표출하였습니다. 황종희가 얼마나 독서와 서적 수집과 장서를 좋아했던지 장강 이남의 여러 사람들이 쓴 책을 두루 수집할 정도였다고 서술한 다음 전조망은 황종희의 장서가 "책의 범위가 넓다는 것을 과시하고 장서수가 많다는 것을 보여주기 위한 것만은 아니었다"라고 특기했습니다. 이것은 책 수집을 좋아하는 학자가 전문 장서가와 가장 크게 다른 점인데, 전자는 읽기 위해 책을 수집하고 소장하므로 자신을 뽐내거나 재산을 축적하는 것과는 무관한 것입니다. 현대학술사에 주목하는 학생들은 정전둬鄭振鐸, 정진탁가 책 수집을 좋아했고 그의 저술 — 특히 그의 소설 고증이라는 분야에서 — 도 자신의 풍부한 장서 덕분이었다는 사실을 기억하고 있을 것입니다. 그러나 동시에 우리는 1935년 8월 15일, 루쉰이 타이징농臺靜農, 대정농에게 편지를 보내 정전둬의 연구방법에 이견을 나타냈다는 사실을 기억하고 있습니다. 그러나 이것은 출판사의 상술에 속은 것이었습니다. 정전둬의 『삽도본 중국문학사揷圖本中國文學史』를 광고할 때 출판사는 이 책이 '유일본과 비장본祕藏本'을 대거

師大學堂)에서 강의를 한 적이 있다. 주된 문학성과는 외국소설의 번역에 있는데 1899년에 『춘희[巴黎的茶華女遺事]』를 번역한 것으로부터 시작하여 25년 동안에 다른 사람이 (영어책을 읽고 중국어로 — 역자) 구술하면 (그것을 듣고 — 역자) 고문 스타일로 외국소설 180여 종을 번역하였다. 첸중수는 천옌(陳衍, 진연)이 린수를 "돈을 찍어내는 공장"이라고 비웃었다는 웃긴 이야기를 서술한 뒤에 다음과 같이 해석하였다. "다시 말하면 이런 번역은 다만 린수의 '돈을 찍어내는 공장'이 승낙한 하나의 거래일 따름이었다. 그것은 외국어로 된 작품을 중국어로 바꾸는 형식을 취하고 있었지만 실제로는 외국화폐를 중국화폐로 바꾸는 일이었다." 그러나 이런 비아냥거림은 린수의 "정신력이 충만하고 집중되었으며" "항상 자신의 창작능력을 발휘할 준비가 되어 있던" 초기의 번역(『린수의 번역[林紓的翻譯]』, 『칠철집(七綴集)』, 上海古籍出版社, 1994, pp.92～93) 지적한 것은 아니었다.

활용하여 매우 대단하다고 특별히 강조했던 것입니다. 루쉰은 자신은 지금껏 비장본이나 유일본으로 남들의 이목을 끌려고 하지 않았고 자신이 읽은 것은 사람들이 모두 구해볼 수 있는 책, 곧 이른바 "읽은 책은 모두 널리 유통되며 쉽게 구할 수 있는 책"이라고 했습니다. 일상적으로 찾아볼 수 있는 책을 읽고도 세상을 놀라게 할 만한 독자적인 판단을 해낼 수 있어야 진정한 재주인 것입니다. 내가 알고 있는 수많은 저명한 교수들은 학문 세계가 매우 크고 집에 장서도 적지 않지만 '그럴싸한' 책은 그다지 없는데 — 여기에서 말하는 '그럴싸하다'는 것은 판본학적인 '가치'를 말합니다. '유일본과 비장본'을 모시려면 시간과 돈이 필요한데 '책을 사용하기' 위해 '책을 소장하는' 학자들에게 있어서 이것은 그렇게 정력을 쏟을 만한 일이 못 되었습니다.

학문을 하는 사람은 과도하게 '유일본과 비장본'에 의지해서는 안 됩니다. 그러나 풍부한 장서는 사학자들에게는 반드시 필요합니다. 그렇지 않다면 솜씨 좋은 주부도 쌀이 없어 밥 못 짓는 상황에 처하는 격입니다. 관건은 '수집과 소장'이 '학문'과 관련이 있는가의 여부에 달려 있습니다. 만약 황종희의 경우라면 "선생의 장서는 선생의 학술이 깃든 것"이었으므로 이러한 수집과 장서는 그제야 찬탄할 만한 것입니다. 풍부한 장서와 광범위한 취미가 있었기 때문에 황종희의 학문도 이 둘을 종합하려는 경향이 있습니다. 어떤 사람은 성명性命을 논의하고 어떤 사람은 박아博雅를 중시하고 어떤 사람은 글을 잘 쓰고 어떤 사람은 고금의 일을 잘 알고 있지만 황종희만은 "이의理義와 상수象數와 명물名物을 합일시키고 또 이학理學, 기절氣節, 문장文章을 합일"시켰습니다. 한 분야를 집중적으로 파고드는 것으로 만족하지 못하고 이학, 기절, 문장을 종합하기를 바람으로써 황종희는 청초 학계에서 탁월하게 우뚝 설 수 있었습니다. 그리고 이러한 '삼자의 합일'은 그를 사숙했던 전조망에게 사용해도 '이학'을 '사학'으로 바꾸기만 하면 기본적으로 문제가 없습니다.

여기에서 말한 사학, 기절, 문학의 삼자합일은 완원이 표창하면서 함께 언급했던 경학, 사재史才, 사과詞科와 내재적인 맥락에서 매우 가까우며 모두 전조망이 '학문'과 '문장' 사이에 있는 벽을 돌파했다고 강조합니다. 이 점은 매우 중요합니다. 류스페이*는 청대문학의 변천을 논의할 때 "훌륭한 학자들이 가끔 글을 잘 쓰지 못하는 경우가 많은데 문원文苑, 유림儒林, 도학道學이 마침내 각기 나뉘어서 다시 합쳐지지 못하였다"라고 개탄한 적이 있습니다. 그러나 구체적으로 논의할 때 황종희, 만사동, 전조망 같은 절동학자들이 "모두 좋은 역사가이며" 동시에 "빛나는 문장을 쓸 수 있었던" 점에 대해 류스페이는 그래도 비교적 긍정적인 평가를 내렸습니다.*

류스페이(劉師培, 유사배, 1884~1919)는 자가 선수(申叔, 신숙)이고 호가 쥐안(左庵, 좌암)이며 강소(江蘇) 의정(儀征, 지금의 양주) 사람으로 경학 세가(世家)에서 태어났는데 증조부 문기(文淇), 조부 육숭(毓崧), 백부 수증(壽曾), 부친 귀증(貴曾)이 모두 경술(經術)로 유명하였다. 어려서 조상들의 학문을 이어받아 방대한 양의 서적을 읽고 두루 깨우쳤다. 1903년 이후에 점차 혁명가들과 교유하면서 이름을 광한(光漢)이라고 고쳐 "청나라 조정을 몰아내고 한족으로 회복한다[攘除淸廷, 光復漢族]"라는 뜻을 표현하였다. 일본에 망명했을 때 장타이옌을 알게 되었고 『민보(民報)』, 『국수학보(國粹學報)』에 기고하였는데 근거자료를 많이 들고 문제가 뛰어나 세상 사람들의 주목을 받았다. 후에 양광총독(兩廣總督) 돤팡(端方, 단방)에게 의탁하였고 신해혁명 이후에는 위안스카이(袁世凱, 원세개)가 황제를 칭하는 것을 도왔으며 주안회(籌安會)에 이름을 올렸다. 1917년에 차이위안페이(蔡元培, 채원배)의 초빙을 받아 북경대학 교수가 되었으나 2년 뒤에 병으로 별세하였다. '문학'에 대한 그의 상상은 『소학』에 뿌리를 두고 있으며 완원(阮元)을 계승하고 있지만 또 서양의 '순문학'의 영향도 있다. 그가 쓴 『중국중고문학사(中國中古文學史)』는 루쉰 등 학자들의 극찬을 받았다.

劉師培, 「論近世文學之變遷」, 『國粹學報』 26, 1907.

충의忠義와 기절氣節의 표창

전조망의 사학, 기절, 문장이 가장 잘 '삼자합일'을 이룬 것으로는 충의와 기절을 표창한 비문과 전기만한 것이 없습니다.

전조망의 사학 작업은 대체로 세 가지로 분류될 수 있습니다. 첫째, 학술사의 편찬인데 여러분이 익히 들어 잘 알고 있는『속송원학안續宋元學案』이 이에 포함됩니다. 이 밖에도 역사가로서의 안목으로 수많은 유명 학자들을 위해 전傳을 썼습니다. 학술사를 공부하는 사람에게 전조망의 탁월한 서술과 평가는 매우 좋은 입문 가이드입니다. 청초의 황종희, 고염무, 부산에서 곧바로 유헌정劉獻廷, 요제항姚際恒, 방포方苞, 여악厲鶚 등의 사람들에 이르기까지 그들의 사람됨과 학문, 글은 모두 전조망의 붓끝에서 매우 잘 드러날 수 있었습니다.

둘째, 향토문헌의 수집과 정리인데 이 분야의 성과에는『속용상기구시집續甬上耆舊詩集』 등이 포함됩니다. 이러한 고향 사랑과 선배들의 숨은 덕행 및 품성을 선양한 것은 이후 저우周 씨 형제에게 영향을 주었습니다. 루쉰이『회계군고서잡집會稽郡故書雜集』을 편찬한 것과 저우쭤런이 평생 향토 문헌에 강렬하게 흥미를 보인 것도 모두 이와 관련되어 있습니다.

셋째, 내가 중점적으로 이야기하고 싶은 것인데 바로 명·청 교체기의 충신과 열사를 힘껏 표창한다는 것입니다. 량치차오가『중국 근 삼백 년 학술사中國近三百年學術史』에서 말한 것처럼『길기정집鮚埼亭集』에는 명말청초의 일화 중 대략 40~50%를 기록했고 그 가운데에서 집중적으로 표창한 것은 모두 "만명시대

절의를 지키기 위해 죽었던 사인士人과 이민족 왕조를 섬기지 않
겠다고 항거했던 사람들"이었습니다. 이러한 특징은 너무도 선
명해서 1905년 류스페이는『국수학보國粹學報』에「전조망전全祖望
傳」을 발표하면서 이렇게 충의를 표창하고 세속적인 것을 폄하
한 그에 대해 "이야기하는 사람들은 이렇게 말한다. 옹정雍正·
건륭 이후 법망이 삼엄해지면서 우연히 전 왕조를 언급하기만
해도 가혹한 처벌을 받았으므로 조정에는 대부분 아첨하는 신
하만 있고 재야에는 믿을 만한 역사서가 없는 상황에 이르렀는
데 숨김없이 직언을 한 사람은 전조망 한 사람뿐이었다. 그의 직
필直筆은 후세에 밝게 드리워 해와 달과 밝기를 다투고 남사南史
와 동호董狐를 계승했다고 할 수 있다"라고[•] 칭찬합
니다.

[역자 주] 춘추시대 제(齊)나라 사관이었던 남사와 진(晉)나라 사관이었던 동호는 모두 숨김없이 사실대로 기록한 것으로 유명했다.

　여기에서 나올 수 있는 문제는, "법망이 삼엄"
했는데 전조망은 어떻게 여전히 이렇게 "숨김없이 직언할" 수
있었을까요? 그냥 담대하고 식견이 높고 기질이 호방하기 때문
이었을까요? 우리는 청대 문자옥文字獄이 매우 가혹했다는 인상
을 가지고 있습니다. "글자도 모르는 청풍이 무슨 이유로 마구
책을 들추는가淸風不識字, 何故亂翻書" 정도로도 머리가 잘릴 수 있었
는데,[•] 청에 대항했던 의사義士 사가법史可法, 장황
언張煌言 등을 직접적으로 칭찬했으니 더 말할 나위
가 있었겠습니까? 여러분이 유의해야 할 점은 언
제 문자옥이 가장 극성을 부렸을까 하는 것입니

[역자 주] 청나라 문인 서준(徐駿)이 쓴 시의 한 구절이다. 옹정제는 "글자도 모르는 청풍"이 청나라 만주인이 문화가 없다고 풍자하기 위해 쓴 구절이라고 생각해서 서준을 처형했다.

다. 그 시기는 건륭 39년(1774)에서 건륭 48년(1783)였습니다. 이
10년간 수십 건의 경악할 만한 옥사가 발생해서 거슬리는 글을

조사하여 금지시키고 걸핏하면 목을 베고 가산을 몰수하는 등 진실로 사람들이 바람 소리만 들어도 겁에 질리는 상황이었습니다. 다행히 그 시기는 심혈을 기울여 옛 왕조의 충신과 의사의 비를 세우고 전기를 쓴 사산 선생이 이미 세상을 뜬 지 20년이 지난 뒤였습니다.

전조망이 살아있을 때 청대 정권은 기본적으로 안정적이었고 대규모의 문자옥이 아직 시작되기 전이라 사상 통제는 상대적으로 느슨했습니다. 그때 과거에 응시하지 않으려는 명의 유민遺民과 그 후손들을 회유하기 위해서 청 조정은 '명사관明史館'을 지어 조직적으로『명사明史』를 편수했습니다. 이것은 사상 통제를 강화하는 것이자 인재를 회유하여, 끝까지 굴복하지 않았던 백성들의 기풍을 누그러뜨리는 것이었습니다. 전조망은『명사』의 수찬에 직접적으로 참여하지는 않았지만 여섯 차례 명사관에 상소를 올려 수많은 건의를 했습니다. 이 서찰은 지금도『길기정집』에 남아 있습니다. 이전 왕조의 역사를 편수하는 이상 반드시 어떤 심각한 문제에 직면해야 했는데 그것은 이전 왕조의 충신열사를 어떻게 서술하는가 하는 것이었습니다. 그들은 새 왕조의 철천지원수였던 것입니다.「충신전」전체를 공백으로 남겨둘 생각이 아니라면 반드시 청에 항거했던 수많은 인물들을 다루어야 했습니다. 이전 왕조 백성들의 기풍을 남겨두면서 동시에 새 왕조의 생각을 위배하지는 말아야 했기 때문에『명사』를 편찬하는 것은 참으로 쉽지 않은 일이었습니다.

여러분이 알고 있듯이 만청 때 장타이옌 등의 사람들은 청 조정의 통치에 반대하면서 언제나 전조망의 글을 가지고 민심을 고 무시켰습니다. 그런데 이것은 처음에는 민심을 안정시키는 효과를 거두었기 때문에 청 조정에서도 특별히 금지하지 않았습니다. 『길기정문집선주』에 수록된 장편의 서문에서 황윈메이黃雲眉, 황윈미는 전조망이 계획한 전략을 이렇게 서술했습니다. 첫째, 화이華夷의 구별 문제에 개입하지 않는 것이었습니다. 민족의 문제는 다루지 않고 충정忠貞만 말하겠다는 것입니다. 큰 재난이 임박했을 때 신하는 어떻게 해야 할까요? 황제에게 충성을 해야 할까요, 하지 말아야 할까요? 물론 어떤 통치자든 모두 신하가 충성스럽고 절개를 지키기를 바랄 것이고 청 조정도 예외가 아니었습니다. 왕조 교체기에 인의를 위해 제 한 몸 바치는 충신열사는 구체적인 역사적 배경을 제거하면 새 조정의 통치자도 환영하는 바였습니다. 황윈메이는 이를 여섯 가지 측면으로 정리했는데 마지막 부분에서 전조망은 최대한 자세를 낮춰 자신은 그저 『명사』에 자료를 제공하고 약간 정확하지 못한 민간 전설을 수정했을 뿐이라고 했습니다. 전조망이 자신의 행동이 청 왕조에게 얼마나 유리한지 여러 차례 해명하기는 했지만, 그럼에도 만약 없는 죄를 뒤집어씌우는 간교한 관리를 만났다면 도저히 당해낼 수 없었을 것입니다. 다행히 문자옥은 그가 이미 죽은 이후에 본격적으로 크게 일어났습니다.

실제로 이러한 행동이 미묘하고 위험하다는 것을 전조망이 전혀 느끼지 못했던 것은 아닙니다. 「『묵양집』서문墨陽集序」에서 전조망은 "우리 고향에서는 옛 나라 유민의 저작은 대부분 모두 내집內集과 외집外集으로 구성되어 있는데 내집은 감춰두고 다른 사람에 보여주지 않는다"라고 말한 바 있습니다. 강소성과 절강성 일대는 유민들이 가장 많고 문화가 가장 발달한 지방입니다. 유민은 어떤 이유에서 외집만 세상에 전하고 내집은 감춰두고 보여주지 않았을까요? 당연히 문자옥을 피하고 진정한 속내를 보존하여 이후 옛 왕조가 회복되기를 기다렸기 때문입니다. 하지만 예상외로 옛 왕조는 회복할 가망이 전혀 없었고 오랜 세월 동안 지지부진하는 동안 수많은 유민들의 저술은 일찌감치 "쥐의 이빨과 좀벌레 뱃속에서 사라졌던" 것입니다. 전조망이 도처에서 책을 구한 것은 주로 이미 간행된 '외집'이 아니라 평소 감추어두고 남들에게 보여주지 않는 '내집'을 기대했기 때문이었습니다. 여러 충신열사에 대해 전조망이 쓴 신도비神道碑, 사략事略, 행장行狀을 읽다 보면 이런 내용들을 정사正史에서는 거의 발견할 수 없다는 것을 알게 될 것입니다. 그 자료들은 유민의 후손들이 귀로 듣고 말로 전한 것도 있지만 이후 "쥐의 이빨과 좀벌레 뱃속에서 사라졌던" '내집'에서 온 것도 있었습니다. 이렇게 여러 사람들을 거쳐 전해지는 동안 사실을 증명할 길이 없어 그다지 정확하지 않은 경우도 있고 어떤 경우에는 와전되어 잘못된 부분이 있었지만, 여기저기에 남아있는 생각과 정신은 쉽게 없애버릴 수 없었습니다. 이미 '제왕이 된' '승자'가 늘 붓만이 아닌, 손에 든 칼의 도움을 빌려서 마음대로 자료를 편집하고 역사를 창작한다는 사실을 고려해보면 힘없는 사람들이 서술한 내용이 엄격하지 않고 부정확한 모습을 보여도 동정하고 이해해야 합니다.

이 문제에 대해 논의하면서 한 가지 흥미로운 사건을 가져오고자 합니다. 전조망이 생전에 손수 작성한 『길기정집』은 50권인데 현재 우리가 볼 수 있는 것은 38권밖에 되지 않습니다. 왜 그런 것일까요? 아마도 전조망과 이전에는 좋은 친구였지만 나중에는 서로 미워하게 된 항세준*과 관련이 있을 것입니다. 전하는 말에 따르면 항세준이 광주廣州 월수서원粵秀書院에서 강의하고 있을 때 변칙을 쓰고 뇌물을 받았는데 전조망이 폭로하자 원수가 되었다고 합니다. 전조망이 사망한 이후 상황을 잘 알지 못했던 제자들은 항세준에게 스승님을 위해 묘지명을 써달라고 요청합니다. 항세준은 참고하겠다고 『길기정집』을 가지고 가서 다 본 다음에도

항세준(杭世駿, 1696~1773)은 자가 대종(大宗)이고 호가 근보(菫甫)이며 절강(浙江) 인화(仁和, 지금의 항주) 사람이다. 옹정 연간의 거인(擧人)이며 건륭 원년(1736)에 박학홍사과(博學鳴詞科)가 되어 한림원(翰林院) 편수(編修)에 임명되었다. 만년에 주로 광동(廣東) 월수(粵秀), 양주(揚州) 안정(安定) 등 서원에서 강의를 하였다. 학식이 깊고 넓었으며 사학과 소학에 능하였다. 저서로 『사기고증(史記考證)』, 『삼국지보주(三國志補注)』, 『속방언(續方言)』과 『도고당문집(道古堂文集)』 등이 있다.

돌려주지 않았습니다. 어렵게 독촉하여 돌려받고 보니까 38권만 남아있었습니다. 나중에 어떤 사람은 심지어 항세준이 전조망의 몇몇 글을 자신의 『도고당집道古堂集』에 넣었다고 폭로했는데 어떻게 이런 경우가 있단 말입니까? (학생들 웃음) 그렇지만 전조망 제자의 일방적인 주장이라 신뢰할 수는 없습니다. 황원메이는 우리에게 다른 측면에서 이 문제를 보라고 알려줍니다. 만약 애초에 항세준이 막지 않고 원고가 곧바로 판각되었다면 건륭 연간의 대규모 문자옥에서 이 책은 살아남지 못했을 것입니다. 책이 소각되는 것뿐만 아니라 구족九族이 연루되었을 수도 있습니다. 다행히 항세준이 이 책을 틀어잡고 문자옥이 사그라들 때까지 기다린 다음에 책을 출판합니다. 이렇게 해서 도리어 큰 재난을 피했던 것입니다.

만약 그렇다면 38권만 남은 것은 항세준이 훔쳐간 것인가, 아니면 쥐가 갉아먹었는가, 그것도 아니라면 간행되기를 기다릴

때 금기에 저촉된 바가 너무 많아서 스스로 없애 버렸는가 하는 의문이 남게 됩니다. 사실 새 왕조의 입장에서 볼 때 오늘날 남아있는 『길기정집』에도 "거리낌 없는" 표현들이 상당히 많이 있습니다. 믿지 못하겠다면 「매화령기梅花嶺記」, 「장독사화상기張督師畫像記」 같은 글을 보기 바랍니다. 이러한 글들은 충신열사를 표창하고 있는데 어찌 '군주에 충성'하는 것만 중시하고 '사랑하는' 것이 '어떤' 나라인지를 따지지 않았을 수 있겠습니까? 다시 말하면 왕조 교체기의 인물과 사건에 관심을 가지게 되면 '금기에 저촉되지' 않는 글은 거의 없다는 뜻입니다.

『길기정집』에서는 직접적으로 청에 반대한다는 표현은 없지만 충신열사를 표창한다는 것 자체가 결국 새 왕조의 금기에 저촉되는 글이라는 것입니다. 쥐가 갉아먹어서 책이 결락되었을 가능성은 크지 않습니다. 항세준이 원고를 움켜쥐고 있었다면 비열한 소인이어서 오랜 친구의 글을 훔치려고 한 것일까요, 아니면 당시 상황을 정확하게 보고 일부러 저지한 것일까요? 이 수수께끼는 확실한 근거가 없어서 대체로 추측만 할 뿐입니다. 나는 장톈수蔣天樞, 장천추가 1933년에 간행한 『북평도서관관간北平圖書館館刊』의 「전사산선생저술고全謝山先生著述考」가 비교적 마음에 듭니다. 장톈수는 항세준을 위해 해명하는데 그 내용은 항세준이 조정에서 책을 금지하고 소각하는 작태를 충분히 많이 보았고 나이도 많아서 "혈기가 이미 쇠하여 두려움이 늘 많았으며" 그는 "사산의 뜻을 감히 드러내려고 하지 않았고 또 사산의 문집을 깊이 숨겨두고 감히 꺼내려고 하지 않았으니 진실로 마땅한 행동이었다"는 것입니다. 이 말은 책을 훔칠 정도로 비열하지도 않았지만 벗을 수호할 정도로 용감하지도 않았으며 다만 비가 쏟아지기 전에 누각에 바람이 세차게 부는 것을 보고(위험한 징조를 이미 감지하고 ― 역자) 모험을 하고 싶지 않았을 뿐이라는 것입니다. 이러한 행동은 분명히 자신을 위한 것이었지만 객관적으로 보면『길기정집』이 큰 재난을 피하도록 도운 셈입니다.

사가법史可法에 대해 쓴「매화령기」또는 장황언, 곧 장창수張蒼水를 기록한「장독사화상기」같은 글은 모두 깊은 정과 유장한 뜻을 담고 있습니다. 이 글은 물론 제목과 부합하는 내용을 담고 있지만 그 외에 또 절개 있는 사인士人에 대한 표창을 하고 있습니다. 전조망의 시각에서 이것은 충성스럽고 의로운 행동이었습니다. 장황언, 사가법 같은 사람들처럼 직접적으로 청에 항거하여 죽은 사람들은 말할 나위 없이 모두들 알고 있었고 새 왕조에서도 인정했습니다. 반면에 절개를 지켜 출사하지 않은 사람들은 위상을 정하기가 매우 난감했고 새 왕조에서도 비교적 꺼리는 편이었습니다.「명사관의 첩자를 옮김 5移明史館帖子五」에서 전조망은 "사인士人이 국은國恩을 갚는 데에는 원래 각자의 길이 있는 법이므로 꼭 죽는 방식 하나만을 고집해야 하는 것은 아니"라고 말합니다. 이것은 국난에서 죽는 것도 아니고 청나라 군대에 맞서 싸우는 것도 아닌, 그저 새 왕조에게 협력하지 않고 절의를 지키는 사인士人도 충신이며「충의전」에 들어가야 한다는 것입니다. 이는 마치 도연명의 "다른 왕조를 섬기지 않는 절개"●와 마찬가지로 표창될 만합니다. 그는 온종일 "수산首山과 역수易水에 감정을 담았는데" 한가로움은 전혀 없었으므로 명백하게 아득하고 깊은 마음을

[역자 주] 본문에서 인용한 "도연명이 다른 왕조를 섬기지 않는 절개"는 전조망이「명사관의 첩자를 옮김 5」에서 송대 문인 탕한(湯漢)의「도정절시주자서(陶

탕한은 도연명이 다른 왕조를 섬기지 않은 절개는 장량(張良)이 자기 가문이 5대에 걸쳐 한(韓)나라에서 재상을 지낸 의리를 지키기 위해 진(秦)나라에 복수한 것과 같다고 평가하였다. 도연명이 다른 왕조를 섬기지 않았다는 것은 그가 동진(東晉)이 멸망한 이후에는 작품 뒤에 날짜를 기록할 때 간지(干支)만 쓰고 연호를 기록하지 않았다는 말을 근거로 한 것으로 보인다. 도연명은 동진 말년에 몇 차례 출사와 은거를 반복하다가 동진이 멸망하고 송(宋)이 세워진 이후 벼슬에서 완전히 물러나 은거생활로 들어갔다.

기탁했던 것입니다. '수산'은 백이와 숙제가 은거했던 수양산首陽山이고, '역수'는 연燕 태자 단丹이 형가荊軻를 전송했던 곳입니다. 표면적으로는 유유자적해 보이지만 실제로는 절개를 중시하고 이렇게 "두 왕조를 섬기지 않은" 고상한 사람은 사가법, 장황언처럼 강렬하게 죽은 사람은 아니지만 그럼에도 마찬가지로 존경할 만하다는 것이었습니다. 그래서 그들의 은일隱逸은 세상에 도가 없어서 아무 것도 할 수 없으므로 물러나서 심신의 안정을 구한 결과입니다. 이것은 일종의 소극적인 저항이지만 그들의 심지가 고결하다는 것을 부인할 수는 없을 것입니다. 우리가 알고 있듯이 은일에는 두 종류가 있는데 하나는 자부심을 가지고 본성을 견지하는 것이고 또 다른 하나는 세상과 다투지 않는 것입니다. 전자는 분명한 정치의식을 가지고 있어서 목숨을 걸고 싸우거나 살신성인하는 태도를 보이지는 않았지만, 새 왕조의 위엄과 권력에는 마찬가지로 위협적이었습니다.

부산(傅山, 1607~1684)은 초명(初名)이 정신(鼎臣)이고 자가 청죽(靑竹)인데 후에 청주(靑主)로 고쳤으며 호가 석도인(石道人), 주의도인(朱衣道人), 단애옹(丹崖翁) 등으로, 양곡(陽曲, 지금의 산서성) 사람이다. 강희 연간에 불러 박학홍사(博學鴻詞)로 추천하였으나 병을 칭하고 고사(固辭)하였으며 「병이 심하여 죽기를 기다린다病極待死」를 써서 "살아서는 독실하고 극진해야 하고 죽어서도 뜻을 가져야 한다生旣須篤摯, 死亦要精神"는 뜻을 밝혔다. 경사와 불교, 도교에 모두 통하였고 시, 문과 글씨, 그림에 모두 능하였으며 한의학岐黃術에 정밀

「양곡부선생사략陽曲傅先生事略」에 대해 말한다면 부산*이 어떻게 아픈 척하면서 박학굉사과博學宏詞科에 응시하는 것을 거절했는지를 묘사하고 있는데 그래도 기어이 당국에 의해 북경성으로 호송되었고 과거도 치르지 않고 벼슬을 하사받았습니다. 부산은 어떻게 했을까요? "멀리 오문午門을 바라보는데 눈물이 줄줄 흘렀다"는 것은 감격해서가 아니라 굴욕적이었기 때문입니다. 북경을 떠날 때

한 마디 말을 내뱉었는데 이후에 누가 나를 새 왕조를 섬겼던 유인劉因처럼 생각한다면 나는 죽어도 눈을 감지 못할 것이라는 말이었습니다. 전조망이 많은 비중을 들여 최선을 다해 묘사한 것은 부산의 절개입니다. 그처럼 한 가지 재주를 가지고 명이 멸망한 뒤에 자식들을 데리고 사방을 유랑하면서 의사 노릇을 하는 한편으로 독서를 한 사람들은 매우 탈속적이고 멋있어 보입니다. 그러나 전조망은 고염무가 부산에 대해 "속세 밖에서 소탈하게 지내면서 절로 천기天機를 얻었다"는 평가에 별로 동의하지 않았고 부산이 만년에 쓴 글과 행동에는 결코 진정성이 없다고 생각했습니다. 부산은 정치적인 포부가 있었으므로 "속세 밖에서 소탈하게 지낸 것"은 어쩔 수 없어서 한 일이지 그의 진면목은 아닌 것입니다. 이 말의 의미는 사실 부산만 그랬던 것이 아니라 청 조정의 통치가 안정되어 감에 따라 명 왕조를 회복하는 일이 이미 가망 없는 일이 되어 문인학자들이 출처出處를 선택할 때 상당히 곤란을 겪었다는 것입니다. 앞에서 여러 차례 말했던 것처럼 절개가 있는 선비들의 경우, 강개한 마음으로 죽으러 가는 것은 쉽지만 기나긴 세월 동안 적막함을 고수하면서 공명과 부귀라는 유혹을 거절하는 것은 매우 어렵습니다. 출중한 의지와 신념이 없이는 절대 불가능한 것입니다. 이 점은 일정한 사회 경험이 축적되어야만 이해하고 상상할 수 있을 것입니다. 나는 전조망이 최선을 다해 부산 같은 절개 있는 선비들을 표창한 데에는 매우 깊은 감회가 깔려 있었을 것이라고

하였고 맥박에 대해 깊은 연구가 있어서 명말 청초의 기이한 인재였다. 저서로 『상홍감집(霜紅龕集)』, 『순자평주(荀子評注)』, 『부청주여과(傅靑主女科)』, 『부청주남과(傅靑主男科)』 등이 있다. 저우쭤런은 "부청주(傅靑主)가 중국 사회에서 가지는 명성은 첫 번째가 의사이고 아마 두 번째는 서예가였을 것이다"(「부청주에 대하여(關于傅靑主)」)라고 했는데 이 말은 틀리지 않다. 그러나 그의 사상은 통달하고 성격은 기이하고 우뚝하며 품행은 단정하고 기절(氣節)을 중히 여겼는데 이는 그의 행위와 시, 문, 글씨, 그림을 관통하는 것으로 이른바 "무슨 일이든 물론하고 노예가 되지 말아야 한다. 노예가 된다면 아무리 교묘하게 수식을 해도 개나 쥐일 따름이다."(「잡기 3(雜記三)」)라는 말이 바로 그것을 잘 보여준다.

생각합니다.

전조망이 쓴 「지은헌기枝隱軒記」에도 마찬가지로 특별한 감정이 있는데 "술꾼들을 추모하고 절의 있는 선비를 슬퍼한다溯酒人, 傷節士"에 국한되지 않습니다. 글은 매우 복잡하고 모호하여, 처음에는 사남思南이 죽었을 때 "어떤 노인들이 집으로 들어가서 곡을 하는데 그들이 어디에 사는 사람인지 알지 못했다"라고 서술했지만, 후반부에서야 그 집에 들어갔던 두 노인이 둘 다 새 왕조에 협력하기를 거부했던 명사名士들로 한 명은 "출사하지 않았고", 다른 한 명은 "스스로 방랑하였는데" "모두 그(사남)의 동지"였음을 알려줍니다. 명사들이 새 왕조에 저항하고 자신의 뜻을 밝히는 방식이라는 것은 술로 수심을 달래는 것에 불과했습니다. 이 글은 절개 있는 선비들의 고민과 뜻을 고수하는 일의 어려움에 대해 묘사합니다. 왕조 교체기에 절개를 매우 중시했던 사남은 나라가 멸망하자 물에 뛰어들지만 구조되었고 머리를 깎고 행각승이 되어 억지로 살아갔지만 실제로 마음은 내키지 않았습니다. 물에 빠져 죽을 수 없어서 술독에 빠지기를 바랐지만 절에는 술이 없어서 그냥 집으로 돌아갑니다. 글의 전반부는 사남이 얼마나 집안일을 돌보지 않고 온종일 술을 마시면서 누가 와도 상관없이 그 사람을 붙잡고 술을 따라주었는지를 묘사합니다. 상대방이 마시지 않아도 포기하지 않고 끈질기게 들러붙어서 그 사람의 집에까지 쫓아가 끌어와서 함께 술을 마십니다. 술친구를 찾지 못하면 한밤중에 여종과 어린 하인들을 잡아다가 "억지로 한 말의 술을 따라줍니다". 이렇게 말도 안 되게 "술독에 빠져 있다가" "득도를 하게" 됩니다. "어느 날 집에 앉아 있다가 갑자기 크게 피를 토하였는데" 죽기 전에 사람들에게 상심하지 말라, 이것은 내가 일부러 이렇게 한 것이라고 말합니다. 이 글에서 묘사한 절개 있는 사인士人의 마음속 번민은 붓 끝에서 가득하게 펼쳐지는데 다만 약간의 과장이 있어서 선명한 소설 작법을 보이고 있을 뿐입니다. 일반적으로 본다면 역사가의 글에서 추구하는 것은 진중하고 견실하고 정확한 것입니다. 그러나 일단 '기인奇人'을 위해 입전할 때는 늘 자신도 모르게 소설적 기교가 스며들게 됩니다. 지나치게 깔끔함을 추구한다면 분명히 역사가의 상상력과 서사적 능력이 발휘될 여지를 크게 제한할 것입니다. 이 점을 논의하기 위해서 '사학적 재능'을 갖춘 전조망이 '사과詞科' 분야에서 함양한 수준과 취미를 함께 다루어야 할 것입니다.

큰 스케일과 잡박함

전조망의 글에 대한 평가는 지금까지 매우 엇갈렸습니다. 나는 『중국산문선』의 소전小傳 부분에서 청대 인물 평보청˙과 근세의 인물 량치차오가 전조망의 글을 찬미했다고 서술하였습니다. 한 사람은 "지금 고문을 말한다면 전사산을 최고로 꼽겠다"라고 했고, 또 다른 사람은 "만약 나에게 고금 인물들의 문집 중에서 어떤 사람의 것을 가장 애독했느냐고 묻는다면 나는 분

평보청(平步青, 1832~1896)은 자가 경손(景孫)이고 호가 하우(霞偶), 여하(侶霞), 하외(霞外) 등이며 절강(浙江) 산음(山陰, 지금의 소흥) 사람이다. 동치(同治) 원년(1862)년에 진사로 관로에 들어서서 한림원(翰林院) 편수(編修), 시독(侍讀) 등을 역임하였으며 동치 11년(1872)에 벼슬을 버리고 고향으로 돌아

가 학술을 정밀하게 연구할 것을 결심하였다. 일생 동안 많은 저서를 남겼는데 그 중『하외군설(霞外捃屑)』은 소설, 희곡, 시문 등을 언급하는 등 새로운 점이 많아 후세의 문학사가들에게 자주 인용되었다.

[역자 주] 유종원(柳宗元)의「답위중립논사도서(答韋中立論師道書)」에 나오는 구절이다.

명히『길기정』을 최고로 꼽을 것이다"라고 했습니다. 물론 비판적인 의견도 매우 많으니까 반드시 함께 제시해야 공평하다고 할 수 있을 것입니다. 황원메이가 쓴『길기정문집선주』의「전언前言」에서는 엄원조嚴元照와 담헌譚獻이 했던 말을 인용했는데 대략적인 내용은 전조망의 글은 너무 아무렇게나 써서 "유자후柳子厚가 '대수롭지 않게 여긴 것*'이라고 말한바"에 해당하는데, 글을 쓸 줄 모르는 것이 아니라 대충 썼다는 것입니다. 그러나 이는 그가 황종희를 모방한 것과 관련이 있는데, 필기筆記와 소설을 좋아하고 민간의 습속稗輯을 글에 담아냈기 때문에 글이 그다지 깔끔하지 않습니다. 황원메이가 말했던 것처럼 이러한 비판은 청대의 전형적인 모습입니다. 당시 문단의 주류에서는 글에는 격식이 있어야 한다고 강조했는데 그 격식이 바로 당송팔대가이며 더 거슬러 올라가면 바로『사기』와『한서』입니다. 황종희든 전조망이든 그들의 글이 가진 최대의 특징은 바로 "격식을 벗어던졌다"는 데에 있습니다. 황원메이는 이러한 측면에서 전조망을 위해서 해명했고 대체로 타당한 내용이지만 몇몇 대목에서 보충하거나 더 설명할 부분도 있습니다.

실제로 장학성도「을묘찰기乙卯札記」에서『길기정집』을 언급했습니다. 장학성은 그가 "동남東南 문헌과 명 유사遺事에 특히 신경 썼고 여러 노인들의 뒤를 계승하여 연원이 깊었으며 관각館閣의 여러 책을 두루 보아 견문이 더욱 넓어졌다"라고 찬미했습니다. 또 그의 글이 잡박한 것에 대해서도 비판을 했는데 "그 글의 표현은 장황하고 단어 또한 그다지 정련되지 못했으며 겹치는 대목도 있고, 글에는 상세한 서술과 간략한 서술이 교차되어야 한다는 규칙을 알지 못했다"는 것입니다. 그러나 다시 돌아가서 말하자면 당시에 지나치게 깔끔함을 추구하는 문풍과 비교해보면 장학성은 그래도 전조망 글의 매력을 "그런데 최근 문인들이 수식에 신경 쓸 뿐 실질적인 내용이 전혀 없이 자랑하는 것만을 내세우는데 전조망은 그들보다는 한참 앞섰다"는 말로 인정했습니다.

황원메이가 정확하게 말했듯이 전조망의 글은 "격식을 벗어던졌으므로" 일반적인 "문인의 글"이 아닙니다. 이 점은 더 설명할 필요가 있습니다. 역사가의 글에는 일반적인 문인의 글과는 다른 별도의 기준이 있습니다. 예컨대 방포方苞의 순정純淨, 원매袁枚의 성령性靈과 비교해 볼 때 전조망의 글은 확실히 차이가 있습니다. 어떤 점이 다른 것일까요? 나는 '큰 스케일'과 '잡박함', 이 두 단어를 사용해서 요약하고 싶습니다. 여기에서 중요한 것은 이 두 가지가 딱 잘라 나눌 수 없다는 점에 있는데, 최소한 전조망의 경우는 그렇습니다. 이것과 직접적으로 닿아있는 것은 또한 전조망이 고른 것이 대부분 하늘이 무너지고 땅이 갈라지는 것 같이 엄청나게 '큰 주제'라는 점입니다. '큰 주제'를 선택한다는 것은 스타일 면에서 '스케일이 크고' '잡박한' 것과 인과 관계를 이룹니다. 전통적인 중국 문인의 시각에서는 감정을 표현하거나 당시 정치상황과 무관한 우울함을 토로하는 것을 글쓰기 재능이라고 생각하지 않았습니다. 핵심은 긴 편폭의 글을 써서 진정한 호걸을 살아있는 것처럼 형상화할 수 있는가 하는 것이었습니다. '큰 주제'를 짊어질 수 있어야 '대 문장가'라고 불릴 수 있었습니다.

이 말에는 물론 일리가 있습니다. 작은 주제의 글을 매우 잘 쓰지만 큰 주제의 글은 잘 쓰지 못하는 사람이 있는데 귀유광歸有光이나 원매 같은 사람이 내 기억 속에서는 이러한 문제를 가지고 있었습니다. 전조망은 이와는 반대로 글은 약간 거칠지만 큰 주제를 떠안을 수 있는데 그것은 사실 아무나 할 수 있는 일이 아닙니다. 우리가 늘 말하듯이 지난 백 년간 중국은 다사다난 했고 기복이 많아서 극적 요소와 서사시적 요소가 넘쳐났는데 이것이 '큰 주제'가 될 수 있는 것입니다. 무술변법*에서 신해혁명*에 이르기까지, 5·4운동에서 항일전쟁*에 이르기까지, '반우*'에서 '문화대혁명'에 이르기까지 많은 '큰 주제'가 문인들이 다뤄주기를 기다리고 있습니다. 그러나 지금까지도 정말로 천지를 놀라게 하고 귀신을 흐느끼게 하는 대단한 문장은 여전히 그다지 많지 않습니다. '큰 주제'는 사실 잘 쓸 수 없는 글이며 "사상을 해방시킨다"거나 "격식을 벗어난다"는 구절을 실천한다고 해서 해결할 수 있는 것이 아닙니다. 수많은 사람들은 이렇게 '큰 주제'에 필적할 만한 담력과 식견도, 패기도, 문학적 재능도 갖추고 있지 못합니다. 간신히 한다고 하더라도 허리가 휘도록 고생하고, 그 고생을 하고도 좋은 소리를 못 듣는 것입니다.

전조망이 큰 주제를 감당할 수 있다고 하면서

[역자 쥐 무술변법 : 1898년 6월 11일부터 9월 21일까지 캉유웨이와 량치차오가 주축이 되어서 진행한 개혁운동으로 변법자강을 목표로 일어났다.

[역자 쥐 신해혁명 : 1911년에 일어난 중국의 민주주의 혁명으로 남경 정부가 수립되고 쑨원의 삼민주의(三民主義)를 지도이념으로 한 중화민국이 탄생하였다.

[역자 쥐 항일전쟁 : 중일전쟁. 1937년부터 1945년에 걸쳐 중국에서 전개된 중국과 일본 간의 전쟁으로 전쟁이 장기화되다가 일본이 1945년 8월 15일 포츠담 선언 수락과 함께 국민 정부에 항복하면서 끝났다.

[역자 쥐 반우(反右) : 반우파운동(反右派運動), 반우파투쟁(反右派鬪爭)이라고도 한다. 1957년부터 1959년까지 전개된 정치운동이다. 1949년에 중화인민공화국이 건국된 후 마오쩌둥 노선에 반대했던 공산주의자들은 마오쩌둥이 자신의 독자적인 마르크스·레닌주의 사상에 따라 통치를 하자 크게 비판했다. 이에 마오쩌둥은 이들은 탄압하기 위해 우파를 제거한다는 명분으로 '반우파 운동'을 전개했다.

그 글의 스타일을 '큰 스케일'과 '잡박함'이라고 하고 보니 「양곡부선생사략」에 나오는 구절 하나가 생각납니다. 그 글에서 말한 것은 부산이지만 전조망이 자신을 말한 것이라고 봐도 무방합니다. 부산은 구양수 이후의 글을 좋아하지 않았는데 그 이유는 "이른바 강남의 글"이기 때문이었습니다. 무엇을 '강남의 글'이라고 할까요? 작자는 여기에 대해 설명한 적이 없고 아마 그렇게 엄격하게 구분하기도 어렵겠지만 우아함秀氣, 정교함精致, 수식雕琢을 벗어나지 않는 것이라고 생각할 수 있습니다. 만약 그렇다면 하늘이 무너지고 땅이 갈라지는 시대의 충신 열사를 묘사하는 것은 '강남의 글'에는 확실히 맞지 않습니다. 부산을 위해 쓴 '사략'에서는 그가 힘들게 절개를 지켰고 '강남의 글'을 좋아하지 않았다는 점을 표창하는데 글의 맨 마지막은 의외로 "부끄러운 것은 '강남의 글'을 벗어나지 못했다는 것 뿐"이었습니다. 전조망이 '강남의 글'에 대해 하찮게 여기고 경계한 것은 역설적으로 우리가 그의 사람됨과 글쓰기를 상상할 수 있도록 해줍니다.

글을 잘 썼는지의 여부는 분명히 개인의 재능에 따른 것이지만 묘사 대상과도 관련이 없지 않습니다. 전조망이 쓴 「이주 선생의 『사구록』 서문梨洲先生思舊錄序」의 첫 구절은 다음과 같습니다.

　　나는 예전에 글이라는 것은 산천의 도움뿐만 아니라 한 시대의
　　인물을 통하여 정련되어 만들어지는 것이라고 말한 바 있다.

전조망의 시각에서 보면 황종희의 글이 좋았던 것은 그가 대

격변의 시대를 살아서 어려서부터 여러 종류의 엄청난 일들을 경험한 인물이었기 때문이었습니다. 보고 들은 것이 많은 일류 인물은 안목이 자연히 높아지기 마련이라 그가 친구를 추억하는 글을 쓸 때에는 견문이 뒤섞이게 되는데 이러한 글은 저절로 작은 다리와 흐르는 물小橋流水,* 가난한 집의 고운 딸小家碧玉*과는 다르게 되었습니다. 『중국 근 삼백 년 학술사』에서 량치차오는 특별히 전조망이 "학자의 모습을 가장 잘 묘사해냈다"라고 찬양했는데 황이주, 고정림, 유헌정,* 전겸익, 모기령* 같은 사람들에 대해서 모두 몇 마디 말로 형상화할 수 있었습니다. 이른바 전조망이 "비교적 짧은 글로 그들의 학술과 인격적 전모를 담아내었으니 그의 감식안과 표현력은 실로 범상치 않았다"라고 한 말은 분명 일리가 있습니다. 그래도 반드시 고려해야 할 점은 이렇게 당대 제일가는 사람들은 원래 행동이 특이하고 성격이 분명하여 형상화할 만한 구석이 있다는 것입니다. 다시 말하면 황종희의 『사구록』이든 전조망이 강개한 열사들을 위해 지은 수많은 비문과 전기든 확실히 "그 시대 인물들을 바탕으로 정련하여 이루어낸 것"입니다.

여러분은 이미 전조망이 수많은 비문과 전기를 쓰면서 대상 인물로 강소성과 절강성江浙 사람들을 대상으로 선택했다는 사실을 알아챘을 것입니다. 그 이유는 무엇일까요? 이 지방은 청에 대한 저항이 원래부터 격렬했고 명 왕조의 유민들도 많았으며 백 년 이상 세월이 흘렀지만 여전히 수많은 일화들이 민간에 전해지고 있었습니다. 이 역사가(전조망)는 이를 충분히 보고 들은 뒤에 그 위에 아마도 숨겨두고 다른 사람에게 보여주지 않은 '내집'도 봤을 테니 그 글이 생기발랄한 것은 이상한 일도 아닙니다. 량치차오의 말을 빌자면 전조망이 충신 열사를 자료만 열거한 것이 아니라 "그들의 상황을 곡진하게 풀어낼 수 있었다"는 점에서 훌륭한데 그래서 특히 감동적이게 된 것입니다.

이 문제를 설명하기 위해 「매화령기」를 보라고 하고 싶습니다. 제목만 보면 이 글이 유기遊記라고 생각하겠지만 진정한 의미에서 여행 기록은 겨우 두어 구절에 불과합니다. 한 구절은 "백 년 뒤 나는 매화령에 올라가서 사람들과 충신열사의 유언遺言에 대해 이야기했다"는 것이고 다른 한 구절은 "무덤 옆에는 단도丹徒 전錢 씨 열녀의 무덤이 있었다", "매화는 눈처럼 희고 그윽한 향기는 순수했다"입니다. 매화령은 강도현江都縣에 있는데 오늘날의 양주시揚州市 광저문廣儲門 밖에 해당하는 곳으로 곳곳에 매화를 심어서 이런 이름이 붙었다고 합니다. 글의 구성은 매우 단순합니다. 나는 매화령을 올라 친구들과 백 년 전의 충신 열사에 대해 이야기했다는 내용입니다. 이렇게 내용은 끝이 납니다. 그러나 이 글의 진정한 의도는 여행 기록이 아니라 인물의 형상화에 있습니다.

글은 상당히 느닷없이 시작되는데 순치 2년, 곧 1645년에 청 군대가 강도江都를 포위하자 사가법史可法은 대세가 이미 기울어서 아무런 일도 할 수 없다는 것을 알고 장수들을 소집하여 성이 함락될 때 나는 반드시 내 목숨을 끊어서 절대 적의 손에 잡히지 않겠다며, 위기의 순간에 누가 나를 도와 이 큰 절의를 이루어 줄 것이냐고 묻습니다. 이 때 부장군 사덕위史德威가 자신이 하겠다고 나섭니다. 사가법은 당신은 나와 성이 같으니 내가 어머니께 편지를 보내 당신을 족보에 넣어달라고 말하겠다고 합니다. 성이 함락되었을 때 사가법이 칼을 빼어들어 자결하려고 하자 여러 장수들이 그를 부둥켜안습니다. 이 때 "사가법이 크게 '덕위여'라고 소리치자 덕위는 눈물을 흘리며 차마 칼을 들지 못했습니다". 여러 장수들이 사가법을 에워싸면서 목숨을 걸고 포위망을 뚫었지만 청 군사가 너무 많아서 순식간에 부하들이 대부분 희생되었고 사가법은 "눈을 부릅뜬 채로 '내가 사각부史閣部

다'라고 말합니다." 청 군사의 사령관인 도도(아이신기오로 도도愛新覺羅多鐸)는 "'선생님'이라고 부르고" 예를 갖춰 대접하면서 그에게 투항을 권했지만 "충신열사는 크게 꾸짖으며 죽었고" 그의 유언에 따라 사덕위가 그를 매화령에 묻었는데 시신을 찾을 수 없어서 그저 의관으로 대신했을 뿐입니다.

성이 함락되었을 때 의를 위해 영웅적인 용기를 보여준 사가법에 대해 이야기하다가 작자는 다시 화제를 바꾸어 여러 전설에 대해 서술합니다. 어떤 사람은 성이 함락될 때 사가법이 "푸른 옷과 검은 모자靑衣烏帽를 쓴 채 백마를 타고 천녕문天寧門으로 나가서" 강에 투신해서 죽었다고 하고 또 어떤 사람은 그게 아니라 사가법이 그날 겹겹이 둘러싼 포위를 뚫고 나갔지 결코 성안에서 죽은 것이 아니라고 말합니다. 이러한 전설 때문에 각지에서는 연달아 사가법의 이름으로 군대를 일으켰습니다. 그 중에서 손조규孫兆奎라는 사람은 전투에서 패해 포로가 되어 홍승주洪承疇의 군막으로 끌려갔습니다. 그들은 원래 서로 알던 사이여서 홍승주가 직접 심문했습니다. 다음의 이 대화는 굉장합니다. 홍승주는 "선생은 그 군대에 있었으니 고故 양주각부 사 공史公이 정말 죽었는지 안 죽었는지 알겠지요?"라고 묻습니다. 보아하니 이 전설이(사가법이 살아있다는 전설 ― 역자) 정말로 사람들을 두렵게 했나 봅니다. 손조규는 "경략經略께서는 북쪽에서 오셨으니 ― 경략은 명·청 두 시대에 몇 곳의 길을 수비하던 군정대신軍政大臣으로 지위는 총독보다 위였는데 이것이 홍승주의 관직이었습니다 ― 송산松山에서 순국한 독사督師 홍 공洪公이 죽었는지 죽지 않았는지 알고 계십니까?"라고 대답합니다. 여러분이 알고 있는 것처럼 홍승주는 현재의 요녕遼寧 금주성錦州城의 남쪽에 해당하는 송산에서 대군을 이끌고 청 군대와 싸우다가 패한 뒤에 청에게 항복했는데 당시 그가 전사했다는 소문이 돌았기에 숭정황제는 특별히 제단을 세워 '열사 홍승주'의 제사를 지내기까지 했습니다. 손조규는 다 알면서도 일부러 이 질문을 했는데 바로 앞에 높이 앉아 있는 사람이 이미 나라를 위해 충성스럽게 죽었던 '독사 홍공'이라는 사실을 인정하지 않았던 것입니다. 홍승주는 매우 화를 내며 급히 휘하의 장수들에게 그를 끌고 나가서 참수하라고 하였습니다.

이러한 일화를 서술하고 나서 전조망은 곧이어 영웅열사는 죽은 뒤에 대부분 전설로 남았는데 그 내용은 그들이 어떻게 해서 신선이 되고 신이 되었는가에 대한 것이라는 논의를 펼칩니다. 당대의 안진경顏眞卿, 송대의 문천상文天祥에서 오늘날의 사가

법까지 이들은 모두 유사한 전설을 가지고 있습니다. 물론 신선이 되었다는 설은 완전히 사족이라고 할 수 있는데 충신열사의 정신은 죽지 않기 때문에 신선 설화로 그 생명력을 연장시킬 필요가 없기 때문입니다.

사가법의 고사에서 다시 무덤 옆 "단도 전열녀의 무덤"으로 내용이 바뀝니다. 영웅에서 열녀로 가게 되면 점점 더 정사正史에서 멀어져서 남은 노인들의 구전 설화로만 남아있습니다. 이 글은 마지막 부분에서 돌연 파란을 일으킵니다. 나중에 충렬사가 세워질 때 부사副使와 여러 장수들은 모두 배향配享될 것입니다. 그러면 열녀는요? 잊히지 않도록 "따로 별실을 마련해서 부인夫人들을 제사지낼 때 열녀들도 같이 제사지냈으면" 좋겠다는 희망을 피력합니다. 열흘간 양주에서, 청에 항거한 강남에서 왕조 교체기에 희생된 사람으로는 전장의 전사뿐만 아니라 굴복하지 않으려고 했던 수많은 열녀들이 있었습니다. 이렇게 열녀를 표창하는 것은 매우 식견 있는 태도이며 오늘날 페미니즘 학자들이 관심을 기울일 만한 가치가 있습니다.

이 글은 충신열사를 주축으로 하고 있지만 화제 전환과 반복을 바탕으로 하나의 표현 안에 몇 가지 층위의 의미를 갖게 되었습니다. 진정한 의미에서 여행 기록은 두 구절뿐인데 하나는 백년 뒤에 산수를 유람했다는 것이고 다른 하나는 열녀의 무덤 옆에 눈처럼 흰 매화가 있었다는 것입니다. 이렇게 간략한 여행 기록 중간에 사가법, 손조규, 홍승주, 여러 부장들, 전 씨 열녀 등의 이야기를 끼워 넣습니다. 작자는 충의의 기세를 가지고 글 전체를 엮어 나가는데, 좌충우돌하고 다양하게 변주되는 가운데에서도 그 기본 줄기를 벗어나지 않습니다. 일반적인 문인들이 정해진 구성과 선명한 스토리를 중시하는 것과는 달리 이 글은 기세를 중시합니다. 이것도 전조망의 글이 "큰 스케일"을 가지게 된 이유일 것입니다 — 섬세한 조탁에 신경 쓰지 않고 장강과 황하처럼 유장하게 흘러나갑니다. 또 다른 측면에서 지나치게 감정에 따라 휘몰아나가기 때문에 생각을 하거나 신중하게 선택할 겨를이 없어 글은 자연스럽게 어딘가 "잡박한" 느낌이 있게 되었습니다. 다시 돌아가서 「이주 선생 『사구록』서문」을 읽어보면 이른바 『사구록』이 "애를 끊는 듯하고", "상심하게 하며", "슬픔에 잠기게 한다"라고 하지만, 사실 이것은 또한 사산 선생이 쓴 글의 특색이기도 합니다.

『중국 근 삼백 년 학술사』에서 량치차오는 청대 인물 심동*이 말한 "『길기정집』을 읽어보면 거만해지기도 하고 당당해지기도 하니 일장일단이 있다" 구절을 인용했습니다. 전하는 말에 따르면 전조망 자신이 이러한 평가에 매우 동의했다고 합니다. 량치차오는 더욱 더 이러한 평가에 대해 찬

심동(沈彤, 1688~1752)은 자가 관운(冠雲)이고 호가 과당(果堂)이며 강소(江蘇) 오강(吳江) 사람이다. 젊었을 때 하작(何焯)에게 학문을 배웠고 또 혜동(惠棟)과도 교유하였다. 평생동안 학문에 전념하였고 명물(名物)과 훈고(訓詁)에 능하였으며 송유(宋儒)들의 의리(義理)도 버리지 않았는데 주나라 관직과 제도, 의례, 상복 등을 고증한 저술이 여러 종 있다.

탄을 금치 못합니다. 글이 마음을 격동시키는 것은 좋은 일이지만 어째서 "일장일단이 있다"라고 한 것일까요? 이는 량치차오가 "붓끝에 늘 정감이 묻어있다"고 한 것처럼 매우 감동적이지만 상대적으로 냉정하고 깔끔하지 못하다는 뜻입니다. 이것은 기교의 문제라기 보다는 작자의 기질과 더욱 더 연관됩니다.

그의 재주와 기질은 거침없었지만 안타깝게도 51세의 나이로 세상을 떠났습니다. 여기에는 두 가지 원인이 있는데 하나는

생활이 궁핍하고 뜻을 펴지 못해 우울해 했다는 것이고 또 다른 하나는 뜻이 높고 기질이 오만해서 세상과 잘 맞지 못하고 분노에 차 있었다는 것입니다. 46세였던 해에 전조망은 큰 병을 앓았는데 친구가 그에게 "뜻을 제대로 견지하지 못하여 옛날 일에 신경 쓰는 것으로도 모자라서 또 오늘날의 일에 신경 쓰니 어찌 병이 안 나고 배기겠나?"라는 말을 합니다. 당신이 하고 있는 일은 역사학이라 원래 지금의 일이 아니라 옛사람들에 대해 집중적으로 파고들면 되는데, 옛사람들의 일에 쉴 새 없이 전심하고도 또 오늘날의 일도 신경 쓰려고 하니 마음과 정력이 모두 쇠약해진 것도 무리가 아니라는 말입니다. 이 300년 전에 살았던 너무나 오만한 독서인은 늘 세상을 흘겨보고 옛사람에 대해 비난하느라 다른 사람들과 잘 지내지 못했습니다. 전하는 말에 따르면 그가 나중에 치통이 너무 심해지자 아내가 다른 사람들을 평가하기를 좋아해서 생긴 병이라고 비웃었다고 합니다. (학생들 웃음) 다른 사람을 비판한다는 것 자체는 그냥 넘어갈 수 있지만 문제는 말할 때 어조가 너무나 가혹하다는 것인데 이것은 재능 있는 사람들이 늘 저지르는 문제입니다. 전前 화중사대華中師大 교수 장순후이는 『청유학기』에서 전조망에 대해 "그는 너무나 해박했지만 그렇게 후덕하지는 못해서 평생 괴팍하고 잘 어울리지 못했으며 지론은 과격하여 일반적인 법도에서 벗어난 것이 많았다"(246쪽)라고 평가했습니다. 장 선생은 문헌학자이므로 자연스럽게 사람에 대해서는 온건하고 진중한 것에, 글에 대해서는 표준적인 전범에 더 높은 점수를 주기 마련입니다. 반대로 보면 아마도 나는 내 전공 때문에 전조망이 "자신의 재주를 드러내어 자랑하면서도 세상일에 어두웠다"는 측면을 대단하게 생각하는 것 같습니다.

건륭·가경 학술의 전성기 때 의외로 이러한 '문인의 기질'이 넘쳐흘렀던 저명한 학자는 "아무런 거리낌 없이" 세상의 영웅을 평가했고 자신이 가장 존경했던 황종희마저도 비판했습니다. 학문에 전념했다는 점은 같지만 동시대의 여러 저명한 학자들이 고거考據, 훈고訓詁, 집일輯佚 같은 작업을 통해 모난 기질과 성격을 다듬었던 것과는 달리 옛 왕조의 알려지지 않은 일화에 주목하고 왕조 교체기의 충신열사를 표창했는데 이 일은 아무나 할 수 있는 일이 아니었습니다. 이렇게 공부하면서 자신의 지향을 의탁하고 어떤 감정을 일관되게 가지면서 포부를 기탁하다 보면 자기도 모르는 사이에 연구자 개인의 기질도 변화를 겪게되어 "자신을 영웅시하는" 경향을 보이게 됩니다. 선열의 자취를 따라가는 동시에 작자도 여러 영웅들을 내려다보면서 더욱 일반 백성 — 작은 일에 열중하는 수많은 당대 학자를 포함하여 — 들을 하찮게 보게 됩니다. 글을 쓸 때 너무나 몰두하기 때문에 한번 마음을 쏟은 뒤에는 문체와 구성을 다시 돌아볼 겨를이 없는데 전조망 글이 다소 '잡박한' 문제가 있다고 해도 이것 또한 이해할 만한 것입니다.

황종희는 "감정이 깊다면 그 글도 분명히 훌륭해질 것이다"* 라고 한 적이 있는데 그렇다면 무엇이 '훌륭한 문장'일까요? '훌륭한 문장'의 우선적인 요건은 작자가 저술할 때 반드시 "마음을 깊이 쏟아야" 한다는 것입니다. 전조망의 글에 대해 부정적으로 보는 사람들은 그에게 "특히 민간의 습속이 있

黃宗羲,「明文案序上」,『明文案』.

다"라고 공격하는데 그 말의 뜻은 정련되지도 않았고 점잖지도 않았다는 뜻입니다. 앞에서 언급했던 것처럼 이것은 아마도 전조망이 실제로 증명하기 어려운 '내집'을 활용했기 때문일 수도 있고 옛 왕조의 나이든 노인들이 전해준 이야기를 들었기 때문일 수도 있는데 이 모든 것들은 "내리는 결론마다 옮길 수 없는 태산"*처럼 탄탄할 수는 없었습니다. 또한 전조망은 글을 쓸 때 감정을 강렬하게 표현하였고 누구를 좋아하고 싫어하는지 선명하게 드러냈으며 문체도 과장되었는데 이 점은 그 시대 주류였던 학술과는 다소간 거리가 있는 것이었습니다. 그러나 시대가 흐르고 상황이 달라지면서 만청에 이르면 이렇게 강렬하고 높은 어조의 표현방식이 광범위한 독자층의 열렬한 환영을 이끌어냅니다. 사학의 위상은 "우뚝하게 홀로 서 있고" 사료는 "어디에 치우치지 않고 공정하다"는 전통적인 사유방식에 대한 회의 때문에 오늘날 사람들은 결코 전조망의 저술이 가진 '주관성'을 경솔하게 비웃지 못하게 되었습니다. 반대로 구전설화에 주목하고 패관야사를 끌어오며 '제왕이 된 사람'들이 최대한 억눌렀던 "또 다른 역사"를 발굴한 측면들에 대해서는 더욱 더 호감을 가지게 되었습니다.

전조망의 '큰 스케일'과 거기에 다소한 '잡박함'이 가미된 글로 돌아가보면 도대체 이 글은 어떻게 봐야 하는 것일까요? 여기에서는 '대가大家'와 '작가作家'를 구분한 「문설」의 관점을 빌려도 무방할 것 같습니다. 전조망은 당송팔대가 이후에 문단에는 "작가는 많지만 대가는 한두 사람에 지나지 않았다"라고 말했습

[역자 주] 원문의 "每下一義, 泰山不移"는 장타이옌이 유월(俞樾)의 학술적 업적을 추숭하기 위해 쓴 「설림(하)(說林下)」의 한 구절이다. "훈고를 정밀하게 연구하셨지만 지엽적인 것에 빠지지 않았고 널리 사실을 고증하셨으나 계통이 있었다. 문장과 이치를 촘촘하게 살펴서 옛 사람들이 발견하지 못했던 것을 말씀하셨으니 그분이 어떤 결론을 도출할 때마다 그것은 옮길 수 없는 태산처럼 확고한 것이었다."

니다. '작가'는 "건조함瘦과 다채로움肥, 감정의 농밀함濃과 담백함淡 중에서 하나만 있어도" 충분하지만 '대가'라면 "반드시 모든 측면을 아우를 수 있어야" 합니다. 여기에서 말하는 '작가'는 일반적으로 말하는 '명가名家'와* 대체적으로 같습니다. 명가에게도 장점이 있고 대가에게도 단점이 있는데 그 장단점 사이에서 내가 주목하는 것은 글의 경지입니다. 맑은 바람에 밝은 달清風明月, 작은 다리에 흐르는 물小橋流水이 미감美感이듯이 이와 상반된 "세찬 바람이 태양을 스친다驚風飄白日",* "사막에 한 줄기 연기 피어오른다大漠孤煙直"*도 마찬가지로 미감입니다. 후자의 광활하고 거칠고 호방한 것은 부산이 비웃은 "강남의 글"과 판이합니다. 내가 봤을 때 전조망의 글은 스케일이 커서 잡다한 것이 섞여 있고 생기가 넘쳐흐르며, 이는 청대 글 중에서도 쉽게 발견할 수 없을 정도로 독특한 색채를 갖고 있습니다. 설사 약간 '잡박'하더라도 이 또한 '대가'의 결점일 것입니다.

[역자 주] 저자가 '명가'와 '대가'를 구분하는 분명한 기준을 알기는 어렵지만 일반적으로 이 둘을 별개로 인식했던 것 같다. 그 구별점은 조선후기 문인 유한준(兪漢雋)의 글에서도 찾을 수 있다. 유한준은 짧고 정련된 경구(警句)를 쓰는 사람을 '명가'라고 한다면 기세 있게 장편의 글을 쓰는 사람을 '대가'라고 정의했다. 『자저(自著)』 권21 「풍서 이민보 공에게 답하는 편지答豐墅李公(敏輔)書」.

[역자 주] 조식(曹植)의 「공후인(箜篌引)·야전황작행(野田黃雀行)」에 "세찬 바람이 태양을 스치고, 태양은 서쪽으로 달려가네[驚風飄白日, 光景馳西流]" 구절이 있다.

[역자 주] 왕유(王維)의 시 「사신으로 변새에 오다使至塞上」에 "사막에 한 줄기 연기 피어오르고, 황하에 둥근 태양이 떨어지네[大漠孤煙直, 長河落日圓]" 구절이 있다.

제8강

문학 유파, 선집과 강학講學

요내姚鼐

동성파桐城派의 성립
학통學統과 문통文統
의리, 고증, 문장
강학 생활과 『고문사유찬古文辭類纂』

얼음과 눈만 있을 뿐 폭포가 사라졌고 새나 짐승의 소리나 흔적도 없었다. 일관봉(日觀峯)에 이르기까지 몇 리 안에는 나무도 없고 눈만 사람의 무릎과 나란할 정도로 쌓여 있었다.

冰雪 無瀑水 無鳥獸音迹.
至日觀數里內無樹 而雪與人膝齊

오늘은 청대에 매우 유명했던 문학 유파인 동성파桐城派와 매우 유명했던 문학 교수 요내(1731~1815)에 대해 이야기하려고 합니다. 요내가 '교수' 신분이었다는 것을 먼저 강조하는 이유는 이 장수한 문학가가 생애의 마지막 40년 동안 강남의 중요한 수많은 서원을 장악하였기 때문입니다. 이 경력은 그를 일반 문인들과 구별 지었고 그의 학문과 글의 풍격에 직접적인 영향을 주었습니다.

요내는 자가 희전姬傳이고 세간에서는 석포 선생惜抱先生이라고 불렀는데 안휘安徽 동성桐城 사람입니다. 구체적인 이야기를 하기 전에 세 가지 상식에 대해 이야기하려고 하는데 이는 중국 문학을 배우는 사람들이라면 모두 대략 알고 있는 것들입니다. 첫째, 요내는 지식인 가정에서 태어났는데 증조부는 형부상서였고 백부는 한림원편수였으며 모친은 재상 장영張英의 손녀였습니다. 요내 자신은 20세(1750년)에 향시에 급제하였고 33세(1763년)에 진사가 되었습니다. 그와 큰 갈등을 빚었던 대진●은 북경에 가서 회시會試를 볼 때 늘 낙방하였으나 학계에서의 명망이 매우 컸기 때문에 황제가 특별히 은혜를 베풀어 거인擧人의 신분으로 사고전서관四庫全書館의 찬수관纂修官을 맡도록 하였고 후에는 또 "진사와 같은 신분을 부여"하였는데 대진과 비교할 때 요내가 과거에 급제한 과정은 상당히 순탄한 편이었습니다. 1773년에● 사고관四庫館이 개설되자 요내도 찬수관으로 임명되었습니다. 탄탄대로가 펼쳐질 것처럼 보였지만 뜻밖에도 요내는 다

대진(戴震, 1723~1777)은 자가 동원(東原)이고 휴녕(休寧, 지금의 안휘성) 사람이다. 박학하고 재주가 많았으며 건륭 연간에 『사고전서(四庫全書)』를 편찬할 때 특별히 찬수관(纂修官)으로 발탁되었다. 천문, 수학, 역사, 지리에 모두 정밀하고 깊이 있게 연구하였으며 경학과 소학(小學) 분야에서 특히 뛰어난 성취를 거둔 건륭학파(乾隆學派)의 대표적 인물이다. 그의 저서는 『원선(原善)』, 『원상(原象)』, 『맹자자의소증(孟子字義疏證)』, 『성운고(聲韻考)』 등이 전한다. 건륭·가경 이후로 대진이 "고증考校"과 "의리(義理)" 방면에서 크게 이름을 날리게 되자 오히려 그의 글에 대해 언

급하는 사람은 별로 없게 되었다. 대진은 일찍 염약거(閻若璩)에 대해 "고증은 할 줄 알지만 글을 쓸 줄 모른다"라고 비판한 적이 있는데, 이를 통해 그가 자신의 글에 대해 자부심을 가지고 있었다는 사실을 알 수 있다. 제자인 단옥재(段玉裁)는 대진이 어려서부터 태사공(太史公) 사마천의 글을 연구하였고 경설(經說)을 쓸 때에도 이로부터 계발을 받았으며 그 글은 "깊은 이치에 있어서는 강성(康成, 정현(鄭玄)의 자), 정자와 주자를 능가하였고 수사(修辭)에 있어서는 한유와 구양수를 굽어보았다"라고 하였다. 단옥재(段玉裁)가 「대동원선생연보(戴東原先生年譜)」에 붙인 대진의 학문과 행실에 대한 추억의 글 참조.

[역자 주] 이 책 원문의 "1873년"은 "1773년"의 오기이다.

을해 가을에 벼슬에서 물러나 1775년 봄에 남쪽으로 내려갑니다. 45세 이후에는 연이어 양주揚州, 안경安慶, 남경南京 등의 지방에서 글을 가르쳤고 완전히 벼슬길에서 물러났습니다.

둘째, 요내는 고문의 명가였을 뿐 아니라 동성파를 만들어낸 핵심 인물입니다. 뒷부분에서 '동성'이 '유파'가 된 것은 방포 때문도 아니고 유대괴 때문은 더욱 아니며 장기간 강남의 여러 큰 서원을 장악한 요내 때문이라는 것을 여러 번 이야기하게 될 것입니다.

셋째, 문학 유파로서의 '동성'은 청대에 깊은 영향을 미쳤고 끊임없이 논란을 불러왔는데 이는 중국문학사 전반을 놓고 보아도 매우 기이한 현상입니다. 하나의 문학 유파가 200여 년 동안 명맥을 이어 나갔을 뿐 아니라 방포, 대명세戴名世, 유대괴, 요내에서 요내의 제자인 매증량梅曾亮, 관동管同, 요영姚瑩, 방동수方東樹, 유개劉開, 나아가 증국번曾國藩과 그의 제자 장위자오張裕釗, 장유소, 쉐푸청薛福成, 설복성, 우루룬吳汝綸, 오여륜 그리고 경사대학당京師大學堂 또는 북경대학에서 교편을 잡았던 마치창馬其昶, 마기창, 야오융푸姚永樸, 요영박, 야오융가이姚永槪, 요영개와, 정통이라고 말할 수는 없지만 분명히 동성파의 글에 매우 호감을 갖고 있었던 린수林紓, 임서, 옌푸嚴復, 엄복 등에 이르기까지 이 유파는 거의 청대 전 시대에 걸쳐 영향력을 미쳤습니다. 이러한 기세와 규모는 중국문학사에서 실로 보기 어렵습니다. 비록 '5·4' 이후에 이른바 '동성파 잡놈桐城謬種'●이 치명적인 타격을 입긴 하였지만 우리는 이 유파가 중국문학사에 매우 큰 영향을 미쳤다는 점을 반드시 인정해야 합니다. 또 우리가 좋아하든 좋아하지 않든 반드시 진지하게 대해야 합니다.

[역자 주] "동성파 잡놈, 문선과 요괴(桐城謬種, 選學妖孼)"는 첸쉬안퉁(錢玄同, 전현동)이 천두슈(陳獨秀)에게 쓴 편지에서 사용했던 표현으로, 백화문운동(白話文運動)의 선봉에 섰던 사람들이 문언문(文言文)을 폄하한 것이다.

오늘은 주로 이 유파의 성립, 삼자 합일의 주장 그리고 선본選本과 강학에 대해 이야기하려고 합니다.

동성파桐城派의 성립

중국문학을 전공하는 사람들은 모두 청대에 '동성'이라는 유파가 인재를 배출하였고 세력이 매우 컸다는 사실을 알고 있습니다. 다만 증국번이 동성파를 중흥시켰는지 아니면 새로 유파를 만들었는지에 대해서는 학계에서 이견이 있습니다. '후기동성파'라고 부르든 아니면 '상향파湘鄕派'라고 부르든 간에 증국번이 글을 논하면서 동성파를 매우 존중하였다는 점은 의심할 나위가 없습니다. 그러므로 동성파의 수립과 전개에 대한 논의는 증국번의 유명한 글 「구양생문집 서歐陽生文集序」로부터 시작해도 괜찮을 것입니다.

이 글은 동성파를 위해 새로 발원지를 찾아내고 동시에 완벽하게 마무리한 훌륭한 글로, 동성파를 '중흥'시키는 데 매우 큰 역할을 했습니다. 사실 증국번의 시대에 이르면 동성파가 설립된 지 이미 백 년이 흘렀고 이 유파의 형성과 변천에 대해서는 대부분 요내의 관점을 따라 방포에서 시작되었다고 믿었습니다. 하지만 증국번*은 대세를 따르지 않았는데 확실히 독특한 안목을 가졌던 것 같습니다. 글은 이렇게 시작합니다.

건륭 말엽에 동성의 희전姬傳 요내 선생께서는 고문사古文辭에 능하셨고 같은 고향 선배인 방망계方望溪 시랑께서 하신 일을 흠모하고 모방하였으며 유대괴 군과 편수編修를 지낸 백부 요범*께 가르침을 받았다. 세 분이 모두 통달한 유학자通儒에 덕이 있고 명망이 높은 분이었으므로 요 선생의 학술도 더욱 정밀해졌다. 역성歷城 주영년 서창* 선생께서는 "천하의 문장은 동성에 있지 않은가!"라고 하였다. 그리하여 동성으로 가는 학자들이 매우 많았는데 '동성파'라고 불렀다. 마치 예전에 사람들이 '강서시파江西詩派'를 칭한 것과 같았다.

증국번은 결국 한 시대의 명신名臣답게 세태와 인심을 꿰뚫어 보았고 '동성파'의 핵심 문제가 무엇인지 알고 있었기 때문에 요내의 역할을 특별히 부각시켰습니다. 처음에는 동성파의 글을 이야기하면서 관례에 따라 순서대로 이야기하지 않고 요내에서 논의를 시작하고 다시 처음으로 돌아가서 그가 어떻게 선배들을 본받았는지를 강조했는데 이렇게 함으로써 방포˙와 유대괴˙를 끌어낼 수 있었습니다. 그 다음에는 세 사람 중에서 요내의 "학술이 더욱 정밀하였다"는 것을 지적했습니다. 이어 주영년의 말을 인용할 때 방향을 약간 바꾸면서 맥락이 크게 달라졌습니다. 원문은 요내의 「유해봉 선생의 80세 생신을 축하하는 서문劉海峰先生八十壽序」에서 "예전에는 방시랑(방포)이 있었고 지금은 유 선생(유대괴)이 있으니 천하의 문장은 동성에서 나온 것이 아니겠는가?"입니다. 그런데 지금 천하의 문장이 동성에서 나왔다는 이런 묘한 글귀를 "요 선생은 학술이 더욱 정밀하였다"는 말 뒤에 놓았으니 이것은 분명히 독자의 시선을 이동시키려고 했던 것입니다. 이것도 모자라 마지막에 요내가 강남의 여러 서원書院에서 강학을 하고 관동, 매증량, 방동수, 요영 등 "뛰어난 제자들"을 두었다는 점과 무수히 많은 사람들이 "요 선생에게 사숙私淑하였다"라는 말을 덧붙였습니다. 주의해야 할 점은 여기에는 방포의 문하나 유대괴의 문하에 관한 내용은 없고 다만 '요내 문하의 4대제자'만 있다는 것입니다.

동성파가 역사상의 모든 문파나 학파와

방포(方苞, 1668～1749)는 자가 봉구(鳳九)이고 호는 영고(靈皐), 망계(望溪)이며 동성(桐城, 지금의 안휘성) 사람이다. 강희 45년(1706) 진사로, 벼슬이 예부시랑(禮部侍郞)에 이르렀다. 동성파의 창시인이며 글을 논할 때 '의법(義法)'을 중시하였고 저서로 『방망계 선생전집(方望溪先生全集)』이 있다. '의법'은 원래 태사공(사마천)의 말인데 『주역』의 "내용이 있어야 한다[有物]"와 "조리가 있어야 한다[有序]"에로 거슬러 올라갈 수 있으며 구체적인 예증은 방포가 과친왕(果親王)과 건륭황제(乾隆皇帝)를 위해 편찬한 두 책의 고문(古文), 시문(時文) 선집에서 볼 수 있다. 『고문약선(古文約選)』을 편찬할 때 그것이 '과거시험을 위한 글로 사용될 수 있다'고 강조하였고 『사서문선(四書文選)』을 바칠 때 삼대(三代)에서 재료를 취하고 진한(秦漢)을 추종할 것을 주장하였는데 이로부터 방포가 '의법'을 빌려 고문과 시문(時文)을 소통하려는 의도가 있었음을 알 수 있다. 「『사서문선』을 바치는 글[進四書文選劄]」에서 방포는 그것을 "자연스럽고 고아하며 글에 반드시 내용이 있는[淸眞古雅而言皆有物]" 것으로 개괄한 바 있다. "글에 반드시 내용이 있다"라는 것은 매우 진부한 내용이지만 "자연스럽고 질박한" 것은 황제의 "문체를 바르게 한다[訓正文體]"는 뜻에 매우 부합되었다. 동성파의 고문은 물론 변화가 있었지만 대부분은 지나치게 '규칙[規矩]'를 추구한 것이어서 스케일이 크고[縱橫] 기이하며 탈속적인[奇逸] 맛은 부족하다. "장절과 어구의 배치가 합리적이고 적당하며 맥락이 선명한[章妥句適脈理淸晰]" 동성파의 글은 권점과 비점을 찍을 만한 곳이 매우 많지만 기이하고 호방한 기원[眞氣]과 격정이 부족하다. 이는 그 창시자가 표방한 고문과 시문을 아울러 통달하는 '의법'과 큰 관련이 있다.

유대괴(劉大櫆, 1698～1779)는 자가 재보(才甫), 경남(耕南)이고 호는 해봉(海峰)이며 동성(桐城) 사람이다. 비록 문장으로 유명하긴 했으나 과거시험은 순조롭지 못하여 평생 글을 가르치는 것을 직업으로 삼았으며 『해봉문집(海峰文集)』이 전한다. 유대괴의 문장은 기(氣)가 방달하고 재주가 넘치며 스케일이 크고 기세가 있어[波瀾壯闊] 『장자』, 『이소』, 『좌전』, 『사기』와 한유, 유종원, 구양수, 소식 등의 장점을 구비하고 있어서 스승인 방포의 우아하고 고결함[雅絜]과는 크게 차이가 있다. 이는 그가 평생 동안 불우하여 많은 비분이 가슴 속에 쌓인 것과 관련이 있다. 「마상령의 시집에 쓴 서문[馬湘靈詩集序]」에서 "상령은 술기운에 의기(意氣)가 북받쳐 올랐다"라고 하였고 저자인 자신은 "눈물이 마구 흘러내리는 것을 걷잡을 수 없었다"라고 하였는데 이는 조금도 '온유하고 돈후'하지 않다. 「오전린에게 답하는 편지[答吳殿麟書]」역시 예로부터 재능 있는 선비들이 골짜기에 처박혀서 "스스로 그 아름다움을 드러낼 수 없었던" 것에 대한 분노와 불만을 드러내고 있는데 글에 홀수구와 짝수구를 함께 쓰고 음률이 분명하며 어휘가 화려하여 넘쳐흐르는 재기(才氣)로 문장을 살리고 있다. 「장복재전(張復齋傳)」, 「초염전(樵髥傳)」, 「장대가행략(章大家行略)」등은 한두 가지 에피소드를 통해 인물을 생생하게 살리고 있는데 이는 동성파의 필살기로서 그가 『사기』를 배워 실로 얻은 바가 있다는 것을 보여주는 부분이기도 하다.

마찬가지로 저절로 형성된 것이 아니라 의식적으로 구축한 것임을 이해하기란 어렵지 않습니다. 문학사를 공부하는 사람들은 유파에 대해 이야기할 때 '처음부터 이야기를 시작하는 것'에 익숙한데 이렇게 해야만 자연스러운 것처럼 보입니다. 그러나 만약 여러분이 미셸 푸코Michel Foucault의 『지식의 고고학L'Archéologie du Savoir』을 읽었다면 모든 지식의 체계는 저절로 형성된 것이 아니라 사회적 실천 과정에서 점차 구축된 것임을 알게 될 것입니다. 문학유파도 예외가 아니어서 우리는 그 의미와 외연에 대해서도 알아야 하지만 그 구축 과정에 대해서 더욱 더 알아야 합니다. 그러므로 나는 선구자인 방포나 유대괴, 요내의 4대제자나 혹은 상향변법*에 대해서는 이야기하지 않고 이 문파의 성립에서 핵심적 역할을 한 요내라는 인물에 대해 집중적으로 이야기하려고 합니다. 위와 아래를 연결하고 여기저기에서 끌어오며 사방으로 다니면서 널리 홍보한 요내가 있었기에 동성파가 비로소 확립된 것이기 때문입니다. 여기에는 문학적 이상을 무엇으로 선택했는가와 함께 기술적인 측면에서의 기교라는 두 측면이 있는데 이 점들은 똑같이 중요할 것입니다.

[역자 주] 상향변법(湘鄕變法): 증국번(曾國藩)이 창설한 상향파(湘鄕派)가 제창한 이론을 가리킨다. 상향파라는 이름은 증국번이 호남(湖南) 상향 사람이었기 때문에 붙여졌는데 상향파는 청대 동성파를 계승하고 발전시켜 동성파의 영향력을 강화시켰다. 동성파가 주장한 '의리', '사장', '고거' 외에 또 '경제(經濟)'를 추가하여 글은 사회현실의 내용을 담아야 한다고 하였다.

동성파의 창시자인 요내에 대해 옛사람들의 견해는 매우 분분했습니다. 예를 들면 요내의 질손인 요영 — 요내의 4대제자

중의 한 명 — 은 「석포선생행장惜抱先生行狀」에서 '세상 사람들은 대부분 방포의 글이 질박하고 곧으며 이치를 따지는 데 능하고, 유대괴의 글이 호방하고 압도적인 재능이 있다고 여겼다'고 했습니다. 그런데 요내에 대해서만은 표현과 내용이 모두 뛰어나 "의리와 문장을 겸비했다理文兼至"라고 하였습니다. 여러분은 이 대목에 주의하기 바랍니다. 앞에서 이미 '동성파'라는 이 큰 깃발은 요내가 먼저 꺼내들었다고 언급한 바 있습니다. 그 이후 여러 제자들은 동성파의 문장에 대해 이야기할 때 한편으로는 스승의 말을 부정할 수 없어서 연원을 말할 때는 모두 방포로부터 시작하였지만 또 한편으로는 그들의 스승을 부각시킬 수 있기를 바랐습니다. — 그들이 진정으로 사승師承한 것은 방포가 아니라 요내였기 때문입니다. 그러므로 평가를 할 때면 늘 알게 모르게 언제나 요내야말로 재능이 남보다 한 단계 더 뛰어났음을 특별히 일깨워주곤 합니다. 방금 말했듯이 한 사람은 학식이 깊고 넓으며 한 사람은 재주가 높고 기세가 호방하다고 한 것은 모두 좋은 말들입니다. 하지만 여기에는 둘 다 모두 편중된 바가 있다는 비판의 의미도 함축하고 있습니다. 이와는 달리 요내에 대해서는 '문장文'과 '학문學'을 겸비하게 되어서 못하는 것이 없다고 하였습니다. 이는 역사가들의 보편적인 견해라기보다는 요내 본인의 문학적 주장을 드러낸 것이라고 보는 것이 타당합니다. 청대 시와 산문 가운데에서 요내를 대표로 하는 동성파는 분명 '종합하는 것을 지향하는' 기본적인 특징을 가지고 있습니다. 하지만 의리義理, 고거考據, 사장詞章의 합일을 주장했다고 해서 정말 "의리와 문장을 겸비했다"라고 볼 수 있는 것은 아닙니다. 우리가 모두 알고 있듯이 모든 문학운동은 구호나 기치가 성과와 완벽하게 일치할 수는 없는 법입니다.

요내의 '큰 깃발을 들어 올리려는' 의도를 가장 잘 드러낸 것은 「유해봉 선생의 80세 생신을 축하하는 서문」입니다. 글의 서두에서는 이렇게 이야기합니다. "예전에 내가 북경에 있을 때 흡현歙縣의 정이부程吏部와 역성歷城의 주편수周編修가 이렇게 이야기했다. 글을 쓰는 사람은 규범이 있어야 잘 쓸 수 있고, 변화를 가미해야 대성할 수 있다. 성청盛淸의 치적은 옛날에 비해 몇백, 몇천 배나 나아졌지만 고문古文에 능한 선비는 별로 많지 않다. 예전에는 방시랑方侍郎이 있고 지금은 유 선생劉先生이 있으니 천하의 문장은 동성에서 나온 것이 아니겠는가?" 정이부는 바로 정진방程晉芳으로, 호가 어문魚門이고 안휘安徽 흡현 사람인데 이부주사吏部主事와 사고전서편수四庫全書編修를 지냈습니다. 중국문학사를 공부하는 사람들은 아마도 그의 다른 한 편의 문장, 「목산선생전木山先生傳」을 기억하고 있을 것입니다. 이 전기傳記는 『유림외사儒林外事』의 저자인 오경재吳敬梓의 생애와 문학 특징을 연구하는 데 매우 중요하므로 후세에 무수히 많은 저서들의 근거가 되었습니다. 예를 들어 "그의 학문은 『문선文選』에 특히 정밀하였고" "만년에도 여전히 경서 연구를 좋아하였으며" "당나라 사람들의 소설을 모방하여 『유림외사儒林外使』를 지었다" 같은 구절들은 늘 연구자들이 인용해 왔습니다. 역성의 주편수는 아까 이야기한 주영년인데 산동 역성 사람으로 요내, 정진방과 마찬가지로 사고전서편수였습니다. 앞의 글은 청대는 국가 통치라는

[역자 주] '성청(盛淸)'은 청조가 번영한 시기로, 주로 강희(康熙), 건륭(乾隆) 두 황제의 성세(盛世)를 가리킨다.

측면에서의 성과가 옛사람들보다 훨씬 더 탁월했지만 고문古文이라는 측면에서는 그다지 내세울 만한 좋은 글이 별로 없다는 뜻입니다. 다행히 방포와 유대괴가 있어서 사람들이 눈을 비비고 다시 볼 정도로 향상된 바가 있었고 그래서 세상 사람들은 천하의 좋은 글들이 모두 동성에서 나온 것이 아니겠냐고 감탄했다는 것입니다.

이 구절이 문장 전체의 '문안文眼'이라는 점을 주목하기 바랍니다. 당대 명현名賢의 찬양을 빌려 천하의 문장을 모두 자기네 동성으로 돌렸는데 이렇게 단편적인 사실로 전체가 모두 그렇다고 판단하는 논법은 예사롭지 않습니다. 물음표를 사용하든 아니면 느낌표를 사용하든 어쨌든 이 말은 너무 독단적입니다. 다행히 이 말은 요내 자신이 한 것이 아니라 당대 최고의 학술기관에 근무하는 '권위' 있는 아무개가 말한 것입니다. 이 말은 영향력이 매우 컸는데 동의하든 반대하든 그 말이 널리 전파되는 데는 그다지 장애가 없었습니다. 증국번뿐만 아니라 매우 많은 청대 문인들은 반드시 이 문제에 직면해야 했습니다. 지금까지도 우리는 청대 문학을 이야기할 때 여전히 반드시 이 문제에 대해 판단을 해야 합니다. 자신이 하고 싶은 말을 다른 사람의 입을 빌려서 하고 기회를 틈타 하나의 문파를 창립하는 것, 이보다 더 대단한 '세력의 차용'도 없을 것입니다. 남(스승―역자)에 대한 칭찬과 자기 칭찬을 다른 사람의 입을 통해 구현하거나 또는 창문을 열고 밖의 경치를 끌어들이는 식으로 다른 사람의 사상을 자신의 체계 속으로 들여오는 것은 모두 글을 쓰는 기교에 속합니다. 대단한 것은 요내가 아무런 흔적도 남기지 않고 그것을 해냈다는 점입니다. 왜냐하면 이 글은 한 편의 장수를 기원하는 서문이기 때문입니다. 어르신의 생신을 축하하면서 좋은 말 몇 마디를 덧붙인다고 해도 보통 사람들은 그렇게 따지지 않기 마련입니다.

"천하의 문장은 동성에서 나온 것이 아니겠는가?" 이처럼 선명하게 편향적인 질문에 대해 요내는 어떻게 대답했을까요? 우리 동네는 기이한 산수가 천년 동안 펼쳐져 있었으니 당연히 역사에 길이 남을 큰 인물이 나와야 할 것입니다. 어떤 큰 인물일까요? 정치 지도자, 군대 통수권자, 상업의 귀재, 아니면 유명한 스님일까요? (학생들 웃음) 웃지 마세요. 확실히 후자였습니다. 양梁, 진陳 이래 이 지역은 불교가 흥성한 것으로 유명했습니다. "불교가 쇠퇴하면 유교가 흥하기 마련인데 지금이 바로 그 때이다." 다시 말하면 상황이 바뀌어 지금은 스님이 뛰어나지 못하니 지식인들이 이름을 날리고 위세를 떨칠 때가 되었다는 것입니다. 많이 돌아왔지만 '천하의 기이한 산수'에서 시작하여 마침내 천하의 좋은 글이 정말 동성에서 나왔는가 하는 문제로 돌아간 것입니다. 저자는 딱 잘라서 대답하지는 않았지만 산수가 이렇게 수려한 것이 사실이니 어찌 가짜일 수가 있겠습니까? 여러분은 왕발王勃의 「등왕각서滕王閣序」에 나오는 "아름다운 물산은 천연의 보배物華天寶", "빼어난 곳에서 뛰어난 인물이 난다人傑地靈"라는 구절을 기억하고 있을 것입니다. 일반적인 작법을 따른다

[역자 주] 동성(桐城)을 가리킨다.

면 "황산黃山과 서성舒城 사이*의 산수는 천하에 기이하다"로 시작한 뒤에 다음 이야기를 전개해야 하지만 요내는 오히려 사실 진술과 자신의 해석의 순서를 바꿈으로써 천하의

좋은 글들이 동성에 있다는 주장을 더 확고하게 하였습니다.

원래는 스승인 유대괴의 80세 생신을 축하하는 글이었는데 왜 여기서 문학사를 논하는 것일까요? 자, 요내는 여기에서 멈추고 본론으로 들어갑니다. 내용을 보면 강희康熙 연간에 방포의 이름이 해외에까지 널리 퍼져서 유대괴는 "포의의 신분으로 북경까지 찾아가서" 자신이 쓴 글을 바칩니다. 방포는 그것을 읽고 나서 책상을 치면서 절묘하다고 외치고 사람을 만날 때마다 나는 사실 별 볼일 없는 사람이고 나와 같은 고향 사람인 유대괴는 공명을 얻지는 못했지만 글은 최고 중의 최고이니 그야말로 진정한 국사國士라고 말하고 다닙니다. 사람들은 그 말이 맞다고 생각하지 않았고 방포가 과장하고 있다고 생각했지만 점차로 유대괴의 글을 훌륭하다고 인정하게 되었습니다. 곧이어 나오는 내용은 방포는 이미 세상을 떴지만 유 선생은 아직 살아있다는 것이었습니다. 또 지금도 귀가 잘 들리고 눈도 밝으며 글도 잘 써서 나는 정말 탄복한다는 것입니다. 이는 축수문의 주요 내용으로 방포의 '경탄과 선망'을 통해 유대괴의 문장을 부각시켰습니다. 방포는 시랑侍郞을 지낸 적이 있었는데 태자를 시강하여 명성이 매우 컸습니다. 하지만 유대괴는 벼슬길이 매우 순탄하지 못하여 아무런 관직도 얻지 못했고 평생 지방을 벗어나지 못했습니다. 유대괴의 글은 기세가 좋고 문채文彩가 풍부하여 문학성만 놓고 볼 때는 방시랑보다 훨씬 나았습니다. 하지만 그래봐야 부질없어서 유대괴의 글은 여전히 방포의 큰 명성을 빌려야 했습니다.

글은 총 세 단락으로 되어 있는데 첫 단락에서는 벗의 질문을 통해 천하의 좋은 글들이 정말 동성에 있는지에 대해 분석했습니다. 두 번째 단락은 유대괴가 포의의 신분으로 북경까지 찾아가 방포의 높은 찬양을 받았다는 내용입니다. 세 번째 단락은 무슨 내용일까요? "나(요내 — 역자)는 어렸을 때 선생을 모셨던 적이 있다." 먼저 전반적으로 서술하고 그 다음에 방포와 유대괴에 대해 썼고 그 다음에 유대괴와 자신에 대해 썼는데 여기에 이르러 동성파의 윤곽이 거의 드러납니다. 착안점은 자신의 문학사적 위상을 정립하려는 목적이었겠지만 '장수 기원 서문壽序'이라는 명분을 통해 개인적 친분과 역사적 서술을 결합시켰는데 이 부분에서 요내의 능력을 발견할 수 있습니다.

이 글에서 가장 탁월한 부분이 세 번째 단락입니다. 자신은 선생을 따라 독서하였는데 원래 공부에 열중해야 하였지만 실제로는 그렇지 못했다는 것입니다. "그 분의 모습과 말씀, 웃음이 신기해서 나와서는 늘 장난으로 흉내냈다." — 집으로 돌아갈 때 몰래 선생님의 말씀과 행동을 흉내냈는데 이것은 아마도 모든 학생들이 걸리는 병일 것입니다. (학생들 웃음) 시대나 국가를 막론하고 모두 마찬가지입니다. (학생들 크게 웃음) 여기에서부터는 어떤 학생이든 그 상황에 대해 상상하거나 말할 수 있을 것입니다. 악의가 없는 모방, 그리고 과장된 어조와 손짓 뒤에 숨겨져 있는 친밀함에는 사실 매우 따뜻한 감정이 들어 있습니다. 앞부분에서는 엄숙한 분위기였다가 갑자기 이 구절이 나오는데 느낌이 매우 좋습니다. 이 글에서 주력하고 있는 것은 동성파의 문장을 대표하는 세 명의 핵심 인물들 간에 튼튼한 사승관계를 구축하는 것입니다. 그렇게 하지 않으면 이들은 그저 같은 동성

명청 산문 강의

사람일뿐 하나의 문파라고 할 수 없습니다. 글의 풍격이 매우 유사하다는 말은 실체가 없어서 여전히 직접적인 사승관계가 요구되었습니다. 유대괴는 방포의 문하에 들어간 적이 없으며 기껏해야 사숙을 한 제자라고 말할 수 있을 뿐입니다. 유대괴가 글을 바쳤고 방포가 각별히 높이 평가했다는 것을 특별히 부각시킨 것은 방포와 유대괴 사이에 준準사제관계를 구축하기 위해서였습니다. 유대괴와 요내의 관계에 대해서는 원래부터 일찍이 "선생에게 글을 배운 바 있기" 때문에 요내의 어조는 한층 더 확신에 찹니다. "30년 동안 벼슬살이를 하다가 돌아오니" 예전의 부친 세대는 대부분 세상을 떴으나 "그래도 자주 선생을 종양[●]에서 뵐 수 있어서" 기뻤다고 합니다. 그 다음 구절은 동성파 문장의 특색을 매우 잘 구현하고 있습니다. "선생 또한 내가 오는 것을 좋아하셨는데 발

[역자 주] 종양(樅陽): 중국 안휘성(安徽省) 중남부에 위치한 현(縣)급 도시로 장강의 북쪽, 대별산(大別山)의 동남쪽에 위치해 있다.

의 병이 채 낫지 않아 부축을 받아 걸어 나오셔서 함께 글에 대해 한밤중이 될 때까지 이야기를 나누었다." 일상의 구체적인 장면을 잘 포착했고 생동감 있는 묘사로 글이 정제되고 깔끔할 뿐 아니라 앞의 "물러나와서는 늘 장난으로 흉내냈다"와 서로 호응하여 사제간의 감정을 드러냈고 또 글과 문학 유파의 문제까지 다루었으니 정말로 치밀하다고 할 수 있습니다.

상투적이고 감정이 과잉되기 쉬운 축수문祝壽文을 이토록 다채롭게 쓸 수 있다니 이것은 정말 재주입니다. 스승의 생신을 축하하면서 최선을 다해 그의 문학사적인 위상을 높이는 것은 분명히 가장 좋은 선물입니다. 하지만 그 이면에 동성파를 구축하려는 자신의 문학적 이상이 내포되어 있습니다. "천하의 문장은

동성에서 나온 것인가?"로 시작해서 "이 지역의 후배들이 듣고 서 분발하게 하려고 한다"로 끝맺었는데 글의 주제가 원대하고, 표현과 내용은 진중하고 의미심장합니다. 이는 '기치를 내걸고' '문파를 세우는' 글로, 동성파의 기치를 내걸고 동성파의 문학전통을 구축한 것입니다. 그러므로 후대 사람들이 동성파의 글에 대해 논의한다면 이 축수문을 주목하지 않을 수 없습니다. 또 이런 중대한 화제를 정면으로 논의하지 않고 우회적으로 돌려서 이른바 지금의 용어로 말하자면 '사적인 말하기'를 차용하여 이야기했기 때문에 자신의 문학적 이상을 효과적으로 드러낼 수 있었을 뿐만 아니라 비판도 거의 받지 않았습니다. 다시 말하지만, 스승의 생신에 축수문을 올리는데 좋은 말 몇 마디를 더 했다고 해서 문제 될 것은 없지 않겠습니까?

내가 요내를 특별히 주목하는 이유가 바로 여기에 있습니다. 한 편의 축수문에서 한 문파의 선후관계를 교묘하게 정리해 냈을 뿐 아니라 전혀 티를 내지 않았습니다. 후세 사람들이 동성문파를 이야기할 때 전반적인 내용은 모두 요내의 기획을 벗어나지 않았습니다. 이는 문학사가들이 독창적으로 발견해낸 것이라기보다는 요내가 의도적으로 복선을 깔아두고 그들이 발견하고 탐색하게 한 것이라고 해야 할 것입니다. 후세에 동성파를 이야기할 때 대부분 사람들이 대명세*에 대해서는 논의하지 않는데 이것이 바로 요내의 영향입니다. 대명세도 동성 사람인데 방포보다 열다섯 살이 더 많으며 산문으로 유명했기 때문에 동성파를 이야기할 때 원래라면 대명세와 방포를 병칭해야 마땅

대명세(戴名世, 1653~1713)는 자가 전유(田有)이고 호가 약신(藥身) 혹은 우암(憂庵)이며 안휘(安徽) 동성(桐城) 사람이다. 처음에는 서당 선생으로 있다가 후에는 막우(幕友, 명·청대 지방 관아에서 업무를 처리하던 인원 — 역자)가 되었고 문장을 선발하여 편찬(編纂)하고 주석을 붙이는 것으로 유명하였다. 강

합니다. 하지만 대명세는 『남산집南山集』에 명나라의 멸망에 대해 한탄하는 글이 있다는 이유로 책은 금서가 되었고 대명세 자신은 요참腰斬을 당했습니다. 요내는 화를 초래할까봐 의도적으로 그를 제외하고 방포에서 시작했던 것입니다. 후세 사람들은 내막을 모르고 그대로 답습하여 동성파의 산문을 논할 때 매우 중요한 대명세를 빠뜨리는 경우가 많은데 그렇게 해서는 안 됩니다.

방포, 유대괴, 요내 사이의 사승 관계를 구축한 것도 요내이지만 나아가 방포가 어떻게 귀유광歸有光을 계승했는지의 구도를 완성한 것도 요내였습니다. 따라서 동성파의 산문을 숭상했다고 인식되는 청대의 오민수*가 「문파에 대해 소잠에게 보내는 편지與筱岑論文派書」에서 다음과 같이 말한 것은 전혀 이상하지 않습니다.

> 지금 동성파라고 하는 사람들은 건륭 연간의 낭중郎中 요희전姚姬傳, 요내에서 시작되었다.

동성파를 이야기하면서 강희康熙 연간의 방포로부터 시작하지 않고 건륭 연간의 요내를 선택한 것은 요내가 방포를 통해서 귀유광과 이어지고, 유대괴를 통해서 방포와 이어지며 그런 다음에 자기 자신을 유대괴의 뒷자리에 놓아서 질서정연한 계보를 갖춘 문파를 만들어낸 핵심 인물이기 때문

회 48년(1709) 진사로, 한림원(翰林院) 편수(編修)를 맡아 『명사(明史)』의 편찬에 참여하였다. 그가 쓴 『남산집(南山集)』에 "반역의 뜻을 가진[狂悖]" 단어가 적지 않게 들어가 있어서 1713년에 청성조(淸聖祖, 강희 황제 — 역자)가 친히 죽이라는 명령을 내렸고 여기에 연루되어 죽은 사람이 300여 명에 달하였는데 이는 청대 초기 유명한 문자옥(文字獄) 사건이다.

오민수(吳敏樹, 1805~1873)는 자가 남병(南屛)이고 호남(湖南) 파릉(巴陵, 지금의 악양(岳陽)) 사람이다. 도광(道光) 12년 거인(擧人)으로, 북경에 갔을 때 매증량(梅曾亮), 주기(朱琦) 등과 고문(古文)과 경학(經學)에 대해 정밀하게 연구하였고 저서로 『반호문집(柈湖文集)』이 있다. 중국번과 많은 교유가 있었으나 그 막하에 들어가지는 않았다. 중국번은 「구양생문집서(歐陽生文集序)」에서 "예전에 나는 요내 선생이 호남(湖南)에서 과거시험을 주관하였음에도 불구하고 우리 고향의 그의 문하생들 중 고문을 배우는데 전념하는 사람이 있다는 말을 들은 적이 없는 것을 이상하게 여겼다. 후에 파릉(巴陵)의 오민수를 만났는데 요내의 학술에 대해 매우 좋아해서 싫증이 나지 않는다"라고 하였으나 오민수는 그의 호의를 받아들이지 않았고 심지어 요내가 학파를 세운데 대해 매우 부정적으로 생각했다. 그러나 당시든 아니면 후세든 일반적으로 모두 오민수를 동성파로 본다.

입니다. 이 외에 요내는 또 『고문사유찬古文辭類纂』을 엮어 귀유광을 통해 당송팔대가와 이어졌는데 이런 식으로 중국문학사 전체는 "하나의 맥락으로 이어지게" 되었습니다. 산문의 전통을 구축하는 과정이 한 걸음 한 걸음씩 완성되었던 것입니다. 깊이 있는 강의가 전개됨에 따라 요내의 사유방식도 점점 더 명확해졌고 그가 그려낸 문학사의 그림도 점차 독자들이 이해할 수 있게 되었습니다.

학통學統과 문통文統

여러분은 중국사를 공부할 때 문학사와 사상사를 막론하고 모두 한유가 도통道統을 세우기 위해 노력했다는 점에 유의해야 합니다. 고대 중국인들은 정통을 따지는 일을 좋아했는데 도통, 학통, 문통이 모두 이에 포함됩니다. 아마도 현재 학계의 기풍이 무너진 것에 대한 불만 때문인지 지금 많은 사람들이 다시 학파와 학통을 꺼내드는데, 예를 들면 '청화학파淸華學派', '북대학통北大學統' 같은 것들입니다. 이런 일들에 대해 나는 별로 동의하지 않습니다. 지금의 교육방식은 여러 스승에게서 배우는 것을 중시하기 때문에 어떤 학자의 스타일을 형성하는 데에 있어 지역과 스승의 영향은 예전처럼 그렇게 크지 않습니다. 예를 들면 나는 광동에서 왔는데 그렇다고 해서 내가 영남학파嶺南學派라고 말하거나 혹은 내가 광동학파廣東學派의 영향을 특별히 많이 받왔다고 말할 수 있을까요? 그럼 누구는 소흥紹興에서 왔으니 절동학파浙東學派이고 누구는 장사長沙에서 왔으니 호상학파湖湘學派라고 말할 수 있을까요? 아마 그렇게 말할 수 없을 것입니다. 지금의 초등학교와 중, 고등학교에서는 표준화된 교수방식을 따르고 있으며 대학교에 들어간 뒤에는 다른 곳으로 갈 가능성이 높기 때문에 '가문의 연고지'에 근거하여 학풍을 판단할 수 없습니다.

여러분은 평생 동안 수많은 선생님과 함께 할 텐데 어떤 선생님의 영향은 매우 깊겠지만 어떤 선생님은 별다른 영향을 미치지 못할 수도 있습니다. 설령 전자라고 하더라도 여러분이 어떤 선생님의 학통이나 문통을 이어받았다고 말하기는 어려울 것입니다. 기존의 것에 대한 반론과 창안을 지나치게 추구하는 시대에 살고 있는 이상, 애써 학통이나 문통을 강조하는 것은 그 본의가 '문화를 보존하고 지키는' 입장을 지지하는 것이라고 해도 오히려 늘 사람들에게 "권위에 의지하려고 한다"는 의심을 받기 쉬우므로 효과가 좋지 않습니다.

하지만 고대의 중국에서는 학통과 문통이 매우 중요했습니다. 어떻게 자신의 저술과 강학을 보편적으로 인정을 받는 학통과 문통 속에 집어넣을 것인가 하는 문제는 지식인들에게 있어서 생사와 직결되는 중요한 일이었습니다. 요내가 문통을 만들었을 때 그 목적과 방법, 과정, 효과는 한유가 도통을 만들어낼 때와 일치합니다. 시비와 득실이 모두 여기에 달려 있었던 것입니다.[*]

동성파가 주장한 것은 "학행은 정자와 주자의

천인췌(陳寅恪, 진인각)는 「한유를 논함論韓愈」(『금명관총고초편(金明館叢稿

初編」, 上海古籍出版社, 1980, pp.285~
297)에서 한유의 6대 공적에 대해 찬양
한 적이 있는데 그 첫 번째가 바로 "도통
(道統)을 세워 전수(傳授)의 연원(淵源)
을 증명했다"였다.

王兆符, 「方望溪先生文章序」, "學行繼程朱
之後, 文章在韓歐之間."

뒤를 잇고 문장은 한유와 구양수 사이에 있다"는
것이었습니다. 도통에서는 정자와 주자를 따르고
문통에서는 한유와 구양수를 따르고 모방한다는
것이 동성파의 여러 사람들이 여러 번 이야기하고
또 후세의 학자들에게서 인정을 받은 부분입니다.
그러나 구체적으로 볼 때 동성파의 여러 사람들이 성리학에서
이룩한 성과는 매우 미약합니다. 심원하고 고아하며 박학하다
고 인정되는 방포든, 아니면 "이학과 글 솜씨를 겸비하였다"라
고 일컬어지는 요내든 간에 그들의 사변적 이론은 모두 정밀하
다고 보기에는 부족합니다. 동성파에 대해서 말할 가치가 있는
것은 그래도 문장입니다. 정말 '한유와 구양수의 사이'에 있었는
지에 대해서는 논하지 않아도 상관없겠지만 글에 특색이 있다
는 점은 의문의 여지가 없습니다. 동성파의 일원들은 재능과 학
문에 있어서는 차이가 있겠지만 글에서는 기본적으로 모두 두
가지의 특징이 있었는데, 하나는 '시원하게 뚫어주는淸通' 것이고
하나는 '품격이 있고 점잖다雅馴'는 것입니다.

　청대의 가장 큰 문학 유파인 동성파는 영향력도 매우 컸고 공
격도 많이 받았습니다. 구체적인 산문 분석에 들어가기 전에 약
간의 배경지식을 제공하는 차원에서 많은 비판들 중 두 가지를
소개하려고 합니다. 첫 번째 비판은 동성파는 대부분 의리義理에
대해서는 박약하지만 도道를 수호하려는 열정은 매우 높았다는
것입니다. 이른바 확고한 입장으로 도道의 수호자로 자처하지만
이치를 제대로 이야기하지 못한다는 것은 좀 우습게 보이기도
합니다. 다른 사람들이 허튼 생각을 하는 것을 용납하지 못하고

심지어 정자나 주자와 명성을 다투려고 하는 자들에게는 대가 끊기라고 저주를 퍼붓기까지 합니다. (학생들 웃음) 이것은 내가 말한 것이 아니라 방포의 「이강주에게 쓴 편지與李剛主書」와 요내 의 「간재에게 또 다시 보내는 편지再復簡齋書」에 나온 것입니다. 방포는 이렇게 말했습니다.

양명陽明 이래로 주 씨朱氏를 심하게 비난한 자들은 대부분 대가 끊겨서 제사를 지내지 못하였는데 내가 보고들은 것만 해도 일일이 이야기할 수 있습니다.

요내는 이렇게 말했습니다.

그리고 평생 동안 정자와 주자의 행동을 본받지 못하고 두 분과 명성을 다투려고 한다면 어찌 천하의 사람들에게 미움을 받지 않을 수 있겠습니까? 그러므로 모대가毛大可(모기령毛奇齡), 이강주李剛主 (이공李塨), 정면장程綿莊(정정조程廷祚), 대동원戴東原(대진戴震) 등이 모두 죽은 뒤에 대가 끊겼는데 이것은 우연이 아닙니다.

저우쭤런은 「방포와 요내의 글에 대해 이야기하다」*에서 집 중적으로 이 점을 비판하면서 "식견이 얼마나 비 루하며 성품은 또 얼마나 비열한가!"라고 했습니다. 청대에 동 성파를 비판한 글은 매우 많았고 '5·4' 시기에 첸쉬안퉁은 '동성 파 잡놈, 문선파 요괴'라고 하면서 더 세차게 분풀 이를 했지만 제대로 공부해서 동성파를 비판하고

周作人, 『秉燭談』 중 「談方姚文」.

저우쭤런(周作人, 주작인, 1885~1967) 은 절강(浙江) 소홍(紹興) 사람으로 본명

이 쿠이서우(魁壽)였는데 남경수사학당(南京水師學堂)에 들어갈 때 이름을 쥐런이라고 고치고 치밍(啓明 또는 豈明), 즈탕(知堂) 등의 호를 썼다. 1906년에 일본에 유학을 갔고 1911년에 소흥에 돌아왔으며 1917년에 북경대학 문과교수에 부임하였다. 5·4신문화운동 시기에「인간의 문학(人的文學」,「사상혁명(思想革命)」등 중요한 평론을 발표하였고 1921년에 문학연구회(文學硏究會) 설립에 참여하고 선언문을 썼으며 1924년에는 어사사(語絲社)를 창설하고『어사(語絲)』의 총편을 맡았다. 그러나 그 이후에는 "문을 닫고 독서할 것"을 주장하고 수필과 소품의 창작에 몰두하였다. 7·7사변 이후에 북경대를 따라 남쪽으로 가지 않고(1838년에 북경대학, 청화대학, 사립 남개대학 세 대학교가 곤명(昆明)으로 이전하여 서남연합대학교(西南聯合大學校)를 세웠음─역자) 가짜 정부(왕징웨이(汪精衛)의 정권을 가리킴─역자) 쪽에서 중요한 관직을 맡아서 항일전쟁이 승리한 후에 한간죄(漢奸罪)로 형을 선고받았다. 50년대 이후에는 북경에 정착하여 회고록을 쓰고 일본과 그리스의 명작들을 번역하였다.『유럽문학사(歐洲文學史)』,「아동문학소론(兒童文學小論)」,『중국신문학의 원류(中國新文學的源流)』등 학술저서를 남겼으나 가장 널리 인정을 받은 것은『자신의 정원(自己的園地)』,「비 오는 날의 편지(雨天的書)」,『택사집(澤寫集)』등 산문과 수필이다. 그 외에『아동잡사시(兒童雜事詩)』와『지당회상록(知堂回想錄)』도 보기 드문 훌륭한 책이다.

陳平原,『中國散文選』, 天津 : 百花文藝出版社, 2000. 錢理群,『周作人傳』, 北京 : 十月文藝出版社, 1990.

舒蕪,『周作人的是非功過』, 北京 : 人民文學出版社, 1993.

끝까지 붙잡고 늘어진 사람은 저우쭤런입니다. 1960년대까지 줄곧 저우쭤런은 끊임없이 동성파를 비판하는 글을 썼는데 동성파와 팔고문의 관계를 강조하였을 뿐 아니라 동성파가 극력 추앙한 귀유광, 심지어는 당송팔대가(특히 한유)까지도 소탕해야 할 부류에 포함시켰습니다. 저우쭤런의 많은 주장은 일반 사람들의 상상을 초월할 만큼 가혹하지만 일리가 있어서 경청할 만합니다. 동성파 글의 문제점을 정말 알고 싶다면 저우쭤런의 글이 큰 도움이 될 것입니다.

재미있는 것은 지금까지 저우쭤런의 '글'에 대해 가장 제대로 말한 사람이 동성파 학자 수우(舒蕪, 서무라는 것입니다. 저우쭤런의 생애와 사상, 학문을 알기 위해서는 첸리췬(錢理群, 전리군)의『저우쭤런전』을 가장 먼저 골라야 하지만 저우쭤런의 '산문예술'에 대해서는 수우의『저우쭤런의 시비와 공과』가 더 추천할 만합니다. 물론 수우가 저우쭤런에 대해 높이 평가한 것은 일련의 논란을 불러일으켰습니다. 예를 들면 저우쭤런은 항일전쟁 때 "타락했고" 수우는 후펑 사건에서 별로 영예롭지 못한 역할을 했기 때문에 많은 사람들은 "그 동기를 파악하여 비판을 하"면서 그가 저우쭤런에 대해 그렇게 깊이 이해할 수 있는 것도 무리가 아니라고 했습니다. (학생들 웃음) 어쨌든 내가 보기에는 저우쭤런의 글을 제대로 이해하고 그 좋은 점을 말한 사람은 지금까지는 수우가 최고입니다. 저우쭤런의 글을 감상하고 품평하려면 글에 대한 꽤 괜찮은 소양이 필요한데 이 점에서 수우는 합격입니다. 나는 동성파 글의 문제를 제대로 꿰뚫어 보고 혹독한 비판을 한 사람이 저우쭤런이고 진정으로 저우쭤런 글의 장점을 알아보고 아낌없는 칭찬을 한 사람이 또한 동성파의 후대인 수우라는 점을 매우 신기하게 생각하고 있습니다.

동성파가 길거리에서 욕설을 퍼붓는 방식으로 논쟁의 상대를 대한 것이 매우 교양이 없어 보인다는 것 말고도 저우쭤런이 지적한 또 다른 비판이 있었는데 그것은 동성파의 글이 '의법義法'을 중시하여 시문時文 즉 팔고문과 매우 가깝다는 것입니다. 당송팔대가의 장법章法에 따라 팔고문를 쓰게 되면 다른 사람들이 쓴 것보다 '예스러워' 보이지만 시문을 쓰는 방법으로 고문을 쓴다면 틀림없이 '속되게' 보일 것입니다. 청대 학자 전대흔˙은 「방망계의 글에 쓴 발문跋方望溪文」에서 왕주王澍(자는 약림若霖)의 "영고靈皐(방포)는 고문을 시문으로 삼고, 시문을 고문으로 삼는다"라는 말을 인용하고 이어 "논자들은 방망계 글의 문제점을 깊이 꿰뚫어 본 것이라고 여겼다"라고 했습니다. 다시 말하면 사람들은 이 말이 정곡을 찌른 듯이 동성파 글

[역자 주] 후펑(胡風, 호풍) 사건은 1955년 5월 13일에 『인민일보』에서 편집자인 마오쩌둥(毛澤東, 모택동)이 후펑을 반당반혁명집단으로 규정하고 제거해야 한다고 한다는 글을 쓰면서 촉발되었다. 이 일로 후펑과 그 그룹은 적으로 간주되어 체포되거나 격리되는 등의 정치투쟁으로 성격이 변화하였다. 후펑의 제자 수우는 「후펑반당집단의 자료에 관하여[關于胡風反黨集團的一些材料]」를 썼는데 마오쩌둥은 『인민일보』의 '편집자의 말'에서 이 글을 언급하였다.

전대흔(錢大昕, 1728~1804)은 자가 효징(曉徵) 또는 급지(及之)이고 호는 신미(辛楣), 혹은 죽정거사(竹汀居士)이며 강소(江蘇) 가정(嘉定, 지금은 상해에 속함) 사람이다. 학문이 넓고 정밀하였으며 대진과 더불어 건가학파(乾嘉學派)의 대표적 인물이다. 주요 저서로는 『이십이사고이(卄二史考異)』, 『십가재양신록(十駕齋養新錄)』, 『잠연당문집(潛研堂文集)』 등이 있다. 단옥재는 『잠연당문집』의 서문에서 전대흔의 인품, 학문과 문장에 대해서도 함께 평가하였다. "선생은 유자(儒者)가 마땅히 갖추어야 할 기예에 대해서는 배우지 않은 것이 없었고 정밀하지 않은 것이 없었다. 그 학문은 바르게 하나의 길로 갔으며 노자나 불교, 공명과 이익에 관련된 것이 섞이지 않았다. 그의 글은 고문을 쓰기 좋아하고 스스로 문단의 영수라고 자부하는 자들이 비길 바가 아니어서 마음속에 느낀 바가 있으면 아무렇게나 써도 모두 경사(經史)의 정수(精髓)가 되었다. 그의 글은 이치가 밝아서 모호한 것[鶻突]이 없었고 기운이 온화하여 글이 과장되지 않았으며 그의 글씨는 깊은 맛이 있어서 시원하면서도[條暢] 모든 것을 다 드러

내는 단점이 없었고 옛것을 배우면서도 모방의 흔적이 없었으며 변론을 함에 있어서 팔소매를 걷어 부치고 소리를 지르는 습성이 없었다." 이 논의는 매우 훌륭한데 기본상에서 청대 "학자의 글"의 독특한 장점을 정확하게 이야기하였고 "고문을 쓰기 좋아하고 스스로 문단의 영수라고 자부하는 자들"에 대해 극력 폄하한 것은 명백하게 당시 마치 정오의 태양처럼 인기가 높던 '동성파의 글'을 겨냥한 것이다.

의 문제점을 제대로 지적했다고 생각했다는 것입니다. 이제부터 정말로 그러한지에 대해서 대답할 것입니다.

의리, 고증, 문장

중문과 학생들은 모두 요내의 "의리義理, 고거考據, 사장詞章 세 가지의 결합"이라는 명언에 대해 알고 있을 것입니다. 「진소현에게 다시 보내는 편지復秦小峴書」에는 "요내는 천하의 학문은 의리, 문장, 고증 세 가지로 나눌 수 있는데 이 세 가지는 서로 다르지만 모두 없어서는 안 된다고 하였습니다"는 구절이 있습니다. 여기에서 말하려는 것은 이 세 가지가 추구하는 바는 다르지만 모두 가치가 있으므로 어떤 것은 취하고 어떤 것은 버려서는 안 된다는 것입니다. 만약 이 세 가지를 똑같은 비중으로 공평하게 다룬다는 입장이라면 이미 송대의 유학자 정이程頤가 이보다 앞서 글을 쓰는 학문文章之學, 훈고의 학문訓詁之學, 유자의 학문儒子之

鄔國平·王鎭遠, 『淸代文學批評史』, 上海古籍出版社, 1995, pp.566~567 참조.

學으로 구분했던 적이 있습니다. 사실 요내의 특별한 점은 이 셋 중의 어느 것도 버려서는 안 될 뿐 아니라 서로 도움이 된다는 것을 강조한 것입니다. 이 주장은 주로 「술암문초서述庵文鈔序」에서 제시되었습니다. 요내 혹은 동성파를 논의하는 사람들은 모두 이 글을 언급하기 때문에 인용하는 사람이 매우 많습니다.

나는 학문에는 세 가지가 있는데 의리, 문장, 고증이 바로 그것이라고 한 적이 있다. 이 세 가지는 잘 이용만 한다면 모두 서로 보탬이 될 수 있지만 만약 잘 사용하지 못한다면 서로 해가 될 수도 있다.

세 가지는 모두 독립적인 가치가 있어서 서로 보탬이 될 수도 있고 해로울 수도 있는데 이는 잘 이용하느냐 못 하느냐에 달려 있다는 것입니다. "하늘이 재목을 낼 때에는 비록 아름답지만 치우친 바가 없을 수 없으므로 여러 장점을 겸비할 수 있는 것을 귀하게 여긴다." 이 구절의 의미는 의리와 고증, 문장을 겸비할 수 있는 능력이 학문 혹은 글쓰기의 최고 수준이라는 것입니다. 이 견해는, 어떤 사람은 의리에 대한 논의는 잘 하는데 언사가 거칠고, 어떤 사람은 박학다식하지만 글이 자잘하다고 주장한 것이어서 매우 현실성이 있습니다. 이렇게 덕행이 높고 재주와 식견이 있는데 왜 글을 잘 쓰지 못하는 것일까요? 그것은 "자신이 좋아하는 것들에 지나치게 집착하여 아무 것도 버리지 못하기" 때문입니다. 여기서 세 가지를 결합할 것을 주장하는 주요 입장과 목표는 '글'에 있지 '의리'나 '고증'에 있지 않다는 점을 유의하기 바랍니다. 그러므로 당연히 후세에 이 세 가지를 결합하라는 논의를 즐겨하는 사람들은 대부분 작가이지 사학자나 철학자가 아닌 것입니다.

스스로 "학문과 행실은 정자와 주자의 뒤를 잇는다"라고 표방한 동성파의 인물들이 의리, 고증, 문장 세 가지의 결합을 주장한 것은 실제로 정이의 영향 때문일 수도 있겠지만 나는 요내가 처음에 이 주장을 할 때에는 대진戴震과 관련이 있을 것이라고 생각합니다. 이 문제를 설명하기 위해 대진의 「방희원에게 보내는 편지與方希原書」를 인용하려고 합니다. 대진은 건륭 20년, 즉 1755년에 같은 고향 동지인 방희원에게 편지를 썼는데, '당신이 보내준 편지를 읽고 나서 나는 당신이 최근에 고문 연구에 전력하고 있다는 것을 알게 되었는데 내가 보기에는 이러한 방법은 잘못된 길로 들어서기 쉽다'는 내용이었습니다. 그 이유가 무엇일까요? 이유는 다음과 같습니다.

> 고금에 학문의 길은 대체적으로 세 가지가 있습니다. 이의理義, 제수制數, 문장文章 셋 중의 하나에 전념하는 것입니다. 문장에 전념하는 것이 가장 낮은 등급입니다.

그러면 사마천, 한유 같은 대가들도 모두 '가장 낮은 등급'이란 말입니까? 아닙니다. 하지만 그들이 큰 성과를 거둘 수 있었던 것은 바로 "기예를 말단으로, 도를 근본으로" 삼았기 때문입니다. 곧 "자장子長(사마천의 자)과 맹견孟堅(반고의 자), 퇴지退之(한유의 자), 자후子厚(유종원의 자) 등 여러 군자"들이 거론할만한 가치가 있고 후세의 사람들의 추앙을 받는 것은 그들이 추구한 것이 '도'이기 때문이며 '기예'는 다만 겸하였거나 혹은 저절로 따라온 것일 뿐이라는 것입니다. 세 가지로 학문을 구분했지만 대진의 마음속에서는 문장의 지위가 가장 낮습니다. 주의해야 할 것은 대진뿐만 아니라 건륭·가경 연간의 학자들이 보편적으로 이런 관점을 갖고 있었다는 점입니다.

만약 내 추측이 잘못 되지 않았다면 1795년에 쓴 「술암문초서」는 대진의 「방희원에게 보내는 편지」에 대한 반박을 담고 있습니다. 요내도 학문에 세 가지 길이 있다고 주장했지만 대진이 '가장 낮은 등급'이라고 여겼던 '문장'을 오히려 삼군의 '통수'의 지위에 올려놓았습니다. 비록 세 가지가 "서로 상보적이다"라고 했지만 궁극적인 목표는 여전히 '문장'에 있었습니다. 40년이라는 세월이 흘렀는데 요내가 아직도 예전에 대진이 쓴 편지를 기억하고 있었던 것일까요? 물론입니다. 왜냐하면 이는 요내의 인격과 학문 발전에 영향을 미친 핵심적인 문제였기 때문입니다.

단옥재*가 쓴 「대동원선생연보」를 보면, '건륭 20년' 항목에는 대진이 이 해에 북경에 들어가서 학문에 큰 성취가 있었고 그가 쓴 책을 읽고 "책상을 치면서 찬탄하지 않는 사람이 없었으며" "이름이 북경에 널리 퍼져서 높은 벼슬아치들이 다투어 교유하고자 하였다"라고 쓰여 있습니다. 또 학문에 대해 논한 두 통의 편지 「방희원에게 보내는 편지」

단옥재(段玉裁, 1735~1815)는 자가 약옹(若膺)이고 호가 무당(懋堂)이며 강소(江蘇), 금단(金壇) 사람이다. 건륭 연간의 거인(擧人)으로, 귀주(貴州) 옥병(玉屛), 사천(四川) 부순(富順) 등의 현령을 지냈으며 후에 병으로 그만두고 소주의 풍교(楓橋)에 거주하였다. 대진을 스승으로 모셔 경학에 깊은 조예가 있었는데 특히 소학(小學), 음운(音韻)에 정밀하였고 수십 년 동안 정력을 쏟아 일대의 명저인 『설문해자주(說文解字注)』를 완성하였다.

와 「효렴 요희전에게 보내는 편지與姚孝廉姬傳書」도 수록되어 있습니다. 알고 있듯이 옛사람들이 학문을 논한 편지는 오늘날의 개인적인 편지와는 달리 친구들 사이에서 널리 전해져서 읽힐 수 있었습니다. 이 두 통의 편지는 서로 관련되고 보완이 되므로 함께 참조해서 읽어야 합니다.

1755년에 이제 막 북경에 들어선 두 명의 인재인 대진과 요내는 서로 만나게 됩니다. 이야기를 나눈 뒤에 나이가 일곱 살이 어린 요내는 크게 탄복하면서 대진을 스승으로 모시겠다고 청합니다. 잘 알고 있듯이 대진은 과거 성적이 좋지는 못했지만 북경에 들어간 뒤에 수많은 대학자, 기윤紀昀, 왕명성王鳴盛, 전대흔錢大昕, 왕창王昶(나중에 요내가 서문을 써준 『술암문초述庵文鈔』의 저자), 주균朱筠 등이 적극적으로 추천을 하여 명성을 크게 떨쳤습니다. 당시 우리 나이(중국 전통적인 나이 계산법으로, 태어나면 한 살로 계산하는 것 — 역자)로 25세밖에 안 되었으나 이미 거인擧人에 합격한 요내가 내세울 것이 없는 대진을 스승으로 모시려고 한 것은 결코 아부를 하려는 의도가 아니었을 것입니다. 하지만 예상과는 달리 대진은 완곡하게 사양합니다. 「효렴 요희전에게 주는 편지」에서 대진은 '당신이 나를 스승으로 모시겠다는 편지를 보냈는데 나는 감히 수락할 수 없다'고 말합니다. "옛날의 벗은 반은 스승이었"으니 "나와 그대는 서로 스승이 되어도 괜찮을 것입니다." 표면적으로는 매우 예의를 갖추면서 나는 당신의 스승이 아니라 당신의 친구가 되기를 바란다고 했지만 실제로는 이른바 "서로 스승이 되자"는 당신이 나를 스승으로 모시는 것을 허락하지 않겠다는 뜻입니다.

흥미로운 이 사건은 대진과 요내의 저작에 대해 논할 때면 언제나 이야기하게 됩니다. 왜냐하면 한 사람은 청대 학문의 최고봉이고 한 사람은 청대 문장의 영수인데 이 두 사람이 서로 어깨를 스치고 지나가다가 하마터면 사제지간이 될 뻔했다는 것인데 여기에는 생각해 봐야 할 점이 많기 때문입니다. 이렇게 완곡하게 사양한 것이 후에 서로 다른 길을 걷게 된 것과 큰 관련이 있는지, 그것이 결과적으로 잘된 일인지 그렇지 않은 일인지에 대해서는 심층적으로 연구할 만한 가치가 있습니다. 예를 들면 단옥재는 「대동원선생연보」를 쓸 때 이 일에 대해 "선생은 학문이 천하에 으뜸이었지만 다른 사람의 스승이 되는 것을 좋아하지 않았다"라고 했습니다. 이것은 두 사람에게 모두 불만을 사지 않을 정도로 좋게 말한 것이었습니다. 현대 사람인 우멍푸吳孟復, 오맹복도 『동성문파술론』*에서 이 문제를 다루었지만 선후 관계를 따지지 않았기 때문에 40년 동안

吳孟復, 『桐城文派述論』, 合肥 : 安徽教育出版社, 1992.

의 일이 한데 뒤섞여 뒤죽박죽이 되었습니다. 우멍푸는 요내가 한학漢學의 학풍에 대해 비판한 점을 특히 칭찬했는데 이는 개인적인 견해이므로 별 문제가 없습니다. 하지만 대진 등의 여러 사람들이 "글의 맥락과 어조를 잘 파악해서 글을 쓸 때 어지럽게 뒤섞이지 않을 수 있었던 것"은 "아마도 요내가 조언한 결과일 것"이라고 하였는데 말도 안 되는 소리입니다. 여기에 근거하여 얻은 결론인 "대진이 요내에게 다시 보낸 편지에서 요내와 '서로 스승이 되자'라고 했는데 대진의 말 역시 진심이었다"(102쪽)는 일방적인 바람에 가까운 것이며 청대의 학술 기풍에 대해 전혀 이해하고 있지 않았다고 볼 수 있습니다.

우멍푸는 동성파를 찬양하고 그 숨겨진 덕과 광채를 드러내는 선험적 입장에 서 있었기 때문에, 요내가 만년에 쓴 「술암문초서」가 젊은 시절 자신이 존경했던 사람의 문장 풍격에 영향을 미칠 수 없었다는 점과 그것으로 40년 전에 대진을 스승으로 모시려다가 좌절당한 일을 해석해서는 안 된다는 점을 고려하지 않았습니다. 방금 전에 말했던 것처럼 대진이 요내가 자신을 스승으로 모시는 것을 사양한 일에 대해 이야기하려면 그가 같은 해에 쓴 「방희원에게 보내는 편지」와 「효렴 요희전에게 주는 편지」를 대조하면서 읽어야 합니다. 첫 번째 편지는 자신의 고향

사람에게 고문만 공부해서는 안 된다고 한 것인데 이는 "글에만 전념하는 것은 가장 낮은 등급이기" 때문입니다. 두 번째 편지는 당시 고문을 본격적으로 공부하던 요내에게 감히 당신을 제자로 받을 수는 없으니 우리 "서로 스승이 되자"라고 한 글입니다. 이것이 과연 '진심에서 나온 말'일까요? 조정의 수많은 대학자로부터 끊임없이 칭찬을 들었던 '학술계 스타'가 어떻게 취향도 전혀 다르고 또 내세울 것도 없는 청년과 "서로 스승이 되자"라고 했겠습니까? 이 일은 마치 오늘날의 젊은이들이 하는 말을 빌려 "나 정말 상처 받았어"라고 할 만큼 요내에게는 충격이었습니다. 요내가 그 이후에 고증 쪽으로 방향을 바꾼 것은 이 일과 직접적인 관련이 있는 것입니다.

한학漢學만이 대단한 시대에서는 의리와 고증에 모두 능한 대진조차도 학계에서 거대한 압박을 느꼈습니다. 위잉스의 『대진과 장학성을 논함』, 특히 그 속에 들어 있는 장문의 글 「대동원과 청대의 고증학풍戴東原與淸代考證學風」에서는 "도道를 아는 것에 뜻을 둔" 대진이 어떻게 '의리'와 '고증' 두 가지 방향 사이에서 발버둥쳤는지에 대해 집중적으로 이야기하고 있습니다. 이는 후스가 평면적으로 "대진이 청대 유학자들 속에서 가장 특이한 점은 그가 고거考據, 명물名物(사물에 이름을 붙이고 이치를 해석하는 것 — 역자), 훈고訓詁가 궁극적인 목표가 아니라 '도를 밝히는明道' 일종의 수단이라는 점을 정확히 인식하고" '고증학자'뿐 아니라 더 나아가서 '철학자'가 되기로 결심하

"동원(東原)은 학술이 의리와 고증에 걸쳐 있었으나 그가 이 두 가지 학문에 대한 태도가 달랐던 점을 자세히 살펴보면 그가 마음속으로는 항상 의리를 더 중시했음을 알 수 있다. 이는 그의 '고슴도치' 본성에 의해 결정된 것이다. 하지만 다른 측면에서 보면 고증은 청대 학술의 주류이며 또한 일부 학자의 직업이었던 것과도 관련이 있다. 동원은 갑술(甲戌)년에 북경으로 들어간 다음 바로 고증학을 하는 학자군에 가입하였는데 당시에 왕래하던 자들은 모두 이런 부류였다. 동원이 과거에 급제하지 못하게 되면서 의식주를 해결할 방법 역시 이것밖에 없었다. 그러므로 그의 중년의 논의는 당시의 시류(時流)에 영합하는 부분이 없지 않았다. 만년에 이르러서 그는 사상적으로 우뚝하게 자립하였고 다른 사람들의 번다한 논의에서 벗어나 자신의 본

였다고 했던 것보다 훨씬 더 청대 중기 학술사상의 추세를 잘 말해 줍니다. 또 바로 이러한 추세가 원래 문장에 마음을 쏟았던 요내로 하여금 한동안 고증으로 방향을 틀게 하였던 것입니다.

래 모습으로 돌아가서 의리를 그 마음의 마지막 귀속처로 삼았다." 余英時, 『論戴震與章學誠』, 臺北 : 東大圖書公司, 1996, pp.149～150.

胡適의 『戴東原的哲學』(上海 : 商務印書館, 1927) 제2절 참조.

전조망은 『경사문답經史問答』 권5에서 방포가 "고증에 능하지 않았다"고 비판하였는데 "잡다한 책을 읽지 않는 점이 정자程子와 매우 비슷하다. 설령 『사기』, 『한서』 같은 책이라고 하더라도 방시랑은 글 자체를 즐겨 보았을 뿐 고증에 대해서는 염두에 두지 않았다"고 하였습니다. 요내는 그보다는 좀 나아서 사고관四庫館에 들어가기도 했고 고증한 몇 편의 글도 있었습니다. 하지만 고증학자로서의 요내는 한학이 중심인 시대에 거의 어떤 광채도 낼 수 없었습니다. 나는 이 점도 그가 당시의 최고 학술 기관을 떠나 차라리 외지로 가서 글을 가르치는 것을 선택했던 이유일 것이라고 생각합니다.

요내가 1775년에 사직하고 남쪽으로 간 것에 대해 질손인 요영은 요내의 '행장'에서 그가 자기 한 몸을 깨끗이 하여 당시 권세가들을 스승으로 모시고 싶어 하지 않았다고 썼는데, 오늘날의 우명푸는 더욱 멋지게 포장하여 요내가 "경세에 뜻을 두었으나" 자신이 할 수 있는 것이 없음을 보고서는 "갈옷을 걸치고 고향 마을로 돌아갔다"라고 했습니다.* 그러나 사고

吳孟復, 『桐城文派述論』, 合肥 : 安徽敎育出版社, 1992, p.99.

관의 대신인 요내의 주요 임무는 고증과 찬술이어서 "관리가 되어서 백성들을 위해 일하지 못하면 집으로 돌아가 고구마를 팔기만 못하다"라는 초조함이 없었습니다. 더구나 이 집안은 조정에서 벼슬을 하는 전통을 가지고 있어서 "동쪽 울타

리에서 국화를 따니 남산이 유연히 눈에 들어오는"● 것에 만족할 리가 없습니다. 그가 북경을 떠났던 것은 틀림없이 사고관의 내부 분쟁과 관련이 있을 것입니다. 전국에서 가장 뛰어난 학술 인재들이 모여 있는 사고관에서 대진은 마치 물을 만난 물고기와 같았지만 요내의 경우 그의 고증 수준으로 볼 때 결코 잘 지낼 수 없었을 것입니다. 분명히 그곳의 고증학자들이 의식적으로 또는 무의식적으로 배척을 했기 때문에 요내는 그곳을 떠나 새로운 길을 개척했을 것입니다. 이는 결과적으로는 좋은 일이었습니다. 만약 북경을 떠나지 않았다면 요내는 결코 나중에 독자적인 길을 개척하지 못했을 것입니다.

남쪽 지역으로 돌아간 뒤 여러 서원을 돌아다니면서 강학을 하는 것으로 생계를 유지하던 요내는 예전에 한동안 심취했던 고증학을 버리고 다시 글쓰기에 전념했습니다. 「옹담계에게 보내는 편지與翁覃溪書」에서 요내는 "요즘 재능이 출중한 후배들 중에는 고증을 하는 사람은 그래도 몇 명 되지만 고문을 배우는 자는 매우 적습니다"라고 말합니다. 이 판단은 정확한 것으로, 고증의 학풍이 크게 성행하던 시대에 문학을 중시한다면 사람들의 비웃음을 받기 마련이었습니다. 하지만 요내는 고문 역시 발전할 여지가 있다고 생각해서 그것을 평생의 사업으로 삼기로 계획했습니다. 이 지혜로운 선택은 사상적인 측면에서 정자와 주자를 존숭할 것인가 폄하할 것인가, 또 학문에서 문장을 중시할 것인가 경시할 것인가를 결정하는 문제였습니다. 이른바 청대 학계의 '한학과 송학의 싸움'은 구체적으로는 고증과 의리의 싸움일 수도 있고 고증과 문장의 싸움일 수도 있습니다. 엄밀하게 보면 후자는 '문학과 역사의 변별'에 더 가깝습니다. '한학과 송학의 싸움', 그리고 서로 상관은 있지만 완전하게 일치하지는 않은 '문학과 역사의 변별' 문제를 파악하게 되면 청대 학문의 발전에 대해 보다 더 분명하게 이해할 수 있을 것입니다.

40년간의 강학을 통해 요내는 점차 의리, 고증, 문장 이 세 가지를 결합시키겠다는 생각을 하게 되었고 여러 차례 그 점을 드러냈습니다. 궁극적인 목표는 글과 내용을 모두 중시하고 의리와 문장을 겸비하는 것이었습니다. 여기에서는 좀 더 구분해 볼 필요가 있습니다. 청대 사람들이 학문을 할 때에는 '하나를 정밀하게 하는 것'을 중시하지 '폭넓게 하는 것'을 중시하지 않았는데 요내의 이런 행동은 마치 그 방법과 반대로 한 것 같기도 합니다. 다음의 두 사건을 보면 요내가 자신의 방식대로 할 때 빠질 수 있는 함정에 대해 어느 정도 알고 있었다는 사실을 알 수 있습니다. 젊은 시절 요내는 시를 배우려고 노력했는데 사신행*이 "자네의 시는 공교롭지 못하며 그저 문장력을 빌려왔을 뿐이다子詩不能工, 徒奪爲文力"라고 하여 포기했습니다. 사詞를 쓰려고 노력한 적

사신행(查愼行, 1650~1727)은 자가 회여(悔余)이고 호가 초백(初白)이며 절강(浙江) 해녕(海寧) 사람이다. 강희 연간의 거인(擧人)으로, 진사 출신을 하사 받았으며 편수(編修) 벼슬을 지냈다. 『경업당시집(敬業堂詩集)』 등 저서가 있다.

도 있었는데 대진이 왕명성王鳴盛의 의견을 전하자 의연하게 물러납니다. 왕명성이 어떻게 말했던 것일까요? 그는 자신이 이전에는 요내를 매우 두려워했는데 지금은 두렵지 않다고 했습니다. 그 이유는 무엇일까요? "그는 다재다능한 것을 좋아하여 뭔가를 잘 하는 사람을 보면 그것도 잘 하고 싶어합니다. 하나에 전념하면 정밀해지지만 잡다하게 배우면 거칠어지기 때문에 두

렵지 않은 것입니다." 이 두 사람의 말은 모두 요내가 직접 말한 것으로, 나중에 후대의 동성파의 대가인 야오융푸姚永樸, 요영박는 『문학연구법』의 마지막 부분에서 "이 두 사건은 유사한데 후생들의 귀감이 되기에 충분하므로 여기에 덧붙인다"라고 말했습니다. 『문학연구법』은 총 4권 25편인데 야오융푸가 북경대학 등 여러 대학교에서 문학을 가르칠 때 썼던 강의록으로, 동성파의 규범을 이해하는데 매우 유용합니다.

姚永樸, 『文學研究法』, 合肥: 黃山書社, 1989.

이것으로 이제 우리는 요내든 동성파의 후학이든 글을 쓰거나 학문을 할 때 반드시 "하나를 정밀하게 해"야만 한다는 것을 모두 분명하게 인식하고 있었다는 사실을 알 수 있습니다. 의리, 고증, 문장 이 세 가지의 결합을 주장한 것은 세 가지에 똑같이 힘쓰라는 것이 아니라 '의리'와 '고증'을 '문장'에 넣어서 시대의 요구에도 부응하고 자신의 전문영역도 지키라는 뜻이었습니다. 만약 이러한 노하우를 알지 못하고 정말 세 가지를 똑같이 중시하여 전면적인 발전을 이루려고 시도한다면 잡탕이 되어 이도 저도 아니게 될 수도 있습니다. 이렇게 '여러 사람의 장점을 두루 취하는 것'은 절대 좋은 일이 아닙니다. 그러므로 야오융푸는 책의 끝부분에서 두꺼운 벽을 부수고 학생들에게 비결 하나를 전수해 준 것입니다.

일반적으로 동성파의 3대 조상 중에서 요내의 글은 담백하고 자연스럽고 간결하고 정밀한 것이 장점입니다. 유대괴의 글은 개성이 분명하면서도 재주와 감정이 넘쳐흐르고, 방포의 글은 지나치게 우아하고 깔끔하여 자신의 '의법義法'에 묶여버린 측면이 있고 더욱이 조정의 관료로 있었기 때문에 서술이 시원스럽지 못합니다. 이들과 비교하면 요내는 '문장'과 '학문'을 모두 닦아서 확실히 완정된 편입니다. 이 점은 동성파를 논의하는 사람이라면 모두 언급하는 부분입니다. 나는 다른 측면에서 여러분에게 문제 하나를 내려고 합니다. 남쪽 지방으로 가서 강학을 한 요내는 한학가에 맞서는 것 말고도 다른 사상적 토대를 가지고 있었던 것일까요?

나는 여러분이 요내의 글 「수원아집도 후기隨園雅集圖後記」와 「수원 원군 묘지명袁隨園君墓志銘」 두 편을 읽어 보기를 바라는데 앞의 글은 내가 엮은 『중국산문선』에 들어 있고 뒤의 글은 내가 수록하지 않았지만 류지가오劉季高, 유계고가 표점과 주석을 단 『석포헌시문집』*이나 치쉬방漆緒邦, 칠서방과 왕카이푸王凱符, 왕개부가 엮고 주석을 단 『동성파문선』*에서 읽을 수 있습니다. 『동성파문선』은 대명세, 방포에서 우루룬, 야오융가이까지, 그리고 "문파 밖에서 그 비법을 전수 받은" 린수까지 포함해서 총 27명의 작가를 선택하였는데 수록한 작품 대부분이 읽을 만할 뿐만 아니라 대략 동성파 글의 200년 역사를 보여줄 수 있어서 동성파를 이해하기 위한 입문서로 쓸 수 있습니다. 요내의 이 두 작품은 음율과 감정이 잘 조화된, 매우 잘 쓴 글입니다. 하지만 내가 더욱 강조하고 싶은 것은 요내와 원매袁枚의 관계입니다. 남경에서 강학을 하면서, 취미를 중시하고 성령性靈을 부각시킬 것을 주장한 원매와 교유하였고 심지어 절친한 벗이 된 것은 요내의 문장 풍격에 틀림없이 영향을 미쳤을 것입니다. 원매처럼 그렇게 산수 간에 뜻을 풀

劉季高 標校, 『惜抱軒詩文集』, 上海古籍出版社, 1992.

漆緒邦·王凱符 選注, 『桐城派文選』, 合肥: 安徽人民出版社, 1984.

어두고 성령만 토로한 것은 아니었지만 "그의 고문古文, 사륙체四
六體는 모두 자신의 뜻을 드러낼 수 있고 옛 법에 통달하였으며,
시를 지을 때는 더욱 재능을 발휘해서 세상 사람들이 마음에 있
으나 표현하지 못하는 것을 모두 표현할 수 있었"기에 여전히 요
내에게 큰 영향을 미쳐서 그가 방포의 편협한 '의법'을 벗어나
더 이상 자신의 울타리를 고수하지 않고 열린 안목으로 여러 풍
격의 시와 글을 볼 수 있게 하는 데에 큰 도움을 주었습니다. 물
론 이것은 그가 40여 년 동안 글을 가르친 경험과도 관련이 있습
니다. 강의를 하다 보면 서로 다른 재능과 감정을 가진 학생들에
게 다양한 종류의 글을 가르치기 때문에 폭넓게 섭렵해서 자신
의 의견만을 고집하지는 않게 됩니다.

덧붙여 이야기하자면 「수원아집도 후기」는 비록 흘러간 시
간과 우정에 대한 안타까움과 생명에 대한 관심을 주제로 삼고
있지만 나는 여러분에게 정원, 그림, 글 이 세 가지의 관계에 주
목하라고 알려주고 싶습니다. 그것은 "물, 돌, 숲, 대나무는 맑고
깊고 그윽하고 아름다워서 세상사를 잊고 그곳에서 여생을 보
내고 싶게 만드는" '수원隨園'을 그린 '아집도雅集圖'에 쓴 '기문記文'
입니다. 정원이 한 시대를 풍미한다고 해도 언젠가는 사라지기
마련이고 더욱이 사물은 그대로인데 사람들이 달라지면 "조수
는 빈 성을 치고 적막하게 돌아가게"* 되니 문사들
이 아집도를 남기지 않을 수 없습니다. 하지만 그
림도 손상될 수 있으니 상대적으로 볼 때 글이 더
쉽게 세상에 전해질 수 있습니다. 여기에서 우리
는 중국의 문학과 역사를 알고 싶다면 건축과 그림, 문자 사이의

[역자 주] 유우석(劉禹錫)의 시 「금릉오
제(金陵五題)」 중 '석두성(石頭城)'에 나
오는 구절이다. "산은 옛 성 주변을 두르
고 있고, 조수는 빈 성을 치고 적막하게
돌아가네[山圍故國周遭在, 潮打空城寂寞
回]."

관계에 좀 더 주목할 필요가 있다는 점을 알게 됩니다. 여러분은 중국의 고대 건축이 흙과 나무를 주재료로 하기 때문에 전란 때 불에 타 버리기 쉽다는 것을 잘 알고 있을 것입니다. 유럽으로 가면 어떤 옛 성으로 가든 모두 몇백 년, 심지어 천 년 가까이 되는 건축물을 볼 수 있는데 그것은 돌로 만든 것이기 때문에 불에 타도 주요 구조물은 여전히 남아 있어서 후세 사람들이 애도할 수 있습니다. 중국의 토목건축은 이렇게 운이 좋지는 못해서 "다섯 걸음마다 누각 하나, 열 걸음마다 고각高閣 하나. 복도는 빙 돌아 이어져 있고, 처마 끝은 새가 높은 곳을 쪼는 모양"인● 아방궁도 "초나라 사람의 횃불 하나에 아쉽게도 탄 재가 되지"● 않았습니까? 우리가 지금 어디로 가서 유적을 볼 수 있겠습니까? 바로 그렇기 때문에 중국의 시와 글 속에는 건축에 관한 대량의 기록, 묘사, 추억과 애도가 담겨 있는 것입니다. 이런 의미에서 문자의 힘은 정말 강력해서 정말로 "금석金石보다 오래 간다"라고 할 수 있습니다. 옛사람들은 입체적인 건축을 평면적인 그림으로 바꾸어놓고 다시 문자를 빌려 묘사함으로써 기억 속에 보존해 두고 후세에 영원히 남게 하려고 하였습니다. 여러 가지 그림과 기록 뒤에 담겨 있는 마음을 느껴볼 수 있기를 바랍니다. 물론 지금과 같이 '그림을 읽는 시대'에 상대적으로 메마른 문자를 읽고 풍부한 역사 지식과 상상력을 빌려 그것을 평면적인 그림, 나아가서는 입체적인 건축물로 환원할 수 있을지에 대한 전망은 실로 낙관적이지는 않습니다.

[역자 주] 두목(杜牧)의 「아방궁부(阿房宮賦)」에 나오는 구절이다. "五步一樓, 十步一閣, 廊腰縵廻, 簷牙高啄."

[역자 주] 두목(杜牧)의 「아방궁부(阿房宮賦)」에 나오는 구절이다. "楚人一炬, 可憐焦土."

강학 생활과 『고문사유찬古文辭類纂』

동성파 문장의 장단점에 대해 논할 때는 일반적으로 방포의 '의법義法', 유대괴의 '신기神氣, 음절音節, 자구字句', 그리고 요내의 8자 비결 "정신神, 이치理, 기운氣, 맛味, 격格, 규칙律, 소리聲, 색色"에 대해 자세히 분석하게 됩니다. 그러나 나는 관점을 달리하여 교학敎學이라는 측면에서 접근하려고 합니다.

앞에서 말했듯이 1775년에 벼슬을 그만두고 남쪽 지방으로 간 이후 40여 년 동안 요내는 강학을 하며 살았습니다. 구체적으로 말한다면 45세에 양주揚州의 매화서원梅花書院에서, 50세에 안경安慶의 경부서원敬敷書院에서, 58세에는 휘주徽州에 있는 자양서원紫陽書院, 60세에는 남경南京에 있는 종산서원鐘山書院에 가서 강의를 하였고 71세에 안경의 경부서원으로 다시 돌아갔고 75세에서 85세까지는 다시 남경의 종산서원으로 돌아갔습니다. 계산해 보면 남경의 종산서원에서 교편을 잡은 시간이 가장 길어서 22년에 달합니다. 요내는 강학을 직업으로 삼은, 진정한 의미에서의 '서생書生'이었습니다. 물론 글을 가르치는 것 외에 독서도 하였고 책을 쓰기도 하였습니다. 이런 삶의 경험은 요내의 시야와 마음, 취미와 문풍에 영향을 미쳐, 전장을 누빈 장수인 증국번이나 그 전에 태자를 시독侍讀한 적이 있는 조정의 대신 방포와 다른 길을 가게 했습니다. 비록 최고의 학술기관에 들어가서 사고관의 대신이 된 적이 있었지만 얼마 안 가 "견디지 못하여 도망치고" 곧이어 강남의 여러 큰 학당에서 강학을 하였습니다. 이러한 '서당 선생'의 학술적인 방향과 문장의 풍격을 이야기하려면 '강학'으로부터 시작하지 않을 수가 없습니다.

몇해 전에 북경대학의 한 박사 과정 대학원생이 동성파 문장을 주제로 학위논문을 썼는데, 연구계획서를 발표할 때 나는 그에게 교육에서 시작해서 요내와 남경 종산서원의 관계를 파악하고 동성파의 형성과 강학 방식을 고찰하라고 조언했습니다. 이러한 측면에서 요내의 문학적 주장과 그 득실을 논하면 좀 더 타당성이 있을 것이라고 생각했던 것입니다. 그 대학원생도 일리가 있다고는 생각했지만 교육사教育史 분야의 자료를 조사할 수 없어서 결국 '의리'가 무엇이고 '사장'이 무엇인지를 해석하는 낡은 방식으로 돌아가는 수밖에 없었습니다.

중국 고대의 문장가들 중에서 요내처럼 그렇게 오랫동안 글을 가르친 사람은 많지 않으므로 교육적 측면에서 접근하는 것은 당연히 좋은 아이디어입니다. 한유도 제자를 받는 것을 좋아했으나 그의 학생들은 대부분 나중에 제자로 인정받은 경우였는데, 상대방이 몇 편의 문장을 보내서 가르침을 청하며 스승으로 모시겠다고 하면 그는 승낙했고 그러면 문하생이 되었습니다. 이와는 달리 요내는 40년 동안 글을 가르쳤으니 진정한 의미에서의 '교수'입니다. 뿐만 아니라 이 교수는 자신의 편찬한 교재도 있었는데 그것이 바로 『고문사유편』입니다. (학생들 웃음) 여러분은 "다른 사람의 스승이 되기 좋아하는" 한유가 어떻게 학생들을 지도했는지에 대해 알 수는 없겠지만, 요내의 강의 활동에 대해서는 자료를 찾아서 묘사할 수 있습니다. 서원이 있고 강의를 했고 교재도 있었으며 또 이를 통해 문파를 형성했으니 이렇게 좋은 사례를 어디에 가서 찾겠습니까? 중국문학사를 연구할 때 교육과 문학의 관계는 분명히 열심히 연구할 가치가 있는 영역입니다. 이런 연구는 단서가 분명하지 않는 경우도 있고 자료가 충분하지 않는 경우도 있는데, 요내는 그래도 해볼 수 있는 사람입니다. 또한 나는 동성파의 문장을 이야기할 때 교육이라는 측면에서 접근하지 않는다면 빛을 발하기는 매우 어려우리라고 생각합니다.

요내의 강학에 대해 이야기하려면 반드시 매우 큰 영향력을 미쳤던 교재 『고문사유찬』에 대해 언급하게 됩니다. 이 유명한 산문 선집은 그가 양주에 갓 도착해서 매화서원에서 강의를 할 때 착수·편찬하기 시작한 것입니다. 시작할 때부터 가르치기 위해 준비한 것이므로 증국번이 편찬한 『경사백가잡초經史百家雜鈔』와는 크게 다릅니다. 실제로 가르치는 데 적합한 교재를 편찬하는 것은 모든 책임감 있는 선생님들의 가장 큰 바람입니다. 40년간 교육 사업에 종사하는 동안 그가 편찬한 『고문사유찬』도 부단히 수정되었습니다. 지금 우리가 볼 수 있는 것 중에는 가장 이른 판본도 있고 만년의 판본도 있는데, 세상을 떠나기 얼마 전까지도 요내는 계속 이 유명한 '선집選本'을 수정하고 있었습니다.

'선집'이라고 하는 것은 옛사람들의 문장을 빌어 자신의 견해를 기탁하는 것입니다. 독서의 효과로 볼 때 모든 것을 포함한 '전집'과 다를뿐더러 한 사람의 작품만을 수록한 '저술'과도 다릅니다. 1933년에 루쉰은 한 편의 글을 썼는데 그 글의 제목이 바로 '선집'입니다. 루쉰은 "선집은 일반적으로 거기에 수록된 여러 저자들의 전집 혹은 편자 본인의 문집보다 더 널리 유행하고 더 효과가 있다"라고 말했습니다. 그가 예로 든 것 중에는 "『고문사유찬』을 읽은 사람은 많지만 『석포헌전집惜抱軒全集』을 읽은 사람은 적다"라는 것이 있습니다. 이 점을 알면 자신의 문학적 주장을 알리는 데 가장 좋은 방법은 저술을 하고 주장을 세우는 것이 아니라 선집을 편찬하는 것임을 알게 될 것입니다. 만약 이 선집이 널리 전파될 뿐 아니라 서원이나 학당에서 교재로 선정되기까지 한다면 그 영향력은 더 커지게 됩니다. 이 영향에는 장점도 있고 단점도 있습니다. 루쉰은 "독자들은 선집을 읽을 때 이것으로 옛사람들의 글의 정수를 얻었다고 생각하지만 편찬자에 의해 시야가 좁혀졌다는 것은 알지 못한다"라고 하였는데, 맞는 말이었습니다. 저자의 전집을 읽지 않고 선정한 사람의 눈에 들어온 그 몇 편만 읽고 도연명이 매우 한적했다든가 소동파가 아주 호방했다고 하는데 이는 물론 잘못된 것입니다. 그러나 전문가가 아니고서야 소식의 전집을 읽고 나서 말할 수 있는 사람이 얼마나 될까요? '선집'은 우리의 지식을 넓혀 주기는 했지만 동시에 우리의 시야를 좁게 만들었다고 할 수 있습니다. 만약 저자의 전모에 대해 알고 싶다면 당연히 전집을 읽어야 하겠지만 만약 선집이 없다면 우리는 어쨌든 그렇게 많은 전집을 다 읽어낼 수가 없을 것입니다. '선집'과 '전집'은 모두 장단점이 있어서 서로 대체할 수가 없습니다. 또 가르칠 때 요구되는 사항도 고려해야 합니다. 예를 들어 지금 여러분에게 몇년의 짧은 시간 내에 중국문학의 전체적인 면모를 알게 하려면 다른 사람의 취미와 안목을 빌리지 않을 수 없는데, 여기에는 문학사와 작품선집을 읽는 것도 포함되어 있습니다.

여러분은 중국문학을 공부했으니 현존하는 가장 이른 시기의 가장 유명한 문학선집이 바로 남조南朝의 소명태자昭明太子 소통蕭統이 편찬한 『문선文選』이고 세상에서 '소명문선昭明文選'이라고 불린다는 것을 알고 있을 것입니다. 그 이후 여러 왕조에도 모두 성공을 거둔 시문의 선집이 있습니다. 문장으로 놓고 보면 송대 여조겸呂祖謙의 『고문관건古文關鍵』과 사방득謝枋得의 『문장궤범文章軌範』, 명대 오눌吳訥의 『문장변체文章辨體』와 서사증徐師曾의 『문체명변文體明辨』 등이 있는데 이는 모두 현전하는 유명한 선집들입니다. 동성파는 선집에 특별히 관심을 가졌는데, 방포는 『고문약선』을, 증국번은 『경사백가잡초』를 편찬했지만 모두 『고문사유찬』처럼 그렇게 인기를 끌지는 못했습니다.

『고문사유찬』은 『초사』, 『사기』, 『한서』에서 귀유광, 방포, 유대괴의 글까지 수록했지만 요내 자신의 것은 없습니다. 이 책은 문체를 13가지로 분류하였고 700여 편의 글을 실었는데 그 방대한 수록 범위, 정밀한 선정 기준, 적절한 분류는 동성파의 고문가들이 모범으로 받들 뿐 아니라 다른 문인과 학자들도 모두 그것이 "초학자에게 모범을 보여주는" 효과가 있다는 것에 수긍합니다. 첸지보錢基博, 전기박는 이 책의 분류에는 언제나 연원이 있고 어휘 선택에서는 해박함과 품위를 갖추었다고 높이 평가했으며 또 이 책이 "짧은 책에 좋은 문장의 정수를 담아 후대 사람들에게 길을 알려 주었다"고 고평하였습니다. 우리가 알고 있듯이 선집 편찬에는 본디 두 가지 선택의 길이 있는데, 하나는 옛사람들에 대해 책임감을 갖는 것이고 다른 하나는 오늘날의 사람들에게 책임감을 갖는 것입

吳孟復, 『桐城文派述論』, 合肥 : 安徽教育出版社, 1992, p.113 참조.

니다. 전자가 중시하는 것은 어떻게 해야 중대한 누락이 없이 한유의 좋은 문장을 선택할 것인가 하는 것인데 그렇지 않으면 선현先賢에게 송구스럽기 때문입니다. 후자라면 염두에 두어야 하는 부분이 더욱 많아서, 어떻게 해야 훨씬 더 학생들이 한유의 문장의 훌륭한 점을 깨닫고 한유의 문장을 따라하는 것이 학문의 나아갈 길이라는 것을 은연중에 알 수 있도록 선집을 편찬할 것인가 하는 것입니다. 의심할 나위 없이 이 두 종류의 선집은 모두 필요합니다. 요내의 선집은 후자에 더 가까운 편인데, 곧 독자들이 배우고 따라할 수 있도록 하는 것에 더 신경 썼습니다. 이는 교사의 특징이라고 할 수 있는데, 큰 이야기로 세상을 속이자니 좀 민망하고 방향을 제시하는 것만으로는 여전히 부족하여 또 구체적인 길을 마련합니다.

요내가 책임감이 있는 좋은 선생이라는 점을 강조하는 이유는 그가 문제에 대해 생각하는 방식이 순수 학자들과는 다르기 때문입니다. 나는 최대한 노력하여 내 학생들을 고문의 세계로 데리고 가야 하니까 "도를 도라고 말할 수 있다면 그것은 항상 그러한 도가 아니다道可道, 非常道" 같은 심오한 말이 아닌, 반드시 확실하게 앞으로 나아갈 길의 구체적인 단계를 분명하게 말해 줘야 한다는 것입니다. 「고문사유찬 서문古文辭類纂序」에서 요내는 그 유명한 8자결에 대해 언급하면서 "정신, 이치, 기운, 맛은 글의 정밀한 것이고 격, 규칙, 소리, 색은 대략적인 것이다"라고 특기했습니다. 왜 이러한 구분이 필요했던 것일까요? 너무 심오하게 이야기하면 학생들이 어디에서 출발해야 할지 모를까봐 그런 것입니다. 독서를 하고 학문을 할 때는 반드시 대략적인 내용에서 시작해서 정밀한 내용으로 차례차례 나아가야 합니다. 선생님이 만약 일부러 깊이 있는 내용인양 '형이상학적'인 심오한 말만 한다면 학생들은 어떻게 해야 할지 모를 것입니다. 어떻게 해야 학생들이 '처음에는 대략적인 내용을 접하다가 중간에 정밀한 내용을 접하고 마지막에는 정밀한 내용만 가져가고 대략적인 내용들을 버려두게 할 것인가', 이것은 선생에게는 하나의 큰 도전입니다. 요내는 학생들에게 형태가 있고 비교적 단계가 낮은 '격, 규칙, 소리, 색'에서 시작하라고 했는데, 이런 책임감 있는 태도를 나는 좋아합니다. 원래 10여 년 동안 공부하다 보면 몇가지 괜찮은 생각들을 쌓아나가게 되면서 점차적으로 이론이나 어떤 훌륭한 생각으로 승화시킬 수 있습니다. 그런데 젊은이들에게 전수할 때에는 자신이 어떻게 한 발 한 발 걸어왔는지를 이야기하지 않고 일부러 중간의 그 괴로운 탐색 과정을 지워버린 채 최종 결론만, 그것도 아주 잠깐 보여주고는 일부러 그 기술을 신비롭게 보이게 하는 법입니다. 이렇게 심오한 척하면서 강을 건너고 나면 다리를 철거해 버리는 학자(학생들 웃음)들은 정말 너무 많습니다.

만명의 문인 애남영*은 「문장에 대해 논한 진인중에게* 답하는 편지答陳人中論文書」에서 한유, 유종원, 구양수, 소식을 제쳐두고 직접적으로 진한秦漢의 문장을 배우자는 당시 사람들의 주장에 반대했는데 그 이유는 다음과 같습니다.

산에 비유하자면 진·한 문장은 (전설의) 봉래산蓬萊山

애남영(艾南英, 1583~1646)은 자가 천자(千子)이고 동향(東鄕, 지금의 강서성) 사람으로, 『천용자집(天傭子集)』 10권이 있다. 그의 문학은 당송파를 계승할 것을 주장하고 사마천, 한유, 구양수에서 귀유광에 이르는 고문파의 전통을 추숭하였다.

[역자 주] 명말 문인 진자룡(陳子龍, 1608~1647)을 가리킨다. '인중(人中)'은 초자(初字)이다.

이나 외딴 섬과 같아서 지금과는 큰 바다로 가로막혀 있는 것처럼 멀리 떨어져 있기 때문에 반드시 배와 노가 있어야만 도달할 수 있다. 한유나 구양수는 우리의 문장이 진·한 문장에 이를 수 있게 하는 배와 노이다.

글을 가르치면서 이렇게 배와 노를 제공해주는 것은 "글은 반드시 진한, 시는 반드시 성당盛唐"이라고 소리 높여 외치는 것보다 낫습니다. 물론 "언덕에 도착"하고서도 "뗏목을 버릴" 줄 모른다면 그것은 또 다른 문제일 것입니다. 선생님은 다만 학생들이 입문하는 것만 도와줄 뿐 높은 수준으로 올라가는 것은 책임질 수는 없기 때문에, 문장의 최고경지니 하는 것들은 스스로 탐색해야 합니다. 작은 섬이 저쪽에 있다고 알려주고 배를 제공해 주면서 어떻게 가는지를 알려주면 그 이후의 공부는 자기 자신이 알아서 해야 합니다. 이는 여러분에게 아득하고 희미하게 보이는 문장의 최고 수준만 알려줄 뿐 여러분이 수영을 할 줄 아는지 배가 있는지 없는지에 대해서는 물어보지도 않고 빨리 길을 떠나라고 재촉하는 것보다는 훨씬 더 책임감 있는 태도입니다.

『고문사유찬』의 영향력이 그토록 큰 이유는 이것이 가르치는 가운데 모색해 낸 것이므로 '실행 가능성'이 높기 때문입니다. 가르치는 내용은 그렇게 정밀한 것이 아니지만 이 내용을 듣게 된 다음에 다시 스스로 천천히 깨닫게 되면 높은 수준으로 올라갈 수 있습니다. 그렇지 않고 아무 것도 모르는 상태에서 탐색하게 되면 설정한 목표가 너무 높아서 일평생 그 이상적인 수준으로 도달할 수 없을 뿐만 아니라 입문조차도 하지 못할 가능성이 큽니다. 의도적으로 높은 이론 대신 대략적인 내용에서 정밀한 내용으로 들어가야 한다는 점을 강조하고, 다리가 있다면 가장 좋겠지만 다리가 없다면 외딴 섬까지 닿을 수 있는 배와 노를 주어 학생에게 노력을 통해 성장하게 합니다. 이것이 요내와 동성파가 성공한 요인입니다.

교사로서 이렇게 교육하는 방식은 칭찬받을 만합니다. 하지만 문장가의 입장에서 보면, 너무 세세한 부분까지 생각하고 독자의 취미와 능력을 과도하게 배려하며 언제나 사람들이 이해하지 못할까봐 얼른 한 구절을 추가한다면(학생들 웃음) 문장은 틀림없이 독창적이지도 않고 참신하지도 않으며 깊이가 있지도 않을 것입니다. 나는 이것이 바로 요내의 글이 갖는 취약점이라고 생각합니다. 역동적이지도 않고 자유분방하지도 않으며 나아가 소탈하고 탈속적인 내용을 담지도 않는데, 이는 오랜 기간 동안 강의를 하면서 생긴 습관 때문일 것이며 그 결과 요내의 글은 너무나 참신하지만淸新, 반면에 독특하다고奇峭 할 수는 없습니다. 이른바 "책임감이 있다"는 것은 가르칠 때는 매우 좋은 덕목이지만 글을 쓸 때는 꼭 덕목인 것만은 아닙니다. 모든 지점에서 독자를 배려한다면 높은 곳에 서 있을 수도, 멀리 날 수도 없습니다. 요내도 이 점을 모르지 않았기 때문에 「유해봉 선생의 80세 생신을 축하하는 서문」에서 "글을 쓰는 사람은 규범이 있어야 잘 쓸 수 있고, 변화를 가미해야 대성할 수 있다"라고 하였습니다. 문제는 이 '규범'과 '변화'의 경계는 어디이며, 어떻게 해야 이 둘을 잘 어우러지게 할 것인가 하는 것입니다. '규범'을 중시하면 실제 응용 가능성을 강조하게 되어 가르치는 데에 적합하고 '변화'를 중시하면 번개처럼 나타났다 구름처럼 사라지듯이 신비로워서 자신의 개성을 부각시키는 데 더 적합합니다. 동성파는 가르치는 방식에 있어서 비교적 '규범'을 강조할 때가 많고 '변화'에 대해서는 많이 고려하지 않습니다. 이 때문에 동성파는 급속히 확장되고 명성을 떨쳤지만, 다른 한편으로는 문장의 규범이 너무 많아 개인의 개성을 충분히 발휘할 수 없게 한다는 점에서 비판을 받았습니다. '가르친다'는 측면에서 보면 요내와 동성파 문장의 장단점을 더 잘 이해할 수 있습니다.

독특함과 개성, 자유분방함을 추구하는 개인의 저술과는 달리 가르친다는 것은 반드시 규범을 강조하되 지나치게 개인의 개성이 넘치도록 해서는 안 됩니다. 이른바 "굽은 자와 그림쇠가 없으면 사각형과 원을 그릴 수 없다"* 라는 말은 최소한 가르치는 측면에서는 유용합니다. 돌이켜

[역자 주] 『맹자』 「이루(離婁)」 상편에 나오는 구절이다. "不以規矩, 不能成方圓"

보면 우리는 이 의법義法을 중시하는 문학유파가 '말할 수 있는 것'과 '말할 수 없는 것', '가르칠 수 있는 것'과 '가르칠 수 없는 것' 중에서 둘 다 전자를 선택했다는 사실을 발견할 수 있습니다. 교육적인 면에서 거둔 이 큰 성공은 창작이라는 측면에서는 다소간의 한계를 남겼는데 이 점은 양해해 줄 수 있습니다.

완전히 같지는 않겠지만 관련되어 말할 수 있는 것은, 동성파는 규범을 중시하고 품격 있고 점잖은 것을 지향하는 동시에 시문時文과도 여러 측면에서 관련되어 있었다는 점입니다. 다시 말하면 이 문학유파의 영향력이 그렇게 컸던 것은 이 훈련이 과거 시험을 치르는 데 유리하여 공명을 쉽게 얻을 수 있었다는 점과

무관하지 않습니다. 즉 동성파의 문장은 '고문古文'과 '시문時文'을 매우 잘 이어놓았는데, 동성파에서 중시한 '의법'은 심미적으로도 의미가 있지만 실용적인 가치가 더 컸던 것입니다. 시간이 흐르고 상황이 바뀌면서 과거시험에 전혀 관심이 없고 잘 알지도 못하는 현대 독자로서는 그저 문학적이고 심미적인 측면에서만 동성파의 문장을 읽고 그 성취에 대해 판단하는데, 이는 한계가 있습니다. 여러분들이 모두 알다시피 고등학교의 교장이나 교감 선생님이 가장 관심 있어 하는 것은 당연히 대학 합격률일 것입니다. 북경대학, 청화대학에 몇 명이 합격했는지가 가장 자랑스러운 것인데, 이는 예전에 과거시험에 합격한 것과 같은 것이었습니다. 그렇습니다. 만약 품격 있고 점잖은 동성파의 글을 배우면 과거시험에 유리하고, 독특한 한漢·위魏의 문장을 배우면 가산점이 없고 오히려 감점 요인이 된다면 여러분은 어떻게 하겠습니까? 예전의 과거시험이든 지금의 대입시험이든 모두 규범을 준수하면서 자신의 재능을 발휘해야 하는데, 자신의 개성을 약간 드러낼 수는 있겠지만 아무 거리낌 없이 자유분방하게 써서는 안 됩니다. 너무 뛰어난 재능을 가진 사람들은 오히려 시험을 잘 보지 못하는 경우가 많습니다. 이렇게 되면 여러분은 이런 '절제된 표현'이 바로 동성파 글의 장점이라는 것을 깨닫게 될 것입니다. 만약 천 년이나 시행해 온 과거제도를 1905년 이후에 폐지하지 않았더라면 우리는 오늘날에도 여전히 동성파 문장을 배워야 할 것입니다.

물론 특출난 사람들은 동성파 문장을 숭상하지 않습니다만, 그럼에도 동성파 문장은 실용성 덕분에 광범위한 독자를 보유

할 수 있었습니다. 이것이 쓸모있고 배우기 쉽다는 점은 인정하지 않을 수 없습니다. 때문에 진정한 의미에서 동성파의 문장을 쓰러뜨린 것은 '5·4' 신문화인이 아니라 과거제도의 폐지였습니다. 청나라 말기에 과거제 폐지와 학당 설립, 이 두 가지 사건이 없었더라면 사람들이 아무리 욕해도 동성파는 여전히 천하의 제1문파일 것입니다. 그 이유는 동성파에서 '의법', '신기神氣' 및 "정신, 이치, 기운, 맛, 격, 규칙, 소리, 색" 등 일련의 산문이론과 『고문사유찬』과 같은 가장 좋은 참고서를 포함하는 등 가장 적실하고 효과적인 교육을 제공했기 때문입니다.

'5·4' 시기에 첸쉬안퉁은 수많은 글에서 "동성파 잡놈, 문선파 요괴"라는 식으로 크게 욕을 퍼부었는데 이는 그것을 전통시대 중국문화의 상징으로 보고 비판한 것이기 때문에 표현이 매우 사납고 혹독했습니다. 오히려 후스의 태도가 좀 더 온화한 편입니다. 1922년에 후스는 「지난 50년간 중국의 문학」에서 특별히 "동성파의 고문을 배우는 사람들은 대부분 '통通'이라는 글자를 실천에 옮길 수 있고 좀 더 나은 사람들은 실용적인 글을 쓸 수 있었다"라고 말했습니다. 후스가 늘 '통'과 '불통'을 시문을 평가하는 기준으로 삼으면서 "동성파의 영향은 고문을 매끄럽게 지을 수 있는 능력을 갖추어 나중에 20년, 30년간 실제 생활에서 사용할 수 있도록 기반을 마련하게 한 것인데, 이 점은 가릴 수 없는 공로"라고 한 것처럼 동성파 문장에 대한 담론에서 그 평가는 낮지 않습니다. 이 말은 실제로 일리가 있으니, 동성파의 문장은 배

[역자 주] 1905년 9월 2일 위안스카이(袁世凱)와 장즈둥(張之洞)이 과거제도 폐지를 주청하고 학당(學堂)의 설치를 제안하였다. 청 조정에서는 1906년부터 시행하기로 조칙을 내려서 모든 향시와 회시, 각 성의 과거시험이 모두 폐지되었다.

『신청년(新靑年)』 3권 5호와 3권 6호의 '통신(通信)' 항목

胡適, 「五十年來中國之文學」, 『胡適文存』 2집, 上海 : 亞東圖書館, 1924.

우기 쉽고 매우 실용적이어서 전환기에서 작지 않은 역할을 했습니다. 여러분은 명·청 시기에 가장 먼저 서학西學을 소개한 사람들이 대부분 옌푸,* 린수, 우루룬 등과 같이 동성파의 문장을 배운 사람이었다는 사실을 발견하게 될 것입니다. 즉 동성파의 문장은 심미와 실용의 균형을 잡는다는 점에서는 '특별한 능력'이 있습니다. 다른 문장의 기법을 보면 어떤 것은 너무 현실적이어서 실용적이기만 하고 어떤 것은 너무 공허해서 심미적이기만 합니다. 동성파의 문장이 너무나 뛰어나다고 할 수는 없겠지만 심미와 실용 두 가지를 겸비한 것은 무척 대단한 것입니다. 또 여러분이 만약 고문을 배우고 싶다면 동성파의 방법은 지금까지도 여전히 매우 적절하고 실천할 수 있는 것입니다. 이것이 바로 이『고문사유찬』이 지금도 계속 간행되고 호평을 얻는 이유일 것입니다. 물론 이것은 주로 교육이라는 측면을 염두에 둔 것입니다. 마지막으로 드릴 말씀은 고등학교 교사나 대학 교수의 안목과 취미는 위대한 문인, 대학자와는 다르다는 것인데, 이 점은 이상한 것이 아니라 매우 정상적인 것입니다. 각자가 하는 일의 목표가 다르기 때문입니다.

교육이라는 측면에서 동성파 문장의 장단점을 이야기한 것은 내가 선생으로서 '홀로 터득한 비결'입니다. 강의를 마칩니다.

옌푸(嚴復, 엄복, 1854~1921)는 자가 유링(又陵), 지다오(幾道)이고 복건(福建) 후관(侯官, 지금의 복주) 사람이다. 1898년에『천연론(天演論)』을 출판하여 중국의 사상문화계를 크게 놀라게 한 이래로 주로 신지식(新智識)을 전파하여 세상에 널리 알려졌다. 그의 역저『원부(原富)』,『군학사언(羣學肆言)』,『법의(法意)』,『군기권계론(羣己權界論)』,『사회통전(社會通詮)』,『목륵명학(穆勒名學)』 등은 현대 중국에 매우 크고 적극적인 영향을 미쳤다. 무술년 전후로 뜻 있는 수많은 사람들이 신문사의 언론을 통해 세상을 바꾸기를 희망했기 때문에 문체를 바꾸는 작업은 매우 급박한 일이 되었다. 그때 영향이 가장 큰 것은 량치차오(梁啓超)의 '시무문체(時務文體)'였다. 그러나 옌푸는 '거칠고 상스러운 어휘'와 '비루하고 이치에 어긋나는 주장'이라고 비웃으면서 "헛되이 얕고 속된 어휘를 사용하여 시정과 시골의 공부하지 않는 사람들에게 편의를 제공하려고 한다"(옌푸, 「번역본『원부』관련 논의에 대해『신민총보』에 기고하는 글(與新民叢報論所譯原富書)」)라고 비판하였다. 옌푸가 주장한 "중국 문장의 아름다움[中國文之美]"은 격조가 높았으나 찬성하는 사람이 드물었고 량치차오의 "문학계 혁명[文界革命]"의 주장은 하늘가에까지 울려 퍼졌는데 이는 후자가 당시 막 흥기하던 신문사업과 문체변혁의 발전 방향에 부합되었던 것과 큰 관련이 있다.

학술이 근본, 문예는 말단

왕중汪中

독학으로 이룬 성취와 오만함
술학述學과 문예
자서自序의 빛과 그림자
책 쓰기와 책 베끼기

외로운 여관에 찬 매화 피고
봄바람은 부드럽게 불어오네.
고향에는 꽃 다 떨어지고
강가에만 한 가지 홀로 피어있겠지.

孤馆寒梅发，春风款款来。
故园花落尽，江上一枝开

오늘 강의할 사람은 왕중(1744~1794)입니다. 일반적으로 청대의 글을 말할 때는 모두 "천하의 좋은 글은 동성파에서 나온다"에서 시작하여 한바탕 논박을 하고 확장을 합니다. — 문학적 측면에서 동성파와 대립되었던 문학 유파로 하나는 한학가漢學家 풍의 글을 썼다고 하는 고거파考據派이고 다른 하나는 변문파駢文派를 듭니다. 나는 이런 관점에 대해 동의하지 않는데 그 이유는 내 관점으로는 동성파는 분명히 유파를 이루었지만 고거파나 변문파는 대략 비슷한 취미와 경향이 있을 뿐 독립된 문학 유파를 이루지는 않았기 때문입니다. 그래서『중화문화통지·산문소설지』를 쓸 때 나는 동성파 이외의 글을 '학자의 글'로 통칭했던 것입니다. 여기에서 말하

陳平原,『中華文化通志 · 散文小說志』, 上海人民出版社, 1998.

려고 하는 것은 첫째, 이른바 '학자의 글'은 고거考據, 훈고訓詁에만 국한되지 않는데, 고염무나 황종희 같은 사람들의 통경치용通經致用(경전에 통달하고 실용성에 힘쓸 것 — 역자)이나 전조망이 조예가 깊었던 사학도 모두 '고거' 두 글자로 포괄할 수 있는 것이 아닙니다. 둘째, 이런 '학자의 글'은 당송팔대가를 넘어 경사經史에 바탕을 두고 한위漢魏의 글을 녹여내는 것을 목표로 한 것이지만 그렇다고 반드시 변문파인 것은 아닙니다. 동성파와 대치하고 있었던 것은 변려문일 수도 있고 고거일 수도 있고 또 흐름을 중시하는 사학자였을 수도 있습니다. 때문에 좀 더 넓은 의미를 가진 '학자의 글'이라는 단어로 이를 포괄하려고 합니다.

'학자의 글'과 동성파 글을 구별하겠다고 하면 여러분은 곧바로 동성파의 글은 의리와 고거, 사장 이 세 가지를 결합시키는 것이 아니었던가 하는 의문을 떠올릴 것입니다. 표면적으로는

둘 다 '학문'과 '글'을 융합하려고 하는 것이지만 동성파 글은 "글을 통해 학문으로 들어간다"는 것이고 학자의 글은 "학문을 통해 글로 들어간다"는 식으로 출발점이 달라서 이 둘은 학문의 기초와 심미적 취미가 전혀 다릅니다. 이 말의 의미는 곧 동성파 문장가들도 '학문'을 중시하지만 학문이 그들의 특기가 아니며, 내가 '학자의 글'로 통칭하는 대상은 주력하는 방향이 학문이고 여력이 있어야 비로소 글을 잘 쓰려고 노력했다는 것입니다.

둘째로 다른 점은 주로 문학적 측면이 아니라 정치적 이상에 대한 것입니다. 내가 존경하는 일련의 글 잘 쓰는 학자들은 시야가 일반적으로 넓은 편이고 조정에서 제창한 사상과 황제가 제정한 학설, 곧 오늘날의 말로 한다면 '주류 이데올로기'에 대해 들여다볼 수 있는 안목과 회의하는 능력이 있었다는 것입니다. 상대적으로 보면, 동성파는 정주이학程朱理學에 대한 믿음에서 출발해서 도를 사수하겠다는 강렬한 정신이 있지만, 진지하고 깊은 반성이 결여되어 있었습니다. '실사구시實事求是'를 주장하는 학자들은 조정의 학설에 도전하겠다는 의도가 아니라 자신이 연구하고 있는 의리義理와 사실史實에 대해 자세히 들여다 볼 수 있는 안목을 가지고 있다는 것인데 — 이는 그들의 학문적 취미와 연구방법으로 도출된 것입니다. 내가 이 일련의 학자의 글에 관심을 가지는 것은 첫째로 그들이 학식의 연원이 넓기 때문이고 다음은 그들의 사상에 포용력이 있기 때문이며 그 다음이 그들의 성정性情이 초탈하고 글에 아취가 있기 때문입니다. 이런 점들은 동성파 문장과는 확실히 차이가 있습니다.

'학자의 글'은 엄격한 의미에서의 개념어는 아니며 나도 이 단어를 연원이 있고 질서정연한 학술용어로 만들어 보겠다는 생각도 없습니다. 내가 관심을 두고 있는 것은 청대 산문의 또 다른 내재적인 동력, 즉 동성파와 그들이 고쳐시키려고 노력했던 당송팔대가, 이 둘에 대한 초월입니다. 동성파가 아닌 문장가 중에서 내가 존경하는 사람들로는 앞에서 분석했던 황종회와 고염무, 전조망 그리고 지난 두 학기동안 '중국산문사'를 강의했을 때 다루었던 전대흔錢大昕, 원매袁枚, 장학성章學誠, 완원阮元, 공자진龔自珍 같은 사람들 외에 오늘 중요하게 다루려고 하는 왕중도 포함됩니다. 이 주제는 생소하다기보다는 다루기가 쉽지 않은데 특히 '글'이라는 범위 안에서는 더욱 그렇습니다. 왕중의 변려문騈儷文에 대해 그동안의 평가는 매우 높았는데, 어떻게 그와 내가 이해한 '학자의 글'을 결합시킬 것인가에 답하기위해서는 그에 맞는 적당한 각도에서 파고들어가야 합니다.

독학으로 이룬 성취와 오만함

왕중의 학문과 글을 논의하기 위해서는 불우했던 그의 삶을 이야기해야만 할 것입니다. 왜냐하면 청대 학자들 중에 가난한 출신으로 결국 대학자가 된 왕중 같은 경우는 거의 없기 때문입니다. 왕인지王引之가 그에게 써주었던 「행장行狀」을 보도록 하겠습니다.

선생의 이름은 중中이고 자는 용보容甫이며 강도江都 사람이다. 어려서 아버지를 여의었으며 학문을 좋아했으나 가난해서 책을 살 수 없자 책장수가 시장에서 책 파는 것을 도우면서 경사백가經史百家를 모두 읽었고 한 번 보면 모두 외웠다.

왕중은 7살 때 아버지를 여의어 어머니가 삯바느질을 해가면서 가족들을 부양했습니다. 정상적인 상태로 공부할 수 없었던 왕중은 책방으로 가서 견습생이 되어 책 파는 것을 도우면서 그 기회를 빌려 책과 가까이할 수 있었습니다. 그의 학문은 서원의 교육을 통해서가 아니라 서점의 독서로 만들어진 것이라고 할 수도 있을 것입니다. 책을 파는 이점을 살려 "경사백가를 모두 읽어서" 결국 대학자가 되었는데, 이런 경우는 청대, 나아가 중국학술사 전체를 두고 보아도 유일무이합니다. 물론 견습생이 되어서 서점에서 책을 판다는 것은 쌀가게, 소금가게에서 일한다는 것과는 다릅니다. 전자는 어디까지나 책을 가까이 할 수 있는 기회가 있으니 우아한 노동인 것입니다.

책방에서 책을 팔았다고 하면, 여러분은 책 읽는 방법에 대해 이야기하는 내용인 "책을 파는 것보다는 책을 빌리는 것이 낫고, 책을 빌리는 것보다는 책을 베끼는 것이 낫다"라는 구두선口頭禪을 떠올릴지도 모르겠습니다. 책을 사 가지고 와서는 책꽂이에 꽂아둔 채 오랜 시간이 지나도록 책 한 번 펴보지 않기도 합니다. 그러나 만약 책을 살 돈이 없다면 자신이 좋아하는 책을 쉽게 빌릴 수 없으니까 읽을 기회가 있으면 더 열심히 보는 것입니다. 책을 보는 데에서 그치지 않고 다시 베껴서 부본副本을 만들게 되면 그 과정에서 읽고 이해하고 사고하는 것이 한층 더 깊어질 것입니다. 이제 우리는 고염무의 「베낀 책의 서문鈔書序」을 가지고 중국 고대 문인이 얼마나 책 베끼는 일을 좋아했는지를 분석할 것입니다. 왕중도 고염무를 존경했기 때문에 「순무 필 시랑에게 드리는 편지與巡撫畢侍郞書」에서 이렇게 썼습니다.

제가 젊은 시절 학문을 할 때 사실 고영인顧寧人, 고염무 처사를 사숙했기 때문에 육경의 뜻을 경세치용과 합치시키려고 했습니다. 그러다가 고고考古의 학문을 하게 되면서 실사구시를 할 뿐 육경의 고수를 숭상하지 않게 되었습니다.

20살 때 왕중은 드디어 제생諸生이 되어서 안정서원安定書院에 공부하러 갔습니다. 안정서원의 산장山長(서원에서 강학을 하는 학자 — 역자)인 항세준杭世駿이 왕중을 어떻게 평가했는지 중국문학을 공부한 학생들이라면 대부분 기억하고 있을 것입니다. 이 내용은 『염선의 애도문哀鹽船文』의 서언序言에 있는데 항세준이 칭찬한 글입니다.

「대초大招」의 형식을 차용하고* 변치變徵의 곡조로* 슬픔을 토로하였는데 놀라울 정도로 심금을 울린다고 할 수 있으니 한 글자가 천금의 가치를 가지고 있다.

[역자 주] 「대초(大招)」는 『초사(楚辭)』에 수록된 작품으로, 전국시대 초나라의 경차(景差)가 지었다고 하는데, 구천을 떠도는 초나라 충신 굴원(屈原)의 혼을 불러 달래주는 내용의 부체(賦體)이다.

왕중이 비록 항세준 같은 사람들의 칭찬을 받았다고 해도 그

[역자 주] 고대 칠음계(七音階) 중 하나로 변치음을 주조로 한 노래는 처량하고 슬픈 느낌을 준다. 『전국책(戰國策)』「연책(燕策)」에 따르면 고점리(高漸離)가 축을 켜자 형가(荊軻)가 여기에 맞춰 변치의 곡조로 노래를 불렀다고 한다.

[역자 주] 청대 학술의 주류는 실증적인 고전 연구 학풍으로 '박학(樸學)' 또는 '고거학(考據學)'이라고 한다. 건륭·가경 연간에 활동했던 '건가학파(乾嘉學派)'는 이후에도 지속적으로 영향을 미쳤는데, 한학(漢學)을 중시하고 문자, 훈고, 교감 등을 중시한다는 공통점 위에서 혜동(惠棟)을 주축으로 한 오파(吳派), 대진(戴震)을 주축으로 한 휘파(徽派, 환파(晥派)라고도 한다), 황종희가 개창했던 '절동학파', 약간 뒤에 나왔던 '양주학파' 등으로 분기되었다.

張舜徽, 『淸代揚州學記』, 上海人民出版社, 1962.

張舜徽, 『淸儒學記』, 濟南 : 齊魯書社, 1991, p.473.

왕염손(王念孫, 1744~1832)은 자가 회조(懷祖), 호가 석구(石臞)이며 강소성 고우(高郵) 사람이다. 어려서 대진(戴震)에게 배워 그의 문자, 음운, 훈고의 학문을 모두 익혔다. 그가 쓴 『독서잡지(讀書雜志)』는 자부(子部)와 사부(史部)를 널

는 노모老母의 곁을 떠나 북경으로 가서 과거시험을 보려고 하지 않았기 때문에 일평생 공명과는 거리가 멀었습니다. 그는 사방을 편력하면서 천하의 호걸들과 교유했던 고염무와는 달리 주로 양주에서 살았습니다.

그렇지만 청대의 양주 지역이 평범한 곳이 아니라 수많은 유명한 학자들이 모여들고, 일련의 훌륭한 학자들을 배출한 학문의 중심지였다는 사실을 유념해야 합니다. 그래서 후대 사람들이 청대 학술을 논의할 때는 휘파徽派와 오파吳派의 구분에 대해 이야기하고 또 절동학파浙東學派의 흥기에 대해서도 언급하는데 더 주의해야 할 점은 양주학파가 또 다른 지향을 가지고 있었다는 점입니다. 장순후이張舜徽, 장순휘는 『청대양주학기』에서 그 전까지 그다지 주목받지 못했던 양주학파를 특별히 부각시켰습니다. 이 책은 원래 저자의 1940년대 강의록인데 1960년대가 되어서야 정리하여 책으로 냈습니다. 1990년대에 장 선생은 다시 『청유학기清儒學記』에서 재차 "그들의 스케일이 크고 또 여러 분야에 통달했다는 점을 알 수 있다"는 점에서 양주학파를 높게 평가했습니다. 이 말의 뜻은 청대에 양주라는 지역의 학자, 예컨대 왕염손, 왕인지, 왕중, 초순焦循, 완원, 유문기劉文淇 같은 사람들은, 기존의 질서를 지켜가는 것을 중시했던 오파와 하나를 정밀하게 탐구하는 데에 치중했던 환파晥派

와는 달리 '회통會通'을 특히 추구했다는 것입니다. 장 선생의 주장에 따르면 "하나를 정밀하게 파고 드는 오파와 환파가 없었더라면 청대 학술은 왕성 하게 발전하지 못했을 것이고 여러 분야에 통달하 는 양주학파가 없었더라면 청대 학술은 그 거대한 규모를 이루어낼 수 없었을 것"(378쪽)이라고 합니다.

양주학파 에 대한 평가가 어떠한가 하는 것은 내가 이 강의에서 할 일은 아니고 여기에서는 당시 배경 하나만 말해보려고 합니다. 청대 의 양주는 북경과 멀리 떨어져 있기는 했지만 오히려 학술을 전 공하는 대학자들을 불러 모았고 심지어 한 시대의 학술 풍조에 영향을 미쳤습니다. 따라서 왕중이 양주에서 오랫동안 살았다 는 사실은 그의 학술적인 시야나 포부를 넓히는 데에 장애가 되 지 않았습니다.

청대 학술의 중심지였던 양주에서 성장한 왕중은 북경으로 올라가지 않았다는 이유로 학계에서 아무런 입지도 얻지 못했 던 것은 아닙니다. 그렇지만 아무리 학문에서 큰 성취를 보여도 과거에서 내세울 만한 공명이 없다는 것은 당시 사회에서는 실 로 큰 스트레스였습니다. 한편으로 그의 학술은 매우 정밀해서 존경을 받았지만 동시에 그의 사회적 지위는 끝내 높아지지 못 해서 하급관료로 머물러 있어야만 했습니다. 똑같이 '누군가의 휘하에 들어간다游幕'고 해도 어떤 사람은 크게 성공할 수 있는 데, 이를 디딤돌 삼아 나날이 승진할 수 있었기 때문입니다. 이 는 현대 고위관료의 비서와 같은 것으로 갑자기 "높은 자리에 올 라가게 될"지도 모릅니다. 문제는 재주만 믿고 오만했던 왕중이 남의 휘하에서 일하는 생활을 좋아할 리 없었다는 점입니다. 시대나 장소를 막론하고 학문만 가지고는 관료사회에서 결코 환영을 받지 못합니다. 재주가 넘쳐흐르는데 출신은 미천하고, 거기에 과거급제라는 내세울 만한 공명도 없어서 만족스러운 상태가 아니니 가슴 가득히 우울함과 불만이 응어리집니다. 이러한 '기세'를 글로 쓰게 되면 분명 우아하고 품격 있는雅馴 동성파 글과 전혀 다른 풍격을 이루게 될 것입니다. 학문이 있는 사람의 글은 '연원이 있고 우아할' 가능성이 있지만, 만약 학문은 있는데 우울하고 불만이 있다면 그런 경우 글은 틀림없이 '기가 센' 글이 될 것입니다.

　나는 왕중의 산문 「옛 정원을 지나면서 마수정을 조문하는 글經舊苑弔馬守貞文」을 『중국산문선』에 수록하지 않았지만 이 산문은 확실히 잘 쓴 글이고 그의 기질과 재능을 잘 보여줍니다. 마수정의 호는 상란湘蘭이고 진회秦淮(남경의 유명한 유흥가 — 역자)의 유명한 기녀였는데, 성격이 호쾌하고 시와 그림에 능해서 유여시柳如是와 마찬가지로 자주 당대와 후대의 문인 사대부들의 화젯거리가 되곤 했습니다. 글은 내가 강녕江寧 즉 남경의 성 남쪽 회광사迴光寺 부근에 잠시 머물러 있었을 때 "안개와 연기가 자욱한" 어느 버려진 밭을 보고 이곳에 대해 물어보았더니 원래 "명 남원南苑 기녀 마수정이 살던 집"이었다는 이야기로 시작합니다. 이 여성은 비범한 사람으로 '나'는 그녀가 그린 난초를 본 적이 있었는데 "빼어난 기운과 정신이 그림 밖으로 퍼져 나온 듯" 하였습니다. 인생이란 실로 어려운 것이라 이렇게 한 시대를 풍미한 유명한 기녀에게 하늘이 무너지고 땅이 갈라지는 망국의 순간에 수절을 하거나 나라를 위해 순국하라고 요구할 수는 없습니다. 왕중이 무성한 수풀 사이에서 그녀의 옛 자취를 찾으려고한 것은 당연히 특별한 감정이 있어서입니다. 이렇게 재주 있는 여자가 이러한 운명이라니 이 사실에 한탄하고 탄식합니다. "아아, 천부적인 재주를 가진 이러한 여인은 백 년이 지나도 천 리안에서도 만나지 못할 텐데 이렇게 아름다운 사람이 이렇게 모욕을 겪게 되다니!" 시와 그림에 능하고 천 년이 지나도 만나기어려운 대단한 여인을 생각하며 감회에 젖는 것은 그 목적이 자신의 신세에 대한 탄식을 드러내는 데에 있습니다. "나는 홀어머니의 아들로 작은 전답과 집이 있었지만 그것으로 생계를 유지할 수 없었다"라고 했는데 어린 시절의 어려움은 말할 것도 없이 성인이 되어서는 글을 쓰면서 평생을 보냈는데도 고관의 막료에 불과했고 여전히 편안한 삶을 살 방도가 없습니다. 이른바"문필에 종사하면서 여러 차례 부주府主를 바꾸면서 (그들의) 서로 다른 취향에 맞추고 다른 사람의 일로 울고 웃"는다고 하여막료 생활의 말할 수 없는 괴로움을 잘 드러내고 있습니다. 여기에서 핵심은 다른 사람을 대신하여 붓을 잡았다는 것인데 그러니 '기쁨도 슬픔도 다른 사람을 따를 수'밖에 없었던 것입니다. 기쁨도 다른 사람의 것이며 슬픔조차도 자기 몫이 아니었는데한 시대의 영재가 이런 지경에 처하다니 어찌 복잡한 심경이 되지 않을 수 있겠습니까? 비록 "다행히 남자로 태어나 가까스로잠자리 시중을 드는 욕됨을 면했을 뿐"이라고 하면서 자신의 운명이 마상란보다는 그래도 낫다고 하는 듯 했지만 "강가의 노래는 동병상련의 발로"라는 이 구절에서 곧 또다시 그 거리는 좁혀집니다. 여기에서는 쓴 것은 『오월춘추吳越春秋』에서 나온 전고로 오자서가 「하상」의 "동병상련, 동우상구" 구절을* 끌어와서 말했듯이 자신은 마수정과 처지는 다르지만 동병상련이라 시대를 초월하여 매우 공감했다고 한 것입니다. 이것은 중국문학사의 유구한 서사 전통인 "똑같이 떠도는 나그네 신세, 설령 초면인들 또한 어떠하리?"*처럼 이전 현인의 불행한 처지를 빌어 자신의 비분강개를 토로했는데 이러한 글은 매우 많습니다. 그렇지만 여기에서 쓴 대상은 이름난 기녀인데도 여인에 대한 애틋한 감정이라고는 전혀 없고 그저 굴욕과 울분만 표현했을 뿐입니다.

내가 이 부분을 강조하는 이유는 최근에 진회의 유명한 기녀에 대한 담론이 점차 많아지고 소설에서 산문, 연극, 영화에까지 진회의 이름난 기녀가 이미 유행하는 화제 중 하나가 되었기 때문입니다. 그러나 그 이면에서 읽어낼 수 있는 것은 분명히 엽기적이거나 탐미적인 심리이며 이러한 취미는 대중매체의 특성과도 부합하는 것이자 동시에 확실히 고대의 수많은 문인들이 탐닉하던 것이었습니다. 그러나 이와는 달리 왕중은 진회의 명기를 이야기하면서 놀랍게도 그녀를 "다른 취향에 맞추고 다른 사람의 일로 울고 웃는" 자신과 겹쳐 보입니다. 여기에는 매우 깊은 울분이 숨어 있을 뿐 기생집에 드나들면서 풍류를 즐기는 내용은 전혀 들어 있지 않습니다. 이 점은 오히려 어떤 현대의 학자를 떠올리게 하는데 그 사람이 바로 『유여시 별전』*을 썼던

[역자 주] 전국시대에 오자서(伍子胥)는 아버지와 관리였던 맏형이 초나라 태자 소부 비무기(費無忌)의 모함으로 처형당하자 오나라로 피신해 왔다가 오왕 합려에게 중용되었다. 그 해 또 마찬가지로 모함을 받아 아버지를 잃은 백비(伯嚭)가 오나라로 피신해 오자, 오자서는 그를 오왕 합려에게 천거하여 대부(大夫) 벼슬에 오르게 하는데, 왜 그 사람을 천거했냐는 질문을 받자 오자서는 "「하상가(河上歌)」에도 '동병상련, 동우상구 同病相憐, 同憂相救'라는 말이 있듯이 나와 같은 처지에 있는 백비를 돕는 것은 인지상정"이라고 답하였다.

[역자 주] "同是天涯淪落人, 相逢何必曾相識". 백거이의 시 「비파행(琵琶行)」의 한 구절이다.

천인췌입니다. 나는 천 선생이 『유여시 별전』을 썼을 때의 심경은 「옛 원림을 지나면서 마수정을 조문하는 글」을 썼던 왕중의 마음에 매우 근접했을 것이라고 생각합니다.* 책을 탈고한 뒤에 천 선생은 "합장을 하고 게문偈文을 읊었는데" 그 게문에는 "사건과 상황을 쓰다 보니, (그녀의) 삶이 불쌍하고 죽음이 슬프다", "옛사람을 위해 통곡하며, 뒤에 올 사람에게 전한다"라는 구절이 있는데 울분의 감정이 문면에 넘쳐 흐릅니다. 왕중의 울분을 이야기할 때에는 반드시 그의 지향과 처지에 대한 고려가 그 속에 들어있어야 합니다. 「주무조에게 보내는 편지與朱武曹書」에는 그의 지향점을 단적으로 보여주는 몇 구절이 있습니다. 첫째는 세상에 쓰이는 것에 뜻을 두고 쓸모없는 학문을 부끄럽게 생각한다, 둘째는 학문을 할 때에는 고금의 제도의 연혁과 민생에게 유익하거나 해가 되었던 일에 관심을 둔다, 셋째 자력갱생하면서 염치를 차린다, 넷째는 '허망한 말로 세상 사람들에게 잘 보이려고 전력'하는 것에 경멸을 표시한다는 것입니다. 이 네 층위의 생각은 내가 이해한 왕중의 형상과 흡사한데 상당히 정확하게 그려냈습니다. '세상에 쓰이고' 싶다는 것은 반드시 해낼 수 있는 것이 아닙니다. 다만 제도의 연혁에 주목하고 백성의 고통에 관심을 두는 이러한 마음은 상당히 드문데, 특히 건가학파乾嘉學派의 학술이 크게 발전하여 독서인들이 늙어죽을 때까지 공부하던 시대에는 더욱

陳寅恪, 『柳如是別傳』, 上海古籍出版社, 1980.

[역자 주] 천인췌(陳寅恪, 1890~1969)는 1953년에 『전유인연시석증고(錢柳因緣詩釋證稿)』을 쓰기 시작하여 1963년에 탈고했다. 저명한 역사학자였던 천인췌는 1957년 반우파 투쟁에 우파로 몰려 고초를 겪었는데 이미 몸도 병약하여 1945년에 망막박리로 실명했고 1962년에 오른쪽 대퇴골의 골절로 오른쪽 다리를 쓸 수 없어서 거의 누워서 지내야 했다. 그래서 이 책도 천인췌가 구술하고 조교가 받아쓰는 방식으로 작성되었다. 이 책은 문화대혁명 기간 동안 출판되지 못하다가 1980년에 『유여시 별전』으로 이름을 고쳐 간행되었다. 1966년에 문화대혁명이 시작되면서 천인췌를 규탄하는 목소리가 높아졌고 갈수록 박해가 심해지는 상황에서 천인췌는 1969년에 세상을 떴다. 이 글에서 천인췌가 『유여시 별전』을 썼을 때의 마음이 왕중과 비슷하다고 한 것은 천인췌가 격동의 시대에 태어나 불운한 삶을 보냈던 유여시에 대해 보인 동정적인 시선의 기저에 스스로에 대한 비탄이 어려 있다고 보았기 때문이다.

그러했습니다. 「염선의 애도문」을 읽을 때 "놀라울 정도로 심금을 울리는" 감각이 생겨나는 이유는 묘사하는 글솜씨가 훌륭할 뿐만 아니라 작자의 심경이 처량하고 심지어 비분에 찬 것과 큰 관련이 있습니다. 다시 말하자면 관건은 '애哀'라는 글자에 있습니다. "하루아침에 죽어 향기가 사라지니 세찬 불운이 어찌 슬프지 않으랴?" 감동적이고 눈물짓게 하는 인간적인 감정은 건륭·가경 시대의 독서인에게는 결여된 것이었습니다. 그 시대의 대유大儒들 중 적지 않은 사람들이 서재에서 연구에 몰두하면서 바깥 세상에 대해서는 전혀 관심을 두지 않고 고거와 훈고만을 따질 뿐 사회적 상황과 민심에 대해서는 상관하지 않았습니다. 「염선의 애도문」만 읽어도 왕중이 여기에 포함되지 않는다는 사실을 알 수 있을 것입니다. 그리고 자력갱생해서 염치를 차린다는 것은 장타이옌이 가장 존경했던 부분이었습니다.

청에 반대하는 정치적 입장을 바탕으로 장타이옌이 청대 학자에게 내린 평가는 때때로 지나치게 도덕적입니다. 청 왕조에서 관료생활을 했던 적이 없어서 어떤 '오점'도 없는 왕중에 대해 장타이옌은 가장 호감을 보였고 여러 글에서 좋게 평가했습니다. 장타이옌은 특히 고염무를 존경했는데 왕중 역시 그러해서 두 사람은 취미가 같았다고 할 수 있지만 그것은 부차적인 문제였습니다. 더 중요했던 것은 장타이옌은 학문은 민간에 있다고 강조했고 백성의 상황을 잘 보살펴야 한다고 주장했으며 조정과 협력해서는 안 된다고 고집했는데 이 일련의 모든 사항은 바로 또 왕중의 특징이기도 했던 것입니다. 그래서 장타이옌은 청대 학자에 대해 수많은 비판을 하면서도 왕중에게만은 일관

되게 끝까지 찬가를 불렀습니다. 여기에서 관료가 된다는 것과 남의 휘하에 있다는 것이 다르다는 점을 유의해야 하는데 후자의 경우에는 재주 하나로 자력갱생하는 것이라 진흙탕에서 나왔지만 오염되지 않고 청렴과 정직을 지켜낼 수 있었습니다.

가식적으로 다른 사람을 대하지 않겠다는 것은 막료로 있는 사람들에게는 금기입니다. 바로 이 지점에서 왕중의 오만함이 드러납니다. 다들 알고 있는 것처럼 이른바 막료란 반드시 장관의 의지와 취미를 따라야 하는 것이지 자기 색깔이 강해서는 안 됩니다. 남의 막료에 있다는 것의 가장 힘든 부분이 바로 "자신과 다른 취향에 맞추고 다른 사람의 일로 울고 웃는다"는 점에 있습니다. 남의 돈을 가져오기 위해서는 그 사람의 말을 들어야 하므로 장관은 그를 지휘할 수 있지만 그가 장관을 지도할 수는 없는 것입니다. — 장관이 멍청이든 아니든 상관없습니다. 다른 사람을 위해 대필할 때 우선적으로 요구되는 것은 장관이 만족하는가의 여부이지 자신의 재능을 뽐내는 것이 아닙니다. 다행히 청대의 고위관료들은 모두 높은 문화 수준을 가지고 있었고 왕중의 재능을 높이 샀으며 또 이 시대에는 누군가의 휘하에 있어도 얼마간 자존을 지킬 수 있었는데 그 중에는 대필작이 문집에 수록될 수 있었다는 점도 들어갑니다. 왕인지가 왕용보容甫(왕중)을 위해 쓴 「행장」에는 왕중의 가장 유명한 글 세 편이 언급되었는데 그 중에서 「황학루명黃鶴樓銘」이 바로 대필작입니다. 『술학述學』이라는 책에서 "필 상서畢尙書를* 대신하여 썼다"는 주를 달았는데 「황학루명」, 「한수 금대 명문漢上琴臺之銘」, 「여씨춘추 서문呂氏春秋序」 등이

필원(畢沅, 1730~1797)은 자가 양형(纕蘅) 또는 추범(秋帆), 호가 영암산인(靈巖山人)이며 강소성 진양(鎭洋) 사람이다. 건륭 연간의 진사로, 섬서순무(陝西巡

撫), 섬감총독(陝甘總督), 호광총독(湖廣總督) 등 벼슬을 역임하였다. 비록 큰 벼슬을 하였으나 독서를 좋아하였고 경사(經史)에 통달하였는데 특히 소학, 금석, 지리 등에 정통하였다. 장학성(章學誠), 노문초(盧文弨), 홍양길(洪亮吉) 등 저명한 학자들을 모아 『속자치통감(續資治通鑑)』, 『경전문자변증(經典文字辨證)』 등을 편찬하였다.

그렇고 또한 「번창현 학궁 뒤 비전繁昌縣學宮後碑傳」도 있는데 이것도 "번창현 지현 섭일표葉一彪를 대신하여 쓴" 것입니다. 고위관료를 대신해서 글을 쓰면서도 '저작권'을 유지한 채 지금은 판매하지만 나중에는 자신의 문집에 수록될 수 있도록 한다는 것입니다. 글을 팔되 저작권을 유지하는 이런 종류의 문인은 여전히 자존을 지킬 수 있었습니다. 지금은 이와는 달라서 만약 비서들이 대필작을 자신의 문집에 수록한다면 그 상사의 글은 세상에 나올 수 없을 것입니다. (학생들 웃음) 언제부터 문인의 이러한 자존이 모두 박탈되어 진짜 "아무짝에도 쓸모 없는 서생"이 된 것일까요?

남의 휘하에 있는 이상 그를 위해 대필을 해야만 하고 대필을 하는 이상 상사의 말투를 염두에 두어야 하므로 자기 자신의 글을 쓸 수 없습니다. 어떻게 "자신과 다른 취향에 맞추고 다른 사람의 일로 울고 웃는다"는 것을 원망할 수 있다는 말입니까? 그러나 이 글을 나중에 문집에 수록할 때를 생각해보면 자신의 감회와 감정을 넣지 않을 수 없습니다. 이것을 조금만 고려해서 글을 써도 모두들 '오만'하다고 배척합니다. 이렇게 뛰어난 재주는 본래 다른 사람의 질투를 불러오기 마련이며 그런데도 또 오만불손하니 사방에서 비난이 일어나는 것도 당연합니다. 노문초가 왕중을 위해 쓴 「제문祭文」에 "왕군은 사실 미친 것이 아닌데 사람들은 미쳤다고 했다"는 구절이 나오는데 '미쳤다狂'는 말은 병리적이고 심리적이며 또 문화적인 의미를 담고 있으므로 이 말을 어

노문초(盧文弨, 1717~1796)는 자가 소궁(紹弓), 호가 포경(抱經)이며 절강성 항주 사람이다. 건륭 연간의 진사로, 한림원(翰林院) 시독학사(侍讀學士)를 지냈다. 은퇴한 후에 주로 강소성과 절강성의 여러 서원의 담당 선생으로 있었

떻게 정의할 것인가가 문제일 것입니다. 청대 학계에서 왕중은 오만하다고 알려졌는데 굳이 변명할 필요는 없을 것입니다. 사실 재주가 뛰어난 독서인이 조금 제멋대로 굴고 오만하다고 해도 큰 문제는 아닙니다. 반대로 지나치게 소심하고 신중해서 다른 사람에게 쓴 소리 한 번 한 적 없는 사람이라면 좀 무서울 것 같습니다.

다. 교감(校勘)으로 유명하며, 그가 교감하고 주를 단 경(經), 자(子) 여러 책들은 합쳐서 『포경당총서(抱經堂叢書)』로 간행되었다.

왕중은 비판하기를 좋아했는데 나는 이것이 그가 재능이 높은데 지위가 낮아서 마음속으로 공평하지 않다고 생각한 것과 관련이 있다고 생각합니다. 몇 개의 일화를 이야기하면 왕중이 어떤 사람인지, 또 그가 어떻게 다른 사람들의 질투를 불러 왔는지를 알 수 있을 것입니다. 전하는 말에 따르면 그가 안정서원에서 공부하고 있을 때 늘 경사經史의 난제를 가지고 가서 가르침을 청했는데 산장이 답을 하지 못하면 그는 미친 듯이 웃어대며 나왔다고 합니다. (학생들 웃음) 당시 유명한 학자 중에는 심지조沈志祖라는 사람이 있었는데 왕중에게 테스트를 받고 비웃음을 당하자 며칠 만에 죽어버렸습니다. (학생들 웃음) 재주가 넘쳐나는 동시에 근신할 줄 모르는 학생의 선생 노릇을 한다는 것은 정말 섬뜩한 일이라고 생각합니다. 홍양길*의 「또세 친구의 일화를 씀又書三友人遺事」이라는 글에는 왕중이 양주부揚州府에서 통通에 해당하는 사람이 세 사람이 있는데 왕염손, 유대공劉臺拱과 자신이라고 큰소리를 쳐댄 적이 있었다는 구절이 나옵니다. 또 다른 세 사람은 불통不通에 해당하는 사람인데 정진방程晉芳, 임대춘任大椿, 고구기顧九苞입니다.

홍양길(洪亮吉, 1746~1809)은 자가 군직(君直) 또는 치존(稚存), 호가 북강거사(北江居士)이며 강소성 양호(陽湖, 지금의 상주(常州)) 사람이다. 건륭 55년(1790)에 진사가 되었고 편수(編修)에 제수되었으며 귀주(貴州) 독학(督學)으로 임명되었다. 만년에 상소를 올려 조정을 질책하여 이리(伊犁)로 쫓겨나 변방을 지켰으나 다음해 사면을 받아 집으로 돌아갔다. 경사(經史)와 여지(輿地, 지리)의 학문에 통달하였고 특히 시와 문에 능하였으며 저서로『홍북강전집(洪北江全集)』이 있는데 20여 종의 저작을 수록하고 있으며 그 중에서『북강시화(北江詩話)』는 늘 문학사가들에게 인용된다.

한 눈치 없는 진신縉紳이 멋지게 꾸미고 달려와서 그에게 품평을 청하였습니다. 왕중이 "당신은 불통에 속하지 않습니다"라고 하자 그 사람은 매우 기뻐했습니다. 왕중이 곧이어 "당신이 다시 30년 동안 독서를 하면 불통이 될 가망이 있을 지도 모릅니다"라고 할 줄은 꿈에도 몰랐을 것입니다. (학생들 웃음) 이런 류의 일화가 학계에 광범위하게 퍼져 있으므로 여러분은 세상 사람들이 왕용보를 떠올릴 때 그를 미쳤다고 생각하는지, 미치지 않았다고 생각하는지를 알 수 있을 것입니다.

재능 있는 사람이라고 해서 모두 왕중처럼 오만하지는 않습니다. 각도를 바꾸어 인물의 심리에 주목해 볼 때 나는 그것이 실제로는 극단적인 자존의 방식으로 자신 마음 깊은 곳에 있는 자기 비하와 자기 연민을 감춘 것이 아닐까 하는 의문을 갖습니다. 만약 명문세가의 자제였다면, 또는 벼슬길이 비교적 순탄했었더라면 심리상태가 결코 저렇지는 않았을 것입니다. 여기에는 성정이 비뚤어진 면이 있습니다. 사회의 하층 출신으로 매우 오랫동안 분투하면서 실로 어렵게 겨우 서서히 두각을 나타냈고 학업의 성취도 있었지만 내세울 공명이 전혀 없었던 왕중은 사회의 낡은 풍습 때문에 그렇게 존중받지 못했던 것입니다. 더군다나 '회통'을 중시하는 그의 학문 방법도 주류가 아니었습니다. 비록 자기는 자신감이 넘쳤고 기본적으로 학계에서 인정도 받았지만 이렇게 고된 과정 속에서 심리적으로 받았던 상처는 틀림없이 너무나 컸을 것입니다. 그래서 그 오만함이 결코 완전히 득의에 찬 기색으로 가득 채워진 것은 아닙니다.

문인 학자들의 자기과시 또는 고집과 오만은 세상 사람들에게는 홍미로운 일화이지만 당시에는 의식적이든 아니든 간에 많은 사람들에게 상처를 주었을 것입니다. 이미지로 말한다면 이러한 인물은 마치 고슴도치 같아서 바라볼 수는 있어도 가까이 갈 수는 없습니다. 또 어떤 한 가지 일에 대해서는 나도 아직 깊이 생각해 보지 못했으므로 여기에 대한 이야기는 관심이 있는 동학들이 연구하도록 남겨두겠습니다. 이것은 바로 왕중과 장학성° 간의 미묘한 관계입니다. 장학성도 대학자였고 학문 방식에서도 회통을 중시했으므로 주류 학술과는 조금 달랐습니다. 상식적으로 보면 두 사람은 둘 다 고독하지만 자기만의 지식과 포부를 가지고 있어서 상통하는 부분이 많았으므로 서로를 높이 평가해야 맞습니다. 실제로 두 사람이 무창武昌에서 만난 뒤에 얼마간은 좋게 왕래하기도 했습니다. 그러나 왕중이 죽은 뒤 장학성은 그를 비판하는 글을 썼는데 그 어조가 상당히 냉정했습니다. 「술학박문述學駁文」의 끝부분에서 장학성은 "왕 씨의 글은 총명함은 넘쳤지만 진정한 식견은 부족하다. 손대는 곳마다 깨닫게 하는 바가 있으나 전체적으로는 흐릿하다"라고 씁니다. 이것은 상당히 신랄한 비판이었습니다. 「입언유본立言有本」에서 장학성은 한층 더 나아갑니다.

> 그는 누구보다도 더 총명했지만 식별 능력은 부족했다(총명한 것은 당연히 좋지만 총명함이 과하면 반드시 부족한 바가 있다). 천부

장학성(章學誠, 1738~1801)은 자가 실재(實齋), 회계(會稽, 지금의 절강성 소흥) 사람이다. 건륭 연간에 진사가 되었고 여러 서원에서 담당 선생으로 있었으며 후에 필원(畢沅)의 막부에 들어가 『속자치통감(續資治通鑑)』을 편찬하는 것을 도왔다. 평생의 정력을 강학과 저술, 지방지의 편찬에 바쳤다. 그가 저술한 『문사통의(文史通義)』는 매우 명성이 높았는데 당나라 사람 유지기(劉知幾)의 『사통(史通)』과 더불어 사학이론의 명작으로 꼽힌다. 1922년에 『장씨유서(章氏遺書)』가 간행되었다.

적인 장점을 다 하지 못하면서 억지로 학문을 논하니 늘 비슷하기
는 하지만 진짜는 얻지 못한 것이다.

타고난 자질이 이렇게 높은데도 잘 사용하지 못해서 글을 쓰
는 것에 전념하지 못하고 "억지로 학문을 논하는 것"은 자신의
특기에 맞지 않은 일을 하는 것이니 정말 안타깝
다는* 말입니다.

적인 장점을... 章學誠, 『章學誠遺書』, 北京:文物出版社, 1985, pp.56~58 참조.

章學誠, 『章學誠遺書』, 北京:文物出版社,
1985, pp.56~58 참조.

어떻게 친구가 죽은 뒤에 '반목'할 수 있을까, 첸무錢穆, 전목는
『중국 근 삼백 년 학술사』*를 쓸 때 이 일을 언급하
면서 "그러하니 지음知音을 만나기 어렵다는 탄식
은 정말 거짓이 아니다"라고 특별히 탄식했습니다. 이 특이한

錢穆, 『中國近三百年學術史』, 北京:中華
書局, 1986, p.442.

두 사람은 모두 당대 학풍으로 덮을 수 없었고 나름의 원대한 지
향도 있었으니 뛰어난 사람들끼리 서로 아꼈으면 좋으련만 어
떤 이유로 이렇게 가혹하게 비판하는 것일까요? 사람들이 "지음
은 구하기 어렵다"라고 하는 것도 당연합니다. 장학성의 이 두
편의 글을 읽으면서 왕염손, 왕인지, 노문초 같은 사람들의 회고
하는 글과 대조해보면 실재實齋(장학성) 선생이 너무 지나쳤다는
생각이 들 것입니다. 그러나 나는 왕중의 성격상 당시에 분명히
여러 사람들에게 상처를 주었을 것이고, 그가 자기 재능을 믿고
함부로 굴면서 입에서 나오는 대로 비판한 것은 장학성의 글보
다 훨씬 더 심했을 것이나 남아있지 않을 뿐인 것은 아닐까 하는
의심을 품고 있습니다. 친한 친구들이 서문을 쓰거나 애도하는
글을 쓸 때는 당연히 좋은 이야기만 쓰겠지만 다른 사람의 경우
혹시 의도적이든 아니든 상처를 받았을 것이기에 수많은 비판

이 나오는 것도 이상할 것 없습니다. 장학성의 비판은 약간 독설에 가까워서, 전적으로 공정한 마음에서 나온 것은 아닐 것입니다. 그러나 현재로서는 증거가 없기 때문에 담대한 가설에 지나지 않으며, 말이 되지 않는다고 생각하면 듣고 그냥 넘기도록 하십시오. 이 부분 판서는 지우도록 하겠습니다.

술학述學과 문예

사실 장학성의 비판에 일리가 전혀 없지는 않습니다. 「입언유본」에서 장학성은 왕중이 큰소리 친 『술학』을 비웃었고 심지어 "서문과 기문, 잡문 등 글로 쓰기만 하면" 모두 수록했으니 "이것이야 말로 『술학』의 제목과는 아무 상관없는 것"이라고 했습니다. "글로 쓰기만 하면"이라는 말 뒤에는 의도적으로 "필제부畢制府를 대신해서 쓴 「황학루기」까지도 모조리 수록하였다"라고 주석을 달았습니다. 저술의 체제를 중시한 장학성이 보기에 이것은 너무 말이 안 되는 일이었습니다. 여기에서의 문제는 중국 고대 문인 학자들이 대부분 여러 글을 모아 함께 엮은 '문집'과 완정하게 구상한 '저작'을 엄격하게 구분하지 않았다는 데에 있습니다.

『지난 50년간 중국의 문학五十年來中國之文學』에서 후스*는 이 문제를 집중적으로 다루었습니다. 그가 보기에 중국은 역사적으로 유구한 문화를 발전

후스(胡適, 호적, 1891~1962)는 자가 스즈(適之, 적지), 본명은 훙싱(洪騂, 홍성)인데 1910년에 미국 유학 시험을 볼 때 이름을 후스라고 고쳤다. 안휘(安徽) 적

계(繼溪) 사람으로, 상해에서 태어났다. 1917년에 유학을 마치고 귀국하여 북경대학 교수가 되었고 『신청년(新靑年)』의 편집에 참여하였다. 그는 백화문(白話文)을 제창하고 백화(白話)로 시를 창작하는 실험을 하였으며 존 듀이(John Dewey)의 학설을 소개하고 현대 학술의 규범을 들여와 5 · 4 신문화운동 시기에 영향이 매우 컸다. 항전(抗戰) 시기에 주미대사 직을 맡았고 1946년에 북경대학을 떠나 1949년에 미국으로 갔으며 1956년에 대만으로 가 중앙연구원 원장을 맡았다. 주요 저술로는 『중국철학사대강(中國哲學史大綱)』, 『백화문학사(白話文學史)』, 『상시집(嘗試集)』, 『호적문존(胡適文存)』, 『호적논학근저(胡適論學近著)』 등이 있다.

시켰지만 "이 2,000년간에 정련된 구성으로 '저작'이라고 할 수 있는 책은 7~8부에 불과"하며 거기에 해당하는 것이 유협劉勰의 『문심조룡文心雕龍』, 유지기의 『사통』, 장학성의 『문사통의』, 장타이옌의 『국고논형國故論衡』 등입니다. 그 밖의 책은 모음집結集이거나 어록語錄이거나 원고본稿本이지 모두 엄격한 의미에서의 '저작'이 아니라는 것입니다. 이른바 '저작'은 구상이 완정되고 정련되게 글을 엮어야 하는 것이지 그냥 여러 잡다한 글을 한데 모아 두어서는 안 된다고 주장했는데 후스의 이러한 생각은 장학성과 매우 가깝습니다. 여러분은 체제를 중시하지 않지만 깨닫게 하는 바가 선명하고 단편적인 것에서 정신을 볼 수 있는 것이 중국인의 저술이 가지는 특징이 아니냐고 할 수도 있을 것입니다. 그러나 목록학에 정통했던 장학성이 봤을 때 학문을 하려면 먼저 원류와 분파, 체계를 명료하게 구분했어야 했습니다. 『술학』처럼 유명한 대작이 실제로는 저자의 여러 글을 모은 것일 뿐 엄격한 의미에서의 '저술'이 아닌 것입니다.

『술학』은 한 시대의 명저로 학술사든 문학사든 어디에서든 모두 언급됩니다. 현재 우리가 볼 수 있는 『술학』은 '내편內篇', '외편外篇', '보유補遺', '별록別錄' 등으로 크게 분류하여 백여 편의 글을 수록하고 있는데 그 중에는 확실히 '술학'이라는 서명과는 무관한 글이 많으므로 그냥 왕중이 쓴 글의 모음집結集이라고만 해야 할 것입니다. 이것은 장학성이 쓴 『문사통의』, 『교수통의校讎通義』 등의 완정된 저술과는 확실히 같이 놓고 말할 수 없습니다. 저술이 완정되었는지 그렇지 않은지는 '주장'에 '근원이 있는지' 여부와 사실 큰 관계가 없습니다. "평소에 경전과 역사에 대해 논했던 것들이 찬연하게 볼 만한" 왕중은 기대했던 성대한 거작을 써내지 못했는데 이것은 장학성 자신의 학술적 이상을 기반으로 한 평가라고 보아야 합니다. 완정하지 못했던 『술학』은 진짜 그가 말했던 것처럼 "손대는 곳마다 깨닫게 하는 바가 있으나 전체적으로는 흐릿한" 것은 아니었습니다.

우리는 저자가 자기 재능을 모든 글에 다 제대로 발휘할 수 있는 것은 아니며, 왕중이 51세의 젊은 나이로 일찍 죽었기 때문에 그의 저작이 완성되지 못한 것도 당연하다고 왕중을 위해 변명할 수도 있습니다. 그러나 나는 여기에 저자가 지나치게 세상에 분노하고 혐오했다는 또 하나의 요인이 있다고 생각합니다. 이것은 글에서는 장점이지만 저술에 있어서는 반드시 좋게 작용하지는 않을 것입니다. '술학'이 필요로 하는 것은 고인에 대한 이해와 깨달음과 동정이지 이유 없는 분노가 아닙니다. 왕중은 글을 아주 잘 썼지만 이것은 그가 마음속에 우울과 불만을 가지고 있었기 때문입니다. 그러나 이러한 우울과 불만이 학술 저술로 옮겨가게 되면 전심전력으로 연구에 집중할 수 없습니다. 그 이유에 대해 장학성은 이렇게 말합니다.

저술에 전념해야 진실로 전문가의 일로 나아갈 수 있다. 제외해야 할 것을 포함하고 포함시켜야 할 것을 제외하였다. 그 안의 식견은 모자라는데 밖으로 명예심이 달려 나가고 있는 것이다. 안타깝다. (「입언유본」)

이것은 왕중이 학문에 적합하지 못하다는 가설을 세우고 전심전력으로 글 쓰는 일에 몰두해야만 '전문가의 일'을 이룰 수 있다는 것입니다. 오랜 친구 왕염손의 경우는 이와는 반대로 『술학』 서문에서 이렇게 진심어린 평가를 내렸습니다.

내가 용보와 교유한 지 40년인데 함께 고학古學을 연마했다. 나는 훈고학, 문자학, 성음학을 했고 용보는 경사를 논의하면서 명확하게 표현하고 그 핵심 줄기를 잘 잡아냈다. 나는 글을 잘 못썼지만 용보는 담아澹雅한 문재로 요즘 시대의 수준을 뛰어넘어 매번 나는 나의 학문이 용보처럼 대단하지 못하다는 사실이 부끄러웠다.

청대 학자 중에서 왕중은 글을 잘 썼고, 문명文名이 매우 높았으므로 이른바 "용보는 담아澹雅한 문재로 요즘 시대의 수준을 넘어섰다"는 구절에 대해서는 모두들 인정합니다. 왕염손은 그가 고학에 능한 것 외에 글도 잘 쓴다고 칭찬한 반면에 장학성은 그가 글에 전념하지 않고 "억지로 학술을 논의하였다"라고 조소합니다. 그렇다면 왕중 자신은 어떻게 생각했을까요? 자신의 '술학'을 더 대단하게 생각했을까요, 아니면 이미 사람들의 엄청난 찬양을 받고 있는 '문예'를 중시했을까요?

「단림에게 보내는 편지與端臨書」에서 왕중은 자신의 저술에 대해 어떻게 보고 있는지 언급합니다. 이 단락은 왕중의 사상 또는 글에 대해 논할 때 많이 인용되는 부분입니다.

전하고 싶은 메시지를 글로 모았는데, 그 글 안에 또한 나의 뜻이

들어 있다. 그런데 나의 뜻은 『술학』 책에 두었으며 문예는 그 말단이었다.

학문을 최우선으로 두는 이상 반드시 장학성의 지적에 직면해야 할 것입니다. 당신은 지나치게 글에 탐닉한 나머지 저술에 전념하는 것을 미루고 있는 것은 아닌가? 글쓰기에는 도움이 되는 분노와 오만이 당신이 『술학』을 썼을 때의 구상과 열정을 해치고 있는 것은 아닌가? 이 문제를 논의할 때에는 반드시 대략이나마 왕중이 청대 학술사에서 어떤 의의를 가지는지를 언급해야 할 것입니다.

왕중 본인이 말한 것처럼 그는 확실히 『술학』의 편찬을 자신이 평생 추구해야 할 목표로 생각했습니다. 『술학』이라는 책은 선진先秦 문헌을 광범위하게 탐구해서 삼대三代 이전의 학제의 흥성과 쇠퇴를 논의하여 후대 사람들이 "옛사람들이 배웠던 바"를 알 수 있도록 했습니다. 왕중의 아들 왕희손汪喜孫은 자신의 아버지를 위해 「연보年譜」를 쓰면서 원래 책을 쓸 때 계획은 "우하虞夏를 제1편, 주례周禮 제도를 제2편, 열국列國을 제3편, 공문孔門을 제4편, 70자* 이후의 학자를 제5편, 또 통론通論, 석경釋經, 구문舊聞, 전적典籍, 수전數典, 세관世官, 목록目錄을 제6편으로 하려고 했으나 완성하지 못했다"라고 소개했습니다. 이렇게 규모가 방대하고 체계가 완정되면 당연히 후스가 말한 정련된 구성의 '저작'에 해당할 것이지만 안타깝게도 그저 계획일 뿐 왕중은 자신의 구상을 완성시킬 수 없었습니다. 당시의 수많은 학자들은 그저 눈에 보이는 명물

[역자 주] 공자의 제자 가운데 뛰어난 70인을 '칠십자(七十子)'라고 하는데 기록에 따라 육십일자(六十一子) 또는 칠십이현(七十二賢)이라고도 한다.

名物과 훈고訓詁만 파고들었지만 왕중은 시야를 삼대의 학문에 두고 여러 학술적인 방법을 빌려와서 그 시대의 학술 상황과 교육 제도를 재구할 수 있기를 희망했는데 이것은 정말 큰 학술적 야심입니다. 이러한 시야와 이러한 패기는 한 글자 한 구절의 득실을 따지는 것과는 큰 차이가 있습니다. 어떤 사람이 『술학』 원고본을 봤는데, 세상에 실제로 나온 구구한 몇 권의 책들에 비하면 표지에 왕 씨가 직접 쓴 "술학일백권述學一百卷"의 원래 구상은 실제로 기세가 강산을 삼킬 정도였다고 합니다. 그러나 규모가 방대했고 또 수명이 너무 짧았기 때문에 이렇게 많이 아쉬움을 남기고 말았습니다.

어째서 삼대 학제의 흥망성쇠에 주목하고 명물과 훈고에 연연해하지 않는가는 왕중이 학술에서 추구했던 것과 관련이 있습니다. 「순무 필 시랑께 드리는 편지」에서 왕중은 여러 차례 자신은 고염무를 사숙했다고 말했으며, 학문의 두 가지 목적에 대해 밝히면서 하나는 "세상의 쓰임에 부합하는 것"이고 다른 하나는 "실사구시"라고 했습니다. 나의 말로 한다면 이것은 일종의 "감정적인" 연구입니다. 이른바 "세상의 쓰임에 부합한다"는 것은 그저 "감정적인" 것일 뿐 실제로 효과가 있는 것이 아닙니다. 학문을 세상을 바꾸는 힘으로 전환시키는 것은 학자 개인이 말한다고 되는 일이 아니라 외부적 환경에 따라 결정되는 일일 것입니다. 왕중은 고염무 등 청초 학자들의 "세상의 쓰임에 부합한다"는 전통을 추모하고 같은 시대 사람들이 고거를 위해 고거하는 것에 불만을 가지고 있었습니다. "실사구시"는 청 유자들이 특히 즐겨 했던 말입니다. 그러나 이 구호에 대해서는 각각

이해하는 바가 다릅니다. 왕중의 경우 주로 묵수墨守를 반대하고 회통을 강조했습니다. 크게 보고 그 변화를 보아야 하며 정밀하게 고구하는 것에 연연해하지 않는 것이 왕중 그리고 양주학파의 주된 특징이었습니다.

이렇게 선명한 문제의식과 고거를 위한 고거가 아닌 학술 방식으로 왕중의 연구는 완정하지는 못하지만 사상사적 의의를 얻을 수 있었습니다. 이것은 우리가 현재 특별히 주목하고 있는 것입니다. 어떤 구체적인 문제를 해결하는 것이 아니라 현재 또는 이후의 사상조류를 개척하는 것입니다. 청대 학술사 또는 사상사를 논의할 때 대체로 모두 왕중의 「순경자통론荀卿子通論」, 「순경자연표荀卿子年表」, 「묵자서墨子序」, 「묵자후서墨子後序」를 언급합니다. 당시 공자와 맹자, 정자와 주자만을 높였던 것과 비교할 때 왕중이 순자를 높이 평가하고 순자가 공자를 계승하여 여러 경전의 전파에 큰 공로가 있다는 점을 강조하였으며, 2,000년 이후 줄곧 억압받은 묵자를 발굴하는 데 공을 세웠는데 이 점은 확실히 혁명적인 변화였습니다. 경經 연구에서 자子 연구까지 생각지도 못한 효과를 거두었습니다. 지식적인 고변考辨에만 국한되지 않고 사상사적 영역으로 진입했습니다. 가장 직접적인 결과는 선진사상사에서 공자와 맹자의 위상이 도전을 받았다는 것입니다. 제자諸子는 평등해져, 공자, 맹자, 순자, 묵자, 장자 등의 사상가들이 모두 선진사상사에서 중요한 위치를 점하게 되었으니 백가쟁명의 상태로 돌려놓은 것이었습니다. 그 밖에도 "다시 새롭게 발견"된 제자諸子의 주장에는 공자에게 불만을 품거나 비판하고 냉소하는 것이 많아서 오늘날의 사람들이 '공자에게 회의를 가지도록' 사고의 방향을 돌릴 수 있게 했습니다. 모두들 아는 것처럼 만청과 '5·4'의 '공자에 대한 회의'는 과거 2,000년 동안의 중국 사상과 의식형태에 대한 회의와 반성입니다. 현대 중국에 상당한 영향력을 미쳤던 이 사조는 만청 제자학諸子學의 흥기와 밀접한 관련을 맺고 있습니다. 이 때문에 '공자에 대한 회의'를 논의할 때 만청 제자학의 흥기를 언급하는 것이며 왕중이 순자와 묵자를 발견한 것이 갑자기 부각되게 된 것입니다. 이 점은 량치차오,* 후스, 첸무에서 허우와 이루侯外廬, 후외려, 위잉스余英時, 장하오張灝, 장호 등까지 모두들 끊임없이 언급하고 있습니다.

『술학』이 주목할 만한 가치가 있는 것은 사상사적인 의의를 가지고 있는 논문이라는 점 외에 문장이 아름다워서입니다. 방금 전에 인용했던 왕염손의 「술학서述學序」에서는 특히 왕중의 경서 논의와 문장을 모두 "탁월하여 발군이다"라고 높게 평가했습니다. 고증하는 글에는 반드시 근거가 있어야 후대까지 전해지는데 이 점은 건륭·가경의 여러 사람들이 모두 할 수 있었지만 글로 구양수, 소식, 왕안석, 증공의 글쓰기 방식을 넘어선다는 것은 쉽지 않은 일이었습니다.

그의 글쓰기는 한漢, 위魏, 송宋, 진晉의 작가들을 합쳐서 한 사람의 말로 만들어낸 것이라 품격이 있고 순후하여淵雅醇茂 모방하려는 의도가 없어도 저절로 합쳐지니 아마도 송 이후에는 이러 한 작가가 없으리라.

량치차오, 『청대학술개론(淸代學術槪論)』 제16절.

대략적인 내용은 왕인지가 왕중을 위해 쓴 「행전行傳」에서도 언급되어 있습니다. 예컨대 "글을 쓸 때에는 경사經史에 바탕을 두고 한위漢魏의 글을 녹여냈으며 구양수, 소식, 왕안석, 증공의 성향을 따르지 않고 옛 것을 취하여 탁월하게 일가를 이룬 글"이 라고 썼습니다. 왕중이 "경·사에 바탕을 두었다"라고 찬양하면 서 또 "한·위의 글을 녹여냈다"라고 했는데 이는 당시 유행하 던 문체, 곧 동성파와 그들이 추숭한 당송팔대가를 직접적으로 겨냥한 것이었습니다. 이 점은 문학사에서 모두 언급되고 있으 니 찾아보기 바랍니다.

방금 전에 홍양길의 「또 세 친구의 일화를 씀」을 언급했는데 그 글에서는 자기 재주만 믿고 오만한 왕중이 글을 쓸 때는 또 "지나치게 격식을 차리고 삼갔다"라고 하였으니 모순이 약간 있 는 것 같습니다. 홍양길도 이상하다고 생각해서 이 점에 대해 물 어봤는데 왕중의 대답은 "세상 사람들이 나를 죽이려고 하는데 만약 글이라도 더 삼가지 않는다면 그 사람들의 계략에 빠지는 꼴이 될 것이다"였습니다. 애초에 수많은 사람들이 눈을 크게 뜨고 나를 괴롭히려고 하는데 글을 쓸 때 더 신중하지 않는다면 그들에게 빌미를 주는 격이 아니겠는가, 나는 그들이 만들어 놓 은 함정에 빠질 만큼 그렇게 바보는 아니라는 것입니다. 홍양길 은 오만한 왕중에게도 본디 교활한 면이 있다고 말합니다. 귀위 형은 『중국산문사』 하권*에서 이 구절을 인용하면서 "왕중의 글

郭預衡,『中國散文史』下卷, 上海人民出版社, 1999, p.533.

의 품격은 의도적으로 만들어낸 것임을 이를 통해 알 수 있다"는 서술을 덧붙였습니다. 왕중이 글을 쓸 때 "품격"을 애써 추구했는데 이것은 화를 피하려는 의도에서 나온 것이고, 자신이 마치 만명의 이지처럼 그렇게 죽임을 당할까봐 두려워했다는 이런 주장에 나는 그다지 동의하지는 않습니다. 내가 보기에 더 중요한 것은 문체 자체의 규범성입니다. 이렇게 말하는 이유가 무엇이냐구요? 왜냐하면 변려문은 대구 맞추기裁對와 음률의 부합調聲, 수식敷藻, 전고 사용用典을 중시해서 공안公安 삼원三袁처럼 그렇게 어떤 격식에 구애받지 않고 성령만을 표출할 수는 없었기 때문입니다. 이렇게 하다 보니 글의 풍격은 언제나 "품격 있고 순후한" 방향으로 가게 되고 자유분방하고 웃기거나 입에서 나오는 대로 쓸 수가 없게 됩니다.

어떤 문체를 선택하느냐는 의도적으로 "수준 미달"로 쓰거나 "웃기려고 쓸" 생각이 아니라면 기본적으로 쓰려고 하는 생각과 스타일을 결정하게 됩니다. 설령 평소에는 거침없이 말한다고 해도 일단 변려문을 쓰겠다고 마음먹으면 반드시 착실하게 음률을 맞추고 수식을 해야 하며 그렇게 하지 않으면 인정을 받을 수 없습니다. 이 점에 대해서는 근대의 유명한 학자 황칸黃侃, 황간을 떠올리게 되는데 그는 왕중을 무척 존경해서 행동거지도 비슷했습니다. 황칸이 북경대학 등의 여러 학교에서 수업을 할 때, 당시 학생들의 기억에 따르면 그는 강의 시간에 수업 한 번은 다른 사람 욕을 하고 다른 한 번을 할 때 비로소 자신의 '진짜 수준'을 조금 보여주었다고 합니다. (학생들 웃음) 그러나 그는 매우 학식이 있었기에 사람들도 모두 인정했습니다. 그런데 이 오만한 문인은 학문을 할 때는 매우 치밀했습니다. 황칸은 장타이옌이 자랑하는 수제자였는데 스승님이 빨리 책을 쓰라고 재촉했을 때 "오십 이전에는 책을 쓰지 않겠습니다"라고 대답했습니다. 그러나 그는 50세 때 불행히도 세상을 떠나서 (학생들 웃음) 무척 아쉽습니다. 그는 적지 않은 단편과 독서 노트, 강의록을 남겼지만 큰 저술은 채 시작도 하지 못했는데 이것은 그가 원래 가지고 있었던 포부와는 차이가 크게 납니다. 다른 사람을 무시하고 비웃으며 행동거지가 규범에 맞지 않았던 광사狂士가 글을 쓰고 학문을 할 때는 놀랍게도 이렇게 치밀했던 것입니다.[*] 청첸판程千帆, 정천범이 "지강季剛(황칸) 선생님은 성격이 좋지 않아서 남들을 욕하는 것을 좋아했는데 이것은 학계에서는 모두 알고 있는 사실이었다. 그러나 사람들은 늘 그의 성격 중에서 제멋대로인 점에 대해서만 말하기를 좋아했을 뿐 그의 성격 중에서 매우 신중하고 겸허한 면이 있다는 사실은 간과했다"[*] 라고 했던 것처럼 말입니다. 이 "신중함"은 그가 현학玄學이 아니라 박학樸學을 공부했고 소품문小品文이 아니라 변려문을 썼다는 점과 큰 관련을 맺고 있습니다.

陳平原, 「當年遊俠人」, 『讀書』, 1995년 11 기 참조.

程千帆, 「憶黃季剛老師」, 『量守廬學記』, 北京 : 三聯書店, 1985.

자서自序의 빛과 그림자

지난 학기에 중국 문인의 자전自傳, 자서自序, 자찬묘지명自撰墓誌銘, 자정연보自定年譜에 대해 강의하면서 고대 중국 문인의 자기 표현에 대해 이야기했습니다. 이번 학기에는 명·청 산문 강의 중 장대와 왕중 두 강좌에서 모두 이 문제를 다루었습니다. 장대의 「자위묘지명自爲墓志銘」에 비해서 왕중의 「자서自序」에서는 다량의 전고를 쓰고 있기 때문에 훨씬 더 어렵습니다. 그래서 방향만 약간 잡고 수업이 끝난 뒤 각자 읽어봤으면 합니다.

우리는 이 「자서」가 건륭 51년(1786) 왕중이 43세 되던 해에 완성되었다는 것을 왕희손이 쓴 연표를 통해 알고 있습니다. 오늘날이라면 "중년이 된 정도"에 불과하겠지만 왕중은 51세까지 살았기 때문에 이 글을 쓴 시점은 이미 인생의 황혼이어서 지난날을 회상하다보니 "눈은 침침하고 정신은 지쳐 그냥 대충 쓴 것"이었습니다.

제1구 "옛날에 유효표劉孝標는 자신의 일생에 대해 자서自序를 쓰면서 경통敬通의 행적과 비교해 보니 공통점이 세 가지가 있고 다른 점이 네 가지가 있다고 했는데 후대 사람들은 그 말을 음송하고 슬퍼한다"는 반드시 대략이나마 해석을 해야 하니 그렇지 않으면 읽을 때 어려움이 있을 것입니다. 풍연°은 자가 경통이고 동한東漢의 사부가辭賦家로 「뜻을 드러낸 부顯志賦」, 「무달로 부임하는 처남에게 보내는 편지與婦弟任武達書」 등을 지었습니다. 유준劉峻은 자가 효표孝標이고 남조南朝 양梁의 학자이자 문학가였으며 산동山東 평원平原 사람인데 정확한 생몰년은 462~521년입니다. 이른바 유효표는 풍경통과 비교할 때 "세 가지는 같고 네 가지는 다르다"라고 했는데 이것은 유준이 「자서」에서 쓴 내용, 곧 "나는 풍경통과 비교해 보니 같은 점이 셋이었고 다른

유협(劉勰)은 『문심조룡(文心雕龍)』「재략(才略)」에서 풍연(馮衍)에 대해 언급했다. "경통(敬通, 풍연의 자)은 아름다운 문장을 좋아했지만 성세(盛世)에 불우했다. 「뜻을 드러냄[顯志]」, 「자서(自序)」의 탄생 역시 진주조개가 병에 걸렸기 때문에 아름다운 진주를 생산해내게 된 상황과 같다."

점이 넷이었다"였습니다. 먼저 공통점을 이야기합니다. 첫째, 우리는 둘 다 큰 재주가 세상을 뒤덮을 정도이며 절개가 곧고 강개합니다. 둘째, 우리는 둘 다 현명한 군주의 시대를 살았지만 중용되지 못했습니다. 암군의 시대를 살아서 중용되지 못했다는 것은 이해할 수 있지만 현명한 군주의 시대를 살았는데도 중용되지 못한다면 이것은 비참한 일이며 넋두리를 들어주는 사람조차 없습니다. 셋째, 경통에게는 질투가 심한 아내가 있었고 자신에게는 사나운 아내가 있어서 잘 지내지 못한다고 했습니다. (학생들 웃음) 그러면 네 가지 다른 점은 무엇일까요?

경통은 혁신의 시대에 말을 타고 다니면서 고기를 먹었지만 나는 어려서부터 성인이 될 때까지 근심이 많아서 즐거울 때가 없었으니 이것이 첫 번째 다른 점이다. 경통에게는 관리로 명성이 있는 아들 중문仲文이 있었지만 나는 백도와 마찬가지로[•] 끝까지 혈육이 없었으니 이것이 두 번째 다른 점이다. 경통은 체력이 좋아서 노익장이었지만 나는 병을 앓아 불시에 급사할 것이니 이것이 세 번째 다른 점이다. 경통은 비록 평생 포부를 펼치지 못하고 곤궁하게 살다가 죽었지만 그래도 명현들의 흠모의 대상이 되어 그의 풍류가 짙은 향기를 드리우며 오래 지나도 더욱 성대해졌으나 나는 이름도 날리지 못했고 세상 사람들도 나를 몰라주어 내 혼백이 한 번 떠나버리면 가을 풀처럼 되리니 이것이 네 번째 다른 점이다.

[역자 주] 백도(伯道)는 진(晉)나라 등유(鄧攸)의 자이다. 『진서(晉書)』「등유전(鄧攸傳)」에 따르면 등유는 전란을 피해 아들과 조카를 데리고 함께 도망가다가 위기의 순간에 아들을 버리고 조카를 구했다. 나중에 그는 죽을 때까지 자식이 없어서 당시 사람들이 "하늘도 무심하지 등백도에게 자식이 없게 하다니"라고 안타까워했는데 이후에 '백도무아(伯道無兒)'는 자식 없는 사람을 탄식하는 말로 쓰이게 되었다.

중용되지 못했다는 것에서부터 시작하여 이름을 날리지 못했다는 것에 이르기까지 이야기했는데 이것은 모두 자기조소입니다. 이것은 기본적으로 불평을 담은 글이기 때문에 너무 진지하게 대할 필요가 없으며 한 구절 한 구절 따져보는 것도 별로 의미가 없습니다.

"평원(유준)의 자취를 종합하여 자기 삶에 즐거움이 없다는 것을 나타내었으니, 같고 다른 이유에 대해서도 할 말이 있을 것이다." 왕중의 「자서」는 유준이 동일한 제목으로 쓴 글을 따라서 써내려 간 것입니다. "내 삶엔 즐거움 없네"*는 『시경』의 구절인데 다들 기억하고 있을 것입니다. 도대체 어떤 점들이 여의치 않은지 다음의 글을 보도록 합시다. 왕중의 글에서는 "세 가지 공통점과 네 가지 차이점"이 아니라 "네 가지 공통점과 다섯 가지 차이점"입니다. 유효표에 대해 재론하지 말고 왕중만 이야기하겠습니다. 첫째 "나는 어려서 궁핍하여 비천한 일들을 잘 했다". 알다시피 왕중이 어렸을 때 가정형편이 좋지 않아서 생계를 유지하기 위해 다양한 일을 했는데 「주무조에게 보내는 편지」에서 "아래로는 여러 잡다한 일을 하면서 하나의 기술을 배워 그것으로 먹고 살았는데 평소에는 자신의 힘으로 먹고 살면서 염치를 차릴 수 있었습니다"라고 한 것처럼 그것은 결코 부끄러운 일이 아니었습니다. 둘째는 "홍공興公에게 사기를 당해 오랫동안 갈등을 빚었다"라고 했는데 손홍공孫興公이 사람을 속여 시집 못간 자신의 딸에게 장가들게 한 일이 『세설신어世說新語』「가휼假譎」편에 나옵니다. '발계勃豀'는 싸움, 갈등을 의미하는데 『장자』

[역자 주] 『시경』의 「억(抑)」에 나오는 구절이다. "넓고 넓은 하늘인데, 내 삶은 즐겁지 않네. 그대의 어지러운 바를 보니 내 마음은 슬픔뿐이네旻天大昭, 我生靡樂, 視爾夢夢, 我心慘慘."

「외물」에 "집에 빈 공간이 없으면 며느리와 시어머니가 싸우게 된다室無空虛, 則婦姑勃谿"는 구절처럼 여기에서는 고부갈등을 암시하고 있습니다. 뒷부분의 "동쪽으로 천천히 걷다 보니, 결국은 개울물처럼 흘러가 버렸네"는 탁문군卓文君의 「백두음白頭吟」을 변용한 것입니다. 사마상여司馬相如가 첩을 들이려고 준비하자 탁문군은 「백두음」을 보냈는데 그 속에 "오늘은 술잔을 기울이지만 내일 아침엔 개울가에 있으리. 개울가 따라 천천히 걸어가니 개울물은 동쪽으로 흘러가 버리네今日斗酒會, 明旦溝水頭. 蹀躞御溝上溝水東西流"라는 구절이 나옵니다. 전하는 말에 따르면 사마상여는 이 말을 듣자마자 곧바로 마음을 바꿨다고 합니다. 왕중의 글에서는 부부간의 이별을 가리킵니다. 셋째는 "봄날 아침에 산에 오르고 가을 저녁에 강가로 가서 한없이 바라보다 상심하나니, 슬퍼서가 아니면 한스러워서이다"인데 보이는 모든 것이 상심할 일로 지금껏 즐거운 날을 보낸 적이 없었다는 것입니다. 넷째는 "염라대왕이 문에 있으니 사계절도 나의 것이 아니다"라는 것입니다. 이른바 "봄도 나의 봄이 아니고 여름도 나의 여름이 아니며 가을도 나의 가을이 아니고 겨울도 나의 겨울이 아니다"라는 것인데 학자들의 고증에 따르면 왕중은 40세 이후에 몸이 너무 망가져서 "온갖 병으로 고생하느라 사는 즐거움이 거의 없었다"라고 합니다.

이것이 네 가지 공통점인데 다섯 가지 차이점은 무엇일까요? 두 번째, 세 번째, 네 번째를 보도록 합시다. "붓을 들고 다니면서 글로 품을 파는 것은 광대나 마찬가지"라는 것은 다른 사람의 막료가 되어 대필하여 글을 쓰는 데 느낌상 이는 마치 사람들에게 즐거움을 주는 광대나 마찬가지라는 것입니다. "비천한 신분으로 세속에 있다 보니 뜻을 굽히고 몸을 욕되게 하였다"는 것은 삶에 쫓기느라고 속세를 떠날 방법이 없어서 그저 뜻을 굽히고 몸을 욕되게 하였다는 것이니 북경 사람들의 말을 빌리자면 "그럭저럭 사는 것混日子吧"인 것입니다. "저서가 수레로 다섯 대나 되는데 운명이 기박해서 알려지지 않았다"에 뒤이어 "장경長卿과 같은 시대에 살지 못한 것을 한탄하였고 자운子雲은 후대 사람들이 알아주었다"라는 두 가지 전고가 나옵니다. 장경은 사마상여인데 중국문학사를 공부했다면 모두 이 일화를 알고 있을 것입니다. 한 무제가 그의 「자허부子虛賦」를 읽고 너무나 기뻐하며 "짐朕이 이 사람과 같은 시대를 살지 못했구나"라고 탄식합니다. 옆에 있던 사람이 황제에게 이 사람이 이 세상에 있다고 하자 빨리 불러들입니다. 자운은 양웅揚雄인데 그가 죽은 뒤에 어떤 사람이 환담桓譚에게 자운의 글이 후대에 전해질 수 있겠느냐고 물어봅니다. 환담은 "반드시 전해지겠지만 당신과 나는 그 때를 보지 못할 겁입니다"라고 대답합니다. 하나는 살아서 황제의 은총을 얻은 경우이고 하나는 죽은 뒤에 지음들이 높게 평가한 경우입니다. "예전에 그런 말은 들었지만 지금 그런 일은 없다"는 것은 이런 멋진 일은 현재에는 다시 볼 수 없다는 것입니다. '나'의 가득한 재주는 당대와 후대를 막론하고 모두들 높게 평가하고 존중하지 않을 것입니다. "몇 걸음 걷다가 뛰어 오르니, 가시가 이미 돌아서이다"는 모든 곳이 함정이니 내가 어떻게 만족하겠냐는 것입니다. 풍연은 자신이 뜻을 얻지 못했다고 하면서도 유준이 자신이 더 비참하다고 할 줄은 예상하지 못했는데, '나'

는 풍연, 유준과 비교해보면 더욱 비참하고 비참합니다. 그러니 "깊은 연못 아래에 오히려 하늘길이 있으니 가을 씀바귀는 달아서 어떤 사람은 냉이 같다고 한다"라는 것입니다. 이 말은 『시경』「곡풍谷風」의 "누가 씀바귀를 쓰다고 했나요? 내게는 냉이처럼 달아요誰謂茶苦, 其甘如薺"에서 나온 것입니다. 곧이어 "일하면서 절로 노래 부르니 남들 들으라고 한 것이 아니고 눈은 침침하고 정신은 지쳐 그냥 대충 쓴 것"으로 이어지는데 이러한 마무리는 『홍루몽紅樓夢』에서 "종이 가득 황당한 말, 한 줌의 쓰라린 눈물"로 끝맺는 것과 비슷합니다.

처음부터 끝까지 모두 자신의 괴로움을 호소합니다. 왕중은 물론 뜻을 펴지 못했지만 여기에서도 "글을 쓰기" 위한 것이 있습니다. 한유는 예부터 글을 쓸 때 "즐거운 내용은 잘 쓰기가 어렵지만 곤궁한 내용은 쉽게 잘 쓸 수 있다"*는 의미심장한 말을 했습니다.* 이 말은 경험담인 만큼 매우 일리가 있습니다. 생각해 보면 중국 고대의 시문과 문인의 기질이 비교적 진하게 나타난 소설, 희곡은 확실히 대체로 "괴로운 소리"로 넘쳐납니다. 예전에 마오쩌둥과 스누오斯諾(에드가 스노우 Edgar Snow)가 중국인은 슬픔을 잘 표현한다는 주제로 이야기하면서, 무대에서 연극할 때 즐거움을 표현하는 대목에서는 대단한 기교 없이 그냥 "하하하"하고 크게 웃지만 괴로운 장면이라면 이와는 달리 긴 단락의 창강唱腔(중국 전통극의 노래 곡조 — 역자)이 이어지는 외에도 일련의 몸동작이 가미된

韓愈, 「荊譚唱和詩序」.

첸중수(錢鍾書)는『시는 원망할 수 있다[詩可以怨]』에서 "일찍이 육조(六朝) 시대에 벌써 '평온한 소리는 담박하다和平之音淡淵'는 느낌을 이야기했다"라고 하였다. 명대 말기의 외로운 신하이자 열사인 장황언(張煌言)은 이 말에 대한 심리적인 해석을 시도한 바 있다. "심하구나! '즐거운 내용은 잘 쓰기 어렵지만 곤궁한 내용은 쉽게 잘 쓸 수 있다.' 대저 시는 뜻을 이야기하기 때문에 즐거우면 정이 흩어지고, 정이 흩어지면 사유가 깊어지지 못한다. 괴로우면 정이 가라앉고, 정이 가라앉으면 목청을 열어 소리를 내게 되는데, 그 소리가 울려서 하늘과 합쳐지게 된다. 그러므로 '시는 궁해진 다음에 공교로워진다.'라고 하는 것도 그 상황이 그렇게 만든 것이다." 張煌言, 『七緻集』, 上海古籍出版社, 1994, p.127.

다고 했던 것을 기억할 것입니다.

　이 지점에서 또 다른 문인, 바로 방금 전에 언급했던 황칸에 대한 이야기를 하려고 합니다. 그 이유는 황칸이 왕중과 비슷한 부분이 매우 많기 때문입니다. 둘 다 학문과 문장력을 겸비했으며 둘 다 50세 정도까지밖에 살지 못했으며 둘 다 한위漢魏 시대 글을 추앙했습니다. 더 중요한 점은 황칸에게 두 편의 글이 있는데 하나는 「왕용보를 조문하는 글弔汪容甫文」로 "예전에 왕군이 남긴 글을 보고 탄식을 했다. 저 대단한 재주와 박학으로 맥락을 잘 이해하고 정감을 고루 드러내었으며 내용과 표현력을 잘 드러냈다"라고 한 구절이 있습니다. 또 다른 하나는 풍연, 유준, 왕중을 잇는 「자서」로, "유준은 자서를 쓰면서 풍연과 비교했고 왕중은 유준을 본떠 글을 썼는데, 매우 잘 쓴 글이라 사숙한 지 오래되었다"라고 썼는데 황칸이 "매우 잘 쓴 글"이라는 측면에서 「자서」를 다시 쓰고 있다는 점에 유의하기를 바랍니다. 물론 황칸의 글은 한층 더 "쓸쓸하고 비참하고 슬픔"니다.

　황칸은 자신은 "세 사람은 모두 사나운 아내를 맞이했지만" 자신은 "중년에 홀아비가 되어 망연하고 무료하다"는 점에서 자신이 그들과 다르다고 말합니다. 풍연, 유준, 왕중 이 세 사람이 정말로 모두 끔찍하게 "사나운 아내"를 만난 것일까요? (학생들 웃음) 나는 대략이나마 이 점을 분석하려고 합니다. 풍연의 「무달로 부임하는 처남에게 보내는 편지」에는 "이 아내를 내치지 않으면 집안이 평안하지 않을 것이고 이 아내를 내치지 않으면 집안이 정리되지 않을 것이며, 이 아내를 내치지 않으면 복도 생겨나지 않을 것이고 이 아내를 내치지 않으면 될 일도 안 될 것이다"라는 구절이 있습니다. 태도가 이렇게 단호한 것을 보면 문제는 분명히 매우 큰 것 같습니다. 유준의 「자서」에는 "내 사나운 아내는 집안을 엉망으로 만들어 버렸다"는 구절이 있는데 이 부부간의 정이 끊어져서 헤어지지 않으면 안 되는 상황인 것 같습니다. 문제는 왕중인데 그의 「자서」에 있는 "홍공에게 사기를 당해 오랫동안 갈등을 빚었다"는 구절은 어떻게 이해해야 할까요? 다음의 분석은 주로 현대 학자 리샹李詳, 이상에게서 도움을 받은 것입니다. 리샹도 양주 사람이었고 변려문을 잘 썼으며 '문선학' 연구의 대가였습니다. 그는 왕중의 「자서」에 전주箋注를 붙였는데 처음에는 만청의 『국수학보國粹學報』에 실렸다가 나중에는 구즈古直, 고직가 선주選注한 『왕용보문전汪容甫文箋』*에 수록되었습니다.

리샹은 왕중의 글을 읽으면서 "오랫동안 갈등을 빚었다"는 구절을 보고 왕중이 부인을 내친 데에는 말 못할 비밀이 있을 가능성이 높다고 말했습니다. 왜냐하면 동시대 사람인 능정감*이 왕중을 위해 묘지명을 썼을 때 "처음에는 손 씨에게 장가들었으나 잘 지낼 수 없어서 고례古禮를 가져와서 내쳤다"라고 썼기 때문입니다. 부부 사이에 갈등이 생겼는데 적당히 봉합해서 살지 못하고 고례를 가져와서 아내를 보내버렸다는 것입니다. "오랫동안 갈등을 빚었다"는 사건과 전례를 가져온 것이 아주 정교하지만 "자기 아내를 모함한 것"은 아닐까 하는 의혹을 갖게 합니다. 이렇게 말한 이유는 완원의 『광릉시사廣陵詩事』에서 왕중의 첫 부인 손 씨를 언급하면서 그녀가 시를 매우

古直 選注, 『汪容甫文箋』, 北京 : 人民文學出版社, 1958.

능정감(凌廷堪, 1775~1809)은 자가 차중(次中)이고 안휘성 흡현(歙縣) 사람이다. 중국 고대의 예제와 악률 연구에 능하였는데 『예경석례(禮經釋例)』, 『연악고원(燕樂考原)』 등의 저서가 있다.

잘 쓴다고 하면서 "사람의 마음은 가을이 지난 뒤의 나뭇잎과 같아, 볼 때마다 성글어지네人意好如秋後葉, 一回相見一回疎" 두 구절을 기록하였기 때문입니다. 이렇게 좋은 시를 쓴 이렇게 재능 있는 여자가 예의에 벗어나는 행동을 할 수 있을까? 그는 좀 의심했습니다. 또 이 손 씨는 나중에도 재가하지 않았는데 이는 아내의 도리를 지키지 않고 마음대로 굴었던 사람답지 않습니다. 포세신包世臣*은 나중에 이 불행한 부인을 보고 「예주쌍즙藝舟雙楫」에서 언급했는데 평가가 매우 좋습니다. 리샹은 이렇게 단언합니다.

포세신(包世臣, 1755~1855)은 자가 신백(愼伯), 호가 권옹(倦翁)이며 안휘성 경현(涇縣) 사람이다. 가경 연간의 거인(擧人)으로, 벼슬은 강서(江西) 신유(新喩)의 현령을 지냈다. 벼슬에서 탄핵된 이후에 금릉(金陵), 양주(揚州) 등 곳에 우거하였다. 서법에 능하였으며 북비(北碑)를 제창하는 주장은 영향력이 매우 컸는데 『예주쌍즙(藝舟雙楫)』이 전한다.

완공(완원)이 칭찬하고 신백愼伯, 포세신도 좋게 평가했으니 손 씨는 살펴볼 만한 큰 잘못이 없다. 용보(왕중)는 매우 효성스러웠으므로 이 일에는 차마 말할 수 없는 이유가 있었을 것이다.

이 말의 내용은 문제가 부부의 불화에 있는 것도, 손 씨가 큰 잘못을 저질렀던 것도 아니고 그저 시어머니의 환심을 얻지 못한 것에 있다는 것입니다. 그래서 왕중이 "고례를 가져와서 내쳤다"라고 한 것은 「공작동남비孔雀東南飛」의 초중경焦仲卿이 어쩔 수 없이 그랬던 것*과 같은 듯합니다.

왕중은 7세 때 아버지를 여의고 어머니가 그를 키웠는데 여러 전기 자료에서는 모두 그가 "어머니를 모시면서 지극히 효성스러웠고" 심지어 과거 시험을 보기 위해 어머니 곁을 떠나 북경으로 가

[역자 쥐 고부갈등으로 인한 비극을 보여주고 있는 이 시의 내용은 다음과 같다. 후한 말기 여강부(廬江府)의 하급관리였던 초중경(焦仲卿)에게는 아내 유난지(劉蘭芝)가 있었는데, 그녀는 시어머니의 구박으로 결국 시집에서 쫓겨났다. 친정 오빠가 유난지를 어떤 태수에

려고 하지 않았으므로 평생 내세울 만한 공명이 없어서 굴욕을 당했다고 언급합니다. 오랫동안 과부로 수절하면서 어렵게 아들을 키웠는데 이런 시어머니들은 며느리와 잘 지내지 못하는 경우가 많습니다. 이 부분은 중국 사회에 대해 어느 정도 알고 「공작동남비」를 읽어봤다면 모두 이해할 수 있을 것입니다. 만약 정말 고부갈등이었다면 왕중은 선택의 여지도 없이 어머니 편에 서야만 했을 것입니다. 이때 "아내를 내치는 것"은 확실히 말 못할 고충이 있을 것입니다. 말 못할 비밀이 있었기에 전고를 쓸 수밖에 없었습니다. 그러나 후세 사람들이 이 글을 보고 터무니 없이 손 씨에게 죄명을 덧씌우는 것은 사실 너무나 불공평합니다. 그래서 리샹은 크게 탄식하면서 "아아, 절개 있는 아내는 침묵하고 있으니 누가 그녀를 위해 억울한 누명을 벗겨주고 눈물을 흘려줄까?"라고 했는데 재능을 가진 어떤 여자가 시어머니의 마음에 차지 않았다고 당대에만 모욕을 당한 것이 아니라 또 남편의 교묘한 글로 인하여 "사나운 아내"로 변해버렸으니 이러한 평생의 깊은 원한을 하루아침에 씻어줄 수 있다면 매우 후련할 것입니다.

리샹은 여기에 "용보의 감정은 방옹放翁과 같았다"는 부연설명을 덧붙였습니다. 중국문학을 공부한다면 틀림없이 육유陸游와 당완唐婉의 이야기, 그리고 너무나 유명한 「차두봉釵頭鳳」 사詞를 잘 알고 있을 것입니다. 손 씨는 당완보다 더 참담하게도 그저 두 구절의 시만 남아 있을 뿐 다른 것은 전혀 없어서 우리는 그녀의 교양과 출신, 감정, 슬픔 같은 것에 대해 전혀 알지 못합니다. 또 남편이 글을 쓸 줄 알았기 때문에 "사나운 아내"와 같은

게 시집보내려고 하자 유난지는 남편과의 약속을 지키기 위해 연못에 투신하였고, 초중경도 집 마당에 있는 나무에 목매어 죽고 말았다.

악명만 남아 있으니 정말 억울할 것입니다. 리샹의 주장에는 추론적인 요소가 있고 자료적인 측면에서도 견실하지 않지만 나는 그의 주장을 믿습니다. 고대 중국에서 여성의 불행한 운명은 확실히 대부분 숨겨졌기 때문에 모든 세부적인 내용을 다 밝히고 나서 선명하게 다시 결론을 내리기를 바랄 수는 없습니다.

왕중의 「자서」는 또한 변려문 작법의 문제를 드러내기도 했는데 지나치게 사건과 전례를 가져오는 것에 치중해서 우아하다면 우아하지만 역사적 사실과 생활의 구체적인 부분은 이로 인해 사라져 버렸습니다. 부부의 이혼에 대해 말한다면 원인은 매우 복잡해서 당사자의 마음에 온갖 슬픔이 맺히고 고통도 매우 클 것입니다만 하나의 전고에는 2,000년간의 수많은 슬프고 한스러운 남녀의 운명과 감정이 모두 뭉뚱그려집니다. 문장을 전아하게 하기 위해서, 표현을 화려하고 아름답게 하기 위해서 문학의 다양성과 구체성을 희생했는데 정말 그럴 만한 가치가 없는 일입니다. 구체적인 삶의 디테일이 결여되어 있어서 서사와 인물 묘사에서도 생기발랄하기는 어렵게 되었습니다. 이렇게 되면 살아있는 사람들이 모두 글에서는 죽게 될 수 있습니다. 황종희의 『사구록』을 보면 몇 마디 말로 사람을 살아 숨쉬게 하는 데 정말 대단합니다. 이와 비교해 볼 때 왕중의 「자서」는 상당히 전아하지만 삶의 생동감은 부족한 것 같습니다. 그 밖에도 너무 많은 전고 사용으로 이 유명한 글은 서사 부분에서도 시간성이 없고 감정적인 부분에서도 변화가 없으며 인생에 대한 감개가 대부분이기 때문에 "믿을 만한 역사信史"로 읽기는 어렵습니다.

풍연에서 유준, 왕중, 나아가 황칸까지 모든 「자서」는 갈수록 상황이 악화되고 갈수록 참담해집니다. 정말 그런 것일까요? 설마 어떤 만족스러운 부분도 없었을까요? 아닙니다. 이것은 문장의 풍격 때문에 그렇게 된 것입니다. 여러분이 다시 변려문으로 한 편의 「자서」를 쓴다고 해도 여전히 이런 식으로 쓰게 될 가능성이 큽니다. 이 글에는 불만도 있고 분노도 있고 자조도 있지만 과대평가해서도 안 됩니다. 어쨌든 이 안에는 분명히 "글로 장난을 치는 성격"도 있으므로 너무 진지하지도, 너무 우울하지도 않다고 생각합니다.[*] 만청 이후 량치차오, 후스 등은 전기傳記를 쓸 것을 제창하면서 '개인'의 발견과 '진실'의 의미가 있어야 하며 또 '구체적인' 매력을 담아야 한다고 주장했는데, 현대 중국 문인의 자기 진술이라는 측면에서 확실하게 진전된 바가 있으므로 본격적으로 논의할 만한 가치가 있다고 봅니다.

陳平原, 제9장 「現代中國學者的自我陳述」, 『中國現代學術之建立』, 北京大學出版社, 1998, pp.404~456 참조.

책 쓰기와 책 베끼기

마지막으로 고염무의 '책 베끼기'로 돌아가서 이것을 이 강의의 맺음말로 삼을까 합니다. 왕중의 성장 과정에서 내가 특별히 강조하고 싶은 점은 그가 주로 파는 책을 빌려서 독서하는 독학에 의존했다는 것입니다. 동시에 나는 "책을 사는 일보다 빌리는 것이 낫고, 책을 빌리는 것보다 베끼는 것이 낫다"는 옛말을 인용하였습니다. 이러한 취미는 오늘날의 사회생활과는 너무나 동떨어져 있습니다. 내가 오늘날의 대학생이나 대학원생들에게 책을 베껴보라고 권할 정도로 고지식하지는 않은 게 그렇게 하면 다들 포복절도할 테니까요. 그러나 고염무가 「초서자서鈔書自序」에서 말한 "책을 쓰는 것보다 베끼는 게 낫다"는 말은 그래도 일정한 법도가 있어서 진지하게 음미할 만한 가치가 있습니다.

고염무는 「금석문자기서金石文字記序」에서 20년간 천하를 편력했는데 낙석을 만져보고 가시덤불도 지나가면서 "읽을 만한 것을 보게 되면 반드시 직접 베꼈고 이전 사람들이 미처 보지 못했던 글을 입수하면 그때마다 기뻐서 잠을 이루지 못했다"라고 했습니다. 사실 야외에서 옛 유적을 고증할 때만이 아니라 서재에서도 이러한 경험을 할 수 있었습니다. 「초서자서」에서는 곧바로 자기 선조의 유훈을 언급합니다.

책을 쓰는 것보다 베끼는 것이 낫다. 오늘날 사람들의 학문은 분명히 옛사람에게 미치지 못할 것이고 오늘날의 사람들이 보는 책의 범위도 분명히 옛사람에게 미치지 못할 것이다. 아들아, 노력하여라. 오직 책을 읽어야 한다.

곧이어 또 "오늘날에는 책을 쓰는 사람이 거의 세상을 덮을 만큼 많지만 이전 사람들의 책을 훔쳐 와서 자신의 저작으로 삼기 때문에 그래서 명나라 사람들이 쓴 책 100권보다 송나라 사람의 책 1권이 더 낫다"는 구절이 나옵니다. 고염무의 말에 따르면 이 조부의 가르침은 꽤 효과가 있어서 원래 그는 자기가 『좌전左傳』에 아이디어가 있다고 생각하고 자신의 고견을 발표하기 위해 준비하고 있었는데 친구가 도와서 베낀 『춘추권형春秋權衡』을 보고 나서는 그제야 옛사람들이 "이미 먼저 말했던 것"임을 알게 됩니다.

이 말은 거짓이 아니어서 고염무의 명저『일지록』을 읽게 되면 작자가 '책 베끼기'에 공력을 기울였다는 사실을 어렴풋하게 느낄 수 있습니다. 여기에서 말하려는 것은 물론 다른 사람의 업적을 가로채서 자신의 것으로 삼은 표절이 아니라 독자적인 경지에 이른 광범위한 독서와 심혈을 기울인 편집입니다. 첸무의 『중국 근 삼백 년 학술사』에서도 고염무의 독서와 저술에 대해 언급한 바가 있습니다.

그런데 청대 유학자들이 『일지록』을 중시한 까닭은 무엇일까? 이 또한 그가 책을 만드는 방법에 있는 것이지 그 주제에 있는 것이 아니다. 이른바 『일지록』의 책 만드는 방식 중에서 가장 특징적인 것은 편집이다.

곧이어 인용하고 있는 것이 바로 「초서자서」에 있는 선조의 유훈입니다. 독창성을 중시하는 현대 사람들로서는 이전 사람들의 편집 또는 베끼는 방식의 저술에 대해 이해하기가 어려울 것입니다.

옛사람들이 책을 베낀 이유는 무엇일까요? 하나는 소장하고 있지 않으므로 자신이 찾아볼 필요가 있을 때에 대비해서 베껴 놓지 않을 수 없습니다. 다른 하나는 기억력을 강화시키기 위한 것으로 책을 베끼는 과정에서 읽고 선별하고 이해하게 됩니다.

또 하나의 이유로는 옛사람들의 사상은 우리에 비해 심오하므로 자신의 총명을 뽐내기 보다는 겸손한 것이 낫다고 생각해서 착실하게 책을 읽고 베꼈습니다.* 청대 인물 고염무의 「초서자서」는 이런 내용으로, 현대 작가 저우쭤런의 「승업勝業」에서도 비슷한 주장이 나옵니다. 나중에 저우 씨는 대량으로 옛 책을 베끼고 인용하는 '문초공文抄公' 문체를 만들어냈는데 이 또한 옛사람들의 지혜에 대한 존경과 애호에 바탕을 둔 것입니다.

물론 이른바 '책 베끼기'는 사실 일정한 법도가 있어서 단순히 모방하는 것을 뜻하지는 않습니다. 청대의 일류 학자 중에는 이러한 방법을 좋아한 사람들이 꽤 됩니다. 전조망은 자신이 『영락대전永樂大典』을 베끼던 일에 대해 글을 쓴 적이 있는데 그 방법은 다음과 같습니다.

> 세상에 현전하는 책들은 다 제외하였는데 근세에 없어졌거나 대의와 무관한 것들은 수록하지 않았다. 오직 보고 싶은데 입수할 수 없는 책들만 초록하였다. (「영락대전을 초록하던 일에 대해 쓴 기문鈔永樂大典記」)

이것은 사실 수많은 학인學人들의 '책 베끼기' 비결이기도 했습니다. 어떤 경우에는 문헌을 보존하려는 생각에서 나온 것이었고 어떤 경우에는 나중에 자신의 연구를 위한 것이기도 했습니

「중국문화의 해외 매개물中國文化的海外媒介」이라는 글에서 위잉스(余英時, 여영시)는 양롄성(陽聯陞, 양연승)에 대해 이렇게 이야기했다. "그 본인은 현대 학술의 엄격한 훈련을 받았지만 그는 중국의 옛 경사학자들의 전통적인 논술에 대해 절대 조금도 무시하는 마음을 품지 않았다. 선쩡즈(沈曾植, 심증식)의 『해일루찰총(海日樓札叢)』으로부터 장빙린(章炳麟, 장병린)의 『국학약설(國學略說)』(만년의 강학기록), 류이징(劉詒徵, 유이징)의 『중국문화사(中國文化史)』 그리고 뤼쓰몐(呂思勉, 여사면)이 쓴 몇 권의 단대사에 이르기까지 그는 매우 높게 평가했다. 그는 이런 노선생들의 책을 읽을 때는 편협한 고증학의 관점으로 작은 문제점들을 지적할 것이 아니라 그들의 큰 논의를 보아야 하며, 그 중의 일부 주장은 정말 사람을 계발할 수 있다고 하였다. (…중략…) 이런 부분에서 나는 양 선생의 관점에 완전히 동의한다(옌경망(嚴耕望, 엄경망) 선생의 견해 역시 이와 일치한다)." 余英時, 『猶記風吹水上鱗』, 臺北 : 三民書局, 1991, pp.193~194.

다. 이러한 책 베끼기는 문화사업의 중요한 일부이면서 또한 연구에 있어서 핵심적인 과정이기도 했습니다. 어떤 이유에서 이렇게 말할 수 있을까요? 청대 인물 왕명성*은『십칠사상각十七史商榷』서문에서 이렇게 주장합니다.

> 책을 잘 쓰는 것보다 책을 많이 읽는 것이 나은데 책을 읽으려고 한다면 반드시 먼저 책을 정밀하게 교정해야 한다. 교정을 정밀하게 하지 못한 것을 읽게 되면 읽어도 오류가 많을 것이다. 부지런히 읽지 않으면서 함부로 책을 쓰게 되면 아마도 쓴 책에 잘못된 부분이 많을 것이다.

왕명성(王鳴盛, 1722~1797)은 자가 봉개(鳳喈), 호가 예당(禮堂) 혹은 서장(西莊)이며 강소성 가정(嘉定, 지금의 상해) 사람이다. 건륭 연간에 진사가 되었고 한림원편수(翰林院編修)에 제수되었으며 벼슬은 내각학사(內閣學士) 겸 예부시랑(禮部侍郞)에 이르렀다. 어려서는 심덕잠(沈德潛)을 따라 사장(詞章)을 배워 시와 글로 유명하였는데 후에는 경사(經史)와 문자(文字), 금석(金石)의 학문에 주력하였으며『십칠사상각(十七史商榷)』은 바로 청대 역사를 고증한 유명한 저서이다.

좋은 '책 베끼기'란 읽기와 이해, 교감과 해석을 모두 아우른 것입니다. 이것을 자기 저술의 첫걸음으로 삼아도 좋으며 학계를 위해 편의를 제공하는 것도 괜찮습니다.

갓 귀국했을 무렵 루쉰은 10년간 "옛 책들을 베꼈는데" 그 느낌은 말로 형언하기 어려울 것입니다. 여기에서는 다만 나중에 쓴「『소설구문초』재판 서언小說舊聞鈔再版序言」을 예로 들어 루쉰이 책을 베낄 때 느꼈던 괴로움과 즐거움에 대해 보도록 하겠습니다.

> 당시 한창 고달플 때라 책을 살 여력이 없어서 중앙도서관, 통속도서관, 교육부도서실 등의 곳에서 책을 빌렸는데 자지도 먹지도 않고 열심히 찾아보다가 때때로 (마음에 드는 책을 ― 역자) 발견하

면 기뻐서 깜짝 놀랐기 때문에 베낀 것에 비록 대단한 책은 없어도 입수하기 어려운 것이라 무척이나 소중하다.

『소설구문초』와 『중국소설사략中國小說史略』의 가치를 함께 말할 수는 없으니 이 두 책이 학술사에서 갖는 가치는 분명히 차이가 있습니다. 그러나 소설가로서의 루쉰이 만약『고소설구침古小說鉤沉』과『당송전기집唐宋傳奇集』, 『소설구문초』등의 자료 집성을 하지 않았더라면 한 시대의 명저『중국소설사략』을 완성할 수 없었을 것입니다.

현대 중국 최대의 산문작가로서 저우쭤런의 '책 베끼기'는 더 살펴볼 필요가 있습니다. 구체적으로 글을 쓸 때 "상세한 인용과 간략한 인용이 섞여 있고 때로는 대의를 서술하고 때로는 원문을 수록하여 전체가 모두 드러나게 한다"[*]는 이야기를 하려는 것이 아니라 책 읽기와 책 베끼기의

舒蕪, 『周作人的是非功過』, 北京 : 人民文學出版社, 1993, p.268 참조.

즐거움과 괴로움에 대해서만 말하겠습니다. 이 측면에 대해 저우쭤런 자신이 한 훌륭한 설명이『고죽잡기苦竹雜記』의 「후기後記」에 있습니다. '창작'을 좋아하고 '책 베끼기'를 멸시하는 세상 사람들에 대고 자칭 '문초공'인 저우쭤런은 자신의 선택에 대해 이렇게 해명합니다.

그런데 나의 베끼기도 쉽지는 않은 일이니 세상에는 책이 많아서 일일이 베낄 수도 없는 노릇이라 자연스럽게 그 중에서 한두 가지를 선별하여 그 중 하나 둘을 베낄 뿐인데 이것은 너무나 어려운 일이다. (…중략…) 내 기준은 넓고도 좁아서 좁을 때에는 그물로 걸

어 올릴 수 없고 넓을 때에는 또 모두 빠져 나가 버리므로, 결과적으로 마음에 드는 책, 다시 말하면 베낄만한 책을 구하기가 너무 어렵다. 시공을 막론하고 나는 만물의 이치와 심오한 인간의 사상이 구비되고 산문의 소박함과 변려문의 화려함이 혼합된 글을 좋아하지만, 이상을 이루기란 진실로 어려워서 소소하고 구체적인 것들도 쉽게 넘겨버리지 못한다. 그러나 이 일은 너무나 어렵다. 아는 것과 들은 것이 적다는 것이 첫 번째 이유이고 모래알은 많아도 금싸라기는 적다는 것이 두 번째 이유이다. 만약 백 가지 중에 하나를 얻고 여기에서 다시 그 백분의 일만 베껴도 큰 기쁨이 되니 베끼기의 어려움은 말하지 않아도 될 것이다. 그래서 나에게 책 베끼는 일은 글 쓰는 일에 비해서 덜 괴롭다고 할 수 없지만 그래도 그 즐거움과 괴로움 또한 다른 사람들은 절대 알 수 없을 것이다.

이 단락은 매우 훌륭하며 저우 씨는 책 베끼기의 속사정을 잘 보여주고 있습니다. 어쩔 수가 없어서 나도 한 번 '문초공'이 되어 보았다는 것입니다.

볼 수 있고 만질 수 있는 자료를 준비하는 것이고 글쓰기 방법이며 동시에 책을 읽고 사고하는 좋은 습관을 기르는 방법이니 이 좋은 일을 왜 하지 않겠습니까? 그러나 여기에는 저우쭤런이 "나를 따라하는 것은 문제"라고 경고한 것처럼 함정도 있습니다. "문초공"이 되려면 자기만의 가치 판단과 심미적 기준이 있어야 하며 그렇지 못하면 손에 잡히는 대로 베끼게 될 것이니 누군들 못 하겠습니까? 제대로 해내지 못하면 게으름, 심지어 표절의 핑계가 될 수 있습니다. 지금 옛사람의 "책 베끼기"를 이야기하는 이유는 당연히 내가 느낀 바가 있어서입니다. 오늘날의 사람들이 책을 읽을 때는 일반적으로 수박 겉핥기처럼 피상적이라 깊이 몰입하고 감상하는 옛사람보다 못합니다. 이것은 현재 읽어야 할 것이 너무 많고 시간도 없어서 그냥 한 번에 열 줄씩 쭉쭉 읽어 내려가기만 하면 모두 "알게 되었다"라고 하기 때문입니다. 또 하나의 측면은 '5·4' 이전에는 옛사람들을 지나치게 존경하고 신뢰했던 반면, '5·4' 이후에는 또 지나치게 옛사람들을 멸시합니다. 누구나 다 새로운 천지를 개벽하려고 하고 옛사람들이 하지 못한 것을 하려고 하여, 자신의 책을 쓰기에도 시간이 없는데 다른 사람의 책을 베끼고 싶은 마음이 들겠습니까?

사실 중국 고대 문인만 책을 베낀 것이 아니라 외국인 중에서도 이렇게 우아한 취미를 가진 사람이 적지 않았습니다. 번야밍 本雅明(월터 벤자민Walter Benjamin)은 독서에 대해 이야기하면서 비행기를 타고 있으면 창밖의 풍경을 느낄 수 없으니 직접 풍경 속으로 걸어가야 한다는 멋진 비유를 썼던 적이 있습니다. 책을 읽으려고 할 때 가장 좋은 것은 글자들의 숲으로 깊이 들어가서 그곳에서 발을 멈추고 유유자적하면서 한가롭게 거니는 것이지 말을 타고 꽃을 보는 것이 아닙니다.[*] 이 때문에 책 한 권을 베끼는 일은 책을 읽고 이해하는 가장 좋은 방법입니다. 이것은 고대 중국인의 '책 베끼기'와 사고방식이 매우 흡사합니다.

책에 담긴 문화에 대해서는 대체적으로 세 종류의 태도가 있습니다. 첫 번째는 개발과 이용입니다. 가장 전형적인 예는 "역

『만상(萬象)』 2001년 5기에 실린 둥챠오 (董橋, 동교)의 산문 참조.

사를 귀감으로 삼는다"인데 아래로는 의식주를 영위하는 문제이고 위로는 국가를 경영하는 문제여서 모두 학문의 실용성을 중시한 것입니다. 두 번째는 관찰과 연구입니다. 이것은 강 건너 불구경하듯 냉정하게 해부하고 마음으로 터득한 바가 있으면 성과로 내놓을 수 있는, 전형적인 학자의 행동입니다. 세 번째는 걸음을 멈추고 동화되는 것입니다. 그 속에서 발을 멈추고 같은 감정을 몸으로 받아들이면 읽고 생각하고 감상하는 과정에서 정신적으로 기댈 수 있는 바탕을 얻을 수 있는데, 가장 단적인 주장이 천인췌가 「왕관당 선생 만사에 덧붙인 서문王觀堂先生挽詞幷序」에서 "이 문화에 감화된 사람", "이 문화 정신으로 응축된 사람"이라고 말한 것입니다. 현실적인 의미에서 말한다면 이세 가지는 각각 장단점이 있습니다. 그런데 만약 문화적 맥락의 흐름과 관통에 대해 논한다면 세 번째 태도가 가장 대단할 것입니다. 이 또한 내가 여러 차례 강조했던 것처럼 독서란 지식을 구하는 것일 뿐만 아니라 성정을 도야하는 것입니다. 물론 책을 읽고 얻는 바가 있다는 것은 책을 통해 변할 수도 있다는 것이므로 나쁜 책을 읽어서는 안 될 것입니다. (학생들 웃음)

이러한 의미에서 나는 고염무의 "책 베끼기"를 이해할 수 있습니다. 내가 이렇게 장황하게 이야기한 이유는 지금의 대학원생들에게 독서가 점점 개인적인 정신생활과 무관한 직업훈련으로 변해가고 있는 것에 유감이 있어서입니다. 왕궈웨이*가 『인간사화』에서 "사詞에서는 경지境界를 최상에 둔다. 경지가 있으면 저절로 높은 격조를 이룰 수 있다"라고 했던 말이 생각납니다. 언젠가는 독서도 이

왕궈웨이(王國維, 1877~1927)는 자가 정안(靜安, 정안) 혹은 붜위(伯隅, 백우), 호가 관탕(觀堂, 관당)이며 해녕(海寧,

지금의 절강성) 사람이다. 어려서는 칸트, 쇼펜하우어와 니체의 철학과 미학 사상에 심취하여 『정안문집(靜安文集)』을 썼다. 1904년부터 문학 연구에 주력하여 『홍루몽평론(紅樓夢評論)』, 『인간사화(人間詞話)』와 『송원희곡고(宋元戲曲考)』 등을 출판하였다. 신해혁명 이후에 일본의 교토에 가 있으면서 고대사, 고대의 기물, 고대의 문자 등에 대한 연구로 방향을 바꾸었다. 1925년부터 청화국학연구원(淸華國學硏究院)에서 교편을 잡았으며 강의를 하는 여가에 서북지리와 요(遼), 금(金), 원(元)의 역사에 대한 연구를 진행하였다. 1927년 6월 2일에 스스로 이화원의 곤명호에 몸을 던졌다. 생애에 대한 기록과 저서는 대부분 『해녕왕정안선생유서(海寧王靜安先生遺書)』에 수록되어 있다.

와 같아서 "경지가 있으면 저절로 높은 품격을 이룰 수 있다"라고 말할 수 있게 되는 날이 올까요? 강의를 마칩니다.

참고문헌

이 참고문헌은 기본 자료를 포함하지 않는다. 그 외 논문들은 본문에서 주석을 달았다. (원서의 문헌 배열을 가나다순에 따라 정리하여 제시하였다. ─ 역자)

郭預衡, 『中國散文史』下卷, 上海古籍出版社, 1999.

金毓黻, 『中國史學史』, 商務印書館, 1941.

戴震, 『戴震文集』, 北京 : 中華書局, 1980.

梁啓超, 『中國近三百年學術史』, 朱維錚 校注 『梁啓超論淸學史二種』, 上海 : 復旦大學出版社, 1985.

_____, 『淸代學術槪論』, 朱維錚 校注 『梁啓超論淸學史二種』, 上海 : 復旦大學出版社, 1985.

魯迅, 『魯迅全集』, 北京 : 人民文學出版社, 1981.

_____, 『中國小說史略』, 『魯迅全集』第九卷, 北京 : 人民文學出版社, 1981.

劉師培, 『劉師培論學論政』(李妙根 編), 上海 : 復旦大學出版社, 1990.

_____, 『中國中古文學史·論文雜記』, 北京 : 人民文學出版社, 1959.

林紓, 『春覺齋論文』『論文偶記 · 初月樓古文緖論 · 春覺齋論文』, 北京 : 人民文學出版社, 1959.

林語堂, 『生活的藝術』, 合肥 : 安徽文藝出版社, 1988.

_____, 『八十自敍』, 北京 : 寶文堂書店, 1990.

斯蒂芬·歐文(Stephen Owen), 鄭學勤 譯, 『追憶─中國古典文學中的往事再現』, 上海古籍出版社, 1990.

謝和耐(Jacques Gernet), 劉東 譯 : 『蒙元入侵前夜的中國日常生活』, 南京 : 江蘇人民出版社, 1995.

舒蕪, 『周作人的是非功過』, 北京 : 人民文學出版社, 1993.

艾爾曼(Benjamin A Elman), 趙剛 譯, 『從理學到樸學─中華帝國晚期思想與社會變化面面觀』, 南京 : 江蘇人民出版社, 1995.

嚴復, 『嚴復集』(王栻 編), 北京 : 中華書局, 1986.

余英時, 「中國近世宗敎倫理與商人精神」, 『士與中國文化』, 上海人民出版社, 1987.

_____, 『論戴震與章學誠』, 臺北, 東大圖書公司, 1996.

_____, 『猶記風吹水上鱗』, 臺北, 三民書局, 1991.

鄔國平, 王鎭遠, 『淸代文學批評史』, 上海古籍出版社, 1995.

吳孟復, 『桐城文派述論』, 合肥 : 安徽教育出版社, 1992.

吳承學, 『晚明小品研究』, 南京 : 江蘇古籍出版社, 1998.

王國維, 『王國維遺書』, 上海古籍書店, 1983.

王永健, 『全祖望評傳』, 南京大學出版社, 1996.

姚永樸, 『文學研究法』, 合肥 : 黃山書社, 1989.

容肇祖, 『明代思想史』, 濟南 : 齊魯書社, 1992.

俞平伯, 『古槐夢遇』, 上海 : 世界書局, 1936.

張舜徽, 『清代揚州學記』, 上海人民出版社, 1962.

_____, 『清儒學記』, 濟南 : 齊魯書社, 1991.

蔣天樞, 『全謝山先生年譜』, 上海 : 商務印書館, 1932.

章太炎, 「檢論」, 『章太炎全集』 第三卷, 上海人民出版社, 1984.

_____, 「訄汉雅言札記」, 『訄漢三言』, 沈陽 : 遼寧教育出版社, 2000.

_____, 『章太炎先生自定年譜』, 上海書店, 1986.

_____, 『國故論衡』, 上海古籍出版社, 2003.

章學誠, 『文史通義』, 上海書店, 1988.

錢謙益, 『列朝詩集小傳』, 上海古籍出版社, 1983.

錢理群, 『周作人傳』, 北京 : 十月文藝出版社, 1990.

錢穆, 『中國近三百年學術史』, 北京 : 中華書局, 1986.

錢鍾書, 『管錐編』, 北京 : 中華書局, 1979.

_____, 『七綴集』(修訂本), 上海古籍出版社, 1994.

程千帆 編, 『量守盧學記』, 北京 : 三聯書店, 1985.

趙儷生, 『顧亭林與王山史』, 濟南 : 齊魯書社, 1986.

宗白華, 『藝境』, 北京大學出版社, 1987.

周作人, 『中國新文學的源流』(수정3판), 北平 : 人文書店, 1934.

_____, 『澤瀉集』, 上海 : 北新書局, 1927.

_____, 『苦竹雜記』, 上海 : 良友圖書公司, 1936.

陳萬益, 『晚明小品與明季文人生活』, 臺北 : 大安出版社, 1992.

陳汝衡, 『說書史話』, 北京 : 人民文學出版社, 1987.

陳寅恪, 『金明館叢稿初編』, 上海古籍出版社, 1980.

_____, 『柳如是別傳』, 上海古籍出版社, 1980.

_____, 『元白詩箋證稿』, 上海古籍出版社, 1982.

陳平原, 『中國散文選』, 天津 : 百花文藝出版社, 2000.

_____,『中國現代學術之建立』, 北京大學出版社, 1998.

_____,『中華文化通志 · 散文小說志』, 上海人民出版社, 1998.

_____,『千古文人俠客夢』, 北京 : 人民文學出版社, 1992.

蔡景康 編選,『明代文論選』, 北京 : 人民文學出版社, 1993.

漆緒邦 · 王凱符 選注,『桐城派文選』, 合肥 : 安徽人民出版社, 1984.

馮友蘭,『三松堂自序』, 北京 : 三聯書店, 1984.

何炳松,『浙東學派淵源』, 上海 : 商務印書館, 1932.

胡適,『戴東原的哲學』, 上海 : 商務印書館, 1927.

_____,『五十年來中國之文學』,『胡適文存』二集, 上海 : 亞東圖書館, 1924.

黃侃,『黃季剛詩文鈔』, 武漢 : 湖北人民出版社, 1985.

黃裳,『銀魚集』, 北京 : 三聯書店, 1985.

荒井健 編,『中華文人生活』, 東京 : 平凡社, 1994.

후기

2년 전(정확하게 말하면 2001년 2월부터 7월까지), 나는 북경대학의 제1강의동 204호 강의실에서 대학원생들에게 '명·청산문연구'라는 주제로 강의를 개설한 바 있다. 개강 초기에 학생들의 반응이 매우 좋아서 삼련서점에서 그 소식을 듣고 강의록을 출판하자는 제안을 해 왔다. 그래서 몇명의 대학원생들에게 녹음하고 기본적인 정리를 하도록 부탁하였다. 학생들은 이 일에 대해 지나치게 진지해서 '듣는 것은 모두 기록'하였는데 나로서는 양심상 거리낌이 있었고 "문제가 있는 상태(표현상의 문제)에서 나오는" 것이 민망했다. 강의할 때의 어조와 분위기를 살려서 일반적인 논문과 구분되기를 바라면서도 한편으로는 문제점이 너무 많아 남들의 웃음거리가 되는 것은 원하지 않았기 때문에 일부 '수정과 보완'을 하는 수밖에 없었다. 손에 잡았다가는 다시 놓고, 놓았다가는 다시 잡고 이렇게 시간을 질질 끌다가 더 이상 원고를 보내지 않으면 안 되는 상황이 되어 그제야 급하게 마무리를 지었다.

처음에는 경험이 없어서 일부 수업(귀유광歸有光, 왕사임王思任)은 녹음을 하지 못했고 일부 수업(공자진龔自珍)은 테이프를 바꿀 때 한 단락이 없어졌으며, 제3강(서홍조徐弘祖, 유동劉侗, 부산傅山)은 정리한 초고가 나왔을 때 마음에 차지 않아 제외시켰다. 이어李漁, 원매袁枚, 장학성章學誠 세 사람의 경우에는 강의 준비는 다 했으나 시간이 없어서 미처 강의를 하지 못했다. 이렇게 이리저리 줄어들다 보니 원래 생각했던 18명의 문인들 중에서 지금의 9강만 남게 되었다. '서론'은 다만 기본적인 개요에 대해 말한 것이지 강의할 때 이야기한 것이 아니라서 다른 장절의 스타일과 매우 다르다. 이는 물론 무척 아쉽다. 하지만 이미 지난 일이라 다시 한 번 강의한다면 몰라도 그렇지 않다면 이 아쉬움을 그냥 안고 가는 수밖에 없게 되었다.

처음에 책 이름을 정할 때 내 입에서는 저도 모르게 "명·청산문십팔가明淸散文十八家"라는 말이 튀어나왔다. 사실 그때 개강한 지 얼마 안 되어 몇 명에 대해서 강의를 할 수 있을지도 전혀 알 수 없는 상황이었다. 대학원생을 위해 개설한 주제 강의는 늘 기말에 강의가 끝날 때가 되면 거기에서 멈추기 때문에 '계획'은 있지만 '실현'하기는 어렵다. 후에 생각해 보니 이 "입에서 튀어나온 말"에는 사실 매우 깊은 뜻이 있었다. 한 학기에 강의할 명·청 산문은 16명의 글일 수도 있고 20명의 글일 수도 있는데 왜 꼭 18명을 고집했던 것일까? 나의 학문적 배경에 대해 잘 알고 있는 사람이라면 바로 천두슈陳獨秀, 진독수의 '십팔요마十八妖魔'를 떠올릴 것이다. 사실 정말 그러한데 이는 사람들에게 매우 익숙한 십팔이十八姨(바람신— 역자), 십팔성十八省, 십팔학사十八學士, 십팔현인十八賢人도 아니고 늘 입에 올리는 십팔나한十八羅漢, 십팔층지옥十八層地獄, 십팔반무예十八般武藝도 아닌, 역사에 이름이 보이지 않는 '십팔요마'이다. '십팔요마'라는 이 네 글자는 천두슈가 만들어낸 것으로, 『한어대사전漢語大詞典』에서는 찾을 수 없고 천두슈의 「문학혁명론文學革命論」에서 볼 수 있다.

1917년 2월 천두슈는 『신청년新靑年』 2권 6호에, 나중에 매우 큰 영향을 미치게 되는 「문학혁명론」을 게재하여 백화문白話文을 제창하자는 후스胡適, 호적의 주장에 호응하였는데, 그 내용에는 여러분에게 매우 익숙한 문화혁명의 '삼대주의三大主義' 외에 "십팔요마와의 전쟁을 선포한다"도 있다. 천두슈가 보기에 중국문학은 원·명·청대에 이르러 원래 크게 발전이 있어야 했지만 아쉽게도 '십팔요마' 때문에 망쳤고 "유럽과 견주는 것을 바라는 것조차 어려운" 지경이 되었다. "이 요마들이 누구인가? 바로 명대의 전후칠자와 팔가문파八家文派의 귀유광歸有光, 방포方苞, 유대괴劉大魁, 요내姚鼐이다. 이 십팔요마들은 옛것을 존숭하고 당대를 멸시하였으며 글귀만 파고들면서 문단을 지배하였는데 이들 때문에 오히려 세계를 압도할만한 문호인 마동리馬東籬, 시내암施耐庵, 조설근曹雪芹 같은 사람의 이름은 거의 사람들에게 알려지지 못했다"라고 하였다. 원대 잡극과 명·청 소설을 힘써 표창하는 것에 대해 나는 매우 찬성하지만, 동 시기의 문장을 모두 "병이 있는 것처럼 신음한다", "존재할 가치가 있는 것이 한 글자도 없다"라고 폄하한 것은 좀 심한 부분이 있다. 혁명에는 이상과 격정이 요구되므로 후스와 천두슈는 '고문'이 죽어야 하고 '백화문'이 살아야 한다고 큰 목소리로 외쳤던 것이다. 명·청대의 글이 정말 이 정도로 형편없는지, 그래서 모두 철저하게 쓰러뜨려야 했는지에 대해서는 이후에 전쟁터를 수습할 때 다시 상의할 생각이었을 것이다. 나는 원래 현대문학을 전공했기 때문에 '십팔요마'라는 어휘가 출현하게 된 전후 맥락과 그 공과功過에 대해 잘 알고 있었다. 이 수업을 개설한 것은 5·4 신문화운동의 "전쟁터를 수습하는" 차원에서 당시에 급한 나머지 오물로 인식하고 쏟아 버렸던 '명 · 청 시대의 글'의 또 다른 면을 드러내기 위해서라고 보아도 좋을 것이다. 여전히 '십팔가十八家'이긴 하지만 더 이상 천두슈가 상상했던 그 '십팔요마'는 아니다.

수업에서 하는 강의는 개인의 저술과 달라서 청중의 이해력을 더 많이 고려하지 않을 수 없고, 그러다보면 늘 내용은 선명하지만 깊이가 부족하게 마련이다. '강단講壇' 시리즈 총서에 몸을 들여놓게 되니 강의할 때 했던 한담閑談과 에피소드를 그대로 보존하기를 바라게 되었는데, 그러다보니 이 책의 엄밀성과 풍성함은 더 떨어지고 말았다. 하지만 명 · 청 18가家의 문장을 통해 300년간(16세기 중엽부터 19세기 중엽까지)의 중국산문이 발전해 온 대략적인 맥락을 짚어내고 학생들에게 이 오래된 문체에 흥미를 가지도록 인도하는 것이 이 강좌의 주요 목표였다. 계획을 다 완성하지는 못했지만 기본 맥락과 대체적인 면모는 이미 드러냈다고 생각하기에 여기서 멈추는 것도 나쁘지 않을 것이다.

마지막으로 내 수업을 들어 준 100여 명의 학생들에게 감사를 표하려고 하는데, 그들의 박수와 웃음은 강의자에게는 최대의 격려였다. 녹음과 초보적인 정리를 도와준 대학원생들, 웨이취안魏泉, 거페이葛飛, 양즈楊志, 우셴야吳獻雅, 천단단陳丹丹, 지젠칭季劍靑, 천제陳潔 덕분에 내 작업이 수월하게 진행될 수 있었으며 그들의 적극적인 참여가 없었더라면 이 책도 출판되지 못했을 것이다.

2004년 1월 31일
원명원圓明園의 새 거처에서